Das Geheimnis der Madame Yin

Das Geheimnis der Madame Yin

von

Nathan Winters

Historischer Kriminalroman

Pro-Talk
Crime

Für meine Frau,
für ihre Kritik,
ihre Motivation,
ihre Ideen
und natürlich für ihre Liebe

Sie hatte geträumt, von einer Blumenwiese aus roten Rosen und weißen Margeriten. Alles war hell, das Sonnenlicht brach durch die Wipfel der Bäume und ließ die Blüten in allen Farben erstrahlen.

Aber dann wachte sie auf und alles um sie herum war tiefschwarz. Angeekelt verzog sie das Gesicht. Der Geschmack nach Alkohol lag ihr auf der Zunge. Kloakengestank drang ihr in die Nase. Stöhnend versuchte sie sich aufzurichten, doch es gelang ihr nicht. Man hatte sie an Händen und Füßen gefesselt und an den Boden gekettet. Sie konnte lediglich vornübergebeugt knien und gerade noch den Kopf heben. Sie erinnerte sich an das Café am Victoria Embankment. Es war Abend gewesen und sie wollte gerade eine Droschke rufen, als dieser Mann mit den Blumen kam. Er hatte ihr sofort einen feuchten Stofffetzen auf Mund und Nase gepresst und sie war ohnmächtig geworden.

Er hat mich entführt. Oh Gott. Bitte ... bitte mach, dass das nicht wahr ist. Ihr Herz begann, wie verrückt zu schlagen. Ich muss hier raus.

Panisch zerrte sie an ihren Ketten. Das Metall scheuerte ihr die Haut blutig. Sie schrie und weinte, doch damit änderte sich nichts an ihrer Situation. Minuten vergingen, vielleicht waren es auch Stunden. Sie wusste es nicht. Ein furchtbarer Gedanke fraß sich in ihr fest: Sie würde sich nicht befreien können. Alles, was sie tun konnte, war zu schreien. Vielleicht würde sie jemand hören und retten. Sie begann, laut um Hilfe zu rufen, bis sich nach einer Weile links von ihr eine Tür öffnete. Sie verstummte augenblicklich und ihr Kopf ruckte herum. Ein Mann stieg die Treppenstufen hinab.

Er hielt eine Petroleumlampe in der Hand, deren Docht tief heruntergedreht war. So warf sie nur ein schwaches Licht in ihr Gefängnis aus gemauertem Stein. Der Mann bewegte sich langsam, ließ sich für jede Stufe Zeit. Das Klacken seiner Sohlen war das einzige Geräusch, das sie hörte.

Sein Gesicht verbarg er hinter einer Maske. Sie war feuerrot, mit verzerrten Zügen, einer schmalen, spitzen Nase und Teufelshörnern auf der Stirn. Ein Umhang mit einer Kapuze lag über seinen Schultern. „Dich kann hier niemand hören", sagte er und seine Stimme klang dumpf und bedrohlich.

Erneut rannen Tränen über ihr Gesicht. „Warum haben Sie mich hergebracht? Wer sind Sie?"

Er antwortete nicht. Als er das Ende der Treppe erreichte, blieb er einen Moment lang stehen, ehe er langsam auf sie zukam.

„Gehen Sie weg. Kommen Sie nicht näher!" Ihr Protest war schwach und nutzlos.

Er trat neben sie, sodass sie nur noch seine Schuhe sehen konnte, die schwarz glänzten.

„Bitte lassen Sie mich gehen. Was wollen Sie denn von mir? Lassen Sie mich doch bitte gehen!"

Er schwieg.

„Warum tun Sie das?"

„Weil es nötig ist."

Sie zuckte zusammen.

Ihr Peiniger hatte sich neben sie gekniet, sein Mund war nun ganz dicht an ihrem Ohr. Sie konnte seinen Atem riechen. Nun drehte er den Docht der Lampe hoch und ihre Augen waren für einen kurzen Augenblick von der plötzlichen Helligkeit geblendet. „Sieh dorthin", sagte er nach einer kurzen Weile, streckte den Finger aus und zeigte an ihr vorbei auf die Wand gegenüber.

Sie drehte den Kopf zur Seite. Panisch biss sie sich auf die Lippen. Sie wollte nicht hinsehen, egal was dort war, aber er packte sie grob bei den Haaren und zwang sie dazu.

Ihre Augen weiteten sich. „Oh Gott, nein. Bitte. Bitte." Sie wollte schreien, ihre Panik, das Grauen, alles herausschreien. Doch sie krächzte nur, während ihre Augen das Entsetzliche nicht wahrhaben wollten. Aber sie konnte den Blick nicht abwenden. Ihr Magen rebellierte, verdrehte sich und ein galliger Geschmack schoss in ihren Mund. Sie würgte die letzte Mahlzeit hoch. Tomatensuppe und Apfelkuchen. Es sah aus, als würde sie klumpiges Blut spucken.

Ihren Peiniger kümmerte es nicht. Ungerührt sah er ihr zu und wischte ihr mit dem Finger über den Mund, während sein Atem über ihre nassgeweinten Wangen streichelte. „Weißt du jetzt, warum du sterben musst?"

„Bitte ... tun Sie es nicht. Bitte."

Er zögerte. Sah sie Mitleid in seinen Augen?

26. August 1877
Chicago
Einen Monat später

Der Tag war sonnig und der Himmel strahlend blau. Aber für Celeste Summersteens Geschmack war es viel zu heiß. Sie schwitzte in ihrem Kleid aus dunkelblauer Seide und Taft. Ihre Spitzenhandschuhe juckten fürchterlich. Am liebsten hätte sie diesen unnötigen Tand aus dem Fenster der Kutsche geworfen und den Unterrock, der nass an ihren Beinen klebte, gleich hinterher.

Sie fuhren durch ein steinernes Tor und folgten einer schnurgeraden Allee zum Anwesen der Familie Roover.

„Schneller!", rief sie.

„Soll ich uns umbringen?", antwortete der Kutscher gereizt, ließ aber trotzdem die Peitsche knallen.

Celeste war wütend, doch nicht auf den Kutscher. Vielmehr waren es ihr Vorgesetzter und dieser grinsende Idiot Walters, die sie zur Weißglut getrieben hatten.

Walters hatte sie schon eine Lektion erteilt, ihr Vorgesetzter würde eine härtere Nuss werden. Schließlich war der nicht irgendwer, sondern Allan Pinkerton, der Gründer der berühmten Detektei Pinkerton. Seinen Männern sagte man nach, bei der Wahl ihrer Mittel nicht zimperlich zu sein. Viele hielten sie sogar für schießwütige Revolverhelden. Aber der Erfolg, wenn auch in manchen Fällen fragwürdig erworben, gab ihnen recht.

Über Pinkerton selbst kursierte das Gerücht, dass selbst die hartgesottensten Verbrecher anfingen zu weinen, wenn sie ihn sahen. Sie hatte keine Ahnung, ob das stimmte, aber es schreckte Celeste auch nicht länger, es herauszufinden. Für Pinkerton war sie eine Last und er gab ihr nichts anderes zu tun, als Akten zu sortieren und Briefe zu schreiben. Bisher hatte sie das stumm und geduldig ertragen und gehofft, dass sich irgendwann etwas ändern würde. Aber jetzt hatte sie erkennen müssen, dass das niemals geschehen würde.

Zwischen den Bäumen tauchte ein herrschaftliches Gebäude auf. In den hohen Fenstern spiegelte sich das Sonnenlicht und drei spitze Türmchen reckten ihre Dächer in den klaren Himmel. Es war der Stammsitz des Handelshauses Roover, einer der reichsten Familien Chicagos.

Das Pferd wieherte, Hufe stampften, die Räder blockierten und wirbelten Steinchen und Staub auf, als der Kutscher sein Gefährt zum Halten brachte. Es war ein dramatischer Auftritt, ganz im Sinne von Celeste, der es gefiel, wenn man sich den Hals nach ihr verdrehte.

So wartete sie auch nicht ab, bis jemand kam, um ihr beim Aussteigen zu helfen.

Ein Mann im schwarzen Gehrock stürmte aus dem Haus und die breite Treppe hinunter. Auf halbem Weg erkannte er sie. Seine angespannte Miene löste sich in einem höflichen Lächeln auf. Es war Mrs. Roovers Sekretär.

„Miss Summersteen." Er klang überrascht und warf einen hastigen Blick auf seine goldene Taschenuhr. „Wie schön, dass Sie doch noch kommen konnten. Mr. Pinkerton teilte uns mit, Sie seien verhindert."

„Ja, das hätte er wohl gern", presste sie hervor.

„Bitte?"

„Nichts. Sagen Sie, wo finde ich Mrs. Roover?"

„Wenn Sie mir bitte folgen wollen, ich bringe Sie zu ihr."

Der Sekretär ging voran zur Rückseite des Anwesens. Dort befand sich ein kleiner See, in dessen Mitte eine Insel lag. Der Weg führte über einen kleinen Steg auf die Insel und geradewegs auf einen weißen Pavillon zu, in dessen Schatten ein runder Eichentisch stand.

Zwei Personen saßen an diesem Tisch. Der Wind trieb das Klirren von kristallenen Gläsern über das Wasser.

Als Celeste sich näherte und Pinkerton sie erkannte, konnte

sie sehen, wie sein rundes Gesicht mit dem sauber gestutzten Backenbart rot anlief. Ruckartig stand er auf. „Was machen Sie denn hier?“, schnaubte er ungehalten.

Sie ignorierte ihn und knickste stattdessen vor der alten Dame. „Bitte verzeihen Sie die Verspätung. Mr. Walters hatte es versäumt, mich in Kenntnis zu setzen.“

Sie musste an Walters mieses Grinsen denken, als er ihr erzählt hatte, dass Pinkerton anstatt ihrer zu dem Treffen gefahren war.

„Miss Summersteen! Sie missachten meine Befehle. Ich habe Ihnen eine andere Aufgabe zugewiesen.“ Pinkerton war sehr darum bemüht, die Fassung zu wahren.

„Ich weiß und trotzdem bin ich hier.“ Sie hielt seinem Blick stand und fühlte eher Wut denn Angst. Zum Weinen war ihr auch nicht zumute – also waren die Gerüchte doch übertrieben. Aus ihrer Handtasche holte sie einen Schlüssel, den sie vor Pinkerton auf den Tisch legte. Er sah sie irritiert an.

„Der Schlüssel zum Aktenraum. Was soll ich damit?“

„Walters wollte mich nicht gehen lassen, also hab' ich ihn eingesperrt.“

„Sie ... So etwas ist mir ja noch nie untergekommen. Was fällt Ihnen ein? Sie sind entlassen!“, polterte Pinkerton los.

Celeste kniff die Augen zusammen. „Und wenn schon. Akten kann ich überall sortieren!“

Ein herzliches Lachen unterbrach den Streit. Mrs. Roover amüsierte sich köstlich. „Ich weiß schon, warum ich nur Sie haben wollte, meine liebe Celeste. Bitte, setzen Sie sich doch.“

„Ich soll dieses Verhalten tolerieren?“ Noch immer ähnelte die Farbe von Pinkertons Gesicht der eines heißgekochten Hummers.

„Ja, aus einem ganz einfachen Grund. Sie wollten mir Miss Summersteen vorenthalten. Obwohl ich ausdrücklich um ihre Anwesenheit gebeten hatte.“

„Aber, aber ...“ Pinkerton suchte verzweifelt nach Worten.

„Ich bin Ihnen nicht böse, mein lieber Allan. Es sei denn, Sie machen Ihre Drohung wahr und entlassen sie tatsächlich. Dann allerdings sähe ich mich gezwungen, auf Ihre weiteren Dienste zu verzichten."

Pinkerton holte tief Luft. „Nein, natürlich nicht. Sie können bleiben, Miss Summersteen." Er schaffte es, die Worte hervorzupressen, ohne Celeste dabei anzusehen.

„Wunderbar." Die alte Dame lächelte zufrieden in die Runde, und Celeste fragte: „Wie kann ich Ihnen helfen? Geht es wieder um einen betrügerischen Butler?"

„Nein, diesmal nicht. Diesmal geht es um etwas viel Wertvolleres als Geld: meine Nichte."

„Madam. Ich bin immer noch der Meinung, dass meine Männer besser ..."

„Allan. Ich bitte Sie. Ich kenne die Vorzüge Ihrer Revolverhelden. Sie sind äußerst nützlich, wenn man Pferdediebe oder Postkutschenräuber jagt. Aber meine Nichte ist ein zartes Geschöpf. Ich will sie nicht in der Obhut von Männern wissen, die keine Ahnung haben, wie man sich einer Lady gegenüber benimmt."

„Es geht hier um den Ruf meiner Detektei. Wenn ich einen Auftrag annehme, dann will ich auch, dass er anständig ausgeführt wird", sagte Pinkerton und sah Celeste dabei mit durchdringendem Blick an.

„Ich dachte, wir hätten das jetzt geklärt? Oder wollen Sie meinem ausdrücklichen Wunsch widersprechen?"

„Ähm ... nein, Madam. Ganz und gar nicht. Ich bin immer ... erfreut, Ihrem Haus zu Diensten sein zu können. Es ist nur ..."

„Wenn es nicht das ist, dann wollen Sie mir mit anderen Worten sagen, dass Sie Miss Summersteen für ungeeignet halten?"

„Ähm. Nein ... das hab' ich damit auch nicht ..."

„Gut. Dann sind wir uns also einig", fiel ihm die alte Dame resolut ins Wort.

Pinkerton gab nach und zuckte mit den Achseln. „Na schön. Sie haben gewonnen. Ich gebe Ihnen Miss Summersteen. Ich hoffe nur, Sie bereuen es nicht." Er stand auf und schlug die Hacken zusammen. „Wenn Sie mich jetzt entschuldigen wollen." Er schnappte sich den Schlüssel vom Tisch und brummte ein: „Ich habe noch zu arbeiten." Damit rauschte er davon, ohne Celeste auch nur eines weiteren Blickes zu würdigen.

„Ich fürchte, er ist mit Ihrer Wahl nicht ganz einverstanden", sagte Celeste, während sie ihm nachsah, wie er über den Steg davon stapfte.

„Papperlapapp. Er wird es verschmerzen. Schließlich bezahle ich gutes Geld für seine Dienste. Da soll er sich nicht so anstellen."

Celeste konnte ihre wachsende Ungeduld nur schwer verbergen. „Wie kann ich Ihnen zu Diensten sein, Madam?"

„Sie kennen doch meine Nichte Dorothea?"

„Aber ja, natürlich." Celeste hatte sie während ihrer früheren Ermittlungen im Hause Roover getroffen. Eine freundliche, wenn auch recht schüchterne junge Frau von sechzehn Jahren.

„Sie war jetzt über ein Jahr in meiner Obhut. Nun will mein Bruder, ihr Vater, sie nach London zurückholen, und ich möchte, dass Sie Dorothea auf dieser Reise begleiten."

Celeste konnte einen Anflug von Enttäuschung nicht vermeiden. Das klang nicht nach dem interessanten Fall, den sie sich erhofft hatte. Worte wie Gouvernante und Gesellschafterin kamen ihr in den Sinn. Doch dann drang auch die letzte Information zu ihr durch. „Nach London?" Die Aufregung, die sie bei dem Gedanken an die ferne Stadt erfasste, gewann rasch die Oberhand.

„Freuen Sie sich nicht zu früh. Die Umstände sind komplizierter, als sie auf den ersten Blick erscheinen und auch ... delikater. Alles, was ich Ihnen nun zu sagen habe, ist nur für Ihre Ohren bestimmt. Ich vertraue dahingehend auf Ihre Verschwiegenheit."

Celeste nickte und die alte Dame fuhr fort. „Meine Nichte besitzt ein sehr zartes Gemüt. Als sie zu mir kam, war sie sehr still und weinte viel. Sie schien nur noch aus Haut und Knochen zu bestehen. Ich wusste ... sie war diesem Teufelszeug verfallen. Opium. Mein Bruder schickte sie zu mir, um sie davon zu kurieren. Er war der Meinung, eine andere Umgebung könnte ihr dabei helfen." Sie zuckte mit den Schultern. „Ich hatte nichts dagegen. Im Gegenteil, ich freute mich auf sie. Als ich meine Nichte das letzte Mal sah, war sie drei Jahre alt."

„Wissen Sie, woher sie das Opium bekommen hat?", fragte Celeste.

„Das hat sie mir nie gesagt und ich habe auch nur einmal gefragt. Sie hatte sich nach dem Gespräch tagelang in ihr Zimmer eingeschlossen und wollte mich nicht mehr sehen. Das war ganz zu Beginn ihres Aufenthalts bei mir. Danach ging es ihr jedoch schnell wieder besser. Bis jetzt jedenfalls. Der Brief ihres Vaters hat sie tief erschüttert."

„Inwiefern?"

„Sie will nicht nach Hause, aber mein Bruder besteht darauf. Er schreibt, eine Tochter müsse bei ihrer Familie sein. Er ist sehr bestimmend, müssen Sie wissen."

„Woher kommt dieser plötzliche Sinneswandel?"

„Nun ja, sie ist seine Tochter. Ich kann es ihm nicht verdenken."

„Könnten Sie nicht versuchen, ihn umzustimmen? Zumindest solange, bis Dorothea von selber nach Hause will?"

„Meine Liebe. Er würde nicht auf mich hören. Wir pflegen keine geschwisterlichen Bande. Er hat mir nie verziehen, dass ich unserer Familie den Rücken gekehrt habe, um einen Yankee zu heiraten, wie er sich gerne ausdrückt."

„Das verstehe ich nicht. Wenn Ihr Verhältnis so schlecht ist, warum hat er Dorothea dann überhaupt zu Ihnen geschickt?"

„Ich weiß es nicht. Vielleicht weil ich seine einzige Verwandte bin. Ich habe aber nicht gefragt. Es ging um Dorotheas Wohl und ich habe keine eigenen Kinder."

Celeste nickte, um dann eine Frage zu stellen, die sie seit Beginn des Gesprächs beschäftigte. „Ihre Nichte ist vom Opium geheilt. Sie fährt nach Hause. Ich finde daran nichts Ungewöhnliches. Warum wollen Sie, dass ich sie begleite?"

„Eine durchaus berechtigte Frage." Die alte Dame nahm eine in Leder gebundene Mappe von einem kleinen elegant verzierten Beistelltischchen und zog einen Brief heraus, den sie Celeste reichte.

„Diesen Brief hier bekam ich vor ungefähr drei Wochen von Dorotheas Mutter. Normalerweise schreibt sie nur ihrer Tochter, aber dieser hier war ausdrücklich an mich adressiert. Bitte ... lesen Sie nur."

Geschätzte Anette,

ich bedauere es, Ihnen nicht schon vorher geschrieben zu haben, so muss es Ihnen nun scheinen, dass ich mich nur in meiner persönlichen Not an Sie wende.

Zuvor möchte ich Ihnen allerdings versichern, wie dankbar ich Ihnen bin, dass Sie Dorothea mit großer Liebe bei sich aufgenommen haben.

Ich wünschte, dass dies allein der Anlass für mein Schreiben wäre, doch leider ist etwas unvorstellbar Schreckliches geschehen, worüber ich Sie dringend unterrichten muss.

Dorotheas Freundin Estelle wurde erwürgt und dann in die Themse geworfen, wo man ihren Leichnam angespült fand. Ich weiß nicht, wer zu solch schändlichen Taten fähig ist, sie war doch ein so liebes Mädchen. Und so jung. Sie hatte ihr ganzes Leben noch vor sich.

Ich habe es nicht übers Herz gebracht, es Dorothea zu schreiben. Meine Sorge war zu groß, sie könnte wieder in diese dunkle Stimmung verfallen, in der sie war, bevor sie zu Ihnen kam. Daher wende ich mich auch an Sie, liebe Anette. Sie sehen meine geliebte Tochter täglich und können eher ermessen, wie es um ihr Seelenheil bestellt ist. Entscheiden Sie, ob Sie ihr diese traurige Nachricht überbringen wollen oder nicht.

Mit geschätzten Grüßen und mit meinem zutiefst empfundenen Dank

Cynthia

Celeste ließ den Brief sinken und sah Mrs. Roover fragend an. Diese schüttelte aber nur leicht den Kopf. „Ich war nicht mutig genug und habe es ihr nicht gesagt. Ich dachte, ich hätte noch Zeit, aber dann traf der Brief meines Bruders ein. Jetzt ist es zu spät. In zwei Tagen wird sie abreisen und die ganze Reise regt sie bereits über alle Maße auf. Meine Liebe ... ich fürchte, Dorothea wird in London vom Tod ihrer Freundin erfahren und ich weiß nicht, was sie dann tun wird. Ich will verhindern, dass sie wieder den alten Weg einschlägt, der sie dem Tod so nahegebracht hat. Sie braucht eine Freundin, jemanden der ihr zuhört, der nicht aus ihrem angestammten Kreis kommt und dem sie vertrauen kann. Jemand, der ein wachsames Auge auf sie hat. Ich weiß, dass sie Sie mag. Sie hat es mir selber gesagt. Darum möchte ich Sie bitten, dass Sie Dorothea begleiten."

Celeste war noch nicht überzeugt. „Was ist mit ihren Eltern? Haben Sie ihnen Ihre Bedenken nicht mitgeteilt?"

„Cynthia ist eine herzensgute Frau, aber von kränklicher Natur. Sie verlässt so gut wie nie das Haus und weiß nicht, was ihre Tochter tut. Und mein hoch geschätzter Bruder, der große Lord Ellingsford, hat vor allem seine politische Karriere im Sinn und weniger die seelische Gesundheit seiner Tochter. Ich hingegen kann die Augen nicht verschließen und darauf hoffen, dass alles gut wird. Bitte, helfen Sie ihr."

Celeste atmete tief ein. Wenn sie zustimmte, war sie eine Gouvernante, aber was hatte sie schon zu verlieren? Akten sortieren und Briefe schreiben? Vielleicht würde Pinkerton sie auch gleich entlassen. Gründe hatte sie ihm genug geliefert. Wenn Sie aber Mrs. Roovers Angebot zustimmte und ihre Arbeit gut machte, würde sie sich vielleicht bei Pinkerton für sie verwenden. Ihre Zukunft als Detektivin hing von diesem einen Auftrag ab. Sie lächelte. „Ich bin einverstanden, Madam. Es wäre mir eine Freude."

„Wunderbar." Die alte Dame lächelte dankbar. „Ich werde Ihnen in drei Tagen eine Kutsche schicken, die Sie abholen wird.

Packen Sie ein, was Sie für nötig halten. Sie werden genug Platz haben. Und keine Sorgen wegen Ihrer Unkosten, darum werde ich mich kümmern."

„Haben Sie vielen Dank, Madam. Auch für Ihr Vertrauen."

„Ich muss mich bedanken. Sie haben eine alte Frau sehr glücklich gemacht." Sie seufzte und klingelte nach der Dienerschaft. „Dorothea wird bei Ihnen in guten Händen sein."

„Ich werde mein Möglichstes tun, um Ihrer Nichte zur Seite zu stehen." Celeste wusste, ihr Leben würde sich von nun an ändern, ob zum Guten oder zum Schlechten, das musste sie abwarten.

***

29. August 1877
Im Hafen von New York

Die M.S. Cumberland lag mit rauchenden Schornsteinen im Hafenbecken. Gewaltige Taue hielten sie am Pier, während ihr stählerner Leib unter dem dumpfen Brummen der Maschinen erzitterte.

Bunte Fähnchen schmückten die Reling. Frauen mit ausladenden Hüten und weiten Kleidern flanierten am Arm ihrer Männer den Aufgang hinauf zum Schiff. Unter lauten Rufen, dem Ächzen von Seilwerk und dem Stampfen von Dampfmaschinen wurde die letzte Fracht verladen.

In all dem Trubel hielt eine Mietdroschke am Pier. Celeste stieg aus und atmete tief ein. Ein warmer Windhauch strich ihr über die Haut und die Luft war durchdrungen vom Geruch des salzigen Meeres. Sie liebte den Hafen, denn hier erinnerte sie alles an ihre Kindheit. Für sie bedeuteten diese Gerüche Heimat. New York war ihr Zuhause. Chicago war immer nur ihr Exil gewesen. Der Ort, an dem sie lebte, seit ihre Familie sie verstoßen hatte. Für einen Moment schloss sie die Augen und lauschte den Möwen, dem Wasser, das sich an den Schiffsrümpfen brach, und dem Gewirr verschiedenster Sprachen, die babylonisch durcheinander plapperten.

„Sie hätten sich wirklich nicht die Mühe machen müssen, mich zu begleiten." Die zarte Stimme gehörte Dorothea Ellingsford, die Celeste aus ihren Erinnerungen riss.

„Papperlapapp", hörte sie Mrs. Roover keuchen. „Ich wollte es so. Außerdem hat es mir Freude gemacht. Ich bin schon ewig nicht mehr Zug gefahren."

Celeste hielt sich etwas abseits. Sie wollte die beiden ungestört voneinander Abschied nehmen lassen.

„Ich wünschte, Sie könnten mitkommen." Dorothea rang mit den Tränen.

„Das wünschte ich auch, mein liebes Kind. Allein schon um das Gesicht deines Vaters sehen zu können. Er würde sicher einen riesigen Schrecken bekommen, wenn ich plötzlich vor ihm stünde."

Beide lachten, dann deutete Mrs. Roover auf Celeste. „Miss Summersteen wird dir eine gute Freundin sein. Du bist also nicht alleine."

Celeste fühlte, dass sie etwas sagen sollte, aber da ihr nichts einfallen wollte, lächelte sie nur aufmunternd.

Ein Nebelhorn dröhnte. Die Cumberland würde bald auslaufen.

„Es wird Zeit, mein Kind. Lass dich noch einmal ansehen." Die alte Dame hielt Dorothea bei den Armen. „Wir sehen uns ganz bestimmt wieder. Und solltest du Sehnsucht nach mir haben, dann schreib mir."

Das Mädchen lächelte tapfer. „Ich schreibe Ihnen jeden Tag."

„Du solltest kein Versprechen geben, das du nicht halten kannst." Ihr Lächeln verriet, dass sie die Worte nicht so ernst meinte.

Ein Diener trat hinzu. „Das Gepäck ist verladen, Madam."

„Danke Gerald. Begleiten Sie Miss Dorothea bitte an Bord. Ich muss noch ein paar Worte mit Miss Summersteen wechseln. Gib gut auf dich Acht, mein Kind."

Mit einer letzten Umarmung verabschiedeten die beiden sich voneinander.

„Celeste", sagte die alte Dame gefasst.

„Madam?"

„Diese Briefe hier sind für meinen Bruder." In ihrer Hand hielt sie drei Umschläge.

„Der hier enthält eine Vollmacht von Mr. Pinkerton. Sie arbeiten in dieser Sache offiziell in seinem Auftrag." Celeste erkannte das Firmenzeichen. Ein geöffnetes Auge. Darunter der Schriftzug: We never sleep.

„Dieser hier ist von mir und erklärt, warum ich Sie angeheuert habe. Mein Bruder wird toben. Dafür kenne ich ihn gut genug. Er wird Sie nicht mit offenen Armen empfangen."

Celeste nickte schweigend.

„Seine Ehre und sein Ansehen bedeuten ihm alles. Merken Sie sich das, wenn Sie mit ihm sprechen. Er ist ein schwieriger Mann."

„Ja, Madam." Neugierig reckte Celeste den Hals und starrte auf den dritten Umschlag, den die alte Dame noch in der Hand hielt. Diese zögerte einen Moment und reichte ihn dann weiter. „Darin finden Sie alles, was ich über den Mord an Dorotheas Freundin erfahren konnte. Es ist nicht viel. Ein paar Zeitungsausschnitte, ein paar Briefe. Celeste ... Ich will, dass Sie den Mörder finden und unschädlich machen. Auf amerikanische Art."

Celeste wusste, was sie meinte. „Ich soll ihn töten?"

Die alte Mrs. Roover zuckte gleichgültig mit den Schultern. „Auge um Auge, so heißt es doch in der Bibel. Ich habe kein Mitleid mit ihm. Er hat es verdient."

„Aber ich könnte den Falschen erwischen."

„Das werden Sie nicht. Ich weiß von Ihrer Vergangenheit, Celeste. Sie werden es richtig machen. Ich vertraue Ihnen."

„Aber der Krieg ist längst vorbei. Das waren andere Zeiten. Ich bin keine Mörderin"

„Ich weiß, ich verlange viel von Ihnen und ich möchte, dass Sie mich verstehen. Es geht mir alleine um Dorotheas Wohl. Sie wird Albträume bekommen, sobald sie vom Tod ihrer Freundin erfährt, sie wird trauern und Angst haben. Und ich will nicht, dass sie Angst hat."

„Aber ... was ist mit der Londoner Polizei, die ermittelt doch, oder?"

„Sicher tut sie das. Und wenn sie den Mörder finden sollte, wäre ich beruhigt. Aber ich glaube nicht daran. Ein Monat ist schon vergangen und sie haben den Kerl noch immer nicht fassen können. Ich fürchte, die würden nicht einmal eine Fliege fangen, selbst wenn sie ihnen auf der Nase säße."

Das Nebelhorn ertönte ein zweites Mal.

Mrs. Roover drängte auf eine Antwort. „Nun?"

„Sie verlangen sehr viel von mir."

„Das ist mir bewusst."

„Bitte alle an Bord! Letzter Aufruf! M.S. Cumberland! New York – Southampton", dröhnte es aus einer Flüstertüte vom Schiff herüber.

Celeste sah ihre Auftraggeberin streng an. „Ich werde den Mann finden und bestrafen, das verspreche ich Ihnen, aber ich werde nicht sein Henker sein."

Mrs. Roovers Miene blieb unbewegt. „Sie haben Moral, Celeste. Das ist selten in dieser Welt. Ich verstehe Ihre Entscheidung und akzeptiere sie. Ich weiß, Sie werden das Richtige tun."

Sie deutete auf den Umschlag mit den Informationen. „Darin finden Sie eine Vollmacht für die Bank von England. Ich habe Ihnen dort ein Konto einrichten lassen, über das Sie frei verfügen können. Nutzen Sie das Geld, um dieses Schwein zu finden."

„Ja, Madam, das werde ich."

„Sie werden mich selbstverständlich auf dem Laufenden halten."

„Natürlich. Auf Wiedersehen."

Celeste gehörte zu den letzten Passagieren, die an Bord gingen. Kurz darauf wurden die Taue gelöst und die Cumberland machte sich auf ihren langen Weg über den Atlantik.

Eine Stunde später war alles, was von New York blieb, nur noch ein blasser Streifen am Horizont.

Celeste und Dorothea bewohnten zwei nebeneinanderliegende Kabinen in der ersten Klasse, die durch eine Schiebetür getrennt waren. Sie war nicht verschlossen, sodass Celeste immer nach dem Rechten sehen konnte.

Inzwischen war es Abend geworden. Beide hatten das Abendessen ausfallen lassen und Dorothea hatte sich schon bald darauf zur Nacht zurückgezogen.

Es dauerte nicht lange und Celeste konnte hören, wie das Mädchen leise im Schlaf stöhnte. Besorgt betrat sie auf nackten Füßen die Kabine. Das Licht einer kleinen Gaslampe warf zuckende Schatten durch den Raum.

Dorothea lag ausgestreckt in ihrem Bett, das Kissen mit beiden Armen fest umschlungen. Ihre goldenen Locken schimmerten auf den blütenreinen Laken und ihre sanft geschwungenen Lippen zuckten, als spräche sie im Schlaf. Sie träumte. So lebhaft, dass sie die Bettdecke ans Fußende gestrampelt hatte.

Celeste deckte sie wieder zu, strich ihr beruhigend über die kühle Stirn und kehrte dann wieder in ihre Kabine zurück.

Der Umschlag mit Mrs. Roovers Informationen wartete auf sie. Er lag auf dem Sekretär, vor dem sie Platz nahm. Ihre Augen brannten, sie war müde, aber noch nicht müde genug, um sich schlafen zu legen. Also öffnete sie den Umschlag und begann zu lesen, was Mrs. Roover gesammelt hatte.

Estelle Wiggins. Sechzehn Jahre alt.

Es gab keine Fotografie, nur eine grobe Beschreibung.

Blondes Haar, blaugraue Augen. Ein Meter siebenundfünfzig. Erwürgt. Seil oder Tuch. Gefunden am 29. Juli. Themse. Battersea Park.

Aus einem Zeitungsartikel erfuhr Celeste, dass ihre Eltern sie in ihrem Zimmer gewähnt hatten. Aber irgendwann in der Nacht musste sie sich hinausgeschlichen haben. Es gab keine

Spuren eines Einbruchs, nichts, was auf eine Entführung hingedeutet hätte.

Wohin Estelle gegangen war oder ob sie jemanden hatte treffen wollen, verriet der Text nicht.

Die Notizen füllten nicht einmal eine Seite und Celeste fragte sich, wo sie ansetzen sollte. Mit Dorothea konnte sie nicht sprechen, wenn nicht einmal ihre Tante den Mut aufgebracht hatte, ihr von Estelles Tod zu erzählen. Hinter ihr hörte sie ein Geräusch, das sie zwang, sich hastig umzudrehen.

Fast hatte sie das Mädchen erwartet, wie es ihr über die Schulter sah. Aber sie war allein. Vielleicht war nur jemand an ihrer Kabinentür vorbeigegangen. Dennoch, sie wollte kein Risiko eingehen. Sie schob die Papiere hastig in den Umschlag zurück und versteckte ihn zusammen mit den anderen beiden Kuverts im doppelten Boden ihrer Reisetruhe.

Sie stand auf und ging zum Waschtisch. Um ihre Müdigkeit zu bekämpfen, gab sie Wasser in eine Waschschüssel, tauchte die Hände hinein und wusch sich das Gesicht. Als sie wieder aufsah, blickte sie in den goldumrahmten Spiegel an der Wand. Kleine Tropfen rannen ihre Nase entlang und glänzten auf der feinen Zeichnung ihrer Wangenknochen. Nachdem sie sich abgetrocknet hatte, ging sie zum Bett und setzte sich auf den Rand. Ihr Blick fiel auf eine kleine Fotografie, die auf einer Konsole an der Wand stand. Das Bild steckte in einem Rahmen aus dunklem Holz. Das Papier war rissig und an den Rändern schon etwas verblichen. Eine Erinnerung an zu Hause. Celeste nahm es in den Schoss und betrachtete es.

Da war ihr Vater, in seinem Lieblingssessel sitzend. Das Haar sauber gescheitelt, der Anzug wie eine Uniform und die künstliche Hand auf seinem Knie. Ihre Mutter stand hinter ihm. Ihr teures Kleid und die noch kostspieligeren Perlen um ihren Hals und an den Ohren konnten nicht darüber hinwegtäuschen, dass sie unglücklich war. Ihr Lächeln war ebenso künstlich wie die Hand ihres Mannes.

Nur ihr Bruder, der auf seinem Schaukelpferd saß, lachte herzlich und ehrlich. Celeste selbst stand neben ihm, ein pausbackiges Kind im Rüschenkleid, das ihrem erwachsenen Ich nun aus großen Augen entgegensah. Ob Mom und Dad manchmal an mich denken? Ob sie sich Sorgen machen, fragte sie sich im Stillen. Doch die stummen Gesichter gaben ihr keine Antwort.

Mit einem Seufzer stellte sie die Fotografie zurück und legte sich ins Bett.

Durch die angelehnte Tür konnte sie Dorothea im Schlaf weinen hören. Wieso hatte das Mädchen nur solch panische Angst, nach Hause zurückzukehren?

***

4. September 1877
London
Kurz nach Mitternacht

Die Straßen in Lambeth lagen still und verlassen da. Der Regen, der seit den Abendstunden über London niederging, hatte die Menschen in die Häuser getrieben. Nur die armen Teufel, die sich keine Unterkunft leisten konnten, kauerten unter tropfenden Vordächern oder in abbruchreifen Ruinen, die weder Türen noch Fenster besaßen. Die Dunkelheit hatte schon vor Stunden einen trüben Tag abgelöst.

In einer schmalen Gasse, in der sich Abfall stapelte, balgten sich ein paar Ratten um die Kadaver zweier Katzen, denen irgendjemand das Fell abgezogen hatte.

Im verwahrlosten Hinterhof eines Gerbers bellte ein Hund.

All das kümmerte Madame Yin nicht, die, wie jeden Tag, den gleichen Weg ging.

Obwohl sie schon seit über zwanzig Jahren in London lebte, kannte niemand ihren richtigen Namen, und ebenso rätselhaft wie ihr Name war auch ihre Herkunft. Ihre mandelförmigen

Augen ließen keinen Zweifel daran, dass sie aus Asien stammte, doch sie sprach ein so gutes Englisch, dass viele vermuteten, sie lebte schon immer hier. Die Jahre auf der Straße, die langen Nächte und vielen Liebhaber hatten Spuren auf ihrem einst zarten Gesicht hinterlassen. Ihre Lippen waren schmal, aber auffallend rot geschminkt. Tiefe Falten zeichneten ihr Gesicht von der Nase bis hinunter zu den Mundwinkeln. Ihre Haut wirkte blass, im Licht der matten Gaslaternen sogar kränklich gelb. Sie humpelte – ein Überbleibsel aus der Zeit, als sie noch als einfache Straßenhure ihren Lebensunterhalt verdienen musste und ein Freier sie fast totgeprügelt hatte.

Die Straße war ihr Lehrmeister gewesen. Erwarte nichts und erhoffe nichts, niemand wird dir etwas schenken. Du musst es dir selbst nehmen. Nach diesem Credo lebte sie, und nach diesem Credo handelte sie. Und nun gehörten ihr drei Opiumhöhlen und zwei Bordelle, was ihr ein beträchtliches Einkommen einbrachte, sowie den Respekt der Männer und Frauen, die ihr Geld ebenfalls im Schatten verdienten.

Ihre Häuser liefen so gut, dass sie sich die edelsten Kleider hätte leisten können, aber darauf verzichtete sie ebenso wie auf einen Leibwächter oder auf eine Kutsche, die sie trocken durch den Regen gebracht hätte. Um ihre Etablissements zu besuchen und nach dem Rechten zu sehen, ging sie, wie früher, zu Fuß. Nur einen Schirm gegen den Regen und einen Stock als Gehhilfe gestattete sie sich als Luxus, denn neben ihrem lahmen Bein bereitete ihr bei nassem Wetter auch ihr Rücken Kummer. Sie bog gerade in die Newcomen Street ein, als der Regen nachließ. Die Luft roch frisch und klar, der Regen hatte seinen Dienst getan und den fauligen Gestank nach Armut und Hoffnungslosigkeit fortgewaschen. Madame Yin blieb einen Moment lang stehen und nahm einen tiefen Atemzug. Sie konnte ihr Zuhause schon am Ende der Straße sehen. Die obere Etage lag im Dunkeln, dort wohnte sie. Aus der unteren Etage, über deren Eingang ein roter Holzdrache hing und wo tiefrote Lichter in den

Fenstern brannten, konnte sie leises Flötenspiel und Lachen hören.

Sie hatte also noch Gäste, wie sie ihre opiumsüchtige Kundschaft gerne nannte. Dabei machte sie keinen Unterschied, ob jemand von hohem Stand war oder tagsüber in den Werften schuftete. Ob Mann, ob Frau, alt oder jung – Hauptsache, sie konnten die drei Schillinge aufbringen, die sie für die Jagd nach dem Drachen bezahlen mussten.

Aus dem Schatten trat eine Gestalt an sie heran, die einen Strauß Blumen in der Hand hielt. Es war ein Mann mit Mantel und Zylinder.

„Verzeihen Sie. Madame Yin?“, fragte er mit sanfter Stimme.

Sie nickte höflich. „Kann ich etwas für Sie tun, mein Freund?“

Er sagte nichts, sondern reichte ihr lediglich mit gesenktem Kopf die Blumen. Es waren rote Rosen. Madame Yin nahm sie und roch daran. „Das ist aber reizend von Ihnen“, sagte sie und schenkte ihm ein seltenes Lächeln. „Haben Sie vielen Dank. Möchten Sie mich ein Stück begleiten?“

Er hob den Kopf. Seine Augen funkelten. „Nein, Madame. Das möchte ich nicht.“ Unvermittelt stürzte sich der Mann auf sie.

Der Blumenstrauß fiel zu Boden. Er zertrat ihn.

Rosenblätter rissen ab und schwammen den Rinnstein entlang, tanzten und drehten sich auf dem Wasser. Ein Reigen, den auch Madame Yin tanzte. Sie wand sich, kämpfte, wollte fliehen, um Hilfe schreien, aber er hielt sie am Hals gepackt, drückte zu und presste ihr ein Tuch auf Mund und Nase. Sie roch und schmeckte Alkohol. Ihr wurde schwindelig. Ihre Gegenwehr erlahmte. Dann wurde es dunkel.

***

7. September 1877
Die Themse
Früher Morgen

Die Princess of the Thames war ein altersschwacher, rostiger Kahn, der nach Öl, Kohle, Ruß und Müll stank. Tuckernd spie der Motor schwarze Rauchwolken in den Himmel. Ein Geruch, der auch den beiden Männern anhaftete, die auf der Princess ihre Arbeit taten.

Sie waren Watermen und fischten den Müll aus der Themse, den andere hineinwarfen. Ihre Aufgabe nahmen sie mit Humor und einer Flasche Gin, die sie schon zur Hälfte geleert hatten. Dabei hatte Big Ben erst neun Mal geschlagen. Die reich geschmückte Fassade des Parlaments erhob sich links von ihnen, aus einem Schleier von Rauch und Nebel.

Der Jüngere der beiden wischte sich mit dem dreckstarrenden Ärmel über die Nase, während er mit der Hakenstange nach einem Leinensack stocherte, der Steuerbord am Boot vorbeitrieb.

Er hoffte auf einen guten Fang. Hin und wieder fanden sie tatsächlich etwas, das sich zu Geld machen ließ.

„Bei den dick'n Titten meiner Schwesser. Das sieht mir nach 'nem guten Fang aus!", rief der Mann seinem Kameraden zu, der am Ruder stand und das Boot ruhig im Wasser hielt. Der streckte den Hals und grinste dreckig. „Deine Schwester hat sogar verdammt dicke Titten, und weich sind die auch noch."

Der andere winkte ab, aber der Mann am Ruder war noch nicht fertig. „Hey, Potts. Egal, was es is'. Wir machen halbe-halbe. Is' klar, nich'?"

„Ja is' klar, Dorsey, sicher. Verflixt un' Teufelsauge, verdammtes ... Dreck ..." Ihm rutschte der Sack nun schon zum zweiten Mal vom Haken. Erst beim dritten Mal schaffte er es, den schweren Leinensack aus dem Wasser zu ziehen.

„Der is' verflucht drecksschwer. Dors! Wenn du artig bis', geb' ich heut' einen aus!"

Sein schwerfälliger Geist gaukelte Potts alle möglichen Kostbarkeiten vor, die sich gleich auf Deck ergießen würden. Mit seinem Messer schlitzte er den Sack auf und kippte ihn aus. „Verfluchte Scheiße“, schrie er auf und prallte zurück. Träume von reicher Beute zerplatzten wie Seifenblasen.

Was da nass, aufgequollen und von Maden zerfressen vor ihm lag, war ... Potts wandte sich ab, ehe er Genaueres erkennen konnte. „Dreck, Dreck, Dreck!“

„Was is'n? Machst'n für'n Geschrei?“ Dorsey kam um die Kajüte herum. Die Princess schaukelte nur noch träge auf den Wellen.

Er stieß mit Potts zusammen und beide setzten sich auf den Hosenboden.

„Da, da ...“, stammelte Potts kreideweiß.

„Du dämlicher Bastard“, fuhr er ihn an. „Das is' nur 'n verreckter Hund.“

„Echt?“

„Klar, was has'n du geglaubt?“

Potts druckste herum.

„Etwa'n Krepierten? Is' doch viel zu klein. Ney, ney. Da scheißt du dir in die Hose. Hab' schon welche gefunden. Total aufgeduns'n. Das Maul aufgeriss'n. Ich sag dir, die Seelen von denen, die sin' immer noch hier. Geh'n nich' weg. Manche machen auch Geräusche. Roorgs. Aaach“, machte Dorsey und sein Kumpel schlug ihm gegen die Schulter.

„Blöder Scheißer.“

Dorsey lachte sich kaputt, während Potts alles dafür tat, den Gin in seinen Eingeweiden zu behalten.

„Hier, mach's weg.“ Dorsey warf ihm eine Schaufel zu. „Schmeiß es über Bord, soll'n sich annere die Finger dreckig mach'n.“

Er ging zurück und gab wieder Geschwindigkeit auf den Motor der Princess.

Die Schiffsschraube wirbelte Blasen auf, nur um sofort darauf mit einem hässlichen Knacken den Dienst zu versagen. Ein paar

Ventile pfiffen so laut, dass die herumfliegenden Möwen in lautes Zetern ausbrachen. Öl spritzte aus reißenden Schläuchen.

Mit der Faust schlug Dorsey auf das Steuerrad. „Was'n nu wieder?“, fluchte er lauthals und stoppte die Maschine.

Sofort war Potts zur Stelle.

„Hast du den scheiß Köter weggemacht?“, blaffte Dorsey.

„Noch nich'. Was 'n los?“

„Wir ham' was mit der Schraube aufgegabelt.“

Beide beugten sich über die Heckreling und sahen aufs Wasser. Dann starrten sie sich gegenseitig an. Sie mussten schlucken, bis Potts nach der Flasche Gin griff, einen tiefen Schluck nahm und sie dann an Dorsey weiterreichte, der sie ohne abzusetzen leer trank, sich dann über den Mund wischte und aufs Wasser zeigte. „Das da, das is'n Krepierter. Los, hol die Haken.“

„Den will'se doch wohl nich' an Bord holen?“ Potts spürte, wie ihm der Gin brennend wieder die Speiseröhre hinaufkletterte. Er schaffte es gerade noch an die Reling. Dann übergab er sich.

„Hör auf mit'm Quatsch. Komm und hilf mir.“

„Lass 'n im Wasser.“

„Geht nich'. Hängt inner Schraube fest. Und ... hey. Vielleicht hat sie was dabei. Außerdem is' es unsere Menschenpflicht.“

„Häh?“

„Nächstenliebe oder wie die Scheiße heißt. Und jetz' wisch dir's Maul ab und hol die scheiß Stangen.“

Potts stapfte davon, während Dorsey auf den schwimmenden Leichnam starrte, der ihm nur seine Rückseite zeigte. Langes schwarzes Haar. Ein Kleid, das im Wasser trieb wie eine übergroße tote Qualle. Es konnte nur eine Frau sein.

Mit den Hakenstangen unter dem Arm kehrte Potts zu ihm zurück und zusammen begannen sie, nach der Toten zu stochern, bis sich die Haken in dem Kleid verfingen. Sie zogen sie an die Bordwand und endlich bekam Dorsey sie mit den Händen zu packen. „Ich hab'se!“, rief er. „Pack mit an!“

„Was soll ich? Hol's der Teufel! Nein!“ Potts sah ihn

erschrocken an.

„Mach schon, du feiger Hosenscheißer! Die Jungs im Salt 'n'Fish werd'n dir ein' ausgeben, wenn du's erzählst. Deine erste Krepierte. Jetzt pack schon mit an. Sie haut mir ab."

Freie Drinks? Das überzeugte Potts sofort und er griff beherzt zu. Er bekam die Tote am Arm zu fassen. Das Fleisch fühlte sich weich und klamm an.

Sie schafften es, sie zur Hälfte aus dem Wasser zu ziehen, dann hing sie fest. „Ihr verfluchtes Bein", keuchte Dorsey. „Es hängt inner Schraube fest. Los noch mal. Mit ... aller ... Kraft."

Beide stemmten die Füße gegen die Reling und plötzlich gab der Widerstand nach und die beiden Männer stürzten zusammen mit der Leiche auf Deck.

Potts kroch hektisch unter der Toten hervor. Sein Gesicht war vor Ekel verzerrt. Auf der Stelle springend, als hätte er sich die Füße verbrannt, wischte er sich das stinkende Themsewasser aus dem Gesicht. „Die ... die Drecksschlampe hat mich angefasst." Schon wandelte sich seine Gesichtsfarbe in ein blässliches Grün.

Im Gegensatz zu ihm blieb Dorsey gefasst. Er stand auf, richtete seine speckige Jacke und schob sich die Mütze in den Nacken. Sein Blick hing an der Leiche. Deren Augen waren weit aufgerissen und starrten bleich in den Himmel. „Sieht aus wie 'n toter Fisch. Stinkt auch genauso."

Ihr Bein war unterhalb des Knies abgerissen. Entweder hing der Rest noch in der Schraube fest oder trieb nun die Themse hinunter Richtung Küste.

Dann durchsuchte er die Tote nach etwas von Wert, fand aber nichts. Auf einmal stutzte er. Etwas hing der Toten aus dem Mund. „Was 'n das?", murmelte er und fasste mit spitzen Fingern zu. Es war ein Stück Stoff, gelb und mit einem Rosenmuster, sauber zusammengefaltet und mit einer dünnen Schnur verknotet. Neugierig öffnete er es. Darin war eine blonde Haarlocke, ebenso säuberlich zu einer Schleife verknotet.

Er kratzte sich am Kopf, aber auch Nachdenken brachte keine Lösung. Also steckte er das Päckchen ein und brachte wieder Dampf auf den Kessel.

Die Princess steuerte in Richtung der Piers, die flussabwärts von Westminster Bridge lagen. Dorsey bekreuzigte sich.

„Was mach'n wir denn jetz'?" Potts war beängstigend ruhig geworden.

„Was schon? Wir hol 'n die Copper."

***

Südlich von Westminster Bridge
Zur Mittagsstunde

Drei Stunden später hatte die Nachricht von der Toten in der Themse die Runde gemacht. Die Polizei hatte Pier 14 abgesperrt, an dessen Ende die Princess vertäut lag. Inzwischen war eine große Menschenmenge zusammengekommen, die neugierig Richtung Fluss starrte. Eine Hansom-Kutsche hatte am Ende der Straße gehalten und ein Mann war ausgestiegen. Er war hochgewachsen, breitschultrig, mit schwarzem Haar, welches er seitlich gescheitelt trug. Die energisch zusammengepressten Lippen beschattete ein Oberlippenbart. Er sah zum Himmel. Nieselregen flirrte durch die Luft und tauchte die Silhouette Londons in einen trüben Schleier. Den Kragen hochgeschlagen und die Hände tief in den Taschen seines Mantels vergraben bahnte er sich einen Weg durch die Menge, die gaffend die Köpfe in die Höhe reckten oder auf Fässern, Karren und Mauern hockten, um besser sehen zu können.

„Sie können hier nicht durch", sagte einer der Bobbys, die den Durchgang versperrten. Der Custodian-Helm, der die Nummer seines Reviers auf einer Plakette trug, drückte ihm auf die Augenbrauen. Sein blauer Mantel glänzte vor Nässe.

„Inspector Robert Edwards", sagte der Mann und fügte

bedeutungsschwer hinzu: „Scotland Yard." Er zeigte seinen Ausweis.

„Verzeihung, Sir. Ich wusste ja nicht ..."

„Schon gut, Constable. Machen Sie weiter." Edwards betrat den Pier und ging zum Boot.

An Bord konnte er zwei Beamte ausmachen. Einer von ihnen wandte ihm zwar den Rücken zu, doch seine affektierten Gesten, mit denen er seine Monologe gerne unterstrich, waren unverkennbar: Inspector Kippwell von der L-Division. Auf seinem Kopf thronte ein schwarzer Bowler, der ihm das Aussehen einer Kanonenkugel verlieh.

Edwards konnte diesen blasierten Affen nicht ausstehen, der zwei Jahre lang sein Ausbilder gewesen war. Schon fragte er sich, warum ihn Chief Inspector DeFries überhaupt herbestellt hatte.

„Guten Tag, Gentlemen", sagte er und zwang sich, freundlich zu bleiben.

Kippwell schien wie vom Donner gerührt. Einen Moment lang suchte er nach Worten, dann zuckten seine Mundwinkel. „Edwards. Was wollen Sie denn hier?"

„Wollte mir mal die Füße vertreten und sehen, was Sie so treiben."

„Ich brauche Sie nicht. Gehen Sie."

Edwards grinste herausfordernd. „Ist wirklich zu dumm, was, alter Knabe?"

„Was zum Teufel meinen Sie?"

„Nun, dass die Leute immer sterben, wenn Sie gerade Dienst haben. Wo Sie doch bequem vor dem Ofen sitzen könnten, um ihre Pfeife zu rauchen."

Kippwell erstarrte. „Gibt es nicht irgendwo eine Prügelei, die Ihre Anwesenheit erfordert?"

„Nein, momentan nicht. Es sei denn, Sie wollen eine mit mir anfangen."

„Verschwinden Sie. Scotland Yard ist hier überflüssig."

„Das sieht der Chief Inspector wohl anders."

„Ich bin der leitende Beamte“, schnappte Kippwell, missgünstig sein Revier bewachend.

„Sie können ihn ja selber fragen, alter Knabe. Er will herkommen. Solange werde ich Ihrem messerscharfen Verstand bei der Arbeit zusehen.“

Kippwell pustete eine Rauchwolke in die Luft und glich dabei einem Drachen, der seinem nächsten Opfer giftigen Odem entgegenspie. Es bereitete Edwards eine diebische Freude zu sehen, wie er seinen ehemaligen Vorgesetzten aus der Fassung brachte. Dann erstarrte er, als er einen Blick auf das Gesicht der Toten erhaschen konnte. Sofort schob er Kippwell beiseite, um neben ihr niederzuknien.

„Kennen Sie die Frau?“, fragte der Sergeant, der bis dahin schweigend daneben gestanden hatte.

„Würde mich nicht wundern, wenn er so eine abgetakelte Schabracke kennen würde.“

„Halten Sie den Mund, Kippwell“, schnaubte Edwards. Für ihn war der Blick in das Gesicht der Toten wie ein Blick in die Vergangenheit. Damals, als er noch als Constable Dienst in Whitechapel getan hatte. Er schloss ihr die Augen. „Das ist Madame Yin.“ Ein seltsames Gefühl der Verbundenheit überkam ihn.

„Und wer soll das sein?“, knurrte Kippwell.

„Sie war eine der wichtigsten Frauen in Lambeth und Whitechapel. Opium, Huren, Glücksspiel. Sie hatte überall ihre Finger drin. Sollten Sie Ihr Klientel nicht etwas besser kennen, Kippwell?“

„Ersparen Sie mir Ihre verfluchte Klugscheißerei und hauen Sie endlich ab. Sie stören mich.“

„Wobei? Beim Rauchen?“

„Jetzt hab’ ich aber genug von Ihnen. Runter vom Schiff.“

Edwards sah auf Kippwells geballte Fäuste. „Versuchen Sie es doch. Den ersten Schlag gestatte ich Ihnen.“

„Gentlemen, sollten wir uns angesichts der Toten nicht ein wenig beherrschen?“ Die Worte des Sergeant fielen wie Blei auf Deck.

Kippwell nagte an seiner Pfeife wie ein Hund an seinem Knochen.

„Ihr Sergeant hat recht, aber an einem anderen Ort, zu einer anderen Zeit stehe ich Ihnen gerne zur Verfügung." Edwards hatte Mühe, sich zu beherrschen. Er sah wieder zu der Toten. „Armes Ding."

„Armes Ding?", höhnte Kippwell. „Dass ich nicht lache. Wie sie selbst gerade sagten, war sie ja wohl eine Kriminelle. Dass sie tot ist, bedeutet nur eine weniger, um die wir uns Sorgen machen müssen."

„So sehen Sie das also? Und was ist mit dem Schwein, das sie umgebracht hat? Der hat der Stadt dann wohl einen Gefallen getan?"

Zwei Kutschen hielten am Pier und zogen die Aufmerksamkeit aller auf sich, ehe der Streit erneut aufflammen konnte.

Doktor Noah Aeglewood, der Polizeiarzt des Yard, und Chief Inspector Hendrik DeFries stiegen aus.

DeFries war wie immer tadellos gekleidet. In den schwarzen Hosen, mit Mantel, Gehrock, Weste und Zylinder schien er eher für die Oper oder den Gentlemen's Club gekleidet als für einen Tatort. Sein langes Gesicht mit der spitzen Nase war, ebenfalls wie immer, ausdruckslos.

Seite an Seite kamen die beiden Männer auf die Princess zu.

Kippwells Miene verriet tiefe Verunsicherung, als sich der Doktor unverzüglich mit der Leiche beschäftigte und ihm nur knapp zunickte. DeFries bedachte ihn mit einem adlergleichen Blick. „Inspector Kippwell. Kann ich Sie einen Moment sprechen? Unter vier Augen."

„Ja ... natürlich, Sir."

Sie entfernten sich ein Stück, bis DeFries stehenblieb und die Hände hinter dem Rücken verschränkte.

„Ich möchte es kurz machen. Scotland Yard übernimmt von jetzt an die Ermittlungen."

„Was? Das können Sie doch nicht machen!" Das mopsige Gesicht lief puterrot an.

„Sie sind in dem einen Monat seit dem letzten Mord nicht ein Stück vorangekommen. Ihre Berichte sind absolut nicht befriedigend und jetzt gibt es ein zweites Opfer mit dem gleichen Stück Stoff im Mund. Aber deswegen entziehe ich Ihnen den Fall nicht.“ Er zog ein Heft aus billigem Papier aus der Manteltasche. Das Titelbild zeigte einen riesenhaften Schatten, der über einer jungen Frau stand, die er mit langen Krallenhänden erwürgte. „Der Würger im Schatten von P.D. Wolkins“, las DeFries die Überschrift.

Kippwell blinzelte überrascht. „Woher haben Sie das?“

„Diesen Schund kann man bei jedem Zeitungshändler kaufen.“

„Damit habe ich nichts zu tun.“

„Ach nein? Und woher weiß der Kerl dann so viel über diesen Fall? Die Strangulation? Das Stück Stoff, die Haarlocke? Verdammt noch mal. Sie sind der leitende Beamte. Sollte ich nachweisen können, dass Sie Informationen an diesen Schmierfinken weitergegeben haben, sind Sie die längste Zeit Ihres Lebens Polizist gewesen. Haben Sie mich verstanden, Inspector?“

Kippwells Halsmuskeln zuckten, während er nach einer Antwort suchte und doch nur ein klägliches „Ja, Sir“ zustande brachte.

„Gut. Sie werden die Akten zum Mord an Estelle Wiggins unverzüglich zum Yard bringen lassen. Inspector Edwards wird von nun an übernehmen.“

„Ja, Sir.“ Kippwell knirschte mit den Zähnen.

„Sie können jetzt gehen.“

Ohne ein Wort wirbelte der Inspector herum und rauschte davon. Sein Sergeant folgte ihm und hatte Mühe, mit ihm Schritt zu halten.

Edwards sah den beiden hinterher. Als sein Vorgesetzter neben ihn trat, sagte er: „Kippwell sah nicht gerade glücklich aus.“

„Dazu hat er auch keinen Grund. Sie übernehmen jetzt seinen Fall. Wollen wir?“

„Sicher, Sir.“

Die beiden Watermen, Dorsey und Potts, standen da wie Salzsäulen und hatten sich die ganze Zeit über nicht gerührt. Dabei machten sie Gesichter, als wären sie die unschuldigsten Burschen in ganz London.

„Dann erzählen Sie mal“, begann Edwards, „was ist passiert?“

Dorsey machte den Mund auf und spie ihm seinen Gin-Atem entgegen. „Wir schippert’n da so in der Midde der Themse, da fand der Potts so was, was im Wasser rumschwamm.“

„War aber nur ’n toter Köter. Hab’ ihn noch da, wenn’se ’n sehen woll’n.“

„Der Herr Inspector interessiert sich ’n Scheiß für dein’ Drecksköter, Potts.“

„Schon gut, schon gut“, schlichtete Edwards. „Was passierte dann?“

„Die Schiffsschraube hing fest. Da ham wa’se dann geseh’n. Tot wie meine alte Mutta. Wir ham’se dann rausgefischt.“

„Und das Bein?“

„Hat sich wohl der Fluss geholt. Der Fluss holt sich imma sein’ Anteil.“

„Wo haben Sie die Tote gefunden?“

Dorsey drehte sich, um den Fluss hinaufzuzeigen. „War’n nich’ weit weg, vom Parle ... Perliamee ...“

„House of Parliament?“, fragte DeFries.

„Ja, genau. Da schwamm sie einfach so rum. Fast inner Midde. Da zerrt die Strömung an dir, wie ne Nutte im Salt’n’Fish.“

Edwards verkniff sich ein Grinsen, während DeFries den Waterman mit strengem Blick maßregelte.

„Du bis’ doch verheiratet, Dors“, flüsterte Potts.

„Halt die Schnauze“, raunzte Dorsey seinem Partner zu.

„Ich werde Ihrer Frau nichts sagen“, versprach Edwards. „Hatte sie etwas bei sich?“

„Ja, hab’ ich doch schon erzählt. Das hier.“ Dorsey gab ihm das gelbe Stück Stoff mit der Haarlocke. DeFries nickte. „Wie bei Estelle Wiggins.“

„Das hat'se zwisch'n den Zähnen gehabt", erklärte Dorsey.

„Noch was?"

„Nein, nix." Die Antwort kam Edwards zu schnell. „Gentlemen, Sie wollen doch keinen Ärger mit uns, oder?"

Widerwillig griff Dorsey ein weiteres Mal in seine vor Schmutz starrende Jacke und hielt einen Haarkamm aus Schildpatt in der schwieligen Hand, der in der Mitte durchgebrochen war.

„Wo ist die andere Hälfte?"

„War nich' da."

Edwards hob eine Augenbraue.

„Nein, ehrlich. Die hadde nich' mal Schmuck. Das da war alles. Hätt's fast überseh'n."

„Na schön."

Edwards betrachtete den Kamm. Er hatte die Form eines Schmetterlings, der in den Farben des Regenbogens schimmerte. Ein paar chinesische Schriftzeichen aus irgendeinem weißen Material waren in den Kamm eingelegt. Dem Schmetterling war ein Flügel abgebrochen. Ein paar Zacken fehlten. Er steckte ihn ein und widmete sich dann der Haarlocke und dem Stück Stoff. „Die Haarsträhne ist ordentlich verknotet. Sehr weicher Stoff. Rosenmuster."

War das vielleicht Seide? Er konnte nur raten. Er hatte noch nie Seide in der Hand gehalten. Dann hielt er es sich an die Nase und atmete tief ein. Es stank fürchterlich nach Themsewasser, der Kloake Londons, und er roch den fauligen Gestank des Todes, der jeder Leiche anhaftete. Hinzu kamen die Ausdünstungen eines ungewaschenen Körpers und einer noch seltener gewaschenen Hose. Aber da war noch etwas anderes? Ein Hauch Jasmin.

„So wie das hier verschnürt ist, hat sich der Mörder große Mühe gegeben. Die Schleife um die Haarlocke ist perfekt gebunden. Das hat er geplant. Sicher hat er seine Opfer vorher beobachtet."

Edwards offen ausgesprochener Gedankengang wurde jäh unterbrochen, als Aeglewood von einem heftigen Niesanfall heimgesucht wurde.

„Entschuldigung. Jedes Jahr das Gleiche“, schniefte er, „dieser verdammte Herbst bringt mich eines Tages noch um.“

Edwards grinste. „Du klingst furchtbar, Noah. Vielleicht solltest du mal zu einem richtigen Arzt gehen.“

„Ich bin ein richtiger Arzt“, erwiderte Aeglewood verschnupft. „Ich kann auch den Coroner kommen lassen, wenn dir der lieber ist.“

„Nein, nein“, beschwichtigte Edwards. „Der sagt uns nur, dass sie tot ist, und das kann ich selbst sehen.“

Aeglewood schnäuzte sich ein weiteres Mal und zupfte am Revers seines Jacketts, ehe er sich neben dem Kopf der Toten niederkniete.

„Gentlemen. Sie ist erwürgt worden. Hier, diese Male auf dem Kehlkopf sind eindeutig. Dafür kommt nur ein dünner Strick in Frage. Er hat vermutlich ein dünnes Holz benutzt, das er in ihrem Nacken in eine Schlaufe gesteckt hat, um den Strick dann langsam enger zu drehen. Durch den Hebel braucht man nicht viel Kraft. Irgendwann hat es ihr den Kehlkopf zerquetscht.

„Starb sie schnell?“, wollte Edwards wissen.

„Das lässt sich schwer sagen. Ich weiß nur, dass sie sich sehr gewehrt hat. Sehen Sie hier. Die Quetschungen am Handgelenk, die Schnitte und Blutergüsse. Das kommt von eisernen Handschellen. Offensichtlich sehr scharfkantig. Außerdem wurde ihr die Nase gebrochen. Vermutlich durch einen einzigen Schlag ins Gesicht. Ich werde sie mir aber noch genauer ansehen. Vielleicht finde ich noch etwas anderes, was für Sie von Interesse sein könnte.“

DeFries blieb sachlich. „Wir wären schon einen Schritt weiter, wenn wir wüssten, wer die Frau ist.“

„Das ist Madame Yin“, erklärte Edwards, ohne den Blick von der Toten zu nehmen.

„Als ich bei der H-Division anfing, arbeitete sie noch als einfache Straßendirne. Es gab damals ziemlich oft Ärger mit Freiern, die handgreiflich wurden, dabei sind wir uns ein paar Mal begegnet. Dann hat sie sich hochgearbeitet. Ein paar Jahre später führte sie bereits ein Bordell in Lambeth. Als ich dann zu Kippwell kam, habe ich sie aus den Augen verloren ... aber ich habe noch gelegentlich von ihr gehört. Es schien gut für sie zu laufen."

„Eine junge Frau aus gutem Hause und eine Bordellbesitzerin. Beide auf die gleiche Weise getötet. Wie passt das zusammen?", hörte er DeFries fragen.

„Um das zu beantworten, müsste ich mehr über das erste Opfer wissen." Edwards hatte vom ersten Mord nur am Rande erfahren.

„Ich habe Kippwell befohlen, Ihnen alles zu diesem Fall zukommen zu lassen."

„Hmm", machte Edwards bloß, während er noch einmal zur Leiche sah, die inzwischen von zwei Helfern von Deck getragen wurde. Ein weißes Leinentuch lag über ihr.

Doktor Aeglewood tippte sich an den Rand seines Hutes. „Gentlemen. Wenn es Neuigkeiten gibt, lasse ich es Sie wissen."

„Ich denke, wir sind hier fertig", sagte DeFries. „Wir kommen mit Ihnen."

Einer der Watermen räusperte sich und klang dabei wie eine Katze, die ein Fellknäuel hochwürgte.

„T'schuldig'n Sie die Störung, Sörs, aber ich hätt' da mal 'ne Frage."

„Ja, guter Mann?", sagte DeFries.

„Sör, ahem. Wir hab'n jetzt ziemlich lang gewartet und konnten nich' arbeiten. Gibt's vielleicht so was wie'n ... Finderlohn? Versteh'n Se? Wir woll'n nich' gierig sein, aber wir kommen sons' nich' rum."

„Ich verstehe schon. Aber nein, wir zahlen Zeugen nichts, wenn sie uns zu einem Tatort rufen. Tut mir leid."

„Und was is' mit dem Schaden am Schiff? Der Motor hat was abgekriegt und die Schraube is' sicher auch hin. Wie soll'n wir denn den Kram bezahl'n, den wir brauch'n?"

„So gerne ich Ihnen helfen würde, aber Sie hatten Pech und

Scotland Yard übernimmt nicht die Haftung für entstandene Schäden, noch für Ihren entgangenen Lohn."

„Zum Teufel", kam es Dorsey in ehrlicher Wut über die Lippen, was ihm sofort leidtat. „Tschuldigung", beeilte er sich zu sagen. „Is' nur so, dass wir dann heute Abend nix zu beißen ham. Und wenn die Princess nich' fahren kann, verdien' wir auch nix. Ich hab' vier Mäuler zu stopfen."

Für DeFries war das Gespräch beendet. Er nickte knapp und schloss sich Aeglewood an.

Edwards hingegen nahm drei Schillinge aus seiner Geldbörse und steckte sie den Männern zu.

„Wenn ihr noch was habt, was ich wissen müsste, fragt bei Scotland Yard nach Robert Edwards. Verstanden?"

„Ja, Sör. Vielen Dank. Sie sin' ehrvoller Kerl, ja wirklich, das sin' Se ."

„Euch noch einen guten Tag."

Als Edwards zu DeFries in die Kutsche stieg, erwartete der ihn mit einem väterlich tadelnden Blick, den er bereits zur Genüge kannte.

„Zurück zum Yard", sagte DeFries und klopfte an die Decke der Hansom-Kutsche.

Der Fahrer schnalzte mit der Zunge. Das Pferd schnaubte und sie fuhren los.

„Sie sollten nicht so freigiebig sein, Robert. Wenn Sie auf jede traurige Geschichte reinfallen, sind Sie bald arm wie eine Kirchenmaus."

„Ja, ja, ich weiß." DeFries konnte ihn nicht verstehen. Er musste das tun. Er hatte Glück gehabt. Vom Gossenkind zum Polizisten. Er musste nicht hungern und auf der Straße schlafen musste er auch nicht mehr. Es lief gut für ihn. Zu gut? Wie schnell konnte er wieder in der Gosse landen? Ein einziger Fehler genügte. Ein falsches Wort an der falschen Stelle. Menschen wie Dorsey und Potts erinnerten ihn daran, dass es schneller bergab als bergauf ging. Nachdenklich strich er sich über seinen Schnurrbart.

„Woran denken Sie, Robert?"

Edwards zuckte zusammen, als hätte DeFries ihn mit einer Nadel gestochen. „An nichts wirklich Bestimmtes."

„Sie sind ein schlechter Lügner, Robert. Ich sehe immer, wenn Sie etwas beschäftigt. Sie tragen Ihre Stärken und Schwächen offen mit sich herum. Eine erfrischende Eigenschaft, aber ... riskant. Besonders in unserem Beruf. Es macht Sie angreifbar. Seien Sie also auf der Hut."

„Ich werd's nicht vergessen."

DeFries sah ihn schräg an. „Sie vergessen meine Ermahnungen doch ständig."

Edwards schwieg.

Eine halbe Stunde später erreichte ihre Kutsche Whitehall Place Nr. 4.

Sie fuhren durch ein Tor, das sie in einen Innenhof brachte. Dort lag der Eingang zum Gebäude von Scotland Yard. Die Mauern bestanden aus rotem Backstein. Auf den Fensterscheiben spiegelten sich die vorbeiziehenden Wolken und die beiden Straßenlaternen, die den kurzen Weg zum Eingang flankierten. Auf dem Platz, vor dem Gebäude, stand eine Black Maria. Vor der schweren Gefangenenkutsche waren zwei schwarze Friesen angespannt, die unruhig mit den Hufen scharrten. Ein paar Bobbys unterhielten sich mit dem Kutscher und rauchten.

Die Hansom hielt vor dem Eingang. Edwards und DeFries stiegen aus und verabschiedeten sich voneinander. Edwards ging in sein Büro. Dort machte er sich einen Tee, schrieb Notizen zu Madame Yin, betrachtete mehrfach den Kamm aus Schildpatt, die Haarlocke, das Stück Stoff mit dem Rosenmuster und wartete während dieser Zeit auf Kippwells Akten.

Er wartete geduldig bis in den späten Nachmittag hinein. Dann allerdings platzte ihm der Kragen.

***

Southampton
Am Nachmittag

Die M.S. Cumberland hatte vor einer Stunde im Hafen von Southampton angelegt. Tiefgraue Wolken zogen über sie in Richtung Küste hinweg. Ein kühler Wind ließ den Union Jack flattern, der an einem Fahnenmast über der Hafenanlage hing. Die Luft roch nass und salzig nach den Wellen, die gluckernd in den Hafen rollten. Eine Dame im Pelzmantel befand näselnd, dass es für die Jahreszeit zu kühl und zu nass war. Neben ihr hatten sich nur wenige Passagiere an Deck eingefunden, um den Wartenden am Pier zuzuwinken.

Celeste und Dorothea gehörten zu diesen wenigen. Sie standen nebeneinander an der Reling und sahen zu, wie die Hafenarbeiter johlend und fluchend die Aufgänge an der Cumberland befestigten.

„Werden uns deine Eltern abholen kommen?“, fragte Celeste.

„Vater wird sicher keine Zeit haben und Mutter ist zu krank. Er wird einen Diener schicken, wie üblich.“

„Bist du denn gar nicht froh, nach Hause zu kommen? Du warst die ganze Überfahrt so still.“

Dorothea schüttelte den Kopf, sodass ihr die blonden Locken ins Gesicht fielen. „Ich wäre lieber bei Tante Anette geblieben. Bei ihr habe ich mich wohlgefühlt.“ Sie sah hilfesuchend zu Celeste, die sich des Gefühls nicht erwehren konnte, dass das Mädchen etwas sagen wollte, es aber nicht herausbrachte.

Plötzlich nahm Dorothea ihre Hand und drückte sie. „Ich bin Ihnen sehr dankbar, dass Sie bei mir sind.“

Celeste antwortete nicht, stattdessen legte sie ihre andere Hand über die des Mädchens.

Das Nebelhorn der Cumberland erschallte und mit einem Mal schien es, als hätten die Kabinen, Salons, Restaurants, Cafés und Aufenthaltsräume ihre Besucher auf einen Schlag freigegeben. Die Luft vibrierte vom Klappern unzähliger Schuhe auf den polierten Decks, vom Lärm hunderter Stimmen, die mal laut, mal leise durcheinander plapperten. Das gestochene Oxford-Englisch mischte sich mit dem geschwungenen Akzent aus Cornwall und dem gerollten „R" eines Schotten aus Glasgow. Dazwischen hörte man Fetzen von Italienisch und Französisch. Ein Paar sprach sogar Deutsch.

Noch war etwas Zeit und Celeste nutzte den Augenblick, um Dorotheas Gesicht zu studieren. Ihre Haut war blass und wirkte kränklich. Die dunklen Ringe unter ihren Augen verrieten den Mangel an Schlaf. Seit sie New York verlassen hatten, litt Dorothea unter Albträumen. Nacht für Nacht war Celeste zu ihr geschlichen, hatte ihr über das Haar gestrichen und ihre Hand gehalten, bis die Dämonen der Nacht wieder ins Dunkel zurückgekrochen waren.

„Ich will nicht zurück nach London. Ich hasse diese Stadt. Warum kann Vater mich nicht in Frieden lassen?"

Celeste verstärkte den Druck auf Dorotheas Hand. „Ich nehme an, deine Eltern haben Sehnsucht nach dir."

„Sie kennen Vater nicht. Er ist kein Mensch, der Sehnsucht nach etwas ... oder jemandem hat. Wenn er etwas tut, gibt es dafür immer einen guten Grund."

„Und was ist mit deiner Mutter?"

Bei der Erwähnung ihrer Mutter schwand die Härte aus Dorotheas Augen. „Oh doch. Sie freut sich ganz bestimmt. Und ... ich mich auch auf sie. Aber es geht ihr nicht gut. Sie leidet sehr und es tut mir weh, sie so zu sehen."

Celeste wollte nicht fragen, was ihr fehlte. Sie fand, das ging sie nichts an, aber Dorothea erzählte es von sich aus. „Sie leidet seit Jahren an einer Schwäche der Muskeln, die von Jahr zu Jahr schlimmer wird. Früher konnte sie noch ohne Hilfe gehen. Aber zuletzt ging es nicht mal mehr ohne einen Stock."

„Gibt es denn keine Aussicht auf Heilung?"

„Nein, bis jetzt nicht. Vater hat schon jeden Spezialisten aus England und sogar aus Frankreich konsultiert. Keiner konnte etwas für sie tun." Sie schwiegen beide.

Celeste bemerkte, wie sehr es dem Mädchen zusetzte, über die Mutter zu reden, und sie befand, dass es an der Zeit war, das Schiff zu verlassen. „Komm, Dorothea", sagte sie mit einer Fröhlichkeit, die nur ein Stück weit gespielt war. „Gehen wir von Bord. Ich kann es kaum erwarten, endlich wieder festen Boden unter den Füßen zu spüren." Lachend zog sie Dorothea hinter sich her, die sich von ihrer fröhlichen Unbekümmertheit anstecken ließ. Sie liefen die Gänge entlang, hielten ihre Hüte fest, an denen der Wind zerrte, jauchzten und kicherten und ernteten dafür strafende Blicke von älteren Paaren, die ihr Verhalten mit einem „Unerhört!" oder „Was für ein Benehmen", kommentierten.

Celeste und Dorothea liefen die Treppe hinunter, bemüht, nicht über ihre eigenen Röcke zu stolpern, die mit jedem Schritt von einer Seite zur anderen schwangen.

So erreichten sie die Laufgänge, die inzwischen festgebunden waren. Es gab derer sechs. Zwei waren für die dritte, zwei für die zweite und zwei für die erste Klasse reserviert.

„Bitte ... bitte ... anhalten. Ich ... kann ... kaum noch atmen", keuchte Dorothea lachend und mit vor Freude geröteten Wangen.

Celeste hielt Dorothea bei den Händen, strahlte mit ihr um die Wette und ignorierte dabei die Blicke der Schiffsoffiziere, die wie Zinnsoldaten dastanden und die Passagiere mit eingemeißeltem Lächeln verabschiedeten.

An Land wurden die beiden Frauen bereits von zwei Bediensteten erwartet.

„Miss Dorothea", sagte der ältere der beiden, der so aussah, als würde er schon seit Ewigkeiten als Butler im Dienste der Familie Ellingsford stehen. „Seine Lordschaft wird entzückt sein, Sie wieder im Kreis der Familie begrüßen zu dürfen. Ich hoffe, Sie hatten eine angenehme Heimreise?"

„Haben Sie vielen Dank, Mr. Peacock. Ich ... mein Vater hatte wohl keine Zeit, mich persönlich zu begrüßen?"

Der Butler legte die faltigen Hände ineinander. „Seine Lordschaft bedauert es zutiefst, sich entschuldigen zu müssen, aber dringende Termine haben sein Kommen unmöglich gemacht."

Dorothea nickte schwach und Celeste gewann den Eindruck, dass das Mädchen nicht einmal enttäuscht war.

Dann wandte der Butler seine Aufmerksamkeit ihr zu. „Sie müssen Miss Summersteen sein."

Sie nickte und er deutete eine Verbeugung an. „Willkommen in England. Ich war so frei und habe die Karten für die Weiterfahrt bereits besorgt. Der Zug geht in einer Stunde. Gestatten Sie mir vorzuschlagen, dass wir aufbrechen? Andrew wird mit dem Gepäck nachfolgen." Der zweite Diener nickte und trottete in Richtung Schiff.

Mr. Peacock zeigte auf die wartende Kutsche. „Ich kann mir vorstellen, dass die Damen von der Reise erschöpft sind. Ich habe mir erlaubt, eine kleine Erfrischung zuzubereiten, die in Ihrem Abteil auf Sie wartet." Während er sprach, hatte er ihnen die Tür geöffnet und half ihnen beim Einsteigen.

„Sie sind wirklich eine gute Seele, mein lieber Peacock", sagte Dorothea höflich. „Wie geht es meiner Mutter?"

„Ausgezeichnet, Miss Dorothea. Mit der Gewissheit, Sie wiederzusehen, ging es ihr von Tag zu Tag besser."

Kurz darauf setzte sich die Kutsche mit einem Ruck in Bewegung und sie folgten der Hauptstraße, die sie aus dem Hafengebiet von Southampton zur Central Station bringen würde. Von dort aus ging ihr Zug nach London.

Neugierig blickte Celeste nach draußen. Das dreckige Grau der Hafengebäude, wo Ziegel nur noch wackelig im Mauerwerk steckten und Grasbüschel aus den Regenrinnen wucherten, verschmolz mit dem Wolkeneinerlei über der Stadt zu einem wenig einladenden Bild.

Die Schornsteine der nahen Fischereibetriebe stießen öligen

Ruß in den Himmel. Der Geruch legte sich auf die Lunge und mischte sich mit dem Gestank fauliger Fischabfälle, die sich vor den Fabriken auftürmten. Für die kreischenden Möwen, die sich um die besten Stücke balgten, war es ein reich gedeckter Tisch. Angewidert zog Celeste die Nase kraus. Ihr erster Eindruck von England war nicht der beste.

„In London riecht es auch nicht besser." Dorotheas Stimme schreckte sie auf.

„Wirklich? Das kann ich kaum glauben."

„Wenn der Wind ungünstig steht, riecht man die Schlachtereien, in Surrey, wenn sie ihre Abfälle verbrennen, oder die Themse verpestet die Luft. Das Wasser ist so schmutzig. Wenn man es trinkt, wird man krank. Im Winter ist es in London besonders schlimm, dann zieht der Rauch aus den Schornsteinen nicht ab und sammelt sich in den Straßen. Der Nebel ist dann so dicht, dass Sie kaum die Hand vor Augen sehen können." Celeste machte ein ungläubiges Gesicht und Dorothea lächelte milde. „Warten Sie es nur ab. Sie werden es ja bald selbst erleben."

***

Polizeistation der L-Division
Kennington Lane

Kippwell hatte ihn versetzt. Wie Edwards ihn einschätzte, aus purer Boshaftigkeit. Jetzt war er stinksauer. Wie ein gereizter Stier platzte er in die Polizeistation an der Kennington Lane. Der wachhabende Sergeant hinter dem Tresen riss die Augen auf und hatte schon den Knüppel in der Hand und die Trillerpfeife im Mund, als er den Mann erkannte, der da auf so unzivilisierte Weise durch die Tür gepoltert kam. „Rob! Du verfluchter Hundesohn. Du hast mir einen verdammten Schrecken eingejagt!" Dann lachte er prustend, wobei feine Speicheltropfen auf den Tresen regneten.

Edwards ergriff die Hand des Sergeant, um sie zu schütteln. „Waldo. Wolltest mir wohl eins überziehen, was?"

„Ach, der ist nur für Leute, die nicht wissen, wie man einen Türknauf benutzt. Schön, dass du dich mal wieder blicken lässt. Scotland Yard hält dich wohl ganz schön auf Trab? Hast gar keine Zeit mehr für deine alten Kameraden."

„Ja, tut mir auch leid. Hab' immer was zu tun."

„Brauchst dich nicht zu entschuldigen. Willst du 'ne Tasse Tee, oder Scones? Heather hat mir welche mitgegeben. Und ein Töpfchen Honig ..."

Edwards leckte sich die Lippen. „Hmm. Ich liebe ihre Scones."

Waldo zwinkerte und machte ein Gesicht, als könne er kein Wässerchen trüben. „Sind genug da. Kannst gerne mitessen."

„Verdammt. Ich würde zu gerne, aber ich kann nicht, ich hab's eilig. Ich bin dienstlich hier."

„Ist wegen Madame Yin, hmm?"

„Ja, woher weißt du das?"

„Sergeant Dyers hat's mir erzählt. Hat wohl ziemlich Ärger gegeben?"

„Ich brauche die verdammten Akten zu Estelle Wiggins. Und Kippwell sollte sie mir bringen. Was denkt der sich eigentlich? Zwei Frauen sind umgebracht worden." Schon war seine schlechte Laune zurück. „Wenn er mich ärgern wollte, dann hat er das geschafft. Ich hätte nicht übel Lust, ihm eins in seine dumme Visage zu geben. Wo steckt der Kerl?"

„Keine Ahnung. Der Sergeant kam allein zurück."

„Mmh. Na gut. Und wo steckt der?"

„Oben, in deinem alten Büro. Du weißt ja, wo's langgeht."

„Ja, hab's nicht vergessen."

Edwards trat durch eine Doppeltür und folgte einem mit schwarzen und weißen Fliesen ausgelegten Flur. Links und rechts gab es mehrere Türen und am Ende eine Treppe, die in den Keller und in den nächsten Stock führte. Unterwegs begegnete er einigen Beamten, die er noch von früher her kannte, aber auch einigen unbekannten Gesichtern. Ein schneller Gruß, ein freundliches Wort, dann war er auch schon weiter. Im ersten Stock angekommen riss er die Tür zu seinem alten Büro auf und jagte Dyers einen furchtbaren Schrecken ein. Der saß auf dem Boden. Um sich herum lagen Unterlagen verstreut, aufgeschlagene Aktenmappen und auf einem Stuhl stand ein geschlossener Pappkarton.

Edwards blieb in der Tür stehen. „Die Akten im Fall Wiggins? Wo sind die?"

„In ... Inspector Edwards", stammelte Dyers und sprang auf. „Ähm. Hier ... Sir." Er zeigte auf das Chaos um sich herum.

„Ich warte die ganze Zeit darauf. Verflucht nochmal!"

„Es ... es tut mir sehr leid, Sir, aber Inspector Kippwell ist ohne ein Wort zu sagen davon. Ich wusste nicht ..."

„Das sieht ihm ähnlich." Edwards zeigte auf die Akten. „Sammeln Sie alles ein. Ich nehm es jetzt mit. Beeilen Sie sich."

Während Dyers die losen Blätter aufraffte, lehnte Edwards am Türrahmen, verschränkte die Arme und beruhigte sich wieder. Schließlich war Dyers nicht Kippwell und der Sergeant hatte seine üble Laune nicht verdient.

„Was haben Sie da gemacht?", fragte er freundlicher und bückte sich, um eines der Papiere vom Boden aufzuheben.

Dyers zupfte seine Weste glatt. „Ich wollte vorbereitet sein."

„Vorbereitet? Auf was? Man hat der L-Division den Fall weggenommen."

„Das weiß ich, Sir. Es ist nur ..." Er zögerte.

„Nur Mut."

„Ich habe das Mädchen gesehen. Estelle Wiggins, meine ich. Ich will diesen Dreckskerl schnappen."

„Tut mir leid, wie's jetzt gekommen ist. Bedanken Sie sich bei Ihrem Vorgesetzten. Er muss sicher irgendeinen Unsinn gemacht haben, sonst hätte er den Fall noch."

„Sir. Ich möchte zu Ihnen versetzt werden. Ich kann Ihnen helfen."

Edwards hob überrascht eine Augenbraue. „So einfach ist das nicht. Wie stellen Sie sich das vor?“

„Vielleicht könnten Sie ein gutes Wort für mich einlegen, Sir?“

„Ich versteh' Sie ja. Aber ich fürchte, Sie überschätzen meine Möglichkeiten. Außerdem arbeite ich alleine.“

„Bitte, Sir. Nur dieses eine Mal.“

„Kippwell würde Ihnen den Kopf abreißen, Sergeant.“

„Das kann auch nicht schlimmer sein, als es jetzt ist.“

„Ich weiß, was Sie meinen. Kippwell ist ein Holzkopf. Trotzdem können Sie nicht so mir nichts, dir nichts ins Yard wechseln.“

„Hier bin ich nicht mehr als ein Handlanger. Ich weiß, ich kann mehr leisten. Ich will es beweisen.“

Das war Edwards nicht unbekannt. Kippwell hatte die Angewohnheit, seine Untergebenen wie Lakaien zu behandeln und sie nicht mehr wissen zu lassen, als er für richtig hielt. „Ich war vor einigen Jahren in der gleichen Lage wie Sie. Glauben Sie mir, wenn ich Ihnen sage, dass ich Sie gut verstehen kann.“

Dyers sagte nichts, aber sein Blick sprach Bände.

Edwards seufzte. „Also schön. Ich werde mit Chief Inspector DeFries sprechen. Aber ich kann Ihnen nichts versprechen. Doch eins will ich Ihnen sagen: Wenn Sie sich bei mir lieb Kind machen wollen, um für Kippwell zu spionieren, dann Gnade Ihnen Gott.“

„Sicher nicht, Sir. Danke, Sir.“ Dyers strahlte, als hätte er gerade in der Lotterie gewonnen.

„Danken Sie mir nicht zu früh.“

Edwards Blick fiel auf die Pappschachtel und er trat näher heran, um den Deckel anzuheben.

„Die Habseligkeiten der Toten“, erklärte Dyers. „Sie hatte nicht viel bei sich.“

In diesen Schachteln lagen die Dinge, die einen Menschen vom Leben in den Tod begleitet hatten. Diese Habseligkeiten machten die Person aus, verrieten manchmal, wen sie geliebt hatte, was sie mochte und was sie getan hatte, kurz vor dem Tod.

Edwards Herz schlug heftiger, als er den Deckel anhob und in die Schachtel blickte.

Er nahm ein Medaillon heraus, klappte es auf und betrachtete es nachdenklich. Es war aus Gold.

Die Fotografie darin war vom Themsewasser zerstört worden, dennoch konnte er noch die Umrisse zweier Personen erkennen.

„Die Eltern“, sagte Dyers tonlos.

„War Estelle das einzige Kind?“

„Ja. Sie hatten noch einen Sohn, aber der ist schon seit zehn Jahren tot.“

Edwards legte das Medaillon beiseite. In der Schachtel fand er noch eine Halskette aus Perlen und einen Ring, in den ein Granat eingefasst war. Sie halfen ihm nicht weiter und verrieten ihm nur, dass der Mörder kein Interesse an wertvollen Gegenständen gehabt hatte. Zuletzt nahm er das gelbe Stück Stoff und die Haarlocke an sich. „Wie bei Madame Yin. Finden wir den Zusammenhang, haben wir eine verdammt gute Spur.“

Edwards kniff die Lippen zusammen. „Der gleichfarbige Stoff, die Haarlocke, der langsame Tod durch Strangulation. Ich müsste mich sehr täuschen, wenn das ein Zufall ist. Ich denke, ich werde noch einmal mit den Eltern sprechen.“

„Das wird nicht ganz einfach sein, Sir.“

„Wieso nicht?“

„Die Mutter ist zur Kur nach Brighton und ihr Vater ist kurz nach dem Begräbnis nach Indien gereist.“

„So plötzlich? Und wieso ausgerechnet Indien?“

„Er besitzt dort einige große Teeplantagen. Haben Sie noch nie von J. W. Teas gehört?“

„Doch, doch. Schon. Aber wieso lässt er seine Frau alleine zurück?“ Auf Edwards Gesicht zeigte sich Unverständnis.

„Es ging ihr nicht besonders gut. Die Nerven.“

„Ein Grund mehr, bei ihr zu bleiben. Nur Feiglinge fliehen“, zitierte er einen alten Spruch aus seiner Militärzeit, während er die Sachen in die Schachtel zurücklegte.

Dyers reichte ihm eine Fotografie in einem Rahmen. Es zeigte eine junge Frau mit Blumen im Haar, einem fröhlichen Lächeln auf den Lippen und einem Kanarienvogel, der auf ihrem ausgestreckten Zeigefinger saß. „Ihre Mutter hat es mir gegeben. Mir ... und nicht Inspector Kippwell. Das verstehe ich nicht."

Edwards schwieg.

„Sie war sehr schön, nicht wahr, Sir?"

„Ja, das war sie."

„Und jetzt ist sie tot", murmelte Dyers.

„Ich denke, ich weiß, warum die Mutter Ihnen die Fotografie gegeben hat."

„Tatsächlich, Sir?"

„Sie hat Ihren Blick gesehen. Ihr Mitgefühl gespürt. Kippwell hat das nicht, hat er nie gehabt. Die arme Frau gab Ihnen das Kostbarste, was sie noch von ihrer Tochter hatte. Eine Erinnerung."

„Wenn Sie das so sehen, Sir."

„Ich muss jetzt gehen", sagte Edwards abrupt. „Sie hören von mir, Sergeant."

Eine Viertelstunde später hatte Edwards eine Droschke gefunden und befand sich auf dem Rückweg zu Scotland Yard. Sein abwesender Blick ruhte auf der träge dahinfließenden Themse, als die Kutsche Vauxhall Bridge überquerte. Vereinzelte Dampfboote stampften durch die Fluten. Der Nieselregen war in Regen übergegangen und die Fassaden der Häuser spiegelten sich in den Pfützen auf dem Kopfsteinpflaster.

Während der Fahrt hatte er Estelle Wiggins' Bild in die Hand genommen und betrachtete es. „Ich finde diesen Wahnsinnigen", sagte er leise zu sich selbst.

***

London
Paddington Station
Acht Uhr abends

Celeste glaubte, nur kurz die Augen geschlossen zu haben, als sie jemand an der Schulter berührte und sanft weckte. Sie blinzelte verschlafen und konnte spüren, wie der Zug seine Fahrt verlangsamte. Bremsen quietschten, begleitet vom Pfeifen der Lokomotive. Schwarzer Kohlenrauch wirbelte am Fenster vorbei und Dampf umwallte die Wartenden am Bahnsteig.

Auf den Bahnsteigen brannten Laternen. Die Uhr über einem der Wartesäle schlug acht Mal zur Abendstunde.

„Habe ... habe ich lange geschlafen?", fragte Celeste verwirrt.

„Ja, die gesamte Fahrt über." Dorothea beugte sich vor.

„Sechs Stunden? Es kommt mir wie sechs Minuten vor."

Dorothea versuchte zu lächeln. „In nicht einmal einer halben Stunde bin ich zu Hause."

Kurz darauf verließen sie in einer Kutsche Paddington Station. Sie fuhren am Hyde Park entlang in Richtung Park Lane.

Die Luft war mild und roch auch ein wenig fruchtig dank der Obsthändler, die mit ihren Karren und Bauchläden voller Äpfel und Birnen durch die Straßen zogen. Elegante Stadthäuser mit säulengeschmückten Fassaden und hohen Fenstern reihten sich auf der gegenüberliegenden Straßenseite dicht an dicht aneinander. In den Vorgärten wuchsen sorgsam gestutzte Hecken und Büsche, der Rasen war so grün und gepflegt, dass es darin für Unkraut keinen Platz geben konnte. Celeste erschien das alles so sauber und geordnet, dass sie sich des Eindrucks nicht erwehren konnte, auf eine übergroße Theaterbühne zu schauen.

Sie bogen in die Park Lane ein. Dorothea holte tief Luft und Celeste nahm ihre Hand. Sie war eiskalt. „Es gibt keinen Grund, aufgeregt zu sein. Du wirst schon sehen."

Dorothea nickte, auch wenn sie vielleicht lieber den Kopf geschüttelt hätte.

„Ich habe Angst“, flüsterte das Mädchen mit gesenktem Blick.

„Vor deinen Eltern?“

„Nein, nicht vor ihnen.“

Celeste wollte fragen: Vor wem dann, aber dazu kam sie nicht, denn die Kutsche hielt vor einem dreistöckigen Haus mit weißer Fassade. Zwei Statuen mit finsteren Gesichtern trugen einen halbrunden Balkon auf ihren Schultern. Die Haustür öffnete sich. Zwei Hausdiener mit Laternen traten ins Freie und beleuchteten die Treppe hinauf zum Eingang.

Ihnen folgte ein Mann im schwarzen Anzug. Wie die bedrohliche Gestalt aus einer Gruselgeschichte tauchte er aus dem Dunkel des Hauses auf und trat ins Licht der Laternen.

Seine Hände hielt er hinter dem Rücken verschränkt. In seinem Mienenspiel war es unmöglich, ein Gefühl der Freude oder überhaupt eine Regung zu erkennen. Celeste brauchte keine Hellseherin zu sein, um zu wissen, dass sie Lord Ellingsford vor sich hatte.

Sein unterkühltes Verhalten war ganz anders als das der Frau, die in einem Rollstuhl sitzend neben ihn geschoben wurde. Ihr Gesicht wirkte verhärmt und ausgezehrt. Die Augen lagen tief in den Höhlen, doch trotz ihrer offensichtlich schlechten körperlichen Verfassung, lachte sie vor Freude und weinte vor Rührung. „Dorothea!“, rief sie herzlich und streckte ihr die Arme entgegen. Dorothea lief die Treppe hinauf, auch sie weinte und lachte. Vor ihrem Vater, Lord Ellingsford, hielt sie kurz inne und knickste vor ihm. „Willkommen zu Hause, mein Kind“, sagte er und tätschelte ihr den Kopf, als würde er einen Hund loben.

Dann umarmten sich Mutter und Tochter. Lord Ellingsford wandte sich derweil Celeste zu und warf ihr einen Blick zu, der ihr deutlich machte, dass sie hier nicht willkommen war. Celeste konnte seine Ablehnung fast körperlich spüren.

„Miss Summersteen, nehme ich an?“

„Ja, die bin ich“, sagte sie höflich.

„Sie sind Amerikanerin?“

„Ja, aus New York."

„Nun denn." Ellingsford vermied es, ein abfälliges Wort über ihre Herkunft zu verlieren, doch die Abneigung, die er gegen die Bewohner der ehemals englischen Kolonie hegte, war ihm deutlich anzusehen. Er blickte Frau und Tochter nach, die in einem der Salons verschwanden. „Sie werden sich einiges zu erzählen haben. Ich denke, das gibt uns Gelegenheit, uns zu unterhalten. Wenn Sie mir folgen wollen."

Ellingsford ging voran und geleitete Celeste durch die große Eingangshalle in ein Zimmer, das in einen Wintergarten überging. Allerlei tropische Pflanzen wuchsen dort. Zwei Petroleumlampen, die von goldenen Nixen gehalten wurden, spendeten ein wenig Licht. In einer Ecke plätscherte leise ein kleiner Brunnen.

Mit einer Handbewegung deutete Ellingsford auf einen der Korbstühle, die um einen Marmortisch herum gruppiert waren. „Bitte. Nehmen Sie Platz." Er selber setzte sich ihr mit übereinandergeschlagenen Beinen und verschränkten Armen gegenüber.

Celeste öffnete ihre Handtasche und nahm die zwei Briefe heraus, die sie von Mrs. Roover erhalten hatte. „Ihre Schwester bat mich, Ihnen die hier zu geben."

Er nahm sie mit starrer Miene entgegen, warf einen kurzen Blick darauf und steckte sie dann ein. „Ich werde sie später lesen", sagte er und presste einen Schwall Luft durch die Lippen. „Wie kann sich meine Schwester anmaßen, eine Detektei einzuschalten, ohne mich vorher um Erlaubnis zu bitten?"

Celeste überhörte den angriffslustigen Ton und blieb freundlich. „Ihre Schwester ist nur um Dorotheas Wohl besorgt. Sie war der Meinung, eine Freundin würde ihr die Heimreise erleichtern."

„Meine Tochter ist erwachsen. Sie braucht kein Kindermädchen mehr."

„Vielleicht doch. Ich weiß, weswegen sie in Chicago war."

Ellingsford erbleichte, dann zuckte ein Muskel an seinem Kiefer. „Das ist ungeheuerlich. Meine Schwester ist eine Klatschbase.

Ich hatte ihr ausdrücklich verboten, über dieses ... dieses heikle Thema zu sprechen."

„Sie müssen sich keine Sorgen machen. Niemand wird etwas davon erfahren."

Ellingsford schien nicht überzeugt. Er stand auf, trat an die großen Fenster und sah in den abendlichen Garten hinaus. Das tat er eine schweigsame Weile, bis er fragte: „Was sollen Sie hier eigentlich tun?"

„Das wird Ihnen der Brief erklären, den Ihre Schwester Ihnen geschrieben hat."

„Ich will es aber von Ihnen hören."

Celeste dachte einen Moment lang nach. Sie erinnerte sich an das, was Mrs. Roover über ihren Bruder gesagt hatte. Diplomatie war gefragt. „Dorothea weiß nichts vom Tod ihrer Freundin. Ihre Schwester hat es ihr nicht erzählt und nun fürchtet sie, Dorothea könnte einen Rückfall erleiden, sollte sie es doch erfahren."

Ellingsford blieb regungslos. „Glauben Sie wirklich, ich lasse meine Tochter noch einmal unbeaufsichtigt aus dem Haus? Es wird Zeit, dass diese Flausen ein Ende haben. Dorothea muss sich endlich wie eine Dame benehmen und lernen, was eine gute Ehefrau zu tun hat. Ich habe ihr viel zu lange, zu viele Freiheiten gelassen."

Celeste machte große Augen. „Dorothea sollte nach London zurückkehren, um zu heiraten?"

Der Hausherr drehte sich vom Fenster weg und starrte sie an. „Das geht Sie nichts an."

Sie presste die Lippen aufeinander und schluckte den aufkommenden Ärger hinunter.

„Sie sind nicht verheiratet, Miss Summersteen." Es war eine Feststellung, keine Frage.

Der plötzliche Themenwechsel irritierte sie. „Nein, bin ich nicht", stotterte sie verwirrt.

„Ich würde Ihnen raten, sich einen Mann zu suchen, ehe es zu spät für Sie ist. Dann hätten Sie es nicht nötig, sich für

Geld anheuern zu lassen. Was ist das überhaupt für ein Beruf, Detektivin?“

Celeste konnte spüren, wie ihre Ohren heiß und ihre Augen zu schmalen Schlitzen wurden. „Dafür, dass Sie vorgeben ein Gentleman zu sein, sind Sie äußerst taktlos, Lord Ellingsford. Also nehme ich meine amerikanische Herkunft als Entschuldigung und sage Ihnen, dass Sie das verdammt nochmal nichts angeht.“

Er lächelte gönnerhaft. „Ihr Amerikaner.“ Er sprach das Wort „Amerikaner“ aus, als wäre es eine ansteckende Krankheit. Dann trat er vor und sah auf sie hinab. Sie stand auf und begegnete seinem Blick fast schon mit trotziger Sturheit. Celeste wusste, was er sagen würde, und sie sollte recht behalten.

„Ich danke Ihnen, dass Sie meine Tochter sicher hergebracht haben, aber ich denke, Ihre Dienste werden nicht weiter benötigt. Selbstverständlich komme ich für die Kosten auf, die Ihr Aufenthalt in London und Ihre Rückfahrt mit sich bringen.“

So leicht gab sich Celeste nicht geschlagen. „Lord Ellingsford, gestatten Sie mir eine Frage?“

„Wenn es unbedingt sein muss.“ Mit einem Seitenblick schielte er auf seine Taschenuhr.

„Der Mord an Estelle Wiggins. Wurde der inzwischen aufgeklärt?“

„Ich habe diese unglückselige Geschichte nicht verfolgt, aber nein ... ich glaube nicht.“

„Wenn das so ist: Halten Sie es dann für klug, Dorothea ausgerechnet jetzt zurückzuholen?“

„Ich verstehe nicht, was Sie mir damit sagen wollen.“ Ellingsford tippte seine Fingerspitzen gegeneinander. „Sie sollten wissen, dass in dieser Stadt ständig Menschen zu Tode kommen. Das ist zu meinem Leidwesen nichts Ungewöhnliches. Und natürlich ist der Tod der jungen Miss Wiggins tragisch, wirklich, doch ich habe es kommen sehen.“

Celeste spürte, wie sich ihr ganzer Körper verkrampfte und ihre Fingerspitzen zu kribbeln begannen. Ellingsfords gleichgültige Art machte sie wütend. „Wieso haben Sie es kommen sehen?"

„Nun, sie hatte zahlreiche Liebschaften mit recht zweifelhaften Gentlemen. Aus diesem Grund hatte ich Dorothea auch verboten, weiter Kontakt zu dieser Person zu halten."

„Was für Gentlemen? Was für Liebschaften? Woher wissen Sie das alles eigentlich so genau?"

„Man hört so einiges."

„Ach, also beziehen sich Ihre Aussagen lediglich auf Gerüchte? Sie glauben tatsächlich das, was andere Ihnen vorplappern?"

Ellingsford sagte nichts, durchbohrte sie aber mit seinen Blicken.

Die Luft zwischen ihnen summte förmlich, bis Celeste das stumme Kräftemessen beendete und sagte: „Ihre Schwester macht sich wirklich Sorgen."

„Meine Schwester hat sich schon immer um Dinge gekümmert, die sie nichts angehen. Offenbar eine Schwäche, die Sie mit ihr teilen."

Celeste verbiss sich einen bitteren Kommentar und zwang sich zu einem Lächeln. „Uns interessiert eben, was sich hinter dem Vorhang verbirgt, Lord Ellingsford. Dürfte ich Ihnen einen Vorschlag machen?"

Er sah sie skeptisch an, nickte dann aber zögerlich.

„Dorothea wird Angst haben und traurig sein, wenn sie von Estelles Tod erfahren sollte, und das wird sich wohl kaum vermeiden lassen. Sie kennt mich und ich glaube, sie vertraut mir. Ich würde auf sie aufpassen und dafür sorgen, dass sie nicht wieder in die Nähe irgendwelcher Opiumhöhlen kommt. Es wird sicherlich eine schwere Zeit für sie."

Ellingsford nahm sich Zeit für seine Antwort. Langsam ging er im Wintergarten auf und ab, tippte sich mit den Fingerspitzen an die Lippen und betastete gedankenverloren die rot gesprenkelten Blüten einer Orchidee. Schließlich sagte er: „Auch wenn ich Ihre unverschämte Art nicht gutheißen kann, möchte ich mir trotzdem nicht nachsagen lassen, dass ich nicht das Beste für meine Tochter will. Ich werde mit ihr sprechen und wenn sie Ihre Gesellschaft wünscht, gestatte ich Ihnen zu bleiben."

„Ich bin einverstanden." Als ob sie eine Wahl gehabt hätte.

Sie wollten den Wintergarten gerade verlassen, als sich Schritte näherten und eines der Hausmädchen zwischen den geöffneten Türflügeln erschien. „Verzeihen Sie die Störung, Eure Lordschaft", sagte das Mädchen und knickste.

„Ja, was gibt es denn, Francine?"

„Mr. Bradshaw ist hier. Er sagt, er bringt die Gemälde."

Ellingsford sah auf seine Uhr. „Um diese Zeit noch?" Er klappte den Deckel zu, schob die Uhr wieder in die Westentasche. „Na schön. Bitten Sie ihn herein."

In der Halle trafen sie auf Ellingsfords Besucher, einen älteren Mann mit dunklem Bart und schütterem Haar. Er trug einen bereits sichtlich in die Jahre gekommenen Anzug, dessen Revers und Ärmel ein paar schlecht entfernte Farbflecke aufwiesen.

„Mr. Bradshaw. Was für eine Überraschung, zu so später Stunde."

„Ich hoffe, mein Besuch kommt nicht ungelegen? Nur ... ich war gerade in der Gegend und ..."

„Nein, nein, seien Sie unbesorgt." Ellingsford lenkte die Aufmerksamkeit auf Celeste. „Das ist Miss Summersteen, aus Amerika. Mr. Bradshaw, ein Freund des Hauses."

„Amerika? Was für ein faszinierendes Land. Diese unendliche Weite, die sich im Himmel zu verlieren scheint." Bradshaw nahm ihre Hand und deutete einen Kuss an.

„Sie waren schon einmal da?"

„Nein. Aber ich habe Gemälde bewundern dürfen, die versuchten die Schönheit des Landes wiederzugeben. Ist es wahr, dass dort Menschen mit roter Haut leben? Sie sollen sich in Lederhäute kleiden und in spitzen Häusern leben, die sie innerhalb kürzester Zeit abbauen können."

„Ja, das stimmt. Man nennt sie Tipis."

„Faszinierend. Was für ein wunderbar göttliches Geschöpf der Mensch in seiner Vielfältigkeit doch ist."

„Es sind Heiden, die unseren Gott nicht kennen", tat Ellingsford seine Meinung kund und schlug die Tücher beiseite, die die Gemälde verhüllten.

Das eine zeigte eine Seenlandschaft, mit einer Burgruine auf einem Hügel, umgeben von Strauchwerk und Tannen. Ein paar Jäger zu Pferd, die von einem Rudel Hunde begleitet wurden, brachen aus dem Tannengrün heraus.

Das andere Bild war ein Porträt von Dorothea, in einem wundervollen roten Kleid mit weißen Blumenstickereien. Sie trug das Haar kunstvoll geflochten und mit einer silbernen Spange hochgesteckt. In der Hand hielt sie eine Leine. Ein Irish Setter saß zu ihren Füßen. „Was für wunderbare Gemälde", sagte Celeste, die zwar nicht viel von Kunst verstand, aber recht genau wusste, was ihr gefiel.

„Ich werde das Kompliment gerne weiterreichen. Albert ist äußerst begabt. Ich könnte mir keinen besseren Assistenten wünschen." Während Bradshaw das sagte, zeigten sich Sorgenfalten auf seiner Stirn, die Celeste nicht verborgen blieben.

„Bedrückt Sie etwas?"

„Miss Summersteen, bitte. Mr. Bradshaw ist sicher nicht hergekommen, um von Ihnen verhört zu werden."

Bradshaw winkte ab. „Nein, nein, es ist schon gut, Eure Lordschaft. Es stört mich nicht. Sie hat ja recht. Ich bin in Sorge. Albert ist seit ein paar Tagen verschwunden und es ist nicht seine Art, einfach ohne ein Wort der Erklärung fortzubleiben."

„Glauben Sie, ihm ist etwas zugestoßen?"

„Ich kann es wirklich nicht sagen."

„Haben Sie denn mit der Polizei gesprochen?"

„Ja, bereits heute Morgen. Sie werden die Augen offen halten."

„Dann ist die Sache ja geregelt", mischte sich Ellingsford ein. „Ich danke Ihnen, mein lieber Freund. Einen besseren Zeitpunkt hätten Sie nicht wählen können. Dorothea wird das Bild sicher sehr gefallen. Ich werde meine Bank anweisen ..."

Bradshaw fiel ihm ins Wort. „Miss Dorothea ist zurück von ihrer Reise?"

„Ja, seit etwa einer Stunde."

„Wenn Sie gestatten, würde ich ihr gerne meine Aufwartung machen."

„Ein anderes Mal, alter Freund. Sie ist erschöpft. Die lange Reise. Ich hoffe, Sie verstehen das?"

„Aber natürlich. Ein anderes Mal." Bradshaw schien enttäuscht. Er nahm Celestes Hand und deutete einen Handkuss an. „Es war mir eine Freude, Sie kennenzulernen. Wenn Sie mich einmal in meinem Geschäft aufsuchen möchten, wäre ich hoch erfreut, Ihnen zu Diensten sein zu können. Hier, meine Visitenkarte."

Dann schüttelte er Ellingsford die Hand und verließ das Haus.

„Francine", sagte Ellingsford. „Sind die Ladyschaft und meine Tochter noch im Salon?"

Sie knickste. „Nein, Sir. Sie haben sich nach oben zurückgezogen. Ihre Ladyschaft war erschöpft."

„Hmm. Das überrascht mich nicht. Sie war so aufgeregt, dass sie ihre Ruhepausen nicht eingehalten hat."

Celeste folgte Ellingsford hinauf in die erste Etage. Sie sprachen kein weiteres Wort mehr und so hatte Celeste Gelegenheit, die zahlreichen Porträts an den Wänden zu betrachten, die ausschließlich Männer zeigten. Unter ihnen befanden sich Sirs und Lords, Generäle, Mitglieder des Unterhauses. Jeder von ihnen sah streng, beinahe schon missbilligend auf die Besucherin herab. Alle gehörten zum Geschlecht der Ellingsfords, wie die Namen auf den goldenen Plaketten verrieten. Lord Ellingsford war ohne Zweifel einer von ihnen. Er besaß das gleiche aristokratische Gesicht, den gleichen harten Zug um Mund und Kinn und den gleichen stechenden Blick, der jedem Hexenjäger in Amerika Ehre gemacht hätte.

Sie erreichten eine Tür, die links und rechts von zwei farbenfrohen Blumengebinden geschmückt war. Ellingsford klopfte, wartete das leise „Ja, bitte“ ab und öffnete.

Das Zimmer wurde von Gaslampen erleuchtet, die ihren Widerschein auf einem Schminkspiegel fanden, der vor den Fenstern stand.

Dorothea saß neben ihrer Mutter auf dem Bett. Sie unterbrachen ihr Gespräch, als Ellingsford eintrat.

„Warten Sie hier, Miss Summersteen“, befahl er, bevor er ihr die Tür vor der Nase zuschlug.

Jetzt hing alles von Dorotheas Entscheidung ab. Sie würde nicht wollen, dass sie ging. Oder doch? Was dann? Zurück nach Chicago und sich Pinkertons Spott aussetzen? Niemals, diesen Triumph würde sie ihm nicht gönnen. Zudem würde sie mit Sicherheit Mrs. Roovers Unterstützung verlieren.

Eine so einflussreiche Frau verärgerte und enttäuschte man besser nicht.

Celeste ertappte sich dabei, wie sie nervös an ihrer Unterlippe knabberte. Eine Unsitte, die sie schon als Kind gehabt hatte.

Da öffnete sich die Tür und Ellingsford trat auf den Gang hinaus.

„Was hat Dorothea gesagt?“, fragte sie hastig.

Ellingsford kniff die Mundwinkel zusammen. „Sie wünscht, dass Sie bleiben.“ Nach diesen knappen Worten zog er an einer Kordel, die hinter einem Vorhang aus grünem Brokat versteckt war. Irgendwo im Haus ertönte ein kleines Glöckchen.

„Ich danke Ihnen.“

Er überhörte ihren Dank und sagte: „Ich habe eine Bedingung, die ich an Ihr Bleiben knüpfen muss. Gleich wohin meine Tochter geht, gleich, was sie tut – Sie werden mir darüber Bericht erstatten.“

Celeste nickte.

„Sollten Sie sich meinen Wünschen widersetzen, bedenken Sie, dass Sie nur Gast in meinem Haus sind.“

Celeste nickte, weil er es so wollte. Niemals würde sie Dorothea belügen oder ausspionieren.

Das Mädchen vertraute ihr.

Auf der Treppe waren eilige Schritte zu hören. Es war Francine, die sich die Schürze glatt strich, das Häubchen richtete und die letzten Schritte langsamer zurücklegte. „Eure Lordschaft haben geläutet?“

„Miss Summersteen wird unser Gast sein. Bereiten Sie eines unserer Gästezimmer für sie vor.“ Dann wandte er sich wieder an Celeste. „Wenn Sie mich jetzt entschuldigen würden.“

Das Dienstmädchen führte Celeste in die dritte Etage hinauf. „Das Zimmer wird Ihnen bestimmt gefallen. Sie haben einen wundervollen Blick auf den Garten. Um diese Jahreszeit tollen immer die Drosseln und Eichhörnchen durch die Wipfel. Und wenn Sie ...“ Das Dienstmädchen plapperte wie ein Wasserfall. Celeste blickte freundlich, hörte aber nicht zu. Sie hatte es geschafft und nun war sie müde. Sie konnte es kaum erwarten, endlich ihre Schuhe von den Füßen zu streifen. Ihre Knöchel schmerzten. Ihr Kleid war wie ein Panzer aus Stoff, der ihr das Atmen schwermachte. Sie sehnte sich danach, alles von sich zu werfen und durchatmen zu können.

Ihr Zimmer war geräumig und hoch. Ein geschwungener Kerzenleuchter hing in der Mitte. Es roch nach Möbelpolitur und altem Holz. Der Boden knarrte, als sie eintrat.

„Warten sie, Madam. Ich mache Licht.“ Schon entzündete das Mädchen eine Petroleumlampe.

Celeste öffnete eines der Fenster. Nachtluft umfing sie und blähte die roséfarbenen Vorhänge. Flirrende Wassertröpfchen kühlten ihr Gesicht. „Es ist so wunderbar ruhig hier.“ Tatsächlich schien London in einen tiefen Schlaf gefallen zu sein. Kein Klappern, Rufen, Schreien oder Stampfen. Kein Klirren von Gläsern, kein Instrument, das zum Tanz auffordert. Seit New York hatte sie keine Minute solcher Ruhe mehr erlebt.

Celeste sah dem Dienstmädchen zu, wie es das geräumige Bett in neue Laken deckte. „Es ist schön, dass Miss Dorothea wieder daheim ist. Finden Sie nicht?"

Francine lächelte herzlich. „Oh ja, Madam. Sie hat uns allen hier sehr gefehlt."

„Kannten Sie ihre Freundin? Estelle?"

Francine hielt inne und drehte sich um. „Miss Wiggins, aber ja. Ich kannte sie gut. Sie und die junge Ladyschaft waren sehr gut miteinander befreundet. Ist es nicht schrecklich, was passiert ist?"

Celeste spielte die Unwissende. „Was ist denn passiert?"

„Jemand hat sie erwürgt." Sie schüttelte den Kopf. „Können Sie sich das vorstellen?"

„Ich glaube, niemand kann das. Wie schrecklich."

„Sie war eine so lebenslustige junge Frau. Sie konnte so wunderbar tanzen. Ich habe ihr ein paar Mal zusehen dürfen." Verträumt presste sie den Kopfkissenbezug an ihre Brust.

„Dann gab es doch auch sicher einen Galan, der ihr den Hof gemacht hat?"

„Oh, Miss Estelle hatte viele Verehrer." Francine erschrak über ihre eigenen Worte. „Oh, ich dumme Pute. Ich wollte gewiss nicht schlecht über Miss Estelle reden."

„Natürlich nicht." Celeste wartete einen Moment und fragte dann nach: „Und? Gab es jemanden?"

Francine wurde rot. „Nein, nein. Es gab niemanden. Ich muss jetzt weitermachen. Ich darf nicht trödeln."

Ohne ein weiteres Wort zu verlieren, kümmerte sich Francine um ihre Arbeit. Dabei presste sie die Lippen so fest aufeinander, dass keine Briefmarke mehr dazwischen gepasst hätte.

Celeste beschloss, es gut sein zu lassen. Sie wollte nicht gleich als zu neugierig erscheinen.

Das Dienstmädchen beendete zügig ihre Arbeit und verließ das Zimmer mit einem Knicks.

Endlich alleine, öffnete Celeste ihre Schuhe und strampelte

sie von den Füßen. Sie seufzte erleichtert. Was für eine Wohltat. Wenn nur endlich ihr Gepäck eintreffen würde. Celeste sehnte sich danach, sich endlich frisch machen zu können. Ihrem Kleid haftete der ölige Rauch von Southampton, der Gestank der dortigen Fischerei und der Ruß einer langen Zugfahrt an.

Sie öffnete die Knöpfe ihres Überwurfs und ließ ihn neben dem Bett auf den Boden fallen. Dann streifte sie ihre Handschuhe ab, öffnete das eng sitzende Oberteil ihres Kleides und tat zum ersten Mal seit einer gefühlten Ewigkeit einen befreiten und tiefen Atemzug. Dann ließ sie sich neben ihrer Reisetasche aufs Bett fallen und sah sich in ihrem Zimmer um. „Das ist also England", flüsterte sie, irgendwie amüsiert und dann doch wieder ernst.

Sie öffnete ihre Tasche und sortierte den Inhalt neben sich auf dem Bett. Ein Kavallerie-Revolver und mehrere Päckchen Munition. Ein Notizbuch und die Mappe, die sie von Mrs. Roovers erhalten hatte. Ein hölzernes Kästchen, das ihre Schreibutensilien enthielt, eine kleine Tasche aus Segeltuch mit ihren Dietrichen und anderen Werkzeugen. Ihr Lieblingsbuch, die Reiseberichte von Lewis und Clarke, und ein paar Fotografien von zu Hause. Eine zeigte ihren Bruder und sie selbst. Sie standen stocksteif vor einer Leinwand in einem New Yorker Atelier. Sie erinnerte sich noch gut an diesen Tag. Sie waren so ausgelassen und fröhlich gewesen, dass erst der dritte Versuch, das Foto zu machen, geklappt hatte. Vorher hatten sie sich vor Lachen gekrümmt und den Fotografen damit in den Wahnsinn getrieben. Sie war elf gewesen und Thomas siebzehn oder achtzehn. Sie wusste es nicht mehr genau. Da hatten sie vom Krieg noch nichts geahnt.

Sie nahm den Revolver und wog ihn in der Hand. Er war schwer und groß, ein alter Armeerevolver, mit dem Wappen des neunten Kavallerieregiments im Griff. Das war alles, was ihr von ihrem Bruder noch geblieben war. Ein paar Fotografien und eine unhandliche Waffe.

Er war der Einzige gewesen, der sie je verstanden hatte.

Celeste ließ sich aufs Bett fallen, die Arme weit von sich gestreckt. Obwohl sie im Zug gut geschlafen hatte, fielen ihr die Augen erneut zu. Ihre Versuche, wach zu bleiben oder sich wieder aufzurichten, scheiterten, und schon bald war sie in einen unruhigen Schlaf gefallen.

Sie träumte von New York, ihren Eltern, ihrem Bruder, ihrem Zuhause. Eine Erinnerung, die langsam verblasste und nur in Träumen mit Macht wiederkehrte.

Sie sah sich in ihrem Zimmer stehen, die Birken vor ihren Fenstern wiegten sich im Wind und die Zeisige bauten ihre Nester in den Astgabeln. Die Tür öffnete sich und ihr Bruder trat ein. Er sah wunderbar aus in seiner blauen Uniform mit den weißen Handschuhen.

Die jungen Damen der hohen Gesellschaft waren ganz vernarrt in sein spitzbübisches Lächeln, den Schalk in seinen Augen und die tiefe Stimme, mit der er ihnen schöne Worte zuflüsterte.

Er kam, um sich zu verabschieden. In ihrem Traum versuchte sich Celeste zu erinnern, was sie zueinander gesagt hatten, aber es gelang ihr nicht. Sie strich ihm über die Uniformjacke. Er lachte und kniff sie in die Wange. Die Wehmut dieses Augenblicks traf sie selbst im Schlaf und sie wurde unruhig. Ihr großer Bruder war immer für sie da gewesen und nun ging er fort, um in einem Krieg Bruder gegen Bruder, Freund gegen Freund zu kämpfen. Die Sklaverei hatte Amerika entzweigerissen und Thomas hielt es für seine Pflicht, dem Ruf zu folgen. Das Wort Freiheit war in aller Munde.

In ihrem Traum hielt sie ihn fest, klammerte sich an ihn. Ein dumpfes Klopfen lenkte sie ab und brachte das Konstrukt ihres Traums ins Wanken. Dann klopfte es wieder und wieder und ihr erwachender Verstand begriff, dass jemand an ihrer Zimmertür war. Sie richtete sich auf, schlug die Decke über ihre Habseligkeiten und stand auf. Ein Blick auf die kleine Uhr, die sie an einer Kette um den Hals trug, verriet ihr, dass es bald Mitternacht war.

„Ja, bitte?“, rief sie schläfrig.

„Ich bitte um Verzeihung, Madam. Ich bin es, Francine. Ihr Gepäck ist eingetroffen.“

Er waren vier kräftige Personen nötig, um Celestes gesamtes Gepäck zu tragen, das aus zwei Schrankkoffern, einer großen Überseetruhe und diversen Hutschachteln bestand. Francine war die Glückliche, die nur zwei Reisetaschen und ein Kulturköfferchen zu tragen hatte.

„Bitte stellen Sie es dort ab.“ Celeste zeigte auf den freien Platz vor dem Kleiderschrank. „Haben Sie vielen Dank.“

Nachdem sich auch Francine ihrer Last entledigt hatte, fragte sie: „Haben Sie noch einen Wunsch, Madam?“

„Ich muss eingeschlafen sein. Könnte ich noch etwas zu essen bekommen und vielleicht ein Glas Milch? Ich sterbe vor Hunger.“

Francine seufzte müde und lächelte dann. „Ich bringe Ihnen ein paar Sandwiches ... und ein Glas Milch.“

Das Dienstmädchen machte einen Knicks und ging. Celeste wandte sich verwundert dem Berg von Koffern zu. Sie konnte sich gar nicht daran erinnern, so viel eingepackt zu haben.

***

8. September 1877
Früh am Morgen

In der Nacht hatte es geregnet. Nun rannen die letzten Tropfen an den Fensterscheiben herab oder tropften in gleichmäßigem Rhythmus von den Vordächern. Die tiefhängenden Wolken hatten sich aufgelöst. Die Sonne brach durch. Von den Straßen stieg Dampf auf, über der Themse schwebten Nebelbänke.

So gut hatte Celeste schon lange nicht mehr geschlafen. Die Arme von sich gestreckt öffnete sie die Augen und blinzelte.

Sie fühlte sich kräftig und ausgeruht. Voller Tatendrang schwang sie die Beine aus dem Bett und zog an der Klingelschnur, die neben dem Sekretär hing.

Ein anderes Dienstmädchen, nicht Francine, kam und begann, sie zurechtzumachen. Celestes Haar war von der Reise arg in Mitleidenschaft gezogen worden und das Mädchen hatte ihre liebe Mühe, ihr nicht jedes einzelne Haar vom Kopf zu reißen. Zu gerne hätte sich Celeste von den Schmerzen abgelenkt, der ihr die Tränen in die Augen trieb, und die Zeit genutzt, um mehr über das Haus Ellingsford und seine Bewohner zu erfahren. Doch mehr als ein „Ja, Madam", oder ein „Nein, Madam", oder „Wie Sie wünschen", kam dem jungen Ding nicht über die Lippen.

Immerhin: Ihr Name war Harriet, so viel gab sie dann doch von sich preis.

Nach einer Stunde war Celeste fertig frisiert, geschminkt und angekleidet. Das Mädchen hatte sich mit dem Hinweis verabschiedet, dass das Frühstück bereit stehe. Nun stand Celeste alleine vor dem großen Spiegel in ihrem Zimmer, klippte die bernsteinfarbenen Ohrringe an ihre Ohrläppchen und überprüfte ein letztes Mal den Sitz ihres Kleides.

Zufrieden mit dem Resultat verließ sie ihr Zimmer.

Auf dem Weg zur Treppe hörte sie Dorotheas aufgeregte Stimme aus einem der anderen Zimmer. Celeste zögerte nicht lange und schlich sich an die Tür heran, aus der die Stimmen drangen. Ein letzter wachsamer Blick den Flur entlang – niemand war zu sehen.

„Wie konntest du nur zu so etwas deine Einwilligung geben, Mutter?"

Die Antwort war zu leise, um sie zu verstehen.

„Das ist ein Albtraum! Warum hasst er mich so?"

Wieder folgte eine leise Antwort.

„Ach nein?!" Dorotheas Stimme überschlug sich. Celeste hatte sie während ihrer ganzen Bekanntschaft noch nicht so aufgeregt erlebt. „Er gibt mich weg wie irgendein unfähiges

Dienstmädchen. Ich kenne diesen Mann nicht einmal! Vater zerstört mein Leben, aber das ist ihm völlig egal."

„So beruhige dich doch ..." Mehr verstand Celeste nicht, auch wenn sie ihr Ohr nun flach gegen die Tür presste.

„Er hat mich nur zurückgeholt, weil ich nützlich bin. Ein gutes Geschäft!"

Schritte näherten sich der Tür und Celeste stolperte zurück, doch sie kam nicht schnell genug weg. Dorothea stürzte ihr entgegen und prallte gegen sie.

Ohne Celeste eines Blickes zu würdigen, drängte sie sich vorbei und rannte schluchzend in ihr Zimmer.

Celeste blieb überrascht stehen, bis sie das helle Quietschen von Metall dazu brachte, in das Zimmer zu sehen.

Lady Ellingsford war in ihrem Rollstuhl näher gerollt. In ihrem Blick lag eine Mischung aus Interesse und Skepsis.

„Ich ... ich", begann Celeste mühsam. „Ich hatte noch gar keine Gelegenheit, mich bei Ihnen für Ihre Gastfreundschaft zu bedanken. Sie ... Sie haben ein wunderbares Haus."

Lady Ellingsford nahm das Kompliment schweigend hin. „Sie wollten zu mir?"

„Ja ... ich meine, nein. Ich hatte Dorotheas Stimme gehört. Ich wollte sie ... bitten, mir London zu zeigen. Aber wie mir scheint ... kam ich unge ..."

„Wie gut kennen Sie meine Tochter?", unterbrach sie Lady Ellingsford.

„Ich habe sie bei Mrs. Roover getroffen. Vor etwa einem halben Jahr. Wir hatten uns unterhalten und eine Partie Krocket im Park gespielt. Ich hatte gar keine Chance." Celeste lachte verlegen.

Lady Ellingsford sah sie einen Moment lang nachdenklich an, dann lächelte sie matt. Celeste wusste es nicht zu deuten, bis ihre Ladyschaft sagte: „Ich denke, es ist gut für sie, dass Sie da sind."

„Ich fürchte nur, Ihr Mann ist da anderer Meinung."

„Das überrascht mich nicht. Aber er sorgt sich um mich. Wegen meiner Krankheit ... und er möchte es vermeiden, mich allzu sehr aufzuregen. Er gibt meinen Wünschen meist nach. Deswegen durften Sie bleiben."

„Sie haben dafür gesorgt?"

„Ich und meine Tochter. Sagen Sie, wann sind Sie geboren?"

Celeste verwirrte die Frage und sie musste tatsächlich einen Moment lang nachdenken.

„Ich wurde am 30. August 1848 geboren."

„Also sind Sie Jungfrau. Das habe ich mir gedacht", sagte Lady Ellingsford. „Sie besitzen ein gutes Herz. Meine Tochter kann sich keine bessere Freundin wünschen."

„Es freut mich sehr, dass Sie das so sehen, aber hat Dorothea denn keine anderen Freundinnen hier in London?"

Lady Ellingsfords Gesicht verdüsterte sich. „Oh doch. Aber ich teile die Meinung meines Mannes. Sie sind ein schlechter Umgang für unsere Tochter."

„Sprechen Sie von Estelle?"

„Und von Margareth. Ein gelangweiltes kleines Luder, das nur Unsinn im Kopf hat. Ich weiß nicht, wer von den beiden unsere Tochter zu diesem schrecklichen Gift verführt hat, aber ich bin mir sicher, eine von den beiden war es."

„Und was ist mit Estelle? Sie wurde schließlich ermordet?"

„Das ist wahr und es tut mir sehr leid für das arme Mädchen ... und ihre Familie. Aber ... nichtsdestotrotz bin ich froh, dass sie unserer Tochter keinen Schaden mehr zufügen kann."

Celeste erstarrte; sie hätte in dieser zerbrechlichen Frau nie eine solche Gefühlskälte erwartet.

„Wenn Sie das so sehen", erwiderte sie ebenso kalt. „Haben Sie Ihrer Tochter von Estelles Tod erzählt?"

Lady Ellingsford senkte den Blick und starrte auf ihre Hände. „Nein. Ich ... brachte es nicht übers Herz. Ich bin so froh, sie wieder bei mir zu haben. Da wollte ich nicht ..."

„Es wird sich nicht ewig verbergen lassen, das wissen Sie."

„Wer weiß, wie sie reagiert, wenn ich es ihr sage."

Ein hoffnungsvolles Lächeln stahl sich auf Lady Ellingsfords Lippen. Ihr war offenbar ein Gedanke gekommen, der ihr gefiel. „Vielleicht könnten Sie bei passender Gelegenheit mit ihr reden."

Celeste schnappte nach Luft. „Also ... ich ... ich weiß nicht, ob das eine so gute Idee ist, Eure Ladyschaft."

Aber Lady Ellingsford schien ihre Entscheidung bereits getroffen zu haben. „Doch, doch, so machen wir es. Sie überbringen meiner Tochter die traurige Nachricht. Aber bitte taktvoll."

Celeste war nicht bereit dazu und wollte protestieren, doch sie wurde von einem Butler unterbrochen, der hinzutrat und gekünstelt hustete.

Ihm folgte ein breitschultriger Mann, dessen Anzug eindeutig zu klein war. Sein Gesicht war kantig, die Augenlider waren schlaff. Sein Ausdruck war irgendwie – Celeste konnte sich des Eindrucks nicht erwehren – dümmlich.

Lady Ellingsford schlug die Decke beiseite, die um ihre Beine lag.

„Ich wollte nicht stören, Eure Ladyschaft, aber es ist neun Uhr. Wünschen Sie zu frühstücken?", fragte der Butler.

„Ja, ich bitte darum."

„Rupert!"

Der Große trat vor und nahm die gebrechliche Dame behutsam auf die Arme und trug sie an den Treppenabsatz. Dort wies Lady Ellingsford ihn an, noch einmal stehen zu bleiben.

„Sie erledigen das, Miss Summersteen, nicht wahr?!" In Celestes Ohren klang es nicht nach einer Bitte, vielmehr nach einem höflich formulierten Befehl.

Obwohl sie lieber den Kopf geschüttelt hätte, nickte sie.

„Und Sie müssen noch etwas für mich tun."

Celeste seufzte innerlich, wartete aber geduldig ab.

„Halten Sie Dorothea von Margareth fern. Ich möchte nicht, dass sie sich wieder treffen."

„Wie Sie wünschen."

Dann brachte der Diener Lady Ellingsford nach unten und trug sie ins Speisezimmer. Der erste Butler folgte mit dem Rollstuhl. Celeste wartete, bis alle verschwunden waren, bevor sie zu Dorotheas Zimmer ging.

Sie klopfte. Als sie keine Antwort erhielt, öffnete sie vorsichtig.

Dorothea lag ausgestreckt auf dem Bett, den Kopf zwischen den Armen verborgen, einen kleinen braunen Stoffbären in der Hand. Sein Fell war struppig und ihm fehlte ein Auge.

Celeste setzte sich zu dem Mädchen auf das Bett. „Wer ist denn dein kleiner Beschützer?“, fragte sie leise.

Dorothea sah auf und streichelte dem Bären über den Kopf. „Mr. Peaby.“

„Was für ein seltsamer Name.“

Dorothea wischte sich lächelnd eine Träne von der Wange. „Eigentlich heißt er ja auch Mr. Peabody. Aber als Kind konnte ich seinen Namen nie richtig aussprechen.“ Sie nahm den Bären in die Arme und setzte sich auf. „Er hört mir immer zu.“

„Was ist denn los?“

„Vater ...“, schluchzte Dorothea plötzlich. „Vater will mich verheiraten.“

„Aber, aber ... das ist doch kein Grund zum Weinen. Wie heißt der Auswählte denn?“

„Lucius. Lucius T. Horn. Er ist ein eingebildeter Schnösel, der sich für den Mittelpunkt der Welt hält.“

„Tun das nicht alle Männer?“, erwiderte Celeste mit einem feinen Lächeln.

„Vater will ihn einladen. Zum Dinner. Damit wir uns ... kennenlernen können.“

„Du bist ihm zuvor noch nie begegnet?“

„Doch ... einmal. Er ist ein alter Mann, schon bald dreißig. Das Einzige, woran ich mich erinnern kann, ist, wie steif er geredet hat. Außerdem riecht er nach staubigen Büchern.“

Celeste schürzte die Lippen. „Was macht er denn beruflich?“

„Er ist Bankier, glaube ich. Ach, ich habe ihm gar nicht richtig zugehört. Er hat mich unsäglich gelangweilt." Sie begann, von neuem zu schluchzen und drückte Mr. Peaby an ihre Brust. „Wäre ich nur nie auf dieses Schiff gestiegen, um hierher zurückzukommen. Ich hasse ihn."

„Sag so etwas nicht. Dein Vater will bestimmt nicht, dass du traurig bist."

Dorothea warf den Bären an die gegenüberliegende Wand, was ihr sofort leidtat. Sie sprang auf, hob ihn auf, streichelte sein Fell und nahm ihn wieder mit zurück ins Bett. „Was kümmert es Vater, ob ich fröhlich oder traurig bin. Für ihn ist nur wichtig, dass ich tue, was er verlangt." Flehend sah sie Celeste an. „Bitte, bringen Sie mich zurück nach Chicago."

„Das kann ich nicht."

„Sie haben auch nur Angst vor ihm."

„Nein, das ist es nicht", widersprach Celeste entschieden, „aber hier ist dein Zuhause."

„Und ich dachte, Sie wären meine Freundin."

„Das bin ich auch. Aber man kann nicht vor allem davonlaufen, was einem nicht passt."

„Meine Tante würde sich freuen, mich wiederzusehen."

„Deine Tante würde mir zustimmen. Du solltest auch an deine Mutter denken. Sie freut sich so sehr, dass du wieder da bist. Willst du sie gleich wieder verlassen?"

Dorothea ließ den Kopf sinken. „Nein", sagte sie kleinlaut.

Eigentlich konnte Celeste sie verstehen. Sie hatte auch nicht gewollt, dass ihre Eltern über ihre Zukunft entschieden. Sie hatte sich mit aller Kraft dagegen gewehrt und hatte gewonnen, aber es war ein hoher Preis, den sie dafür hatte zahlen müssen.

„Wenn ich nur mit Vater reden könnte", hörte sie Dorothea sagen.

„Hast du es denn versucht?"

Das Mädchen schüttelte den Kopf. „Er würde trotzdem tun, was er für richtig hält. Ich wollte auch nicht zu Tante Anette und er hat es trotzdem durchgesetzt."

„Und dann hat es dir gefallen. Und zwar so gut, dass du jetzt wieder dorthin zurückwillst."

Das war ein Argument, dem Dorothea nichts entgegensetzen konnte.

„Vielleicht ist es jetzt auch nicht anders. Du solltest diesem Lucius eine Chance geben, findest du nicht? Du bist charmant, hübsch und klug. Du wirst ihn dir schon zurechtbiegen. Die Männer glauben zwar, sie würden über uns stehen, aber wir wissen es besser. Glaub mir. In spätestens einem Jahr frisst er dir aus der Hand. Du musst es nur geschickt und subtil anstellen."

„Meinen Sie?"

„Natürlich. Ich kenne die Männer, schließlich bin ich ja auch schon eine alte Frau", bemerkte sie augenzwinkernd.

Zum zweiten Mal, seit Celeste das Zimmer betreten hatte, sah sie Dorothea lächeln. Damit stand sie auf und streckte dem Mädchen die Hände entgegen. „Aber jetzt komm. Es gibt Frühstück und ich sterbe vor Hunger. Und danach musst du mir unbedingt London zeigen."

***

The City of London
Kurz vor Mittag

Inspector Edwards hatte schlechte Laune. Der Dauerregen in der Nacht hatte ihn nicht schlafen lassen. Das verdammte Dach war undicht und es hatte durch seine Decke ins Wohnzimmer getropft. Er hatte eine Kanne darunter gestellt und dann hatte ihn das ständige Ping, Ping, Ping der Tropfen wach gehalten. Zu allem Überfluss hatte er die Kanne nach dem Aufstehen auch noch schlaftrunken umgetreten. Sein Wohnzimmer glich nun einem Ententeich ohne Enten.

Nun lief er mit grimmigem Gesichtsausdruck durch die

Straßen der City, vorbei an Häusern, deren Fassaden glänzten, als würden sie Regen ausschwitzen.

Die Straßenhändler hatten kaum Kundschaft und so stürzten sie sich lärmend auf ihn. Lumpen wurden ihm von einem zahnlosen Mann als beste Ware angepriesen. Eine runzelige Alte wedelte mit allerlei Klimperzeug vor seiner Nase herum. „Schutzamulette, Sir. Schutzamulette", brabbelte sie.

Ein paar Jungen kamen herbeigelaufen, rannten im Kreis um ihn herum. Er achtete auf seine Börse und ging weiter, ohne den Jungs einen weiteren Blick zu schenken, die bereits ein lohnenderes Ziel ausgemacht hatten. Eine Kutsche klapperte vorbei, viel zu schnell unterwegs für die groben Pflastersteine.

Edwards war auf dem Weg zu seinem Büro im Scotland Yard. Zuvor hatte er dem Haus von Familie Wiggins einen Besuch abgestattet und obwohl er wusste, dass die Eltern der toten Estelle nicht zugegen sein würden, hatte er doch einige interessante Dinge in Erfahrung gebracht.

Der wachhabende Beamte am Tresen begrüßte ihn, indem er aufsprang und stramm stand. „Guten Morgen, Inspector. Was für ein wundervoller Tag."

Edwards klopfte sich ein paar Regentropfen vom Ärmel. „Higgins. Haben Sie schon mal einen Blick vor die Tür geworfen?" Er wollte weiter, die Treppe hinauf zu seinem Büro.

„Oh, Sir. Einen Moment bitte." Higgins eilte ihm nach.

„Ja, was gibt's denn?"

„Chief Inspector DeFries möchte Sie sprechen."

„Wann? Jetzt?"

„Sobald Sie eintreffen, Sir. Er hat es mir persönlich mitgeteilt."

„Ja, gut. Danke."

DeFries' Büro lag am Ende eines breiten Flurs, dessen Parkettboden von einem dunkelroten Läufer bedeckt war. An den Wänden hingen die Porträts jener Männer, die die Geschicke Scotland Yards in der Vergangenheit geleitet hatten. Zurzeit war das Lieutenant Colonel Edmund Handerson. Ein Mann, dem Edwards tatsächlich bisher nur ein einziges Mal auf dem Flur begegnet war.

Er erreichte DeFries' Büro, öffnete den Mantel und zupfte die Weste darunter zurecht, dann klopfte er an.

„Nur herein, Robert."

Verwirrt trat Edwards in das ausladende Büro mit den hohen Fenstern und dem riesigen Schreibtisch, hinter dem DeFries fast zu verschwinden schien. „Guten Morgen, Sir. Woher wussten Sie, dass ich ..."

„Das ist kein Kunststück, mein lieber Inspector. Niemand anderes kommt den Flur so entlang gestampft wie Sie. Die Erschütterungen schlagen Wellen in meinem Kaffee." Er zeigte auf einen Sessel mit grünem Samtpolster und geschnitzten Armlehnen, die den Kopf eines Löwen zeigten. „Setzen Sie sich bitte. Darf ich Ihnen eine Tasse anbieten?"

Edwards konnte Kaffee nichts abgewinnen, dessen Geruch das ganze Büro erfüllte. DeFries trank ihn, seit er ihn bei einer Reise nach Frankreich probiert hatte. Er lehnte höflich ab.

„Sie wollten mich sprechen, Sir?"

„Nein, mein lieber Robert. Sie wollten mich sprechen. Haben Sie das schon vergessen? Sie haben eine Nachricht bei meinem Sekretär hinterlassen."

Jetzt fiel es ihm wieder ein. „Natürlich. Verzeihung, Sir. Es geht um Sergeant Dyers."

„Dyers?"

„Kippwells Sergeant aus der L-Division."

DeFries forderte Edwards mit einer Geste auf, fortzufahren.

„Ich möchte ihn für diesen Fall anfordern."

„Sie?" DeFries stellte die Tasse Kaffee zurück auf den Untersetzer aus weißem Porzellan. „Warum wollen Sie das tun?"

„Er ist ein guter Mann. Er könnte mir nützlich sein."

DeFries legte die Fingerspitzen aneinander. „Es hat nicht zufällig etwas mit Inspector Kippwell zu tun? Wenn Sie ihm nur eins auswischen wollen ... dann werde ich das ganz sicher nicht unterstützen."

„Nein, es geht nicht um Kippwell. Der ist mir völlig gleich."

„Wenn ich das befürworte, würde ich die ohnehin schon angespannte Lage zwischen Ihnen und Inspector Kippwell unnötig verschärfen. Außerdem ist Sergeant Dyers schon für eine andere Aufgabe vorgesehen."

„Ach ja? Welche?"

DeFries lehnte sich zurück. Seine Augenbraue zuckte. „Das geht Sie nun wirklich nicht das Geringste an, Inspector." Dann nahm er die Tasse und nippte am Kaffee, bevor er sagte: „Wenn Sie einen Assistenten brauchen, gebe ich Ihnen Sergeant Fulston."

„Fulston?" Edwards kniff die Lippen zusammen. „Der stolpert doch über seine eigenen Füße."

„Er ist übereifrig und dadurch ein bisschen tollpatschig", stimmte DeFries zu, „aber unter Ihrer Führung, Robert, wird er schnell lernen. Haben Sie Nachsicht. Sie haben auch mal klein angefangen."

Edwards versuchte es erneut. „Aber Dyers hat bereits an dem Fall gearbeitet. Er kennt die Akten. Er verdient diese Chance."

„Ich habe Ihnen meine Entscheidung mitgeteilt. Wenn Sie Unterstützung wollen, dann gebe ich Ihnen Fulston. Jemand anderen habe ich nicht für Sie."

Edwards knirschte mit den Zähnen. Er war es nicht gewohnt, klein beizugeben, wusste aber auch, dass jedes weitere Wort verschwendet war.

„Haben Sie mit den Ermittlungen begonnen?", fragte DeFries.

„Die Akten geben nicht allzu viel her. Estelle Wiggins, Kind aus gutem Haus. Behütet aufgewachsen. Musikalisch, ein lebensfrohes Mädchen. Bevor ich herkam, war ich nochmal am Haus ihrer Eltern. Ihr Vater ist in Indien und ihre Mutter soll in einem Sanatorium in Brighton sein."

„Das klingt so, als wäre sie es nicht."

„Nein. Ich traf die Haushälterin und sie ließ mich ins Haus und ich konnte mich ein wenig umsehen." Er griff in seine

Manteltasche und zog ein paar Briefe heraus, die er DeFries reichte. „Die habe ich gefunden."

Während DeFries den ersten Brief öffnete, erklärte Edwards: „Sie ist hier. In London. Man hat sie in eine Irrenanstalt gesteckt."

Jeder der Umschläge trug den Absender St. Bethlem. Lambeth Road.

„Und ihr Mann bezahlt die Behandlungskosten nicht." Edwards suchte den passenden Brief und tippte mit dem Finger darauf. „Sie schreiben, dass sie gezwungen wären, Mrs. Wiggins in einen anderen Trakt zu verlegen, wenn die Zahlungen nicht fortgeführt würden und hier: Sie haben die Behandlung eingestellt." Edwards ließ den Brief fallen. Er war wütend. „Ich würde sagen, die haben sie weggesperrt und vergessen."

Er kannte die Waisen- und Armenhäuser der Stadt und wusste nur zu gut, dass ein Menschenleben dort nichts zählte. Eine Irrenanstalt war ihm selbst bisher erspart geblieben, aber die Gerüchte genügten, um sie für den schrecklichsten Platz auf Erden zu halten.

„Glauben Sie, der Tod ihrer Tochter hat sie in den Wahnsinn getrieben?", fragte DeFries.

„Möglich. Aber vielleicht hat Mr. Wiggins auch nur eine elegante Gelegenheit gesehen, seine Frau loszuwerden. Wie auch immer. Ich werde sie besuchen."

„Gibt es noch irgendetwas Neues wegen Madame Yin?"

„Ich wollte gleich zu ihrem Haus in die Newcomen Street fahren, um mich da etwas umzusehen."

„Nun gut. Halten Sie mich auf dem Laufenden, Robert."

„Mach ich das nicht immer, Sir?"

„Nein, eigentlich machen Sie das nie."

Edwards wandte sich zum Gehen, doch DeFries hielt ihn auf. „Sergeant Fulston ist in seinem Büro."

„Ich habe nicht gesagt, dass ich ihn nehme, Sir."

„Nein, das haben Sie nicht. Aber da das Gespräch schon auf ihn gekommen ist, halte ich es für eine gute Sache. Fulston wird

Ihnen nützlich sein, außerdem kann es ihm nicht schaden, wenn er ein wenig Erfahrung sammelt."

„Aber, Sir ... ich ..."

„Guten Tag, Inspector."

Edwards ließ theatralisch den Kopf sinken. „Wie Sie meinen, Sir." Er schloss die Tür hinter sich.

Fulston tat ihm jetzt schon leid. Er selber war ein grauenhafter Untergebener gewesen und glaubte nicht, dass er als Vorgesetzter besser sein würde. Mit Riesenschritten stapfte er in das Büro seines neuen Sergeant. „Fulston!", donnerte er mit tiefer Stimme.

„Sir!" Der junge Polizist fuhr erschrocken zusammen. Ein paar Aktenblätter wirbelten um ihn herum und segelten nun langsam zu Boden. Die Augen hinter den runden Brillengläsern wirkten riesengroß.

„Klopfen Sie sich den Staub ab, Sergeant. Sie kommen jetzt mit mir. Chief Inspector DeFries hat Sie mir zugeteilt."

„Ihnen, Sir?" Fulston bekam hektische Flecken. Ein Gang zum Schafott hätte für ihn vermutlich nicht schrecklicher sein können, wie Edwards grinsend feststellte.

„Wir werden sicher gut zusammenarbeiten. Ich freue mich schon darauf, Sie in Aktion zu erleben."

„Ich ... ich ... hab ... noch zu tun ... Sir. Diese Akten ..."

Edwards nahm eine davon vom Stapel und sah auf den Deckel. „1870? Die Fälle sind ja uralt. Kommen Sie, ich habe etwas Aktuelleres für Sie."

Ohne auf den erneuten Protest zu achten, ging Edwards aus dem Büro hinunter ins Foyer.

„Wohin fahren wir denn?" Fulston beeilte sich, Schritt zu halten, während er versuchte, den rechten Ärmel seines Mantels zu erwischen.

„Zuerst nach Bedlam."

„Was tun wir denn da?"

„Sie gar nichts. Sie warten, während ich mit Mrs. Wiggins spreche."

„Sie ist im Irrenhaus? Was wollen Sie denn da erfahren?"

Edwards blieb abrupt stehen und sah seinen Sergeant strafend an. „Das werde ich Ihnen wohl erst sagen können, wenn ich mit Ihr gesprochen habe."

„Natürlich, Sir."

Edwards ging weiter. „Danach fahren wir nach Lambeth."

„Was? Lambeth? Wieso denn ausgerechnet da hin?"

„Was wissen Sie über den Fall, Sergeant?"

„So gut wie gar nichts, Sir."

„Sie können sich in die Akten einlesen, während ich mit Mrs. Wiggins rede. Gehen Sie und holen Sie die Akte aus meinem Büro, sie liegt auf meinem Schreibtisch."

Als Fulston mit der Akte wieder zurückgeeilt kam, sprach Edwards weiter, als wäre dieser gar nicht weg gewesen. „Also, das zweite Opfer hieß Madame Yin. Sie war eine Größe in der Londoner Unterwelt. Prostitution, Opium und was weiß ich noch alles. Sie war sehr umtriebig. Sie wohnte in Lambeth und da werden wir uns mal umsehen."

„Wenn Sie meinen, Sir."

„Jetzt machen Sie mal nicht so ein Gesicht. Sie werden da nicht gleich gefressen. Wir ermitteln ein wenig, befragen die Leute, vielleicht nehmen wir jemanden fest, oder wir schlagen ein paar Köpfe aneinander. Sie werden sehen, es wird Ihnen gefallen." Edwards freute sich diebisch über die Panik, die in Fulstons Gesicht fröhliche Kapriolen schlug.

„Köpfe zusammenschlagen?"

Edwards grinste. „Sind Sie bewaffnet?"

„Bewaffnet? Nein, Sir."

„Wo ist denn Ihre Waffe?"

„Ich ... ich besitze keine."

„Das ändern Sie bis morgen. Verstanden?"

„Aber ich kann nicht schießen."

Edwards wischte die Bemerkung beiseite. „Das lernen Sie schnell. Keine Sorge. Ich werd's Ihnen zeigen."

Fulston nickte stumm.

Während sie die Stufen zum Foyer hinabstiegen, musste Edwards an Dyers denken. Der Mann hätte sein rechtes Bein und seine rechte Hand dafür gegeben, um an den Ermittlungen beteiligt zu werden. Es tat Edwards leid, ihn enttäuschen zu müssen, und er beschloss, ihn persönlich über die Absage zu informieren.

Sie steuerten gerade auf den Ausgang zu und hatten die Tür schon fast erreicht, als Doktor Aegelwoods Assistent aus dem Keller heraufkam. „Ah, Inspector Edwards!" Er lief ihnen nach.

„Morgen, Willoughby. Was gibt es denn so Dringendes?"

„Es geht um die Tote. Madame Yin. Der Doktor hat die Untersuchungen abgeschlossen."

„Sehr gut. Hören wir mal, was uns der gute Doktor zu sagen hat. Kommen Sie, Fulston."

„In den Leichenkeller?" Sofort kamen die hektischen Flecken zurück.

„Keine Angst. Die da unten werden Sie schon nicht beißen. Es sei denn Dr. Aeglewood hat mal wieder einen schlechten Tag. Dann würde ich ihm allerdings nicht die Hand geben."

„Meinen Sie, Sir?"

„Unbedingt."

Sie betraten die Kellerräume, in denen es nie wärmer als zwölf Grad wurde, und folgten einem langen Flur aus weiß gekalkten Backsteinen. Gaslampen beleuchteten die Wände.

Willoughby führte die beiden Beamten durch eine Doppeltür, die beim Hin- und Herschwingen leise quietschte, in einen mit weißen Fliesen gekachelten Raum. Hier lagen vier Leichen auf Bahren aus Metall. Saubere Leinenlaken bedeckten die Körper.

Es war so still, dass jedes laute Geräusch wie ein Sakrileg erschien.

In solchen Momenten geschah es, dass die Toten die Lebenden daran erinnerten, dass sie da waren.

Dann glucksten und blubberten sie. Manche rülpsten sogar, wie nach einem guten Essen. Faulgase waren dafür verantwortlich.

Aeglewood hatte eine poetischere Bezeichnung dafür gefunden: Die Toten sangen ein letztes Mal.

Er erwartete sie bereits.

Seine Nase war tiefrot und wund, als sie nähertraten, schnäuzte er sich zum wiederholten Mal in ein Taschentuch. „Meine Herren. Ich bin mit Yins Untersuchung fertig." Dann stockte er. „Sergeant Fulston? Ist Ihnen nicht wohl?"

„Geht ... schon", brachte dieser nur mühsam heraus.

Aeglewood sah ihn zweifelnd an. „Wollen Sie sich lieber setzen?"

„Nein, es geht mir gut, wirklich", blieb Fulston hartnäckig, „es ist nur dieser ... Geruch."

„Irgendwann gewöhnt man sich daran." Mit diesen Worten zog Aeglewood das Leichentuch beiseite, damit sie einen Blick auf den nackten Leib der Toten werfen konnten.

Ihre Haut wirkte merkwürdig weiß, nur an der Unterseite ihres Körpers hatten sich große dunkle Flecken gebildet. Ihr Mund stand ein wenig offen, sodass Edwards die Zunge zwischen den Zähnen sehen konnte. Ihr Haar schimmerte feucht. Auf ihn wirkte sie, als wäre sie in der Badewanne eingeschlafen.

„Der Mörder hatte sie geknebelt, vermutlich mit einem ähnlichen Knoten wie dem, mit dem er sie später tötete. Ich fand Reste davon zwischen ihren Zähnen. Irgendein grobes Material. Hanf, möglicherweise. Es stammt jedenfalls nicht von dem gelben Tuch."

Aeglewood ging um die Leiche herum und hob ihren rechten Arm. „Hier sind Male. Von der Position her würde ich vermuten von Fingern. Sie wurde hart angefasst. Vom Abstand her bin ich mir sicher, dass es eine Männerhand war. Zudem wurde sie gefoltert."

„Gefoltert?"

Aeglewood nahm eine Lupe zur Hand und beugte sich über Madame Yins Bauch. „Hier. Wenn man genau hinsieht, kann man feine Einstiche erkennen. Ich vermute Nadeln, wie sie zum Nähen von Leder verwendet werden. Sie sind nicht tief, aber zahlreich.

Ich habe an die achtzig gezählt. Am Bauch, an den Innenseiten der Schenkel und an den Brüsten. Die Einstiche haben kaum geblutet, was mich darauf schließen lässt, dass die Nadeln glühend heiß waren, ehe sie ins Fleisch gestoßen wurden."

„Wurde sie auch ... na ja ... du weißt schon?"

„Nein. Im Genitalbereich konnte ich keine Verletzungen feststellen."

„Yin wurde gefoltert. War das bei Estelle Wiggins auch der Fall?"

„Ich habe die Untersuchung nicht durchgeführt, aber in den Akten meines Kollegen steht davon nichts. Nur die Todesursache ist identisch."

„Seltsam. Der Mörder tötet beide, aber quält nur eine?"

„Ja, so sieht es aus."

„Aber warum?"

„Vielleicht hat er Geschmack daran gefunden, sie erst zu quälen und dann zu töten."

„Du glaubst, es bereitet ihm mehr und mehr ... Freude?"

Aegelwood zuckte mit den Achseln. „Es wäre nicht das erste Mal."

Edwards verzog die Lippen und nickte.

Nachdem sich die beiden Polizisten von Aeglewood verabschiedet hatten, bestiegen sie eine der Kutschen vor Whitehall und fuhren los. Die Luft flirrte vom Nieselregen. Der Geruch von nassem Leder und den typischen Ausdünstungen eines Pferdes kribbelten Edwards in der Nase. Er dachte an Madame Yin. Wer hatte sie zuletzt gesehen? Wen hatte sie gesprochen?

Wie weit reichte ihr Netzwerk und wer würde jetzt am meisten von ihrem Tod profitieren? Vielleicht war Estelle Wiggins nur eine unliebsame Zeugin gewesen? Zur falschen Zeit am falschen Ort. Aber ein Mädchen aus feinem Haus und eine Bordellbesitzerin – wo war der Zusammenhang? Gab es überhaupt einen? Vielleicht sollte Estelles Tod auch nur vom eigentlichen Ziel ablenken, das

Madame Yin hieß. Schließlich war sie die ungekrönte Opiumkönigin von Lambeth, Spitalfields und Whitechapel gewesen.

***

The City of London
Zur selben Zeit

Celeste und Dorothea waren mit der Kutsche nach Norden gefahren, die Park Lane entlang und waren dann in die Oxford Street eingebogen. Sie kamen am Princess Theatre vorbei, in dem das Stück *Drink* gespielt wurde. Die Hauptrolle spielte ein gewisser Charles Warner, der ernst von einem der Plakate neben dem Eingang herabschaute. Ansonsten reihten sich Geschäfte an Geschäfte. Der feine Regen fiel auf die zahlreichen Markisen, die fast bis an die Straße reichten. Der Union Jack hing nass von zahlreichen Fahnenstangen herab.

Celeste fühlte sich wie eine Forscherin, die staunend eine ihr fremde Welt erkundete und alle Eindrücke aufsog wie ein Schwamm. Obwohl die Stadt ihr einerseits vertraut erschien, so war sie ihr andererseits auch fremd. Alleine schon die Tatsache, dass die Kutschen in London auf der falschen Straßenseite fuhren, irritierte sie. Die schiere Zahl der Gefährte ähnelte allerdings der in New York oder Chicago. Dazu waren die Gehwege voller geschäftig umher eilender Menschen. Dienstboten und Arbeiter, dazwischen Straßenkehrer und Mistsammler. Reiche Gentlemen in schwarzen Mänteln und sauber geputzten Schuhen, die durch die Nässe langsam stumpf wurden, blieben an den Schaufenstern von John Lewis, Swears & Wells und dem Schuhmacher Manfield & Sons stehen.

In den Schaufenstern von Wallis & Co. sah Celeste edle Kleider für die Abendgala, die Oper oder das Theater, dazu Hüte in allen Formen und Farben, geschmückt mit Federn von Krähen, Pfauen und Papageien.

Bei John Collier standen Schaufensterpuppen aus Mahagoni. Sie trugen Smokings und gestärkte Hemden mit Salisbury- oder Mornington-Kragen. Natürlich alles passgenau und von Hand gefertigt, wie es ein Schild im Fenster verkündete.

Celeste verdrehte sich den Hals, alles war so vertraut und gleichzeitig so ganz anders als zu Hause. Werber, die große Plakate umhertrugen, liefen über die Straße und machten mit einer Glocke auf sich aufmerksam.

„Kaufen Sie Romleys Mundwasser! Mundwasser von Romley! Kaufen Sie ... nur hier die Seife mit Rosenduft!", plärrte ein anderer dazwischen, „Rosenduftseife! Für Ihre Lieben, für sich selbst! Tun Sie sich etwas Gutes und kaufen Sie ... Rosenseife!" Die Stimme verlor sich im allgemeinen Lärm der Straße, als die Kutsche weiterfuhr.

Pferdeomnibusse rumpelten schwerfällig vorbei. Celeste kannte sie aus Chicago und hasste sie. Sie waren immer hoffnungslos überfüllt, ständig trat einem jemand auf die Füße und sie schaukelten so entsetzlich, dass sie einmal fast seekrank geworden wäre.

Bei einem der Blumenmädchen am Picadilly Square kaufte Celeste einen kleinen Strauß Primeln für ein paar Pence. Zumindest hoffte sie, dass sich das Mädchen nur ein paar Pence genommen hatte. Celeste verwirrte das fremde Geld, die englischen Münzen ähnelten sich zu sehr.

Den Strauß schenkte sie Dorothea.

Inzwischen war es Mittag geworden. Der Regen hatte sich so schnell verzogen, wie er gekommen war, die Sonne brach durch die Wolken und Dorothea führte Celeste in ein kleines Café in eine der Seitenstraßen, nicht weit von Picadilly entfernt. Sie saßen unter einer großen Markise und hatten Glück, noch einen freien Tisch bekommen zu haben. Ein paar Straßenmusikanten, die in der Nähe unter einer Laterne standen, spielten die Serenade von Franz Schubert.

Dorothea bestellte heiße Crumpets und Ingwertee für sie beide.

Ingwertee. Celeste mochte den scharfen Nachgeschmack nicht, trotzdem nippte sie tapfer an der Tasse, was ihr sofort leidtat. Die Schärfe des Ingwers brannte in der Kehle. Sie verzog das Gesicht. Dorothea kicherte leise. „Schmeckt er Ihnen nicht?“, fragte sie unschuldig.

„Ich glaube, wenn es nur noch Ingwertee zu trinken gäbe, würde ich verdursten.“

Nun kicherte Dorothea so laut, dass sich ein paar der anderen Gäste nach ihnen umdrehten.

Sie errötete, senkte den Kopf zwischen die Schultern und wurde still. Nach einer Weile sagte sie: „Sie wissen so viel über mich. Aber ich weiß gar nichts über Sie.“

Celeste stocherte in ihrem Crumpet und antwortete ohne aufzusehen. „Da gibt es nichts zu erzählen.“

„Sind Sie verheiratet?“

Nun sah Celeste auf. „Nein.“

„Warum denn nicht?“

Celeste zupfte ein welkes Blatt von dem Primelstrauß, der zwi schen ihnen auf dem Tisch lag. Sie konnte Dorothea nicht sagen, dass sie sich deswegen mit ihrer Familie überworfen hatte und dafür sogar verstoßen wurde. „Das ist ein heikles Thema.“

Dorothea ließ nicht locker. „Warum ist das heikel?“

„Iss deinen Crumpet.“

Ein Zeitungsjunge kam vorbei. Er trug einen Stapel Zeitungen auf dem Arm und hielt eine hoch in die Luft gestreckt.

„Lesen Sie alles über die Tote in der Themse! Alles in der Illustrated Police News! Die Themsebestie tötet wieder! Lesen Sie alles im Innenteil! Themsebestie mordet wieder! Lesen sie den Augenzeugenbericht! Police News!“

Der Junge blieb stehen und hielt Ausschau nach Kundschaft. Ein beleibter Mann am Nachbartisch winkte ihn heran und kaufte eine Zeitung.

Dann war der Junge auch gleich weiter und versuchte sein Glück woanders.

Der Kellner kam. „Sind die Damen zufrieden? Darf ich noch etwas bringen?“ Er trug ein sauber gefaltetes Serviertuch über dem angewinkelten Arm.

„Haben Sie Kaffee?“, fragte Celeste und schob den Ingwertee demonstrativ von sich.

Der Kellner bemerkte es, lächelte aber gleichbleibend höflich. „Selbstverständlich, Madam.“

„Dorothea?“ Das Mädchen hörte nicht. Celeste beugte sich vor und berührte Dorothea am Arm. „Hörst du? Möchtest du auch eine Tasse Kaffee?“

Aber Dorothea starrte mit weiten Augen auf die Titelseite der Illustrated Police News, die der Mann am Nebentisch aufgeschlagen hatte.

Die Überschrift lautete: Themsebestie mordet wieder. Darunter waren die gezeichneten Porträts zweier Frauen zu sehen. Die eine war jung, die andere älter und offensichtlich Asiatin.

„Estelle“, keuchte Dorothea, sprang auf und riss dem verdutzten Gast die Zeitung aus der Hand. Ihr Blick flog über das Papier. Ihr ganzer Körper wurde dabei von einem Zittern erfasst, das immer stärker wurde. Schließlich schrie Dorothea grell auf. Ihre Hände zerknüllten das Papier und sie stürzte weinend zu Boden. „Estelle. Nein, nein, nein.“

Celeste war sofort bei ihr, umfasste ihre Schultern und lehnte sie gegen sich. „Shht, shht, alles gut. Es ist alles gut.“

Der Kellner stand fassungslos da. Andere Gäste verrenkten sich den Hals, nur der Mann mit der Zigarre starrte sie wütend an und polterte los. „Ist die hysterisch geworden, oder was?“

Celeste fuhr ihn an. „Seien Sie still! Ein Glas Wasser!“ Keiner rührte sich. Sie starrte den Kellner an. „Ein Glas Wasser, haben Sie mich nicht gehört?“

Dorothea schluchzte und weinte und bekam kaum Luft, ihr Gesicht war rot geworden.

„Gibt es hier ein Problem?“ Ein Bobby war durch den Lärm aufmerksam geworden.

„Sie schickt der Himmel, guter Mann", sagte Celeste, die Dorothea fest an sich drückte und ihr dabei sanft über den Kopf strich. „Würden Sie uns bitte eine Kutsche besorgen?"

Der Bobby nickte. „Sie sollten sie zu einem Arzt bringen."

„Das wird nicht nötig sein. Ihr ist nur ... schwindelig geworden."

„Schwindelig?" Der Mann mit der Zigarre schnaufte spöttisch. Celeste starrte ihn wütend an. Ihre zusammengekniffenen Augen verrieten, dass sie sich nur zu gern mit ihm angelegt hätte.

Der Mann zog es vor, nichts mehr zu sagen und sich hinter den Resten seiner Zeitung zu verstecken.

Der Kellner brachte das Glas Wasser, aber Dorothea wollte nichts trinken. Sie schlug ihm das Glas aus der Hand, das auf dem Pflaster zersplitterte.

„Bitte", sagte Celeste flehend an den Polizisten gewandt und drückte gleichzeitig dem Kellner achtlos ein paar Münzen in die Hand.

„Na schön, wie Sie meinen. Aber ich denke, sie bräuchte wirklich einen Arzt." Ohne auf ihre Antwort zu warten, trat er an die Straße und winkte die erste freie Hansom-Kutsche heran.

Dann half er Dorothea beim Einsteigen.

„Danke", sagte Celeste, setzte sich und schloss die Tür.

„Jederzeit zu Diensten, Ma'am", sagte der Bobby und salutierte flüchtig. „Passen Sie gut auf sie auf."

„Das werde ich."

Die Kutsche rollte an und reihte sich in den Verkehr ein. „Wohin, Lady?", fragte der Kutscher.

„Park Lane und beeilen Sie sich."

Celeste lehnte Dorothea an ihre Schulter und nahm sie tröstend in die Arme. Das Mädchen schluchzte und wimmerte leise, hatte sich sonst aber beruhigt. Jetzt weiß sie es also, dachte Celeste bitter. Auf diese Weise hätte sie es nicht erfahren dürfen.

Sie beschloss, das Mädchen nach Hause zu bringen. Celeste sah sich genötigt, etwas zu unternehmen. Der Mörder von Estelle

Wiggins hatte ein weiteres Mal zugeschlagen. Sie warf einen verstohlenen Blick auf das Stück Zeitung, das sie eingesteckt hatte. Da stand ein Name. Madame Yin. Sie würde herausfinden, wer das war.

***

St. Bethlem Royal Hospital
Eine Stunde später

„Bedlam", hatte er dem Kutscher gesagt und der wusste sofort, was Edwards damit meinte. Jeder wusste das.

Das Bethlem Royal Hospital für Geisteskrankheiten. Es war ein schrecklicher Ort, obwohl er eigentlich der Gesundung dienen sollte. Kaum jemand, der dort eingeliefert wurde, fand jemals wieder den Weg zurück in die Freiheit. Es gab Gerüchte. Von Schlägen und sadistischen Wärtern war die Rede. Man sprach von Eisbädern, bei denen die Patienten auf Stühle geschnallt wurden, um sie dann rücklings in ein mit Eiswasser gefülltes Becken zu tauchen. Der Moment des Schocks sollte dem Geist Linderung verschaffen.

Gewalttätige Patienten wurden tagelang ans Bett gefesselt oder auf Jahre hinweg in Einzelzellen gesteckt. Zahlende Besucher sollten die „Irren" bestaunen dürfen, wie Tiere hinter Gittern. Ein wenig Grusel für ein paar Schillinge. An all das musste Edwards denken, während sie sich dem Gebäude mit der gewaltigen Kuppel näherten. Sie fuhren auf ein eisernes Tor zu, das den weiteren Weg versperrte und die Kutsche zum Anhalten zwang. Links und rechts erhoben sich hohe Backsteinmauern.

Edwards fühlte eine unangenehme Nervosität in seinen Eingeweiden rumoren.

Er stieg aus. „Warten Sie", sagte er zu dem Fahrer und dann zu Fulston: „Ich bin in einer Stunde zurück. Arbeiten Sie sich solange in den Fall ein."

„Jawohl, Sir.“

Eine Windböe spielte mit einem Fetzen Papier und Blätter raschelten an einer knochigen Buche.

Edwards schritt auf das Tor zu. An den Nieten schimmerten rostrote Flecken wie Blut.

Er zog an einer Klingelschnur, die neben dem Tor hing. Irgendwo dahinter hörte er es läuten. Schritte folgten, dann wurde eine Klappe in dem Tor geöffnet und feuchte Augen mit schlaffen Lidern starrten ihn an. „Ja?“

„Mein Name ist Inspector Robert Edwards. Scotland Yard.“ Er kramte in seinem Mantel nach dem Ausweis und zeigte ihn. „Ich möchte mit einer Patientin sprechen. Judith Wiggins.“

„Mmh“, machte der Pförtner.

„Es ist wichtig.“

Der Mann starrte weiter, ohne sich zu regen.

„Verdammt nochmal.“ Edwards verlor die Geduld und wurde lauter. „Ich weiß, dass sie hier ist. Diese Briefe habe ich im Haus der Familie Wiggins gefunden. Sie wurden von einem Doktor West unterschrieben. Also lassen Sie mich rein.“

„Warten Sie.“ Die Klappe schloss sich wieder und Edwards kniff vor Wut die Lippen zusammen. Etwas hilflos sah er zu Fulston, der aber auch nur mit den Schultern zucken konnte.

Edwards fühlte sich wie ein Trottel und er zog abermals an der Klingelschnur. Nichts geschah.

Ein paar Minuten vergingen, bis er hörte, wie das Tor entriegelt und schließlich geöffnet wurde. Der Pförtner ließ ihn eintreten. Der Mann war klein und schmächtig. Im Gegensatz dazu trug er eine viel zu große blaue Uniform mit glänzenden Messingknöpfen. „Da entlang“, sagte er und zeigte auf das Hauptgebäude.

Das Tor schlug mit einem lauten Knall hinter Edwards zu.

Er folgte dem gepflasterten Weg, den der Pförtner ihm gewiesen hatte. Das gab ihm Gelegenheit, sich umzusehen. Ein paar der Patienten kümmerten sich um den Garten. Dabei wirkten sie wie lebende Tote, die sich mühsam durch die Beete schleppten. Einer stand nur da und starrte ins Nichts. Er rührte keinen Muskel und blinzelte nicht einmal.

An jeder Tür gab es Posten, die Edwards mit kritischen Blicken musterten. Im Gegensatz zu dem Pförtner waren sie von großer, massiger Gestalt mit mitleidlosen Gesichtern.

Sie hielten ihre Knüppel in den Händen und schienen bereit zu sein, sofort loszuschlagen.

Der Haupteingang lag hinter einer offenen Vorhalle, die von griechischen Säulen getragen wurde. Als er die Stufen hinaufging, entdeckte er links und rechts zwei Statuen, die Melancholie und Wahnsinn verkörperten.

Edwards spürte, wie es ihm kalt den Rücken hinablief.

Die Tür öffnete sich. Ein Mann mittleren Alters in einem weißen Kittel kam auf ihn zu.

Eine runde Brille klemmte auf seiner Nase. Er streckte Edwards die Hand entgegen.

„Doktor Hubert West. Bitte verzeihen Sie, dass Sie warten mussten."

„Inspector Edwards. Scotland Yard." Seine schlechte Laune war noch nicht gänzlich verraucht.

Doktor West deutete auf die Tür und öffnete sie für Edwards. „Bitte. Treten Sie ein. Der Portier sagte, Sie möchten mit Judith sprechen?"

„Mrs. Wiggins. Ja. Wenn das möglich ist. Es geht um ihre Tochter."

„Mhh. Ein tragischer Fall."

„Sie wissen also, was mit ihrer Tochter geschehen ist?"

„Ja, natürlich. Diese arme Person. Der Tod ihrer Tochter war mehr, als ihr Geist ertragen konnte."

„Sind Sie ihr behandelnder Arzt?"

„Nein, das ist Doktor Dillingsgate, aber ich führe Sie gerne zu ihm, wenn Sie das wünschen."

Edwards nickte.

Sie folgten einem Gang, der mit weißen und schwarzen Fliesen gekachelt war. Links und rechts führten breite, marmorne Treppen in ein großes Treppenhaus. Überall gab es schwere Gittertüren.

Die hohen Decken vervielfachten das Stöhnen und die vereinzelten Schreie. Sie schienen von überall her auf Edwards einzudringen. In der Ferne klapperte etwas Metallisches zu Boden, eine Tür fiel ins Schloss, Schlüssel klirrten.

Edwards zog es den Magen zusammen. Doktor West stieg eine der Treppen hinauf. Zwei Pfleger, bullige Kerle mit harten Gesichtern und Händen wie Schaufeln, kamen ihnen entgegen. Beide trugen ihre Knüppel am Gürtel.

„Sagen Sie, Doktor West ... Ist es unbedingt notwendig, die Patienten derart bewachen zu lassen?"

Der Doktor blieb kurz stehen und musterte ihn, als wäre Edwards nun verrückt geworden.

„Sagen Sie mir, lassen Sie die Zellen auf der Wache auch offenstehen, weil es unmenschlich ist, einen Menschen einzusperren?"

Bevor Edwards über eine Antwort nachdenken konnte, fuhr der Arzt fort: „Es dient unserer eigenen Sicherheit und der Sicherheit dieser Stadt. Ein Mensch, der in seinem Wahn gefangen ist, stellt für alle, auch für sich selbst, eine gefährliche Bestie dar. Wir verhindern, dass sie ungehindert wüten kann, nichtsdestoweniger bemühen wir uns natürlich darum, der armen Seele Linderung und wenn möglich Heilung zu verschaffen."

Die Ausführungen klangen in Edwards Ohren wie auswendig gelernt. „Verstehe", sagte er knapp.

Sie erreichten eine Tür, auf der Laboratorium stand. Doktor West klopfte flüchtig und öffnete.

„Doktor Dillingsgate", sagte er in den Raum hinein. „Ein Inspector Edwards ist hier. Er möchte mit Ihnen über Judith sprechen."

„Ausgerechnet jetzt?", kam die barsche Antwort.

„Ich denke, Sie sollten sich die Zeit nehmen. Es geht um Judiths Tochter."

„Also gut denn. Ich lasse bitten."

West trat einen Schritt beiseite und machte Edwards Platz. „Sollten Sie mich brauchen, Inspector – Sie finden mich unten in meinem Büro."

Edwards nickte und betrat das Laboratorium. Ein stechender Geruch empfing ihn. Vielleicht Alkohol, vielleicht Ammoniak, oder eine Mischung aus beidem.

Die Fenster waren mit Bettlaken verhangen. Licht kam nur von zwei Lampen auf einem Tisch, auf dem ein Mikroskop stand. Der Lichtschein fiel schummrig in den Raum und fing sich in deckenhohen Regalen voller Gläser, die mit einer gelben Flüssigkeit gefüllt waren. Edwards erschauderte, als er genauer hinsah: In der Flüssigkeit schwammen abgeschnittene Hände ohne Fingerkuppen, Augen hingen wie tote Kaulquappen in ihrem Glas. Herausgeschnittene Gehirne füllten ein ganzes Regal. Manche groß, manche klein, alle beschriftet. In einem anderen Glas schwamm ein Fötus, wie im Leib der Mutter.

Obwohl es in dem Raum stickig und warm war, kroch Edwards eine Gänsehaut über die Arme.

Erst jetzt bemerkte er den Mann, der in einem hohen Schreibtischstuhl saß und ihn durch seine großen Brillengläser hindurch anstarrte. „Haben Sie genug gesehen?", fragte er mit näselnder Stimme. „Meine Zeit ist überaus kostbar." Er hielt ein Skalpell in der Hand, das er nun auf dem fleckigen Tisch ablegte. Schneidwerkzeug jeglicher Art lag darauf ausgebreitet. Direkt vor ihm lag ein menschliches Gehirn auf einem Holzbrett, wie es in jeder Küche zu finden war.

Edwards trat näher und verschränkte die Arme hinter dem Rücken. Er mochte keine Ärzte und dieser abscheuliche Ort machte ihm auf das Deutlichste klar, warum dem so war. Es fiel ihm schwer, seine Gedanken zu ordnen und er musste sich zwingen daran zu denken, weswegen er hergekommen war.

„Doktor West sagte mir, Sie behandeln Judith Wiggins."

„Das ist korrekt."

„Ich muss mit ihr sprechen. Es geht um den Tod ihrer Tochter. Es gibt eine weitere Tote, die ..."

„Mit ihr sprechen?", fragte Dillingsgate höhnisch. „Judith ist in ihrer eigenen Welt und ich fürchte, ihr Verstand ist nicht mehr zu retten, also denke ich nicht, dass sie Ihnen behilflich sein kann."

Edwards fixierte den Doktor. „Davon würde ich mich gerne selbst überzeugen."

„Das steht Ihnen natürlich frei. Wir sind schließlich kein Gefängnis." Dillingsgate ließ sich gönnerhaft in seinen Stuhl zurücksinken, griff nach einer Schnur, die an der Wand hing und zog daran. „Es wird jemand kommen, der Sie zu ihr bringt."

Er wollte sich schon wieder seiner Arbeit zuwenden, aber Edwards hob die Hand. „Nicht so schnell. Ich bin noch nicht fertig."

Dillingsgate seufzte entnervt: „Was denn noch?"

„Wer hat Mrs. Wiggins zu Ihnen gebracht?"

„Das war ihr Mann."

„Kommt Ihnen das nicht merkwürdig vor? Ihre Tochter stirbt und er hat nichts Besseres zu tun, als seine Frau in eine Irrenanstalt zu stecken, während er selbst nach Indien abreist?"

„Wir bevorzugen den Begriff Sanatorium", korrigierte Dillingsgate, „und nein, es kommt mir nicht seltsam vor. Judiths Geist hat durch den Tod der Tochter sehr gelitten ... Hysterie war die Folge. Eine Krankheit, von der viele Frauen betroffen sind. Mr. Wiggins sah keine andere Möglichkeit."

„Und seine plötzliche Abreise?"

„Inspector. Wir sind eine Heilanstalt und nicht Thomas Cook. Wenn jemand verreisen will, fragen wir doch nicht nach dem Grund."

Edwards spürte, wie die Adern an seinem Hals pochten. „Und

dass er die Rechnungen nicht bezahlt? Ist das auch nicht Ihr Problem?"

Dillingsgate lächelte gequält. „Ich bin Arzt und nicht für die Verwaltung zuständig. Da fragen Sie den Falschen."

„Ohne Geld sind wohl auch die Aussichten auf Heilung für Mrs. Wiggins gesunken, nicht wahr?"

„So ist es wohl. Eine medizinische Behandlung ist langwierig und das kostet nun einmal Geld, Inspector. Zu uns kommen viele Kranke mit dem Wunsch nach Heilung und leider kann es sich nicht jeder leisten, die beste Behandlung zu erfahren. Wir können nicht alle retten."

„Verstehe. Und Mrs. Wiggins? Was geschieht nun mit ihr?"

Dillingsgate lächelte, was seine Zähne im Schein der Lampen gelb erscheinen ließ. „Machen Sie sich keine Sorgen, Inspector. Es geht ihr gut. Ihre Hysterie ist unter Kontrolle."

Edwards hatte eine bange Ahnung, was er damit meinen konnte. „Haben Sie mit ihr gesprochen? Über ihre Tochter?"

„Aber selbstverständlich. Ein sehr delikates Thema."

„Hat sie denn etwas gesagt? Wo ihre Tochter hingegangen sein könnte? Wen sie traf? Hat sie Freunde erwähnt? Oder ... Verehrer? War etwas vorgefallen? Vor dem Verschwinden von Estelle."

„Das sind Dinge, mit denen befasse ich mich nicht. Ich sehe nur den Patienten. Es geht mir einzig und allein um den geistigen Zustand."

„Aber ist es da nicht wichtig, den Grund für diesen Zustand zu kennen?"

Dillingsgate sah ihn freudig überrascht an. „Gut, Inspector. Eine wirklich ausgezeichnete Frage."

Edwards wartete nur darauf, dass der Doktor vor Begeisterung in die Hände klatschte. „Und? Haben Sie auch eine Antwort für mich?"

„Inspector. Ich habe viele Patienten. Sehr viele. Wenn ich mich mit jedem ausführlich beschäftigen würde, bliebe für die anderen keine Zeit mehr."

„Dann gestatten Sie mir die Frage, wie viel Zeit Sie mit Mrs. Wiggins verbracht haben."

Der Doktor machte ein fragendes Gesicht. „Das weiß ich wirklich nicht mehr."

Edwards wandte sich ab. „Natürlich nicht", brummte er.

„Wie meinen?"

„Nichts. Schon gut. Eine Frage noch: Was genau ist vorgefallen, dass Mr. Wiggins sich genötigt sah, seine Frau herzubringen?"

„Wie schon erwähnt. Sie wurde hysterisch und griff ihn mit einer Schere an. Ich habe die Wunden gesehen. Judith war außer sich, als sie herkam. Sie hat getreten, gebissen und um sich geschlagen. Wir mussten ihr sogar eine Zwangsjacke anlegen."

„Sie hatten keine Zweifel?"

„Nein, wieso sollte ich? Diese Form des Wahnsinns ist mir durchaus vertraut. Dieses Gehirn hier zum Beispiel. Es gehörte einem Mann. Dieser Mann hat ein Blumenmädchen zunächst gequält und dann erwürgt und das nur, weil sie seine Avancen zurückgewiesen hat." Sein hageres Gesicht leuchtete, als würde er über ein wunderbares Ereignis in seinem Leben sprechen. Er nahm eine seltsam gebogene Zange mit spitzen Enden in die Hand und öffnete sie soweit, dass er das Gehirn von einer zur anderen Seite umfassen konnte und so die Größe ermitteln konnte. „Bei meinen langjährigen Studien ist mir eine Besonderheit aufgefallen. Menschen kann man in zwei Gruppen einteilen. Solche, die von Grund auf ein gutes Naturell besitzen, und solche, die von Grund auf böse sind. Mir ist bewusst geworden, dass Mörder, Vergewaltiger und sonstige Kreaturen über ein recht kleines, fast schon degeneriertes Gehirn verfügen. Es ist zu klein und zu leicht, daher bin ich davon überzeugt, dass in einem solchen Gehirn kein Platz für Emotionen wie Mitgefühl und Verständnis vorhanden sein kann."

„Und Mrs. Wiggins ist böse, weil sie ihren Mann angegriffen hat?"

Doktor Dillingsgate zuckte mit den Schultern. „Meine

Untersuchungen lassen nur diesen Schluss zu. Doch sichere Gewissheit kann nur die Untersuchung ihres Gehirns geben. Aber bisher zeigt sie alle Anzeichen."

In diesem Moment klopfte es und ein in weiß gekleideter Pfleger tat einen Schritt in den Raum.

„Ah gut, Dennis", sagte Dillingsgate. „Der Inspector möchte Judith sprechen. Seien Sie so gut und bringen Sie ihn zu ihr. Oder ... haben Sie noch weitere Fragen, Inspector? Wenn nicht, würde ich mich gern wieder meiner Arbeit widmen."

„Nein, keine Fragen. Danke für Ihre Zeit." Edwards nickte dem Doktor zu und ging hinaus. Erst auf dem Flur, als die Tür hinter ihm geschlossen war, atmete er tief ein. Selbst die Luft hier, die ihm abgestanden und schwer vorkam, war ein kühlender Hauch im Vergleich zu dem unerträglichen Gestank, der im Laboratorium herrschte.

„Die Fraun sin' unden", grunzte ihm der Pfleger entgegen. Edwards fühlte sich an einen Affen erinnert, der sich zum ersten Mal darum bemühte, einen menschlichen Laut hervorzubringen.

Sie erreichten eine eiserne Tür, die von einem Aufpasser bewacht wurde, der sie gelangweilt ansah, ihnen öffnete und wieder abschloss, nachdem sie hindurchgetreten waren.

Edwards betrat die Stufen, die in die Kellergewölbe hinab führten, und damit eine andere Welt, vielleicht sogar eine andere Zeit, in der Folter und Martyrium alltäglich waren. Gaslaternen, versteckt in Nischen und durch eiserne Gitter geschützt, beleuchteten den Treppenabgang. Er hörte Stöhnen, Weinen, Klagen. Frauen, die verzweifelt nach ihren Liebsten riefen. Dazwischen markerschütternde Schreie. Alles mischte sich zu einem Echo, das in den Ohren schmerzte. Schlimmer konnte es auch in der Hölle nicht sein.

Sie betraten ein Gewölbe, das weiß getüncht war. An der Decke blätterte die Farbe bereits. Spinnen hatten dazwischen ihre Netze gewebt. Es roch nach Schimmel, Nässe und Verzweiflung. Der Keller war riesig, es gab einen Hauptgang und zahlreiche

Nebengänge und in jedem gab es zu beiden Seiten mehrere Türen.

Der Pfleger brachte ihn zu einem Gang, der mit einer römischen Acht markiert war, die man auf eine Schiefertafel gekritzelt hatte.

„Lings. Tür vier", brummelte der Affenmann, wie Edwards ihn inzwischen bezeichnete. „Mach'n Se schnell. Rufen'se, wenn'se was woll'n."

Edwards gab keine Erwiderung, als er den Korridor betrat. Auf dem Boden lag dreckiges Stroh, das an seinen Sohlen kleben blieb. Ein paar verbeulte Eimer standen zusammengestapelt in einer Ecke.

Tür vier war wie alle anderen Türen aus Holz, mit Metallbeschlägen, einem kleinen vergitterten Fensterchen und einem schweren Riegel, der quietschte, als er ihn öffnete.

Der Raum dahinter war eine kleine Zelle, mit einer Steinpritsche als Lager und losem Stroh als Matratze. Licht fiel nur durch ein kreisrundes Loch in der Decke. Fast hätte er die Gestalt übersehen, die zusammengesunken in der Ecke kauerte. Strohreste und schmierige Klumpen klebten in dem verfilzten, blonden Haar. Das Kleid musste einmal teuer gewesen sein, jetzt war es zerrissen, starrte vor Schmutz und stank nach menschlichen Exkrementen.

Zutiefst erschüttert blieb er im Türrahmen stehen.

„Was wollen Sie?" Die Stimme erschrak ihn, aber sie klang sanft, beinahe lieblich. Weder rau noch von Hass und Trauer zerfressen, wie er es erwartet hatte.

Das Bündel aus Lumpen und Dreck hob den Kopf. Eine Fußfessel glitt klirrend über den Stein.

Edwards schluckte. „Mrs. Wiggins?" Unsicher, wie er sich verhalten sollte, blieb er an der Tür stehen.

„Nennen Sie mich Judith. Höflichkeiten sind hier fehl am Platz."

„Ich bin Polizist. Inspector Edwards von Scotland Yard."

„Ist Inspector Ihr Vorname?“

„Ähm, nein, ich heiße Robert.“

„Robert? Ein schöner Name.“ Sie winkte ihn heran, die Ketten klirrten erneut. Sie war barfuß. Ihre Füße waren schwarz vor Dreck. „Setzen Sie sich zu mir. Leisten Sie einer Verrückten Gesellschaft. Ich bekomme nicht mehr so häufig Besuch.“

Er ging zu ihr. Langsam.

„Keine Angst. Ich werde Sie schon nicht fressen.“

Er setzte sich zu ihr auf die Pritsche.

„Die Speisen hier sind erlesen. Einmal am Tag bekomme ich einen Napf voll mit Hafergrütze und dazu eine Tasse Wasser. Manchmal auch zwei, wenn ich darum bitte.“ Sie rückte vor und atmete tief ein. „Sie riechen gut, Robert. Sie bringen den Duft von Herbstlaub mit. Goldenes Laub. Blätter rascheln. Ausritte im Park. Drachen steigen lassen.“

Edwards wappnete sich. „Ich bin wegen Estelle hier.“

Sie erstarrte, das selige Lächeln gefror.

„Und wegen Ihnen“, beeilte er sich zu versichern. „Ich will Ihnen helfen.“

Sie starrte ihn an und schwieg. Welche Reaktion hatte er erwartet? Er wusste es nicht.

„Helfen?“, fragte sie schließlich. „Wie sollten Sie mir helfen können? Ich bin eine Vergessene.“

„Das sind Sie nicht. Ich habe Sie schließlich auch gefunden. Sie sind nicht alleine.“

Wieder Schweigen und ein Blick, der irgendetwas in seinem Gesicht suchte. Dann hob sie den Blick zur Decke. Tränen glitzerten auf ihren Wangen. „Jemand hat mein Herz getötet. Meine Tochter. Das liebste Wesen, das es für mich auf der Welt gab. Ich bin allein, Robert.“

„Ich weiß, dass ich Ihnen Ihre Tochter nicht zurückbringen kann, aber eine weitere Frau ist ermordet worden, auf die gleiche Weise wie Estelle. Das muss aufhören. Ich will diese Bestie zur Strecke bringen. Deswegen bin ich hier.“

Sie nickte, senkte den Blick und sah auf ihre Hände. Sie hatte die Fingernägel soweit abgekaut, dass die Haut darunter blutig war. „Wer ist sie?", fragte sie.

„Sie heißt Madame Yin. Eine Chinesin. Sie wohnte in Lambeth. Kennen Sie sie, oder haben Sie den Namen schon mal gehört?"

Sie schüttelte kaum merklich den Kopf. „Nein."

„Sie besaß ein paar Bordelle und Opiumhöhlen. Ich sehe auch keinen Zusammenhang zwischen Ihrer Tochter und ihr. Aber ich denke, es muss einen geben."

„Wieso denken Sie das?"

Edwards zögerte und suchte nach Worten. „Ich möchte Ihnen etwas zeigen, aber ... ich fürchte ... dass ich Ihnen damit wehtun könnte."

Sie lächelte wehmütig und traurig. „Glauben Sie mir. Sie können mir nicht mehr antun, als mir schon angetan wurde. Meine Tochter ist tot, mein Mann hat mich in eine Irrenanstalt gesteckt und den Schlüssel weggeworfen. Ich bin eine Verrückte, vor der Gesellschaft versteckt, dazu verdammt, hier so lange zu verrotten, bis ich sterbe. Ich bin davon überzeugt, dass Doktor Dillingsgate nur darauf wartet, mein Gehirn in eines seiner Gläser stecken zu können."

„Sie ... Sie haben sein Laboratorium gesehen?"

„Er hat es mir gezeigt. Er nannte es einen Teil der Therapie. Also, Sie sehen, es gibt Nichts, was mich noch verletzen könnte. Was möchten Sie mir zeigen?" Fast tröstend legte sie ihm ihre schlanken Finger auf die Hand. Dabei ist sie doch eigentlich diejenige, die Trost braucht, dachte Edwards, der einmal tief Luft holte.

Dann griff er in die Tasche seines Mantels und zog das geblümte Stück Tuch und die Haarlocke heraus.

Judith nahm den Stoff und strich mit dem Daumen darüber.

„Das haben wir in Madame Yins Mund gefunden. Wie bei Estelle. Dem Täter bedeutet das anscheinend sehr viel. Haben Sie das schon einmal gesehen?"

Sie schüttelte den Kopf.

„Bitte sehen Sie es sich genau an und denken Sie noch einmal nach."

Diesmal ließ sie sich Zeit, aber wieder schüttelte sie den Kopf.

Edwards ließ sich seine Enttäuschung nicht anmerken und fragte weiter: „Ist etwas Außergewöhnliches vor Estelles Tod passiert, oder ist Ihnen etwas an Ihrer Tochter aufgefallen? Hat Sie sich anders verhalten, als es für sie üblich war?"

Sie ließ die Hände in den Schoß fallen. „Sie war so wie immer, aber ich spürte, dass da etwas war. Dass es ihr nicht gut ging."

„Erzählen Sie mir von ihr. Ich will alles wissen."

„Wie viel Zeit haben Sie?", fragte sie mit mattem Lächeln.

„So viel Sie mir geben wollen, Madam. Aber zunächst ..." Er kramte einen Dietrich hervor und machte sich an dem Schloss ihrer Fußfessel zu schaffen. Einen kurzen Moment später klickte es.

Sie rieb sich den Knöchel. „Wo haben Sie das gelernt?"

Er grinste vielsagend. „So was schnappt man eben auf", sagte er lächelnd, um gleich darauf ernst hinzuzufügen: „Ich schwöre Ihnen, ich hole Sie aus dieser Hölle raus. Ich verspreche es Ihnen."

„Und was geschieht dann? Ich habe alles verloren."

„Es ist erst dann zu Ende, wenn Sie aufgeben."

Sie ließ die Schultern sinken und sagte nichts.

„Das hier ...", er sah sich um, „das hier hat niemand verdient."

„Ich habe mein Kind nicht beschützen können."

„Nur der Mörder trägt Schuld. Sie sicher nicht."

Sie schien nicht weiter diskutieren zu wollen. „Sie sind doch wegen meiner Tochter hergekommen, nicht wegen mir."

Edwards nickte und Judith begann, zu erzählen, von Estelle und dem Tag, an dem man ihr die Nachricht ihres Todes brachte.

***

Hyde Park
Am frühen Nachmittag

Nachdem sie Dorothea nach Hause gebracht hatte und sicher sein konnte, dass ihre Mutter sich um sie kümmerte, verließ Celeste das Haus der Ellingsfords wieder und kaufte alle Zeitungen, in denen sie irgendetwas über die Tote aus der Themse fand.

Sie setzte sich in den Hyde Park auf eine Bank unter eine Platane, die langsam ihre Blätter verlor.

Celeste hatte sich in einen warmen Mantel gehüllt, der sie gegen den kühlen Nordwind schützte. Die Seiten der Zeitungen raschelten leise.

Madame Yin. Königin des East End. Die Puppenspielerin, die Meisterin der Intrige, Mutter des Opiums. Die Titel waren so zahlreich wie die Zeitungen, die sie gekauft hatte.

Einige wenige beschrieben sie als eine Art Wohltäterin für die Armen von Lambeth. In den meisten Beiträgen wurde sie nur als gerissene Kriminelle beschrieben, die die Polizei wie einen Ochsen am Ring durch die Arena geführt hatte. Die konservative London Times hingegen bezeichnete sie als Geschwür, das endlich entfernt worden war, und ließ verlauten, dass man dem Täter einen Orden für seine Tat verleihen sollte.

Nach einer Stunde hatte Celeste ihre Lektüre beendet und sie befand, dass es an der Zeit war, sich ein eigenes Bild von Madame Yin zu machen.

Sie nahm eine Kutsche und fuhr über die Westminster Bridge auf die südliche Seite der Themse.

Dabei musste sie an Dorothea denken. Sie hoffte, dass es ihr inzwischen besser ging. Das arme Ding war so verstört gewesen, und doch wusste Celeste, dass sie irgendwann mit ihr sprechen musste. Über ihre Freundschaft zu Estelle, ihr Leben, bevor sie nach Chicago kam, aber auch über das Opium und was sie dazu gebracht hatte, es zu nehmen. Es würde kein angenehmes

Gespräch werden, und dennoch wusste sie, dass sie es irgendwann führen musste.

Um ihre Gedanken auf das aktuelle Ziel zu konzentrieren, nahm Celeste ihre zweischüssige Derringer-Pistole aus der Handtasche und prüfte nach, ob sie geladen war.

Sie kannte Lambeth nicht, wusste auch nicht, wie es dort zuging, also war sie lieber auf alles vorbereitet. Nachdem sie Westminster Bridge überquert und die Häuser an der Themse hinter sich gelassen hatte, änderte sich das Bild der wohlgeordneten und gepflegten Hauptstadt.

Waren die Häuser zunächst noch untadelig und die mit Kopfstein gepflasterten Straßen noch einigermaßen sauber, so wurden die Fassaden nach und nach schäbiger, die Gerüche intensiver.

Auch auf der Westminster Bridge Road gab es zahlreiche Geschäfte, doch anders als in der Oxford Street regierten hier nicht das Geld und der schöne Schein. Die Schaufenster waren von Ruß und Dreck ganz schmutzig geworden, die Farben auf den Werbeschildern über den Türen und an den Fassaden verblassten, waren rissig geworden und blätterten ab.

Harryman Candle Factory, Lambeth Slaughterhouse, Underwood & Son Leather Manufacturing, The Scarlet Lilly, Roberts Undertaker. Die Gewerbe waren so zahlreich wie die beißenden Gerüche, die aus geöffneten Türen, Toren, engen Gassen und Kanaldeckeln krochen und sich zu einem Gemisch vereinten, dass es Celeste schier den Atem verschlug.

Irgendwo im Labyrinth der Häuser wieherte ein Pferd. Kinder lärmten, eine Frau schrie: „Haltet die Schnauze, oder ich gerb euch den Hosenboden, dass ihr's wisst."

Eine Glocke läutete. Ratten huschten durch den Rinnstein. Dreckstarrende Jungen jagten sie, mit bloßen Händen oder mit Körben, die sie über die Tiere warfen.

Wenn sie eine fingen, töteten sie die Tiere nicht, sondern steckten sie in metallene Käfige, die bereits zu bersten schienen.

Es war ein einziges Gewirr aus schmutzigen, grauen Körpern.

Ein Quacksalber stand zwischen zwei Geschäften und versuchte der gutgläubigen Kundschaft wortreich das Geld aus der Tasche zu ziehen. Dabei schwang er seinen Bowler und entblößte das spärliche graue Resthaar.

In einer Seitenstraße klaute eine Frau Wäsche von der Leine. Celeste sah an sich hinab. Für diese Gegend war sie unpassend angezogen. Wollte sie etwas erfahren, musste sie aussehen wie alle anderen.

Sie klopfte an die Decke der Hansom-Kutsche. Der Fahrer hielt an, öffnete eine kleine Klappe, beugte sich vor und sah sie an. „Was'n, Miss?" Sein Gesicht schien nur aus einer riesigen Knollennase zu bestehen.

„Gibt es hier in der Gegend ein Bekleidungsgeschäft?"

„Das ham'se doch gar nicht nötig. Verzeihen Sie's 'nem alten Kutscher, aber ... Sie seh'n doch sehr gut aus."

Celeste lächelte. „Vielen Dank, aber dennoch."

„Na ja, da gibt's nur Mabels Rag Store in der Tower Street. Aber da wird 'ne Lady wie Sie sicher nix finden."

„Wir werden sehen. Bringen Sie mich hin."

„Wie Sie meinen. Einmal Tower Street." Er schloss die Klappe und fuhr weiter.

***

Lambeth
Wenig später

Die Unterhaltung mit Judith Wiggins hatte zwei Stunden gedauert und in keiner Minute hatte Edwards den Eindruck gewonnen, mit einer gefährlichen Verrückten zu sprechen.

Die Kutsche schaukelte von links nach rechts. Edwards sah gedankenverloren aus dem Fenster.

„Geht es Ihnen gut, Sir?"

„Mhh? Ja, Sergeant, alles in Ordnung. Ich dachte nur gerade an Mrs. Wiggins."

„Die ist doch verrückt. Haben Sie trotzdem etwas erfahren können?"

Edwards sah ihn verärgert an. „Sie ist ganz und gar nicht verrückt, nur verzweifelt und ... traurig." Seine Stimme wurde weicher. „Sie hat mir von ihrer Tochter erzählt."

„Und was hat sie gesagt?"

Eigentlich war Edwards nicht nach reden zumute, die Eindrücke von Bedlam waren noch zu frisch und hatten ihn schockiert, aber Fulston war nun einmal sein Sergeant und er hatte das Recht, an den Ermittlungen beteiligt zu werden. Also erzählte er.

Estelle war eine lebenslustige junge Frau gewesen, die gerne tanzte und Musik liebte. Sie spielte das Spinett und bewies dabei außergewöhnliches Talent.

Sie lachte viel und war zu jedem freundlich. Ein liebes Mädchen sei sie gewesen, das von der großen Liebe und vielen Kindern träumte. Es musste natürlich ein Prinz sein, der auf seinem Schimmel kommen sollte, um sie auf sein Schloss zu bringen.

Wie Mädchen in diesem Alter halt so sind, hatte Judith gesagt und dabei gelacht und geweint.

Aber ob es einen Prinzen gab, wusste sie nicht. Sie hatte es nur vermutet.

Aber dann hatte sich etwas geändert. Estelle war immer verschlossener geworden. Ihre Gesundheit verschlechterte sich, sie wurde blass und reizbar und aß kaum noch etwas. Judith zog daraufhin einen Arzt zurate, der feststellte, dass Estelle Opium nahm.

An diesem Punkt war Mrs. Wiggins schluchzend zusammengebrochen. Edwards ärgerte sich immer noch über sich selbst. Statt sein Mitgefühl zu zeigen und sie in den Arm zu nehmen, oder irgendetwas Tröstendes zu sagen, war er stocksteif sitzengeblieben und hatte gewartet, bis sie sich wieder beruhigt hatte.

Was sie dann sagte, hatte sie nur mühsam über die Lippen gebracht.

Ihre Tochter wollte keine Hilfe, sie wollte auch nicht reden, jeder Versuch scheiterte. Irgendwann hatte Mrs. Wiggins keinen Ausweg mehr gesehen und ihren Mann eingeweiht. Der schlug seine Frau und beschimpfte sie, weil sie so lange geschwiegen hatte. Für Estelle sah er nur die Lösung, sie in ihrem Zimmer einzusperren und sie erst wieder herauszulassen, wenn sie zur Vernunft gekommen wäre.

Und dann fand sie doch einen Weg, fort von ihrem Heim, fort von ihr, einer Mutter, die sie über alles liebte. Wie verzweifelt oder wütend musste Estelle gewesen sein ... Kurz darauf war sie tot.

Judith erzählte ihm von ihrem Nervenzusammenbruch, den sie kurz darauf hatte.

Und ihr Mann rächte sich an ihr, indem er sich selbst verletzte und dafür sorgte, dass sie eingewiesen wurde. Er hatte ihr zum Abschied zugeflüstert, dass er sie nie wiedersehen wollte.

Nun war sie in Bedlam, zum Sterben weggesperrt.

„Wir sind da. Newcomen Street."

Edwards hatte gar nicht bemerkt, wie die Hansom angehalten hatte. Sie stiegen aus. Er bezahlte.

Fulston trat aufgeregt von einem Fuß auf den anderen, während er sich hektisch umsah.

„Jetzt beruhigen Sie sich, Sergeant. Sie sind ja ganz blass."

„Ist das ein Wunder, Sir? Sehen sie doch mal, wie uns die Leute anstarren."

„Niemand starrt uns an. Und wenn, dann liegt das nur daran, dass Sie aussehen wie ein verängstigter Hase. Los, Mann. Brust raus, Kopf hoch. Die Schultern durchdrücken. Sie sind Polizist, benehmen Sie sich auch wie einer."

„Ich versuch es ja, Sir."

Edwards legte ihm die Hand auf die Schulter. „Die Leute hier haben ein hartes Leben, aber nicht jeder von denen will Ihnen gleich das Fell über die Ohren ziehen."

Der Sergeant fuhr sich über die schweißnasse Stirn.

„Kommen Sie. Madame Yins Opiumhöhle liegt dahinten." An einer der Hausecken prangte der rote chinesische Drache über einer rotlackierten Doppeltür mit Messingbeschlägen in Form von Lotusblüten. Daran hing ein Schild.

Closed, konnten sie darauf lesen, als sie näherkamen. Die Läden waren geschlossen, die roten Lampions an der Fassade erloschen. Das Haus lag vollkommen still da.

„Was wollen wir denn hier, Sir?"

„Uns umsehen. Wer weiß, vielleicht finden wir ja etwas."

Edwards umfasste den Türgriff mit seiner großen Hand und rüttelte daran. Sie war abgeschlossen.

Mit einem Fingerzeig deutete er auf eine schmale Passage zwischen dem *roten Drachen* und dem benachbarten Haus. Dort stießen sie auf eine Seitentür, die jemand aufgebrochen hatte. Das Schloss und Holzsplitter lagen im Dreck der Gasse. Plötzlich hörten sie aus dem Inneren des Hauses ein Geräusch.

Edwards legte einen Finger an die Lippen und zog seinen Webley-No. 1-Revolver, dann schob er die Tür weit genug auf, um hineinschlüpfen zu können. „Leise jetzt", flüsterte Edwards.

Sie standen in einem Korridor. Auf dem Dielenboden lag ein roter Läufer. An den Wänden hingen Gemälde mit chinesischen Landschaften, Berge mit schneebedeckten Kuppen und Seen, in denen sich Kraniche tummelten. Fischerboote schaukelten auf den Wellen.

Links von ihnen führte eine Treppe in die obere Etage. Zum Eingang hin hing ein Vorhang aus hölzernen Perlen, der in einen abgedunkelten Raum führte. Der schwache Geruch von Opium hing in der Luft.

Die Geräusche kamen von oben. Schritte, Dielen knarrten, unterdrücktes Atmen.

Edwards Sinne waren zum Zerreißen gespannt, als er zwei Stufen auf einmal nehmend, die Treppe hinaufschlich. Dabei warf er einen schnellen Blick auf Fulston. Er fürchtete, sein

Sergeant würde jeden Augenblick ohnmächtig werden. Die hektischen Flecken waren nun so groß wie Erdbeeren.

Eine raue Stimme ließ Edwards in der Bewegung erstarren. „Hey, ich dachte du bis' so'n verschissen guter Screwsman. Kriegs' es ja nich' mal hin, dieses kleine Tresörchen zu knack'n." Der Mann versuchte, leise zu sprechen, tat aber genau das Gegenteil.

„Wieso hältst du nicht deine blöde Schnauze, Raffy? Das ist 'n bisschen schwieriger, als 'ne Teedose aufzumachen. Also halt deine Fresse und lass mich arbeiten."

Edwards erreichte den Treppenabsatz. Von dort aus sah er auf eine offenstehende Tür. Von dort kamen die Stimmen. Ein Schatten fiel auf den Flur. Edwards sah zu Fulston und wies mit einem Fingerzeig auf die Tür, bevor er weiterschlich. Er hatte die Tür fast erreicht, als eine Diele unter seinen Füßen knarrte.

Im gleichen Moment starrte ihn ein unrasiertes Gesicht aus dem Durchgang heraus an.

Einen Herzschlag lang starrten sich die beiden nur an, dann zuckte die Hand des anderen vorwärts und schlug dem verdutzten Edwards die Waffe aus der Hand. Der Revolver polterte über den Boden in das Zimmer hinein. Dann flog eine vernarbte Faust auf seinen Kopf zu. Edwards duckte sich und schlug zurück. Kurze Linke in die Nieren, Rechte in den Magen, Aufwärtshaken unter die Nase. Blut spritzte dem Mann über Lippen und Kinn. Stöhnend wollte er zurück, aber Edwards packte ihn bei den Schultern, rammte ihm das Knie in den Magen und stieß ihn auf den Flur hinaus. „Bewachen Sie ihn Fulston!", schrie er und stürmte ins Zimmer. Wo war der verdammte Revolver? Ein schneller Blick. Er fand ihn nicht. Zwei andere Kerle, groß, vor Schmutz starrend und mit gedrungenen Schlägervisagen, stürzten sich auf ihn. Einer holte mit einem Stuhl aus, den er aber nur an der Wand zertrümmerte. Trotzdem musste Edwards ausweichen. Dabei kam er aus dem Gleichgewicht und stolperte dem Zweiten vor die Füße. Böses Grinsen. „Scheißkerl!" Gin-Atem. Die Faust traf Edwards in die Rippen. Er ächzte, schüttelte sich und revanchierte sich mit zwei harten Schwingern, rechts, links gegen den Kiefer. Es knackte wie nasses Holz im Feuer. Der Mann spuckte Blut und Zähne.

Es gab noch einen Dritten im Zimmer, der sich allerdings nicht an der Schlägerei beteiligte.

„Weg von dem Tresor. Haben Sie ..." Ein muskulöser Arm schlang sich um Edwards' Hals und würgte ihm die Worte ab. Er und sein Angreifer stolperten rückwärts in einen Sekretär aus Kirschholz. Holz zersplitterte. Die Schreibplatte riss ab. Papier segelte wie aufgeschreckte Vögel durch die Luft. Tinte spritzte auf Tapete, Teppich und Männer, die sich in den Trümmern wälzten. Hin und her ging es: Über den Boden rollten sie zu einem Tischchen mit edlen Karaffen und Gläsern aus Kristallglas, die gegeneinanderstießen, herunterfielen und zersplitterten. Endlich bekam Edwards den Kerl am Kragen zu fassen, riss ihn auf die Füße und hämmerte ihm seine Faust auf den Mund. Der Mann grunzte und schlug zurück. Edwards wehrte ihn ab, indem er den linken Arm hochriss. Dann warf er sich wie ein wild gewordener Stier nach vorne, rammte seinem Gegner die Schulter in den Bauch, hob ihn an und stieß ihn in einen Beistelltisch aus rot lackiertem Holz.

„Heureka! Ich habs!", rief der Mann am Tresor. Ein silbernes Kästchen, schmucklos, mehr konnte Edwards nicht erkennen. In dem Moment zog ihm jemand die Beine weg. Er stürzte, jemand trat ihm in die Seite einmal, zweimal. Beim dritten Mal packte er das Bein und hieb die Faust auf die Kniescheibe. Der Angreifer heulte vor Schmerz.

„Aufhör'n!" Der Ruf kam vom Eingang.

Fulston stand dort, ein Messer an der Kehle. „Schluss jetz'", nuschelte der Kerl, der ihn festhielt. Dessen Gesicht war blutverschmiert und die gebrochene Nase hatte schon die Farbe überreifer Pflaumen angenommen. „Schluss, oder ich kill deinen Freund hier."

„Das würde euch teuer zu stehen kommen. Wir sind Polizisten."

Das schien ihn nicht zu beeindrucken. „Is' mir scheißegal,

Copper. Und wenn euch der liebe Gott persönlich geschickt hätt'. Haltet euch raus. Das hier is' Geschäft."

„Habt ihr Madame Yin getötet?"

„Ney."

„Beweist es."

Der Mann, der am Tresor gestanden hatte und sich nun die silberne Schatulle unter den Arm klemmte, marschierte eilig an Edwards vorbei. „Wir müssen dir gar nix beweisen. Wir haben nur was abgeholt."

„Was ist da drin." Edwards wollte ihn packen, aber ein Stöhnen vom Eingang ließ ihn innehalten.

Es war Fulston. Der Kerl, der ihn festhielt, drückte ihm das Messer fester an den Hals. „Ah, ah, ah", machte er und grinste. „Mach keinen Unsinn, Copper."

Die anderen rappelten sich aus den Trümmern hoch. Einer stieß Edwards herausfordernd gegen die Schulter. Der ballte die Fäuste, blieb aber stehen. „Ich krieg euch noch", sagte er wütend.

„Heute nich'."

Als alle Mitglieder der Bande das Zimmer verlassen hatten, bekam Fulston einen Stoß in den Rücken, der ihn vorwärts stolpern ließ. Dann schlug die Tür zu und jemand schloss ab.

Edwards spürte, wie sich sein Atem langsam beruhigte, anders als seine Laune. Am liebsten hätte, er getobt, besonders als er erkannte, dass die Fenster vergittert waren. Die Kerle entkamen und er konnte nichts tun, um sie aufzuhalten.

„Sie bluten, Sir. Ihre Lippe."

„Hmm?" Ganz allmählich spürte Edwards die Schläge und Tritte, die er abbekommen hatte und er schmeckte Blut, als er sich mit der Zunge über die Unterlippe fuhr.

Er nahm das Taschentuch, das Fulston ihm anbot. „Halb so wild. Hab' schon Schlimmeres abgekriegt." Dann richtete er seinen finsteren Blick auf den Sergeant. „Was haben Sie sich dabei gedacht? Sie sollten ihn bewachen und sich nicht von ihm überwältigen lassen."

„Es tut mir sehr leid, Sir. Ich war noch nie in so einer Situation. Und ... ich hatte doch keine Waffe."

Edwards tat einen tiefen Seufzer und wischte das Blut ab, um dann die Schultern sinken zu lassen. „Spätestens morgen haben Sie eine. Es wird das Erste sein, wonach ich Sie fragen werde. Verstanden?"

„Ja, Sir."

„Also schön. Genug davon. Nehmen Sie es als Lehrgeld." Er begann, sich umzusehen.

„Was die Kerle hier wohl gesucht haben?", fragte Fulston.

„Haben Sie die silberne Schatulle denn nicht bemerkt?"

„Nein, Sir. Ich ... ich war ... anderweitig beschäftigt."

Edwards schlug die Faust in die offene Handfläche. „Zum Teufel, ich hätte zu gern gewusst, was da drin ist."

„Irgendetwas Wertvolles, sicherlich."

Edwards trat an den Tresor heran. „Sicher, nur was genau." Nachdenklich legte er den Finger an die Lippen. „Es geht ums Geschäft, hat der eine gesagt. Nur welches. Yin hatte ihr Netz weit gesponnen. Er hob ein paar Briefe vom Boden vor dem Tresor auf, die ihm aber nicht weiterhalfen. „Die Kerle haben genau gewusst, wonach sie suchen mussten." Geistesabwesend wedelte Edwards mit der Hand in Richtung Tür. Schauen Sie mal nach meinem Revolver. Er muss irgendwo dort vorne liegen." Fulston machte sich ans Werk. „Kannten Sie Madame Yin eigentlich gut, Sir?"

„Mmh. Gut wäre wohl zu viel gesagt. Sagen wir, ich hatte früher beruflich mit ihr zu tun. Ich habe sie ein paar Mal festgenommen. Nichts von Bedeutung, Taschendiebstahl, Bettelei. Aber ... sie wusste, was sie wollte und sie hat's geschafft. Nur war sie nicht gerade das, was die Londoner Gesellschaft eine ehrbare Person nennen würde."

„Aber Sie konnten sie gut leiden?"

„Ich respektierte sie, so wie man Respekt vor einer giftigen Spinne hat. Und sie respektierte mich. So kamen wir ganz gut miteinander aus."

Endlich fand Fulston den Webley-Revolver, der unter einen mit rotem Samt überzogenen Sessel gerutscht war. Er brachte ihn Edwards, der die Waffe in der Hand wog und vor die Tür trat. „Hier finden wir nichts mehr, was uns weiterhilft. Sehen wir zu, dass wir hier rauskommen."

„Aber die Tür ist doch versperrt."

„Nicht mehr lange." Edwards richtete den Revolver auf das Schloss und feuerte einen Schuss ab. Die Tür sprang auf. Die beiden Polizisten staunten nicht schlecht, als sie in das hübsche und erschrockene Gesicht einer jungen Frau blickten. Sie wollte fliehen, aber Edwards lief ihr nach, holte sie am Treppenabsatz ein und hielt sie fest.

„Lassen Sie mich los, Sie Grobian!" Sie sprach mit französischem Akzent.

„Hören Sie auf, Miss. Ich tu' Ihnen ja nichts."

Sie hörte auf, sich zu wehren und er lockerte den Griff und musterte sie. Sie war gut zwei Köpfe kleiner als er, besaß lockiges, brünettes Haar und grüne Augen, mit denen sie ihn ebenso prüfend betrachtete. Ihr Haar duftete. Das Kleid hingegen war dreckig, das Blau war verblasst und auf den Ellbogen saßen Flicken. Der Saum war ausgefranst und an der Spitze des Kragens hatten offensichtlich Mäuse gefressen. Sie hatte eine große Reisetasche fallengelassen, die nicht viel besser aussah.

Dennoch, die Frau besaß eine Würde und Ausstrahlung, die ihn faszinierte. Sie wirkte so anders, als die anderen Frauen in Lambeth.

„Verraten Sie mir Ihren Namen?", fragte er freundlich.

„Oudette. Oudette de Marlon."

„Und was machen Sie hier? *Der rote Drachen* hat geschlossen. Sind Sie eine von Yins Mädchen?"

Sie schüttelte den Kopf. „Ich ... ich hatte gehört, dass es hier Arbeit für mich geben könnte."

„Da muss ich Sie leider enttäuschen. Madame Yin ist tot."

„Tot? Oh mon dieux."

„Sind Sie schon lange in London?“

„Non. Ich bin gestern angekommen.“ Ihr Blick wanderte zwischen den Männern hin und her.

„Und wer sind Sie? Sie haben mich zu Tode erschreckt.“

Edwards machte ein dienstliches Gesicht. „Das ist Sergeant Fulston. Ich bin Inspector Edwards. Wir kommen von Scotland Yard.“

„Polizei“, keuchte sie und zuckte zurück.

„Haben Sie keine Angst. Wir wollen Ihnen sicher nichts tun. Wie sind Sie hier hereingekommen?“

„Durch die Seitentür. Ich hatte gesehen, dass sie offen stand.“

Edwards stutzte. „Dass sie aufgebrochen wurde, hat Sie nicht gestört?“

„Doch Monsieur. Aber ich brauche Arbeit. Ich wollte rufen, aber dann habe ich die Männer gesehen, die die Treppe runterkamen. Ich hatte Angst und habe mich versteckt.“ Die Frau drückte ihr Gesicht in ein Taschentuch und schluchzte. „Mon dieux. Wer waren sie? Sie sahen schrecklich böse aus.“

„Es gab eine ... Meinungsverschiedenheit“, antwortete Edwards ausweichend. „Haben Sie gesehen, wo sie hingegangen sind?“

„Non, excusez-moi. Aber sie liefen schnell weg, als säße ihnen der Teufel im Nacken.“

„Ja, in dem Fall war ich der Teufel. Ich hätte ihnen schon Feuer gemacht.“

Sie seufzte. „Was soll denn jetzt aus mir werden?“

„Nun ja. Es gibt sicher noch andere Orte, an denen eine Frau mit Ihrem ... Talent eine Anstellung finden kann.“

Sie sah Edwards empört an. „Was denken Sie von mir? Ich bin keines dieser gefallenen Mädchen. Ich kann kochen und putzen und ich bin mir nicht zu schade, mir die Hände dreckig zu machen.“

„Der Inspector meinte das nicht so“, sprang Fulston in die Bresche. „Haben Sie denn einen Platz, wo Sie hingehen können?“

„Ich werde schon etwas finden. Machen Sie sich keine Sorgen

um mich, Messieurs."

Während sie sich unterhielten, waren sie die Treppe hinuntergestiegen und dem Flur zur Tür gefolgt.

„Was ist denn mit ihr geschehen?", fragte sie. „Mit Madame Yin, meine ich."

„Das darf ich Ihnen leider nicht sagen."

Sie traten durch die Seitentür und gingen zur Hauptstraße. „Soll ich eine Kutsche für Sie rufen?", fragte Edwards, aber die Frau antwortete ihm nicht. Irgendetwas oder irgendjemand schien sie abgelenkt zu haben. Er folgte ihrem Blick, aber da war niemand.

„Miss?"

Sie lächelte abwesend.

„Miss?"

„Oui? Oh excusez-moi. Ich habe nicht zugehört."

„Haben Sie etwas gesehen?"

„Non? Was meinen Sie?"

„Schon gut. Soll ich eine Kutsche für Sie rufen?"

„Non, merci. Das ist nicht nötig. Ich geh zu Fuß. Au revoir, Messieurs, es war mir eine Freude."

„Auf Wiedersehen, Miss."

Sie nickte noch einmal, dann hatte sie es mit einem Mal sehr eilig.

Sie raffte ihr Kleid, nahm die Reisetasche und eilte davon.

Edwards sah ihr nach. „Sergeant. Holen Sie sich Verstärkung. Stellen Sie das Haus auf den Kopf und hören Sie sich auch in der Nachbarschaft um."

„Ich, Sir?" Fulston schluckte.

„Nein, der Lumpensammler dahinten. Natürlich Sie. Machen Sie schon. Ich habe noch was zu erledigen."

Fulston wollte noch etwas sagen, aber Edwards ließ ihn stehen. Er beeilte sich und folgte der Französin.

***

Celeste war zufrieden mit sich. Mit der Rolle des hilflosen französischen Mädchens in der fremden Stadt hatte sie bisher noch jeden täuschen können. Nun sogar zwei Polizisten.

Ihr plötzlicher Aufbruch war ihnen sicher verdächtig erschienen, aber ihr war keine andere Wahl geblieben. Ihr war eine Frau aufgefallen, die den *roten Drachen* beobachtet hatte, und die geflohen war, nachdem Celeste sie entdeckt hatte.

Die Haut der Unbekannten war von tiefem Schwarz gewesen. Ebenso das Kleid und die Spitzenhandschuhe. Nur ein rotes Kropfband mit einem silbernen Anhänger war auffällig gewesen.

Celeste befürchtete, sie nicht einholen zu können und sollte recht behalten. Irgendwo im Gewimmel der Menschen, im Gewirr aus Gassen und schmutzigen Häusern und Unrat hatte sie die stille Beobachterin in der Nähe der Themse verloren.

Der Fluss stank zum Himmel und eine Straße sah aus wie die andere. Ein Bierkutscher lehnte an seinem Karren, schmauchte seine Pfeife und zwirbelte die Spitzen seines Bartes, während sich seine beiden Gesellen damit abmühten, die schweren Bierfässer in den Keller eines Pubs zu wuchten.

Aus einem nahen Schornstein wallte dichter grauer Rauch die Fassade hinab und ein Kohlekarren, der von einem knochigen Esel gezogen wurde, rumpelte geräuschvoll vorbei.

In einer Seitenstraße fand Celeste ein paar Straßenmädchen, die auf Kundschaft warteten. Sie waren sicher nicht älter als achtzehn oder neunzehn Jahre, aber ihre Gesichter wirkten viel älter. Eines der Mädchen saß etwas abseits auf einer Treppe. Das blonde Haar hing ihr fettig und strohig ins Gesicht. Ihre Finger waren lang und dürr, die Fingernägel dreckig. Ihre Schuhe hatten Löcher, so wie auch das gemusterte Kleid voller Löcher und Flicken war. Ihre Spitzenhandschuhe waren zerrissen. Sie hustete schrecklich, das Gesicht wirkte bleich und eingefallen. Eine kleine, leere Flasche stand neben ihr auf einer Stufe.

Celeste trat vor sie. Als das Mädchen nicht reagierte, setzte sie sich neben sie.

„Was wills' du?" Glasige Augen starrten Celeste an.

„Ich suche jemanden."

„Un' was soll mich das kümmern?"

Celeste nahm die Hand des Mädchens und legte eine Münze hinein. „Es gibt da eine Frau ... Madame Yin. Kennst du die?"

Das Mädchen sah auf den Schilling in ihrer Hand und nickte. Das Geld verschwand ganz schnell in ihrem Strumpf, ohne dass die anderen Mädchen etwas davon mitbekommen hätten.

„Kennst du auch den *roten Drachen*?"

„Ja, kenn ich. Da hatte ich schon Freier."

„Kennst du dann vielleicht auch eine schwarze Frau? Sie trägt ein schwarzes Kleid, schwarze Handschuhe, rotes Kropfband. Ich habe sie heute dort gesehen."

Noch ehe sie mit ihrer Beschreibung endete, schüttelte das Mädchen den Kopf. „Hab' ich nich' gesehen. Warum wills' du'n das wissen? Bist du so eine, die Frau'n mag?" Sie lächelte vielsagend und legte Celeste die Hand aufs Knie. „Ich kann es dir auch ..."

„Nein, so ist das nicht." Celeste nahm die Hand des Mädchens und drückte noch einen Schilling hinein. „Ich muss mit ihr sprechen. Es ist wichtig, dass ich sie finde. Wo könnte ich nach ihr suchen?"

Auch die zweite Münze verschwand im Strumpf. Das Mädchen hustete, ihr Körper verkrampfte sich. Als sie sich wieder beruhigt hatte, spuckte sie Blut auf die Straße und lächelte entschuldigend. „Dauert wohl nich' mehr lange."

Celeste sah sie entgeistert an, dann hatte sie sich wieder gefasst. „Das tut mir leid", sagte sie ein wenig hilflos.

Das Mädchen machte eine gleichgültige Geste. „Es is' wie's ist. Diese Schwarze, is' sicher keine aus London. Wenn du Ausländer suchs', dann geh nach Whitechapel. Da findes' du alles. Iren, Russen, Juden, Italiener und sicher auch so was was du suchs'. Mehr kann ich dir nich' sagen."

Sie kam schwankend auf die Beine und ging weg, ohne sich noch einmal umzudrehen.

Celeste sah ihr nach. Das Mädchen verschwand in einem schäbigen Haus. Über der Tür hing ein Schild: The Green Sheep Tavern.

Eine halbe Stunde später erreichte Celeste die Themse. Dampfschiffe tuckerten die Strömung hinauf. Möwen segelten kreischend im Wind oder suchten an den schlammigen Ufern nach Fressbarem.

Celeste war müde, ihr taten die Beine weh, die Reisetasche war schwer und ihre Arme fühlten sich vom Tragen ganz taub an. Sie ließ sich auf eine Bank fallen und atmete tief durch. Schon war sie von Tauben umlagert, die sie gurrend umrundeten. Eine setzte sich auf die Lehne neben Celeste, die ihren Gedanken nachhing und das Tier gar nicht beachtete.

Vielleicht irrte sie sich auch, was die schwarze Frau betraf, vielleicht war sie einfach nur neugierig gewesen und hatte mit dieser Yin gar nichts zu tun ... aber wenn doch? Da war etwas in ihrem Blick gewesen, in dem flüchtigen Moment, als sie sich in die Augen gesehen hatten. Celeste konnte es nicht einmal benennen. War es Wut? Nein. Angst? Vielleicht. Sorge? Ganz sicher.

Celeste schüttelte den Kopf, als müsse sie sich selbst bestätigen, dass sie keinem Hirngespinst folgte. Es war kein Zufall gewesen.

Wenn sie doch nur schon einen Namen hätte. Das würde die Suche vereinfachen. Sie durfte jetzt nicht aufgeben und hier herumzusitzen und Trübsal zu blasen, würde sie nicht weiterbringen.

Sie ging über die London Bridge, die vollgestopft war mit Fußgängern, Hansom-Cabs, Kutschen, Fuhrwerken und Pferdeomnibussen. Die Kutscher fluchten. Fahrgäste beschwerten sich lauthals. Pferde wieherten. Zerrten am Zaumzeug. Ein Lastkahn passierte die Brücke zwischen den Pfeilern, an denen sich die Wellen brachen. Eine Schiffsglocke bimmelte zweimal.

Celeste bekam kaum noch Luft zum Atmen. Es wurde nur gedrängelt und geschoben. Ein „Sorry“ hier, eine Entschuldigung da. Jemand steckte ihr ein Flugblatt zu, welches sie ungelesen fallenließ.

Dann war sie endlich auf der anderen Seite angekommen. Bei einem Schuhputzjungen erkundigte sie sich nach dem schnellsten Weg nach Whitechapel und der Junge wies ihr den Weg.

Die Reklametafeln änderten sich. Nun las sie kyrillische Schriftzeichen über den Läden von Flickschustern und Schneidern. Nicht weit davon entfernt lag Bloom's. Ein koscheres Restaurant, das selbst jetzt am Nachmittag gut besucht war. Ein Mann in weißer Schürze und Kippa auf dem Kopf trug ein halbes Lamm zur Seitentür. Aus der offenen Tür zur Küche duftete es köstlich. Celestes Magen meldete sich mit einem lauten Knurren zu Wort und erinnerte sie daran, dass sie schon seit einer geraumen Zeit nichts mehr gegessen hatte. Sie blieb stehen und schnupperte. Zum Glück für sie.

Aus einem der oberen Fenster kippte eine Frau Waschwasser auf die Straße, das ihr auf das Kleid spritzte.

Celeste sah nach oben und flüsterte eine Verwünschung, dann ging sie weiter. Ein kleines Mädchen mit einer dreckigen Lumpenpuppe auf dem Arm rannte lachend an Celeste vorbei.

An der Ecke zur Osborn Street standen vier Huren. Ihre grell geschminkten Gesichter, die offenen Dekolletés, das obszöne Lachen und die bis zu den Oberschenkeln gerafften Röcke ließen keinen Zweifel an ihrem Gewerbe.

Celeste ging auf sie zu. Aus den geöffneten Fenstern eines Pubs plärrte ein verstimmtes Grammophon irgendeine Melodie.

Die Huren bemerkten Celeste. Eine mit hochgestecktem, schwarzem Haar und üppigem Busen zeigte auf sie und sagte etwas zu den anderen Frauen, die daraufhin laut lachten.

„Has' dich wohl verirrt, Süße, was?“, fragte die Schwarzhaarige. Ihr verlebtes Gesicht zeigte tiefe Augenringe.

„Ja, woher wissen Sie das?“ Sie sprach wieder mit französischem Akzent.

„Oho, meine Damen. Wir haben hier eine leibhaftige Französin vor uns. Bonjour Mädchen.“ Die Schwarzhaarige warf ihr Kleid und knickste umständlich, nur um Celeste dann lachend und ziemlich fest in die Wange zu kneifen. „Du bis’ doch wohl nich’ hier, um uns unsr’n Platz streitig zu machen, hmm?“

„Non, Mademoiselle. Ich suche nur jemanden.“

„Und wen suchs’ du?“

Celeste rieb sich die Wange. „Eine schwarze Frau im schwarzen Kleid. Sie trägt ein rotes Kropfband.“

„Wie heißt die denn?“

„Das weiß ich nicht. Man hat mir gesagt, in Whitechapel leben viele Fremde.“

Die Schwarzhaarige lachte aus voller Kehle. „Na viel Glück, Kindchen, hier leben so viele Leute, wie’s Fliegen auf ’nem frischen Scheißhaufen gibt.“

„Wo könnte ich denn nach ihr suchen?“

„Keine Ahnung. Verschwinde. Da kommt Kundschaft.“

Zwei Seeleute stolzierten vorbei und musterten die Frauen, die sich in Pose warfen.

Eine der Huren nahm Celeste schnell beiseite. „Versuch es in den Pubs, aber nicht in den irischen, da lassen sie keine Schwarzen rein.“ Dann präsentierte sie sich den Seeleuten.

Celeste sah zu, dass sie weiterkam. Ihre Füße brachten sie langsam um und die verfluchte Reisetasche hätte sie am liebsten irgendwo stehenlassen, aber das Kleid war zu kostbar. Sie seufzte. Wenn es nur nicht so schwer wäre.

Ihre Suche führte sie in schäbige Absteigen, in denen man für ein paar Pence ein Lager für die Nacht finden konnte. Zerlumpte Gestalten drückten sich in Hausfluren herum und beobachteten die Passanten, die vorbeigingen.

Celeste betrat Pubs, die so klangvolle Namen trugen wie The King’s Head oder Golden Peacock. In Wirklichkeit aber waren es nur dreckige Löcher, mit wackeligen Tischen und schiefen Stühlen, die nach gepanschtem Bier, Fusel, Erbrochenem und Schweiß stanken. Und überall erhielt sie die gleiche Antwort: „Kenn' ich nicht."

Der nächste Pub hieß Hanson & Fitch. Ein anderer Name, aber sonst bot sich ihr das gleiche Bild.

Sie ging zum Wirt an den Tresen, eine dürre Gestalt, mit langen Armen und kleinen Augen. Er trug eine blumengemusterte Weste aus dunkelblauem Tweed. Das Haar war schütter, lang und rollte sich im Nacken nach außen. Er tat das, was Wirte überall auf der Welt taten, er polierte seinen Tresen.

Celeste hielt sich nicht mit Höflichkeiten auf. „Ich suche eine Frau", sagte sie. „Schwarze Haut, schwarzes Kleid. Sie trägt ein rotes Kropfband, mit einem silbernen Anhänger. Kennen Sie sie vielleicht?"

Der Wirt dachte einen Moment lang nach, dann schüttelte er den Kopf. „Kenn' ich nicht." Etwas in seiner Stimme ließ sie aufhorchen.

„Wirklich nicht?"

„Was willst du denn von der?"

„Das geht nur mich etwas an. Sie kennen sie, habe ich recht?"

Er versuchte gar nicht erst zu verbergen, dass er log. „Weiß nich', wovon du redes'", sagte er gespielt, „aber ... ich mach dir einen Vorschlag." Er kam hinter der Theke hervor, stellte sich vor sie und betrachtete sie grinsend.

„Und was für ein Vorschlag wäre das?", fragte sie lauernd.

„Ich hör' mich um und dafür bis' du 'n bisschen ... nett zu mir." Seine Hand streichelte ihr übers Haar und weiter die Wange entlang. Sie schlug seine Hand weg. „Fassen Sie mich nicht an."

„Kratzbürstich, was? Gefällt mir. Was sagst du?" Seine Hand berührte sie am Arm, sein Daumen streichelte sie. Dann grapschte er grob nach ihrer Brust. Sofort schnellte ihre Hand nach vorn, packte sein Handgelenk und verdrehte sie mit einem harten Ruck. Dann knallte sie ihn mit dem Oberkörper auf den Tresen.

„Verfluchte Schlampe. Lass mich los. Aua, du tus' mir weh."

„Sie wissen etwas, also reden Sie, oder ich breche Ihnen den Arm."

„Verflucht. Lass mich los."

„Wie heißt sie?"

„Ich weiß es nich'. Ah, loslassen."

Celeste hatte den Druck verstärkt und ließ nicht locker. Jeder Atemzug stieß hart gegen ihre Brust. Sie war so aufgeregt, dass sie das Blut in den Ohren rauschen hörte.

„Der Name!"

„Black Molly, verfluchte Scheiße."

„Kommt sie oft her?"

„Nein, nein, nich' mehr. Sie hat Schulden bei mir, die sie nich' bezahlt."

Plötzlich wurde Celeste von zwei muskulösen Armen von hinten gepackt und fortgerissen.

Ein stacheliger Bart kratzte ihre Wange. Heißer Alkoholatem ließ sie nach Luft schnappen.

„Loslassen!" Sie wollte beißen, treten, sich irgendwie wehren, da wurde sie aber schon gegen den Tresen gestoßen. Die Thekenkante stieß ihr schmerzhaft in die Wirbelsäule.

Drei Männer standen vor ihr. Einer, mit langer Narbe am Hals, bedrohte sie mit einem Messer. Der Zweite war ein bulliger Kerl mit kahlem Schädel und Händen so groß wie Schaufeln. Er hatte ein Doppelkinn, das über eine schlecht gebundene Krawatte wabbelte.

Der Dritte hatte eine Hakennase, buschige Augenbrauen und ein spitzes Kinn. Seine Augen zuckten jedes Mal, wenn er blinzelte. Er war es, der ihre Reisetasche durchsuchte und zuerst das teure Kleid und dann ihre Handtasche mit der geladenen Derringer fand.

„Na, was haben wir denn hier?", fragte er in gespielter Überraschung und mit fisteliger Stimme.

„Wer sind Sie?", fragte Celeste und bekam sofort eine Ohrfeige.

Er drohte ihr mit erhobenem Zeigefinger. „Ich stelle hier die Fragen und ... du ... du antwortest bloß. Hast du das verstanden?“

Sie nickte. In ihrem Verstand arbeitete es. Sie musste die Derringer unbedingt wieder in die Finger bekommen.

„Also. Ein Straßenvögelchen hat uns gezwitschert, dass du nach Black Molly suchst. Witzig. Wir suchen Sie auch. Nur ... was willst du von ihr?“

Celeste presste die Lippen zusammen.

Der Mann mit der Hakennase zog die Nase kraus. „Das ist nicht sehr klug von dir, weißt du. Ganz und gar nicht klug. Du bist hübsch und das willst du doch sicher auch bleiben?“ Er hob fragend die Arme, grinste in die Runde seiner Mitstreiter und sah dann wieder zu Celeste. „Was meinst du? Willst du uns nicht auch was zwitschern?“

„Kann ich einen Drink haben?“, fragte sie und wies mit einem Kopfnicken auf die Flasche.

„Einen Drink? Woher bist du? Ne Engländerin bis’ du jedenfalls nicht.“

„Amerika.“

„Sicher. Wusste doch, dass ich den Akzent schon mal gehört habe. Klar. Schütt’ dir einen ein. Hast doch nichts dagegen, Rowan, oder?“

Der Wirt schüttelte eilig den Kopf und schob Celeste eine Flasche und ein Glas hin.

Sie drehte den Männern den Rücken zu und schenkte sich ein.

„Also, Black Molly. Warum fragst du nach ihr? Was hast du mit ihr zu schaffen?“

Celeste drehte sich halb um, das volle Glas in der einen Hand, während die andere mit dem Etikett der Flasche spielte. „Ich kenne sie gar nicht. Ich suche nur Arbeit.“

„Wenn du Arbeit suchst, warum fragst du dann ausgerechnet nach einer schwarzen Hure. Nein, das glaube ich dir nicht. Wird Zeit, dass wir mal anders miteinander reden.“ Er gab dem Mann mit dem Messer einen Wink.

Celeste fixierte ihn und schüttete ihm den Whisky ins Gesicht. Der Mann kniff die Augen zusammen. Er stöhnte und ließ das Messer fallen, gleichzeitig schlug ihm Celeste die volle Flasche über den Schädel. Glas zerbarst. Whisky spritzte. Der Mann stürzte bewusstlos zu Boden. Celeste sprang an ihm vorbei. Hakennase, wollte ihre eigene Derringer auf sie richten, doch sie war schneller. Sie rammte ihm den abgebrochenen Flaschenhals in die Hand. Er ließ die Waffe fallen. Gleichzeitig stieß sie ihm den Handballen unter die Nase. Blut schoss aus beiden Nasenlöchern. Celeste bückte sich, schnappte die Derringer, kam wieder hoch, spannte den Hahn und zielte zwischen die Augen über der Hakennase.

Der Große mit dem Doppelkinn stand nur da und starrte dumm von ihr zu den anderen.

Dann ballte er die Fäuste und machte ein grimmiges Gesicht.

Celeste schüttelte warnend den Kopf. „Das sollten Sie lassen, Mister, oder Ihrem Freund hier wird es schlecht ergehen."

„Du Miststück."

„Mit einem Revolver am Kopf sollten Sie einen höflicheren Ton anschlagen, finden Sie nicht?"

„Wer bist du?"

Sie knallte ihm die flache Hand ins Gesicht. „Die Lage hat sich geändert. Ich stelle jetzt die Fragen, das sollte Ihnen doch bekannt vorkommen."

Die Eingangstür quietschte. Ein Mann kam herein. Er war groß, hatte schwarzes, gescheiteltes Haar und einen Oberlippenbart. Celeste kannte ihn. Sie atmete tief ein. „Inspector Edwards. Ich würde sagen, ich freue mich, Sie wiederzusehen, aber Sie kommen ungelegen."

„Miss de Marlon. Die Freude ist ganz auf meiner Seite." Seine Stimme klang allerdings alles andere als erfreut. „Wo ist denn Ihr charmanter französischer Akzent geblieben?"

Statt zu antworten, lächelte sie ihm zu.

„Darf ich fragen, was Sie da tun?"

„Die Gentlemen und ich wollten uns gerade unterhalten."

„Interessante Art, sich zu unterhalten. Nehmen Sie die Waffe runter." Edwards kam an den Tresen.

Celeste zögerte, tat ihm dann aber den Gefallen.

„Worum geht's denn?", fragte er und tippte den Bewusstlosen mit der Fußspitze an. Der rührte sich nicht.

„Das kann ich Ihnen leider nicht sagen."

Edwards wandte sich um und grinste dann den mit der Hakennase an. „Jonah. Lange nicht gesehen. Mit dem ganzen Blut im Gesicht hätte ich dich ja fast nicht erkannt. Machst du wieder die Drecksarbeit für andere?"

„Wir wollten uns nur nett mit ihr unterhalten, Inspector", sagte Jonah unterwürfig und wischte sich das Blut mit dem Ärmel ab. „Wir haben gar nichts getan, stimmt's nicht, Rowan?"

„Ja, gar nix. Die da war's. Die is' verrückt. Die hat angefangen." Der Wirt nickte so eifrig, dass Celeste fürchtete, ihm könnte der Kopf abfallen.

„Ihr lasst euch von einer Frau verprügeln? Ihr seid mir ein paar Helden. Verschwindet."

„Aber ..."

„Sie halten jetzt mal den Mund, Miss de Marlon oder wie auch immer Sie heißen. Ich lasse mich nicht gern an der Nase herumführen. Wir unterhalten uns gleich noch." Er klatschte in die Hände und sah Jonah an. „Na los. Worauf wartet ihr? Schnappt euch euren Freund und dann raus hier."

Die Männer zögerten nicht lange, hoben den Bewusstlosen auf und trollten sich.

Celeste sah ihnen mit unterdrückter Wut nach. Als die Tür hinter ihnen zuschwang, sagte sie: „Das war dumm von Ihnen."

„Nein, Sie sind dumm. Haben Sie wirklich geglaubt, ich falle auf Ihre Maskerade rein?" Edwards trat an einen der Tische. „Setzen Sie sich", befahl er.

„Und wenn ich mich weigere?"

Er packte einen Stuhl und knallte ihn laut auf den Boden. „Setzen Sie sich!"

„Sind Sie immer so unhöflich zu einer Frau, Inspector?“ Sie setzte sich.

„In diesem Fall bin ich einfach nur ein sehr ungeduldiger Inspector.“ Er setzte sich ihr rittlings gegenüber. „Wie heißen Sie wirklich?“

„Celeste. Celeste Summersteen.“

„Und woher kommen Sie? Aus Frankreich sicher nicht.“

„Aus Chicago.“

Sie legte die Derringer auf den Tisch und spielte mit dem Griff. Edwards nahm sie ihr weg und steckte sie in die Manteltasche.

Sie schürzte die Lippen. „Gestatten Sie mir eine Frage?“

„Na schön. Fragen Sie.“

„Ich wüsste zu gern, womit ich mich verraten habe. Ich habe mir extra in einem Lumpenladen ein Kleid gekauft, um nicht aufzufallen.“

„Sie riechen nach Parfüm. Niemand hier ist reich genug, um sich Parfüm leisten zu können.“

„Sie haben eine gute Nase, Inspector.“

„Danke. Nun. Wer ist die schwarze Frau, die Sie suchen?“

„Sie heißt Black Molly. Sie hat den *roten Drachen* beobachtet. Bis gerade wusste ich nicht, ob ich meine Zeit verschwendet habe, aber dann kamen diese Gentlemen, die Sie so großzügig haben laufen lassen.“

„Was wollen Sie von dieser Black Molly?“

„Mit ihr reden.“

„Worüber?“

„Warum sie so schnell weggelaufen ist.“

„Warum waren Sie überhaupt am *roten Drachen*?“

„Das kann ich Ihnen nicht sagen.“

„Für wen arbeiten Sie?“

„Auch das kann ich Ihnen nicht sagen. Tut mir leid.“

„Sie arbeiten für diese Schmierfinken von der Zeitung. Sie wollten bei Madame Yin schnüffeln und wir haben Sie gestört.“

Sie schüttelte den Kopf.

„Oder hat Kippwell Sie geschickt, um mir Ärger zu machen?"

„Ich kenne niemanden namens Kippwell. Tut mir leid."

„Sie verschwenden meine Zeit, Lady."

„Und Sie die meine, Sir."

Edwards Schnurrbart zuckte, seine Finger trommelten ein ungeduldiges Stakkato auf die fleckige Tischplatte. „Nehmen Sie Ihre Tasche, Miss. Wir gehen jetzt."

„Und wohin, wenn ich fragen darf?"

„Sie sind verhaftet."

„Verhaftet? Weswegen?"

„Behinderung eines Dieners der englischen Krone." Er knallte ein paar Handschellen auf den Tisch.

„Das ist lächerlich."

„Lächerlich oder nicht, Sie sind verhaftet. Legen Sie die Handschellen freiwillig an oder muss ich das tun?"

Sie wollte aufstehen, als Edwards sie schnell bei der Hand packte. Eine Handschelle klickte. Erst um ihr Handgelenk, dann um seins.

Er stand auf, nahm ihre Reisetasche vom Boden und hielt sie ihr hin. „Die trage ich bestimmt nicht." Sie riss die Tasche an sich, wobei sie ihn mit stechenden Blicken erdolchte. Edwards kümmerte das nicht. Er ging einfach los und Celeste zog er mit sich.

Sie war wütend. „Sie werden mich sofort losmachen. Sie haben kein Recht dazu."

„Doch hab' ich."

Die Leute auf den Straßen sahen den beiden hinterher. Edwards ging stoisch wie ein Bulle. Celeste konnte gar nicht anders, als ihm zu folgen.

„Sie tun mir weh", schimpfte sie.

Sie waren nicht einmal hundert Schritte weit gekommen, als die Handschelle plötzlich lose an Edwards' Gelenk baumelte. Verwirrt sah er sich um. Celeste rannte mit gerafftem Rock auf eine Gasse zu.

„Das kann doch wohl nicht wahr sein“, knurrte er. „Bei allen Teufeln und Heiligen, verdammt.“ Während er noch fluchte, rannte er ihr nach.

Celeste war zu langsam. Ihr Kleid war hinderlich, die Reisetasche schlug ihr gegen die Beine.

Kurz bevor Sie die Gasse erreichte, holte Edwards sie ein. Die Handschelle schnappte erneut zu. Ein kleiner Dietrich fiel zu Boden.

„Was ist das denn?“ Edwards bückte sich und hob ihn auf. „Einbruchswerkzeug?“ Er grinste triumphierend. „Das ist ja interessant. Sie wollten wohl irgendwo einbrechen.“

„Der ist nicht von mir, den hab' ich ... gefunden. Er sah ... interessant ... aus.“

„Öffnen Sie Ihre Tasche.“

„Nein.“

Edwards zögerte nicht lange, riss die Tasche an sich und durchsuchte sie.

„Lassen Sie das.“

Er ignorierte sie und öffnete die Verschlüsse. Das teure Kleid, das nach Parfüm duftete. Fünfzig Pfund, Schminkspiegel, Opernglas, Bleistift und Notizblock, Wangenrot in einer Puderdose, ein paar schlichte Perlenohrringe und ein Set Dietriche an einem kleinen Ring. Als hätte er einen großen Fisch gefangen, hob er sie hoch, um sie zu präsentieren. „Ach schau mal einer an, Miss Summersteen. Sie sind doch wohl keine gemeine Einbrecherin?“

Sie verzog die Lippen. „Wie ich schon sagte. Gefunden.“

„Sicher.“ Edwards bedachte sie mit einem Kopfschütteln. „Gibt es denn in Amerika niemanden, dem Sie auf die Nerven fallen können? Wieso müssen Sie sich ausgerechnet meine Stadt aussuchen?“

Schweigen.

„Ich frage Sie noch einmal. Für wen arbeiten Sie?“

Schweigen.

„Wie Sie wollen. Ein paar Tage in einer dreckigen Zelle bei Wasser und Brot werden Sie schon gesprächig machen."

Celeste starrte ihn wütend an. Er wollte ihr sicher nur Angst machen, aber da musste er sich schon etwas Besseres einfallen lassen, wenn er einer Celeste Summersteen Angst einjagen wollte.

***

Als Edwards die Polizeistation nahe Whitehall betrat, machten sich die diensthabenden Beamten gerade über Tee und trockenen Kuchen her.

Der vorgesetzte Sergeant trat an den Tresen. Während er salutierte, rieselten noch letzte Kuchenkrümel aus seinem Vollbart. „Sir?"

„Sergeant. Das ist Miss Summersteen. Sie ist mein Gast", erklärte Edwards und schloss die Handschellen auf.

Celeste wünschte ihm mit einem einzigen Blick die Pest an den Hals. „Es reicht jetzt. Sie hatten Ihren Spaß."

„Dann reden Sie endlich."

„Bevor ich das tue, trinke ich lieber eine Flasche Gift."

„Ihre Entscheidung." Edwards legte die Dietriche und die Derringer auf den Tresen und stellte die Reisetasche dazu. „Das hier hatte sie bei sich."

„Sie sind ein ungehobelter Klotz, Inspector."

„Jetzt seien Sie mal endlich still. Sergeant, zeigen Sie Miss Summersteen eine Ihrer gemütlichen Zellen. Wenn sie mit mir sprechen will, geben Sie mir Bescheid. Ich bin im Yard."

„Jawohl, Sir." Der Wachhabende winkte zwei Kollegen heran. „Zelle vier", befahl er knapp und reichte einen Schlüsselring über den Tresen.

„Auf Wiedersehen." Edwards winkte ihr nach.

Die Beamten brachten sie in den Keller. Dort gab es einen langen Gang mit je fünf Zellen auf jeder Seite. Es roch furchtbar nach schimmlignassen Wänden, Urin und menschlichen Körpern, die zu lange im eigenen Dreck gelegen hatten. Außer einer anderen Frau, die sie anstarrte, und zwei Männern, die wie tot auf den Pritschen lagen, war niemand hier.

„Hey, has' dir wohl verirrt, Schäzschen", rief die Frau ihr nach, verdrehte die Augen und warf ihr Kusshände nach. „Irenwann land'n wir all' mal inner Höll'", lallte sie weiter.

„Halt den Mund, Anny!" Der Beamte schlug mit dem Stock gegen die Gitterstäbe.

„Es tut mir sehr leid", sagte der zweite Bobby, der bei Celeste geblieben war. „Eine Dame wie Sie sollte nicht an so einem Ort sein." Er war ein hübscher Bursche von etwa zwanzig Jahren.

„Sie tun nur Ihre Arbeit, Constable", erwiderte Celeste milde. „Ich bin Ihnen nicht böse."

Der Schlüsselring klimperte in seiner Hand und er öffnete die letzte Zelle auf der rechten Seite. „Bitte", sagte er höflich und zeigte auf die schmutzige Pritsche an der Wand. „Möchten Sie vielleicht eine Tasse Tee?"

„Hör auf, der Dame den Hof zu machen und komm", fuhr ihn sein älterer Kollege an. „Das ist 'ne Kriminelle."

Der junge Polizist kniff ein Auge zu, als der andere nicht hinsah. „Ich bringe Ihnen trotzdem einen Tee."

Nachdem er abgeschlossen hatte und sie gegangen waren, blieb Celeste einen Moment lang in ihrer Zelle stehen. Sie sah sich um. Neben der Pritsche stand ein Tischchen. Darunter ein verbeulter Eimer aus Metall, an dessen Rand eine dicke schwarze Spinne entlang krabbelte.

Über dem Tischchen gab es ein schmales, vergittertes Fenster, das ein wenig Licht und Luft hineinließ. Sie hörte Vögel zwitschern und das entfernte Klappern von Pferdehufen.

Mit spitzen Fingern zog sie die Decke von der Pritsche. Eine Maus sprang auf den Boden, rannte an der Wand entlang, um in einem winzigen Riss im Mauerwerk zu verschwinden.

Celeste ließ sich auf der Pritsche nieder. „Oh, Edwards. Das werden Sie mir büßen."

Das Schnarchen der beiden Männer hallte durch die Zellen, begleitet vom Keifen der Frau, die mit ihrem unsichtbaren Mann stritt. Wegen ihm saß Anny im Gefängnis. Zumindest glaubte Celeste, das in dem undeutlichen Geplapper verstanden zu haben.

Während die Frau so zeterte, kam Celeste ein Gedanke. Vielmehr war es eine Idee, ein Plan, wie sie ihre momentane Lage verbessern und Edwards eins auswischen konnte. Dazu benötigte sie allerdings die Hilfe von Lady Ellingsford.

Als der junge Polizeibeamte kam und ihr den Tee brachte, erwartete sie ihn bereits an den Gitterstäben.

„Haben Sie vielen Dank", sagte sie lächelnd. „Dürfte ich Sie um einen Gefallen bitten?"

Er betrachtete sie skeptisch. „Ich werde Sie nicht rauslassen, wenn Sie das meinen."

„Nein, das erwarte ich doch gar nicht. Würden Sie mir ein paar Blätter Papier und etwas zum Schreiben bringen."

Er zögerte. „Ich weiß nicht so recht."

„Haben Sie Angst, dass ich damit das Schloss öffnen könnte?", fragte sie schmunzelnd.

„Nein, sicher nicht."

„Bitte, Constable. Ich möchte nur eine Freundin wissen lassen, wo ich bin, das ist alles."

„Na ja. Mmh. Wenn es nur das ist." Er nickte. „In Ordnung."

Celeste lächelte ihm zu und sah ihm nach, als er ging.

Er tat ihr leid. Sie hoffte, er würde keinen Ärger bekommen für das, was sie vorhatte.

***

Scotland Yard
Am späten Nachmittag

Inspector Edwards stand mit hochgezogenem Hemd vor dem Spiegel in seinem Büro und betastete nachdenklich die blauen Verfärbungen an seinem Bauch, die dunkelrote Kerbe in seiner Unterlippe und die leichte Schwellung am Kinn. „Mistkerle", grummelte er. Wenngleich er bei der Keilerei in Madame Yins Haus mehr ausgeteilt, als eingesteckt hatte, so war die Sache doch nicht ohne Blessuren für ihn ausgegangen.

Er stopfte sein Hemd zurück in die Hose und zog die Hosenträger über die Schultern, bevor er hinter dem Schreibtisch Platz nahm, auf dem sich Akten und lose Papiere zu Bergen stapelten. Dazwischen lag allerhand mehr oder weniger nützlicher Krimskrams. Lupe, Briefbeschwerer, eine kaputte Taschenuhr, die er schon seit Ewigkeiten repariert haben wollte, und eine Petroleumlampe mit gesprungenem Glas. Edwards beschrieb dieses Chaos gerne als sein persönliches Waterloo, nach der Schlacht.

Danach hatte er die Schuhe ausgezogen und sich die Füße massiert. Nachdem er dieser Frau durch die halbe Stadt nachgerannt war, taten sie ihm, dank der unbequemen Schuhe, mehr als nur ein bisschen weh. Er war zwar erst siebenunddreißig, aber die Zeiten, als er als junger Soldat kilometerweit mit Marschgepäck marschiert war, waren eben auch schon lange vorbei.

Er schüttete sich Tee aus einer Kupferkanne in eine benutzte Tasse und trank einen Schluck. Der Tee war eiskalt und schmeckte so bitter, dass Edwards das Gesicht verzog und den Schluck in die Tasse zurückspuckte.

Schließlich angelte er sich die oberste Akte vom Stapel. Es war der Bericht zu Madame Yins Tod.

Während er las, flogen seine Gedanken hin und her. Er musste an die Einbrecher denken und an die silberne Schatulle, die sie mitgenommen hatten. Die Männer hatten genau gewusst, wonach sie suchen mussten.

Yin war einflussreich gewesen. Ihr Tod hinterließ eine gewaltige Lücke in der Londoner Unterwelt. Da war es nur zu verständlich, dass sich alle kleinen und großen Gauner daran machten, diese Lücke füllen zu wollen. Nur wer? Die Einbrecher gehörten sicher zu einer Bande. Aber welcher? Die waren im East End so zahlreich, wie es Raben am Tower gab.

Und dann tauchte plötzlich Celeste Summersteens Gesicht in seinen Gedanken auf. Eine Person, von der er gar nichts wusste, nur den Namen und selbst da war er sich nicht sicher. Vielleicht sollte sie auch die Schatulle stehlen, war aber zu spät gekommen. Doch für wen? Was war in dieser Schatulle, dass so viele sie haben wollten?

Sein Gedankengang wurde gestört, als er Schritte hörte, die sich seinem Büro näherten.

Es klopfte.

„Immer herein." Edwards klappte den Aktendeckel zu.

Es war Sergeant Dyers. „Guten Tag, Inspector."

„Das ist aber eine Überraschung. Kommen Sie rein. Setzen Sie sich."

Dyers zog sich einen Stuhl näher und nahm Platz. Er wirkte nervös.

„Wenn Sie wegen Ihrer Versetzung hier sind, da habe ich leider nichts erreichen können. Ich fürchte, Sie müssen noch eine Weile mit Kippwell vorliebnehmen."

„Deswegen bin ich nicht hier."

„Nicht? Weswegen dann?"

„Commissioner Handerson hat mich herbestellt."

„Handerson?" Edwards nickte anerkennend. „Alle Achtung. Sie fackeln ja nicht lange. Gleich zum Commissioner. Um was geht's denn? Oder darf ich das gar nicht wissen?"

Dyers machte ein gequältes Gesicht und schien nach Worten zu suchen.

„Hier." Edwards hielt ihm einen silbernen Flachmann hin. „Trinken Sie das. Das wird Ihnen guttun."

„Was ist das?“

„Lassen Sie sich überraschen.“

Dyers nahm ihn und trank einen Schluck. „Das brennt ja wie Feuer“, keuchte er. „Woher haben Sie das?“

„Ich kenne da einen Wirt im East End und der kennt jemanden, der wieder jemanden kennt, der eine kleine Destillerie hat. Er nennt es Bahiym.“

„Bahiym? Ist das gälisch?“

Edwards lachte: „Nein, eine Abkürzung für Burning a hole in your mouth. Ich habe keine Ahnung, was der da reinmischt, aber wenn du genug davon trinkst, dann vergisst du sogar deinen eigenen Namen, oder du wirst blind.“

Dyers gab den Flachmann zurück. „Der Name passt.“

„Weswegen sind Sie zu mir gekommen?“

Einen Moment lang schwieg Dyers, dann atmete er tief ein und sagte: „Ich komme mir schändlich vor, wie ein Verräter, aber ich kann doch nicht einfach tatenlos zusehen.“

Edwards verstand kein Wort, aber er wartete darauf, dass Dyers weitersprach und erklärte, was er genau meinte.

„Es geht um Inspector Kippwell.“

„Ja?“

„Eigentlich darf ich darüber nicht reden, der Commissioner hat es mir strikt verboten.“

„Sie wären wohl nicht zu mir gekommen, wenn Sie vorhätten, sich daran zu halten. Ist doch so?“

„Ja, das stimmt schon.“ Dyers stand auf und fuhr sich mit der Hand über die Schläfe. „Verzeihen Sie, dass ich Sie gestört habe. Ich kann nicht ... ich ... es ist kompliziert.“

„Ich kann Ihnen nicht helfen, wenn Sie mir nicht sagen, worum es geht.“

„Ich wollte Ihren Rat. Aber ... entschuldigen Sie. Es war dumm. Das ist meine Sache.“ Er ging zur Tür und drehte sich noch einmal um. „Danke.“

„Wofür?“

„Dass Sie mich wie einen Polizisten behandeln und nicht wie einen dummen Schuljungen."

Dyers griff nach der Klinke.

„Sie wollten einen Rat?", fragte Edwards.

„Ja, Sir."

„Ich gebe Ihnen gleich drei. Entschuldigen Sie sich nicht für Dinge, die Sie nicht zu verantworten haben, seien Sie immer wachsam und vor allem: Bleiben Sie sich treu. Stehen Sie zu Ihren Entscheidungen, wenn Sie sie einmal getroffen haben. Selbst, wenn sie falsch sein sollten."

„Ja, Sir. Das werde ich. Danke."

Dann ging er hinaus.

Eine Stunde später kehrte Fulston zurück.

„Ah, Sergeant", sagte Edwards, der inzwischen zwei Markierungen auf eine große Karte von London gepinnt hatte. Die Fundorte der beiden toten Frauen. Estelle Wiggins am Battersea Park. Madame Yin in Höhe House of Parliament.

Auf einem Stuhl lag ein neuer Berg Akten. Er hatte nach Parallelen zu früheren Morden gesucht, allerdings ohne Erfolg.

Fulston machte eine trübe Miene.

„Nichts rausgefunden, hmm?", fragte Edwards mitfühlend.

„Nein, Sir. Die Leute haben nichts gesehen oder gehört. Ich glaube, wenn ich sie nach ihren Namen gefragt hätte, hätten sie die auch nicht gewusst."

„Das wundert mich nicht. Ist fast immer so. Und in Yins Haus?"

„Ja, Sir. Diverse Papiere, die meisten sind Rechnungen für Champagner, Kaviar, Lachs, Bettwäsche, Schminkmittel, feine Unterwäsche. Alles nur vom Feinsten und sehr teuer. Sie hat im Jahr fast vierhundert Pfund dafür ausgegeben. Außer dem *roten Drachen* in der Newcomen Street betrieb sie noch vier weitere solcher Häuser. Ein Bordell in Lambeth, eins in der City, eine Opiumhöhle bei den Docks und eine im East End. Ich habe mir ihre Bücher angesehen."

„Und?“

„Sie hatte mehr Ausgaben als Einnahmen.“

„Liefen ihre Geschäfte so schlecht?“

„Im Gegenteil, aber sie scheint über ihre Verhältnisse gelebt zu haben.“

„Mhh. Wie lange ging das so?“

„Über mehrere Jahre.“

„Gute Arbeit.“

„Danke, Sir.“

„War das alles?“

„Nein. Ich habe noch diese Briefe hier gefunden.“ Er zog einen Stapel Papiere aus der Tasche.

„Was steht denn drin?“

„Das weiß ich nicht.“ Fulston streckte sie Edwards hin. Der hob die Augenbrauen. „Das sind doch chinesische Schriftzeichen.“

„Ja, Sir.“

„Wo haben Sie die gefunden?“

„Im Schreibtisch.“

„Gut. Finden Sie jemanden, der das übersetzen kann. Vielleicht ist das eine Spur.“

Fulston seufzte. „Ja, Sir.“

„Morgen, Sergeant. Machen Sie das morgen. Gehen Sie jetzt nach Hause. Gut gemacht.“

„Danke, Sir.“

Nachdem Fulston gegangen war, beschloss auch Edwards nach Hause zu gehen. Es dämmerte bereits. Doch zuvor wollte er noch einmal nach seiner Gefangenen sehen.

Nach ein paar Stunden in Haft war sie möglicherweise gesprächiger geworden.

Im Hinausgehen nahm er seinen Mantel vom Haken und prallte auf dem Flur gegen DeFries’ Sekretär, Hillthorpe. Das schmächtige Männchen stolperte zurück, dabei strafte er Edwards mit einem vorwurfsvollen Blick, während er sich den Zwicker richtete.

In seinem schwarzen Anzug, mit dem pomadig schwarzen Haar und der ewigen Trauermiene, sah Edwards in ihm immer einen Bestatter.

„Hillthorpe“, sagte Edwards übertrieben fröhlich, als hätte er einen lange vermissten Freund wiedergetroffen.

„Der Chief-Inspector möchte Sie sprechen.“

Edwards machte ein fragendes Gesicht. „Jetzt noch?“

„Sofort, Inspector.“

„Worum geht's denn?“

„Darüber wurde ich leider nicht in Kenntnis gesetzt“, antwortete Hillthorpe näselnd.

„Dann nach Ihnen, Hillthorpe.“ Wunderbar, das konnte nur wieder Ärger bedeuten.

***

Celeste hatte noch immer den fauligen Gestank der Arrestzelle in der Nase und das Geschrei von Anny im Ohr. Aber nun war sie hier, im Büro von Chief-Inspector DeFries.

Ihr Brief hatte Lady Ellingsford erreicht. Der junge Polizist war so freundlich gewesen, einen Boten zu organisieren, der ihre Nachricht überbracht hatte.

Trotzdem fühlte sie sich nicht wohl. Ihre Mission stand auf Messers Schneide. Lord Ellingsford war persönlich gekommen, um für sie zu bürgen. Dabei hätte er sie lieber dort verrotten lassen. Sie konnte es in seinem Gesicht sehen. In seinen Augen, die sie mit Missachtung straften.

Von Kopf bis Fuß ein Lord und sich seiner herrschaftlichen Erscheinung wohl bewusst hielt er den Spazierstock mit dem silbernen Hundskopf und den Zylinder in den weiß behandschuhten Händen.

Er sprach kein Wort.

DeFries klapperte mit den feinen Porzellantassen. Es duftete nach frisch aufgebrühtem Kaffee. „Gestatten Sie mir, Ihnen eine

Tasse Kaffee anzubieten, solange wir warten. Er ist ausgezeichnet. Aus Paris."

Ellingsford sah auf seine blank polierten, schwarzen Schuhe. „Vielen Dank, Chief-Inspector, aber ich möchte nicht länger bleiben, als es diese unselige Sache unbedingt erfordert. Ich hoffe, Sie verstehen das."

„Natürlich, Eure Lordschaft. Madam?"

Sie hätte gerne angenommen, aber nach einem kurzen Seitenblick auf Ellingsford hielt sie es für besser, abzulehnen.

Die folgenden Minuten dehnten sich zu Ewigkeiten. Nur das Schlagen der Eichenstanduhr in der Ecke durchbrach die Stille.

Endlich klopfte Hillthorpe an und betrat in Edwards Begleitung das Büro.

Der stockte, als er Celeste sah. „Was macht die denn hier?", fragte er gerade heraus.

„Inspector. Setzen Sie sich", forderte DeFries.

„Wenn Sie gestatten, bleibe ich lieber stehen, Sir."

„Ganz wie Sie wollen. Lord Ellingsford, darf ich vorstellen, das ist Inspector Edwards. Er leitet die Ermittlungen."

Der verschränkte die Arme. „Kann ich mal erfahren, was hier vor sich geht?"

Ellingsford verwies mit einer Handbewegung von DeFries auf Edwards. „Chief-Insepctor. Würden Sie den Inspector bitte in Kenntnis setzen, worüber wir gesprochen haben?"

„Seine Lordschaft hat sich herbemüht um das ... Missverständnis zwischen Ihnen und Miss Summersteen zu bereinigen."

„Es gibt kein Missverständnis. Sie hatte Einbruchswerkzeug bei sich und ich traf sie im Haus einer Ermordeten. Da gibt es Fragen und sie wird erst gehen, wenn sie mir die beantwortet hat."

„Seine Lordschaft ist mit Commissioner Henderson bekannt", gab DeFries seufzend zurück.

„Ja ... und?"

Ellingsford tippte mit dem Stockende auf den Boden. „Ich

muss Sie korrigieren, der Commissioner und ich sind mehr als nur bekannt. Wir sind Parteifreunde und er war mehr als einmal in meinem Haus zu Gast."

„Der Commissioner hat bereits sein Einverständnis für diese Kooperation gegeben." DeFries reichte Edwards ein Schreiben, das die Unterschrift und den Stempel ihres Vorgesetzten trug.

„Was für eine Kooperation?"

„Miss Summersteen wird Sie von nun an bei den Ermittlungen unterstützen."

„Wie bitte? Das kann doch wohl nicht Ihr Ernst sein. Sie ist eine Verdächtige."

„Ist Miss Summersteen irgendwo eingebrochen?"

„Nein. Nicht dass ich ..."

„Glauben Sie, dass sie für die Morde verantwortlich ist?"

„Es deutet nichts darauf ..."

„Dann sehe ich keinen Grund, eine Anordnung des Commissioners in Frage zu stellen", stellte DeFries abschließend fest.

Edwards knirschte mit den Zähnen. „Ich arbeite nicht mit einer Frau zusammen. Unter gar keinen Umständen."

„Es ist ein Befehl und wenn Sie sich weigern, werde ich jemanden auf den Fall ansetzen müssen, der die Hierarchie akzeptiert."

„Sie haben ihn mir doch gerade erst zugewiesen."

„Und ich kann ihn Ihnen genauso schnell wieder wegnehmen."

Celeste hatte sich das Wortgefecht eine Weile lang schweigend angehört, nun ergriff sie das Wort. „Ich glaube, wir wollen beide dasselbe und anstatt uns zu streiten, sollten wir unsere Kräfte vereinen."

„Das haben Sie aber schön gesagt. Sie könnten ja den Anfang machen. Verraten Sie mir doch, wer Sie wirklich sind."

Celeste und Ellingsford wechselten einen kurzen Blick. Der Lord nickte.

„Ich bin Detektivin und arbeite für die Detektei Pinkerton in Chicago. Ich wurde engagiert, um Miss Dorothea Ellingsford zu begleiten. Als ... Freundin. Doch nun haben gewisse Umstände dazu geführt, dass ich mich umhören musste und Sie mich im *roten Drachen* antrafen."

„Was für Umstände?"

„Das betrifft nur unsere Familie und keineswegs Ihre Ermittlungen, Inspector, das versichere ich Ihnen."

„Das sollte vielleicht besser ich beurteilen."

„Was für ein sturer Mensch." Ellingsford sah zu DeFries. „Chief-Inspector. Ich empfehle mich. Miss Summersteen, kommen Sie?"

Sie gingen an Edwards vorbei, der nur widerwillig den Weg freigab.

Celeste blieb bei ihm stehen und sah ihn an. „Wir verfolgen das gleiche Ziel. Glauben Sie mir das bitte. Es gibt ein paar Dinge, über die ich nicht reden kann, aber sonst verspreche ich, offen zu Ihnen zu sein."

Er schnaufte verächtlich. „Wir werden sehen."

Die beiden verließen den Raum und Hillthorpe schloss die Tür hinter ihnen.

„Lassen wir jetzt zu, dass sich Außenstehende in unsere Ermittlungen einmischen können, wie's ihnen beliebt? Ist das jetzt sowas wie ein Freizeitvergnügen für Reiche?"

„Sind Sie fertig, Robert?"

Edwards stemmte die Hände in die Hüften.

„Gut. Sie können gehen."

Edwards stürmte aus dem Zimmer. Die Tür knallte ins Schloss.

***

Auf dem Weg nach unten schwiegen Celeste und der Lord beharrlich.

Ein Landauer, der von zwei weißen Pferden gezogen wurde, stand auf der Straße. Ein Constable brachte Celestes Reisetasche.

Nachdem sie eingestiegen waren und der Kutscher losfuhr,

sagte Ellingsford: „Es war ein kluger Schachzug von Ihnen, sich zuerst an meine Frau zu wenden."

„Vielen Dank."

„Das war kein Kompliment. Sie haben mich in eine sehr unangenehme Situation gebracht. Es ist nicht meine Art, meinen Einfluss auf diese Art und Weise in die Waagschale zu werfen. Jeder Gefallen erfordert irgendwann einen Gegengefallen. Meine Frau unterstützt Sie, weil sie denkt, Sie tun unserer Tochter gut. Ich bin mir da nicht so sicher." Er zog ihre Nachricht aus der Geldbörse und tippte mit dem Finger darauf. „Sie haben in Ihrem Schreiben einiges angedeutet. Ich denke, das werden Sie mir erklären müssen."

„Natürlich."

„Wie zum Beispiel kommen Sie zu der absurden Annahme, meine Tochter könnte etwas mit einer Person wie dieser Madame Yin zu tun haben? Einer Kriminellen! Unsere Familie verkehrt nicht in solchen Kreisen."

„Yin handelte mit Opium und sie wurde auf die gleiche Weise getötet wie Dorotheas Freundin Estelle. Dorothea hatte Angst davor, zurückzukehren. Warum, frage ich Sie?"

„Warum sollte eine Tochter Angst haben, zu ihrer Familie zurückzukehren?", erwiderte Ellingsford empört.

„Wäre es nicht ein Skandal, wenn bekannt würde, dass sie Opium genommen hat? Ihr Ruf wäre ruiniert und der Ihrer Familie, Eure Lordschaft. Was das für Ihre politische Karriere bedeuten würde, ist Ihnen sicher bewusst."

Celeste glaubte zu erkennen, dass Ellingsford bleich wurde. „Ich wäre ruiniert. Gesellschaftlich, politisch, finanziell. Es wäre ein Desaster." Er umklammerte seinen Spazierstock. „Das darf unter keinen Umständen geschehen."

„Das sehe ich genauso. Also sollte ich der Polizei zuvorkommen. Wenn es keine Hinweise auf Ihre Familie gibt, umso besser, aber wenn doch, finde ich sie besser vor diesem aufgeblasenen Inspector."

Ellingsford schien zum ersten Mal nicht an ihr zu zweifeln. Sein Schweigen deutete Celeste als Zustimmung. Sie fühlte, dass sie etwas sagen musste. „Dorotheas Wohl liegt mir genauso am Herzen wie Ihnen oder Ihrer Frau. Ich werde alles tun, was nötig ist, um sie zu schützen."

Er nickte ihr zu, mehr Anerkennung konnte sie von Ellingsford nicht erwarten.

Sie fuhren durch den Hyde Park, Lampenanzünder waren unterwegs und verrichteten ihre Arbeit. Auf den Straßen waren nur noch wenige Menschen unterwegs.

„Ich habe den Brief meiner Schwester gelesen", sagte Ellingsford etwas später. „Wieso haben Sie mir nicht erzählt, dass Sie als Spionin für die Nordstaaten gearbeitet haben."

„Oh das. Das ist lange her." Sie lächelte matt. „Ich hielt es nicht für wichtig."

„Sie müssen sehr jung gewesen sein."

„Ich war ... sechzehn, als ich meinen ersten Auftrag bekam." Ihre Gedanken gingen zurück zu Belle Boyd, die selbst eine Spionin gewesen war, und die Gefallen an Celeste gefunden hatte. Sie erinnerte sich an die schwärmerischen Worte, den Hauch von Gefahr, das Abenteuer. So war sie selbst eine Spionin geworden und war zusammen mit Shermans Armee nach Süden gezogen. Dessen Truppen verwüsteten das Land, indem sie Farmen anzündeten und die Schienenwege zerstörten. Ihre Aufgabe war es gewesen, etwas über die Rückzugswege der Südstaaten Armee herausfinden und sie war erfolgreich gewesen. Damals hatte sie ihren ersten Menschen getötet. Einen Posten, der sie überrascht hatte, und der nicht viel älter gewesen war als sie. Sie hatte ihn erstochen. Dieser Moment, in dem das Leben wich und der Glanz in den Augen erlosch. Bis dahin war tatsächlich alles nur ein großes Abenteuer für sie gewesen. Aber mit diesem ersten Toten war jeder träumerische Gedanke verschwunden. Dennoch hatte sie weitergemacht, diesmal in der Hoffnung, mit ihrem Beitrag das Gemetzel so schnell wie möglich beenden zu können. Als dann alles vorbei war, musste sie erfahren, dass ihr Bruder in den letzten Tagen des Krieges gefallen war.

„Miss Summersteen?“

„Ja?

„Träumen Sie?“

„Nein. Bitte verzeihen Sie. Ich war ... ich habe nachgedacht.“ Hastig wischte sie sich eine Träne fort, ohne dass Ellingsford es sehen konnte.

„Es war eine schlimme Zeit, über die ich nicht gerne spreche. Lassen Sie mich Ihnen aber eins sagen. Ich habe viel gelernt, was Ihnen jetzt nützlich sein wird.“

Er nickte und sah aus dem Fenster. Sie waren nicht mehr weit von zu Hause entfernt.

„Haben Sie denn schon etwas erfahren können?“, fragte Ellingsford nach einer kurzen Weile.

„Nein, noch nicht. Inspector Edwards kam mir leider dazwischen.“ Trotzdem erzählte sie von Black Molly, den Schlägern im Hanson & Fitch und wie der Inspector eine genauere Befragung durch sein Erscheinen verhindert hatte.

„Bedauerlich“, bemerkte Ellingsford. „Aber ich denke, dass ich Ihnen Zugang zum Yard verschafft habe, dürfte hilfreich sein.“

„Das denke ich auch, Mylord. Ich würde gerne mit Dorothea sprechen. Über ... diese Angelegenheit.“

„Wenn Doktor Cradford einverstanden ist, gestatte ich es. Aber ich werde bei dem Gespräch ebenfalls zugegen sein.“

„Doktor Cradford?“, echote Celeste.

„Ja, er ist eine Koryphäe auf dem Gebiet der Nervenheilkunde und ein Freund des Hauses. Er hat nach Dorothea gesehen und wird morgen wiederkommen.“

„Bräuchte Dorothea nicht einfach nur ein wenig Ruhe?“

„Das dürfte ich als ihr Vater wohl besser beurteilen können, Miss Summersteen. Meiner Tochter zu Ehren habe ich übermorgen zum Bankett geladen. Da ist es wichtig, dass es ihr gut geht. Was für einen Eindruck würde es auf meine Gäste machen, wenn die wichtigste Person des Abends fehlen würde?"

„Sie wollen Dorotheas Verlobung bekannt geben." Ihre Stimme durchschnitt die Luft wie ein Schwert.

„Sie wissen es also?" Er wirkte nicht überrascht.

„Ihre Tochter ist zutiefst verstört. Ich denke nicht, dass jetzt der richtige Zeitpunkt ist, um ..."

„Sie sind Detektivin und wenn ich Ihre Aussage richtig verstanden habe, wollen Sie Schmutz von unserer Familie fernhalten und mir nicht familiäre Ratschläge erteilen, oder sollte ich mich da irren?"

Die Muskeln an seinen Wangen zuckten und er verkniff die Augen zu gefährlichen Schlitzen.

Celeste hätte ihm gerne ihre Meinung gesagt, aber sie schwieg.

Die Kutsche erreichte das Stadthaus der Ellingsfords in der Park Lane.

***

„Verfluchter Regen." Edwards war nass bis auf die Knochen, als er endlich zu Hause ankam. Seine Laune war so trüb wie das Wetter, das sich von einem Moment auf den anderen gewandelt hatte.

Er fühlte sich wie ein kleiner Bauer in einer Partie Schach, den man nach Belieben herumschieben konnte. Mit einer Frau zusammenarbeiten? Verdammt nochmal das war sein Fall.

Missmutig stampfte er die Treppe zu seiner Mansardenwohnung hinauf und hinterließ dabei nasse Fußabdrücke auf den Stufen.

Er schloss auf, betrat seine Wohnung und machte Licht, indem er eine Petroleumlampe entzündete.

Sie beleuchtete ein ähnliches Chaos wie in seinem Büro. In einer Ecke lagen schmutzige Hemden. Auf dem Tisch standen ein benutzter Teller und eine leere Flasche Bier. Ein paar dreckige Schuhe lagen auf dem ausgetretenen Teppich, der noch nass vom Regen der letzten Nacht war.

Der Regen draußen wurde stärker, er rann an den Scheiben herab und suchte sich erneut seinen Weg durch das Dach, durch die Decke, in seine Wohnung. Pling-Pling-Pling machte es hinter ihm. Er drehte sich nicht einmal um. In nicht mal einer Stunde wäre der Topf wieder voll.

Es gab ein Fenster, das aber nur den Blick auf ein anderes Fenster direkt gegenüber gestattete. Dort hingen zerrissene Gardinen. Edwards hatte keine Ahnung wer, oder ob dort überhaupt noch jemand wohnte. Er ging in die Küche und durchsuchte die Schränke nach etwas Essbarem. Doch außer einigen Keksen in einer Dose und ein paar steinharten Scones fand er nichts. Mit einer Tasse Tee wären sie genießbar gewesen. Wenn er denn noch Tee im Haus gehabt hätte.

Mit einem Schulterzucken begnügte er sich mit den zementartigen Keksen.

Irgendwann schrak er hoch. Er war mit der Keksdose im Arm auf dem Kanapee eingeschlafen. Das Klöppelmuster des Kopfkissens hatte ein perfektes Quadrat auf seiner Wange hinterlassen.

Es klopfte, gleichzeitig hörte er eine Stimme. „Robert? Sind Sie da?“

Edwards fuhr sich durchs Gesicht, richtete seine Hosenträger und schlurfte zur Tür. „Wer ist denn da?“

„Hendrik DeFries.“

Mit ihm hatte er nun gar nicht gerechnet und eigentlich wollte er ihn auch gar nicht sehen, trotzdem öffnete er die Tür einen Spalt weit. „Was gibt’s denn noch?“, fragte er grantig.

„Wollen Sie mich nicht rein bitten?“

Edwards gab der Tür einen Stoß und wies mit einer Handbewegung ins Zimmer.

„Ich würde Ihnen ja was anbieten, aber außer Regenwasser vom Dach habe ich gerade nichts da.“

„Das ist auch nicht nötig. Ich werde nicht lange bleiben.“

Edwards setzte sich und DeFries drehte sich zu ihm um.

„Es geht um Lord Ellingsford und Miss Summersteen“, sagte er.

Edwards verdrehte die Augen. „Mein Lieblingsthema. Aber ... was gibt es da noch zu reden? Sie haben mir doch deutlich gesagt, was ich tun soll."

DeFries tappte mit dem Fuß auf den nassen Teppich. Er sah nach oben und wies auf die nasse Stelle an der Decke. „Ihr Dach scheint undicht zu sein."

„Ja, ist mir auch schon aufgefallen."

DeFries winkte ab, er hatte die Stirn gekräuselt. „Manchmal sind wir gezwungen Entscheidungen zu treffen, die uns nicht gefallen, und wir müssen dann das Beste daraus machen. Das nennt man Politik."

„Sicher, Sir."

„Aber die Politik spielt nach ihren eigenen Regeln und manchmal betrügt sie sich selbst."

„Ich weiß nicht, ob ich verstehe, was Sie meinen, Sir."

„Einen Moment noch. Ich komme gleich auf den Kern zu sprechen, aber lassen Sie mich Ihnen vorher noch eine Frage stellen. Wie würde Scotland Yard in der Presse dastehen, wenn bekannt würde, dass uns eine amerikanische Detektivin geholfen hätte?"

„Wie Idioten."

„Richtig. Der Commissioner hat uns befohlen, uns kooperativ zu zeigen, aber es liegt doch an uns, wie kooperativ wir sein wollen."

Edwards wurde ungeduldig. „Wieso sagen Sie mir nicht einfach, was Sie von mir wollen?"

„Immer gerade heraus, nicht wahr?"

„Sie kennen mich doch."

„Also gut, Robert. Dann eben gerade heraus. Halten Sie Miss Summersteen von den Ermittlungen fern."

„Und wie soll ich das anstellen? Sie vor einen Zug stoßen?"

„Seien Sie nicht albern. Natürlich nicht. Beschäftigen Sie sie."

„Womit denn, zum Teufel?"

„Sie sind doch clever. Seien Sie kreativ. Geben Sie ihr etwas zu tun. Einen falschen Hinweis, eine falsche Spur."

„Glauben Sie wirklich, sie ist so dumm und merkt das nicht?" Edwards rümpfte die Nase.

„Sie müssen sich halt Mühe geben und vor allem ... seien Sie charmant."

„Charmant?" Edwards sah sein Gegenüber mit großen Augen an.

DeFries ließ sich zu einem seltenen Lächeln hinreißen. „Sie können das. Ich vertraue auf Ihr Talent." Er setzte sich den Zylinder auf und nahm seinen Mantel.

„Und, um mir das mitzuteilen, sind Sie extra zu mir gekommen. Das hätten Sie mir auch in Ihrem Büro sagen können."

„Nein, das Risiko war mir zu hoch. Wir widersetzen uns einem direkten Befehl unseres Vorgesetzten, da wollte ich vorsichtig sein."

„Wie hätte er es erfahren können?"

„Sie würden sich wundern, wie schnell manche Dinge ihre Runde machen."

„Wer könnte denn ... ?"

„Hillthorpe."

„Ihr eigener Sekretär?"

„Wie gesagt, Sie würden sich wundern. Gute Nacht, Robert." Er griff nach der Türklinke. „Sie sehen aus, als hätten Sie noch eine Frage."

„Ja, ich frage mich, ob Sie Kippwell nicht einen Gefallen getan haben?"

„Robert. Sie kämpfen nicht gegen einen Drachen. Es ist nur eine Frau."

***

Scotland Yard
9. September
Früh am Morgen

„Inspector!"

Edwards kam aus Richtung Trafalgar Square und überquerte gerade Charing Cross, als ein Mann auf ihn zulief und neben ihm herging. Er war ordentlich gekleidet, mit einem grauen Mantel, der vor der Brust zugeknöpft war, einem schwarzer Bowler und einem paar schwarze Wildlederhandschuhe. Er hielt Stift und Notizblock in der Hand. Seine Augen blitzten vor bohrender Neugierde.

Ein Zeitungsschmierer, kam es Edwards gleich in den Sinn. Unwillkürlich rümpfte er die Nase, als hätte er an fauligem Abfall gerochen. „Wer sind Sie? Was wollen Sie?"

„Gregory Hennessy von der Illustrated Police News." Ein gespieltes Lächeln huschte über das glattrasierte Gesicht.

„Ich habe Ihnen nichts zu sagen." Edwards ging schneller. Der Reporter hielt Schritt. „Was können Sie mir zu Madame Yin sagen? War es ein Verbrechen unter Kriminellen? Leidenschaft? Oder ist es ein Bandenkrieg? Was ist mit Estelle Wiggings? War Sie nur ein Bauernopfer?"

„Verschwinden Sie. Von mir erfahren Sie nichts."

„Die Londoner haben ein Recht zu erfahren, was in ihrer Stadt vor sich geht."

„Wenn Sie eine Geschichte wollen, bei der sich Ihre Leser gruseln können, warum schmieren Sie sich nicht irgendwas zusammen? Das könnt ihr doch am besten."

Hennessy ließ nicht locker. „Na kommen Sie schon, Inspector. Geben Sie mir irgendwas, womit ich arbeiten kann", jammerte der Reporter.

Edwards blieb abrupt stehen. „Woher wissen Sie eigentlich, dass ich die Ermittlungen leite?", fragte er misstrauisch.

„Ich habe meine Quellen."

„Dann fragen Sie doch die." Er ging weiter. Hennessy blieb ihm auf den Fersen. „Verdammt nochmal, hauen Sie ab, oder ich verhafte Sie wegen Bettelei.“ Edwards stieß ihn weg.

Endlich blieb Hennessy stehen. „Passen Sie auf, Inspector. Wenn Sie mich wie einen Hund wegscheuchen, könnte es mir einfallen, Sie zu beißen.“ Der Reporter schürzte die Lippen. Notizblock und Bleistift hielt er wie Schild und Schwert.

„Sie drohen mir, Freundchen?“ Edwards kehrte zu ihm zurück und stieß ihm den Zeigefinger gegen die Schulter. „Gehen Sie zu Ihrem Schmierblatt zurück und lassen mich in Ruhe.“

Damit betrat Edwards das Scotland Yard Gebäude.

„Das war ein Fehler, Inspector!“, rief Hennessy ihm nach. „Wir haben uns nicht zum letzten Mal gesehen.“

Im Foyer entdeckte Edwards Sergeant Fulston, der sich herzlich amüsierte und sich dabei lachend mit einer Frau unterhielt.

Als er näherkam, wurde seine Stimmung noch finsterer. „Miss Summersteen“, sagte er und klang dabei, als hätte er einen ganzen Eimer voller Kröten geschluckt.

Sie hingegen strahlte. „Guten Morgen, Inspector. Was für ein herrlicher Tag, nicht wahr?“

„Mmmh“, war alles, was er erwiderte. Das war das Gegenteil von charmant, schoss es ihm durch den Kopf.

„Ihr Sergeant war so freundlich, mir meinen Besitz wiederzugeben. Es ist alles da.“ Fröhlich lachend klimperte sie mit den Dietrichen.“

„Mmmh“, war wieder Edwards Antwort.

„Ich freue mich schon darauf, mit Ihnen zusammen Verbrecher zu jagen.“ Celeste lächelte so honigsüß, dass es Edwards Zahnschmerzen bereitete.

„Sicher. Ja ... aehm ... freu mich auch“, brachte er mühsam zustande.

Sergeant Fulston hingegen schien die Aussicht tatsächlich zu erfreuen. „Ist das wahr?“, fragte der Sergeant mit einer leichten Röte im Gesicht.

Sie nickte.

„Dann willkommen bei uns, Madam. Sie glauben gar nicht, was es für eine Freude für mich ist, mit einer so bezaubernden jungen Dame zusammen ..."

„Fulston." Edwards Stimme hallte dumpf durch das Foyer. „Hören Sie auf, Süßholz zu raspeln. Wir haben zu arbeiten."

Der Sergeant räusperte sich und rückte seine Krawatte zurecht. „Natürlich, Sir. Ich habe etwas bezüglich der Briefe aus Madame Yins Haus erreichen können ..."

„Später", fiel ihm Edwards, mit einem Seitenblick auf Celeste, ins Wort.

Celeste verschränkte die Arme und hob herausfordernd das Kinn. „Ich bin durchaus daran interessiert, was Sie zu sagen haben, Sergeant." Sie lächelte so charmant, dass Fulston nun gar nicht mehr wusste, was er sagen sollte. „Wir wollen doch den Commissioner nicht behelligen müssen, oder, Inspector?"

„Nein, sicher nicht." Edwards ballte die Fäuste in den Taschen. „Reden Sie, Fulston."

„Ich wollte nur sagen, dass ich jemanden gefunden habe, der die Briefe übersetzen kann. Er kommt heute Mittag."

„Sehr gut. Wo haben Sie ihn aufgetrieben?"

„Er ist Koch in meinem Lieblingsrestaurant."

Zum ersten Mal an diesem Morgen konnte Edwards lächeln.

„Was können Sie mir über Madame Yin erzählen", fragte Celeste. „Alles, was ich über sie weiß, habe ich aus der Zeitung erfahren."

„Sie besaß mehrere Etablissements und hat wohl über ihre Verhältnisse gelebt ...", plapperte Fulston drauf los.

„Ja", fuhr Edwards dazwischen, „und viel mehr wissen wir leider auch noch nicht."

„Ich habe gelesen Anwälte, Ärzte und andere hoch gestellte Persönlichkeiten sollen zu ihrer Kundschaft gezählt haben. Da fällt es schwer zu glauben, dass sie Schulden haben könnte."

„Das werden wir noch überprüfen. Aber meistens sind das unbestätigte Gerüchte. Klatsch, wenn Sie so wollen."

„Ich möchte die Tote gerne sehen."

„Miss Summersteen. Ich weiß nicht recht." Edwards suchte verzweifelt nach einem Weg, Zeit zu gewinnen, denn eigentlich hatte er vorgehabt, sie mit einer gut durchdachten Strategie zu beschäftigen. Die sah aber im Moment eher nach einem Rückzugsgefecht denn nach einem geschickt geführten Angriff aus. Besonders, da sie in seinem Sergeant einen offenbar sehr willigen Gefolgsmann gefunden hatte.

„Das trifft sich gut, Sir. Doktor Aeglewood will Sie ohnehin sprechen", sagte Fulston.

Wenn Blicke hätten töten können, so wäre Fulston jetzt zu Staub zerfallen. Edwards fühlte sich wie Cäsar, dem unzählige Dolche in den Körper gerammt wurden. „Ich ... ich halte das für keine gute Idee. Ich ..." Anstatt einfach auf den Tisch zu schlagen und es zu verbieten, stammelte er unsinniges Zeug vor sich hin.

Celeste sah seine Hilflosigkeit und hatte ihre helle Freude daran. Sie nahm seine Hand und tätschelte sie. „Ihre Besorgnis um mein Wohl ist rührend, Inspector. Aber ich habe schon Tote gesehen."

„Aber ... aber die Gerüche."

„Ich werde es sicher überstehen."

„Wie Sie wollen. Fulston. Sie warten hier, sonst wird Ihnen nur wieder schlecht."

Sie hakte sich bei Edwards ein. „Wie nett von Ihnen, dass ich Sie begleiten darf", sagte sie fröhlich und wirkte so gelöst, als würde sie mit ihrem Liebsten zu einem Picknick im Park aufbrechen.

Doktor Aeglewood hielt sein Gesicht über einer Schüssel mit heißem, nach Kräutern riechendem Wasser. Er hatte sich ein Handtuch über den Kopf gelegt, um den Dampf hörbar laut einzuatmen.

Als die Tür zufiel, erschrak er. Dann richtete er sich auf und rieb sich das schweißnasse Gesicht ab. „Meine Nase ist verstopft“, erklärte er näselnd und deutete auf die Schüssel vor ihm, „das hier hilft ausgezeichnet.“

Edwards hatte kein Interesse an Aeglewoods Behandlungsmethoden. „Noah. Werden die Besuche in deiner Kammer des Schreckens jetzt zu meinem Morgenritual?“

Der Polizeiarzt schnäuzte sich in ein Taschentuch, wobei er Edwards über seine Hände hinweg musterte. „Immer wieder eine Freude, deine schlechte Laune ertragen zu müssen.“ Da fiel sein Blick auf Celeste.

Aeglewood erhob sich. „Madam? Ich glaube nicht, dass ich schon das Vergnügen hatte, Ihnen vorgestellt zu werden.“

Edwards schob sich vor, inzwischen hatte er ihren Arm abgeschüttelt. „Das ist Miss Summersteen. Pinkerton Detektivin.“

„Nennen sie mich doch bitte Celeste, Doktor. Miss Summersteen klingt so umständlich, finden Sie nicht?“

„Ja, ja natürlich.“ Der Polizeiarzt ergriff ihre Hand. Seine Finger fühlten sich kalt und weich an, sein angedeuteter Handkuss war perfekt. „Solch reizenden Besuch bekomme ich hier unten nur sehr selten“, sagte er, „besonders einen, der noch atmet. Was verschafft mir die Freude?“

„Ich unterstütze den Inspector im Fall der beiden erdrosselten Frauen.“

„Ach ja?“ Süffisant lächelnd hob der Doktor eine Augenbraue.

„Sie unterstützt mich nicht, sie ist vielmehr eine ... Beobachterin.“

„Ach ... bin ich das?“, sagte nun Celeste, die ihn mit ihren schönen grünen Augen anfunkelte. „Muss ich erst ...“

„Schon gut. Hören Sie auf, immer das gleiche Stück zu spielen.“ Edwards räusperte sich. „Noah, warum bin ich hier? Was gibt es so Wichtiges?“

Der Doktor zog ohne ein Wort eine Schublade in seinem Schreibtisch auf. Er nahm ein Taschentuch heraus, das er Edwards in die Hand drückte.

Der schaute verdutzt. „Du schnaufst dir die Nase und ich soll es mir anschauen?"

„Nun mach es schon auf."

Edwards schlug den Stoff beiseite. Darin fand sich das abgebrochene Stück eines Haarkamms, mit Perlmutteinlage. Es war der verlorene Teil von Madam Yins Haarkamm.

„Woher hast du das?"

„Aus der Tasche eines Toten, der uns heute Nacht gebracht wurde."

„Is' nicht wahr?"

Der Doktor verließ das Büro und wies seine Besucher an, ihm zu folgen. Er führte sie durch die Doppeltüre in den Keller, wo sie ein Geruch von Formaldehyd, Alkohol, Blut und sich zersetzenden Körpern empfing. Es war kälter als üblich. Sie konnten ihren Atem sehen.

„Ich habe Eis kommen lassen", erklärte Aeglewood und deutete auf die großen Eisklötze, die unter den Bahren lagen und langsam dahinschmolzen. Sie traten durch Wasser, das gluckernd in den Abflüssen verschwand.

Celeste musste schlucken. Sofort hatte sie wieder die schrecklichen Bilder des Krieges vor Augen. Sterbende, stöhnende junge Männer, mit zerschossenen Leibern, abgerissenen Armen, zerschmetterten Beinen, die ihnen nur mit einer Säge und ohne Betäubung abgeschnitten wurden.

„Ist Ihnen nicht gut?", fragte Edwards. Eine gewisse Genugtuung schien aus seiner Stimme zu sprechen. „Gehen Sie doch in mein Büro. Es liegt im ersten Stock."

„Das wird nicht nötig sein. Es geht mir gut. Danke. Machen wir weiter."

Der Doktor hatte sie zu einer Bahre geführt, die am Ende des Raums stand. Der Körper, der darauf lag, wurde von einem weißen Laken bedeckt, das von einigen großen Blutflecken verunziert wurde. Aeglewood nahm das Tuch und schlug es bis zu den Hüften zurück.

Sie schauten in das weiße, blutleere Gesicht eines Mannes, den Celeste auf etwa dreißig Jahre schätzte.

„Mmh. Etwa dreißig", sagte auch Edwards.

Die Schädelplatte war deformiert, im flachsblonden Haar klebte eine dicke Schicht aus geronnenem Blut.

Der Tote hatte die Augen geschlossen, während die Lippen offen standen und schief zur Seite hingen. Ein dünner Blutfaden war ihm aus der Nase gelaufen.

„Man hat ihm mit einem stumpfen Gegenstand von hinten auf den Kopf geschlagen. Er hat wohl gekniet und wurde von seinem Mörder überrascht."

„Ein einzelner Schlag?", fragte Celeste.

„Ja, ich vermute einen Hammer." Aeglewood rief seinen Assistenten zu Hilfe und zusammen drehten sie den Toten auf den Bauch. Dann zeigte er mit ausgestrecktem Finger auf die daumengroße Stelle am Hinterkopf, wo der Knochen nach innen zeigte. Edwards fühlte sich auf unangenehme Weise an ein hartgekochtes Ei erinnert, dem man die Schale eingeschlagen hatte.

Er schüttelte sich, um den Gedanken zu vertreiben und lauschte den weiteren Ausführungen des Doktors. „... wir haben Knochensplitter gefunden, die im Gehirn steckten. Er war sicher sofort tot."

„Wer ist der Mann?", fragte Edwards.

„Ich weiß es nicht."

„Hatte er denn nichts bei sich?", wollte Celeste wissen.

„Doch, doch." Aeglewood zog eine Schüssel aus Emaille unter der Bahre hervor und stellte sie neben dem Kopf der Leiche ab. „Das hier."

Celeste und Edwards betrachteten die Gegenstände mit wachen Augen. Eine silberne Taschenuhr, ohne Gravur, ein schlichtes Modell, aber sie tickte noch. Im Deckel standen zwei Initialen: A und L. Dazu ein sauber gefaltetes Taschentuch und ein paar Kohlestifte von unterschiedlicher Länge, eingewickelt in ein abgerissenes Stück Zeitungspapier.

„Wo ist seine Kleidung?"

Der Doktor zog eine Kiste unter der Bahre hervor. Darin befand sich ein grauer Anzug und dazu passende Schuhe. Blut war in den Stoff eingedrungen und hatte braune Flecken hinterlassen.

Celeste betastete den Stoff. „Fühlt sich teuer an."

Edwards tat es ihr nach und nickte. „Kammgarn, würde ich sagen. So was bekommt man nicht für ein paar Pence."

„Die Schuhe sehen auch neu aus", sagte Celeste und sah genauer hin. „Hier steht ein Name. Swan und Edgar."

„Das ist in der Regent Street. Sehr exklusiv. So etwas könnte ich mir nicht mal leisten, wenn ich alles verkaufen würde, was ich habe. Hatte er Geld bei sich?"

Aeglewood schüttelte den Kopf.

„Wer hat ihn denn gefunden ... und wo?"

„Das waren ein paar Bahnarbeiter. Mehr weiß ich leider auch nicht, aber die Wache der J-Division wurde informiert. Also irgendwo in Bethnal Green. Sie wollen den Bericht schicken, sobald sie damit fertig sind." Er zeigte auf den Toten. „Er hat wohl in einer Kutsche gelegen."

„Eine Kutsche?"

„Ja, man hat sie zusammen mit ihm hergebracht. Sie steht im Stall."

„Danke, Noah."

Edwards drehte sich um und ging. Celeste folgte ihm und hatte Mühe, mit ihm Schritt zu halten.

„Warten Sie!", rief sie.

„Worauf?"

„Ich wollte doch Madame Yin sehen."

Edwards machte eine gleichgültige Geste. „Ich habe zu arbeiten. Aber der Doktor wird sie Ihnen bestimmt gerne zeigen." Er stieß die Doppeltür auf und ging weiter, ohne sich nach ihr umzudrehen.

Sie lief ihm nach. „Jeder Bierkutscher hat ein besseres Benehmen als Sie."

„Ich habe keine Zeit zu verschwenden. Und ... abgesehen davon ... mit Höflichkeit fängt man keine Verbrecher."

Sie schnaubte und er grinste, ohne dass sie es sehen konnte. Sie betraten das Foyer. Fulston hatte dort auf einem Stuhl sitzend gewartet. Nun sprang er auf.

„Sergeant. Da unten liegt ein Mann, der in Bethnal Green gefunden wurde. Gehen Sie zu den Kollegen, holen Sie den Bericht und wenn Sie schon einmal da sind, lassen Sie sich den Fundort der Leiche zeigen. Verstanden?"

„Ja, Sir."

„Ach, eins noch, bevor ich es vergesse. Haben Sie sich eine Waffe besorgt?"

Der Sergeant strahlte. Dann griff er hektisch unter sein Jackett und zerrte einen schweren Adams Revolver aus der Tasche. Der Lauf zielte auf Edwards Bauch.

„Passen Sie doch auf, wo Sie damit hinzielen, Herrgott nochmal. Wollen Sie mich umbringen?"

Er packte den Lauf und drückte ihn nach unten. „Bis heute Abend will ich wissen, wer der Tote ist."

Fulston nickte und machte sich auf den Weg.

Die Kutsche stand im Hof unter einem niedrigen Dach. Daneben befanden sich die Ställe. Es roch nach Pferdemist, frischem Heu und Stroh. Pferde schnaubten in ihren Boxen. Auf dem Hof fegten ein paar Jungen Pferdeäpfel zusammen und schaufelten sie in eine Karre.

Eine Black Maria, rumpelte gerade herein. Zwei Beamte saßen auf dem Bock der schweren Kutsche.

Sie salutierten knapp und Edwards grüßte sie, dann widmete er sich der Kutsche, in der der Tote gefunden worden war.

Celeste trat neben ihn. Mit einem Taschentuch tupfte sie sich Schweiß von der Stirn.

„Rennen Sie immer so, oder nur, wenn eine Frau in der Nähe ist?", fragte sie bissig.

Edwards hörte nicht hin, stattdessen richtete er seine Aufmerksamkeit auf die Kutsche.

Sie bestand aus einem hölzernen Kastenaufbau. Das Holz war dunkelgrün lackiert. Der Lack war an manchen Stellen stumpf geworden, oder hatte Risse bekommen. Ein Gefährt, wie man es in London tausendfach finden konnte. Der Kutschbock war mit dunkelgrünem Leder überzogen, das an den Nähten bereits aufplatzte. Auf der Rückseite gab es eine Doppeltür, mit einem Türgriff aus Messing.

Celeste öffnete ihn und Edwards stellte sich zu ihr.

Ihnen stieg der metallische Geruch von Blut in die Nase. Auch roch es nach Verdünnung und Ölfarben.

Ein Dutzend verschlissener Decken lagen ordentlich gefaltet und verschnürt in einer Ecke. Dünne Stricke hingen zusammengerollt an Nägeln, die in den Wänden steckten. Neben dem großen Blutfleck, der sich auf der Ladepritsche in ein schmutziges Braun verwandelt hatte, gab es weitere Farbspritzer in gelb, rot, blau, weiß. Eine Farbpalette und eine Handvoll feiner Haarpinsel steckten in einem hölzernen Fach.

„Der Wagen eines Handwerkers“, murmelte Edwards.

„Eher der Wagen eines Malers“, widersprach sie. „Ölfarben, Pinsel, eine Palette. Decken, um Gemälde sicher zu transportieren.“

„Ein toter Künstler?“ Edwards fuhr sich über den Schnurrbart. „So jemand müsste doch zu finden sein.“

„Was hat es mit dem Haarkamm auf sich?“

„Die andere Hälfte haben wir bei Madame Yin gefunden.“

„Und die andere Hälfte hatte er bei sich. Glauben Sie, er hat sie umgebracht?“ Celeste klang nicht überzeugt. Auch Edwards schüttelte den Kopf.

„Der Mörder wird selbst ermordet und hat dann auch noch einen Hinweis in der Tasche“, setzte Celeste ihren Gedanken fort, „das ist doch ein sehr glücklicher Zufall. Was denken Sie?“

„Wenn ich das denken würde, wäre der Fall jetzt geklärt und

ich säße jetzt in meinem Büro, mit den Füßen auf dem Tisch und einer Tasse Tee in der Hand. Und Sie, Miss Summersteen, wären dann hoffentlich ... irgendwo anders."

„Ich bin nicht Ihre Feindin, Inspector."

Edwards ging nicht darauf ein, als er sagte: „Der Tote kannte Madame Yin, oder er hat gesehen wie sie ermordet wurde. Der Täter bemerkte ihn und musste den Zeugen beseitigen. Ich gehe davon ..." Er hielt inne, denn er bemerkte, dass er laut nachdachte und Celeste ihm aufmerksam zuhörte.

Er wandte sich ab und strebte auf den Ausgang zu.

„Wo wollen Sie denn auf einmal hin?" Celeste war es leid, hinter Edwards herzurennen.

„Ich hab' noch was zu erledigen!" Im Gehen drehte er sich ihr noch einmal zu. „Die Akten zu Madame Yin und Estelle Wiggins liegen auf meinem Schreibtisch. Viel Freude damit."

Dann war er weg.

***

Celeste hatte Edwards' Vorschlag wahrgenommen und sich in dessen Büro einige Zeit den Akten gewidmet. Danach saß sie im Café Mantley unweit von Scotland Yard. Das Fachwerkgebäude aus dem 17. Jahrhundert versprühte einen angenehm altmodischen Charme; mit seinen schweren Holzvertäfelungen, den alten Gemälden von Jagdpartien und Teegesellschaften im Park und der von Tee und Gebäckduft geschwängerten Luft.

Bei einem Earl Grey Tee und einer süßen Pastete hing sie ihren Gedanken nach. Wo lag die Verbindung zwischen Estelle Wiggins, Yin und dem unbekannten Toten? Es musste eine geben, aber sie wusste nicht, wo sie ansetzen sollte.

Nach einer Weile, in der sich ihre Gedanken, Vermutungen und Gedankenspiele zu einem hoffnungslosen Knäuel verknotet hatten, änderte sie ihre Taktik und konzentrierte sich auf eine einzige Frage. Wer war der tote Mann?

„A und L. Initialen im Deckel einer Taschenuhr. A und L. A und L. Ein Künstler. Ein Maler“, murmelte sie leise vor sich hin. Die anderen Gäste beobachteten sie irritiert. Sie scherte sich nicht darum, sondern begann mit dem Bleistiftende gegen ihre Schneidezähne zu tippen. Das klackende Geräusch half ihr, sich zu konzentrieren. Chinesischer Kamm. Teure Kleidung. Tot. A und L. Tot. Ein Schlag mit einem Hammer. Lebten seine Eltern noch? Hatte er eine Frau? Er trug keinen Ring. Eine Verlobte? Bisher hatte sie nicht gehört, dass ihn jemand vermisste. Und wenn es so wäre, würde es ihr Edwards überhaupt sagen? Sicher nicht.

Ohne es zu merken, rührte sie inzwischen mit dem Bleistift in der Teetasse. Plötzlich durchfuhr es sie wie ein Blitz. „Die Schuhe!“, rief sie laut. Handgefertigt, teuer und sie hatte den Namen des Herstellers. Vielleicht erinnerte sich dort jemand an den Käufer.

Sie sprang auf und blieb am Tischtuch hängen. Sie riss es mit sich und damit auch alles, was auf dem Tisch stand. Porzellanteller und Tasse zersprangen auf dem Parkettboden. Die kleine, schmucke Vase in Form eines Schwans zersplitterte.

„Oh, das tut mir sehr leid“, lächelte sie verlegen, „War ich das?“ Die Bedienung eilte herbei, um den Schlamassel zu beseitigen.

Celeste hatte keine Zeit, eine kurze Entschuldigung musste genügen. Sie legte Geld auf den Tisch, in der Hoffnung, dass es genug war, und rauschte mit wehendem Rock aus dem Café.

Das Gebäude von Swan & Edgars lag am Ende der Regent Street, mit Blick auf den Picadilly Square und den Eros Brunnen.

Die Schaufensterfront wurde von aufwendig geschnitzten Aufbauten verziert. Es war Mittag und die Sonne schien. Ein paar Möwen krächzten gegen den Lärm der Straße an.

Celeste stieg aus der Kutsche, bezahlte, zu viel, wie sie vermutete, und betrat das exquisit eingerichtete Geschäft. Auf dem Boden glänzte weißer Marmor. An der Decke hingen kristallene Lüster. Ein Page im roten Livree öffnete ihr die Tür.

Angestellte eilten herbei, um sich um die Wünsche, der meist weiblichen Kundschaft zu kümmern.

Aus einer der oberen Etagen drang leise Klaviermusik.

Celeste musste sich nicht lange gedulden, bis einer der Angestellten auf sie aufmerksam wurde und mit einem wohl einstudierten Lächeln auf sie zukam.

„Willkommen bei Swan & Edgar, Madam. Ich bin Francis. Wie kann ich Ihnen zu Diensten sein?"

Celeste schürzte die Lippen. „Das ist nicht so einfach. Ich suche jemanden."

Das Lächeln wurde unsicher. „Wir sind ein Kaufhaus."

„Ich suche einen Mann, der in Ihrem Haus Schuhe gekauft hat und die wohl auch hier angefertigt wurden. Ich habe nur seine Initialen A und L. Haben Sie eine Ahnung, wer das sein könnte?"

Nun war das Lächeln völlig zu Eis erstarrt und hatte Verwirrung Platz gemacht. „Nein, das weiß ich leider nicht."

„Aber in Ihrem Haus ist ein Schumacher beschäftigt?"

„Ja, doch. Drei sogar."

„Wunderbar. Wären Sie so freundlich und könnten mich hinbringen?"

„Natürlich." Er deutete auf eine weite, ausladende Treppe, die mit einem ebenso breiten roten Treppenläufer ausgelegt war.

Während sie in die nächste Etage hinaufstiegen, konnte Celeste sehen, wie sehr der Angestellte mit seiner Neugierde rang. Die Frage: Warum suchen Sie nach ihm, stand ihm überdeutlich ins Gesicht geschrieben. Aber er beherrschte sich und hielt den Mund.

Er führte sie an einen Tresen aus Mahagoniholz. Schusterleisten in den unterschiedlichsten Größen hingen an der Wand. Es roch nach Leder und Schuhpolitur.

„Mr. Booney?"

Einer der Männer, die an einem Tisch saßen und bis eben gearbeitet hatten, hob den Kopf und legte die Schere auf den Tisch.

„Mr. Booney. Hätten Sie einen Augenblick Zeit? Diese Dame

möchte zu Ihnen." Er wandte sich an Celeste. „Kann ich Ihnen sonst noch irgendwie zu Diensten sein?"

Celeste lächelte charmant. Der Mann wartete. „Oh, Verzeihung." Celeste gab ihm Trinkgeld, was wohl deutlich weniger war, als er sonst gewohnt war. Der Angestellte schmollte und zog sich zurück.

„Guten Tag, Madam." Booney stützte seine rauen Hände am Tresen ab. Er trug die Ärmel seines Hemdes hochgeschlagen. Der oberste Knopf an seinem Hemd war offen. Ein Maßband baumelte ihm vor der Brust. Er schaute Celeste prüfend über den Rand seiner Brille hinweg, an. „Was kann ich für Sie tun?", fragte er freundlich, ohne zu lächeln.

„Ich bin auf der Suche nach einem Mann, der Schuhe bei Ihnen in Auftrag gegeben hat. Ich kenne nur seine Initialen. A und L."

Booney zuckte vielsagend mit einer Augenbraue. „Ich glaube nicht, dass ich Ihnen da weiterhelfen kann. Unsere Kunden schätzen unsere Verschwiegenheit."

„Diesem Kunden wird das herzlich egal sein", erwiderte Celeste kalt. „Er ist tot."

„Tot?"

„Wenn ich es Ihnen sage."

Mittlerweile hatte auch der andere Mann am Tisch mit seiner Arbeit aufgehört und ihrem Gespräch interessiert gelauscht. Nun stand er auf und trat hinzu. „Können Sie ihn beschreiben?", fragte er, was Booney augenscheinlich gar nicht gefiel.

„Er ist um die dreißig, hat flachsblondes Haar, gut aussehend. Er trug einen teuren Anzug und die Schuhe aus Ihrem Haus. In seiner Taschenuhr stehen seine Initialen. A. L. Sie kennen ihn, nicht wahr?"

„Gehen Sie wieder an die Nähmaschine, Mr. Tobias. Wir haben zu arbeiten und keine Zeit, Plauderstündchen zu halten." Dann starrte er Celeste an. „Sie wollen uns aushorchen, aber das gelingt Ihnen nicht. Sie sind nicht von der Polizei, also müssen wir nicht mit Ihnen reden. Guten Tag."

Celeste hatte bemerkt, dass Booneys Blick für einen kurzen Moment auf ein in Leder geschlagenes Buch gefallen war, das auf dem Arbeitstisch lag.

„Ich verstehe Sie", sagte sie schnell. „Trotzdem bräuchte ich noch ein paar neue Schuhe. Würden Sie bitte Maß nehmen?" Sie lächelte, bitterböse und charmant zugleich.

***

Zu dieser Zeit hatte Inspector Edwards Whitechapel erreicht. Er war froh darüber, Celeste Summersteen losgeworden zu sein. Wenn es auch nicht so taktvoll vonstattengegangen war, wie Chief-Inspector DeFries es gefordert hatte.

Die Grenze zwischen den angesehenen Wohnvierteln in der City zu jenen der einfachen Leute bis hin zu denen, die gar nichts hatten, war fließend. In Aldgate gab es Flickschuster, Schneider, Fassmacher und Bierbrauer und nur ein wenig weiter in der Whitechapel High Street Hurenhäuser und Falschspieler, Diebe und Wunderheiler. Auf der Straße lag Unrat, den die Menschen aus den Fenstern warfen. Es stank fürchterlich. Edwards trat in Pferdemist, der von zwei kränklich aussehenden Kindern eingesammelt wurde. Bruder und Schwester, vielleicht. Sie wirkten wie Geister, hohlwangig und blass. Die Lippen blutleer, die Füße zerschunden. Sie blieben hocken, die kleinen Hände in den noch dampfenden Pferdeäpfeln vergraben. Mit erschreckt aufgerissenen Augen starrten sie auf Edwards, der wie ein Riese über ihnen aufragte.

Er wusste genau, warum die Kinder das machten. Sie suchten etwas zum Heizen und wenn Kohle und Holz zu teuer waren, nahm man eben das, was da war. Er hatte genau das gleiche getan.

„Hier." Er gab ihnen einen Schilling. „Kauft davon einen Sack Kohlen und euch ein paar Süßigkeiten."

Der Junge griff ohne Zögern mit seinen matschigen Fingern

zu, packte seine Schwester bei der Hand und rannte mit ihr weg.

Nichts hatte sich hier verändert, dachte Edwards verbittert. Immer noch waren Armut und Elend die Ungeheuer, die über die Bewohner des East End mit Choleraepidemien, Typhus oder sonst einer Plage herfielen. Und die in den reichen Vierteln rümpften dann die Nasen über die da unten, drehten sich um, lachten und tranken Tee. Er war mehr den einfachen Leuten verbunden und hatte mehr Verständnis für sie als für diejenigen, die es sich in ihren herrschaftlichen Häusern bei Trüffeln und Portwein gut gehen ließen.

Er ging an den Fassaden entlang. Bunt bemalte Huren machten ihm ihre Aufwartung, lächelten lüstern und wackelten ungeniert mit ihren Brüsten. Wahrsagerinnen huschten neben ihm her und wollten ihm seine Zukunft aus der Hand, einer Glaskugel oder aus dem Rauch einer Zigarette vorhersagen. Er ignorierte sie genauso wie die Huren.

„Hey, Sie.“ Ein ungewaschener Kerl mit Schnurrbart und einem zu großen Glasauge war wie ein Frettchen vor ihm aufgetaucht und versperrte ihm den Weg.

„Sie sehen aus wie ein Mann von Welt. Jetzt suchen Sie wohl in unserer verruchten Gegend ein paar ... amouröse Abenteuer. Ich könnte ...“

Edwards' Hand schoss aus der Manteltasche und packte das Handgelenk des Mannes. Mit einem Ruck bog er dessen Arm nach hinten. „Was haben denn deine gierigen kleinen Finger in meiner Jacke zu suchen, hmm? Wolltest mich doch wohl nicht etwa bestehlen?“

„Aehm, das würde mir sicher nicht einfallen, Sir. Aber manchmal hab' ich keine Kontrolle über meine Hände.“ Das Grinsen wurde breiter und wirkte dabei so unschuldig, dass selbst Edwards grinsen musste.

„Bitte schlag'n Se mich nich'.“ Ängstlich verfiel er in den groben Cockney Dialekt, der im East End gesprochen wurde.

„Verdient hättest du 'ne Tracht Prügel." Edwards ließ ihn los. „Kommst du mir nochmal zu nah, bekommst du 'ne Abreibung, die sich gewaschen hat. Verstanden?"

„Sicher, Sir. Danke, Sir." Er lupfte seinen Bowler, grinste, klimperte mit dem gesunden Auge und war genauso schnell verschwunden wie die Kinder zuvor.

Edwards ging weiter und blieb wachsam. Auch wenn einige Jahre vergangen waren, seitdem er in Whitechapel Dienst getan hatte, so war er sich sicher, dem einen oder anderen in besserer oder schlechterer Erinnerung geblieben zu sein.

Manche von den krummen Vögeln, die er hinter Gittern gebracht hatte, waren ziemlich nachtragend und hatten ihm ewige Rache geschworen. Andere wiederum hatten ihre Festnahme oder ein paar Schläge aufs Maul sportlich genommen und sich nicht weiter darüber aufgeregt.

Nach weiteren zehn Minuten erreichte Edwards endlich sein Ziel.

Einen Pub in der Baker Row. The Irish Heart. Ein Platz, der ausschließlich von Iren aufgesucht wurde. Als Engländer war man nicht gern gesehen und als englischer Polizist erst Recht nicht.

Aber er hatte hier nichts zu befürchten. Den Wirt kannte er seit einer halben Ewigkeit.

Von der Fassade brach der Putz ab. Die roten Backsteine darunter erinnerten Edwards an blutige Wunden.

Eines der Fenster war aus dem Rahmen gebrochen. Eine alte Tür, die der Besitzer hinein genagelt hatte, diente als Ersatz. Für neues Glas fehlte das Geld.

Edwards trat ein. Über der Tür bimmelte ein kleines Glöckchen. Tabak und Petroleumrauch wallten ihm entgegen und ließen ihn blinzeln.

Es war noch nicht sehr spät. Erst drei Uhr und doch war der Schankraum bereits gut besucht.

Jemand spielte die Geige. Der Bogen flog über die Seiten.

Einer mit einer Trommel gesellte sich dazu und schlug einen schnellen Takt.

Zwei irische Flöten stimmten mit ein. Die Leute stampften mit den Füßen oder klatschten in die Hände.

Edwards schob sich durch die Menge in Richtung Tresen. Man warf ihm schiefe Blicke zu. Er trug Anzug, Mantel und Krawatte, die einfachen Männer rußgeschwärzte Jacken, fadenscheinige Hosen und schief auf dem Kopf sitzende Mützen. Edwards wirkte wie ein Besucher aus einer fremden Welt, der hier nichts verloren hatte. Aber er störte sich nicht an den feindseligen Blicken.

„Bull!" Der Wirt sah ihn, riss die Arme in die Luft – das Bier aus einem halb gefüllten Glas schwappte – und strahlte über das ganze, stoppelige Gesicht. „Bull! Verdamm' mich noch eins, das is' mal 'ne Freude, dich mal wieda zuseh'n."

Seinen alten Spitznamen zu hören, ließ Edwards grinsen. Den hatte er einer Schlägerei mit vier betrunkenen Seeleuten zu verdanken.

Die beiden schüttelten sich lachend die Hand. „Eddy."

„Du, ich hab' noch zu Emmy gesacht, der Bull is' bestimmt tot, so lang' hast du dich nich' mehr blick'n lass'n."

„So weit ist es noch nicht. Siehst gut aus, Eddy", sagte Edwards und stützte sich mit einem Arm auf den Tresen.

„Hah." Eddy grinste, denn er wusste wie er aussah. Das linke Ohrläppchen fehlte und eine schlecht verheilte Narbe zeichnete seine linke Wange vom Auge bis zum Kinn. Sein Mund war zu groß, aber wenn er lachte, hatte man immer das Gefühl, bei einem Freund zu Hause zu sein. Er klopfte Edwards auf die Schulter. „Du bis' auch nich' hübscha geword'n. Aba is' schön, dass de mal wieder da bis'. Darauf müss'n wir einen heben."

Schon waren zwei Gläser zur Hand und bis zum Rand voll mit Whisky gefüllt. „Auf dich, Bull."

„Auf dich, Eddy."

Sie stießen an und kippten den honigfarbenen Inhalt in einem

Zug. Edwards sog zischend die Luft ein und knallte das Glas auf den Tresen.

Der Wirt lachte lauthals. „Bis' wohl nix mehr gewöhnt, was?"

„Is' noch immer alles drin geblieben. Von deinem Bahiym habe ich übrigens auch noch was."

Eddy kniff ein Auge zu. „Der war nich' schlecht, aba, ich hab' jetz' noch was Besseres."

Er zeigte auf die leeren Gläser. „Noch einen?"

„Ja, einen nehm ich noch." Eddy schenkte nach, während sich Edwards zu ihm über die Theke beugte. „Hast du 'n Moment Zeit für mich?"

Der Wirt legte die hohe Stirn in tiefe Falten. „Also nich' nur 'n Freundschaftsbesuch?"

Edwards schüttelte den Kopf, während er das volle Glas nahm. „Hast du das von Madame Yin gehört?"

„Klar. Wer hat des nich'?"

„Ein paar Kerle haben ihre Wohnung durchsucht."

„Und du denks', die hab'n se kalt gemacht?"

„Ich weiß noch nicht. Hast du irgendwas gehört?"

„Na ja, gequatscht wird viel."

„Und was?"

„Die Chinesin war noch nich' lang' kalt, da haben 'n paar schon große Töne gespuckt, sie würd'n den Laden jetz' übernehm'n."

„Irgendjemand der's ernst meinen könnte?"

„Bestimmt. Die meisten sin' nur Großschwätza. Aber die, von denen de nix hörs. Die sin' viel gefährlicha."

„Wüsstest du da jemanden?"

„Ich kenn' keinen Namen. Aber 'n paar von den Banden hier, scheiß'n sich die Hosen voll. Gestern ers' haben die Copper zwei von der Tall Hats Bande gefunden."

„Tot?"

„Mausetot. Von Ohr zu Ohr, die Kehle aufgeschlitzt. Aber vorher ham se die noch richtig zusammengeschlagen. Hab' ich gehört."

„Da macht sich wohl jemand breit und steckt ein neues Revier ab."

„Sieht ganz so aus." Eddy hob das gefüllte Glas. „Auf 'ne höllische Stadt und jedes arme Schwein, das hier ins Gras beißt."

Edwards nahm sein Glas, stieß an und trank.

„Yin war 'ne verfluchte Schlampe. Aber das hat se nich' verdient", sagte Eddy.

„Meinst du, ich sollte mal versuchen, mit den Tall Hats zu reden?"

Eddy grinste. „Du weißt doch wie die Uhr'n hier ticken. Die reden nich' mit 'nem Copper. Selbs', wenn ihnen jemand die Augen mit 'nem glühenden Haken aus'm Kopf brennt. Has' du das vergessen?"

Edwards schüttelte den Kopf. „Kennst du eine Schwarze, die auf den Namen Black Molly hört?"

Eddy zog die Mundwinkel nach unten. „Nay. Wer soll'n das sein? Hat die was mit Yins Tod zu tun?"

„Weiß ich noch nicht."

„Soll ich mich ma' umhören? Ich wohn hier. Ich find' sicher eher was raus."

„Nein, ich will dich da nicht mit reinziehen. Zu gefährlich."

„Du has' mir doch schon ma' den Hals gerettet. Kanns' de doch wieda mach'n." Er zeigte auf die Narbe in seinem Gesicht.

„Eddy, hier geht's um Mord und nicht um einen wütenden Ehemann, der dir ans Leder will."

Eddy hob die Hände. „Is' ja schon gut. Was hälts'n du'n davon, wenn ich Angus frag'. Der hört doch alles mit seinen riesigen Ohren. Und vielleicht stochert er für dich 'n bisschen im Dreck rum. Wenn de zahlen kanns'."

„Angus? Hmm? Ich könnte ja mal mit ihm reden. Hast du eine Ahnung, wo er steckt?"

„Klar, der is' oben und bumst Harriet. Ward' drauß'n, Bull. Ich klär' das. Du weiß' ja, wie er is'."

„Danke. Sag ihm, dass es dringend ist."

„Is' es das bei dir nich' imma?"

Edwards grinste schief. „War schön, dich mal wiedergesehen zu haben."

„He, Bull. Meine Tür steht dir imma off'n. Brauchs' nur reinzukomm'n."

„Ich weiß. Was schulde ich dir?"

„Schuld'n? Nix, natürlich. Du has' mein verdammtes Leb'n gerettet, da frag' ich doch nich' nach Geld."

„Ach, das ist doch schon ewig her."

„Fünf Jahre, drei Monate un' sechzehn Tage. Ich hab's nich' vergess'n und werd's auch nich' vergess'n. Du bis' mein Schutzengel. Frag also nie wieder, was du mir schuldes'. Klar?"

Edwards war gerührt, wenn man es ihm auch nicht ansah. „Danke, Eddy", sagte er nur. „Ich ... warte dann draußen."

„Ja, mach das. Ich werd' Angus mal in den nackten Arsch tret'n und ihn zu dir schick'n."

Sie reichten sich die Hände und kurz darauf hatte Edwards den Irish Heart Pub verlassen.

Bei einer Straßenhändlerin kaufte er sich zwei Apfelpasteten, die er hungrig aß. Seit gestern hatte er nichts mehr gegessen. Er nahm sich vor, Eddy häufiger zu besuchen und über alte Zeiten zu reden. Er war wirklich lange nicht mehr hier gewesen.

Dann lehnte er sich an eine Mauer und wartete.

***

Celeste hatte gute Laune, nachdem sie Swan & Edgars verlassen hatte.

Die bestellten neuen Schuhe würde sie zwar nie abholen, aber dafür hatte sie das lederne Buch unbemerkt mitnehmen können.

Andere hätten es stehlen genannt, aber sie wollte da nicht kleinlich sein.

Auch wenn sie den schaukelnden Gefährten nicht traute, so

hatte sie doch den erstbesten Pferdeomnibus bestiegen, um den Ort der Tat so schnell wie möglich zu verlassen.

Sie fand einen Sitzplatz auf dem oberen Deck. Der Omnibus fuhr los.

Celeste sah zurück. Jemand kam hastig aus dem Swan & Edgars gelaufen und sah sich hastig um. Dann waren sie um die nächste Straßenecke herum und außer Sicht. Celeste zog das Buch unter ihrem Cape heraus und begann, darin zu blättern. Es war ein Auftragsbuch. Namen, Bestellungen und Adressen, der letzten sechs Monate.

Die Seiten waren voller Flecken. Kleber, Tinte und Fett.

Die Schrift war sehr verschlungen, mit großen Bögen und ging über die einzelnen Spalten hinaus. Celeste brauchte etwas, bis sie die einzelnen Buchstaben erkennen konnte.

Irgendwann schließlich hatte sie Glück und fand, wonach sie gesucht hatte. Die Erkenntnis traf sie wie ein Schlag.

Bei der nächsten Gelegenheit verließ sie den Pferdeomnibus und nahm eine Droschke.

***

Edwards' Geduld wurde auf eine harte Probe gestellt. Nach scheinbar ewiger Zeit verließ endlich eine kleine Gestalt im dunkelgrauen Tweedanzug den Irish Heart Pub, stopfte einen Hemdzipfel in die Hose, schaute nach links und rechts und ging schließlich die Straße entlang, ohne Edwards auch nur eines Blickes zu würdigen. Ein Stück weiter, bog die Gestalt in eine dunkle Gasse ab. Edwards folgte kurz darauf. Es war ein Ritual, so war es immer. In der Gasse trat er in eine Pfütze aus schaumigem Waschwasser.

Der kleine Mann, lehnte wartend an der Wand, ein Bein hatte er angewinkelt, die Arme vor der Brust verschränkt.

„Hallo, Inspector."

„Angus."

„Haben Sie eine Zigarette für mich?“ Er hob den Kopf. Das Gesicht eines Kindes, im Körper eines jungen Mannes. Keine Bartstoppel, nicht einmal ein Flaum über der Oberlippe. Die Haut war glatt und schimmerte rosig. Kleine Sommersprossen sprenkelten die Wangen wie Mohnblüten ein Feld. Unter der Mütze quoll volles, rot gelocktes Haar hervor.

Edwards kramte wortlos ein silbernes Etui aus der Tasche und gab Angus eine Zigarette und Feuer.

Angus inhalierte einen tiefen Zug und musste gleich husten. Edwards verkniff sich ein Grinsen und einen hämischen Kommentar. Er wusste, Angus war ein Profi was das Beschaffen und Finden von Gegenständen und Menschen betraf. Aber er war auch eitel und verstand überhaupt keinen Spaß, wenn man sich über ihn lustig machte.

„Lange nicht mehr gesehen“, sagte Angus und versuchte, seine Stimme männlicher klingen zu lassen, indem er tiefer sprach.

„Stimmt.“ Edwards stellte sich ihm gegenüber.

„Was kann ich für Sie tun, Inspector?“

„Yin wurde umgebracht.“

„Ja, das habe ich gehört.“

„Was erzählt man sich so auf der Straße?“

Angus setzte eine entschuldigende Miene auf. „Informationen kosten Geld.“

Edwards gab ihm zwei Schillinge in die Hand. „Da sind noch zwei für dich drin, wenn ich interessant finden sollte, was du zu sagen hast.“

„Einverstanden. Dass die Madame tot ist, kommt vielen sehr gelegen. Kann mir vorstellen, dass der ein oder andere eine Flasche Champagner geköpft hat. Viele hatten Schulden bei ihr, oder mussten ihr einen Anteil vom Gewinn abgeben. Der war nicht zu knapp.“

Edwards kniff nachdenklich die Augen zusammen. „Aber warum jetzt? Warum nicht schon früher? Und dann auch dieses Mädchen.“

„Estelle Wiggins?"

Edwards war nicht überrascht, dass Angus davon wusste. Er nickte, aber Angus machte nur ein ratloses Gesicht.

„Wer versucht, Yins Geschäfte zu übernehmen?"

„Da gibt es eine neue Bande, die sich im East End breitmacht."

„Wie heißt die?"

„Keine Ahnung."

„Und wer führt sie an?"

„Weiß auch keiner. Oder wenn es jemand weiß, redet keiner darüber. Zu viel Angst."

„Wann sind die das erste Mal aufgetaucht?"

„Vor ein paar Monaten. Sind schnell gewachsen und scheinen immer Geld zu haben."

„Kannst du was über sie rausfinden?"

Angus stieß sich von der Wand ab und grinste. „Natürlich. Drei Pfund jetzt. Fünf Pfund, wenn ich was rauskriege."

„Einverstanden ... und ein Pfund extra, wenn du mir den Namen des Anführers lieferst."

„Wie schnell brauchen Sie die Informationen?"

„Am besten sofort."

Angus kniff ein Auge zu und schmunzelte. „Also, so schnell wie möglich."

Edwards zahlte den Vorschuss.

„Immer wieder eine Freude. Sie hören von mir, Inspector."

„Moment. Eins noch." Edwards hielt ihn fest, als er gehen wollte. „Kennst du eine Frau namens Black Molly? Sie ist schwarz."

„Nein. Kenne ich nicht. Soll ich die auch finden?"

„Ja."

„Warum?"

„Ehrlich gesagt, weiß ich das auch noch nicht."

„Gut." Angus klimperte mit dem Geld in der Hand. „Für die müssen Sie nichts extra zahlen. Bei den guten Geschäften, die ich mit Ihnen mache, geht die aufs Haus. Auf Wiedersehen, Inspector."

„Angus?“

„Ja?“

„Sei vorsichtig.“

„Keine Angst. Bevor die Kugeln fliegen, rufe ich Sie.“

„Keine Scherze, Angus. Ich mein’ es ernst.“

„Oh, ich auch, Inspector. Ich auch.“

***

Die Adresse aus dem Auftragsbuch führte Celeste auf die Südseite der Themse. A. L. war das Kürzel für Albert Lewis. Er wohnte in einem beschaulichen Reihenhaus in der New Road. Es besaß einen winzigen Vorgarten mit einer Vogeltränke und einem eisernen Zaun mit vergoldeten Spitzen. Ein Rosenbusch wuchs an der Front des Hauses empor. Die rosa Blüten wurden langsam braun.

Ein Scherenschleifer, mit einem klapprigen Handkarren und einer Glocke in der Hand, ging vorüber. Er grüßte Celeste höflich, indem er sich an den eingebeulten Zylinder fasste. Dann war er auch schon vorbei. Ansonsten war kaum jemand auf der Straße unterwegs.

Es wurde kühl, Nebel kam auf und die Wolken wurden dichter und dunkler.

In der Ferne konnte sie das metallische Stampfen einer Lokomotive hören, gefolgt von einem schrillen Pfiff, der aus einer Dampfpfeife an ihr Ohr drang.

Celeste trat durch das Gartentörchen, das leise quietschte, und ging bis zur Haustür.

Sie zog an einem metallenen Klingelknopf, der eingebettet in einer Messingrosette aus der Wand ragte. Dann wartete sie. Nichts geschah. Sie versuchte es erneut, wartete und wieder geschah gar nichts.

Mit gerunzelter Stirn trat sie einen Schritt zurück und sah in die Fenster links und rechts der Tür.

Sie hatte erwartet, dass jemand neugierig durch die Gardinen spähte, aber auch da war niemand zu sehen.

Celeste öffnete daraufhin ihre Handtasche, sah die Straße entlang und nahm dabei heimlich das Set Dietriche in die Hand. Die Luft war rein und sie machte sich ans Werk.

Nicht einmal eine Minute später war die Tür offen.

Sie packte die Dietriche zurück in die Tasche, trat ein und starrte gleich in den Lauf eines Gewehrs. Eine alte Dame, auf wackeligen Beinen und den zittrigen Finger am Abzug, stand ihr am anderen Ende des Flurs entgegen. Erschrocken hob Celeste die Hände. „Ich habe geklingelt", lächelte sie verbissen. „Zweimal."

„Ich habe es gehört, aber ich bin nicht mehr so schnell", krähte die alte Dame. Das Gewehr wurde ihr zu schwer, inzwischen zielte sie nicht mehr in Celestes Gesicht, sondern mitten auf ihre Brust.

„Wie sind Sie hier hereingekommen?"

„Die Tür war nicht abgeschlossen."

„Ich schließe immer ab", widersprach die alte Dame. „Und selbst, wenn ich es vergessen hätte, woher nehmen Sie sich das Recht, einfach so hereinzukommen, Kindchen?"

Celeste wirkte ehrlich betrübt. „Es tut mir sehr leid. Ich wollte Sie nicht erschrecken. Ich wollte nur Albert besuchen. Er hatte mir geschrieben."

„Wer sind Sie?"

„Ich bin Celeste. Alberts ... Schwester."

„Seine Schwester?" Die alte Dame schien beleidigt. „Albert hat mir nie von Ihnen erzählt." Der Gewehrlauf war inzwischen noch tiefer gesunken und zielte nun auf Celestes Knie.

„Bitte. Darf ich reinkommen? Dann erzähle ich Ihnen alles, Mrs. ... ?" Schweißperlen rollten ihr kalt den Rücken hinab.

„Hurst." Einen Moment lang noch zögerte die alte Dame, dann stellte sie das Gewehr beiseite und lächelte. Dabei gruben zahlreiche Falten tiefe Täler in ihr Gesicht. Das silbergraue Haar trug sie hochgesteckt, nur eine Strähne, die sich gelöst hatte, wippte ihr frech in die Stirn.

„Ich hätte Sie nur sehr ungern erschossen, Kindchen. Meine Haushälterin kommt erst morgen und ich bezweifle, dass sie das ganze Blut aus dem Teppich bekommen hätte. Der ist aus Indien, müssen Sie wissen.“ Daraufhin drehte sie sich um und trat durch die Tür, durch die sie gekommen war. Celeste winkte sie zu sich. „Nun bleiben Sie doch nicht da stehen, Kindchen. Kommen Sie rein. Ich habe noch Tee in der Kanne. Es wäre doch zu schade, wenn er kalt würde, nicht?“

Celeste schloss die Haustür und folgte der alten Dame.

Das Feuer im Kamin war erloschen und nur rote Glut war übrig geblieben. Eine Uhr, mit elfenbeinfarbenem Ziffernblatt, tickte laut die Minuten herunter.

Ein schwerer Eichentisch und mehrere schwere, abgenutzte Sessel, standen vor einem Fenster, von dem aus Celeste in einen halb verwilderten Garten hinaussehen konnte. Die Blätter von zwei hohen Pappeln lagen überall zwischen Blumenbeeten verstreut, die halb von Unkraut überwuchert wurden.

Mrs. Hurst bot Celeste einen Platz an, während sie ein zweites Gedeck brachte.

Celeste ließ den Blick schweifen. An den Wänden hingen zahlreiche Gemälde. Landschaften, Stadtansichten von London, Big Ben bei Nacht, die Themse im Nebel, der Hyde Park bei Sonnenschein. Hunde beim Spielen. Porträts von Mrs. Hurst.

„Die hat alle mein Albert gemalt. Schön, nicht?“

Celeste erkannte den Stil und dann die Signatur unter den Bildern. Das verschlungene A, welches in ein L überging und dann in einem geschwungenen Bogen endete. Sie hatte sie bereits in Lord Ellingfords Haus gesehen, unter dem Porträt von Dorothea. „Ja, wunderschön.“ Sie kam nicht umhin, das Talent zu bewundern und gleichzeitig betrübt festzustellen, dass Albert Lewis nie wieder einen Pinsel führen würde. Dann stutzte sie. „Ihr Albert?“

Die alte Dame lächelte und schenkte Tee ein. „Ich kümmere mich um ihn. Er ist wie ein Sohn für mich. Er ist so ein guter Junge." Dann sah sie Celeste an, als wäre sie plötzlich wie ein Kaninchen aus dem Hut gesprungen. „Wer sind Sie nochmal?"

„Celeste. Seine Schwester. Ich habe einige Jahre in Frankreich gelebt und ich schrieb ihm, dass ich ihn besuchen würde. Er wollte mich am Bahnhof abholen. Aber er ist nicht gekommen." Sie nippte am Tee und schluckte schwer daran. Er war fürchterlich bitter. „Köstlich", sagte sie mit verkniffenem Lächeln und stellte die Tasse zurück.

„Dass er mir nie von Ihnen erzählt hat." Mrs. Hurst griff zum Strickzeug und begann, mit den Stricknadeln zu klappern.

„Nun. Wir hatten uns nach Vaters Tod zerstritten und lange Zeit kein Wort mehr miteinander geredet. Ich war der Meinung, dass unser Verhalten ein Ende haben musste."

Mrs. Hurst nickte beipflichtend. „Eine Familie muss zusammenhalten", sagte sie streng, „denn die Familie ist das, was das Empire zusammenhält. So hat es mein lieber Mann immer gesagt. Ernest war Offizier, müssen Sie wissen. Er war so schneidig in seiner Uniform. Alle Mädchen wollten ihn und ich ..."

Celeste hüstelte verlegen. „Bitte verzeihen Sie, wenn ich Sie unterbreche, aber wenn Albert nicht hier ist, wo könnte er denn dann sein?"

„Oh. Bei Mr. Bradshaw, dort arbeitet er. Er ist Restaurator. Das Service ist aus seinem Geschäft. Albert hat es mir geschenkt."

„Hat er Freunde? Oder ist er vielleicht sogar verlobt?"

„Mein Albert lebt ausschließlich für die Malerei. Aus Frauen oder Freunden macht er sich nichts. Das würde ihn nur ablenken. Das hat er mir selbst einmal gesagt."

„Hat er mal eine Estelle erwähnt? Oder eine Chinesin namens Yin?"

Das Strickzeug sank in den Schoß. Mrs. Hurst seufzte. „Nein, Kindchen. Die Namen sagen mir nichts und mit Chinesen hat sich mein Albert ganz sicher nicht abgegeben. Wieso fragen Sie das?"

„Er hatte sie in einem seiner Briefe erwähnt, aber ... ich weiß nicht, wer sie sind.“ Tränen rannen über Celestes Gesicht. Sie schluchzte und tupfte sich mit einem Taschentuch die nassen Wangen.

Sie beherrschte das Schauspiel perfekt und fühlte sich schlecht dabei. Sie wollte die alte Dame nicht anlügen und ihr etwas vormachen, nur was hätte sie anderes sagen sollen. Die Wahrheit? Albert war tot und vielleicht sogar ein Mörder? Das konnte sie nicht. So schwer es ihr auch fiel, sie beschloss, die Rolle weiterzuspielen. „Ob ich mich wohl in seiner Wohnung umsehen könnte? Vielleicht finde ich etwas. Er kann doch nicht einfach verschwunden sein.“ Wieder flossen Tränen. „Mein Schiff geht übermorgen. Dann muss ich zurück. Diese Ungewissheit ist schrecklich. Ich muss ihn sehen, bevor ich abreise. Ich muss mit ihm sprechen.“

„Das verstehe ich doch, Kindchen.“ Die alte Dame legte das Strickzeug beiseite, nahm Celestes Hand und tätschelte sie. „Alberts Wohnung ist oben.“

Das Treppenhaus glich einem Museum, voller alter Musketen, Fahnen und Säbel, Orden in einer Vitrine und alten Fotografien, die einen schneidigen jungen Mann in Husarenuniform zeigten.

Unter einem Schlachtgemälde, das galoppierende Pferde, Soldaten mit gezückten Säbeln, einen Trompeter im Vordergrund und Explosionen im Hintergrund zeigte, stand schlicht: Schlacht von Balaclava.

Celeste blieb einen Moment lang stehen, um das Bild zu betrachten.

Die alte Mrs. Hurst war ihr bis an den Fuß der Treppe gefolgt. „Mein Ernest hat damals fast alle seine Kameraden verloren.“ Sie sah wehmütig zu Celeste und doch durch sie hindurch, dann schloss sie die Augen und als sie sie wieder öffnete, schien sie wieder in die Gegenwart zurückgekehrt zu sein.

„Es ist die Tür links“, sagte sie und schlurfte in gebückter Haltung in ihre Stube zurück.

Die Tür war nicht abgeschlossen. Celeste stieg gleich der Geruch nach Ölfarben und Verdünnung in die Nase. Inzwischen war es draußen dunkel geworden und sie entzündete die einzige Lampe, die sie finden konnte. Das Zimmer war karg eingerichtet.

Es gab einen Tisch, auf dem zahlreiche Ölfarben, eine Künstlerpalette und eine Handvoll Pinsel lagen. Davor standen ein Stuhl und eine Staffelei, auf der ein halb fertiges Bild von London stand. Sonstige Möbel gab es nicht. Auf der linken Seite gab es einen Durchgang, der durch einen Vorhang verdeckt wurde. Dahinter lag das Schlafzimmer, das ähnlich spartanisch eingerichtet war. Es gab ein Bett aus Metall, einen stummen Diener, auf dem ein sehr feiner Anzug hing, und einen Kleiderschrank. Celeste öffnete ihn. Darin standen ordentlich aufgereiht sechs paar Schuhe, jedes von ausgesuchter Qualität und auf Hochglanz poliert. Anzüge hingen an der Kleiderstange, die nicht minder teuer waren. Ebenso die Fliegen, Krawatten, Westen und Einstecktücher. Sie durchsuchte den Schrank, fand aber nichts von Bedeutung. Dann wandte sie sich dem Bett zu. Daneben lag ein Stapel Zeitungen auf dem Boden. Die oberste trug das Datum vom fünften September.

Lewis hatte etwas unterstrichen. Es waren Wettquoten für Pferde und Hunderennen.

„Sieh mal einer an. Was für ein kostspieliges Laster“, sagte Celeste leise und durchsuchte die anderen Zeitungen nach ähnlichen Markierungen. Sie wurde fündig.

Lewis hatte immer etwas markiert. Jede Woche. So etwas konnte einen Mann schnell in große Geldnot bringen. So etwas machte angreifbar. Vielleicht hatte man ihn erpresst und er trug doch Schuld am Tod der beiden Frauen. Dann hatte er seine Schuldigkeit getan und musste seinerseits sterben.

Während sie nachdachte, durchsuchte sie das Bett und stieß dort, unter der Matratze, auf ein kleines blaues Büchlein. Darin hatte Lewis all seine Wetteinsätze, Verluste und Gewinne eingetragen, die er im Laufe von fünf Jahren gemacht hatte. Den

Eintragungen zufolge hatte er dabei mehr verloren als gewonnen. Und jetzt hatte er Schulden von vierhundert Pfund. Sofort drängte sich ihr die Frage auf, bei wem er diese Schulden gemacht hatte.

In dem blauen Büchlein tauchten nur Abkürzungen seiner Schuldner auf. Bei einem M stand Lewis mit zweihundert Pfund in der Kreide. Das letzt mögliche Mittel für die Begleichung der Schuld war der achte September gewesen, gestern. Aber da war noch etwas. Ein kleiner, gefalteter Zettel fiel zu Boden. Darauf standen Namen. Wildhound, Jericho, Lord, Captain Bull, daneben L. D., ein Datum, der elfte September, und eine Uhrzeit, neun Uhr abends. Sie legte den Zettel zurück in das Büchlein und steckte es ein. Nach einem letzten Blick, kehrte sie zu Mrs. Hurst zurück, die wieder mit ihrer Strickarbeit beschäftigt war, die sie nun unterbrach und Celeste ansah. „Nun, Kindchen. Haben Sie etwas gefunden?"

Inzwischen standen eine Flasche Portwein und zwei Gläser vor ihr auf dem Tisch.

Celeste schaute ratlos. „Ich weiß nicht, was ich davon halten soll", antwortete sie abwesend. „Sind Sie in letzter Zeit in seiner Wohnung gewesen?"

„Nur an dem Tag, als ich die Zimmer an Albert vermietet habe. Außerdem, was sollte ich denn da oben? Das ist Alberts Reich. Aber wieso fragen Sie?" Die Neugierde sprühte ihr förmlich aus den Augen.

„Er besitzt kaum Möbel. Nichts von wert, außer seiner Kleidung. Und er hat Wettschulden."

Mrs. Hurst legte das Strickzeug auf den Tisch, sie schien blass geworden zu sein. „Das glaube ich nicht", sagte sie schwach.

Celeste zeigte das blaue Büchlein. „Es steht alles hier drin. Vierhundert Pfund."

„Jetzt, verstehe ich." Die alte Dame sah auf die Bilder, die Lewis für sie gemalt hatte.

„Was? Was verstehen Sie?"

„Albert kann seine Miete oft nicht bezahlen. Dann hat er mir stets eines seiner Bilder vermacht. Als Entschädigung."

„Wie viel schuldet er Ihnen denn?"

„Ach, das weiß ich nicht. Ich brauch doch nicht viel. Und ich kann ihm wirklich nicht lange böse sein."

„Hatte er denn mit anderen Leuten Ärger wegen des Geldes?" Celestes Stimme glich nun nicht mehr der einer besorgten Schwester, vielmehr war sie nun fordernd und bestimmend.

Mrs. Hurst bemerkte den Unterschied nicht, denn sie nickte. „Da gab es jemanden. Einen Mann. Ein unangenehmer Mensch. Er hat meinem Albert vor dem Haus aufgelauert und sie haben gestritten."

„Haben Sie hören können, worum es ging?"

„Natürlich nicht. Ich bin keines dieser neugierigen Weibsbilder, die alles wissen müssen."

„Dann wissen Sie auch nicht, wie der Mann hieß?"

„Leider nein, Kindchen."

„Haben Sie ihn sehen können?"

„Nur zufällig, als ich nach den Katzen gesehen habe. Es kümmert sich ja sonst niemand um die armen Geschöpfe."

Celeste brannte vor Unruhe. „Wie hat er ausgesehen?"

„Ach, ein schrecklicher Mensch." Mrs. Hurst schüttelte sich. „Er war ungewaschen und unrasiert, ein schmutziger Anzug. Und ... er hatte einen goldenen Ohrring, wie Seeleute, und Tätowierungen am Hals und auf den Fingern. Welcher anständige Mann trägt schon so etwas? Also mein Mann, Gott habe ihn selig, hätte ihm Manieren beigebracht, das dürfen Sie mir glauben. Solchen Widerlingen hätte er zehn Stockschläge verabreicht, das war so Sitte in der Armee."

„Was war das für eine Tätowierung?"

„Ach. Das konnte ich doch nicht sehen, Kindchen."

„War dieser Mann öfter hier?"

„Ich weiß nicht. Aber zweimal habe ich ihn mit Albert gesehen."

„Haben sie Albert darauf angesprochen?“

„Gott behüte, nein. Es geht mich ja nichts an, mit wem er seine Zeit verbringt.“

„Und Albert hat auch nicht versucht, es Ihnen zu erklären.“

„Nein, das hat er nicht.“ Mrs. Hurst schaute gequält. „Ich hätte mich mehr um ihn kümmern müssen.“ Sie fasste nach Celestes Hand. „Glauben Sie, ihm ist etwas zugestoßen?“

„Es geht ihm sicher gut.“ Die Lüge schnürte Celeste die Kehle zu und der Blick, den Mrs. Hurst ihr zuwarf, verriet ihr, dass sie ihr nicht glaubte. Trotzdem nickte sie dankbar. „Ich hoffe wirklich, dass Sie recht haben, Kindchen. Wenn Sie ihn finden ...“

„... werde ich es Sie wissen lassen.“ Die alte Dame so zu sehen, verzweifelt, ratlos und voller Sorge, rührte Celestes Herz und für einen Moment war sie bereit, ihr die Wahrheit zu sagen, aber dann stand sie auf. „Ich muss gehen. Danke. Bemühen Sie sich nicht, ich finde alleine raus.“

Vor der Tür musste sie tief Luft holen.

***

Edwards blieb stehen und hob den Blick zu einer der Gaslaternen, um die ein paar Motten flatterten. Der Abend war bereits fortgeschritten und der Lärm auf den Straßen war leiser geworden. Die Luft roch feucht. Nebel kam auf. Edwards war zu Fuß unterwegs, um nachzudenken und den Kopf frei zu kriegen. Beides war ihm nicht gelungen.

Eine Kutsche hielt neben ihm. „Guten Abend, Inspector. Wollen Sie ein Stück mitfahren?“, hörte er eine bekannte und zugleich verhasste Stimme.

„Hennessy?“, fragte Edwards und schaute in die Richtung, aus der er gekommen war.

„Sind Sie mir gefolgt, verdammt nochmal?“

Der Zeitungsmann von der Illustrated Police News lächelte schmierig. „Ich bitte Sie, Inspector. Ich habe noch etwas anderes zu tun, als Ihnen den ganzen Tag lang nachzulaufen. Dafür habe ich, wie nennt ihr Polizisten das? Meine Spitzel? Und jetzt stellen Sie sich mal vor, wie überrascht ich war, als man mir zutrug, dass man Sie in einem irischen Pub gesehen hat. Sie sollen mit dem Wirt sogar getrunken haben. Als ich das hörte, dachte ich bei mir: Das muss ein schwer arbeitender Mann sein, der sich im Dienst ein Schlückchen erlauben kann."

Edwards ballte die Fäuste und trat an die Kutsche. „Was wollen Sie, Sie verfluchter ..."

„Ah ... ah ... ah. Nicht in diesem Ton, Inspector. Wir wollen doch höflich bleiben."

„Hat Kippwell Sie auf mich angesetzt? Sollen Sie mir die Hölle heißmachen? Ich sage Ihnen, das schaffen Sie nicht." Am liebsten hätte er Hennessy aus der Kutsche gezerrt, um ihm gleich an Ort und Stelle seine Meinung über ihn einzubläuen.

„Kippwell?", fragte Hennessy unschuldig. „Der Name sagt mir nichts."

„Sie sind ein verdammter Lügner."

Der Reporter grinste herablassend, zückte Notizblock und Bleistift und sah Edwards herausfordernd an. „Inspector. So gerne ich weiter mit Ihnen plaudern würde, ich fürchte, wir müssen jetzt zum Geschäftlichen kommen."

„Zwischen uns gibt es nichts Geschäftliches zu bereden." Er ging weiter, aber die Kutsche holte schnell auf und rollte langsam neben ihm her.

„Verzeihen Sie, aber ich bin da anderer Meinung, Sir. Wenn ich Ihnen die Fakten aufzählen dürfte. Sie haben in einem irischen Pub getrunken. Im Dienst. Über die kleine Verfehlung könnte ich ja noch hinwegsehen, aber wussten Sie, dass dieser Pub, wie war noch gleich der Name ... ach ja ... The Irish Heart, ein Treffpunkt der Fenians ist?"

Edwards erschrak, was er nach außen hin aber nicht zeigte. Das hatte er tatsächlich nicht gewusst. „Sympathisieren Sie mit ihnen? Für ein freies Irland. Wollen Sie das Empire unterwandern, Inspector? Sollen die Iren die Macht übernehmen? Sprechen wir demnächst alle gälisch? Das könnten die Fragen sein, die ich in der nächsten Ausgabe stelle, und die Leute werden sich dann so ihre Gedanken machen."

Edwards platzte der Kragen. Mit einem Sprung war er auf der Hansom, riss die Tür auf und packte Hennessy am Kragen. „Das ist verlogener Unsinn. Keiner wird Ihnen das glauben."

Hennessy blieb gelassen. „Ich wäre mir da nicht so sicher. Und ... ich werfe die Fragen nur auf. Sie sind derjenige, der sie dann allerdings beantworten muss."

„Sie erpressen mich nicht, Sie Scheißkerl. Das funktioniert nicht."

Der Reporter lächelte kalt. „Ich werde das alles vergessen, das verspreche ich Ihnen, aber nur, wenn Sie mir etwas zu den Mordfällen geben, das ich heute Abend in die Zeitung bringen kann. Eine Hand wäscht die andere, sozusagen."

„Für eine Schlagzeile würden Sie sogar Ihre Mutter verkaufen." Edwards verzog angewidert das Gesicht.

„Wir machen alle nur unsere Arbeit."

„Kutscher! Anhalten!" Edwards ließ den Reporter los und sprang ab. „Ich würde mich lieber selber anspucken, bevor ich vor Ihnen krieche, Hennessy."

„Oh, Inspector. Ich bin mir sicher, dass das schon bald jemand für Sie übernehmen wird."

„Hauen Sie ab."

„Das ist sehr dumm von Ihnen. Irgendwann brauchen Sie vielleicht auch mal meine Hilfe! Aber wie Sie meinen! Wenn Sie es wünschen, werde ich Ihnen in den nächsten Tagen ein Exemplar der Police News zukommen lassen."

„Darauf verzichte ich."

„Es ist mir ein Bedürfnis, Inspector." Er fasste an die Krempe seines Hutes. „Ich wünsche Ihnen noch einen angenehmen Abend, Sir. Genießen Sie ihn."

Nachdem die Hansom außer Sicht war, lehnte sich Edwards an die Hauswand und schloss die Augen.

Inzwischen war er nicht mehr weit von Hatches Corner entfernt. Einem Pub, in dem zahlreiche Polizisten ihren Feierabend verbrachten.

Die Tische waren voll besetzt. Männer lachten, kippten ihr Bier oder bliesen Rauch gegen die gelbverfärbte Decke. Viele der Gäste trugen Uniform. Manche spielten Dart, im Nachbarraum konnte man das Klacken der Billardkugeln hören. Edwards grüßte flüchtig, ohne jemanden anzusehen, und suchte sich einen Platz an der Theke, über der der Union Jack hing.

„N'abend, Inspector", sagte der Wirt, „was darf's denn sein?"

Edwards wischte sich müde durch das Gesicht. Sein Magen knurrte. Da war Alkohol sicher nicht die beste Wahl, trotzdem bestellte er Whisky und Bier.

Eine Weile saß er da, trank und versuchte ausnahmsweise an nichts zu denken, aber die toten Frauen, DeFries' Anweisung, Lord Ellingsford und nicht zuletzt Celeste Summersteen wollten ihm einfach nicht aus dem Kopf gehen. Dann musste er wieder an Judith Wiggins denken. Wie stolz diese Frau war, selbst in diesem Elend. Angekettet wie ein Tier, vor dem man sich fürchten sollte.

Sie wollte Buße tun, weil sie ihre Tochter nicht hatte retten können und wenn sie in diesem Kerker sterben würde, dann wäre das ebenso. Er schluckte bitter, trank das Bier aus und bestellte gleich ein neues.

Er war so mit sich beschäftigt, dass er die Gestalt nicht bemerkte, die hereinkam, sich umsah und auf ihn zukam.

„Inspector?"

Edwards hob den Kopf. „Sergeant Dyers?" Er umfasste das Bierglas mit beiden Händen. „Ich bin nicht in der Stimmung, um zu reden."

„Ich auch nicht."

Der Wirt kam.

„Bier", orderte Dyers.

Dann tranken sie. Schweigend. Eine ganze Weile verging, bis Dyers sagte: „Inspector Kippwell ist wieder aufgetaucht."

„Ach ja. Wo hat er denn gesteckt?"

„Hat er nicht gesagt."

„Haben Sie nicht gefragt?"

„Doch."

„Und?"

„Er meinte, das ginge mich einen Dreck an."

Edwards hob sein Glas, tippte das von Dyers an und prostete ihm zu. „Er war ein Idiot und wird immer ein Idiot bleiben."

Dyers nickte schwach und starrte in sein Bier.

„Was bedrückt Sie, Sergeant?"

„Gar nichts, Sir. Und Sie?

Edwards grinste bitter. „Auch nichts." Nach einer kurzen Pause sagte er: „Sie wollen sich doch was von der Seele reden, sonst wären Sie nicht hier. Also ... raus damit. Geht es um Ihren Besuch bei Commissioner Henderson?"

„Ja, Sir." Dyers knirschte mit den Zähnen. „Ich ... ich hab' herausgefunden, dass er Informationen weitergibt. Kippwell, meine ich. Ich war's, der ihn gemeldet hat. Das war auch der Grund, warum man Ihnen den Fall angetragen hat."

Irgendwie war Edwards nicht überrascht. Vielleicht weil er Kippwell so eine Dummheit zugetraut hatte. Mit einer Handbewegung forderte er Dyers auf, weiterzusprechen.

„Der Commissioner hat davon erfahren und jetzt will er wissen, ob da noch mehr ist. Ich soll jetzt im Dreck stochern und berichten, was dabei rauskommt. Inspector Kippwell ist schon zu lange dabei. Man kann ihn nicht einfach entlassen, dafür fehlen die Beweise."

„Die Sie beschaffen sollen."

„Ja, so ist es."

„Das ist aber ein verdammt riskantes Spiel, mein Lieber. Wissen Sie, wie man so jemanden in der Unterwelt nennt?"

„Ja, eine Ratte.“ Dyers trank sein Bier aus. Er zeigte auf sein Glas und nickte dem Wirt zu. Der stellte ihm sogleich ein neues hin. Schaum rann über den Rand, hinab auf den Tresen.

„Haben Sie denn wenigstens was rausgefunden?“ Edwards bemühte sich, nicht allzu neugierig zu klingen.

„Nein, nichts. Ich war zuerst in seinem Büro und dann bei ihm zu Hause.“

„Ich frage besser nicht, wie Sie in sein Haus gekommen sind.“

Dyers verzog den Mund zu einem schiefen Grinsen. „Nein, besser nicht.“

„Es ist schiefgegangen. Seine Frau hat mich überrascht, als ich seinen Schreibtisch durchsucht habe.“

Edwards lachte.

„Was ist denn daran so witzig?“, fragte Dyers pikiert.

„Ich sehe nur, dass wir uns in manchen Dingen ziemlich ähnlich sind. Ich hätte nämlich das Gleiche getan.“ Dann wurde er wieder ernst. „Hat sie Sie erkannt?“

„Ich glaube nicht, ich bin zum Fenster raus. Dabei hätte ich mir fast den Hals gebrochen.“

Die beiden Männer tranken. Nachdem sich Edwards den Schaum vom Schnurrbart gestrichen hatte, fragte er: „Warum machen Sie das? Warum dieses Risiko? In ein, zwei Jahren könnten Sie in einen anderen Bezirk wechseln und müssten Kippwell nie wiedersehen.“

Dyers lehnte sich zurück. „Das würde aber nichts ändern. Kippwell würde weiter die Hand aufhalten.“

„Was noch nicht bewiesen ist.“

„Mmh. Ja.“

„Was hat Henderson Ihnen versprochen?“

„Damit ich das mache?“

„Ja.“

„Einen Posten bei Scotland Yard.“ Dyers hatte sein Bier schon wieder geleert. „Noch eins!“, rief er. „Ich war übereifrig. Ich wollte sofort Ergebnisse haben. Damit habe ich mir alles kaputt gemacht und mir die Suppe gehörig versalzen. Was würden Sie machen?"

„Ich?" Edwards zuckte die Achseln. „Wahrscheinlich würde ich Kippwell packen und so lange schütteln, bis er mit der Wahrheit rausrückt."

„Ich meine es ernst, Inspector."

„Sergeant. Sie müssen entscheiden, wie Sie weitermachen wollen. Es hilft Ihnen nichts, wenn ich Ihnen sage, was ich tun würde, oder irgendjemand anderes. Aber ... Sie müssen aufpassen. Wenn das rauskommt, sind Sie in den Augen anderer Polizisten ein Verräter, ganz gleich ob Kippwell korrupt ist oder nicht."

Dyers fuhr sich müde mit der Hand über den Kopf.

„Gehen Sie nach Hause. Schlafen Sie."

Das dritte Bier kam. Dyers trank es hastig aus, bezahlte und stand auf. Er schwankte. „Holla. Danke, Sir. Dass Sie mir zugehört haben." Die Worte rollten ihm schwer über die Lippen. Dann ging er.

Edwards blieb auch nicht viel länger. Die Gespräche wurden ihm zu laut, das Gelächter zu schrill und das Klackern der Billardkugeln hallte in seinem Kopf nach. Er sehnte sich nach seinem Bett.

Auf der Straße blieb er kurz stehen. In der Stunde, in der er im Pub gewesen war, hatte es erneut geregnet, das Kopfsteinpflaster glänzte und von den Laternen rannen Tropfen. Jetzt war der Schauer vorüber, durch die Wolkendecke schimmerte silbernes Mondlicht, das sich in den Pfützen spiegelte.

Er ging los. Nach Hause. Für heute hatte er genug. Aber er kam nicht weit. Aus einer Seitengasse hörte er einen Schmerzenslaut, Stöhnen und Keuchen. Das Geräusch von Schlägen, der dumpfe Laut von Tritten, die einen Körper trafen.

Zuerst ging Edwards, die Sinne wachsam angespannt, weiter, dann lief er, wurde schneller, um schließlich rennend in die Seitengasse einzubiegen. Seine Hände hatte er zu Fäusten geballt.

Vier Gestalten standen um einen am Boden Liegenden herum. Das brachte Edwards' Blut zum Kochen. Noch ehe einer der vier auf ihn aufmerksam wurde, packte er einen am Kragen, riss ihn herum und stieß ihn gegen die Wand. Dem nächsten trat er in die Kniekehlen. Erst jetzt reagierten die beiden anderen. Einer rannte weg. Aber der andere zog ein Messer, das blitzend die Luft zerteilte. „Das hia geht dir nix an, du Held", spie ihm ein Mann ohne Zähne entgegen. Dabei machte er einen Ausfallschritt und stieß mit dem Messer vor. Er war schnell und hätte Edwards beinahe erwischt, aber der war einen Bruchteil schneller. Das Messer schlitzte nur den Mantel auf. Edwards wollte zuschlagen, er holte schon aus, als er von hinten gepackt wurde. Beinahe hätte er das Gleichgewicht verloren. „Du Scheißkerl", raunzte es ihm ins Ohr.

Edwards' Kopf ruckte nach hinten, traf eine Nase. Blut spritzte, der Angreifer ließ ihn sofort los, stolperte zurück. Von vorne stieß wieder das Messer zu. „Jetz stech ich dir ab!" Speichelfetzen flogen auf Edwards, der sich duckte, dem Stich entging und dem Kerl gleichzeitig die Faust in die Genitalien schmetterte. Der Schmerzensschrei glich dem Heulen eines getretenen Hundes. Der Mann fiel zurück. Stolperte, ließ das Messer fallen, stürzte, rappelte sich auf und humpelte, so schnell er konnte, in die Dunkelheit hinein. Edwards keuchte, wirbelte herum, die Fäuste geballt, das Gesicht vor Wut verzerrt. Sein Atem stieß zwischen zusammengebissenen Zähnen hindurch. Die anderen beiden flohen ebenfalls, glitten aus, stürzten, rutschten im Dreck, stolperten und flohen, als wäre ihnen der Leibhaftige auf den Fersen.

Edwards wollte ihnen nach, aber das Stöhnen des Verletzten stoppte ihn. Er konnte ihn hier nicht liegen lassen.

Einen Moment lang noch hielt er seine Wachsamkeit aufrecht, ehe er neben dem Verletzten in die Hocke ging. Dessen Gesicht war voller Blut, die Nase war gebrochen, die Augen zugeschwollen und die Lippe aufgeplatzt. „Dyers! Großer Gott."

Der Sergeant war bewusstlos.

Edwards hob ihn auf die Arme.

Hatches Corner war nicht weit. Dyers brauchte dringend Hilfe. Eine Kutsche. Ein Krankenhaus.

„Halten Sie durch, Sergeant. Halten Sie durch.“ Erst da bemerkte er die Stichwunde in Dyers Bauch.

***

Lord Ellingsfords Anwesen
Park Lane

„Guten Abend, Miss.“ Das Hausmädchen Francine knickste, nachdem sie Celeste die Türe geöffnet hatte. „Sie werden bereits erwartet.“

Es war spät geworden, später als es Celeste gedacht hatte. Sie wappnete sich innerlich, als das Mädchen ihr die Türen zum Salon öffnete. Lord Ellingsford und ein Gast saßen vor dem Kamin, rauchten Zigarren und tranken Brandy. Ellingsford sah vorwurfsvoll auf seine Taschenuhr. „Sie sind recht spät, Miss Summersteen. Gibt es in Amerika keine Uhren?“

Sie überhörte die Frage, schloss die Tür und trat näher. „Es gab noch etwas zu tun, was keinen Aufschub gestattet. Doch für mein Zuspätkommen entschuldige ich mich.“

„Wie überaus großzügig von Ihnen.“ Inzwischen waren die beiden Männer aufgestanden.

Ellingsfords Gast war ein korpulenter kleiner Mann mit einem Doppelkinn, das nur spärlich von einem zerrupften Backenbart überdeckt wurde. Seine Nase war klein und schien nicht in das mondförmige Gesicht zu passen. Er tupfte sich die Stirn mit einem Taschentuch, bevor er Celeste die Hand gab. Sie fühlte sich weich und feucht an.

„Enchanté, Madam“, sagte er mit einer dunklen Bassstimme, die ihr angenehm im Bauch kribbelte und die so gar nicht zu seiner seltsamen Gestalt passen wollte.

„Das ist Doktor Cradford“, stellte Ellingsford seinen Gast vor. „Was gab es denn so Wichtiges, das es Ihr spätes Erscheinen rechtfertigen könnte?“

„Ich ...“ Celeste sah zögerlich von einem zum anderen.

Ellingsford machte eine bestimmende Bewegung mit der Hand. „Gut, dann später.“

Doktor Cradford klemmte sich seine Brille auf die Nase, nahm seine Tasche und warf einen Blick auf die Standuhr in der Ecke. „Mein lieber Lord, es ist spät, sollten wir jetzt nicht mit der Behandlung beginnen?“

„Ja, natürlich.“

„Was für eine Behandlung?“, fragte Celeste skeptisch.

„Ich habe sehr viel Erfahrung mit dieser Art der Erkrankung. Sie kommt häufig bei Frauen vor. Wir nennen sie Hysterie.“

Celeste Blick verfinsterte sich.

„Dagegen habe ich ein Tonikum entwickelt, welches ich schon in vielen Fällen sehr erfolgreich zur Anwendung gebracht habe“, sagte er stolz und ein wenig von oben herab.

„Kann ich denn vorher mit Dorothea sprechen? Es ist sehr wichtig.“

„Wir werden sehen. Doktor Cradford wird das entscheiden.“ Ellingsford schritt zur Tür. „Wenn Sie mir folgen wollen.“

Celeste schloss sich an. „Wird Ihre Frau auch zugegen sein?“

„Nein. Sie fühlte sich erschöpft und ist schon zu Bett gegangen.“

Der Hausherr führte sie die Treppe hinauf, hin zu Dorotheas Zimmer. Die Tür war nur angelehnt.

Innen klapperten Stricknadeln, begleitet vom Knarren eines Schaukelstuhls.

Als sie eintraten, erschrak das Dienstmädchen. Zugleich erwachte Dorothea, als hätte sie das plötzliche Verstummen der Stricknadeln aus dem Schlaf gerissen.

„Sie können zu Bett gehen, Polly“, sagte Ellingsford.

„Ja, Sir.“ Das Mädchen raffte ihre Sachen zusammen, knickste und verließ das Zimmer.

Ellingsford setzte sich neben seine Tochter aufs Bett. Sein Blick hatte etwas Unbeholfenes.

Celeste stellte sich ans Fußende. Sie versuchte, Dorothea anzulächeln, die sah aber nur auf Cradford. „Wer sind Sie?“, fragte sie ängstlich und zog die Bettdecke bis unter das Kinn.

„Ich bin Doktor Cradford. Es geht Ihnen nicht gut, aber keine Angst. Ich bin da, um Ihnen zu helfen, meine Liebe.“ Er stellte seine Tasche auf dem Nachttisch ab und öffnete die Verschlüsse mit einem leisen Klacken. Der mitfühlende Ausdruck in seinem Gesicht wirkte steif und gekünstelt.

„Ich möchte das nicht. Ich möchte nur meine Ruhe haben. Geht doch bitte alle. Lasst mich alleine. Bitte.“ Sie sah flehend zu Celeste, die sich sofort an Ellingsford wandte. „Sie möchte das nicht.“

„Zur Kenntnis genommen“, erwiderte er kühl.

„Es ist nur zu Ihrem Besten“, entgegnete der Doktor in ruhigem Ton. Er hielt ein braunes Fläschchen in der Hand, dessen Inhalt er nun in eine Spritze zog.

„Sie haben sie doch noch nicht einmal untersucht!“ Celeste verzichtete darauf, ihrer Stimme einen höflichen Klang zu geben.

„Wie ich schon sagte. Dieses Krankheitsbild ist mir durchaus vertraut, Miss ...“

„... Summersteen.“

Dorothea begann, zu weinen. „Vater, ich will das nicht.“

„Lord Ellingsford“, sagte Celeste aufgebracht.

„Seien Sie still“, fuhr er sie an.

„Vater.“

„Doktor Cradford weiß, was er tut. Du wirst wieder wie früher. Hab’ vertrauen.“

Celeste hielt es nicht mehr aus. Sie schob sich zwischen Dorothea und den Arzt. „Hören Sie nicht? Sie will Ihr Tonikum nicht haben.“

Ellingsford packte sie am Handgelenk und zog sie weg. Celeste wand sich aus seinem Griff.

„Was erlauben Sie sich?“, fragte er scharf. „Ich habe Ihnen gestattet, dabei zu sein. Ist das jetzt der Dank dafür?“

„Ihre Tochter ist nicht hysterisch. Sie hat nur Angst. Sind Sie blind, dass Sie das nicht sehen? Lassen Sie mich mit ihr reden. Allein. Bitte. Das wird ihr mehr helfen als jedes Tonikum und jeder Arzt.“

„Also sind wir jetzt Kollegen?“, sagte Cradford spöttisch. „Wie absurd.“

Celeste beachtete ihn gar nicht. Sie setzte sich neben Dorothea und nahm ihre Hand. „Du würdest mit mir sprechen, nicht wahr, Dorothea?“

Die junge Frau senkte den Kopf und schwieg.

„Dorothea?“

„Ich kann nicht“, sagte sie und presste Celestes Hand so fest, dass es schmerzte.

„Sie sehen. Sie ist verstockt. Also, gehen Sie aus dem Weg. Lassen Sie Doktor Cradford endlich seine Arbeit tun.“

„Dorothea!“

Das Mädchen presste beharrlich die Lippen zusammen und wurde ganz still. Immer noch flossen ihr Tränen über das angstverzerrte Gesicht.

„Na, so ist es doch schon viel besser. Schön, dass wir uns beruhigt haben“, sagte Cradford in diesem ärztlichen Tonfall, den Celeste nicht ausstehen konnte. Am liebsten wäre sie diesem grinsenden Mondgesicht an die Gurgel gesprungen, als er Dorotheas rechten Arm entblößte, die Ellbogenbeuge mit Alkohol desinfizierte und ihr die Nadel der Spritze in die Vene stach.

Dorothea hielt mit einem Seufzer die Luft an.

„So. Das war es schon. War doch gar nicht so schlimm, kleine Lady. Nicht wahr?“

Dorothea nickte schwach.

An Ellingsford gewandt sagte Cradford, als er seine Tasche schloss: „Ein paar Tage der Ruhe und tägliche Injektionen und Sie werden sehen, schon bald geht es Ihrer Tochter besser.“

„Ich müsste Sie noch kurz sprechen.“ Mit einem flüchtigen Seitenblick auf die Frauen fügte er leiser hinzu. „Allein.“

„Eure Lordschaft können über mich verfügen.“

„Ich würde gern bei ihr bleiben“, sagte Celeste.

„Sie wird jetzt schlafen“, erklärte Cradford.

„Ich möchte trotzdem bleiben.“

Der Mediziner hob die Schultern. „Von meiner Seite aus spricht nichts dagegen.“

„Ja, bitte Vater. Ich würde ... mich freuen ... wenn Miss Summersteen noch etwas bleibt.“ Dorotheas Stimme klang bereits träge und müde.

„Sie werden sie nicht aufregen“, sagte Ellingsford scharf. „Haben wir uns verstanden?“

„Ja.“

„Und ihr keine Fragen stellen.“

„Ja.“

„Dann gestatte ich es.“

Die Männer verließen daraufhin das Zimmer. Zu gerne wäre Celeste ihnen gefolgt, um zu hören, was Ellingsford so Wichtiges mit dem Doktor zu besprechen hatte. Aber das ging nicht. Dorothea hielt ihre Hand fest und ließ sie auch nicht los. So zog sich Celeste umständlich den Schaukelstuhl näher und machte es sich darin bequem. Die kleine Uhr, die sie an einer Kette um den Hals trug, zeigte halb elf.

„Wie fühlst du dich?“, fragte sie und strich Dorothea fürsorglich über die Wange. „Ich bin so müde.“

„Dann schlaf ein bisschen. Ich bleibe hier und passe auf dich auf. Wir reden morgen. Einverstanden?“

Dorothea antwortete schon nicht mehr. Ihr Atem ging ruhig und gleichmäßig. Sie war eingeschlafen.

Seltsamerweise fühlte Celeste keine Erschöpfung, obwohl sie den ganzen Tag unterwegs gewesen war. Sie wippte leicht mit dem Schaukelstuhl und sah aus dem Fenster. Ein leichter Wind bewegte die Äste der großen Eiche.

Auf der Straße rumpelte eine Kutsche vorbei. Schritte von Schuhen hallten auf dem Pflaster und ein sichelförmiger Mond strahlte durch die Gardinen ins Zimmer und zauberte ein gezacktes Muster auf Wände und Boden. Irgendwann schlief Dorothea so fest, dass Celeste ihre Hand wegziehen konnte. Sie streifte sich die Schuhe von den Füßen. Ihre Zehen taten weh und sie massierte sie zwischen Daumen und Zeigefinger. Die ganze Zeit über beschäftigte sie die Frage, welches Geheimnis Dorothea so hartnäckig verteidigte. Gleich was es war, freiwillig würde sich das Mädchen niemandem anvertrauen. Aber sie brauchte Hilfe. So rechtfertigte sie das, was sie jetzt tun würde. Sie stand auf, drehte den Docht der Petroleumlampe ein wenig höher und begann, das Zimmer zu durchsuchen. Mit dem Bücherregal, das neben einem der beiden Fenster stand, fing sie an.

Sie hatte gerade das erste Buch herausgenommen, als sich die Tür öffnete und eines der Dienstmädchen den Kopf ins Zimmer steckte. Es war Francine. Als sie Celeste bemerkte, erschrak sie, um sich gleich darauf zu entschuldigen. „Oh. Es tut mir leid."

„Ist schon gut. Was ist denn?"

„Ich wollte noch einmal nach der Miss sehen, bevor ich zu Bett gehe. Ich wusste nicht, dass noch jemand hier ist. Ich hoffe, ich habe Sie nicht erschreckt."

Natürlich hatte sie Celeste erschreckt, ihr Herz schlug ihr bis zum Hals, aber sie gab sich gelassen. „Ich habe Sie kommen hören." Dann wies sie auf das Regal. „Ich kann nicht schlafen und suche nach einer Lektüre, um mir ein wenig die Zeit zu vertreiben."

„Dann möchte ich Sie nicht stören. Gute Nacht."

„Nein, warten Sie."

Das Mädchen blieb halb in der Tür stehen.

Schnell war Celeste bei ihr, fasste sie am Arm und führte sie auf den Korridor hinaus.

Ihre ernste Miene schien Francine zu verunsichern.

„Ich muss mit Ihnen über Miss Dorothea sprechen“, sagte Celeste leise.

„Ich wüsste nicht ... ich ... glaube, seine Lordschaft würde das ... nicht gut ...“ Das Mädchen wurde blass und verstummte.

„Sie möchten ihr doch helfen, oder?“

„Wie könnte ich denn der jungen Ladyschaft helfen?“

„Sie hat Angst, Francine und ich muss wissen wovor.“

„Ich weiß es doch nicht.“ Das Mädchen sah Celeste mit panisch großen Augen an. „Seine Lordschaft entlässt mich, wenn ich tratsche.“

„Von mir wird er es sicher nicht erfahren. Hören Sie, Sie müssen mir sagen was passierte, bevor Miss Dorothea nach Amerika abgereist ist.“

Francine schüttelte den Kopf. „Ich kann nicht. Ich habe nur das hier. Ich muss betteln gehen, wenn seine Lordschaft es herausfindet. Kein anderes Haus würde mich dann noch nehmen.“ Sie eilte davon, ohne das Celeste sie aufhalten konnte.

Die Schritte verhallten im Treppenhaus, es wurde wieder still und Celeste kehrte in das Zimmer zurück. Sie trat an das Bett und sah auf Dorothea. Sie rührte sich nicht und schlief so fest, dass Celeste sich besorgt über sie beugte und ihre Stirn berührte. Die Lider zuckten, dann atmete sie einmal tief ein und aus und lag wieder still.

Nachdem Celeste sicher sein konnte, dass es Dorothea gut ging, setzte sie ihre Durchsuchung des Zimmers fort.

Allerdings war es schwer, nach etwas zu suchen, wenn man nicht wusste wonach. Trotzdem. Ihr detektivischer Spürsinn war geweckt.

Mit der Petroleumlampe in der Hand ging sie Buchreihe für Buchreihe ab. Sauber geordnet standen dort Titel über die Pflichten einer guten Ehefrau, Sticken und Musizieren auf dem Klavier. Reisebeschreibungen über den Süden Englands, von Wales und Cornwall, sowie einige Bände über Lyrik. Nichts, was ihr auffällig oder bemerkenswert erschienen wäre. Mit einem

Seufzer wandte sich Celeste daraufhin dem Sekretär zu. Das dunkle Kirschholz schimmerte rötlich im Licht der Lampe.

Auf der Arbeitsplatte, die mit braunem Leder überzogen war, lagen ein paar lose Blätter in einer Mappe. Daneben stand ein Schreibset aus Silber, in dessen Mitte mit filigraner Feinheit eine Sonne und der Mond eingraviert waren. Ein Fässchen mit Tinte stand in einer Vertiefung. Ein paar Schreibfedern und ein silberner Brieföffner lagen davor. All dem schenkte Celeste nur wenig Aufmerksamkeit, sie betrachtete vielmehr die zahlreichen Schubfächer. Drei davon besaßen ein Schlüsselloch, aber keine Schlüssel und nur einer der Messinggriffe war deutlich dunkler verfärbt als alle anderen. Celeste nahm vorsichtig die Dietriche aus ihrer Tasche. Mit einem Blick auf die Schlafende kamen ihr erneut Zweifel, ob es richtig war, was sie tat. Konzentriere Dich, hämmerte sie sich in den Schädel. Es ist zu ihrem Besten. Du suchst Antworten. Skrupel kannst Du dir nicht leisten.

Sie musste einfach wissen, was vor sich ging, und machte weiter. Schnell hatte sie den passenden Dietrich gefunden. Das einfache Schloss stellte sie dann vor keine größeren Probleme mehr. Es klackte und sie zog die Schublade auf.

Abgesehen von ein paar Stecknadeln war sie leer, doch etwas kam ihr seltsam vor. Der Boden des Schubfachs war höher, als die Außenseite es vermuten ließ. Ein Lächeln stahl sich auf Celestes Lippen. Sie liebte Geheimverstecke. Als Kind hatte sie dutzende davon gehabt. Sie zog die Lade ganz aus ihrer Führung. Sie war leicht. Celeste neigte sie ein wenig. Die Stecknadeln rollten zur Seite. Alle, bis auf eine, die am Boden festklebte. Sie nahm sie mit spitzen Fingern und zog daran. Ein doppelter Boden, der sich leicht herausnehmen ließ. Sie wurde unruhig und atmete schneller.

Vielleicht hielt sie gleich den Schlüssel zu Dorotheas Angst in den Händen und all ihre Fragen würden sich hoffentlich bald beantworten.

Das Geheimfach war leer. Celeste schürzte enttäuscht die

Lippen. Dann sah sie über die Schulter auf die schlafende Dorothea. „Ich wünschte, du würdest dich mir anvertrauen."

***

10. September 1877
Polizeistation der L-Division
Kennington Lane

Edwards hatte die Nacht über im St. Mary's Krankenhaus auf einem Stuhl gehockt, gehofft, gewartet und erst am frühen Morgen die gute Nachricht erhalten, dass Sergeant Dyers den feigen Angriff überleben würde. Eine gebrochene Nase, eine ausgerenkte Schulter, zwei gebrochene Rippen, zahlreiche Platzwunden, Stauchungen und Prellungen und natürlich die Stichwunde im Bauch, die kein lebenswichtiges Organ verletzt hatte. Dyers wäre jetzt tot, wenn er nicht zufällig dazu gekommen wäre. Edwards kochte vor Wut, als er zu seinem alten Revier in der Kennigton Lane fuhr. Nur Kippwell konnte dahinter stecken. Es musste einfach so sein.

Es war noch früh, vielleicht sieben Uhr, er wusste es nicht, seine Uhr war stehen geblieben.

Er stieß die Doppeltür auf. Eine Frau mit einem Baby auf dem Arm, saß wartend auf einer Bank.

Das Baby erschrak und fing an, zu schreien. Edwards achtete nicht darauf, als er an den Tresen stürmte. Seine Miene verriet, dass er nicht zum Schwatzen gekommen war.

„Wo ist er, Waldo?", fauchte er heiser.

„Was ist dir denn über die Leber gelaufen, Rob?"

„Kippwell. Wo ist er?"

„Jetzt beruhig dich mal. Was ist denn los?"

„Ich will mich aber nicht beruhigen. Ist er oben?", schrie er und hieb so fest mit seiner Faust auf den Tresen, dass das Tintenfass darauf hüpfte und umkippte.

„Ja, ja, oben", gelang es dem Sergeant zu stammeln. Edwards

stürmte durch die Tür, die Treppe hinauf, direkt in Kippwells Büro. Der hatte nicht einmal Zeit aufzustehen, als Edwards ihn packte und über den Schreibtisch zog. Papiere und Akten fielen zu Boden.

„Haben Sie Ihren verdammten Verstand verloren? Lassen Sie mich los!“, schrie Kippwell.

„Sie waren es. Sie, verfluchter Schweinehund!“ Edwards schüttelte ihn und presste ihn gegen die Wand.

„Was? Was war ich?“

„Dyers liegt halb tot im Krankenhaus. Das ist Ihre Schuld!“

Das Geschrei lockte andere Beamte herbei, die unschlüssig in der Tür stehen blieben.

„Was reden Sie denn da? Lassen Sie mich los! Sie sind ja verrückt geworden! Warum sollte ich ihm etwas antun wollen?!“

Edwards antwortete nicht, sondern packte mit grimmiger Miene noch fester zu. Stoff riss.

Kippwell stieß ihm die Hand ins Gesicht und versuchte ihn wegzudrücken, aber er war nicht stark genug und rutschte ab.

„Ich krieg Sie, Sie Scheißkerl. Haben Sie verstanden?“ Edwards ließ ihn los, zeigte mit dem Finger auf ihn. „Sie sind die längste Zeit Polizist gewesen, ich mach' Sie fertig!“

Mit der Schulter stieß er die Beamten zur Seite. Kippwell stürmte ihm nach. „Sie gehören ja ins Irrenhaus. Sie sind krank, Edwards! Krank! Aber das lasse ich mir nicht bieten! Hören Sie!“

Aber Edwards hörte nicht, er war schon die Treppe hinunter und schmetterte die Tür ins Schloss, dass das Glas splitterte.

***

Als Edwards endlich Scotland Yard erreichte, war sein Kopf kaum klarer geworden und seine Laune nicht viel besser.

Er roch nach Schweiß und gerauchten Zigaretten. Der Geschmack nach kaltem Tee klebte auf seinen Lippen. Sein Magen knurrte.

Als er in sein Büro stürmte, warf er nur seinen Mantel auf den Kleiderständer, ließ sich in seinen Sessel fallen, schlug mit der Faust auf den Schreibtisch und vergrub dann sein Gesicht in den Händen. „Gott ... Gott." Langsam dämmerte ihm, was er gerade angestellt hatte. „Du bist ein solcher Idiot."

„Guten Morgen, Inspector."

Edwards schrak hoch und ließ die Hände sinken. Seine weibliche Heimsuchung saß auf einem Stuhl vor dem Fenster und trank Tee.

„Miss Summersteen", sagte er kopfschüttelnd. „Wie ... wie lange sitzen Sie schon da?"

„Nun, wenn Sie Ihren dramatischen Auftritt meinen, den habe ich mitbekommen." Mit einem Lächeln und einem Kopfnicken deutete sie auf die Kanne auf dem Ofen. „Der Tee ist frisch aufgebrüht. Möchten Sie eine Tasse?"

„Was wollen Sie denn hier?"

„Haben Sie das etwa schon wieder vergessen?" Ihr Lächeln wurde breiter. „Wir arbeiten zusammen."

„Nein ... wie könnte ich das vergessen? Sie erinnern mich ja täglich daran."

„Sie sehen furchtbar aus. Haben Sie überhaupt geschlafen?"

„Nicht viel."

„Ist das da Blut auf Ihrem Hemd?"

Er sah an sich hinab und nickte. „Ja. Aber nicht meins."

„Wessen dann?"

Edwards schnaufte genervt. „Niemand, den Sie kennen würden."

„Sie sind ja heute wieder gesprächig."

„Ich hatte eine harte Nacht." Er stand auf, ging zur Waschschüssel und spritzte sich Wasser ins Gesicht. Mit einem löchrigen Handtuch trocknete er sich ab.

„Ich habe etwas für Sie", sagte sie. „Ein Geschenk."

„Ein Geschenk?" Er betrachtete die dunklen Ringe unter seinen Augen. „Für mich? Wie komme ich denn zu dieser Ehre?"

„Nehmen Sie es als Zeichen meines guten Willens."

Edwards verschränkte die Arme. „Was ist es denn?“

„Der Name Ihres Toten lautet Albert Lewis. Er wohnte in der New Road, er hat dort eine kleine Wohnung im Haus einer reizenden alten Dame. Mrs. Hurst. Er war ein talentierter, aber leider erfolgloser Maler und er hatte Wettschulden. Sehr hohe ... Wettschulden. Vierhundert Pfund. Einem mit dem Kürzel M schuldete er zweihundert Pfund. Seine Miete hat er mehr als einmal mit Bildern bezahlt.“

Edwards pfiff durch die Zähne, dann wurde er dienstlich. „Sie führen Ermittlungen durch, ohne mich vorher zu fragen?“

„Jetzt seien Sie mal nicht kleinlich, Inspector. Wir wollen in der Sache doch vorankommen, oder nicht?“ Lächelnd gab sie Edwards das blaue Büchlein, welches sie unter Lewis Matratze gefunden hatte.

„Was ist das?“

„Lewis hat darin alles notiert. Wie viel er gewonnen hat, wie viel er verloren hat und wem er etwas schuldet. Und da wäre auch noch dieser Zettel.“

Edwards fand ihn und faltete ihn auf. Wildhound, Jericho, Lord, Captain Bull, L. D., elfter September. Zehn Uhr.

„Das ist morgen“, sagte Edwards und blickte Celeste nachdenklich an. „Wissen Sie, was die Namen zu bedeuten haben?“

Hastige Schritte näherten sich, die Tür flog auf. Sergeant Fulston stand wie eine Erscheinung im Raum. Mit hochrotem Kopf und schwitzend rang er nach Luft. „Verzeihen Sie ... Sir. Ich habe endlich unseren Toten identifiziert“, rief er und wedelte mit einer Aktenmappe.

„Albert Lewis“, sagte Edwards, ohne den Blick von dem Zettel zu nehmen.

Fulston blieb vor Entsetzen der Mund offen stehen. „Aber ... wie ... ich ... wie können Sie das wissen? Ich habe ... ich ... musste nochmal ... zur G-Division, weil der Bericht noch nicht fertig war. Ich habe mich so beeilt.“ Mit einem Kopfnicken deutete Edwards auf Celeste.

„Sie?“ Fulston ließ sich auf einen Stuhl fallen.

Mit einem entschuldigenden Nicken zuckte Celeste die Schultern, füllte eine Tasse mit Tee und reichte sie ihm. „Die wird Ihnen guttun.“

Dann trat sie neben Edwards ans Fenster. Ihren Blick richtete sie auf den Zettel.

Er kam nicht umhin, ihre schlanke Gestalt und das schöne Gesicht zu betrachten. Sie roch gut, eine Mischung aus gepflegter Erscheinung und einem Veilchenparfüm. Sie hatte Mut, war schlau, aber auch kratzbürstig und auf den Mund gefallen war sie auch nicht.

Sie irritierte ihn und er wusste nicht, ob ihm das gefiel.

„Die Namen, Inspector.“ Ihre Stimme tropfte wie Honig in sein Ohr.

Er räusperte sich. „Ja, das sind Tiernamen. Hunde, Ratten, Hähne, suchen Sie sich was aus.“

„Tierkämpfe?“

„Ja.“

„Wie barbarisch.“

„Gibt es das in Amerika nicht?“

„Doch, leider schon. Was bedeutet das L. D.?“

„London Docks.“

„Sind Sie sicher?“

„Ich bin hier aufgewachsen, Lady. Also ja, ich bin mir sicher.“

„Vielleicht wollte Lewis dort diesen M treffen. Mrs. Hurst hat mir erzählt, dass Lewis unangenehmen Besuch von einem Mann hatte. Sie hatten gestritten, es ging um Geld.“

„Dann ist das vielleicht unser Mann.“

„Sie hat ihn beschrieben: ungewaschen, unrasiert ...“

„So sieht jeder dritte in London aus“, fiel ihr Edwards grinsend ins Wort.

Celeste sah ihn verkniffen an. „Sie sehen auch nicht besser aus“, sagte sie scharf. „Außerdem war ich noch nicht fertig. Er trägt auch einen goldenen Ohrring und Tätowierungen an Hals und Händen. Nur an den Namen konnte sie sich nicht erinnern."

„Mit der Beschreibung lässt sich was anfangen. Ich werde mir die Sache mal ansehen."

„Sie meinten sicher, wir sehen uns die Sache mal an."

Er lachte abschätzig. „In die Docks. Da werde ich Sie bestimmt nicht mit hinnehmen. Muss ich Sie an Ihren letzten Ausflug ins East End erinnern?"

„Ich hatte die Lage durchaus im Griff, bis Sie hereingeplatzt sind." Sie zeigte auf das Büchlein. „Ohne mich wüssten Sie doch gar nicht, wo Sie hinmüssten."

„Sie hatten jetzt Ihren kleinen Triumph. Aber das ist jetzt Polizeiarbeit, da ist kein Platz für Frauen ... Frauen wie ..."

„... wie mich, wollten Sie doch sicher sagen. Was bin ich denn für eine Frau?" Sie stieß ihm mit dem Zeigefinger gegen die Schulter.

Edwards platzte der Kragen. „Sehen Sie sich doch an. Sie sind ein Püppchen mit Ihren schönen Kleidern und Ihrem Parfüm. Sie haben Glück gehabt. Aber Sie sind kein Polizist und ich kann nicht auf Sie aufpassen! London ist ein gefährliches Pflaster. Besonders der Osten, oder die Docklands. Da hält Ihnen niemand die Tür auf. Da gibt es keine Gentlemen. Nur eine Menge Leute, die sofort erkennen werden, dass Sie da nicht hingehören."

„Gentlemen gibt es hier anscheinend auch nicht." Celestes Mundwinkel und die Wangenmuskeln zuckten. „Ich verstehe es durchaus, mich anzupassen, oder mich zur Wehr zu setzen", erwiderte sie scharf.

„Ich diskutiere nicht mit Ihnen. Sie kommen nicht mit und damit basta!"

Celeste ließ sich nicht einschüchtern. „Ich beschwere mich bei Chief-Inspector DeFries."

Edwards warf in gespielter Verzweiflung die Arme in die Luft. „Immer das gleiche Lied. Aber! Warum nicht? Gehen Sie nur! DeFries hat sicher nichts Wichtigeres zu tun. Das hier ist

Polizeiarbeit. Da brauche ich keine Amateurin." Edwards starrte Fulston an. „Und einen Frischling brauche ich auch nicht." Wutentbrannt fegte er einen Stapel Papiere vom Tisch und stürmte aus dem Raum. Die Tür knallte lautstark ins Schloss.

Celeste, wie auch Fulston sahen ihm staunend und kopfschüttelnd nach. „Was für ein unmöglicher Mensch", sagte Celeste.

„Ich arbeite ja noch nicht so lange für ihn, aber man hat mich schon gewarnt, dass er launisch sein kann."

„Wie auch immer. Ich beneide Sie nicht."

„Wenn Sie mit Chief-Inspector DeFries sprechen, wird er ihn bestimmt noch umstimmen können."

„Nein, ich glaube das ist Zeitverschwendung. Inspector Edwards hat mir gerade deutlich gezeigt, dass er nicht gewillt ist, mit mir zusammenzuarbeiten."

„Was machen Sie denn jetzt?"

„Das, was ich immer mache. Ich geh an die Arbeit. Guten Tag, Sergeant."

„Auf Wiedersehen, Miss Summersteen."

***

Nachdem Celeste Scotland Yard verlassen hatte, rief sie eine Droschke. Sie würde Walter Bradshaw aufsuchen. Sie sah auf die Visitenkarte, die sie von dem Antiquitätenhändler bei dessen Besuch im Haus von Lord Ellingsford erhalten hatte. „Bringen Sie mich bitte in die Folly Lane. Bradshaw Antiquities", sagte sie dem Kutscher, der sich an den Hut tippte, zahnlos lächelte und losfuhr.

Ihre Wut auf Edwards war noch lange nicht verraucht. Er war ein unmöglicher Mensch mit einem unmöglichen Benehmen. Sie hatte ihren guten Willen gezeigt. Und als Dank hatte er ihr überdeutlich gesagt, was er von ihr hielt.

Sie schlang die Hände ineinander, sah aus dem Fenster und atmete tief durch. Sie würde jetzt nicht weiter an ihn denken, beschloss sie.

Die Fahrt dauerte über eine halbe Stunde. Bradshaws Antiquitätengeschäft lag südlich, in der Folly Lane, nahe der Themse. Die wenigen Sonnenstrahlen gaukelten einen schönen Herbsttag vor, obwohl ein kühler Wind durch die Straßen strich, der Celeste in der offenen Hansom-Droschke frösteln ließ.

So war sie froh, als sie endlich ihr Ziel erreichte. Das Gebäude war ein dreistöckiger Backsteinbau mit einem spitzen Giebel und einem ausgedienten Flaschenzug über dem obersten Fenster. Links davon gab es ein großes Tor, das allerdings geschlossen war.

Den unteren Bereich des Hauses nahm eine Ladenfront ein, die von zwei großen, erleuchteten Schaufenstern und einer mit Blumenmotiven geschnitzten Ladentür in der Mitte dominiert wurde.

Hinter den Schaufenstern, auf denen in goldenen Lettern Bradshaw Antiquities stand, entdeckte Celeste verzierte Stühle, einen Sekretär aus Teak und Mahagoni, Kerzenleuchter aus Silber, Puder, Tabak und Schmuckdosen. In den Laden selbst konnte sie nicht schauen, da ein dunkelgrüner Vorhang ihr die Sicht versperrte.

Sie trat ein und schob den Vorhang beiseite. Ein Glöckchen klingelte. Der Verkaufsraum war schlauchartig und ebenso überfüllt wie die Schaufenster. Links und rechts standen Statuen aus den verschiedensten Epochen, ägyptische Pharaonen, griechische Krieger, mykenische Priesterinnen. Dazwischen stand ein ausgestopfter Schimpanse. Auf einem Ast, der von der Decke hing, lag ein Leopard, der auf Celeste wirkte, als würde er schlafen.

Im hinteren Teil des Geschäftes rührte sich etwas. Walter Bradshaw richtete sein Jackett und den Zwicker auf der Nase, lächelte und trat um die Theke herum. Als er Celeste erkannte, wirkte er erfreut. „Miss Summersteen. Was für eine angenehme Überraschung." Er nahm ihre Hand und deutete einen Handkuss an. „Ich freue mich, dass Sie meine Einladung angenommen haben. Sie hatten schon Gelegenheit, sich ein wenig umzusehen?"

„Nur flüchtig. Ihr Angebot ist ... überwältigend."

„Nicht wahr?" Er nickte beipflichtend. „Ich bin ein Sammler. Die Geschichte der Menschheit ist einfach faszinierend und diese wunderbaren Objekte ... sind ein Teil davon." Seine Augen strahlten, bis sich ein verschmitztes Lächeln auf sein Gesicht stahl. „Was natürlich nicht bedeutet, dass ich davon nicht auch etwas verkaufen würde." Er klatschte in die Hände. „Wie unhöflich von mir. Ich kann Sie sicher mit einer guten Tasse Tee erfreuen. Vielleicht habe ich auch noch etwas Gebäck."

„Machen Sie sich doch meinetwegen keine Mühe."

„Oh, das ist doch keine Mühe", rief er und war schon auf dem Weg nach hinten. „Sehen Sie sich nur ruhig weiter um, ich bin gleich zurück."

Tatsächlich brauchte sich Celeste nicht lange zu gedulden, bis Bradshaw mit Tee und Gebäck in einer silbernen Schale zurückkehrte. Er brachte alles an einen Tisch, der etwas versteckt hinter zwei übervollen Bücherregalen stand.

Er schenkte ein. „Milch, meine Liebe? Zucker?"

„Nur etwas Milch, bitte." Sie setzte sich.

„Was verschafft mir denn die Ehre? Suchen Sie etwas Bestimmtes?"

Celeste strich sich über den Rock. „Um ehrlich zu sein. Ich war besorgt. Wegen Ihres Angestellten. Albert, nicht wahr?"

Bradshaws freundliche Miene wandelte sich. Tiefe Falten zerfurchten ihm nun die Stirn. „Es gibt leider immer noch nichts Neues."

„Verzeihen Sie mir, wenn ich spekuliere. Könnte es denn nicht sein, dass er eine Frau kennengelernt hat und darüber seine Pflichten vergisst?"

„Albert? Nein." Er richtete sich auf und lenkte ihre Aufmerksamkeit auf ein Gemälde.

Eine Flusslandschaft mit einem Boot an einem Steg.

Sonnenstrahlen, die durch die Wolken fielen, beschienen ein Haus am Ufer. Es war so lebhaft, so voller Details und feiner Pinselstriche, dass Celeste glaubte, durch ein Fenster zu schauen.

„Das hat Albert gemalt. Eine Landschaft in Devonshire. Wundervoll, nicht wahr? Um es zu einer solchen Perfektion zu bringen, benötigt es sehr viel Zeit und noch mehr Fleiß. Albert lebt für die Kunst."

Lebte, dachte Celeste bitter. „Hat er denn Freunde? Andere Maler vielleicht?"

Bradshaw rührte in seinem Tee, ohne davon zu trinken. Er lehnte sich zurück und wurde nachdenklich. „Albert ist kein extrovertierter Mensch. Privat weiß ich so gut wie gar nichts über ihn. Wir haben meist nur über die Kunst gesprochen, oder über die Arbeit. Warum interessieren Sie sich so für ihn?"

„Ich habe Ihre Sorge gesehen, als Sie bei Lord Ellingsford waren und teile sie. Unwissenheit ist etwas Furchtbares. Außerdem hatte ich gehofft, ihn sprechen zu können. Ich male selbst ein wenig und hatte gehofft, er könne meinem bescheidenen Talent ein paar ... Impulse geben."

Bradshaw bedachte sie mit einem prüfenden Blick, den sie nicht genau deuten konnte. „Es tut mir leid, Sie enttäuschen zu müssen."

„Wo leben seine Eltern?"

„Soviel ich weiß, wohnen sie in York. Aber sie schreiben sich nur zu Weihnachten."

„Waren Sie schon bei ihm zu Hause?", fragte sie.

„Ja, aber da ist er auch nicht."

„Er lag aber doch mit niemandem im Streit, hoffe ich."

„Wenn es so ist, dann weiß ich davon nichts." Bradshaws Miene verriet ihr, dass ihre vielen Fragen, sein Misstrauen weckten. Obwohl sie gerne deutlicher geworden wäre, indem sie die teure Kleidung und die Wettleidenschaft von Lewis angesprochen hätte, wechselte sie das Thema. Sie durfte nicht auffallen. So kam sie auf das Geschäft und das reichhaltige Angebot zu sprechen. Sie fragte Belangloses, dessen Beantwortung sie nicht interessierte, aber es gelang ihr, Bradshaws Misstrauen zu zerstreuen.

Irgendwann war sie so weit, dass sie ein kleines Schmuckstück kaufte. Eine Brosche aus Silber, die eine hauchdünne Scheibe Obsidian einfasste, auf der eine ebenso hauchfeine Frauenbüste aus Muschelkalk aufgeklebt war.

Gerade als sie bezahlte, fiel ihr Blick auf ein Bild hinter der Theke, mit einer brennenden Kerze davor und einem Trauerflor um den Rahmen.

Das Bild zeigte ein junges Mädchen, blond und hübsch, die auf einem Stuhl vor einem Blumenarrangement saß.

Bradshaw bemerkte ihren Blick. „Meine Tochter. Janice", sagte er tonlos.

„Bitte verzeihen Sie. Ich wollte nicht taktlos sein. Darf ich Ihnen mein Beileid aussprechen?"

„Danke." Sie sah, wie er um Fassung rang. „Es ist zwei Jahre her, aber es kommt mir so vor, als wäre sie erst gestern fortgegangen."

„Sie war wunderschön", sagte Celeste.

„Sie war mein Sonnenschein."

„War sie sehr krank?" Es fiel ihr nicht schwer, betroffen zu klingen, denn sie musste an Dorothea denken.

„Ein Unfall." Mit einem tiefen Seufzer zwang sich Bradshaw zu einem gequälten Lächeln. „So ist es eben. Manchmal ist das Leben grausam zu uns."

Celeste wusste nichts darauf zu sagen. Plötzlich fühlte sie sich wie eine Fremde, die störte, und sie verabschiedete sich.

„Bitte richten Sie Miss Dorothea meine Grüße aus", sagte Bradshaw.

„Das werde ich. Auf Wiedersehen."

***

Edwards missachtete jedes Gebot der Höflichkeit und stürmte, ohne anzuklopfen, in DeFries' Büro. Er hatte heute schon so viel Porzellan zerschlagen, da kam es auf eine Tasse mehr auch nicht an.

Der Chief-Inspector unterzeichnete gerade einige Unterlagen, die ihm Hillthorpe vorlegte.

Wie immer roch es nach Kaffee. DeFries unterbrach seine Arbeit nicht. „Robert", sagte er kühl, „ich habe diese Tür nicht nur zu dekorativen Zwecken." Dann legte er den Federhalter beiseite und hob den Kopf. „Was gibt es denn so Dringendes, dass Sie nicht anklopfen können?"

Edwards sah von DeFries zu Hillthorpe und wieder zurück.

„Jonathan, seien Sie so gut und lassen Sie uns bitte einen Moment allein." Der Sekretär raffte seine Akten zusammen, klemmte sie sich unter den Arm, deutete eine Verbeugung an und ging hinaus.

„Also, Robert? Was beschäftigt Sie?"

Edwards setzte sich, vergrub das Gesicht in den Händen, um sich dann das zerzauste Haar in den Nacken zu kämmen. „Ich war im Krankenhaus. Es hat Sergeant Dyers erwischt. Ein paar Kerle haben ihn fast umgebracht. Ich kam gerade noch rechtzeitig."

„Das ist ja schrecklich." DeFries lehnte sich zurück und tippte die Fingerspitzen gegeneinander. „Wie geht es ihm?"

„Wie es einem halt so geht, wenn man zusammengeschlagen wird und einer einem ein Messer in den Bauch rammt. Er wird durchkommen, aber es wird dauern."

„Wie ist das passiert?"

„Ich habe ihn in Hatches Corner getroffen. Wir haben ein paar Gläser zusammen getrunken. Er ist dann gegangen. Sie haben ihm in einer Seitenstraße aufgelauert."

„Was waren das für Leute?"

„Keine Ahnung. Irgendwelche bezahlten Schläger."

„Bezahlte Schläger ... warum ..."

„Ich weiß, dass Dyers gegen Kippwell ermittelt."

DeFries blieb ruhig. Nur seine Fingerspitzen tippten rhythmisch gegeneinander. „Weswegen sind Sie zu mir gekommen, Inspector?"

„Ich habe etwas Dummes gemacht."

„Inwiefern?"

„Ich habe ihn mir zur Brust genommen. Kippwell."

„Was heißt das?"

„Na, ich habe ihn mir geschnappt, ihn angeschrien und durchgeschüttelt ... und für den Angriff auf Dyers verantwortlich gemacht."

„Das war nicht klug."

Edwards sprang auf. „Natürlich war das nicht klug."

„Sie haben keine Beweise für Ihre Behauptung."

„Nein, keinen einzigen. Es ist nur so eine Ahnung."

„Eine Ahnung oder persönlicher Groll?"

„Lassen Sie mich Kippwell hinter Gitter bringen. Ich werde Ihnen die Beweise liefern."

„Robert. Nein. Was Inspector Kippwell betrifft, sind Sie nicht objektiv. Ich schlage daher vor, Sie kümmern sich um Ihren Fall. Außerdem haben Sie Inspector Kippwell durch Ihr unbesonnenes Verhalten gewarnt. Sollte er tatsächlich bestechlich sein, wird er jetzt umso vorsichtiger sein."

„Ich habe einen Fehler gemacht, ja. Lassen Sie ihn mich wiedergutmachen."

DeFries stand auf, schloss einen Knopf an seinem Gehrock und umrundete den Schreibtisch.

„Ich sage Ihnen das jetzt nur einmal und ... in aller Deutlichkeit. Sie müssen einen Doppelmord aufklären, nichts anderes ist Ihre Aufgabe. Inspector Kippwell existiert für Sie nicht. Schaffen Sie das, oder habe ich einen Fehler gemacht, als ich Sie mit dem Fall betraute?"

Edwards senkte den Blick. „Nein, Sir." Er ballte die Fäuste. In diesem Moment hätte er am liebsten etwas zu Bruch geschlagen.

„Gut, Robert. Nachdem das geklärt ist. Wie steht es um Ihre Zusammenarbeit mit Miss Summersteen. Zufriedenstellend, hoffe ich."

„Wir kommen gut miteinander aus", log Edwards wenig überzeugend.

„Ich hoffe, sie ist Ihnen nicht allzu lästig."

„Um ehrlich zu sein, sie ist gut. Sie hat die Spur zu einem Buchmacher entdeckt." Er zeigte DeFries das blaue Büchlein von Lewis. „Der Mann heißt Albert Lewis. Er hatte Wettschulden und Yins Haarkamm in der Tasche."

„Vierhundert Pfund Schulden sind schon ein Motiv", bemerkte DeFries, nachdem er das Büchlein aufmerksam durchgeblättert hatte.

„Vielleicht ein Auftragsmord."

„Ja, schon möglich. Das würde aber nicht den Mord an Estelle Wiggins erklären."

„Daran arbeite ich noch."

„Geben Sie mir Bescheid, wenn Sie etwas erfahren haben."

„Natürlich, Sir."

„Ach, Robert, danken Sie Miss Summersteen für die gute Arbeit. Trotzdem, bemühen Sie sich weiterhin, Sie nicht zu sehr in den Fall einzubinden."

Edwards kam sein Wutausbruch in den Sinn und er erinnerte sich an die Worte, die DeFries gebraucht hatte, als er ihn zur Zusammenarbeit mit Celeste Summersteen verpflichtet hatte. Seien Sie *charmant.* Dazu war er eindeutig nicht in der Lage, zumindest nicht bei Miss Summersteen. Aber er nickte ergeben. „Ja, Sir. Ich gebe mein Bestes."

Auf dem Flur erwartete ihn Sergeant Fulston. Eigentlich hatte Edwards jetzt keine Lust zu reden, aber der Sergeant hielt mit ihm Schritt. „Ich muss Ihnen etwas zeigen, Sir."

„Kann das nicht warten?"

„Ich denke, es wird Sie interessieren."

Sie erreichten das Treppenhaus. Edwards hatte einige

Stufen Vorsprung. „Wenn Sie doch nur mal stehenblieben, Sir“, schnaufte Fulston hinter ihm auf dem oberen Treppenabsatz.

Edwards drehte sich auf den Stufen um. Fulston hielt einige Bögen Papier in der Hand.

„Das wollte ich Ihnen eben schon zeigen, bevor Sie das Büro verlassen haben.“

„Also schön. Was haben Sie da?“

„Das sind die chinesischen Briefe aus Madame Yins Haus. Ich habe sie übersetzen lassen.“

„Wirklich?“

Fulston kam die Stufen hinab. „Ja, Sir. Das meiste davon ist unwichtig, aber diese beiden hier.“

Er zog zwei der Bögen aus dem Stapel, deren Rand er mit einem Strich markiert hatte.

Edwards war nun ganz bei der Sache. Er klopfte dem kleineren Fulston anerkennend auf die Schulter. „Gehen wir in mein Büro und reden in Ruhe darüber. Ich bin neugierig darauf, was Sie rausgefunden haben.“

Das Fensterglas in Edwards’ Bürotür hatte einen Riss bekommen. Den Boden bedeckte ein Chaos aus Papier und Aktendeckeln. In seiner Wut hatte Edwards auch noch ein Tintenfass erwischt, dessen Inhalt in den ausgetretenen Teppich vor seinem Schreibtisch gesickert war.

„Wann ist Miss Summersteen gegangen?“

„Kurz nach Ihnen, Sir.“

Edwards setzte sich auf eine freie Ecke seines Schreibtischs. „War sie sehr wütend?“

„Sie schien mir sehr gefasst zu sein.“

„Wissen Sie, wohin sie wollte?“

„Nein, Sir.“

„Sie hat eine Spürnase, das muss ich ihr lassen.“

„Das sollten Sie vielleicht lieber ihr sagen. Sie würde sich über Ihr Kompliment sicher freuen.“

„Sind Sie noch ganz bei Trost? Das wäre so, als würde ich Öl in ein Feuer gießen.“ Er wischte das Thema beiseite. „Genug von Miss Summersteen. Zeigen Sie mir die Briefe.“

***

Es war kurz nach Mittag, als Celeste von ihrem Besuch im Antiquitätengeschäft von Walter Bradschaw an die Park Lane zurückkehrte.

Im Haus der Ellingfords herrschte hektische Betriebsamkeit. Im großen Speisezimmer waren Diener damit beschäftigt, die Fenster zum Garten zu putzen. Dienstmädchen hingen frische Gardinen auf, arrangierten Sträuße mit frischen Blumen in schimmernden Kristallvasen und bestückten die Lüster mit neuen weißen Kerzen.

Nebenher wurde der Tisch neu eingedeckt. Es roch nach gestärkter Wäsche, Möbel und Silberpolitur. Der erste Butler, Peacock, achtete mit pedantischer Genauigkeit darauf, dass alle Arbeiten perfekt ausgeführt wurden.

Es ging zu wie in einem Bienenstock. Celeste hatte nicht vermutet, dass die Ellingsfords so viel Personal hatten.

„Was ist denn hier los?“, fragte sie, als Francine mit gebügelten Servietten an ihr vorbeieilen wollte.

„Die Herrschaften geben doch heute Abend ein Dinner. Zu Ehren von Miss Dorotheas Rückkehr. Verzeihen Sie ... ich muss weiterarbeiten.“ Celeste kniff die Lippen zusammen. Das hier war mehr als nur ein Willkommensdinner. Der eigentliche Grund war die Bekanntgabe von Dorotheas Verlobung. Ellingsford hatte es wahrlich eilig, seine Tochter zu verheiraten, dachte Celeste, als sie nach oben ging und an Dorotheas Tür klopfte.

Zu ihrer Überraschung war Dorothea hellwach und angezogen. Ihre Bewegungen hingegen wirkten abgehackt und fahrig. Ihr Gesicht glänzte.

Celeste drückte die Tür ins Schloss und blieb davor stehen.

„Du siehst erschöpft aus."
„Es geht mir gut."
„Möchtest du irgendwo hin?"
„Haben Sie gesehen, was da unten vor sich geht?"
„Es war kaum möglich, es zu übersehen."
„Vater wird meine Verlobung bekannt geben."
„Ja, das vermute ich auch."
„Ich weiß es. Er hat es mir gesagt. Heute Morgen." Sie wedelte hektisch mit den Händen. „Ich muss hier raus."
Celeste bemerkte ein zerknittertes Stück Papier in Dorotheas Hand. „Dann begleite ich dich", sagte sie.
„Nein. Ich will alleine sein." Zum ersten Mal, seit sie Dorothea kannte, sah sie ein böses Funkeln in ihren Augen.
„Ich habe deiner Tante versprochen, auf dich aufzupassen."
„Ich will nur einmal meine Ruhe haben und niemanden sehen. Ich bin bald zurück. Ich habe bereits anspannen lassen." Sie trat auf Celeste zu. „Bitte geben Sie die Tür frei." Das Mädchen war wie verwandelt.
„Ist etwas passiert? Was ist das für ein Zettel? Eine Nachricht?"
Dorothea erschrak, verbarg das aber sofort hinter einer wütenden Miene. Sie ballte ihre kleine Faust um das Papier. „Das geht Sie gar nichts an. Sie sind nur eine Bedienstete, da muss ich Ihnen keine Rechenschaft ablegen." Sie drängte sich an Celeste vorbei und riss die Tür auf.
„Ich bin also nur eine Bedienstete für dich?", fragte Celeste gekränkt.
Dorothea hielt inne und sah sie an. Bedauern war für einen winzigen Moment in ihren Augen zu erkennen, dann kehrte die Härte zurück und das Mädchen ließ sie stehen.
Celeste beschloss, sie gehen zu lassen. Aber sie würde ihr folgen.

Nachdem Dorothea die Familienkutsche bestiegen hatte und losgefahren war, hatte Celeste in Windeseile eine Droschke gesucht, die am Eingang zum Hyde Park im Dutzend standen und auf Kundschaft warteten.

Die Fahrt ging durch halb London. Unterwegs hielten sie kurz an. Dorothea kaufte einen kleinen Strauß Blumen. Dann ging es weiter, bis vor die Tore von Highgate Cemetery.

Ellingsfords Kutscher hielt dort, sprang ab und öffnete die Tür. Er spannte einen Schirm für Dorothea auf, denn in der Zwischenzeit hatte es schwach zu regnen begonnen.

Sie nahm den Schirm und ging dann alleine durch das gusseiserne Tor.

Celeste hatte solange in sicherem Abstand gewartet. Nun war sie ausgestiegen, hatte dem Kutscher gesagt, dass er warten solle, und war Dorothea gefolgt.

Ihr Weg führte sie einen Hügel hinauf. Vorbei an steinernen Engeln, die ihre Gesichter in den Händen verbargen, griechischen Säulen und Grabmälern, die ägyptischen Sarkophagen ähnelten.

Der Regen war kalt und sorgte dafür, dass kaum jemand den Friedhof besuchte.

Nur ein paar Maurer waren dort und besserten Schäden an einem Mausoleum aus.

Ein paar Krähen saßen krächzend auf einem nahen Baum.

Dann sah Celeste Dorothea, wie sie einem anderen Weg folgte und dabei immer wieder zwischen den Grabsteinen verschwand und wieder auftauchte.

Celeste behielt den Abstand bei und achtete sorgsam darauf, von Dorothea nicht gesehen zu werden.

Das Mädchen erreichte einen großen Torbogen, der einem ägyptischen Tempel ähnelte. Links und rechts erhoben sich Mauern. Das Tor wurde von vier großen Säulen eingerahmt, die an Papyrusstängel erinnerten.

Dahinter folgte ein breiter, nach oben offener Korridor, mit zahlreichen Türen zu beiden Seiten.

Dorothea verschwand in diesem Korridor.

Vor einer der Türen blieb sie stehen. Davor standen ein verwelkter Strauß mit Dahlien und Astern und eine rote Kerze, die schon lange ausgebrannt war. Das Wachs war über die Stufe geflossen und dort erstarrt.

Dorothea stellte den Schirm beiseite, senkte den Kopf und faltete die Hände zum Gebet.

Celeste hatte sich hinter einigen Bäumen versteckt und wartete.

Ihre Geduld wurde nicht lange auf die Probe gestellt, denn aus der anderen Richtung des Korridors näherte sich eine Gestalt. Ein schwarzer Schemen, mit der Silhouette einer Frau.

Dorothea hob den Kopf und wandte sich um. Sie sagte etwas, aber Celeste war zu weit entfernt, um die Worte verstehen zu können. Sie schlich näher heran, drängte sich an den Rand des Tores mit den Papyrussäulen und lauschte.

„Margareth. Es ist schön, dass du mir geantwortet hast", hörte sie Dorothea sagen.

„Deine Zofe war klug, dass sie dem Stalljungen die Nachricht gegeben hat." Dic Stimme der anderen Frau klang jung und alt zugleich. „Ich freue mich, dich zu sehen. Ich habe dich vermisst, euch alle", sagte Dorothea. „Ich kann nicht glauben, dass Estelle tot ist."

„Ich auch nicht. Das letzte Mal hatte ich ihr Blumen mitgebracht."

„Sie sind verwelkt."

„Das macht nichts, du hast ja an neue gedacht. Estelle hat Dahlien geliebt. Sie sind schön."

Darauf folgte ein langer Moment des Schweigens, bis Margareth die Stimme erhob: „Du hättest in Chicago bleiben sollen."

„Vater will mich vermählen. Deswegen bin ich hier."

„Dann hast du mehr Glück als ich."

„Glück? Ich weiß nicht."

„Estelle ist tot, Janice ist tot und sieh mich an. Wie lange wird es wohl noch bei mir dauern?"

„Sag so etwas nicht."

„Es ist aber die Wahrheit."

„Ich habe Angst. Was, wenn es herauskommt?"

„Dann stößt man dich in den Schatten, wie mich, und keiner wird da sein, der dich wieder ins Licht führt. Ich habe nicht mal ein Jahr gebraucht, um diese Erfahrung zu machen."

Dorothea holte erschrocken Luft. „Wie kann ich dir helfen?"

„Mir? Gar nicht mehr."

„Brauchst du Geld?"

„Ja, ich brauche Geld, ich brauche immer Geld, aber von dir nehme ich keins. Ich hätte nicht kommen sollen." Sie lachte heiser. „Wenn ich dich ansehe, ist es, als würde ich in einen verzerrten Spiegel meiner Vergangenheit schauen. Das Leben, das wir geführt haben, es erscheint mir so weit weg, so fremd, so ... unwirklich. Vater und Mutter haben mich verstoßen, wusstest du das? Sie sagen, sie haben keine Tochter mehr."

„Nein, das wusste ich nicht. Das ... das tut mir sehr leid."

„Ich hab' jetzt eine neue Familie. Und Opium, so viel ich will. Dorothea. Ich würde mich umbringen, wenn ich nicht so feige wäre."

„Sag so was nicht. Hörst du? Du darfst so was nicht sagen. Nie wieder." Sie schluchzte.

„Ich werde es ja auch nicht tun. Ich verspreche es. Geh zurück in dein Leben. Heirate, kriege Kinder, werde glücklich. Du kannst das schaffen."

„Du willst jetzt einfach so gehen?"

„Ja, ich wollte dich nur noch einmal sehen und mich verabschieden."

„Aber ... Margareth ..."

„Glaub mir, es ist besser so. Für dich."

„Aber wir sind Freundinnen."

„Nein, wir waren einmal Freundinnen. Das ist leider vorbei."

Dorothea weinte. Celeste wagte einen schnellen Blick um die Ecke und sah gerade noch, wie das andere Mädchen davonging.

Sie war schlicht gekleidet, trug einen am Saum dreckigen Mantel und ein Hütchen, welches schon deutlich bessere Zeiten gesehen hatte. Ihr Haar hing ihr strähnig über die Schultern, schimmerte aber immer noch in einem verlockenden Kastanienbraun.

Nun steckte Celeste in einer Zwickmühle. Blieb sie bei Dorothea und gab weiter auf sie acht, oder folgte sie dem Mädchen, das Dorothea Margareth genannt hatte? Der Entschluss war schnell gefasst. Sie folgte Margareth. Vielleicht erfuhr sie von ihr, was vor sich ging und Dorothea so furchtbar in Angst versetzte.

Margareth ging zum Ausgang. Dort blieb sie kurz stehen, hob den Kopf und blinzelte in den Nieselregen. Dann schlang sie ihre Arme um den dünnen Körper und ging zu Fuß weiter. Celeste beeilte sich, lief zum Ausgang und winkte ihre Droschke heran. Margareth war nur noch als schwacher Schemen zu erkennen. „Die Frau dort hinten. Folgen Sie ihr, aber halten Sie Abstand."

„Yes, Ma'am." Die Kutsche rollte los.

***

Das kleine Dampfboot tuckerte die Themse hinab. Kohletransporter und andere Frachtschiffe waren unterwegs. Das Boot schaukelte auf den Wellen und stieß im Takt der Maschine grauschwarze Rauchwolken in den Himmel.

Inspector Edwards und Sergeant Fulston waren die Passagiere. Der Sergeant sah gar nicht gut aus.

Mit jedem auf und ab wechselte sein Gesicht die Farbe.

Edwards klopfte ihm auf die Schulter. „Wir sind gleich da. Halten Sie noch ein bisschen durch."

Fulston versuchte tapfer dreinzuschauen, aber seine Miene glich eher einer Grimasse des Elends.

Edwards überflog noch einmal die Übersetzung der beiden

wichtigsten Briefe in der Hoffnung, doch noch auf einen genaueren Hinweis zu stoßen. Die Briefe erwähnten ein Schiff, das in den West India Docks vor einer Woche anlegen sollte, um eine kostbare Fracht an Bord zu nehmen.

Leider gab es weder einen Hinweis auf eine Lagerhalle, noch auf den Namen des Schiffes, noch wo es herkam, noch auf ein genaues Datum. Auch nicht um was es sich bei der kostbaren Fracht handelte. Alles in allem hatte Edwards Fulstons Optimismus nicht teilen können und er hatte wenig Hoffnung, etwas von Bedeutung zu erfahren.

Die West India Docks kamen in Sichtweite. Der Lärm von dort schwang schon von weitem über den Fluss. Dampfbetriebene Ladekräne be- und entluden die an den Piers anliegenden Schiffe.

Es gab mehrere große Becken, die von der Themse gespeist wurden. Dazwischen gab es unendlich lange Reihen von Lagerhäusern, die nur durch die Nummern auf den grün gestrichenen Toren voneinander zu unterscheiden waren.

Eine schier unfassbare Zahl an Kutschen, Karren und Lastenträgern waren auf den Straßen unterwegs. Es roch nach scharfen Gewürzen aus Indien, die sich mit dem Geruch von kochendem Teer und verbrannter Kohle mischten. Rumfässer wurden mit einem schweren Netz aus dem Laderaum eines Schiffes gezogen. Zwischen den Schiffen fuhren kleine Beiboote.

Matrosen ohne Arbeit lungerten an den Docks herum, rauchten, tranken, oder suchten Streit. Fäuste flogen und Flüche mischten sich in den Lärm.

Irgendwo schlugen Hämmer auf einen Amboss, dazwischen kreischten riesige Sägen.

Das kleine Dampfboot legte an und die beiden Polizisten kletterten die in der Piermauer eingelassenen Stiegen hinauf.

Fulston atmete hörbar aus. Dann sah er die langen Lagerhausreihen entlang. „Wie sollen wir denn hier das richtige Lagerhaus finden?“

„Nur Mut, Sergeant. Wir suchen die Hafenverwaltung. Da wird man uns hoffentlich weiterhelfen können."

Sie fragten sich durch, das Gedränge war unbeschreiblich. Sie wurden gestoßen, geschubst und angeschrien, wenn sie jemandem im Weg waren, der es eiliger hatte als sie. Doch schließlich erreichten sie das Gebäude, das von bestechender Schlichtheit war. Es war aus roten Ziegeln erbaut worden, besaß drei Etagen und bogenförmige Fenster, die so dreckig waren, dass sich nicht einmal das Tageslicht darin spiegelte.

Der Eingang lag seitlich und war über eine Treppe zu erreichen. Auf den Stufen lungerten ein paar Tagelöhner untätig herum. Sie sahen nicht einmal auf, als die beiden Polizisten an ihnen vorbeigingen und in dem Gebäude verschwanden.

Innen herrschte ein ähnlicher Tumult wie draußen. Menschen drängelten sich auf den harten Holzbänken und warteten. Manche stritten untereinander oder mit den Mitarbeitern hinter dem Tresen, der von einer Wand des langen Saals bis zur anderen reichte.

Ein Telegraf tickerte unaufhörlich Morsenachrichten. Schreibmaschinen hämmerten im eintönigen Stakkato.

Edwards drängelte sich bis an den Tresen durch und schob dabei einen rauschbärtigen Kapitän beiseite. Der hatte bis dahin aufgeregt mit einem Schriftstück gewinkt, um die Aufmerksamkeit eines Mitarbeiters auf sich zu lenken, nun schnaubte er wütend und stieß Edwards mit der Hand gegen die Schulter. „Hey, Freundchen, hier wird nicht vorgedrängelt."

„Polizei. Wir haben es eilig."

Der Kapitän warf sich in die Brust. „Oh verzeihen Sie, Sir. Ich stehe hier nur zu meinem Vergnügen. Denken Sie, ich habe es nicht eilig?!", rief er.

Einer der West-India-Docks-Angestellten erbarmte sich und kam zu ihnen. „Wie kann ich helfen?", sagte er in einem nöligen, genervten und gleichzeitig gelangweilten Tonfall.

„Inspector Edwards ... ich ..."

„Captain Nollis von der Kapaun", fiel ihm der Kapitän ins Wort. „Ich liege jetzt schon eine Woche hier fest. Wo bleibt mein verdammtes Geld? Ich kann meine Leute nicht bezahlen. Die reißen mir das Schiff in Stücke, wenn ich sie nicht ..."

„Ich untersuche einen Mordfall", fiel ihm nun Edwards seinerseits ins Wort. „Und es ist wichtig ..."

„Dann werden Sie schon bald einen weiteren untersuchen müssen, nämlich den an einem gewissen Captain Nollis. An mir!" Der Kapitän drehte sich Edwards zu. Beide waren etwa gleich groß. „Ich hänge am Leben und wenn ich wieder ohne Geld zurückkomme, bringen die mich um, und ich könnt's ihnen nicht mal krummnehmen."

„Ich verstehe Ihre Sorge, Sir, aber ich benötige nur eine Auskunft. Dann sind wir schon wieder weg."

„Und ich will nur mein Geld, dann bin ich auch schon wieder weg."

Die Männer starrten sich an. Eine Schlägerei lag in der Luft. Dann ging Fulston dazwischen. „Gentlemen, bitte, hören Sie auf, zu streiten."

Der kleinere Fulston schob sich zwischen Edwards und den Kapitän und wandte sich an den Angestellten. „Vor einer Woche ist hier ein Schiff eingelaufen und sollte Fracht aufnehmen. Wir nehmen an, es kam aus China."

„Haben Sie den Namen des Schiffes?", fragte der Angestellte im gleich tönenden Singsang.

„Wir wissen nur, dass es eine kostbare Fracht aufnehmen sollte. Wir nehmen also an, dass die Ladung hier gelagert wurde."

„Haben Sie die Nummer des Lagerhauses?"

„Wenn wir sie hätten, denken Sie nicht, dass wir sie Ihnen schon längst gegeben hätten?", schnauzte nun Edwards los.

Das nahm der Kapitän zum Anlass ebenfalls loszubrüllen. „Mein verdammtes Geld! Ich will bezahlt werden!"

„Es kann sein, dass die Lagerhalle einer Madame Yin gehört!"

Fulston hielt auch weiter die Stimme gesenkt.

Der Angestellte sah von einem zum anderen, ohne sich aufregen zu lassen.

„Madame Yin? Den Namen hab' ich schon mal gehört."

Edwards sah den Captain an. Fulston redete weiter mit dem Angestellten.

„Wo haben Sie den schon mal gehört?", fragte Edwards.

„In so 'ner Kaschemme. Ziemlich übles Loch. Da saßen so ein paar Schlitzaugen am Nachbartisch. Das Kauderwelsch versteht ja keiner, aber den Namen haben sie gesagt, ich schwör's, sonst soll mich der Klabautermann holen."

„Wie viele waren es?"

„Sechs, vielleicht sieben."

„Und von wo kamen sie?"

„Keine Ahnung."

„Haben Sie gesehen, wo sie hingingen?"

„Nein, weiß nicht."

Edwards verzog die Mundwinkel. „Haben Sie überhaupt irgendwas gesehen?"

„Hey, ich kehr vor meiner eigenen Tür, da interessiere ich mich doch nich' für ein paar Schlitzaugen."

„Wie hieß denn die Kaschemme? Wissen Sie das wenigstens noch?"

„Sally Rodgers."

„Sir!"

„Jetzt nicht, Sergeant", sagte Edwards.

„Es ist aber wichtig, Sir. Ich glaube, ich habe den Namen des Schiffes." Fulston tippte mit dem Finger auf einen Eintrag im Hafenbuch.

Schiffsname: Qin

Ankerplatz: 12 Kapitän: Hao Che Heimathafen: Shanghai

Ankunft: 1. September 1877

Liegegebühr entrichtet.

Abreisetag: 3. September 1877

Edwards' Kopf schnellte hoch. „Wo ist das?"

„Ist nicht weit", antwortete Captain Nollis.

„Gibt es dort auch Lagerhäuser?"

„Ja, einige."

„Können Sie uns den Weg zeigen?"

„Sicher könnte ich das. Aber ich geh hier nicht eher weg, bis ich mein Geld habe."

Edwards fasste ihn am Arm. „Sir, es ist wichtig. Ein junges Mädchen wurde ermordet, sie war sechzehn. Man hat sie erwürgt und dann in den Fluss geworfen."

Nollis biss sich mit seinen gelben Zähnen auf die Unterlippe. „Und Sie glauben jetzt, diese Schlitzaugen haben was damit zu tun?"

„Ich weiß es nicht, aber gerade das, versuchen wir herauszufinden."

„Ach, verfluchter Mist." Nollis warf die Hände in die Luft und stapfte los. „Worauf warten Sie denn?", rief er, als er die Tür erreichte. „Na kommen Sie!"

Ankerplatz zwölf war bereits wieder vergeben worden. Ein Schoner unter spanischer Flagge lag jetzt am Pier. An Deck wurde gehämmert und gesägt. Zwei Männer saßen außerhalb des Schiffes auf zwei Planken, die an Seilen hingen, und strichen den Rumpf mit dunkelgrüner Farbe.

Edwards sah sich um. Hinter ihnen lagen zwei lange Reihen von Lagerhäusern. Zwischen jedem dritten Gebäude gab es eine breite Straße, die es zwei Fuhrwerken gestattete, aneinander vorbei zu fahren.

„Brauchen Sie mich dann noch?", fragte Captain Nollis.

„Dieser Pub, Sally Rodgers, wo ist der?"

Nollis wies nach Norden. „Hier lang, die Straße rauf."

„Ich gebe Ihnen zwei Schillinge, wenn Sie mich hinbringen."

„Sehe ich aus wie ein Tagelöhner?"

„Also, nein, entschuldigen ..."

„Vier."

Edwards grinste und Nollis auch, dann ging er voran.

„Sergeant. Sie hören sich hier ein wenig um. Ich bin gleich zurück."

Das Sally Rodgers war ein Pub in einem baufälligen Haus, das Dach war krumm wie der buckelige Rücken einer alten Frau. Das gesamte Gebäude schien sich ein wenig zur Seite zu neigen. Risse durchzogen das Mauerwerk wie Adern. In einem der oberen Zimmer plärrte ein Kind und eine Frau schrie es keifend an.

Aus dem Pub selbst drang ein Gewirr aus fremden Sprachen.

„Sie sollten vorsichtig sein", sagte Nollis. „Mit Polizisten wischen die sich hier gern den Hintern ab."

Edwards nahm seinen Schlagring aus dem Mantel und schob demonstrativ langsam seine Finger hinein. Er besaß ihn schon seit seiner Zeit als Soldat in Indien. „Ich pass schon auf", sagte er knapp und zwinkerte. Dann bezahlte er Nollis die versprochenen vier Schillinge.

„Danke für Ihre Hilfe."

Nollis schob die Tür auf. „Ich komm mal besser mit rein", sagte er und ließ die Fingerknochen knacken. „Nur für den Fall, dass es brenzlig wird. Außerdem könnte ich jetzt einen vertragen."

Im Inneren waberten so dichte Rauchschwaden aus Pfeifen, Zigaretten und Opiumpfeifen, dass Edwards kaum die Hand vor Augen sehen konnte. Die Gäste glichen Schemen, schwarz, verschwommen, irgendwie unfassbar. Und es war voll.

Edwards und Nollis hatten Mühe, bis zur Theke zu gelangen, hinter der eine hagere Frau die Gäste bediente. Sie war vielleicht vierzig Jahre alt, sah aber wesentlich älter aus, wie Edwards fand. Ihr Gesicht war faltig, das blonde Haar wirkte stumpf, so als wäre es mit einem grauen Puder bestäubt worden. Ihr linkes Auge schien zu fehlen, denn sie trug eine Augenklappe aus abgewetztem braunen Leder. „Na, was darf's denn sein, Jungs?", fragte sie mit einem herzlichen Lächeln, das ihre verlebte Erscheinung Lügen strafte. Dem Captain zwinkerte sie zu.

„Zwei Bier und eine Auskunft", antwortete Edwards.

Das Lächeln erstarrte. „Seh' ich aus wie 'ne Plappergans? Nein, vergiss es."

Der Captain lehnte sich über den Tresen. „Hör dir erst mal an, was der Mann zu sagen hat."

Sie hauchte Nollis einen Kuss auf die Wange. „Aber nur weil du's bist, Schätzchen."

„Sie kennen die Leute hier doch. Ich suche ein Lagerhaus, das vielleicht von Chinesen gemietet worden ist. Ich bin mir nicht sicher, aber es könnte irgendwo in der Nähe von Ankerplatz zwölf liegen."

Sally musterte Edwards mit ihrem gesunden Auge. „'N Copper?"

Er nickte. Seine Faust schloss sich fester um den Schlagring, er warf einen schnellen Blick über die Schulter. Noch war alles ruhig.

„Ein Mädchen wurde ermordet", erklärte Nollis.

„Hier?"

Edwards schüttelte den Kopf. „Nein, weiter die Themse hoch, aber eine Spur führt hierher, in die Docklands. Hören Sie, es ist verdammt wichtig, dass ich dieses Lagerhaus finde. Ich muss mich dort umsehen."

Da war wohl etwas in Edwards' Stimme, dass Sally ihre Abneigung gegen Polizisten, zumindest für einen Moment, vergessen ließ. Sie steckte sich Daumen und Zeigefinger in den Mund und pfiff, dass es durch Mark und Bein ging. Die Gespräche verstummten, alle die noch nicht völlig betrunken waren, sahen zu ihr hin.

„Der Mann hier sucht ein Lagerhaus, das Schlitzaugen gehört. Liegt vielleicht in der Nähe von Ankerplatz zwölf. Weiß einer von euch versoffenen Kerlen was?"

„Ich zahle zwei Schillinge für eine brauchbare Information!“, rief Edwards.

Ein paar winkten ab, andere steckten die Köpfe zusammen, nur ein alter Mann, die Kleidung dreckig und abgewetzt, mit einer Schiffermütze auf dem Kopf, kam zu ihnen.

Er roch nach Schnaps und Schweiß. „Sally, Liebes, mach mir doch noch ’n Schnaps. Der Gentleman hier zahlt.“ Dabei zeigte er auf Edwards.

„Sie wissen, wo das Lagergaus liegt?“

„Jap.“ Es klang wie das erstickte Luftholen eines Fisches auf dem Trockenen. „Hab’ sie gesehen, alle, die ham immer so geheimnisvoll getan. Das Tor war immer verschloss’n. Immer.“ Er wedelte mit dem Zeigefinger durch die Luft. „Und wenn’s dann doch mal auf war, war immer einer da, der’s bewacht hat. Un’ geguckt ham die dann, als wollten die einen umbringen.“

Der Schnaps kam. Edwards bezahlte die fünf Pence und der Alte kippte ihn sich in den Mund und schluckte nicht einmal.

„Zeigen Sie es mir.“

„Sicher.“ Der Alte wischte sich über die Lippen und wankte zur Tür, wo er sich noch einmal umdrehte und Sally eine Kusshand zuwarf. „Danke, meine Süße. Bin gleich zurück.“

Auch Captain Nollis schloss sich an, der nur noch schnell sein Glas leerte.

„Das ist es? Ganz sicher?“

Sie standen vor einem Lagerhaus, das wie alle anderen zwei Stockwerke hoch war, etwa 30 Fuß lang, mit spitzem Dach, einer Laderampe und einem grün gestrichenen Tor.

Der Alte stand da, schnäuzte sich in den Ärmel und grinste, als hätte er eine Kiste mit Gold entdeckt. „Ja. Ganz sicher.“ Der kleine Spaziergang hatte ihm gutgetan. Er lallte nicht mehr.

„Also gut. Gentlemen, danke für Ihre Hilfe. Von nun an komme ich alleine zurecht.“

„Nich' so schnell. Sie hatten was von 'ner Belohnung gesagt." Der Alte schnippte mit den Fingern.

„Ja, natürlich. Hier." Edwards bezahlte die versprochenen zwei Schillinge. Seine Geldbörse wurde deutlich schmaler.

Der alte Mann machte sich davon. Bei Captain Nollis bedankte sich Edwards mit Handschlag. „Ich hoffe, dass Sie Ihr Geld heute noch bekommen. Danke nochmal."

„Finden Sie das Schwein und bringen Sie es hinter Gittern."

„Das werde ich."

Das Tor war nicht verschlossen. Es lag zwar eine Kette vor, aber das Schloss war aufgebrochen worden. Edwards wollte es gerade öffnen, als jemand seinen Namen rief. Es war Sergeant Fulston. „Ich habe mich umgehört, Sir, wie Sie befohlen haben, aber keiner hat was gesehen."

„Nicht so wichtig, kommen Sie her und helfen Sie mir." Die beiden Polizisten zogen ihre Revolver und öffneten das Tor. Mit einer Hand an einem der Eisengriffe, zielte Edwards mit dem Revolver in die Halle. Auf den ersten Blick schien alles unverdächtig und still zu sein.

Durch vier Oberlichter in der Decke fiel Tageslicht in die Halle, das den aufgewirbelten Staub zum Glitzern brachte. Etwa ab der Hälfte der Halle lag eine zweite Etage, dort gab es eine Tür und zwei Fenster in einer Wand aus unbehandelten Brettern.

Eine wackelig aussehende Treppe führte auf die Tür zu. Mäuse huschten über die Stufen.

Links an der Wand stand ein vierrädriger Kastenwagen, der halb unter einer löchrigen Plane verborgen lag.

„Folgen Sie mir", befahl Edwards flüsternd.

Sie durchschritten die Halle, sahen nach links und rechts, nichts rührte sich. Dann erreichten sie die Treppe und stiegen sie hinauf. Die Tür stand einen Spalt weit offen.

Edwards drückte sie ganz auf. Hinter der Tür lag ein Gang. Links und rechts lagen jeweils zwei Zimmer, die durch Vorhänge von dem Gang abgetrennt waren. Abgesehen von einigen Bambusmatten auf dem Boden, ein paar Decken, einem niedrigen Hocker und einer zerbrochenen Teekanne waren die Zimmer leer. „Chinesisches Motiv“, sagte Edwards, der sich niedergekniet hatte, um die Überreste der Kanne in Augenschein zu nehmen.

„Hier hat jemand übernachtet“, sagte Fulston. „Der Anzahl der Matten nach zu urteilen sechs Leute.“

„Nur, wo sind sie jetzt?“

Edwards erhob sich. „Sicher haben die sich aus dem Staub gemacht, nachdem man Yin umgebracht hatte.“

„Was könnte denn diese kostbare Fracht gewesen sein?“

„Sie stellen gute Fragen, Sergeant, sehen wir mal, ob wir nicht ein paar gute Antworten finden können.“

„Hier? Hier ist doch gar nichts.“

Edwards klopfte ihm auf die Schulter. „Jetzt werfen Sie mal die Flinte nicht zu schnell ins Korn.“

Sie stiegen wieder in die Halle hinunter und zogen die Plane von dem Kastenwagen.

„Der ist vor Kurzem noch bewegt worden. Sehen Sie hier. Die Räderspuren im Dreck.“ Edwards umrundete den Wagen. Auf der rückseitigen Tür gab es einen schweren Schieberiegel.

Sie öffneten ihn und sahen ins Innere des Wagens. Er war leer. Fulston trat kopfschüttelnd einen Schritt zurück. „Das ist doch sinnlos“, sagte er, als ein morsches Brett unter dem Gewicht des Sergeant ächzte. Im nächsten Moment brach er mit dem Fuß ein. Er ruderte wild mit den Armen und drohte das Gleichgewicht zu verlieren, bis Edwards ihn am Handgelenk zu packen bekam und festhalten konnte. „Haben Sie sich verletzt?“

Fulston sah an sich hinunter und klopfte sich ab. „Nein, Sir, ich glaube nicht.“

„Gut so.“ Edwards kniete sich hin. „Mal sehen, was wir da haben.“

Es waren mehrere Bretter, die hintereinanderlagen und sich entfernen ließen. Darunter kam eine uralte und ausgetretene

Treppe zum Vorschein. Auf der obersten Stufe stand eine Petroleumlampe. Edwards nahm sie und zündete den Docht an. Durch das schwache Licht der Lampe erkannten sie, dass die Stufen gut zehn Fuß in die Tiefe führten und dort an einer Tür endeten. Die Männer stiegen die Stufen hinab. Die Tür war verschlossen, aber Edwards gelang es, sie mit einem kräftigen Tritt aufzubrechen.

Dahinter lag ein kleiner Raum, der voller Gerümpel und Abfälle war. Es war nass, von den Wänden tropfte Wasser, das sich auf dem lehmigen Boden sammelte. Der Lehm blieb ihnen an den Sohlen haften und machte schmatzende Geräusche, als sie weitergingen und eine zweite Tür erreichten. Sie führte in einen eckigen Kellerraum, der uralt sein mochte. Der rote Backstein war brüchig geworden.

An den Wänden standen einfache Pritschen, auf denen dreckige Decken lagen. In den Pfosten der Pritschen steckten eiserne Ringe, an denen Ketten mit Handschellen befestigt waren.

Edwards nahm eine davon prüfend in die Hand. Sie waren sehr klein, fast zierlich. Für eine Frauenhand, nein, für ... Kinderhände. Es traf ihn wie ein Schlag. Yin hatte Kinder verkauft und sie hier versteckt, bis das Schiff kam, um sie abzuholen. In Fulstons erschreckten Augen erkannte Edwards, dass sein Sergeant das gleiche dachte.

Sie sahen sich weiter um. Dreck, überall Dreck, Nässe und Verfall.

„Hier, Sir." Fulston hielt ihm etwas hin, das aussah wie ein Haufen Putzlumpen.

Tatsächlich war es eine Lumpenpuppe, mit Haaren aus Wollresten. Sie hatte noch einen Knopf als Auge. Die Puppe war ebenso dreckig wie alles andere hier, aber sie hatte jemandem gehört, war Trösterin und Freundin gewesen, an einem Ort, an dem man Trost und Freude wahrlich nötig hatte. Edwards' Kehle wurde trocken.

Sie suchten weiter, fanden aber nichts mehr und sie verließen das Lagerhaus.

Edwards atmete tief ein, schloss die Augen und dachte zurück. Er hatte Yin nie für eine Heilige gehalten, aber er hatte angenommen, dass es auch für sie eine Grenze gab, die sie nicht überschritten hätte. Nun musste er erkennen, dass er sich geirrt hatte. Sie war nichts weiter als eine Verbrecherin und Kippwell hatte recht gehabt, als er sagte: Eine weniger auf unseren Straßen. Fast schon schämte er sich, Yin verteidigt zu haben.

„Was machen wir jetzt, Sir?“ Fulstons Stimme riss ihn aus seinen Gedanken.

„Weitermachen. Folgen wir der zweiten Spur. Albert Lewis. Ich fahre zu Walter Bradshaw, seinem Arbeitgeber, und Sie fahren zu Lewis nach Hause.“

Sie machten sich auf den Weg. Die Lumpenpuppe behielt Edwards in der Hand.

***

Zur gleichen Zeit bog Celeste in die Vauxhall Bridge Road ein. Sie verfolgte immer noch das Mädchen, das Margareth hieß. Inzwischen war sie zu Fuß unterwegs. Die Straßen waren voller Kutschen, Wagen und Menschen, sodass ihre Droschke nicht mehr schnell genug durchkam. Sie hatte das Mädchen fast aus den Augen verloren. Nun betrug der Abstand nicht mehr als zwanzig Schritte.

Plötzlich bog Margareth in eine Seitenstraße ab. Celeste lief nun und konnte gerade noch sehen, wie das Mädchen in einem weiß getünchten Haus, mit kleinen Fenstern und einer rot-weiß gestreiften Markise verschwand. Über der Tür hing ein Emailleschild. Darauf waren eine Tasse Tee und ein Stück Kuchen gemalt. Aunt Lilly's Café stand darunter.

Celeste überkam ein seltsames Unbehagen. An der Straße konnte es nicht liegen.

Die Häuser waren gepflegt, Rosenbüsche, Kastanienbäume und Eschen wuchsen in den winzigen Parks zwischen den Gebäuden.

Es gab eine Vielzahl kleinerer Geschäfte, einen Spielzeugmacher, in dessen Fenster ein kostümierter Affe die Trommel schlug. Es roch nach Zuckerstangen und frischem Gebäck ein paar Häuser weiter.

Zwischen all diesen kleinen Geschäften lag Aunt Lilly's Café. Kleine, gehäkelte Gardinen verdeckten die Fenster auf halber Höhe. Hineinsehen konnte Celeste also nicht. Deswegen stieg sie kurzentschlossen die Stufen hinauf zur Tür und trat ein.

Ein kleines Glöckchen bimmelte. Der Geruch von Bohnerwachs und verbranntem Holz aus einem Kamin versprach einen angenehmen Aufenthalt.

Das Café war klein, es gab vier Tische in der Mitte des Raumes und sechs Tische, die in Nischen standen, vor die jeweils ein Vorhang gezogen werden konnte. Neben der Theke führte ein Korridor in den hinteren Teil des Hauses. Dort saß, vor einer verschlossenen Tür, ein großer Mann auf einem Stuhl.

Ansonsten war nichts los. Lediglich an einem der Tische hatte man den Vorhang zugezogen. Von Margareth war nirgends etwas zu sehen.

Celeste setzte sich in die Nähe des Fensters. Von dort aus konnte sie alles im Blick behalten.

Sie saß noch nicht lange, als eine dickliche, ältere Dame mit gepudertem Haar zu ihr kam. „Guten Tag", sagte sie freundlich. „Wie schön ein neues Gesicht hier zu sehen. Ich bin Aunt Lilly. Was darf ich Ihnen bringen?"

Celeste deutete auf die Schiefertafel über dem Tresen. „Ich hätte gern ein Kännchen Kaffee mit Milch und ein Stück Apfelkuchen."

„Sehr gerne. Sie sind hier verabredet?"

Mit einem Kopfnicken spielte Celeste die Verunsicherte.

„Ach, Herzchen. Er wird schon kommen. Er wäre ein Dummkopf, wenn er nicht käme."

„Danke", erwiderte sie in gespielter Schüchternheit. Dabei lief ihr ein kalter Schauer den Rücken hinunter. Das Gefühl des

Unbehagens wuchs. Aunt Lilly sah sie prüfend an, abschätzend. Dabei lächelte sie so kalt und falsch, dass es Celeste schauderte.

Dann ging Lilly fort, um die Bestellung fertigzumachen und Celeste hatte gleich das Gefühl, freier atmen zu können.

Durch den geschlossenen Vorhang drang die flüsternde Stimme einer Frau, sie kicherte, begleitet vom dumpfen Lachen eines Mannes. Stoff raschelte.

Nach ein paar Minuten kehrte Aunt Lilly mit einem Tablett zurück und stellte lächelnd Kaffee und Apfelkuchen auf das weiße Spitzendeckchen. Dann kehrte sie an die Theke zurück.

Celeste beschloss, sich Zeit zu lassen und abzuwarten. Sie rührte Milch in ihren Kaffee und trank einen Schluck. Er schmeckte bitter und hinterließ einen holzigen Nachgeschmack. Der Kuchen war auch nicht besser, der alt und trocken schmeckte. Sie verzog das Gesicht. Wegen der Speisekarte kamen die Gäste also sicher nicht hierher.

Das Türglöckchen läutete und ein Pärchen kam herein.

Er war ein junger, überaus gutaussehender Mann, wohlhabend gekleidet, mit dem blasierten Gehabe eines reichen Dandys. Die Frau an seiner Seite war jünger, sicher nicht älter als achtzehn. Eine Schönheit, mit rotblondem Haar und wachen blauen Augen. Sie strahlte ihn an, kicherte über jede seiner Bemerkungen und hielt dabei seinen Arm so fest umklammert, wie eine Ertrinkende ein Stück Treibholz. Sie war glücklich, aber im Blick des Mannes war etwas, das Celeste achtsam machte.

Es war eine gespielte Fröhlichkeit, gepaart mit Arroganz und Herablassung, die das Mädchen nicht bemerkte.

Die beiden hielten auf den Tresen zu, wo der Schönling und Aunt Lilly ein paar Worte miteinander wechselten. Zu leise, um sie wirklich verstehen zu können. Dann ging der junge Mann mit seiner Eroberung durch den angrenzenden Korridor und verschwand aus Celestes Blickfeld. Sie hörte wie eine Tür geöffnet und wieder geschlossen wurde.

Am liebsten wäre Celeste ihnen gefolgt. Ihre Neugier, zu sehen, was hinter dem Korridor lag, war fast übermächtig. Aber sie bezähmte sich und blieb sitzen.

In der folgenden halben Stunde geschah nichts, außer dass das Pärchen vom Nachbartisch zahlte und das Café in unterschiedlichen Richtungen verließ. Auch kam Aunt Lilly zwischenzeitlich zu ihr an den Tisch. Ihre Miene drückte Mitgefühl aus. „Er wird noch kommen", sagte sie. „Es wird ihn sicher etwas aufgehalten haben." Dann zeigte sie auf den kaum angerührten Kuchen und den inzwischen kalt gewordenen Kaffee. „Sie essen ja gar nichts. Schmeckt es Ihnen nicht?"

„Ich kann nichts essen. Wenn er nun doch nicht kommt?"

Ehe Lilly zu einer Antwort ansetzen konnte, ertönte die Türglocke erneut und ein Mann, mit fettig glattem Haar, einem ungepflegten Kinnbart und einem abgewetzten Anzug betrat das Café. Über der Schulter trug er ein Stativ und in der anderen Hand, einen kleinen Kasten aus Holz.

„Entschuldigen Sie mich bitte, Liebes", sagte Aunt Lilly, ging zu dem Mann und zog ihn zum Tresen. Dort wechselten sie ein paar Worte, während sie etwas für ihn auf einen Zettel schrieb.

Celeste tat so, als bemerkte sie es nicht.

Der Mann wirkte nervös, als er nickte und den gleichen Korridor betrat wie das Pärchen zuvor. Wieder hörte Celeste eine Tür ins Schloss fallen.

Ihre Unruhe, die sie die ganze Zeit nicht hatte ablegen können, steigerte sich zu einer bösen Ahnung.

Sie musste wissen, was Aunt Lilly aufgeschrieben hatte. Sie stand auf und ging zum Tresen.

Sie sah in den Korridor. Der Mann saß immer noch dort. Inzwischen hatte er eine Lampe entzündet und reinigte sich mit einem Messer die Fingernägel.

Aunt Lilly bemerkte ihren Blick. „Das ist Donovan, mein Täubchen", sagte Aunt Lilly. „Der tut Ihnen nichts. Er passt nur auf."

Celeste senkte erschrocken den Blick. „Was bewacht er denn da?“

Aunt Lilly lächelte warm und überhörte die Frage. „Was kann ich für Sie tun?“

„Ich kann nicht länger warten“, sagte Celeste und unterdrückte ein Schluchzen. Sie zeigte auf den Stapel Papier. „Ich würde ihm gerne eine Nachricht hinterlassen ... falls er doch noch kommt. Würden Sie mir bitte etwas zum Schreiben geben?“

„Ach Kind. Sie werden sehen, es ist sicher nur eine ganz dumme Geschichte, die ihn aufgehalten hat.“ Während sie sprach, reichte sie Celeste ein paar Bögen Papier und ein Tintenfässchen mit Griffel.

„Danke“, sagte Celeste und kehrte an ihren Platz zurück.

Tintenfässchen und Griffel brauchte sie nicht. Ein Bleistift aus ihrer Handtasche war nun wesentlich nützlicher. Sie schraffierte das oberste Blatt. Dort stand nur ein Wort: Herbstrose. Ein Kennwort, ein Geheimwort. Wofür?

Celeste stand auf, ließ Münzen auf den Tisch fallen und lief aus dem Café.

Die böse Ahnung malte inzwischen Bilder in ihren Kopf, die sie nur schwer ertragen und noch schwerer wieder abstreifen konnte.

Sie lief die Häuser entlang, bis sie rechts eine schmale Seitengasse erreichte und abbog. Dort kam sie zu einem Tor, das zu einem Innenhof führte, der wiederrum durch eine zwei Meter hohe Mauer an die Hinterhöfe der anderen Häuser grenzte. Dahinter lag Aunt Lilly's Café, aber sie musste klettern, um dorthin zu gelangen. Naserümpfend sah sie auf den ausladend weiten Rock, der für eine Kletterpartie alles andere als geeignet war.

Sie zögerte nicht lange und entledigte sich des unpraktischen Kleidungsstücks. Darunter trug sie lange, weiße, mit Rüschen verzierte Unterwäsche. Es war sicher nicht die schicklichste Aufmachung, aber dafür praktischer. Ihr Handtäschchen um die Schulter geschlungen griff sie nach dem Mauerrand und zog sich daran hoch. Ihre schwarzen Schnürstiefel schabten Putz und Mörtel von den alten Ziegeln, aber sie fand halt und schwang sich hinauf. Auf der anderen Seite ließ sie sich wieder hinunter.

Ein kleiner Junge, nicht älter als ein Jahr, saß dort in einem Korb, eingewickelt in eine dicke Decke und spielte mit einer Rassel. Er strahlte über das mit Spucke verschmierte Gesicht, als er Celeste sah und quietschte vor Vergnügen, als sie ihm zuwinkte, bevor sie sich daran machte, die nächste Mauer zu erklimmen. Mit etwas Anlauf und einem Haufen aufeinandergestapelter Steine war es leicht.

Der Ziegelstein auf der Mauerkrone war brüchig und knirschte unter ihren Fingern. Efeu hatte ihn gelockert.

Als sie auch diesen Hinterhof durchquerte, erreichte sie die nächste Mauer. Dahinter lag Aunt Lilly's Café.

Mit ihrer Schuhspitze fand sie ein Loch in der Mauer, in dem sie sich abstützen konnte, um Schwung zu nehmen und hochzuklettern. Sie klammerte sich am Mauerrand fest und verschaffte sich einen Überblick.

Auf der Rückseite des Cafés gab es einen verwilderten Garten. Das Gras war braun und fleckig, dazwischen wuchs büschelweise Unkraut. Zwei abgestorbene Apfelbäume, mit abgerissenen Ästen und morschen Stämmen flankierten einen Weg aus gesprungenen Steinplatten, der vom Café weg und zu einem kleineren Gebäude auf der anderen Seite des Gartens führte.

Die Fenster in der unteren Etage hatte man mit Tüchern verhangen. Niemand war zu sehen und Celeste riskierte es, über die Mauer zu klettern. Dabei rutschte sie ab. Mit einem erschreckten „Huch!", fiel sie in einen Blätterhaufen, der wie eine Wolke um sie herum aufwirbelte. Kleine Äste und Blätter hatten sich in ihrem sorgsam frisierten Haar verfangen. In ihrem Gesicht klebten die modrigen Pflanzenreste vom letzten Jahr. Inzwischen war die eng geschnittene Jacke aus blauem Samt mit Dreck und Ziegelstaub verschmiert, eine Naht war aufgegangen und ein Knopf war abgerissen. Ihre Unterwäsche sah sogar noch schlimmer aus. Sie klopfte sich ab, was nicht viel änderte. Dann huschte sie zur Tür des Hinterhauses. Aus dem Inneren erklang leise Musik. Die Töne waren exotisch fremd ... orientalisch.

Sie klopfte an. Im nächsten Moment glitt ein kleines Fensterchen auf. Ein paar Mandelaugen starrten sie an.

„Ja? Du wollen?“ Die Stimme klang hell und war doch die eines Mannes. Eines Mannes allerdings, der es nicht gewohnt war, Englisch zu sprechen.

Celeste lächelte schüchtern und deutete dann in Richtung des Cafés. „Aunt Lilly hat mich geschickt.“

„Sie geben Parole?“

„Herbstrose“, antwortete Celeste, ohne nachzudenken.

Die Luke wurde geschlossen. Schon glaubte Celeste, einen Fehler gemacht zu haben.

Dann konnte sie hören, wie ein Riegel beiseitegeschoben und ein Schlüssel gedreht wurde.

Ein Chinese öffnete ihr die Tür. Er war einen guten Kopf kleiner als Celeste. Das schwarze Haar trug er zu einem langen Zopf gebunden, der ihm bis zur Hüfte reichte.

Nachdem er Celeste eingelassen hatte, verbarg er seine Hände in den weiten Ärmeln seines schwarzen Seidengewandes.

Ihre seltsame Aufmachung schien ihn weder zu irritieren, noch zu kümmern.

„Du waren nie hier“, sagte er feststellend und gleichzeitig fragend.

„Nein. Aunt Lilly sagte, ich solle dahin gehen, wohin der Fotograf gegangen ist.“

„Ich bringen.“

Der Chinese schloss ab, ging voran und stieg die Treppe hoch. Celeste folgte ihm.

Die Stufen knarrten wie das Deck eines alten Segelschiffes. An den Wänden hingen rote Tapeten und Gaslämpchen mit milchigen Schirmen.

Fremde, gleichsam faszinierende Musik schwang durch das Treppenhaus und der Geruch von Opium lag in der Luft. Celeste wurde schwindelig.

Als sie die erste Etage erreichten, hörte sie das wollüstige Stöhnen von Frauen, schrilles Lachen, die dumpfen Stimmen von Männern. Dazwischen leises Weinen und geflüsterte Drohungen.

Wenn Celeste noch Zweifel gehabt hatte, dann wurden diese spätestens jetzt zerstreut.

Das hier war ein geheimes Bordell.

Auf der Etage gab es einen Korridor mit vier Türen auf der linken und drei Türen auf der rechten Seite. Auf einem vergoldeten Tischchen stand ein achtarmiger Kerzenleuchter mit roten Kerzen.

Der Chinese blieb stehen und zeigte auf die letzte Tür der rechten Seite. „Herbstrose", sagte er. „Bitte, gehen."

Celeste schüttelte sich. Dieser Ort bereitete ihr eine Gänsehaut. Die Geschichte von Sodom und Gomorra kam ihr in den Sinn, während sie dem Flur folgte. Aus den anderen Zimmern drangen Geräusche, die sie nicht mit Liebe verband, nicht einmal mit Lust. Sie hörte das Schlagen einer Peitsche, das Klatschen von Händen auf nackter Haut, gefolgt von schmerzerfülltem Stöhnen und der Bitte eines Mannes fester zuzuschlagen.

Sie blieb stehen, erschrocken, überrascht ... schockiert.

Der Chinese drehte sich zu ihr um und gab einen unverständlichen Laut von sich. Mit Handzeichen gab er ihr zu verstehen, dass sie weiterzugehen hatte.

Mit einem schalen Geschmack im Mund ging sie weiter. Ihre Sinne waren angespannt, als sie die Tür erreichte. Dahinter hörte sie die wispernde Stimme einer Frau. Eine Männerstimme mischte sich ein. „... brauche mehr Licht."

Ein anderer Mann antwortete. „Dann mach die verfluchten Vorhänge auf. Und wenn das nicht reicht, da vorn sind Kerzen."

Einen Moment zögerte Celeste noch, dann klopfte sie.

„Verflucht, wer stört denn jetzt?", fragte einer der Männer böse. Schritte kamen zur Tür.

Das Gesicht des Schönlings, der das Mädchen hergebracht hatte, tauchte auf. Schweißtropfen glänzten auf dessen glatter Haut. Er hatte das Hemd abgestreift, trug nur seine Hose. Die Hosenträger baumelten lose an seinen Beinen herab. Was hinter ihm geschah, verbarg er, indem er sich geschickt vor Celeste aufbaute. „Was willst du?", fragte er ungehalten. Seine Augen wirkten glasig. Opiumqualm waberte ihr entgegen.

„Aunt Lilly schickt mich", erwiderte sie.

„Warum? Wer bist du?"

„Ich heiße Celeste. Lilly meinte, ihr könntet mich vielleicht brauchen."

Er betrachtete sie von oben herab. Seine Mundwinkel zuckten und verrieten seinen Unwillen. „Du siehst schrecklich aus." Er streckte die Hand aus und zupfte ihr ein verwelktes Blatt aus dem Haar.

„Ich musste mich verstecken."

„Vor wem denn?"

„Vor meinem Kuppler. Ich schulde ihm das Geld von zwei Wochen."

Der Schönling sah an Celeste runter. „Und deinen Rock? Musstest du den auch verstecken?"

Sie schüttelte den Kopf. „Ich habe ihn ausgezogen. Er war hinderlich." Sie fasste nach seiner Hand.

„Bitte. Schick mich nicht weg. Lilly hat mir versprochen, mir zu helfen, und hat mich zu euch geschickt."

Er schien immer noch nicht ganz überzeugt, trotzdem trat er beiseite. „Na schön. Komm rein."

Celeste genügte ein Blick, um zu erkennen, was hier vor sich ging.

Das hübsche Mädchen aus dem Café lag nackt auf dem Bett. Man hatte sie an Händen und Füßen gefesselt und ihre Beine so weit gespreizt, dass es nichts gab, was ihre Weiblichkeit verbergen konnte. Eine Opiumpfeife lag noch rauchend vor dem Bett auf einem niedrigen Tischchen.

Der zweite Mann war der Fotograf mit den fettigen Haaren. Er hatte sein Stativ aufgestellt und einen hölzernen Kasten darauf verschraubt. Vorne gab es eine Linse aus Messing, vor der ein Verschluss steckte. Auf der anderen Seite hing ein schwarzes Tuch bis auf die Mitte des Stativs herab. Gerade gab der Mann Magnesiumpulver in eine Schiene aus Metall. Ein Schrecken durchfuhr Celeste. Sie wollten das Mädchen in dieser entwürdigenden Pose fotografieren.

Der Schönling zeigte auf einen Paravent. „Da kannst du dich ausziehen.“ Mit einem Augenzwinkern zu dem Fotografen sagte er: „Zwei Frauen ist mal was anderes.“

Celeste zögerte und er gab ihr einen Stoß. „Nun mach schon, wir haben nicht den ganzen Tag Zeit.“

In dem Augenblick wurde die Tür geöffnet. Eine Frau kam herein, die ein Tablett brachte. Aus einer Kanne duftete es nach Jasmintee. Die Frau trug ein schwarzes Kleid, schwarze Spitzenhandschuhe und ein rotes Kropfband mit einem silbernen Anhänger. Aus einem schwarzen Gesicht strahlten die Augen wie helle Sterne. Es war Black Molly. Sie erschrak, als sie Celeste erblickte. Die Tür fiel hinter ihr zu.

„Wo warst du denn solange? Ich verdurste“, sagte der Schönling vorwurfsvoll.

Black Molly hörte ihm gar nicht zu. Sie stellte das Tablett auf dem Tischchen ab, auf dem die Opiumpfeife lag. „Ich kenne diese Frau“, sagte sie und meinte Celeste.

Der Schönling sah zwischen Black Molly und Celeste hin und her. „Ach ja?“

„Ich habe sie gesehen“, sagte Molly anklagend. „Bei Madame Yin. Sie hat geredet ... mit Polizeimann. Sie mir dann gefolgt.“

„Ist das so?“ Das schöne Gesicht des Mannes verzog sich zu einer bitteren Grimasse. Er ging zu einem Stuhl, auf dem seine

Sachen lagen. Dort zog er ein Messer hervor, das er nur unzureichend hinter seinem Rücken versteckte.

Der Fotograf erbleichte, aufgeregt leckte er sich über die Lippen. Seine Augen schwirrten von einem zur anderen. Dicke Schweißperlen traten ihm auf die Stirn.

„So Schätzchen. Dann verrate mir mal, wer du bist.“ Der Schönling sprach im Plauderton, während er die Tür abschloss und den Schlüssel abzog, den er sich in die Hosentasche steckte. Dabei ließ er Celeste keinen Moment aus den Augen, die sich immer noch nicht gerührt hatte.

Ohne den Kopf zu bewegen, erfasste sie die kleinsten Dinge im Raum. Die Opiumpfeife, noch qualmend, der Beutel mit dem Magnesiumpulver, ihre Derringer in der Handtasche, der rote Teppich, der Stuhl, der Paravent und das geschlossene Fenster. Der Chinese auf dem Gang.

Der Schönling kam auf sie zu. „Mach dein verdammtes Maul auf, oder ich schwör dir, ich schlag dir alle Zähne aus.“

Celeste spürte eine gewaltige Wut in sich aufsteigen. Dieser Unmensch nutzte die Liebe, das Vertrauen und die Hingabe dieses armen Mädchens aus. „Sie widern mich an. Was macht ihr mit ihr, wenn ihr sie fotografiert habt? Verkauft ihr sie dann meistbietend? Und tötet sie, wenn sie keiner mehr haben will? Erwürgt ihr sie? So wie Estelle Wiggins?“

„Ich mochten Estelle“, sagte Black Molly empört. „Nie würden was antun.“

„Sei still, du dumme Schlampe“, fauchte der Schönling.

Celeste hakte nach. „Und Madame Yin? Habt ihr sie bestohlen und sie hat es herausgefunden?“

„Du stellst zu viele Fragen.“ Der Schönling zeigte nun sein Messer. Der Schein der Kerze spiegelte sich in der polierten Klinge. Er grinste sie an. „Ganz schön dumm von dir, so alleine herzukommen. Raus kommst du jedenfalls nicht mehr.“

Celeste sah ihm entschlossen entgegen. „Ich wollte eh noch nicht gehen.“ Blitzschnell griff sie in ihre Tasche, zog die

Derringer, wirbelte herum und schoss auf den Beutel mit Magnesiumpulver. Es gab eine heftige Stichflamme, ein grell gleißendes Licht. Der Fotograf schrie auf, Black Molly kreischte und der Schönling riss die Arme hoch, um seine Augen zu schützen. Celeste war zur Seite gesprungen und hatte den Kopf abgewendet. Die Verwirrung nutzend, führte sie ihre Handtasche wie eine Keule, die sie dem Schönling über den Schädel schlug. Der ging in die Knie, war aber nicht außer Gefecht gesetzt. Das Gesicht zu einer Maske aus Hass verzerrt stürzte er sich auf Celeste. Die stieß ihm das Tischchen vor die Füße. Er stolperte, fiel hin. Sie trat ihm mit ihrem Absatz auf die Hand und er ließ schmerzerfüllt das Messer fallen.

Sie bückte sich, um es aufzuheben, als sich Black Molly auf sie stürzte. Die beiden Frauen prallten zusammen. Celeste verlor die Derringer, aber es gelang ihr gerade noch, die Hand ihrer Angreiferin beiseite zu schlagen, die ihr sonst das Gesicht zerkratzt hätte. Aber Molly war stark, sie versetzte Celeste eine Ohrfeige, bevor sie die Detektivin am Hals zu fassen bekam und zudrückte. Celeste hielt immer noch das Messer, das sie nun hochriss und einen blutroten Strich auf Black Mollys Arm zurückließ. Molly schrie auf und ließ sofort los. Celeste strampelte sich frei und versetzte Molly einen Tritt gegen die Brust, der sie rücklings auf das Bett und über das betäubte Mädchen stürzen ließ.

Diesen Moment nutzte der Schönling, um wieder anzugreifen. Er schmetterte das Tischchen auf Celeste, die sich gerade noch wegrollen konnte.

„Du Hure!“, schrie er, als sie hochschnellte und ihm das Messer in den Oberschenkel rammte.

Blut spritzte in einer hellen Fontäne, als sie die Klinge herausriss. Die Hände auf die Wunde gepresst taumelte er zurück, weg von ihr, hin zu seinen Sachen.

Schon sprang Celeste auf die Füße. Die Lippen grimmig verzogen, folgte sie ihm mit ihren Blicken.

Black Molly war keine Gefahr mehr, sie hielt sich den blutenden Arm und weinte. Der Fotograf hockte in der Ecke, hatte die Beine angezogen und versuchte seinen Kopf mit den Händen zu schützen. Er zitterte wie ein kleines Kind bei einem Gewitter.

Aber der Schönling grinste böse, zog einen Revolver unter seinem Jackett hervor und spannte den Hahn. In Celestes Kopf überschlugen sich die Gedanken. Ihre Derringer lag am Fußende des Bettes. Sie durfte nicht zögern. Schon warf sie dem Schönling das Messer entgegen. Die Waffe verletzte ihn nicht, zwang ihn aber, sich zur Seite wegzudrehen. Die Detektivin hatte einen winzigen Herzschlag lang Zeit gewonnen. Celeste warf sich nieder und rutschte über den Dielenboden zu ihrer Pistole. Sie hatte nur noch einen Schuss. Nachdem sich der Schönling wieder aufgerichtet hatte, hielt er den Lauf seiner Waffe direkt auf Celeste gerichtet, aber sie hatte den kurzen Moment genutzt, um auf ihn zu zielen. Die Schüsse krachten fast zeitgleich. Celeste spürte die Kugel, wie sie heiß an ihrem Ohr vorbeiflog und hinter ihr eine Diele zerfetzte. Gleichzeitig sah sie den Schönling stürzen. Sein Kopf war nach hinten gebogen. Er taumelte, knickte ein und fing sich noch einmal. Er stammelte etwas, während Blut über seine Lippen quoll. Oberhalb der linken Wange gab es ein kleines Loch, nicht größer als eine Erbse.

Der Revolver entglitt seiner Hand und fiel klappernd zu Boden. Ein winziger Blutstropfen rann ihm über das Gesicht. Dann stürzte er auf die Knie, fiel vornüber und blieb regungslos liegen.

„Oh Gott“, keuchte der Fotograf entsetzt. „Oh Gott, oh Gott.“

Celeste beeilte sich, für Entsetzen oder gar Reue blieb keine Zeit. Sie nahm Revolver und Messer an sich. Das Blut rauschte ihr in den Ohren, ihr Herz schlug wie eine Kesselpauke und ihr Atem ging so aufgeregt, dass sie schnaufen musste.

Jetzt erst nahm sie die Schreie wahr. Sicher wegen der Schüsse. Gleich wäre der Chinese hier. Was sollte sie tun? Das Mädchen konnte sie so nicht liegenlassen. Sie nahm das Messer und durchschnitt die Fesseln. „Ziehen Sie ihr etwas an", befahl sie Black Molly.

„Ich verfluchen dich." Blut rann ihr den Arm hinab und tropfte auf die weißen Laken.

Celeste beachtete sie nicht. „Und Sie."

Der Fotograf kauerte immer noch in der Ecke. Sie zeigte auf den Toten. „Durchsuchen Sie ihn nach dem Zimmerschlüssel. Los."

Er war unfähig, sich zu rühren.

Im Treppenhaus krachte ein Schuss. Jemand schrie, jemand anderes lachte, wieder andere brüllten heiser. Schwere Schritte auf der Treppe. Was war da los?

Türen wurden aufgerissen. Frauen schrien und Männer bettelten um ihr Leben.

„Raus. Alle raus!"

„Na macht schon! Ihr habt ihn gehört!"

„Los."

Celeste konnte das dumpfe Schlagen von Knüppeln und schmerzvolles Stöhnen hören.

Unter Flüchen und Geschrei füllte sich der Flur. Es wurde lauter und näherte sich der Zimmertür.

Dann Schritte. Celeste sprang neben die Tür, die im gleichen Moment aufgetreten wurde.

Ein hagerer Kerl stand dort, das Gesicht hinter einer Maske aus grobem Leinen verborgen, in das zwei Löcher für die Augen geschnitten waren. Er atmete heftig.

Er hielt einen Knüppel in der Hand, an dem ein paar blutige Haare klebten. Mit der anderen umklammerte er eine Fackel. In seinem Gürtel steckte ein Revolver. Zuerst sah er Molly, dann das nackte Mädchen, dann den Fotografen auf dem Boden. Celeste bemerkte er erst, als es zu spät war. Sie drückte ihm den Lauf des Revolvers gegen die Schläfe.

„Reinkommen. Knüppel fallenlassen." Sie zog ihm den Revolver aus dem Gürtel. „Die Fackel. In die Waschschüssel damit."

Er tat, was sie verlangte.

„Hinsetzen."

Er gehorchte. Sie warf einen schnellen Blick in den Flur hinaus. Weitere Gestalten mit Masken huschten von Zimmer zu Zimmer. Jeder trug eine Fackel. Brandgeruch lag in der Luft. Einer zerrte einen nackten Mann an den Haaren auf den Korridor. Er trat ihm in den Hintern und knallte ihm den Knüppel zwischen die Schulterblätter. Nackte Frauen weinten und kreischten. Eine bekam eine Ohrfeige. Celeste glaubte, Margareth, die Freundin Dorotheas, zu erkennen. Sie trug nur geringelte Strümpfe, von denen ihr einer lose um die Knöchel baumelte. Ein kurzes, weißes Hemdchen bedeckte unzureichend ihre Blöße.

Jemand schrie. „Hey! Die Schlampe da hat 'ne Waffe!" Man hatte Celeste entdeckt.

Schon peitschte ein Schuss in ihre Richtung, der den Türrahmen traf. Sie zuckte zurück. Im gleichen Moment wurde sie um die Hüften gepackt. Der hagere Kerl war aufgesprungen und stürzte nun zusammen mit ihr auf den Flur. Er lag auf ihr, verdrehte ihr das Handgelenk. Sie schrie, ließ den Revolver fallen, ehe die zweite Waffe krachte, die sie dem Schönling abgenommen hatte. Es war so nah, dass es wie Donner in ihren Ohren klang.

Der Angreifer riss die Augen auf, zuckte kurz und kippte dann seitlich von ihr herunter. Wand und Tür waren mit seinem Blut bespritzt.

Celeste hielt die rauchende Waffe fest in der Hand und rollte sich hinter den reglosen Körper. Man schoss auf sie. Tapete und Putz wurden gleichermaßen von der Wand gerissen.

Querschläger sirrten knapp an ihr vorbei. Sie presste sich eng auf den Boden.

Ein Schuss traf die Gaslampe hinter ihr. Der Schirm zersplitterte in einen Regen aus Glas.

Der Körper vor ihr zuckte unter mehreren Einschlägen. Eine Blutlache breitete sich aus. Celeste hielt den Kopf unten und feuerte dabei blind den Gang entlang. Aus einem der vorderen Zimmer wallte dicker schwarzer Rauch. Flammen knisterten, wurden lauter. Gardinen und Teppiche fingen Feuer. Mobiliar geriet in Brand. Celeste spürte bereits die Hitze, die ihr Schweißperlen auf Gesicht und Stirn trieb.

„Ich will hier raus! Ich will hier raus!“ Die panischen Schreie kamen aus dem Zimmer, in dem der tote Schönling lag. Gleich darauf stürzte der Fotograf auf den Flur hinaus.

Er kam nicht weit. Eine Kugel traf ihn in die Schulter, eine zweite in den Hals. Er stürzte zu Boden, röchelte, spuckte Blut, wimmerte, keuchte und starb.

Celeste verschoss ihre letzte Kugel. Hier konnte sie nicht bleiben. Immer noch wurde auf sie geschossen. Der zweite Revolver lag vor ihr, aber doch zu weit weg, um ihn erreichen zu können. Sie biss die Zähne zusammen, stieß sich ab, warf sich über den Toten, packte die Waffe und schoss. Gleichzeitig wich sie wieder in das Zimmer zurück.

Das Fenster stand offen. Ein kühler Wind fegte hinein. Von Black Molly keine Spur mehr. Das Mädchen lag noch immer nackt auf dem Bett. Sie lächelte, räkelte sich und strich mit ihren schlanken Fingern über das Bettzeug.

Celeste musste husten. Der Rauch kam bereits durch die Tür. Sie warf sie zu.

„Lasst uns verschwinden!“, rief jemand auf dem Flur.

„Ja, los. Raus hier!“

Celeste lief zum Fenster und sah hinunter. Sie war nicht hoch, der Sprung wäre einfach, aber das Mädchen. In ihrem Zustand würde sie stürzen und sicher mit dem Kopf auf dem Pflaster aufschlagen. Es gab nur einen Weg, wenn sie nicht nur sich selbst retten wollte. Sie tränkte eines der Betttücher mit Wasser aus dem Waschkrug und wickelte das betäubte Mädchen darin ein.

„Kannst du mich hören?“

Das Mädchen stöhnte nur. Ihre Lider flatterten. Unverständliche Worte tropften wie Sirup von ihren Lippen.

Celeste konnte kaum atmen. Der Rauch kratzte in der Kehle und schien ihr die Lungen mit seinem schmierigen Ruß zu verkleben.

Sie hob das Mädchen auf, es war wie Wasser in ihren Händen, jeder Muskel war weich und ohne Widerstand. Nur mühsam bekam Celeste sie so zu packen, dass sie gehen konnte.

Auf dem Flur tobte ein Inferno aus Flammen, quellendem Rauch und alles verzehrender Hitze. Ein paar Schritte nur und Celeste war schweißüberströmt. Die Kleider klebten an ihr. Ihre Augen tränten, die Dielen unter ihren Füßen knackten. Fensterscheiben platzten unter dem Ansturm des Feuers. Geradeaus, da lag die Treppe. Flammen griffen zischend nach ihr, versenkten ihr das Haar, strichen sanft, aber schmerzhaft über ihre Hände. Sie blinzelte, ertastete sich den Weg mehr, als das sie ihn sah. Tränen hinterließen helle Bahnen auf ihren rußgeschwärzten Wangen.

Da, die Treppe. Endlich. Rötlich gelbe Flammen züngelten über das Geländer. Der Lack schlug Blasen und der Teppich auf den Stufen schien zu kochen. Rauch und Flammen überall. Celeste sah nichts mehr und verfehlte eine Stufe. Links und rechts stieß sie gegen die Wand, rutschte mit dem Fuß über eine Kante und stürzte mit dem Mädchen im Arm die Treppe hinab. Celeste schlug sich den Kopf an und prallte auf etwas Weiches, das unter dem plötzlichen Gewicht nachgab.

Stöhnend wischte sie sich die Tränen aus den blutunterlaufenen Augen. Sie lag auf dem toten Chinesen. Dessen Augen waren weit aufgerissen, der Mund stand offen und frisches Blut rann ihm über das Kinn. In seiner Brust klaffte ein Loch.

Celeste griff in eine klebrige Lache, als sie sich abstützte. Sie packte das Mädchen bei den Schultern. Es atmete, keuchte und hustete, wie sie. Sofort sprang Celeste auf die Füße. Der abgebrochene Absatz ihres Schuhs, den sie beim Sturz von der Treppe eingebüßt hatte, ließ sie hinken. Ihre Lungen brannten, ihr war schwindelig und bei jedem angestrengten Atemzug floss ihr schwarzgefärbter Rotz aus der Nase. Sie hob den Kopf. Die Tür. Direkt vor ihr. Nur raus hier. Mit letzter Kraft stolperte sie vorwärts und gab der Tür einen Stoß. Die frische, kühle Luft war wie ein Lebenselixier. Mit dem Mädchen in den Armen taumelte sie ins Freie, fiel hin, schleppte sich weiter und blieb auf den Knien hocken. Zu ihrem Schrecken musste Celeste erkennen, dass die Angreifer auch das Café in Brand gesteckt hatten. Eine dichte, tiefgraue Rauchsäule erhob sich über den Dächern. Überall waren Schreie zu hören. Aufgeregte Rufe. Pferdegalopp und das Rattern von Rädern auf der Straße.

In der Ferne konnte man das Klingeln von Feuerwehrglocken hören. Dazu mischte sich der durchdringende Klang von Polizeipfeifen. Schon schlugen die Flammen aus den oberen Fenstern. Glas splitterte und regnete blitzend in den Innenhof.

Celeste brachte das Mädchen an die Mauer und lehnte sie mit dem Rücken dagegen.

„Sieh mich an", keuchte sie atemlos und hob den Kopf des Mädchens an.

Die Mundwinkel zuckten zu einem flüchtigen Lächeln. Die Augenlider flatterten. Ihr Geist war noch immer benebelt, vom Odem des Drachen gefangen.

„Alles gut. Hörst du, alles wird gut."

Von der anderen Seite der Mauer hörte Celeste Stimmen. Im selben Augenblick schlug eine Leiter gegen die Mauer und ein Mann in blauer Uniform und messingfarbenem Helm tauchte auf. Fast wäre er vor Schreck rückwärts gefallen, als Celeste aufsprang und auf sich aufmerksam machte.

„Hier ist noch jemand!", schrie der Feuerwehrmann. Celeste sackte erschöpft, aber glücklich lächelnd auf die Knie.

Zwei Löschzüge der Londoner Feuerwehr kämpften gegen das Feuer, das bereits gierig nach den Dächern der angrenzenden Häuser züngelte. Befehle erfüllten die Luft.

Das ganze Szenario war ein Chaos aus fauchenden Flammen, herumirrenden Menschen und Wolken aus verdampfendem Löschwasser.

Plötzlich gab eine Wand nach und stürzte in den Innenhof.

***

Nachdem sie die Hafengegend um die West India Docks verlassen hatten, waren Edwards und Fulston in die City zurückgekehrt. Es gab noch ein paar Fragen zu klären, die Albert Lewis betrafen.

Unterwegs hatten sich die beiden Polizisten getrennt. Fulston war in die Wohnung von Lewis gefahren, um sich dort umzusehen und um mit der Vermieterin zu sprechen.

Edwards' Kutsche war nicht mehr weit von der Folly Lane entfernt, in der das Antiquitätengeschäft von Walter Bradshaw lag.

Nachdenklich lehnte er mit dem Rücken an der Innenwand der Kutsche und spürte das Vibrieren der Räder auf der Straße. Er musste an die Käfige denken, die sie gefunden hatten, an den Geruch, die Dunkelheit. Er nahm die kleine Lumpenpuppe in die großen Hände und streichelte ihr mit dem Daumen über den Kopf. Das verbliebene Knopfauge schien ihn anzusehen. Er musste schlucken.

Madame Yin kam ihm in den Sinn. Seit er den Fall übernommen hatte, hatte er schon häufiger an sie denken müssen, aber zum ersten Mal war da Wut und das Gefühl, dass es richtig war, was mit ihr geschehen war.

Die Kutsche hielt an, er stieg aus. „Sie können warten, ich brauche nicht lange", sagte er dem Kutscher, bevor er Walter Bradshaws Geschäft betrat.

Nachdem das Klingeln des Türglöckchens verklungen war und sich seine Augen an das Zwielicht gewöhnt hatten, bemerkte er einen älteren Mann im Anzug, mit einem Staubwedel in der Hand, der gerade von einer Leiter stieg. Spinnweben klebten auf seiner Schulter. Er richtete seine Brille und reichte Edwards die Hand. „Guten Tag, Sir. Walter Bradshaw zu Ihren Diensten."

„Inspector Edwards. Scotland Yard."

Das freundliche Lächeln schwand aus Bradshaws Gesicht. „Oh, Polizei", sagte er beunruhigt.

„Können wir uns irgendwo ungestört unterhalten?"

Bradshaw nickte und schloss die Ladentür ab. „Es geht um Albert, nicht wahr? Haben Sie ihn gefunden?"

„Ja. Es tut mir leid. Er ist tot. Er wurde ermordet."

Bradshaw presste die Hände so fest gegeneinander, als wollte er beten. „Ermordet. Das ... das ist ja schrecklich."

„Ich würde Ihnen gerne ein paar Fragen stellen."

„Mhh? Sicher ... natürlich. Folgen Sie mir bitte", sagte Bradshaw verwirrt, „gehen wir nach hinten."

Edwards bemerkte das Porträt des blonden Mädchens, welches hinter der Theke an der Wand hing.

Über dem Rahmen hing ein Trauerflor und eine einzelne Kerze beleuchtete das hübsche, lächelnde Gesicht, das gleichzeitig ein Hauch von Wehmut umgab.

Sie betraten einen kleinen Lagerraum. Den meisten Platz nahmen die Regale ein, deren Böden sich unter Werkzeug und Gerümpel bogen. Es gab einen kleinen Ofen, in dem Feuerholz knackte, einen Tisch in der Ecke und zwei Stühle. Sie setzten sich.

Bradshaw schüttelte den Kopf. „Ich bin noch ganz durcheinander. Ich ... kann es gar nicht glauben."

„Was können Sie mir über Mr. Lewis erzählen? Wie lange arbeitete er schon für Sie?"

„Etwas mehr als drei Jahre."

„Wie kam er zu Ihnen?"

„Ich suchte einen Assistenten und habe inseriert. Als er zu mir kam, hatte er ein paar Bilder mitgebracht, die er gemalt hatte. Ich war beeindruckt. Ein wahrer Künstler. Und er bewies großes Geschick in der Restauration von Gemälden. Er war eine wirkliche Bereicherung für mein Geschäft."

„Wann haben Sie ihn zuletzt gesehen?"

„Das war vor fünf Tagen."

„War er an diesem Tag irgendwie ... anders?"

„Wie meinen Sie das, Inspector?"

„War er unruhig, abwesend, eben anders als gewöhnlich?"

„Nein, nein ... wirklich nicht. Er hatte mich nur gefragt, ob ich ihm für den Abend meine Kutsche leihen könnte."

„Wofür hat er sie gebraucht?"

„Das hat er mir nicht gesagt. Ich sah aber auch keinen Grund, danach zu fragen. Es war nicht das erste Mal. Nur ..."

„... das letzte Mal brachte er die Kutsche nicht zurück."

„Ja. Das sah ihm nicht ähnlich. Ich ahnte, dass was nicht stimmt."

„Sie sind dann gleich zur Polizei gegangen?"

„Nein. Ich wartete noch ein paar Stunden. Ich hatte mir gedacht, es gäbe vielleicht ein Problem mit dem Wagen. Er ist ein bisschen klapprig, müssen Sie wissen. Aber als er dann um Mittag herum immer noch nicht da war, da bin ich dann zur Polizei gegangen."

„Wir fanden Mr. Lewis und den Wagen in Bethnal Green. Haben Sie eine Ahnung, was er da wollte?"

„Nein, Inspector. Leider nicht."

„Wissen Sie, dass Mr. Lewis Spielschulden hatte?"

Bradshaw machte nicht den Eindruck, als wäre er überrascht. „Albert war ein Künstler, aber mit Geld konnte er nie gut umgehen. In der Mitte des Monats musste ich ihm meist schon einen Vorschuss geben. Aber von Spielschulden weiß ich nichts."

„Dann wissen Sie auch nichts von einem Mann mit dem Kürzel M? Mr. Lewis schuldete ihm zweihundert Pfund."

Bradshaw sah Edwards entgeistert an. „Nein, guter Gott. Wenn ich das gewusst hätte, dann hätte ich ihm doch geholfen. War es dieser M, der ihn umgebracht hat?"

„Das wissen wir noch nicht. Hat ihm jemand gedroht? Haben Sie mal jemanden auf der Straße gesehen, der Ihnen seltsam vorkam?"

Bradshaw verneinte erneut. „Es tut mir leid, Inspector. Über private Dinge haben wir so gut wie nie gesprochen." Er seufzte. „Ich bin Ihnen sicher keine große Hilfe."

„Hat er sich mit jemandem getroffen? Freunde, Bekannte, eine Frau vielleicht?"

„Er war nicht verlobt, wenn Sie das meinen, und Freunde? Nein. Aber gestern war eine junge Dame hier, die ihn kennenlernen wollte. Eine Miss Summersteen."

Edwards gelang es, seinen plötzlichen Unmut zu verbergen. „Was wollte sie?"

„Nichts Besonderes, sie bewunderte seine Kunst und wollte ihn kennenlernen."

„Verstehe." Edwards schürzte die Lippen. Sie hatte ihm gegenüber nicht erwähnt, dass sie hier gewesen war.

„Sie ist Gast im Haus von Lord Ellingsford. Ich kann Ihnen die Adresse geben, wenn Sie es wünschen."

„Ja, bitte."

Bradshaw nahm einen Füllfederhalter und kritzelte die Adresse auf ein Stück Papier.

„Wie ist es mit Ihnen, Mr. Bradshaw? Wie standen Sie zu Mr. Lewis?"

„Habe ich das nicht schon klar gesagt? Er war ein wunderbarer, verlässlicher und immer zuvorkommender Assistent. Die Kundschaft mochte ihn."

„Und mochten Sie ihn auch, oder waren sie neidisch auf sein Talent?"

„Was möchten Sie denn da andeuten? Ich war sicher nicht neidisch. Ich habe ihn bewundert. Wir arbeiteten ausgezeichnet zusammen."

„Wir fanden bei seiner Leiche den Haarkamm einer Kriminellen, die wenige Tage zuvor ermordet worden war."

„Oh mein Gott. Und jetzt ... jetzt nehmen Sie an, er hat was damit zu tun?"

„Hatte Mr. Lewis Kontakt zu Prostituierten? Nahm er Opium?"

„Nein, sicher nicht. Nun ... ich meine ... ich könnte es nicht beschwören, aber ... nein ... nein ... ausgeschlossen."

„Danke, Mr. Bradshaw, das wäre erst mal alles." Edwards klopfte sich auf die Schenkel und stand auf. „Sollte ich noch Fragen haben, komme ich auf Sie zurück."

Sie reichten sich die Hand und verabschiedeten sich voneinander.

Edwards trat auf die Straße hinaus. Rauch lag in der Luft, den der Wind nach Süden, über die Themse wehte.

Dann hörte er die Glocken von Feuerwehrkutschen, die durch die Straßen rasten.

Er wurde unruhig. Nicht, dass Feuerwehrglocken in einer riesigen Stadt wie London ungewöhnlich waren, aber dieses Mal hatte er dieses seltsame Gefühl, das sich ihm in die Magengrube bohrte und ihm nicht geheuer war.

„Wohin möchten Sie, Sir?“, fragte der Kutscher, nachdem Edwards eingestiegen war.

„Whitehall. Scotland Yard.“

***

St. Mary's Hospital ...

„Sie wird wach.“ Die Worte klangen dumpf, als hielte sich jemand ein Kissen vor den Mund.

„Gott sei Dank. Könnte ich mit ihr sprechen, Schwester?“ Es war die Stimme eines Mannes, die ihr bekannt vorkam.

„Aber nur einen Moment.“ Die Schwester verließ das Zimmer.

„Miss Summersteen?“, sagte die Männerstimme.

Sie blinzelte, das Licht im Zimmer stach ihr schmerzhaft in die Augen. Ihre Hände waren bandagiert. In ihrem Kopf wirbelte ein Karussell aus Farben und Tönen, die sich endlos zogen. Ihre eigene Stimme kam ihr fremd vor, rau und hart und krächzend, als sie flüsterte: „Kann ich ... etwas ... Wasser haben?“

„Sicher. Hier.“ Der Mann schob ihr vorsichtig die Hand unter den Kopf und hob ihn behutsam an. „Vorsichtig“, sagte er. „Langsam.“

Sie nippte an der Tasse, ein paar Tropfen rannen ihr über das Kinn.

„Danke." Sie sank in die Kissen zurück und endlich sah sie klarer. „Sergeant Fulston? Was ... machen Sie denn hier?"

„Sie haben nach Inspector Edwards gefragt."

„Ich? So etwas Dummes, würde ich doch nie tun", empörte sie sich, um sich dann stöhnend an den Kopf zu fassen. „Was ist denn passiert? Mir ist so schwindelig."

„Der Bote hat gesagt, eine Wand wäre eingestürzt und Sie hätten einen Ziegel gegen den Kopf bekommen. Sie haben wohl großes Glück gehabt."

„Und ... ich verstehe nicht. Wieso Edwards?"

„Sie haben wohl von ihm gesprochen, bevor Sie bewusstlos wurden."

„Bewusstlos?" Sie strich sich vorsichtig über den Verband am Kopf. Es tat weh, sie zuckte zusammen. „Daran kann ich mich gar nicht erinnern."

„Sie brauchen nur etwas Ruhe. Der Inspector kommt sicher auch bald. Ich habe ihm eine Nachricht hinterlassen."

Celeste rümpfte die Nase. „Er würde doch sicher Freudensprünge machen, wenn er mich endlich aus dem Weg hätte."

„Seien Sie nicht zu hart mit ihm. Verraten Sie mir, was passiert ist?"

Sie zögerte.

„Ich bin sofort hergekommen, als ich erfahren habe, dass Sie hier sind." Ein leiser Vorwurf schwang in seinen Worten mit.

Sie lächelte schmal. „Das ist reizend von Ihnen."

„Wenn es mit den Morden zu tun hat, müssen Sie es mir erzählen."

„Ihr Inspector sagt mir auch nichts. Warum sollte ich?"

„Weil ich Sie darum bitte und es vielleicht weitere Morde verhindert."

Celeste nickte beipflichtend. „Sie sind wesentlich überzeugender als Ihr Vorgesetzter. Und klüger."

„Er ist sicher etwas ... schwierig."

„Schwierig? Das haben Sie aber sehr diplomatisch ausgedrückt."

„Es ist ein sehr wichtiger Fall für ihn. Ich denke, man schaut ihm genau auf die Finger."

„Und dann komme ich daher."

Fulston schmunzelte und sah dabei auf seine Hände. „Ja, wenn Sie es so ausdrücken wollen. Der Inspector ist kein schlechter Mensch. Sicher nicht."

„Wenn Sie es sagen." Plötzlich erschrak sie. „Wo ist das Mädchen?"

„Wer? Wen meinen Sie?"

„Das Mädchen, das ich aus dem brennenden Haus gerettet habe."

„Es tut mir leid, davon weiß ich nichts. Hey! Was machen Sie denn?"

Celeste schlug die Bettdecke beiseite und versuchte aufzustehen. Ihre Beine knickten weg und sie fiel Fulston in die Arme, der rechtzeitig da war, um sie aufzufangen.

„Ich muss sie suchen."

Der Sergeant schob sie gegen ihren Protest zurück ins Bett. „Ich suche sie. Wenn Sie bei Ihnen war, wird man sie wohl auch ins St. Mary's gebracht haben. Wie heißt sie denn?"

„Ich weiß es nicht. Man hatte sie mit Opium betäubt. Sie hat kaum was gesagt."

Er deckte sie zu. „Ich werde sie schon finden, aber zuerst erzählen Sie mir, was geschehen ist."

Celeste ließ sich nicht umstimmen. „Finden Sie zuerst das Mädchen."

Fulston zog die Stirn kraus, dann gab er nach. „Na schön. Ruhen Sie sich noch etwas aus. Ich komme zurück."

Sie nickte ihm zu.

Eine halbe Stunde später hatte sich Celeste so weit erholt, dass sie eine Terrine mit Hühnerbrühe löffeln konnte. Auch der Schwindel hatte sich gelegt, sodass sie es nach dem Essen gewagt hatte, alleine aufzustehen und zu dem Rollstuhl zu humpeln, der vor dem Fenster stand. Der kurze Weg glich einer gewaltigen Kraftanstrengung. Sie musste husten. Ein Geschmack nach Eichenfeuer lag ihr auf der Zunge.

Fulston kehrte zurück. „Oh, Sie sind auf", sagte er, nachdem er eingetreten war. „Ich habe das Mädchen gefunden."

„Geht es ihr gut?"

„Die Schwester sagte, sie sei noch etwas benommen und hätte viel Rauch eingeatmet, aber sonst ginge es ihr gut."

„Haben Sie mit ihr sprechen können?"

„Nein, die Schwester hat mich nicht zu ihr gelassen."

Celeste stand mühsam auf. „Dann werde ich es versuchen."

Fulston war sofort bei ihr und stützte sie. „Sie sollten sich schonen."

„Ja, später. Wo liegt sie? Wissen Sie ihren Namen?"

„Nein, aber sie liegt einen Stock höher."

„Lassen Sie uns gehen."

„Ich weiß wirklich nicht, ob ..."

„Es geht mir schon besser. Sergeant, Ihren Arm bitte." Sie hakte sich ein.

„Sie wollten mir doch etwas erzählen, wenn ich sie ausfindig mache."

„Haben Sie noch etwas Geduld. Bitte."

Er seufzte und sie verließen zusammen das Zimmer.

Auf dem breiten Korridor begegneten sie Edwards, der einen traurigen, halbverwelkten Blumenstrauß in der riesigen Faust hielt. Sein übliches Schlechte-Laune-Gesicht war im Ansatz, einem besorgten Stirnrunzeln gewichen.

Celeste sah auf die Blumen, die sie auf erschreckende Weise an erwürgte Kolibris erinnerten.

Als Edwards sie erreichte, fragte sie: „Sind die für mich?" Dabei war sie bemüht, jeglichen Spott aus ihrer Stimme zu verbannen.

Er sah auf die Blumen und streckte die Hand aus. „Eine Kleinigkeit. Das ist doch so ... üblich. Ich ... ich hoffe, sie gefallen Ihnen?"

„Vielen Dank." Sie nahm sie und lächelte.

„Wie geht es Ihnen?"

„Ein Schlag auf den Kopf und ein paar leichte Verbrennungen. Ich habe Glück gehabt."

„Ein Brand in Aunt Lilly's Café", erklärte Fulston.

„Ja, ich habe unterwegs davon gehört. Hat das mit meinem Fall zu tun?"

„Mit unserem Fall und die Antwort lautet: Ja."

„Miss Summersteen hat ein Mädchen aus den Flammen gerettet, wir sind gerade auf dem Weg, um mit ihr zu sprechen."

„Das kann ich doch übernehmen."

„Um nichts in der Welt, Inspector. Sie dürfen mich aber gerne begleiten."

Edwards nickte nur.

Die zweite Etage unterschied sich durch nichts von der ersten, in der Celeste lag. Es gab hohe, lichtdurchflutete Fenster. Fliesen, die feucht gewischt glänzten, und weiß getünchte Wände mit ebenso weißen Türen.

Alles war sehr hellhörig. Schritte, Stimmen und Geräusche vermischten sich zu einem einzigen, gleichbleibenden Ton. Ein alter Mann humpelte auf Krücken den Gang entlang. Ein Fenster stand offen und ließ einen kühlen Wind ein.

Eine Schwester kam auf die Dreiergruppe zu. Sie war schon älter und spähte durch die runden Gläser ihrer Brille.

Sergeant Fulston trat auf sie zu. „Schwester. Ich komme wegen des Mädchens." Er zeigte auf Celeste. „Das ist Miss Summersteen. Sie hat ihr das Leben gerettet und würde gerne mit ihr sprechen."

Die Schwester machte ein matronenhaftes Gesicht. „Ich fürchte, das geht nicht. Das war alles sehr viel für sie. Sie braucht Ruhe. Etwas, das auch Sie dringend nötig hätten, werte Dame."

Celeste sah sie flehend an. „Ich bitte Sie. Ich muss sie sehen. Ich finde sonst keine Ruhe. Bitte, nur ein paar Minuten."

Die Schwester seufzte schwer. „Ich will mal nicht so sein. Aber wirklich nur ein paar Minuten, und nur Sie. Die Gentlemen müssen draußen warten."

„Aber wir sind von Scotland Yard", sagte Edwards und zeigte seinen Ausweis.

„Und wenn Sie seine Heiligkeit persönlich wären. Sie warten draußen."

„Ich bin gleich zurück, versprochen." Celeste löste sich aus Fulstons Arm und hakte sich bei der Schwester ein, die sie ein paar Türen weiterführte.

„Ist sie wach?", fragte Celeste.

„Sie hat nur kurz die Augen geöffnet."

„Hat sie etwas gesagt?"

„Nein." Die Schwester öffnete ihr. „Ich komme gleich wieder."

Die Vorhänge waren zugezogen. Nur eine Petroleumlampe hinter einem Schirm aus Milchglas spendete ein wenig Licht.

Das Bett stand vor dem Fenster. Das Mädchen war wach. Der Lampenschein spiegelte sich in ihren Augen.

Einen Moment lang blieb Celeste im Zimmer stehen, dann ging sie langsam näher, setzte sich ans Fußende und legte die Blumen auf die Bettdecke.

Das Mädchen hatte sie keine Sekunde lang aus den Augen gelassen, sagte aber kein Wort.

Nun aber sprang es auf und warf sich der überraschten Celeste in die Arme. Die fing sie auf und umarmte sie.

So blieben sie einen Moment lang sitzen. Celeste spendete Trost und spürte, wie sehr das Mädchen ihn brauchte.

„Verrätst du mir deinen Namen?" Celestes Atem war nur ein Hauch.

„Gwen", antwortete das Mädchen kaum hörbar.

„Ich bin Celeste."

Gwen antwortete nicht. Aber sie ließ Celeste los, setzte sich und umfasste ihre Knie mit den Armen.

„Weißt du, was in Aunt Lilly's Café geschehen ist?"

Dem schwachen Licht zum Trotz konnte Celeste sehen, wie das Mädchen errötete. Tränen schimmerten in dem zarten Gesicht.

„Du hast ihn sehr geliebt, nicht wahr?“

Gwen nickte und schluchzte. Celeste rückte achtsam näher und streckte ihre Arme aus. „Es ist gut. Alles wird gut.“

Das Mädchen ließ sich erneut umarmen und weinte, während Celeste sie festhielt.

„Er war so zärtlich zu mir, er hat mir Gedichte geschrieben und mir den Hof gemacht. Aber in diesem Zimmer. Er ... er wurde plötzlich so anders. So ... kalt, ich verstand das nicht. Er ... er ... hat mich gezwungen diese Pfeife zu rauchen. Ich wollte das nicht und ... dann wurde er grob zu mir. Er hat mich geschlagen, bis ... bis ich getan habe, was er wollte.“

„Wo hast du ihn zum ersten Mal getroffen?“

„Bei Harrods. Er suchte dort etwas für seine Schwester. Zum Geburtstag.“

„Wie heißt denn die Schwester?“

„Das weiß ich nicht.“

„Warst du schon einmal in Aunt Lilly’s Café?“

„Ja, einmal. Ich mochte es nicht und wollte nicht wieder hin, aber er hat mich überredet.“

„Was hat dich gestört?“

„Es war ... diese Lilly. Sie ... ich ... sie ... sie hat mich so seltsam angesehen.“

„Ich weiß genau, was du meinst. Und diese schwarze Frau, die mit dir im Zimmer war? Hast du sie vorher schon einmal gesehen?“

„Nein. Das war heute das erste Mal. Aber sie war sehr freundlich zu mir. Ich hatte Angst und sie hat mich getröstet.“

„Weißt du etwas über sie?“

Gwen schüttelte den Kopf, bis ihr ein paar Strähnen in die Augen fielen. „Nur dass sie Molly heißt.“

„Wussten deine Eltern von deinem ... Verehrer?“

Das Mädchen erschrak zutiefst. „Nein ... nein und sie dürfen es auch nicht erfahren. Bitte, bitte sagen Sie ihnen nichts."

„Sie werden sich Sorgen machen, wo du steckst."

„Nein, sie glauben, ich wäre zu meiner Cousine nach Kent gefahren."

„Und wo hast du gewohnt?"

Gwen biss sich auf die Lippen.

„Bei ihm. Wo wohnt er? Wie heißt er?"

„Sie dürfen da nicht hingehen. Er wird wütend auf mich sein."

„Gwen. Er wird niemals mehr wütend auf irgendjemanden sein."

„Wie ... wie meinen Sie das?"

„Er ist tot. Er wurde erschossen." Sie hielt es für besser, nicht zu sagen, dass sie es war, die abgedrückt hatte.

Entsetzt riss das Mädchen die Augen auf. „Aber ... aber er darf nicht tot sein. Er hat versprochen, mich zu heiraten und mit mir nach Paris zu gehen."

Celeste war überrascht. Für so naiv hatte sie das Mädchen nicht gehalten. „Er hat dich angelogen", sagte sie ernst, „begreif das doch. Er hat dich benutzt. Er hatte nie vor, dich zu heiraten und er wollte auch nie mit dir nach Paris gehen." Sie machte eine bedeutungsschwere Pause. „Dieser Mann wollte dich verkaufen."

Gwen fiel auf das Kissen, vergrub ihr vor Gram verzerrtes Gesicht in den Händen und weinte.

Celeste ließ das nicht zu und hob sie wieder auf. „Hör mir zu. Ich glaube einer guten Freundin von mir ist widerfahren, was dir erspart geblieben ist. Sie hat furchtbare Angst und ich will ihr helfen."

Gwen wollte nichts hören und versuchte sich loszureißen. „Lassen Sie mich", flehte sie mit tränenerstickter Stimme.

„Du musst mir helfen. Hörst du? Sag mir seinen Namen? Wo hat er gewohnt?"

Die Tür ging auf und die Schwester kam ins Zimmer. „Was tun

Sie denn da? Lassen Sie sie los! Sehen Sie nicht, wie verwirrt das arme Kind ist." Celeste löste ihren Griff. Die Verbände drückten auf die Brandblasen an ihren Händen. Sie stand auf, schwankte schwindelig, fing sich und wollte hinausgehen, als Gwen sagte: „Lancaster Square. Das ... rote Haus. Er heißt Quayle." Dann sank sie aufs Bett zurück.

„Danke, Gwen."

„Gentlemen", sagte sie.

Die beiden Polizisten hatten auf dem Flur gewartet. Edwards' Miene verriet unterdrückte Anspannung. Er hatte die Arme verschränkt und lehnte gegen eine Fensterbank. Fulston ging fünf Schritte auf, und wieder fünf Schritte ab.

„Nun?", fragte Edwards. „Was hatten Sie in diesem Café zu suchen und wer ist das Mädchen?"

Sie schmunzelte. „So gefallen Sie mir schon besser, Inspector. Keine unnötigen Höflichkeiten."

„Jetzt sagen Sie schon."

Sie hakte sich bei ihm ein.

„Was tun Sie denn da?"

„Ich bin verletzt und schwach, da wollen Sie mir doch sicher nicht Ihre Hilfe verweigern?"

Edwards ließ die Schultern sinken. „Natürlich nicht." Sie gingen ein Stück den Flur entlang zum Treppenhaus.

„Ich würde diesen Ort gerne verlassen." Celeste sah an sich hinab. Außer einem gestärkten Leinennachthemd, das wie ein Sack an ihr hing, trug sie nichts mehr. „Aber dazu bräuchte ich etwas zum Anziehen."

Edwards sah zu seinem Sergeant. „Besorgen Sie unserer guten Miss Summersteen doch etwas Passendes. Ich werde mich so lange mit ihr unterhalten."

Fulston schien darüber nicht glücklich zu sein. „Wo soll ich denn was zum Anziehen finden?"

„Sie machen das schon, Sergeant."

Edwards führte sie zurück in ihr Zimmer. Sie setzte sich aufs Bett, er auf einen Stuhl, den er sich näher zog.

Sein mahnender, durchdringender und vor allem abschätziger Blick ärgerte Celeste. Sie konnte fühlen, wie ihre Streitlust zurückkehrte, dann aber erinnerte sie sich an Fulstons mahnende Worte, atmete tief ein und begann mit ihrem Bericht. Dorothea ließ sie dabei unerwähnt.

Sie erzählte von dem Café, von dessen Besitzerin Aunt Lilly und wie seltsam sie ihr vorgekommen war. Von dem Schönling und dem hübschen Mädchen und ihrem Verdacht, dass es in dem Café nicht mit rechten Dingen zuging. Schließlich kam sie zu dem Punkt, an dem sie über die Mauer geklettert war, zu dem Chinesen an der Tür und dem Schönling, von dem sie jetzt wusste, dass er Quayle hieß, zu dem Fotografen und Black Molly zusammen mit Gwen. „Sie haben ihr Opium zu rauchen gegeben. Das machte sie ... willenlos. Dann wollten sie sie fotografieren. Unbekleidet.“ Sie atmete tief ein, um den Ekel und die Wut aus ihren Gedanken zu vertreiben.

„Was passierte dann?“

Sie kam auf den Schusswechsel zu sprechen, der den Schönling das Leben gekostet hatte. An dieser Stelle hob Edwards eine Augenbraue.

„Dann war da dieser Tumult“, fuhr Celeste fort. „Ein Schuss, Schreie, Schläge. Da kamen dann diese Männer, sie hatten sich maskiert. Sie haben das Haus in Brand gesteckt und auf mich geschossen. Ich konnte einen von ihnen töten. Der Fotograf ist auch tot.“

„Haben Sie ... ?“

„Nein. Er wollte fliehen und lief in die Schussbahn. Er wurde getroffen. Ich weiß nicht wie oft. Als ich endlich in das Zimmer zurückkam, war Black Molly verschwunden. Alles brannte. Ich habe es dann gerade noch rechtzeitig mit Gwen aus dem Haus geschafft. Dann hat mich wohl ein Stein am Kopf getroffen. Hier bin ich dann aufgewacht.“

Edwards richtete er sich auf. „Zu schade, dass wir niemanden mehr befragen können."

Celeste fühlte sich angegriffen. „Ich hatte leider keine andere Wahl. Sie dürfen mir glauben, ein anderes Ende wäre mir auch lieber gewesen."

„Ist nicht zu ändern. Sagen Sie ... dieser Fotograf, hatte der auch einen Namen?"

„Ich weiß ihn leider nicht."

„Und die Angreifer? Was können Sie mir über die sagen?"

„Es waren brutale Kerle. Sie waren nicht auf Geld oder Wertsachen aus. Sie haben die Leute aus den Zimmern geholt und sofort alles angezündet."

„Wie viele waren es?"

„Ich weiß es nicht genau. Fünf, oder sechs vielleicht."

Edwards stand auf, schenkte Wasser in ein Glas und brachte es Celeste. „Hier trinken Sie etwas. Ihre Stimme klingt rau."

„Danke." Sie nippte am Glas.

„Das Mädchen. Gwen, was hat es Ihnen gesagt?"

„Ich weiß die Adresse und den Namen von diesem Schönling."

„Sagen Sie ihn mir. Ich werde mir das ansehen."

„Nein, ich komme mit."

„Sie können ja kaum laufen."

„Mir geht es ausgezeichnet."

„Das ist Polizeiarbeit."

Schon begann sie, sich aufzuregen. „Aber wenn ich etwas in Erfahrung bringe, profitieren Sie ganz gern davon, Inspector. Ich bin kein Dummchen, also behandeln Sie mich nicht wie eins. Ich leiste gute Arbeit und ich will den Mörder genauso finden wie Sie, also warum hören Sie nicht endlich damit auf, sich wie ein sturer Esel zu benehmen?"

„Sturer Esel?"

Sie verdrehte die Augen. „Ist das alles, was zu Ihnen durchgedrungen ist? Da werden Mädchen mit Opium betäubt und nackt ausgezogen. Häuser werden in Brand gesteckt. Menschen sterben und Sie verzetteln sich darin, dass ich eine Frau bin und es wage, Ihre ach so männliche Anschauung der Welt in Frage zu stellen. Ich bin eine Pinkerton Detektivin, Herr Gott nochmal."

Sie war aufgestanden. Vor Wut kochend lief sie auf und ab. Ihre nackten Füße machten ein patschendes Geräusch auf dem Fliesenboden. „Sie können mich begleiten, oder ich gehe alleine. Entscheiden Sie sich."

„Sie sind ganz schön hartnäckig."

„Wenn man mit Ihnen zusammenarbeiten muss, ist das sicher nicht die schlechteste Eigenschaft."

Er grinste.

Celeste blieb stehen, stützte die Hände in die Hüften, senkte den Kopf und schmunzelte dann auch, als sie ihn wieder hob.

„Also schön, Sie haben gewonnen. Wir gehen zusammen."

„Sie können ja doch ganz vernünftig sein, Inspector."

„Ja, gelegentlich bin ich kein sturer Esel."

„Das wollte ich eigentlich gar nicht sagen, aber ..."

„Ist schon gut."

„Inspector? Wir haben doch jetzt Frieden geschlossen."

„Waffenstillstand", widersprach er.

„Schön. Waffenstillstand. Ich habe Ihnen gesagt, was ich weiß, wäre es da jetzt nicht fair, wenn Sie mir sagen, was Sie wissen?"

Edwards kramte ein altes Schokoladentoffee aus der Manteltasche und wickelte es aus. Es war eingedrückt, die Schokolade krümelte, der Kern war weißlich.

„Das wollen Sie doch wohl nicht mehr essen?", fragte Celeste.

„Warum denn nicht? Die waren teuer." Er schob es sich in den Mund und verzog gleich das Gesicht. Dann versuchte er tapfer zu lächeln.

„Lenken Sie nicht ab, Inspector."

„Ich ... habe ... nichts ... herausgefunden." Die Worte klangen zäh, als wäre sein Mund voll mit Kleister.

„Was ist mit Albert Lewis und dem Wettbuch, das ich Ihnen gegeben habe?"

„Albert Lewis war ein feiner Kerl, der außer Spielen wohl keine Laster hatte."

„Und die Nachricht? Der Zettel mit den Namen?"

„Das ist erst morgen Abend."

„Und der Schuldner. M?"

„Ich weiß noch nicht, wer das ist."

Celeste ließ nicht locker. „Und was war mit den chinesischen Briefen? Was stand da drin?"

Edwards würgte den Schokoladenbrei hinunter, der ihm wie Pech an den Zähnen klebte.

„Da waren wir zu spät. Die Vögel waren ausgeflogen. Wir haben nur eine Lagerhalle gefunden und Zellen in einem alten Kellergewölbe."

„Zellen?"

„Ein gewisser Chen Hao hatte die Lagerhalle gemietet, ich nehme an, ein Handlanger für Madame Yin. Hier." Er gab Celeste die Lumpenpuppe. „Das habe ich in den Zellen gefunden. Sie hat Kinder verkauft. Ein Schiff war vor einer Woche da, um sie abzuholen. Yin war wohl kein Geschäft zu dreckig, um nicht bis zu den Ellbogen drin zu hängen."

Celeste strich über die Puppe. „Sie war ein Monster."

„Da möchte ich Ihnen ausnahmsweise mal nicht widersprechen."

„Und sonst haben Sie nichts gefunden?"

„Nein, die Puppe war das einzige."

„Also ein totes Ende."

„Ja, leider."

„Vielleicht haben wir jetzt bei der Adresse mehr Glück." Sie trat an den Waschtisch, sah in den Spiegel und erschrak. Ihr Gesicht war mit Ruß verschmiert. Die linke Wange war geschwollen und hatte sich grünlich verfärbt. Sie erinnerte sich, dass sie bei dem Treppensturz mit dem Gesicht auf eine Stufe geschlagen war. Den Kopfverband tränkte rot-gelbes Jod, das sich mit geronnenem Blut vermischt hatte. „Um Himmels

Willen. So kann ich unmöglich unter Menschen gehen."

„Dann geben Sie mir die Adresse und ich gehe alleine."

„Ach, Inspector." Sie lächelte mitleidig und gab ihm dann mit einer Handbewegung zu verstehen, dass er das Zimmer verlassen sollte. „Ich möchte mich waschen", erklärte sie.

Edwards tat, was sie verlangte. Auf dem Korridor lehnte er sich gegen die Mauer und rieb sich müde über die Nasenwurzel.

Jemand kam. Es war Fulston, der ein verschnürtes Bündel auf dem Arm trug.

„Sergeant. Sie sind ja schnell zurück."

„Hier im Haus gibt es eine Kleiderkammer der Heilsarmee. Dort habe ich etwas bekommen", er rümpfte die Nase, „aber es wird ihr nicht gefallen."

„Hauptsache sie hat was zum Anziehen, finden Sie nicht? Gehen Sie nur rein. Sie wartet auf Sie."

„Danke, Sir." Fulston klopfte und trat ein. Ein erschreckter Schrei, dann ein: „Sergeant! Raus!"

Fulston stolperte mit hochrotem Kopf zurück.

Das kleine Schauspiel hob Edwards' Laune und er musste lachen, bevor er sich weiter in Geduld übte.

***

Celeste trug ein grellrotes Kleid, das an den Ellbogen mehrfach genäht worden war. Weiße Spitze betonte offenherzig ihren Busen. Der Rocksaum war schmutzig grau und fingernagelgroße Brandlöcher verunzierten den Stoff.

Den Kopfverband versteckte sie unter einem Tuch. Nur die Verbände an den Händen konnte sie nicht verstecken. Sie fühlte sich schrecklich. Es juckte sie am ganzen Körper, aber sie widerstand dem Drang, sich undamenhaft zu kratzen. Das Rumpeln der Kutsche bereitete ihr Kopfschmerzen, was ihre Laune noch zusätzlich reizte. „Hätten Sie nicht etwas Schicklicheres finden können?", fragte sie erbost.

„Es ist immerhin ein Kleid“, verteidigte sich Fulston.

„Ja, das man einem Papagei ausgezogen hat.“

„Die anderen Sachen hätten Ihnen noch viel weniger gefallen.“

„Das glaube ich kaum. Alles wäre besser gewesen als ...“

„Das Kleid steht Ihnen, Miss Summersteen“, fiel ihr Edwards ins Wort, um dann aus dem Fenster zu zeigen. Die Kutsche hielt an. „Ich glaube, wir sind da.“

Die Adresse, die Celeste von Gwen erhalten hatte, lag am östlichen Ende der Union Street, in Stepney. Als sie ausstiegen, stutzte Edwards. Unweit von hier, gerade einmal durch die Borough High Street getrennt, lag die Newcomen Street, in der der *rote Drachen* lag. Madame Yins Opiumhöhle. Zufall?

„Was ist, Inspector? Kommen Sie?“

Das Haus lag etwas zurück und wurde links und rechts von den benachbarten Gebäuden eingerahmt. In der ersten Etage gab es einen Ballustradengang, an dem ein hölzernes Schild hing.

Corly & Son. Best Liqueurs & Wines.

Es gab ein Schaufenster und zwei Türen, eine führte in das Geschäft, die andere stand offen und führte ins Treppenhaus.

Sie betraten den Hausflur. Celeste ging voran und die Treppe hinauf. „Die Wohnung liegt im zweiten Stock. Der Mann hieß Quayle.“

An den Wänden hing lose Farbe, das Holz am Treppengeländer war abgegriffen, aber alles war sauber geputzt, die Fußbodenfliesen, von denen einige gesprungen waren, blitzten.

„Hier ist es wohl“, sagte Celeste. Sie hatten die zweite Etage erreicht. Hier gab es zwei Türen.

Durch die eine betraten sie einen Abstellraum mit einer Leiter, die auf den Dachboden führte.

„Leider habe ich meine Dietriche verloren“, sagte Celeste bedauernd, als sie auf die zweite, verschlossene Tür deutete. „Ob Sie vielleicht so freundlich sein könnten?“

„Aber natürlich“, sagte Edwards und gab der Tür einen heftigen Tritt.

„Sehr dezent." Celeste schlängelte sich an ihm vorbei. Ihr Blick durchstreifte das Zimmer.

Vor einem benutzten Kamin, in dem noch Asche und unverbrannte Kohlestücke lagen, standen ein Tisch und zwei abgewetzte Sessel. Ein Schrankkoffer, mit hellem Leder überzogen, diente als Ablage für Gläser und eine volle Flasche Gin. Es gab auch einen kleinen Herd, auf dem noch ein Topf mit verschimmelter Suppe stand.

Im Türrahmen zu einem angrenzenden Zimmer hing ein gebürsteter Anzug. Ein paar rote Rosen verwelkten auf der Fensterbank des einzigen Fensters.

Nebenan lag das Schlafzimmer. Das Bett war ungemacht. Es gab noch einen Schrank und eine Nachtkommode. Darauf stand ein Wecker, ein paar gefaltete Taschentücher lagen in dem Schubfach, daneben ein paar Pfefferminzbonbons in einer metallenen Dose.

Der Schrank war voller Kleidung. Unterwäsche, Anzüge, Krawatten, Schuhe und alles von ausgesuchter und teurer Qualität. Celeste konnte sich des Gefühls nicht erwehren, vor Albert Lewis' Kleiderschrank zu stehen. Sie durchsuchte ihn, während die beiden Polizisten die Wohnstube auf den Kopf stellten.

„Sehen sie mal hier. Ich glaube, ich habe was", rief Edwards.

Er kniete vor dem Kamin und balancierte ein verkohltes Blatt Papier auf den Händen, das knackte, als er es vorsichtig zum Tisch trug.

Celeste und Fulston kamen zu ihm und sahen ihm über die Schulter. Das Papier war schwarz und brüchig, aber noch in einem Stück, sodass sie die ungelenke Handschrift entziffern konnten.

Du soltes kluch sein und mein Angebot anemen. Mein Meser is scharf und Du wills Dein hüpches Gesich, doch wol noch ne Weile behaldn, oda glaupst Du die klenen Huren, die an Dir hengen wie Fliegn, wördn Dich noch anguckn, wenn Du kene Nase und Oren mehr has?

Sach mir bis Morgn Becheit. P.

Noch während sie lasen, schrieb Edwards in seinen Notizblock.

„Was für ein Angebot? Wer hat das geschrieben?" Celeste sah fragend von einem zum anderen.

Die beiden Polizisten zuckten mit den Schultern.

„Wir sollten uns mal im Haus umhören. Vielleicht weiß ja jemand was", sagte Edwards.

„Ich gehe in den Liqueurladen. Die sehen bestimmt, wer hier ein und aus geht."

„Ich weiß nicht."

„Fangen Sie jetzt bitte nicht schon wieder damit an, dass das Polizeiarbeit ist." Celeste zupfte an ihrem Kleid. „In diesem Kostüm wirke ich weniger bedrohlich als Sie beide. Ich bin nur eine ängstliche Frau, die sich Sorgen um ihren Liebsten macht. Sie, mein lieber Inspector, wirken da doch eher wie der böse Bruder, der den Leuten lieber wehtut." Dann war sie auch schon verschwunden.

Fulston grinste.

„Sergeant?"

„Ja, Sir?"

„Wollen Sie weiter für mich arbeiten?"

„Mh. Ja, Sir."

„Dann grinsen Sie nicht so dämlich und durchsuchen Sie die Wohnung."

***

Im Liqueurladen von Vater und Sohn Corly roch es nach vergossenem Schnaps. Der Boden aus Eichendielen war fleckig. Fässer standen herum. Grüne und braune Flaschen stapelten sich in den Regalen. Vor einer Theke aus grob geschnittenen Eichenbrettern standen zwei Tische. Drei Männer saßen dort. Eine halb volle Flasche Whisky vor sich, drei gefüllte Gläser und sie spielten Karten. Pfeifen- und Zigarettenrauch wallte über ihren Köpfen.

Celeste ging auf sie zu. Jeder ihrer Schritte wirkte zögerlich, jeder Blick war schüchtern, jede Bewegung ängstlich.

„Komm ruhig näher, Mädchen“, sagte einer mit grauem Haar, struppigem Schnurrbart und einer Weste über dem schmutzigen Hemd. „Wir tun dir schon nix.“

Die anderen drehten sich ihr nun ebenfalls zu und ließen die Karten, Karten sein.

„Ich suche Quayle“, sagte sie. „Den Gentleman aus dem zweiten Stock.“

„Hah!“ Der Schnurbartträger nahm die Pfeife aus dem Mund, legte sie auf den Tisch und stand auf. „Wenn das ’n Gentleman ist, fress ich meine Hosenträger und das ohne ’nen verfluchten Schnaps zum Nachspülen.“ Ein mitfühlender Ausdruck legte sich auf sein zerfurchtes Gesicht. „Das ist ’n mieser Kerl. Glaub mir, der is’ nich’ gut für dich. Der bricht dir’s Herz.“

„Ich habe gehört, dass er Schwierigkeiten hatte. Jemand hat ihm gedroht.“

„Sicher ’n gehörnter Ehemann“, höhnte es vom Tisch.

„Halt die Schnauze, Junge. Siehst du nicht, wie verzweifelt das arme Ding ist.“ Er lächelte ihr zu. „Ich bin Hyronimus Corly.“

„Ich bin Celeste.“

Er packte ihre Hand und drückte ihr einen Kuss auf den Verband. Sie sog die Luft ein und verbiss sich einen Schmerzenslaut.

„Is’ mir ’ne verdammte Freude. Willst du was trinken?“

„Ein Glas Wein vielleicht.“

Er öffnete eine Flasche und schenkte zwei Gläser voll und setzte sich mit ihr an einen anderen Tisch.

„Also Quayle“, begann sie. „Mit wem hatte er denn Streit? Vielleicht kann ich ihm helfen.“

„Helfen? Dem? Der is’ wie ’ne verdammte Katze mit ihren neun Leben. Der braucht keine Hilfe.“ Er seufzte. „Tu dir selber ’n Gefallen und vergiss ihn.“

„Das kann ich nicht.“

„Na schön. Dann werde ich dir jetzt was sagen, was dir nicht gefallen wird."

Ihre Augen wurden groß.

„Dieser Kerl schleppt ständig Mädchen an. Viel jüngere als dich und sie sind alle genauso unsterblich in ihn verliebt wie du. Is' ja auch kein Wunder ... so wie der aussieht."

„Andere Mädchen?" Celeste legte in gespieltem Erschrecken die Hand auf die Brust.

„Ja, einige."

„Woher wissen Sie das?"

„Ich hab' 'n großes Fenster. Hab' ihn oft gesehen und er hat Wein bei mir gekauft, bis ich ihm mal die Meinung gesagt hab'."

„Was hat er gesagt?"

„Nichts, was ich deinen hübschen Ohren zumuten möchte. Und ganz ehrlich. Wenn der Ärger bekommen hat, wundert mich das gar nicht."

„Er hat mir von jemandem erzählt, von dem er nur den ersten Buchstaben kannte. P. Wissen Sie, wen er gemeint haben könnte?"

Corly schüttelte den Kopf, sah dann zu den beiden anderen. „Wisst ihr was?"

„Na ja." Corlys Sohn schob das Kinn vor. Celeste sah in ihm eine junge Kopie des Vaters.

„Vor 'ner Woche, oder so, isses draußen mächtig laud geworden. Da hat der Quyale rumgebrüllt wie'n Verrückta. Sie solln ihn in Ruh' lassn, oder so."

„Was noch?" Celeste war aufmerksam näher gerückt.

Corlys Sohn fixierte sie, sein Blick blieb an ihrem Dekolleté hängen.

„Wo starrst du denn hin, du verdammte Kröte?!" Corly war aufgesprungen und schlug seinem Sohn mit der flachen Hand in den Nacken. „Bis' doch wohl nich' irgend so'n Sittenstrolch, der's nötig hat, den Weibern auf die Titten zu stieren, oder? Was? Hmm?"

„Schon gut. Schon gut“, beschwichtigte Celeste, die aufgestanden war und Hyronimus Corly die Hand auf den Arm legte.

„Also? Was noch?“

„Mnja. Er had dann jesacht er würd’se nisch betrügn. Sie wär jut zu’m gewesn.“

„Wen meinte er?“

„Keine Ahnunk. Aber isch glaub’, sie ham ihm dann eins verpasst. Hat gestöhnt wie die alte Mrs. Mills, wenn’se ’de Treppe rauf jeht.“

„Danke.“ Lächelnd sah sie in die Runde. „Sie haben mir sehr geholfen.“

„Was ... du ... gehst schon? Du hast deinen Wein ja noch gar nicht angerührt.“

„Ja, aber ich muss los.“

„Ich dachte, wir reden noch ’n bisschen unter uns weiter“, sagte der alte Corly und legte ihr ungefragt den Arm um die Hüften.

„Mr. Corly.“ Ihr Lächeln ließ selbst die Sonne verblassen. „Bitte nehmen Sie die Hand weg. Mich hat schon einmal jemand ungefragt angefasst.“

„Und was hast du getan?“

„Ihm fast die Hand gebrochen.“ Auch wenn sie die Verbände hinderten, nahm sie seine Hand, sah ihm lächelnd in die Augen und löste seinen Griff von ihrer Hüfte. „Guten Tag, Gentlemen.“

Dann ging sie hinaus.

Im Hausflur traf sie auf Edwards und Fulston, die gerade die Treppe hinunterkamen.

„Das Haus gehört Madame Yin“, sagte Edwards, dann wedelte er mit einem Bündel Geldscheinen. „Das hatte Quayle hinter dem Kleiderschrank versteckt.“

Sie schürzte überrascht die Lippen. „Wie viel ist das?“

„Dreihundertvierzig Pfund.“ Edwards machte ein bedeutungsschweres Gesicht. „Verdammt viel Geld für jemanden, der keiner geregelten Arbeit nachgeht.“

„Er wurde gut bezahlt", sagte Celeste angewidert. „Ein Kopfgeld für jedes Mädchen, das er brachte." Sie seufzte. „Die stecken doch alle unter einer Decke."

„Ja, so seh' ich das auch. Das würde auch den Überfall auf das Café erklären. Da gibt es einen, der sich alles unter den Nagel reißen will, und die fertigmacht, die ihm im Weg sind, oder nicht so spuren, wie er das will. Wer auch immer das ist, wir müssen ihn finden, bevor dieser Hundesohn noch die ganze Stadt abfackelt."

In der Borough High Street bestiegen sie eine Kutsche.

Es war spät geworden. Die letzten Sonnenstrahlen verblassten hinter Big Ben. Es wurde schnell kühl.

Celeste fröstelte in der offenen Kutsche. Die Kopfschmerzen kehrten zurück, was sie gequält die Augen schließen ließ.

„Ich gehe zu Fuß", sagte Edwards. „Mein Sergeant bringt Sie nach Hause. Wo wollen Sie hin?"

„In die Park Lane, wenn es Recht ist."

„Einen guten Abend, Miss Summersteen." Er nickte.

„Auch Ihnen einen guten Abend, Inspector."

***

Das Haus der Ellingsfords war hell erleuchtet. In jedem Fenster standen Lampen und im Vorgarten brannten Fackeln. Auf der Straße standen an die zwanzig Kutschen, aufgereiht wie Perlen auf einer Schnur. Pferde schnaubten, scharrten mit den Hufen. Zaumzeug klapperte.

Die Fahrer unterhielten sich, rauchten und tranken heißen Port gegen die Kälte des Abends. Aus dem Haus drang leise Musik. Mozart.

Celeste kam die Straße hinauf. Fulston hatte ihr sein Jackett geliehen, das sie sich nun enger über die Schultern zog, um damit ihr Dekolleté zu verbergen.

Sie nahm den Dienstboteneingang. Dienerschaft wimmelte umher, brachte dreckiges Geschirr in die Küche und ging wieder mit gefüllten Champagnergläsern auf silbernen Tabletts hinaus.

Inzwischen spielten die Musiker Beethovens Frühlingssonate. Gäste unterhielten sich.

Für Celeste und ihr unschickliches Äußeres hatte kaum einer einen Blick und wenn doch, tat die Dienerschaft gut daran, kein Wort darüber zu verlieren. Über eine schmale Hintertreppe, die normalerweise auch nur das Personal benutzte, stahl sie sie sich hinauf in die erste Etage.

Gerade als sie auf den Flur hinaustreten wollte, bemerkte sie zwei Männer, die ihr entgegenkamen. Bei dem einen handelte es sich unzweifelhaft um Lord Ellingsford, der andere war ihr unbekannt.

Er war jünger, obwohl das blonde Haar recht licht war. Seine Nase war spitz, der Oberlippenbart nicht mehr als Flaum. Die Haut war so hell, dass sie die Adern sehen konnte.

Der Lord machte ein unglückliches Gesicht, der andere Mann schien erbost zu sein.

Sie verschwanden im Arbeitszimmer. Für Celeste Grund genug, um zu lauschen.

„Eure Lordschaft. Ich bringe ein beachtliches Vermögen in diese Ehe mit ein ... und da kann ich es doch wohl erwarten, dass meine mir Versprochene mir etwas ... sagen wir ... zugetaner ist. Und nicht wegläuft, wenn unsere Verlobung bekannt gegeben wird."

„Sie müssen ihr verzeihen. Dorothea ist noch erschöpft von der Reise. Sie war ein Jahr fort und muss sich erst wieder an die hiesigen Gepflogenheiten gewöhnen. Lassen Sie ihr bitte etwas Zeit."

„Amerika. Ein schreckliches Land. So unzivilisiert. Wir können uns glücklich schätzen, es los zu sein. Aber ... um noch einmal auf Ihre Tochter zurückzukommen. Sie ist ein reizendes Geschöpf fürwahr und eine Zierde für mein Auge, aber ihr offen gezeigtes Desinteresse mir gegenüber verärgert mich. Ich muss wohl nicht erwähnen, dass eine Verbindung zwischen unseren Familien Ihnen mehr nutzt als mir. Wie heißt es so schön, andere Mütter haben auch schöne Töchter?"

Celeste hörte, wie Ellingsford scharf die Luft einsog. Dieses impertinente Auftreten würde er ganz sicher nicht dulden, doch sie irrte sich.

„Ich versichere Ihnen, Sie sehnt den Tag der Hochzeit ebenso herbei wie Sie, mein geschätzter Lucius."

„Tatsächlich? Davon habe ich nichts gespürt. Ich hoffe, das wird sich bald ändern." Dann wechselte er abrupt das Thema. „Ein gelungenes Fest, Lord Ellingsford. Sie haben wirklich keine Kosten gescheut." Er machte eine kurze Pause. „Ich muss ja nicht erwähnen, dass es das Geld meiner Bank ist."

„Die Bank Ihres Vaters", widersprach Ellingsford.

„Unsere Bank. Wir haben Ihnen diese hohen Kredite gewährt. Bedenken Sie, dass die Ehe mit Ihrer Tochter der einzige Grund dafür ist. Ich möchte diese Entscheidung nicht bereuen, Sie doch sicher auch nicht, Lord Ellingsford? Ich hoffe, wir verstehen uns?"

Offenbar nickte der Hausherr, denn sein Gast fuhr fort. „Wunderbar. Dann sehe ich mit Freude dem Besuch Ihrer Tochter in meinem Stadthaus entgegen. Nun sollten wir uns wieder den anderen Gästen anschließen. Ich möchte noch ein Glas Champagner trinken, schließlich habe ich ihn ja auch bezahlt."

Ellingsford sagte nichts. Celeste versteckte sich eilig im Treppenhaus des Personals.

Nachdem sich die beiden Männer wieder nach unten begeben hatten, schlich sie in ihr Zimmer.

Sie konnte nicht glauben, was sie da gerade gehört hatte. Dorothea sollte verheiratet werden, weil ihr Vater in Geldnot war? Wie konnte er ihr das nur antun? Er verkaufte sie, um den gesellschaftlichen Status zu erhalten. Celeste setzte sich in den Sessel am Fenster. Im Garten standen kleine Grüppchen zusammen und unterhielten sich. Eine Frau kicherte.

Celeste ließ den Kopf gegen die Rückenlehne sinken. Ihre Hände taten weh. Sie schloss die Augen, wieder hatte sie den Brandgeruch in der Nase.

Fackelschein aus dem Garten fiel durch das Fenster und beleuchtete den Sessel, in dem sie saß. Der Rest des Zimmers lag in Dunkelheit.

„Wo waren Sie?"

Celeste schrak hoch. „Dorothea?"

Die Gestalt des Mädchens löste sich aus der Dunkelheit und kam auf sie zu. Sie hockte sich neben den Sessel auf den Boden, legte die Hände auf die Lehne und sah zu Celeste hoch.

„Heute hätte ich eine Freundin gebrauchen können."

„Ist es wegen deinem Verlobten?"

Dorothea nickte schwach. „Ich hasse ihn. Er hat so kalte Augen und wenn er spricht ... schüttelt es mich." Sie stutzte, hob den Kopf und sah auf Celestes Hände. „Sie haben sich verletzt?"

„Es geht mir gut." Sie hätte sich gewünscht, einen Moment, eine Stunde oder besser noch eine ganze Nacht nachdenken zu können. Ihre Gedanken zu ordnen und sich klar darüber zu werden, was sie im Laufe des Tages alles erfahren hatte, aber das Mädchen ließ sie nicht.

„Sie haben Geheimnisse vor mir. Ich dachte, wir wären Freundinnen?"

„Du hast doch auch Geheimnisse vor mir."

Das Mädchen biss sich auf die Lippen.

Celeste wollte dieses Gespräch nicht führen, nicht jetzt, aber sie erkannte, dass sie es tun musste. „Ich bin dir heute gefolgt. Nach Highgate. Das Mädchen, das du getroffen hast, das war Margareth, nicht wahr?"

Dorothea starrte sie an, schwieg aber.

„Ich bin ihr dann gefolgt. Ich war in Aunt Lilly's Café."

In Dorotheas Augen blitzte eine Mischung aus blanker Angst, Entsetzen, Wut und Scham. Tränen glitzerten darin.

Celeste zerriss es das Herz, aber sie sprach weiter. „Ich habe gesehen, was man dort mit jungen Mädchen macht. Du kennst diesen Ort, nicht wahr?"

Dorothea sprang auf. Ein letztes Aufbäumen, ein letztes Wehren. „Nein, ich weiß ... nicht, wo das ist." Ihre Stimme war nur ein Flüstern. „Ich ... ich ..." Dann brach sie zusammen, fiel vor Celeste auf die Knie. „Bitte, sagen Sie nichts meinen Eltern. Bitte, ich flehe Sie an. Sie werden mich verstoßen. Ich werde alles tun, was Vater will. Nur bitte sagen Sie ihm nichts. Bitte, bitte."

Celeste fasste Dorothea bei den Armen, zog sie an sich und hielt sie fest. „Schhh ... schhh. Du musst keine Angst haben. Ich werde niemandem etwas sagen", flüsterte sie, „und ganz bestimmt nicht deinen Eltern."

„Ich ... ich schäme mich so."

„Du hast ihn geliebt. Und ... er hat deine Liebe ausgenutzt." Celeste hielt das Mädchen ein Stück von sich weg und sah ihr tief in die Augen. „Ich habe heute ein Mädchen gerettet, das genauso betrogen wurde wie du. Sie hatte genauso viel Angst wie du. Ich will, dass das aufhört. Ich will, dass ihr keine Angst mehr haben müsst. Sieh mich an."

Dorothea hob den Kopf.

„Margareth war auch dort."

Ein krampfhaftes Schütteln durchzuckte Dorotheas Körper in dem Versuch, die Tränen zurückzuhalten. Es gelang ihr nicht. Ihre Seelenqual brach mit einem Mal aus ihr heraus.

Celeste hielt sie fest und streichelte ihr tröstend über das Haar. „Glaubst du nicht, dass es Zeit wäre, offen mit mir zu reden?"

Dorothea wischte sich die nass geweinten Wangen, ehe sie kaum merklich nickte.

***

Sie war dem Rauch entkommen, dem Feuer und den Männern, die Aunt Lilly's Café angegriffen hatten, aber ihrer Sucht, ihrem Verlangen nach schönen Träumen konnte sie nicht entkommen.

Es war weit nach Mitternacht, als Margareth, oder Melody, wie sie sich als Hure nannte, das Zimmer ihres Freiers verließ.

Er hatte sie beschimpft, ins Gesicht geschlagen und übers Knie gelegt. Einfach, weil es ihm gefiel und sie? Sie hatte stillgehalten.

Aber er hatte gezahlt. Drei Schillinge, das war genug für schöne Träume, in denen sie das Elend vergessen und ertragen konnte, das über sie hinweg gerollt war.

Vor ihren Eltern war sie geflohen, als sich nicht mehr verbergen ließ, was aus ihr geworden war.

Sie brauchte das Opium, wie Luft zum Atmen. Der Rauch, der ihre Sinne benebelte, verwandelte jedes Grau in leuchtende Farben, jeden Schmerz in sanfte Berührungen und jeden noch so üblen Gestank in einen betörenden Duft. In dieser Zeit lächelte sie selig, genoss den Moment, die rauschenden Augenblicke, um dann nur umso härter in die wirkliche Welt zurück zu stürzen.

Dann brauchte sie wieder Geld und tat alles, wirklich alles, um es zu bekommen.

Sie schlich die Straße entlang. In ihrem Inneren wühlte ein nagender Schmerz, der ihr die Eingeweide zusammenzog. Sie blieb stehen, weil sie nicht weitergehen konnte, und stützte sich an eine Mauer, an die sich zuvor ein Betrunkener übergeben hatte. Sie sackte zusammen, als die Schmerzen zu groß wurden, und sie begann, zu weinen.

Schluchzend schlang sie die Arme um sich, schaukelte hin und her, wie es ihr Kindermädchen mit ihr in den Armen getan hatte, wenn sie Bauchweh hatte.

Eine Weile hockte sie da, schaukelte und weinte.

Schritte näherten sich. Ein Klack, Klack, auf den Steinen, das von den Hauswänden widerhallte.

Sie sah nicht hin, erst als die Schritte vor ihr hielten und sie jemanden atmen hörte, fuhr sie sich über die Augen und sah auf.

Da stand ein Mann mit einem Blumenstrauß in der Hand. „Sind Sie frei, meine Dame?“, fragte er. Seine Stimme klang dumpf, als würde er durch einen Schal zu ihr sprechen.

Zitternd stand sie auf. „Ja. Ja. Natürlich." Sie zupfte unsicher an ihren Haaren und versuchte dabei, verführerisch zu lächeln.

Sie konnte das Gesicht des Mannes nicht erkennen, welches vom Rand seines Zylinders beschattet wurde. „Sie sind schwer zu finden, Melody. Ich habe Sie lange gesucht."

„Mich? Wieso ausgerechnet mich?"

Er hielt ihr den Blumenstrauß hin. „Mögen Sie Rosen?"

„Ja, sehr sogar."

„Bitte. Der ist für Sie ... Melody."

„Danke, Sir. Vielen Dank. Ich weiß gar nicht, wie ..."

„Oder sollte ich Sie lieber Margareth nennen?" Die Stimme hatte sich verändert. Kalter Hass lag darin. Schon stürzte sich der Mann wie ein Schatten auf sie, erstickte ihren Schrei mit einem Tuch, das er ihr auf Mund und Nase presste. Es betäubte die Schmerzen in ihrem Bauch und das brennende Gefühl, den Drachen jagen zu wollen. Sie wurde schläfrig, spürte wie ihre Arme ihr nicht mehr gehorchten, der Kopf zu schwer wurde und schließlich die Beine einknickten. Sie wurde aufgefangen und hochgehoben, ehe eine Ohnmacht einen schwarzen Mantel über ihre Sinne warf.

***

11. September
Scotland Yard
Kurz nach acht Uhr

Edwards kam zu Fuß. Die Nacht über hatte er nicht geschlafen, aber er hatte sich rasiert und einen frischen Anzug angezogen. Auch auf den fleckigen und zerschnittenen Mantel hatte er verzichtet. Er sah schneidig aus, als er die Straße entlang kam und auf das Gebäude von Scotland Yard zuhielt.

DeFries stand auf den Stufen des Gebäudes und erwartete ihn. „Robert", sagte er streng und winkte ihn mit zwei Fingern heran. „Wir sollten uns unterhalten."

Edwards machte ein fragendes Gesicht und da war auch dieses unangenehme Kribbeln in den Fingern, wenn er das Gefühl hatte etwas falsch gemacht zu haben, ohne zu wissen, was. „Ja, Sir?“

„Nicht hier. In meinem Büro.“

In DeFries’ Büro war es kühl. Hillthorpe war gerade damit beschäftigt, Feuer im Kamin zu machen. Dazu hockte er auf den Knien und versuchte eine Schicht aus Holzscheiten und Kohlen anzuzünden. Es qualmte fürchterlich. „Hillthorpe. Bitte lassen Sie uns allein.“ Der Sekretär verließ ohne ein Wort das Zimmer.

„Haben Sie schon die Zeitung gelesen?“ DeFries tippte mit seinem langen Zeigefinger auf ein Exemplar der Illustrated Police News, das auf seinem Schreibtisch lag.

„Sie wurden in einem Pub gesehen, den die Fenians als Treffpunkt nutzen. Was hatten Sie da zu suchen?“

„Ach, daher weht der Wind.“ Edwards kniff wütend die Lippen zusammen. „Diese Ratte.“ Er dachte an Hennessy. Warum nur hatte er dem Schreiberling nicht die Finger gebrochen, als er die Gelegenheit dazu hatte.

„Was sagen Sie dazu?“, fragte DeFries.

„Eine Lüge. Ich kenne den Wirt schon seit Jahren. Er war immer ein Freund und er ist eine wichtige Quelle für mich. Meine Verbindung ins East End, wenn Sie so wollen. Er ist für mich unverzichtbar.“

„Inspector. Die Leute werden unruhig, wenn Sie von den Fenians hören. Einige halten sie vielleicht für Kämpfer für die Freiheit Irlands, aber die meisten sehen in ihnen nur Anarchisten, mich eingeschlossen. Es ist nicht gut, wenn ein Inspector von Scotland Yard mit denen in Verbindung gebracht wird.“

„Das verstehe ich, Sir. Aber da ist nichts dran. Das ist nur eine Lüge von diesem Zeitungsschmierer.“

DeFries sah auf den Bericht. „Gregory Hennessy? Was hätte er davon?“

„Er will mich schlechtmachen, weil ich ihm keine Informationen zu den Morden geben wollte. Er hat mir gedroht, diesen Schmutz über mich zu verbreiten, wenn ich ihm nicht die Auskunft gebe, die er gerne gehabt hätte. Das hier“, er zeigte auf die Zeitung „ist nur das Resultat meiner Haltung.“

Edwards nahm die Zeitung und zerriss sie in der Mitte.

„Das wird für etwas Unruhe sorgen. Daher wäre es besser, Sie meiden dieses Etablissement vorerst.“

„Das habe ich nur Kippwell zu verdanken. Ich bin sicher, er steckt dahinter.“

„Kippwell wird zu Ihrer Manie, Robert. Das kann Ihrer Gesundheit nur abträglich sein.“

Edwards kniff die Lippen zusammen.

„Apropos. Inspector Kippwell. Er hat eine Beschwerde gegen Sie eingereicht. Wegen dem Vorfall auf dem Revier.“

Edwards verdrehte die Augen. „Das musste ja so kommen. Und was passiert jetzt?“

„Er möchte, dass Sie sich bei ihm entschuldigen, dann würde er von weiteren Schritten absehen.“

„Pah. Um nichts in der Welt werde ich ...“

„Robert. Ihr Benehmen war unbeherrscht, aber das sagte ich Ihnen ja bereits. Als Polizist, besonders als Beamter des Yard, haben Sie eine Pflicht dem Empire gegenüber und das sieht nicht vor, dass wir uns untereinander prügeln. Sie werden also zu ihm gehen und sich entschuldigen.“

„Das können Sie nicht von mir verlangen.“

„Doch das tue ich hiermit, also akzeptieren Sie die Konsequenz aus Ihrem Handeln!“ Zum ersten Mal seit Edwards ihn kannte, war DeFries laut geworden. Dann beruhigte er sich, strich sich den Gehrock glatt und durchschritt das Zimmer bis zum Kamin. Mit dem Haken stocherte er in der aufkommenden Glut. „Das wäre dann alles, Inspector.“

„Ja, Sir.“

In seinem Büro erwartete ihn Sergeant Fulston. Seine Miene ließ nichts Gutes erahnen.

„Was ist los?“, fragte Edwards.

„Die Nachricht kam von der Thames Division.“ Der Sergeant reichte ihm einen Zettel. „Es gibt eine weitere Tote.“

Weibliche Leiche / etwa achtzehn Jahre alt / erwürgt / Stoff im Mund / Themse in Höhe Battersea Park gefunden / Leiche geborgen und auf die Wache gebracht / Erwarten ihr Kommen

„Wann kam das?“

„Gerade eben, Sir.“

Edwards steckte die Nachricht ein. „Lassen Sie eine Kutsche anspannen. Ich gebe Doktor Aeglewood Bescheid. Er soll uns begleiten.“

***

Die Themse kochte, so schien es zumindest. Schwarzer Rauch aus Schornsteinen von Booten und Fabrikgebäuden vermischte sich mit den letzten Nebelfetzen, die der Tag noch nicht aufgelöst hatte.

Vier Dampfboote der Thames Division schaukelten an den Kais vor Wapping, südlich der London Docks. Matrosen in blauen Uniformen eilten umher. Der Klang einer Schiffsglocke hallte über das Wasser.

Edwards hatte eine Black Maria anspannen lassen, die von einem Polizisten gefahren wurde. Er, Fulston und Doktor Aeglewood saßen hinten. Keiner hatte während der Fahrt viel gesprochen.

Die Kutsche hielt vor einem trutzigen Gebäude, welches nah bei den Piers lag.

Nachdem sie eingetreten waren, brachte sie ein Beamter gleich in den Keller. Aus einem lecken Rohr, um das man einen dreckigen Lappen gewickelt hatte, tropfte Wasser.

Sie traten durch eine Doppeltür, hinter der es noch eine Spur kälter wurde. Auf steinernen Bahren lagen sechs, mit Tüchern verhüllte Körper.

Ein Mann im grauen Anzug kam auf sie zu. Sein schwarzes Haar war schütter und nackenlang. Er reckte das Kinn vor, als er Edwards ausgestreckte Hand ergriff und sie schüttelte. „Inspector Rayns. Thames Division."

„Inspector Edwards. Das sind Sergeant Fulston und Doktor Aeglewood. Wir kommen wegen der Toten." Er zeigte die kurze Benachrichtigung.

„Sie liegt dort." Rayns ging zu einer der Bahren und schlug das Tuch zurück.

Das tote Mädchen trug noch ihr durchnässtes Kleid. Es stank nach Themsewasser. Das Haar klebte in ihrem Gesicht. Sie hatte die Augen geschlossen und schien zu schlafen.

„Wurde sie schon untersucht?"

„Nur so weit, dass wir es für nötig hielten, Sie zu informieren."

„Hatte sie ein gelbes Stück Stoff im Mund?"

Der Inspector nickte. „Mit Rosenmuster", fügte er hinzu.

Edwards stieß einen Seufzer aus. „Wo wurde sie gefunden?"

Ryans nahm eine bräunliche Mappe und schlug sie auf. „Etwa eine halbe Meile nördlich von Vauxhall Bridge. Eine unserer Patrouillen hatte sie entdeckt." Er schlug die Mappe wieder zu und gab sie Edwards. „Danke. Hatte sie etwas bei sich?"

„Ja, aber nicht viel. Es liegt dort vorne in der Wanne."

„Hmm." Edwards sah aus dem Augenwinkel eine verbeulte Zinkwanne. „Gut. Etwas dagegen, wenn sich Doktor Aeglewood die Tote einmal genauer ansieht?"

Rayns machte eine einladende Geste und Aeglewood machte sich ans Werk.

„Wir sollten den Doktor in Ruhe arbeiten lassen", schlug Edwards vor. „Wie lange brauchst du, Noah?"

„Kommt in einer Stunde wieder."

„Könnten Sie einen Fotografen herbestellen. Ich brauche eine Aufnahme vom Gesicht der Toten."

„Ich werde das veranlassen."

„Danke. Haben Sie einen Platz, an dem wir uns ihre Sachen in Ruhe ansehen können?"

„Natürlich. Hier entlang."

Rayns überließ ihnen eine Kammer, die als Lager benutzt wurde. Zusammengerollte Taue lagen in einer Ecke. Werkzeugkisten und Schachteln voller Nägel. Auf einem Regal lag ein schwerer, kupferner Taucherhelm, der von einer dünnen Schicht Staub bedeckt wurde und an dem Spinnen ihre Netze gesponnen hatten.

Edwards setzte sich an den einzigen Tisch und zeigte auf die Zinkwanne in Fulstons Händen.

„Stellen Sie das mal hier auf den Tisch", sagte er, schlug die Mappe auf und begann, laut vorzulesen. „Ein Patrouillenboot hat die Tote heute Morgen gegen fünf Uhr im Wasser gefunden. Sie war noch vollständig bekleidet, nur die Schuhe fehlten. Abschürfungen an Hand und Fußgelenken. Würgemale am Hals. Vermutlich verursacht durch einen dünnen Strick. Ein gefaltetes, gelbes Stück Tuch im Mund. Das ist alles. Kein Hinweis auf einen Namen." Edwards richtete sich auf. Hinter seiner Stirn pochte ein dumpfer Schmerz, er schloss für einen Moment die Augen, bevor er sie wieder öffnete und auf die Zinkwanne zeigte. „Lassen Sie mal sehen, was wir da haben."

Fulston griff in die Wanne und zog ein triefend nasses Handtäschchen heraus. „Etwas Wangenrot, ein löchriges Taschentuch und hier, eine Geldbörse." Er öffnete sie. „Ein paar Pence und drei Schillinge."

„Hmm", machte Edwards, denn er hatte das gelbe Stück Stoff mit dem Rosenmuster entdeckt. Er nahm es und legte es vor sich auf den Tisch. Die Schleife, die es zusammenhielt, war perfekt gebunden. Er zog daran und öffnete es. Wie er vermutet hatte, fand er darin eine Haarlocke, die von einer ebenso perfekten

Schleife zusammengehalten wurde. „Dieser verdammte Dreckskerl. Zuerst Estelle Wiggins, dann Yin und jetzt die hier."

„Ob die Frauen sich gekannt haben", bemerkte Fulston.

„Nicht zwingend, aber ihr Mörder kannte sie und für ihn hat es große Bedeutung, sie hiermit", er hielt Haarlocke und Stoff hoch, „zu markieren. Aber warum zum Teufel? Warum tut jemand so was? Wo ist die verdammte Verbindung?"

„Ob es mit dem Verlies zu tun hat, das wir in dem Lagerhaus gefunden haben?"

„Ja, das ist durchaus möglich. Und da gibt es ja noch dieses angebliche Café, das Miss Summersteen erwähnt hat und das eigentlich nichts anderes war als ein Bordell."

„Vielleicht will sich jemand rächen."

„An Yin, ja. Das könnte ich sogar verstehen. Aber die Mädchen? Warum sie?"

Fulston zuckte mit den Achseln. „Sie sollten noch mal mit Miss Summersteen sprechen."

„Ja, ich glaube auch, dass das keine schlechte Idee wäre. Sie weiß mehr, als sie uns sagt."

***

Doktor Aeglewood war noch immer mit der Toten beschäftigt, als Edwards und Fulston zu ihm zurückkehrten.

Der Arzt machte Notizen. Inzwischen hatte er die Tote entkleidet, nun ging er um die Bahre herum und fixierte die Leiche mit nachdenklichem Blick.

„Und? Hast du etwas finden können?" Edwards' dunkle Stimme erschreckte den Doktor.

„Musst du dich so anschleichen?", schnaubte der ungehalten. „Sie ist geschlagen worden. Auf den Rücken, das Hinterteil, den Oberschenkel. Ich vermute mit einem Rohrstock."

„Ihr Mörder hat sie also gefoltert. Wie Yin?"

„Nein nicht wie Yin. Sie hatte er mit glühenden Nadeln

gefoltert. Aber es könnte natürlich sein, dass er etwas Neues ausprobiert hat."

„Hmm. Weiter."

„Sie litt an mangelhafter Ernährung. Du siehst ja, sie besteht nur noch aus Haut und Knochen. Außerdem hat sie über einen längeren Zeitraum Opium genommen." Er wies auf die gelblich verfärbten Fingernägel und öffnete dann ihren Mund. Das Zahnfleisch war entzündet und blass. „Deutliche Anzeichen", sagte Aeglewood. „Außerdem habe ich Verletzungen im Genitalbereich gefunden. Sie muss noch kurz vor ihrem Tod Verkehr gehabt haben. Er war nicht gerade zärtlich zu ihr."

Edwards beugte sich über die Tote. „Sie scheint noch so jung zu sein, aber ihr Gesicht ... wie das einer alten Frau."

„Sicher hat sie eine ganze Weile auf der Straße gelebt."

„Fragt sich nur wo", warf Fulston ein. „Wie sie wohl hieß?"

„Ihr Mörder hat sie gefunden. Dann werden wir es wohl schaffen, ihren Namen zu erfahren." Edwards klang kämpferisch.

Schritte näherten sich der Leichenhalle. Inspector Rayns führte einen Mann hinein, der eine schwere Kamera mit Stativ geschultert trug.

***

East End
Spitalfield

Celeste hatte sich erneut das verhasste rote Kleid übergestreift, das ihr Dekolleté nach ihrem Geschmack zu üppig betonte. Doch es war nötig. Es war ihre Tarnkappe, der blutroten Farbe zum Trotz, um im Gewimmel des East End abzutauchen und eine von vielen zu werden, die in Londons Elendsviertel gestrandet waren.

Bei einem Straßenhändler hatte sie einen fleckigen alten Armeemantel gekauft, der ihr bis zu den Knöcheln reichte.

In einem Holster, den sie versteckt unter einem weich fallenden Schal über dem Gesäß trug, steckte der Kavallerie Revolver ihres verstorbenen Bruders. Er war unhandlich und schwer, aber die einzige Waffe, die ihr noch verblieben war, nachdem sie ihren Derringer in Aunt Lilly's Café verloren hatte.

Die Verbände an Kopf und Händen hatte sie abgestreift. Sie waren hinderlich und wenn die Brandblasen auch unansehnlich waren, nässten und juckten, so konnte sie zumindest ihre Finger bewegen.

Sie musste an Dorothea denken. Das arme Mädchen war die ganze Nacht bei ihr gewesen. Sie hatte geweint, stundenlang, und ihr alles gebeichtet, was sie hatte erdulden müssen.

Die Liebe, die ihr ein Mann namens Rochester vorgegaukelt hatte. Er hatte sie getäuscht, doch das war ihr erst bewusst geworden, als es bereits zu spät war.

Sie hatte ihr von dem Opium erzählt. Er hatte sie gezwungen, es zu rauchen. Damals in Aunt Lilly's Café. Später hatte er ihr dann die beschämenden Fotografien gezeigt, um sie gefügig zu machen.

Rochester hatte seine Maske fallen gelassen und sie gezwungen, zu tun, was er wollte und was Madame Yin wollte.

Es war aus Dorothea heraus gesprudelt wie aus einem Quell, der endlich den Weg ans Tageslicht gefunden hatte.

Dorothea hatte geweint ... geschluchzt ... gewimmert und geredet und Celeste immer wieder angefleht, kein Wort den Eltern zu sagen. Und Celeste hatte es ihr geschworen.

Nun suchte sie nach Black Molly. Dorothea hatte ihr einen Ort genannt, an dem ihre Ausbildung, wie sie es nannte, vertieft worden war. Das Mädchen hatte sich fürchterlich geschämt.

Celeste hatte nicht nachgefragt, aber ihre Wut auf diese Leute war immer größer geworden.

Kurz bevor sie aufgebrochen war, hatte sie darüber nachgedacht, Inspector Edwards zu informieren, aber der hätte wissen wollen, woher sie ihre Informationen hatte, und das konnte und wollte sie nicht preisgeben.

Sie erreichte einen kleinen Platz, an dem sich vier Straßen kreuzten. Auf einem kleinen, gemauerten Podest stand ein Pumpbrunnen, an dem sich die Bewohner der nahen Umgebung mit Wasser versorgten. Kinder und alte Frauen standen mit Eimern und Kannen an und warteten geduldig, bis sie an die Reihe kamen. Zwei Fuhrwerke einer nahen Brauerei rumpelten vorbei. Fliegen umschwirrten die Köpfe der Pferde. Celestes Ziel lag dem Platz gegenüber. Die Häuser dort standen eng beieinander und schienen sich in den Giebeln gegeneinander zu neigen. Die Straße lag im Halbdunkel, obwohl es ein sonniger Tag war. Straßenhändler versuchten, ein paar Pence zu verdienen.

„Schnürsenkel!", plärrte es von einem Mann unter einer Laterne.

„Bart stutzen, Haare schneiden, nur fünf Pence!", schallte es ein Stück weiter.

Dazwischen dröhnte es: „Zähne ziehen!"

„Tonikum für de Haare!"

„Wunderbar knusprige Brotkrusten!"

Celeste ignorierte jeden von ihnen und schob Hände weg, die sie nicht weitergehen lassen wollten.

Auf der linken Seite lag ein Haus, das etwas breiter und höher als die anderen war. An einem eisernen Haken hing ein Schild. Goldene Schrift auf schwarzem Grund. Rowans's Book Store.

Das kleine Schaufenster links der Tür war mit Fingerabdrücken verschmiert und Ruß aus den Kaminen hatte sich auf der Bleiverglasung gesammelt. Die Auslage bestand aus lieblos aufgetürmten Büchern, die von einer Staubschicht bedeckt wurden.

Der rote Vorhang hinter der Tür war voller Mottenlöcher und am Saum blass rosa ausgeblichen.

Ein Schild hing in dem gesplitterten Glas: offen.

Celeste trat ein. Ein kleiner, weißer Hund, der neben der Tür gedöst hatte, schrak auf und bellte sie an. Sie machte „Schhht", aber der Hund gab keine Ruhe und sprang um sie herum.

Ein paar Petroleumlämpchen brannten. Der Laden wurde durch deckenhohe Regale aufgeteilt. Jedes Regal stand voller Bücher, die dem Raum den typischen Geruch nach altem Papier verliehen. Es waren so viele, dass sie sich sogar auf dem Boden und in Truhen stapelten, die kaum noch einen Weg zur Theke freiließen.

Ein Mann tauchte auf. „Sei ruhig Mimi", rief er von hinten. Der kleine Hund stellte sein Gezeter ein und lief zu seinem Herrchen. Der Mann war Mitte fünfzig, mit vollem rotblondem Haar, das bereits Spuren von Grau zeigte. Das Gesicht war schmal und wirkte noch schmaler durch den kleinen Zwicker, den er auf der Nase trug.

Er schien überrascht. Anscheinend hatte er nicht oft Kundschaft. „Guten Tag", sagte er höflich, wobei sein Blick ihr Dekolleté streifte. „Kann ich Ihnen helfen?"

Celeste sagte den Satz, den Dorothea ihr anvertraut hatte. „Ich bin der Wind in den Eichen und das Rauschen in den Strudeln des Flusses."

Der Mann stutzte zunächst, zuckte dann mit den Schultern und grinste. Ein hässliches, gieriges Grinsen. „Dachte ich mir doch, dass du so eine bist."

Celeste starrte ihn herausfordernd an. „Ich suche Black Molly. Ist sie hier?"

„Nein."

„Ich sollte sie heute treffen."

„Sie ist trotzdem nicht hier und gesagt hat sie mir auch nichts. Sie kommt und geht, wie es ihr gerade passt. Hab' auch gehört, dass sie etwas Ärger hat." Während er antwortete, hatte er Celeste umrundet, sie mit Blicken ausgezogen und die Tür abgeschlossen. Das Schild drehte er um. Geschlossen.

„Was hat sie denn für Ärger?"

„Was kümmert es dich?"

„Ich bin nur neugierig."

Er grinste und löste den Knoten seiner Krawatte. „Sie ist

nicht hier“, wiederholte er, „aber du kannst dich gerne mit mir unterhalten.“

Celeste spannte ihre Muskeln, als er vor sie hintrat und die obersten Knöpfe seines Hemdes öffnete. Er griff in seine Hosentasche und legte zwei Schillinge auf einen Bücherstapel. „Das reicht wohl, um ihn dir reinzustecken.“

Nach außen blieb Celeste ruhig, in ihrem Inneren brodelte es. „Haben Sie das auch mit den anderen Mädchen gemacht?“

„Bin ich verrückt? Die waren viel zu wertvoll.“

„Warum sie. Warum nicht ich?“

„Sie waren jung. Jetzt komm. Ich hab' keine Lust zu reden. Gehen wir hoch, los.“ Mit seinen langen Fingern fasste er sie bei den Schultern und drehte sie um. „Hinter die Theke, die Treppe rauf.“ Dann schob er sie vorwärts. Seine Berührung ließ sie schaudern.

Die Treppe führte zu einem Korridor mit drei Türen. „Sind wir allein?“, fragte Celeste und zwang sich zu einem Lächeln.

„Ja, sonst is' keiner da.“ Die Stimme des Mannes klang kehlig, als er eine der Türen aufstieß und Celeste ins Zimmer schob.

Eine Waschkommode, ein Schrank und ein Bett an der Wand, über dem das schlecht gemalte Bild einer Flusslandschaft hing.

Der Mann fasste sie grob an, wirbelte sie zu sich herum und schob ihr den Mantel von den Schultern. „So ist schon besser.“

Celeste lächelte ihn an, ihre Hände hielt sie hinter dem Rücken verborgen.

Er bemerkte es nicht. Sein Blick war nur auf ihre Brüste gerichtet.

Celeste bekam den Griff ihres Revolvers zu fassen und ehe der Mann sich versah, hatte sie ihm die schwere Waffe über den Schädel gezogen.

Als er wieder erwachte, waren nur wenige Minuten vergangen. Er ächzte und jammerte.

„Tut der Kopf weh?“, fragte Celeste in gespieltem Mitleid.

Er knurrte etwas, das in ihren Ohren nicht freundlich klang.

Sie lächelte nur und setzte sich zu ihm aufs Bett. Er wollte nach ihr greifen und bemerkte erst jetzt, dass sie ihn ans Bett gefesselt hatte.

„Mach mich los, du Hure."

„Wir wollen uns jetzt in einem anderen Ton unterhalten."

Der Mann presste die Lippen zusammen, was Celeste dazu brachte, den Revolver zu heben und den Hahn zu spannen. „Einverstanden?", wiederholte sie.

Er riss die Augen auf. „Ja."

„Mr. Rowans, nicht wahr?"

Er nickte und sie lächelte. „Kommt Black Molly überhaupt noch her?"

„Ja, ja, sie hat ein Zimmer hier. Aber sie ist sehr vorsichtig geworden, seit ... seit ..."

„... Madame Yin tot ist?"

„Ja ... woher ... wissen Sie das?"

Celeste hielt es nicht für nötig, die Frage zu beantworten. „Wo ist sie jetzt?"

„Das weiß ich nicht."

„Sie lügen doch!"

„Ich weiß es wirklich nicht. Sie sagt mir nicht, wohin sie geht oder wann sie kommt."

Celeste stand auf und begann, im Zimmer auf und ab zu gehen. „Vor wem hat Black Molly Angst?"

„Weiß ich nicht. Sie hat den Namen nie gesagt. Aber dessen Leute übernehmen jetzt alles, was mal Yin gehört hat. Wer sich gegen ihn stellt, ist tot."

„Sie arbeiten also auch schon für ihn?"

Rowans schüttelte den Kopf. „Nein, ich glaube, er weiß gar nichts von mir. Deswegen kommt Molly ja überhaupt noch zu mir."

Sie gab sich mit der Antwort zufrieden. „Aunt Lilly's Café. Kennen Sie es?"

Er nickte.

„Jemand hat es angezündet."

„Das war dieser Kerl. Bestimmt. Lilly wollte sich nicht einschüchtern lassen."

„Und jetzt ist sie tot. Wie Yin."

Rowans biss die Zähne zusammen.

„Was will er von Molly?"

„Sie hat ihn mit 'nem Messer verletzt, als er sie anfassen wollte."

Celeste nickte. Jemand, der sich in der Unterwelt groß machen wollte, konnte es sich nicht erlauben, Schwäche zu zeigen. Wenn er Molly in die Finger bekäme, wäre das ihr Todesurteil.

„Machen Sie mich los."

„Noch nicht." Celeste öffnete den Schrank und fand darin aufreizende, durchsichtige Nachtkleider. Halsbänder aus Samt mit silbernen Broschen. Handschellen, schnürbare Mieder aus blauem und rotem Brokat, mit schwarzer Spitze und betont großzügigen Aussparungen für die Brüste.

„Haben die Mädchen hier Besuch empfangen?" Ihre Stimme zitterte vor Wut.

„Nein."

Sie schlug die Schranktür zu und ließ sich neben Rowans aufs Bett fallen. Der Revolver zielte auf seinen Bauch.

„Kennen Sie Estelle Wiggins?"

„Nein." Seine Augen flackerten.

„Sie lügen."

„Ich ... nein ..."

„Ich sehe Ihnen an, dass Sie lügen." Sie drückte ihm den Revolver tiefer in den Bauch.

„Was ... was soll ..."

„Ruhe." Ihre Lippen bebten. „Sie werden mir jetzt genau erzählen, was die Mädchen hier durchmachen mussten. Dann werde ich Sie vielleicht nicht umbringen. War das deutlich genug für Sie?"

Eine Träne löste sich aus Rowans' Augen und rollte das Gesicht herunter.

Das erweichte Celeste nicht, im Gegenteil, es machte sie nur noch wütender. „Hören Sie auf. Wie oft haben Sie die Mädchen hier weinen sehen, oder wie oft haben sie gefleht? Sie hatten auch kein Mitleid, warum sollte ich welches mit Ihnen haben? Ich bin kurz davor, Sie zu erschießen und hätte nicht mal ein schlechtes Gewissen dabei."

„Nein, nein ... bitte."

Ihre Augen blitzten. „Mit einer Kugel im Bauch stirbt man lange. Es ist sehr schmerzvoll. Reden Sie."

„Nicht, tun Sie es nicht. Ich ... ich kann Ihnen Molly verschaffen. Das ist es doch, was Sie wollen."

„Erst will ich eine Antwort, dann reden wir über sie."

Rowans schwitzte und schnappte nach Luft. Seine Augen waren vor Angst weit geöffnet. „Die Mädchen ... die besonderen Mädchen schickte Yin immer zu mir."

„Was bezeichnen Sie als besondere Mädchen?"

Er schluckte, starrte auf den Revolver. „Bitte ... nehmen Sie die Waffe weg."

„Ich frage nicht noch einmal."

„Jungfrauen. Sie sind Jungfrauen. Die meisten ... kommen aus gutem Haus, aus ... anständigen ... Verhältnissen. Nicht wie die anderen Huren."

„Nennen Sie sie nicht so. Menschen wie Sie haben sie dazu gemacht. Haben sie ausgenutzt, ihre Liebe ... was sollten die Mädchen hier tun?"

„Sie sollten lernen, zu lächeln, lernen, was es bedeutet, einem Mann zu gefallen. Sich richtig zu bewegen. Ihre schönen Körper zu zeigen."

„Das war Mollys Aufgabe? Ihnen das beizubringen?"

„Ja. Sie hat die Mädchen zurechtgemacht ... erzogen und ... sie dann präsentiert."

„Wem präsentiert?"

„Madame Yin und ihren Leuten."

„Männern wie Rochester oder Quayle? Oder ... wie Ihnen?"

Rowans wand sich wie ein Fisch am Haken. „Ich ... ich habe doch nur ... nichts ..."

„... nichts getan. Sie haben sie angegafft. Sie mit Ihren Blicken geschändet, selbst wenn Sie sie nie berührt haben sollten."

Der Mann begann nun, laut zu schluchzen. Rotz lief ihm aus der Nase über den Mund.

Celeste sah ihn angewidert an. „Dieser Satz ... ich bin der Wind in den Eichen ... damit wussten Sie, dass die Mädchen von Yin kamen, richtig?"

„Ja. Ja."

„Wer steckt dahinter? Wer sind die Kunden? Ich will Namen."

„Die ... kann ich Ihnen nicht geben. Weil ... weil ich sie nicht habe! Ich bin doch nur ein ganz kleiner Fisch. Madame Yin hat die Mädchen bestellt und sie mit ihren Freiern zusammengebracht. Ich habe doch nur das Haus zur Verfügung gestellt und durfte gelegentlich zusehen, wenn sich die Mädchen präsentierten."

„Sie sind ein Schwein. Wurden hier auch Fotografien gemacht?"

„Was denn für Fotografien? Hier wurd' nur das gemacht, was ich gesagt habe."

„Wo ist Mollys Zimmer?"

„Oben, unter ... unter dem Dach. Die Speichertreppe rauf."

Celeste nahm den Revolver von der Brust des Mannes, was ihn hörbar aufatmen ließ. „Wenn Sie um Hilfe rufen, sind Sie tot", drohte sie und verließ das Zimmer.

Die Dachkammer wurde durch das kleine Giebelfenster kaum erhellt. In der Schräge stand ein Bett, über dem, an einem Haken befestigt, ein Handtäschchen und ein Sonnenschirm aus Spitze hingen.

In einem Kleiderschrank fand Celeste einige Kleider von unterschiedlicher Qualität.

Celeste durchsuchte alles, fand aber nichts, was ihr weitergeholfen hätte. Sie klopfte auch den Schrankboden ab und klopfte auf die Dielenbretter. Nichts. Erst als sie das Bett beiseite rückte und ihr Glück dort versuchte, wurde sie fündig. Eines der Bretter war lose, die Nägel steckten nur locker im Holz. Darunter befand sich ein Hohlraum mit zwölf Pfund und einem kleinen Beutel aus Stoff. In dem Beutel fand Celeste ein paar Ringe und Halsketten in Silber und Gold. Ein kleiner Schatz. Sie legte die Diele zurück und schob das Bett an seinen Platz. Das Geld und den Schmuck steckte sie ein, bevor sie in das Zimmer zurückkehrte, in dem sie ihren Gefangenen gelassen hatte.

„Sie werden mir jetzt genau zuhören, Mr. Rowans und genau das tun, was ich Ihnen sage."

„Ja, ja, alles, was Sie wollen."

„Sie werden mit Black Molly Kontakt aufnehmen. Teilen Sie ihr mit, dass ich da war und ihren kleinen Schatz habe."

„Was denn für einen Schatz?"

„Sie wird wissen, was ich meine. Wenn sie ihn wiederhaben will, soll sie heute um Mitternacht zum *roten Drachen* kommen." Sie nahm einen Ring aus dem Beutel und legte ihn neben Rowans Kopf auf das Kissen. „Geben Sie ihr den, damit sie weiß, dass ich die Wahrheit sage. Ihr wird nichts geschehen, solange sie keine Mätzchen versucht." Sie beugte sich drohend vor. „Wenn Sie nicht tun, was ich verlange, komme ich wieder." Mit dem Revolverlauf streichelte sie sein Gesicht. „Und dann werde ich nicht so nett zu Ihnen sein."

„Nein ... wirklich, ich werde tun, was Sie verlangen. Ganz sicher. Versprochen."

„Das wäre besser." Sie klaubte ihren Mantel vom Boden auf, bevor sie eine der Handfesseln löste. Den Revolver schob sie ins Holster zurück, bevor sie wortlos ging.

Wieder im Freien, bog sie bei der nächsten Gelegenheit ab und versteckte sich in einer Seitengasse. Von dort aus hatte sie Rowans's Book Store gut im Blick.

Ihre Geduld wurde nicht lange auf die Probe gestellt. Wenige Minuten nach ihr, verließ Rowans sein Geschäft. Er war in Eile, er schloss ab und ging los. Seinen kleinen Hund hatte er sich unter den Arm geklemmt. Wie ein Dieb schlug er sich den Kragen hoch, sah sich um und stapfte dann mit hastigen Schritten los.

Er kam an Celeste vorbei. Sie drückte sich in den Schatten und folgte ihm, als er ein Stück weiter war.

Unterwegs sah sich Rowans ein paar Mal um. Celeste war eine von vielen. Sie verstand es, unsichtbar zu sein. Er sah sie nicht, aber sie sah ihn und sie ließ ihn nicht aus den Augen.

Er führte sie tiefer ins East End hinein, in eine Gegend, in der abbruchreife Häuser standen. Die Fenster fehlten und die Türen waren herausgebrochen. Die Dächer bogen sich und waren löchrig.

Betrunkene torkelten an den Fassaden entlang, erbrachen sich und urinierten, wo sie gerade standen. Pferdemist lag auf der Straße. Dicke, grün glänzende Fliegen surrten um einen für sie reich gedeckten Tisch.

Es gibt kein Elend, das nicht noch schlimmeres Elend hervorbringt, dachte Celeste, die dem Buchhändler weiter zu einem Haus am Ende der Straße folgte. Es unterschied sich in seinem Verfall nicht von den anderen Häusern in der Nachbarschaft. Statt der Fenster hatte man Zeitungspapier vor die Öffnungen geheftet.

Drei Männer traten gerade ins Freie. Dreckige Kerle, von denen sich einer das Hemd in die Hose stopfte.

Rowans drängte sich mit gesenktem Kopf an ihnen vorbei und verschwand im Haus.

Celeste ging weiter eine schmale Gasse entlang, die auf die Rückseite führte.

Dort warf sie einen Blick auf die Fassade, während sie durch das Loch ging, in dem sich früher einmal die Hintertür befunden hatte. Sie betrat den Hausflur. Aus dem oberen Stockwerk waren Geräusche der Lust zu hören, begleitet vom hellen Quietschen eines metallenen Bettgestells.

Celeste öffnete ihren Mantel, ihre rechte Hand schloss sich um den Griff des Revolvers, ohne ihn zu ziehen. Ihre Sinne waren hellwach. Nur durch den offenen Eingang, der der Hintertür gegenüber lag, fiel Licht in den Flur. Sie blinzelte, um ihre Augen an das Halbdunkel zu gewöhnen. An den Wänden hing verblichene Tapete, die sich in den Ecken bereits ablöste. Es roch streng nach Fäkalien und Moder, nach faulendem Holz und menschlichen Ausdünstungen.

Oben auf der Treppe hörte sie Schritte. Eine Stufe quietschte. Jemand atmete schwer. Dann eine Stimme. Es war Rowans. „Molly?“ Kurzes Schweigen, dann wieder: „Molly?“

Celeste konnte hören, wie eine Tür geöffnet wurde. „Rowans! Was machst du hier?“

„Es gibt Schwierigkeiten. Lass mich rein“, flüsterte er.

Kurze Stille, in der nur Rowans’ Atem zu hören war, dann hastige Schritte. Eine Tür fiel ins Schloss. Fast zeitgleich öffnete sich quietschend eine andere Tür. Celeste erreichte gerade die letzte Stufe, als ihr ein unrasierter Mann mit einer dicken Warze auf der Nase und mit fettigem Haar entgegenkam. Er humpelte und zog sich gerade die Hosenträger über die Schultern. Als er Celeste erblickte, grinste er. Sie konnte seine schmutzigen Gedanken, hinter den kleinen Augen, erraten und musste sich dafür nicht einmal sehr anstrengen. Sie zog den Revolver. „Geh weiter“, flüsterte sie drohend.

Sein Grinsen verschwand, genauso schnell wie er selbst.

Celeste sah ihm kurz nach, ehe sie weiter schlich und lauschte.

„Kennen diese Frau“, hörte sie eine aufgeregte Frauenstimme sagen. Es war Molly. „Ich gesehen bei Yin und bei Lilly.“

„Sie will dich treffen.“

„Das ist Falle. Bin ich mir sicher.“

„Sie hat dein Geld und den Schmuck, den du den Mädchen abgenommen hast.“

Während sie zuhörte, streckte Celeste die Hand nach der Türklinke aus, legte sie sachte darauf ab und drückte sie im nächsten Moment blitzschnell herunter. Ein Stoß, die Tür flog auf und Celeste stand im Zimmer. Zwei Gesichter starrten sie entsetzt an.

„Ich will nur mit Ihnen reden, Molly", sagte Celeste beruhigend und befehlend zugleich. Der Revolver in ihrer Hand machte deutlich, dass sie es ernst meinte.

„Du verfluchter Bastard. Bringen Frau geradewegs zu mir", fluchte Molly, die dem entsetzten Rowans eine Ohrfeige verpasste.

„Aua. Ich ... ich wusste doch nicht ... Ich ..."

Celeste zeigte mit der Waffe auf die Tür. „Sie können gehen, Rowans. Ich brauche Sie hier nicht mehr. Verschwinden Sie."

Der Buchhändler sprang auf, stolperte an Celeste vorbei und hinaus auf den Flur. Celeste schloss die Tür hinter ihm und keilte einen Stuhl unter die Klinke. Während sie das tat, ließ sie die halbnackte Molly nicht aus den Augen. Sie war eine schöne Frau, allerdings mit einem harten Zug um die Mundwinkel herum. Ihre Haut schimmerte schwarz wie Mahagoni. Das Haar war lang und kräuselte sich leicht. Sie trug ein durchsichtiges Nachthemd, das ihr über die linke Schulter gerutscht war. Mit einem Bein angewinkelt hockte sie am Bettrand.

Der Ring, den Celeste Rowans mitgegeben hatte, lag auf einem Nachtschränkchen.

„Ich habe lange nach Ihnen suchen müssen."

„Warum verfolgen? Ich nix getan."

„Nichts getan? Das sehe ich anders."

„Was wollen?"

„Ich finde, es ist an der Zeit, miteinander zu sprechen."

Molly hörte kaum zu. „Du haben mein Geld?"

„Ja, ich habe Ihr Geld, Molly ... auch den Schmuck."

„Geben zurück. Is' Diebstahl."

Celeste lächelte herablassend. „Diebstahl? Das sagt ausgerechnet die Diebin. Die Polizei würde sicher gern erfahren, woher Sie den Schmuck haben. Sie hören jetzt besser auf mit dem Unsinn. Wir werden uns jetzt unterhalten und Sie werden mir alles sagen, was Sie wissen."

„Und dann du mich töten."

Celeste schüttelte den Kopf. „Nein, das werde ich nicht."
„Ich nix haben zu sagen."
Die beiden Frauen starrten sich an und maßen sich mit Blicken. Es war Molly, die den Kopf zuerst abwandte.
„Ich weiß, was Sie getan haben. Mit den besonderen Mädchen", sagte Celeste scharf. „Wie Sie sie vorbereitet haben."
„Nicht wissen."
„Mr. Rowans hat mir alles erzählt."
Mit finsterem Blick starrte Molly sie an. Ihre Lippen bebten vor unterdrückter Wut.
„Estelle, Margareth, Dorothea, Gwen."
Molly zuckte kurz.
„Rochester. Madame Yin. Quayle. Sie kennen all diese Namen, also tun Sie nicht so unschuldig."
Schweigen.
„Madame Yin ist tot. Sie wurde erwürgt. Estelle ist tot, auch sie, erwürgt und vielleicht gibt es noch andere, von denen ich nichts weiß. Ich werde den Mörder kriegen, koste es, was es wolle und Sie, Molly, werden mir dabei helfen."
„Ich kann nicht helfen."
„Ich fürchte, ich lasse Ihnen da keine Wahl."
Molly wandte den Blick ab und knibbelte an ihrer Nagelhaut.
„Ich weiß von dem Mann, den sie verletzt haben und der Sie verfolgt. Wie heißt er?"
Schweigen.
„Sagen Sie es mir."
Plötzlich ging es ganz einfach. „Pudley", stieß Molly hervor. „Osbert Pudley. Er Yin umgebracht. Er ist Schwein. Er auch versucht bei mir." Sie spuckte auf den Boden.
„Osbert Pudley. Wer ist das? Welchen Grund hatte er für die Morde?"
„Er böse und er Yin hassen. Yin reich. Und er mich würgen, weil ich nicht arbeiten wollte für ihn. Ich steche mit Messer, mache Schnitt in Gesicht."

„Was will dieser Pudley?“

„Alles. Alles, was Yin gehört. Er brutal. Töten Leute, die in Weg. Will reich werden. So reich wie Yin.“

„Woher kommt er?“

„Nicht wissen. Kommen von außen. Hat East Side Bande übernommen. Immer mehr Männer angeschlossen. Wird groß und größer. Wollte mit Yin Geschäft machen.“

„Was für ein Geschäft? Mädchen?“

„Ja. Aber Yin nicht mitmachen. Yin immer eigene Kopf. Jetzt tot. Yin immer freundlich zu mir. Pudley wissen das. Er mir gedroht, wie anderen auch. Ich nicht Angst vor ihm.“ Sie zitterte, was ihre Worte Lügen strafte.

„Die Männer in Aunt Lilly's Café, gehörten sie zu ihm?“

„Ja, ich sicher. Lilly auch treu zu Yin. Jetzt tot.“

„Wo kann ich ihn finden, diesen Pudley?“

„Ich nicht wissen. Er verstecken gut. Hat Augen und Ohren überall.“

„Warum haben Sie London nicht verlassen?“

„Wüsste nicht wohin gehen? Hier Geld verdienen. Viel Geld. Ich nicht immer Hure sein will.“

„Beschreiben Sie mir den Mann.“

„Er klein, und Bart. Hier. Bart.“ Sie strich mit dem Zeigefinger über die Oberlippe.

„Ein Schnurrbart“, sagte Celeste und die schwarzhäutige Frau nickte eifrig, als spielten sie eine Scharade.

„Weiter. Was noch.“

„Er riechen stark. Schwitzen. Kalte Augen, starrer Blick. Stimme nicht schön.“

„Was meinen Sie damit, Molly?“

„Hohe Stimme, wie Frau, die Maus gesehen hat.“

Celeste musste schmunzeln. „Wo verkehren seine Leute? Gibt es einen Pub? Ein Bordell? Oder ein Tanzlokal?“

Plötzlich entdeckte Molly ihren Geschäftssinn. „Wenn ich sagen. Was zahlen?“

„Ich werde gar nichts zahlen. Ihr Leben sollte es Ihnen schon wert sein, mir alles zu verraten, oder ... sehe ich das falsch?"

„Warum du fragen all die Sachen?"

Plötzlich war die Wut zurück. Sie trat vor Molly und funkelte sie an. „Ich verteidige die Mädchen, die Sie und Ihresgleichen in den Abgrund gestoßen haben."

Molly zuckte zurück, die Augen ängstlich auf den Lauf des Revolvers geheftet.

„Also, noch einmal. Wo treffen sie sich? Wissen Sie das? Meine Zeit ist kostbar."

Molly gab nach.

***

Lambeth
Kennington Lane

Es war gegen sechs Uhr, als Edwards die Kutsche in der Kennington Lane verließ. Er stand vor seinem alten Revier. Dort oben, in Kippwells Büro, brannte noch Licht. Er hatte gehofft, dass er bereits nach Hause gegangen wäre, so hätte er die verhasste Entschuldigung zumindest noch einen Tag hinauszögern können, aber so viel Glück hatte er nicht.

Mit einem Seufzer und einem ergebenen Schulterzucken betrat er die Wachstube.

Ein anderer Polizist als Waldo war heute als Wachhabender eingeteilt. Edwards kannte ihn nicht.

„Ich will zu Kippwell", sagte er mürrisch.

„Und Sie sind?"

„Inspector Edwards. Scotland Yard."

Der Polizist atmete hörbar ein. Sicher hatte er auch von dem Vorfall in Kippwells Büro erfahren.

„Darf ich Fragen, in welcher Angelegenheit Sie ihn sprechen wollen?"

„Ist was Persönliches.“

„Nehmen Sie doch bitte einen Moment Platz. Ich werde durchfragen.“ Damit wies der Wachhabende auf die Bank an der gegenüberliegenden Wand. Auf dem groben Putz hingen Aushänge und Steckbriefe.

Einige waren vergilbt und halb abgerissen, andere hatte man einfach übereinander gehängt.

Edwards studierte sie, mit irgendetwas musste er sich beschäftigen, außerdem wollte er nicht wie ein reuiger Sünder aussehen, indem er untätig auf einer Bank hockte, die dazu noch furchtbar unbequem war.

Der Wachhabende trat indes an eine Platte, aus der zehn Messingaufsätze ragten. Jeder davon war nummeriert. In Nummer vier pustete er hinein. Kurz darauf war eine metallisch klingende Stimme zu hören.

„Ja? Was ist denn?“

„Ein Inspector Edwards ist hier und möchte mit Ihnen sprechen, Sir.“

Eine kurze Pause entstand, Edwards ahnte, wie sehr Kippwell den Moment genoss.

„Was will er?“

„Das hat er nicht gesagt.“

„Dann fragen Sie ihn.“

„Jawohl, Sir.“ Der Polizist wandte sich an Edwards, der mit hinter dem Rücken verschränkten Armen an die Theke trat. Er hatte jedes Wort gehört.

„Sir? Was ist der Grund für Ihren ...“

„Ich habe es gehört“, fuhr ihm Edwards dazwischen. Er stützte sich an der Theke ab und krallte die Finger ins Holz. „Ich war bei meinem letzten Besuch ... etwas außer mir und habe mich gehen lassen“, sagte er mühsam. „Dafür möchte ich mich entschuldigen.“

Der Constable gab den Wortlaut in den Messingtrichter weiter.

„Läuten Sie die Glocke, Constable“, tönte es als Antwort.

„Sir?“

„Tun Sie es einfach. Ich komme gleich runter.“

Edwards wusste, was das bedeutete. Sondereinsatz, alle Polizisten versammeln sich, meist war das bei Aufständen, Revolten oder Katastrophen der Fall. Kippwell würde seine Entschuldigung genießen.

Er hasste ihn, hasste DeFries, der die Entschuldigung von ihm eingefordert hatte, und er hasste sich selbst, dass er so unbeherrscht gewesen war.

Der Wachhabende läutete die Glocke. Im ganzen Haus wurden Stimmen laut, schwere Schuhe trampelten über die Treppen. Türen wurden aufgestoßen. Beamte in Uniform, die sich gerade noch den Helm überstülpten und ihre Knüppel schnappten, füllten den Wachraum.

Es waren zehn Männer, die mit ernsten Gesichtern strammstanden und warteten.

Edwards hatte sich nicht von der Theke wegbewegt.

Es vergingen noch einmal fünf Minuten, bis Kippwell endlich durch die Doppeltür trat.

Er unternahm gar nicht erst den Versuch, seinen Triumph zu verbergen. Er lächelte gönnerhaft, als er auf Edwards zuging und ihn wie einen Verbrecher musterte. „So, so, seht mal Männer, wen uns der Wind da hereingeweht hat. Heute kein lautes Wort? Kein Poltern, kein Türen eintreten, wie es sonst so Ihre Art ist?“

Die Polizisten warfen sich untereinander verstohlen fragende Blicke zu.

„Treiben Sie es nicht zu weit“, zischte Edwards.

„Was sagten Sie?“ Kippwell legte eine Hand hinter das Ohr und tat so, als hätte er ihn nicht verstanden. „Sie sind kein Polizist“, sagte er laut. „Jemand wie Sie gehört in eine Kuriositätenshow, in der man Sie mit Bananen füttert und die Leute Sie begaffen können. Sie sind nur ein Kraftprotz, der mit Affen ringen sollte, sonst nichts.“ Er machte eine gelangweilte Handbewegung.

„Sagen Sie, was Sie zu sagen haben, und dann verschwinden Sie. Sie verpesten die Luft in meinem Revier."

Edwards hätte ihm gerne das überhebliche Grinsen aus dem Gesicht geprügelt. Dann wäre er halt ein Kraftprotz, und wenn schon. Er tat es nicht. „Es tut mir leid", hörte er sich sagen, und konnte kaum glauben, dass die Worte aus seinem Mund kamen. Kippwell tat es auch nicht. „Das klingt nicht sehr überzeugend", sagte er. „Versuchen Sie es noch einmal."

In diesem Moment hätte man eine Stecknadel fallen hören können.

Edwards drückte die Schultern durch und reckte das Kinn vor. „Mein Auftritt in Ihrem Büro tut mir sehr leid." Jedes Wort schien seine Kehle mit kochendem Wasser zu verbrühen. „Ich möchte mich hier, vor Ihren Männern, dafür entschuldigen."

Kippwell klopfte ihm auf die Schulter. „Na sehen Sie, mein Lieber. Es geht doch." Er drehte sich im Kreis und sprach zu seinen Männern. „Sehen Sie, Gentlemen, auch bissige Hunde kann man zähmen. Ich nehme Ihre Entschuldigung an. Auf Wiedersehen, Inspector. Sie haben jetzt meine Erlaubnis zu gehen."

Edwards ballte die Fäuste, nickte knapp, biss die Zähne zusammen und ging hinaus. Kippwells lautes Lachen schallte noch durch die Tür, als er bereits draußen war.

„Lach du nur, du Mistkerl. Ich krieg dich noch."

Er musste sich ablenken und das gelang ihm am besten, wenn er sich mit dem Fall beschäftigte.

Mit großen Schritten entfernte er sich von der Polizeistation. Dabei las er den Zettel aus Albert Lewis' Wettbuch: L.D. London Docks. 10. September. Neun Uhr abends.

Er nahm eine Droschke, die ihn bis zum Tower brachte. Von dort aus musste er zu Fuß weitergehen, die Gegend war dem Kutscher nicht geheuer.

Es war kühl geworden. Dichter Nebel hing über der Themse und kroch das Ufer hinauf.

Edwards passierte die St. Catherine Docks. Glühendes Eisen

brannte in großen Pfannen. Hämmer schlugen, Dampfmaschinen zischten. Männer gingen umher. Ihre Körper waren nur schattenhafte Schemen vor dem rötlichen Schein der heißen Öfen.

Inmitten einer großen Halle lag der Rumpf eines Frachtschiffs, riesig, wie der Leib eines gestrandeten Wals.

Mit den Händen in den Taschen ging Edwards weiter an der Themse entlang. Die London Docks waren nicht mehr fern. Er konnte schon die Schiffe, Kontore und Lagerhäuser sehen.

Auch hier wurde die Nacht zum Tag. Immer wieder begegnete er Werftarbeitern in teergeschwärzten Latzhosen, die zur Arbeit gingen, oder von dort kamen.

Es gab keinen Stillstand, keine Ruhe im Herz des Empires.

Die Docklands waren eine raue Gegend, mit rauen Menschen, die täglich um ihr Überleben kämpften. Die Arbeit war hart und gefährlich. Edwards musste an den Mann denken, der von einem herabstürzenden Eisenträger buchstäblich in zwei Hälften zerrissen worden war. Er war einer der ersten Bobbys gewesen, die vor Ort eintrafen. Ein Bild voller Blut und zerschmettertem Fleisch, wie er es bis dahin nur aus dem Krieg kennengelernt hatte.

Er schüttelte den Kopf. Das war lange her und er musste sich auf das konzentrieren, weswegen er hergekommen war. Zudem waren die Docklands auch in anderer Hinsicht eine gefährliche Gegend.

Hier trieben zahlreiche Banden ihr Unwesen, die nur auf ihr nächstes, unaufmerksames Opfer warteten.

Ein paar Freudenmädchen folgten ihm ein Stück weit.

Edwards beachtete sie nicht weiter, wie er auch die Hütchenspieler, Drogenhändler und Hehler nicht beachtete, die im Schutz der Dunkelheit, des Nebels und der schmutzigen Gassen ihren Geschäften nachgingen.

Er folgte der St. Georges Street und bog in die New Gravel Lane ein. Selbst ohne Adresse war es nicht schwer, sein Ziel auszumachen. Schon von Weitem hörte er das wütende Kläffen von Hunden, ängstliches Winseln, welches nur von harten Stimmen und rauem Lachen durchbrochen wurde.

Die Fassade eines alten Lagerhauses wurde vom Laternenlicht und dem Feuerschein der Öfen beleuchtet. Auf dessen Längsseite prangte eine große, rote dreiunddreißig. Eine Gruppe von Männern und einigen Frauen hatte sich davor versammelt und trotzten dem kalten Nebel, der über das Ufer und die Landungsstege hinauf an Land kroch.

Ein Makronenverkäufer schob seinen Karren vor die Lagerhalle. Andere Karren und Kutschen standen bereits im Halbrund davor. Auf dem Dach einer Kutsche stand ein Mann mit einem verbeulten Zylinder auf dem Kopf. Mit erhobenen Armen und großer Geste sorgte er dafür, dass die Meute ihm Aufmerksamkeit schenkte.

„Heute Abend haben wir gute Kämpfe, gute Hunde. Kommt zu mir! Kommt zum alten Fraser. Gebt eure Wetten bei mir ab! Kein Beschiss! Jeder, der gewinnt, bekommt sein Geld!“

Hinter ihm aus dem Lagerhaus drang aufgeregtes, heiseres Bellen. Die Tore standen offen. Von den Deckenbalken hingen Laternen.

Edwards ging hinein.

In der Mitte der Lagerhalle hatte man einen sechs Meter großen Ring aus beinhohen Brettern errichtet.

Den Kampfplatz hatte man mit Sand ausgestreut, der sich bereits vom Blut vergangener Kämpfe dunkel verfärbt hatte.

Um die Arena herum standen wacklige Holztribünen, die unter dem Gewicht der gut hundertfünfzig Zuschauer ächzten.

Die Stimmung kochte. Edwards blickte in erhitzte, rote Gesichter, die lautstark den Beginn des nächsten Kampfes forderten. Wo sollte er hier einen Mann finden, von dem er nur eine vage Beschreibung hatte, und von dem er nur den ersten Buchstaben seines Namens wusste?

Wenn der denn überhaupt stimmte.

Eine ausrangierte Schiffsglocke wurde geschlagen. Das Geschrei verwandelte sich ihn dröhnenden Jubel. Die Türen der Arena öffneten sich und man entließ zwei Bullterrier in den Ring, die sich sofort mit gefletschten Zähnen und gesträubtem Fell belauerten.

Sie knurrten heiser, gingen geduckt aufeinander zu, nur um dann in einem plötzlichen Ausbruch von Gewalt übereinander herzufallen. Die scharfen Fänge des einen erwischten den anderen im Nacken und rissen Fellstücke und Haut heraus. Blut floss. Das Tier jaulte herzerweichend, bevor es selber zuschnappte. Ein Hin und Her. Sand und Fellfetzen flogen. Der Kampf ließ die Menge rasen.

Edwards sah nicht hin. Er hatte sich in der Zwischenzeit einen höher gelegenen Platz auf einer der Tribünen gesucht und ließ den Blick schweifen.

Da sah er den Mann, den er suchte. Ganz nah. Edwards war sich sicher, dass er der Gesuchte war.

Er war kräftig, aber nicht übermäßig muskulös. Er saß zwischen zwei Tribünen auf einem Stuhl, auf dem er sich wie ein gelangweilter König fläzte. An seinem rechten Ohr funkelte ein goldener Ohrring. Seine Hände waren tätowiert, so wie auch sein Hals. Edwards glaubte, in der Tätowierung einen Tintenfisch zu erkennen. Der Mann trug einen flachen Strohhut und einen weißen, etwas schäbig aussehenden Anzug, in dessen Revers eine rote Rose steckte. Vor ihm stand ein Tisch mit einem aufgeschlagenen Buch aus Leder, einem Fässchen Tinte und einem Griffel. Seine Hand lag auf einem schlichten Kästchen aus Holz mit einem Vorhängeschloss. Zwei muskelbepackte Leibwächter mit stoischen Gesichtern standen links und rechts von ihm.

Edwards stieß einen unrasierten Mann neben sich an und deutete mit einem Kopfnicken auf die Gestalt im weißen Anzug. „Kannst du mir sagen, wer das ist?“, fragte er.

„Der? Das ist Mr. Millsburgh, aber alle nennen ihn nur Flat Hat. Willste wetten?“

„Ich weiß noch nicht. Vielleicht. Kann man ihm denn trauen?"

Der Mann schob sich seine Schiebermütze in den Nacken und lachte gegen den Lärm an. „Hier kannste keinem trauen. Aber der ... der is' ganz ordentlich. Bescheißt nur 'n bisschen."

Edwards nickte kurz, als Zeichen eines stummen Dankes. Der Kampf dauerte inzwischen bereits fast zehn Minuten, als Flat Hat plötzlich aufsprang, als hätte ihn jemand mit einer Nadel gestochen. Eine Gruppe von sechs Männern war an den Tisch getreten. Edwards war wie elektrisiert. Drei von ihnen kannte er. Einer war Jonah, der hakennasige Kerl, der Celeste Summersteen bedroht hatte, mit zwei der anderen hatte er in Madame Yins Haus gekämpft.

Millsburgh und Jonah unterhielten sich. Edwards hätte näher dran sein müssen, um etwas verstehen zu können, aber das war auch nicht nötig. Er konnte sehen um was es ging. Millsburgh öffnete seine Holzkiste, griff hinein und zählte Münzen auf den Tisch. Jonah sah sehr genau zu, dann nickte er und schaufelte sich das Geld in die Hände. Ein Wink von ihm und die Männer waren ebenso schnell verschwunden, wie sie gekommen waren.

Edwards verlor sie im Gedränge schnell aus den Augen. Also richtete er seine Aufmerksamkeit wieder auf Millsburgh, der sich inzwischen wieder gesetzt hatte und dabei kein sehr glückliches Gesicht machte.

Edwards drängte auf geradem Weg durch die Menge. Immer geradeaus, immer mit dem Kopf durch die Wand, kamen ihm DeFries' Worte in den Sinn. Irgendwie musste er ja seinem Spitznamen Bull gerecht werden.

Als er vor dem Tisch auftauchte, musterten ihn die Leibwächter mit grimmiger Ablehnung, während der Wettbetreiber nur ein gereiztes Blinzeln für ihn übrig hatte.

Einer der Schläger trat vor Edwards hin. „Warte bis de Kampf vorbei is'", raunzte er. „Ers' dann kannste neu wetten."

„Ich muss mit Flat Hat sprechen."

„Für dich Mr. Millsburgh."

„Von mir aus.“ Edwards sah den Kerl herausfordernd an.

„Was will er, Raff?“

„Albert Lewis“, sagte Edwards laut genug, damit Millsburgh es hören konnte.

„Raff. Lass ihn näherkommen.“ Er winkte gönnerhaft.

Edwards schob sich an dem Leibwächter vorbei und stieß ihn dabei provozierend mit der Schulter an.

„Meine Zeit ist kostbar“, sagte Millsburgh. „Wer bist du?“

„Ist das wichtig?“

„Nein, nicht sehr.“ Er spielte an seinem Ohrring, indem er ihn zwischen Daumen und Zeigefinger drehte. „Du willst also über Albert Lewis reden?“

„Genauer gesagt über seine Schulden. Können wir irgendwohin gehen, wo es nicht so viele Ohren gibt.“

„Hier ist mein Reich. Du kannst also sagen, was du zu sagen hast.“

Edwards zuckte die Achseln. „Na schön. Es ist so. Er wird Sie nicht bezahlen.“

„Dieser schwachsinnige Scheißkerl. Und weil er sich jetzt in die Hosen pisst, hat er dich vorgeschickt, oder was?“

Edwards lächelte kalt. „Er ist tot. Jemand hat ihn umgebracht.“

„Tot? Scheiße.“

„Wussten Sie das nicht?“

„Nein, verdammt. Wer bezahlt mir denn jetzt seine Schulden?“

„Die können Sie wohl vergessen.“

„Was willst du? Warum bist du hier?“

„Kurz vor seinem Tod hat er mir einen Brief gegeben. Anscheinend hat er geahnt, dass ihm jemand etwas antun könnte. Er hat mir gesagt, ich sollte ihn zur Polizei bringen, wenn das der Fall ist.“ Er machte eine dramatische Pause. „Ich war allerdings noch nicht bei der Polizei.“ Seine Lüge klang so überzeugend, dass sich Flat Hat neugierig über den Tisch beugte. „Was steht denn drin? In diesem Brief?“

„Grob gesagt? Er gibt den Mord an Madame Yin zu, aber Sie

hätten ihn dazu gezwungen." Edwards sprach laut genug, dass vielleicht auch andere ihn verstehen konnten, die nur zufällig die Ohren spitzten.

Millsburghs Gesicht wechselte die Farbe. „Psst. Verfluchter Kerl. Nicht so laut." Er beugte sich über den Tisch. „Das ist blanker Unsinn. Ich hab' mit dem Mord nichts zu tun."

„Oh, ich glaube Ihnen ja. Aber für die Polizei wären Sie ein willkommener Sündenbock."

„Wo ist dieser Brief?"

„Was denken Sie? Nicht hier."

„Ich glaub' dir nicht."

Edwards hob unschuldig die Hände. „Auch gut." Er wollte gehen.

„Warte. Was willst du?"

„Ich möchte Ihnen ein Geschäft vorschlagen."

„Also schön. Bin ganz Ohr."

„Nicht hier. Ich riskier auch was bei der Sache. Und ich will mit Ihnen nicht länger zusammen gesehen werden, als es unbedingt nötig ist."

Edwards war es gelungen, den Buchmacher neugierig zu machen. Er stand auf. „In Ordnung. Komm mit. Du auch, Raff. Und du passt auf, klar?", befahl er dem anderen.

Kurz darauf verschwanden sie durch eine Hintertür des Lagerhauses, die zu einem Hinterhof führte, in dem sich Unrat stapelte und in dem es streng nach Urin stank. Ein weiterer Durchgang führte durch einen Bretterverschlag hinaus auf die Straße.

Die Tür war kaum hinter ihnen ins Schloss gefallen, als Edwards zu dem Leibwächter herumfuhr und ihm einen krachenden Schlag unter das Kinn versetzte. Der Mann grunzte kurz, verdrehte die Augen und stürzte wie ein gefällter Baum zu Boden.

Noch bevor Millsburgh begriff, was gerade geschah, hatte Edwards ihn bereits am Revers gepackt und gegen eine Wand gestoßen.

„Was soll denn das?“ Dem Buchmacher stand die Angst ins Gesicht geschrieben.

„Wir unterhalten uns jetzt über Albert Lewis und die getöteten Frauen.“

„Was denn für Frauen? Von was redest du?“

Edwards verkrallte die Hände im Revers und stieß Millsburgh noch einmal kräftig gegen die Wand.

„Ich geh hier nicht weg, bis Sie meine Fragen beantwortet haben.“

„Bist du ’n Copper oder was willst du?“

„Scotland Yard.“

Millsburgh spuckte aus. „Dir sag’ ich gar nix. Verpiss dich.“

Edwards rammte seine Faust in den Magen des Buchmachers. „Falsche Antwort. Drei Frauen sind tot. Albert Lewis auch. Ich will Antworten.“

„Ich ... ich weiß nix.“ Der Buchmacher rang nach Luft.

Edwards riss die rote Rose aus dem Knopfloch. „Wissen Sie, was wir bei der letzten Toten gefunden haben? Rosenblätter. Rote. Wie die hier.“

„Das beweist gar nichts!“

Edwards packte fester zu. „Es beweist genug, um Sie an den Strick zu bringen. Ich werde Ihnen sagen, was passiert ist. Lewis stand bei Ihnen in der Kreide. Zweihundert Pfund sind eine Menge Geld, aber er kann nicht zahlen, also denken Sie sich, der ist doch wie geschaffen für einen Mord. Oder mehrere. Sie zwingen ihn, Yin aus dem Weg zu schaffen. Ein idealer Mörder. Er kennt Yin nicht, es gibt keine Verbindung zwischen ihnen. Und er macht seine Sache gut ... die Königin des East End ist tot. Der Weg ist frei. Man will ja nicht ewig Buchmacher bleiben. Aber dann will Albert Geld, er erpresst Sie, aber Sie lassen sich nicht erpressen. Nicht ein Mann wie Sie. Also töten Sie ihn und stecken ihm Yins Haarkamm in die Tasche. Und damit das Ganze aussieht, wie das Werk eines Verrückten, müssen noch zwei andere Frauen auf die gleiche Weise sterben. Unschuldige

Frauen, Bauernopfer. Erdrosselt, nur um von der eigentlichen Tat abzulenken."

„Das war ich nicht. Ich bring' keinen um. Sie sind ja verrückt."

„Ach nein? Dann waren Sie nicht bei Lewis und haben mit ihm gestritten?"

„Doch ja", gab er zu. „Aber doch nur, weil ich mein Geld wiederhaben wollte. Nicht mehr, wirklich! Was hätte ich denn davon gehabt, wenn er Yin umbringt? Ich kannte sie, ja, aber hey, die war immer fair, wollte ihren Anteil, aber es blieb immer genug für mich übrig. Leben und leben lassen. Ich hatte meine Plätze bei den Kämpfen und hab' meinen Schnitt gemacht. Ich hatte gar keinen Grund, Yin was anzutun.

„Und die Männer vorhin? Sie haben sie bezahlt. Wofür?"

Millsburgh lachte bitter. „Was denkst du denn? Das war Schutzgeld, verdammt noch mal. Entweder ich zahl das, oder die brechen mir die Knochen. Die solltest du dir schnappen, die sind nämlich dabei, Yins Geschäfte zu übernehmen. Nich' ich."

„Wer sind die?"

„Die sind plötzlich aufgetaucht, wie ein Springteufel. Sagten, Yin sei tot und sie würden von jetzt an die Geschäfte führen."

„Wer ist der Kopf?"

„Bin ihm nie begegnet. Aber er heißt Osbert Pudley."

Edwards hatte den Namen noch nie gehört. „Wo kann ich die finden?"

„Keine Ahnung. Ich lauf' denen doch nicht nach. Ich häng an meinem Leben. Alle kuschen vor dem."

Edwards lockerte den Griff ein wenig, ohne Millsburgh aus den Augen zu lassen. „Dieser Pudley. Seine Männer haben bei Madame Yin was mitgehen lassen. Eine silberne Schatulle. Wissen Sie, was da drin ist?"

„Nein, weiß ich nicht. Ich war nie bei Yin."

„Kennen Sie Black Molly?"

Millsburgh nickte. „Ja, das ist eine von Yins Huren. Die war von Anfang an bei ihr. Hat die neuen Mädchen für ihre Hurenhäuser ausgebildet."

„Wo ist sie jetzt?"

„Keine Ahnung." Er legte den Kopf schräg. „War's das jetzt? Lassen Sie mich jetzt endlich los?"

Edwards drehte ihn um und drückte ihn mit der Brust gegen die Wand. Handschellen klickten. „Was soll denn das? Ich hab' gesagt, was ich weiß."

„Ja und das kann stimmen, oder auch nicht. Wenn ich Sie jetzt laufen lasse, verschwinden Sie vielleicht auf Nimmerwiedersehen."

„Mach ich nicht. Ich schwör's."

„Der Schwur eines Buchmachers?" Edwards zwinkerte. „Nicht sehr glaubhaft."

„Scheißkerl."

In dem Moment öffnete sich die Tür. Der zweite Leibwächter streckte den Kopf in den Hinterhof.

Mit einem Blick erkannte er die Lage und schon stürmte er brüllend auf Edwards los. Der hatte gerade noch Zeit, zurückzuspringen und den Schwinger mit dem Unterarm abzublocken.

Er hatte das Gefühl, ein Maultier würde ihn treten. Die Wucht warf ihn zurück. Er rutschte auf einem Kothaufen aus, fing sich aber und duckte sich unter einem weiteren Schlag, der nur seinen Kopf streifte. Edwards warf sich nach vorne, rammte dem Leibwächter die Schulter in den Bauch und warf ihn gegen ein morsches Fass. Holz splitterte, fauliges Wasser ergoss sich in den Hinterhof. Der Leibwächter trat um sich und traf Edwards am Brustkorb. Der fiel rückwärts, rein in den Bretterzaun, den er durchbrach. Er fiel auf die Straße. Es war ihm gerade gelungen aufzustehen, als sein Angreifer schon wieder heran war. Ein Schlag traf Edwards' Wange. Sein Kopf ruckte herum, dem zweiten Hieb wich er aus. Dann schlug er zu. Eine Rechts-links-Kombination gegen den Kopf.

Sein Gegner grunzte, blieb aber auf den Beinen. Er brüllte,

warf sich vorwärts, packte Edwards bei den Schultern und warf ihn quer über die Straße, als wäre er nicht schwerer als ein Sack Mehl.

Er überschlug sich auf dem Kopfsteinpflaster. Zwar kam er sofort wieder auf die Füße, aber sein Gegner war bereits wieder bei ihm und stieß ihm die Faust ins Gesicht. Er schmeckte Blut. Seine Lippe brannte. Drohend kam der Riese mit weiten Schritten auf ihn zu. Er griff nach Edwards, packte ihn am Kragen und hob ihn auf die Füße.

Edwards versuchte, seinen Revolver zu ziehen, aber der hatte sich im Futter seiner Jackentasche verhakt. Dann wollte er zuschlagen, aber seine Schläge waren ohne Kraft und daher ohne Wirkung.

Eine mächtige Hand schloss sich um seinen Hals und drückte zu.

Da krachte ein Schuss. Dumpf, grollend und ganz nah. Beide sahen hin. Eine Frau stand dort. Sie hielt einen schweren Revolver in die Luft gestreckt, den sie nun langsam senkte, um auf den Leibwächter zu zielen. „Lassen Sie ihn los! Sofort!"

„Miss Summersteen", röchelte Edwards, der nicht wusste, ob er sich freuen oder die Lage, in der sie ihn sah, verteufeln sollte.

„Lassen Sie ihn los! Ich sag es nicht noch einmal." Sie spannte den Hahn.

Der Leibwächter sah von ihr zu Edwards und wieder zurück. Dann löste er seine Hände, trat zurück und rannte los. Er schlug Haken, zog den Kopf ein und verschwand in einer der nächsten Gassen.

Edwards betastete seine blutige Lippe, ehe er seinen vorwurfsvollen Blick auf Celeste richtete.

„Ich hatte den Kerl genau da, wo ich ihn haben wollte."

„Das habe ich gesehen." Sie steckte die Waffe weg und folgte Edwards in den Hinterhof.

Millsburgh hatte die Ablenkung genutzt und sich aus dem Staub gemacht.

Edwards hatte nichts anderes erwartet. „Kommen Sie, gehen wir“, sagte er. „Hier gibt es für uns nichts mehr zu tun.“

Sie gingen schweigend die Straßen zurück an die Themse.

„Ich hätte mir denken können, dass Sie herkommen würden“, sagte Edwards nach einer Weile.

„Natürlich. So gut sollten Sie mich inzwischen kennen.“ Sie reichte ihm ein Taschentuch. „Hier, Sie bluten.“

Der Nebel wurde dichter. Menschen wurden zu Schemen. Fassaden zu tristem Grau und der Lichtschein zu blassen Verfärbungen im Einerlei einer trüben Nacht.

„Haben Sie denn etwas erfahren?“, fragte Edwards.

„Genug, um Yin zu hassen. Und Sie?“

Er zögerte.

„Inspector. Wie lange wollen Sie dieses Spiel ...“

„Osbert Pudley“, fiel ihr Edwards ins Wort. „Er übernimmt Yins Geschäfte.“

„Das weiß ich schon.“

„Woher wissen Sie das denn nun schon wieder zum Kuckuck?“ Er blieb stehen und lehnte sich mit verschränkten Armen an die Kaimauer.

„Ich habe Black Molly gefunden. Sie hat mir von ihm erzählt.“

„Sie haben sie gefunden? Wo ist sie?“

„Sie versteckt sich. Sie hat Angst vor Pudley. Sie hat ihm das Gesicht zerschnitten.“

Edwards tupfte Blut von der Lippe. „Warum haben Sie sie nicht mitgebracht? Sie ist eine wichtige Zeugin.“

„Sie hat mir einige Dinge verraten, die nicht für Ihre Ohren bestimmt sind, Inspector.“

„Ihr heimliches Getue geht mir ganz schön auf die Nerven. Vielleicht sollte ich mich mal mit Ihrem Auftraggeber unterhalten.“

„Das ist nicht nötig.“

„Was nötig ist und was nicht, entscheide ich.“

„Ich habe Ihnen gerade das Leben gerettet. Sie schulden mir etwas.“

Edwards wollte etwas erwidern, schwieg aber dann doch.

Auch Celeste holte tief Luft und beruhigte sich. „Inspector", sagte sie leise, „ich habe diesen Pudley gesehen. Ich weiß, wie er aussieht und ich verrate es Ihnen, wenn Sie die Familie Ellingsford in Ruhe lassen."

Edwards kniff misstrauisch die Augen zusammen. „Wann haben Sie ihn gesehen?"

„Gerade eben." Sie deutete in Richtung der Lagerhalle, in der die Kämpfe noch immer zugange waren. „Ich habe die Männer beobachtet, die von dem Buchhalter Geld genommen haben. Als sie dann gingen, bin ich ihnen gefolgt. Sie haben sich draußen mit jemandem getroffen."

„Und weiter?"

„Ich muss zuerst auf Ihrem Wort bestehen, Inspector. Lord Ellingsford. Sie behelligen ihn nicht."

„Ja, verdammt. Sie haben mein Wort. Fürs Erste."

Sie nickte. „Das muss mir wohl genügen. Pudley ist klein, schmächtig, fast dürr. Seine Kleidung ist eher schlicht. Er trägt einen Bowler und einen dichten Schnurrbart. Und er hatte eine Narbe. Hier." Sie fuhr mit den Fingerspitzen vom Wangenknochen bis hinunter zum Mundwinkel. „Er wirkt auf mich nicht gefährlich. Er erinnert mich eher an einen Tagelöhner, aber seine Leute schienen Angst vor ihm zu haben. Erinnern Sie sich noch an den Mann im Hanson & Fitch, diesen Jonah?"

„Ja, natürlich."

„Er arbeitet für ihn. Er gab ihm das Geld. Mir kam es so vor, als würde Jonah einem hungrigen Löwen, ein Stück Fleisch mit der Hand reichen und Angst haben, er würde ihm den Arm abreißen."

Edwards nickte und fragte: „Was war dann?"

„Nichts weiter. Sie bestiegen eine Kutsche und fuhren davon. Ich versuchte noch, ihnen zu folgen, aber sie waren zu schnell und ich habe sie aus den Augen verloren. Also kam ich zurück und fand ... Sie."

Edwards lehnte an der Kaimauer und richtete den Blick aufs Wasser. Im Nebel verloren sich die Lichter eines Bootes, das tuckernd die Themse hinabfuhr.

Celeste gesellte sich zu ihm und folgte seinem Blick. „Haben Sie denn was aus dem Wetteintreiber rausbekommen?"

„Nicht viel. Nur das, was wir schon wissen. Pudley reißt sich alles unter den Nagel. Konkurrenz lässt er beseitigen. Ich bin überzeugt, Pudley ist unser Mann, er ist der Mörder. Er hat ein sehr gutes Motiv." Edwards bemerkte, wie Celeste die Nase krauszog. „Sind Sie anderer Meinung?"

„Ich erinnere mich daran, wie seine Leute in Aunt Lilly's Café vorgegangen sind. Brutal und laut. Sie haben Leute erschossen und alles in Brand gesteckt."

„Worauf wollen Sie hinaus?"

„Nun ja. Die Tode von Estelle und von Yin, sie waren ... verzeihen Sie mir den Ausdruck ... kunstvoll. Aber Pudleys Leute gehen eher wie Holzfäller vor."

Edwards strich sich über das Kinn. „Da haben Sie nicht ganz unrecht. Trotzdem ist er wie ein wildes Tier, das ich zur Strecke bringen muss."

„Da pflichte ich Ihnen bei."

„Sie können es noch nicht wissen, aber ... es gibt eine weitere Tote."

Celeste erschrak. „Was? Wer ist es?"

„Das wissen wir noch nicht. Wir kennen ihren Namen noch nicht. Sie war jung, aber in schlechter körperlicher Verfassung. Morgen früh bekomme ich eine Fotografie von ihr, dann lasse ich auf den Wachen nachfragen, die dem Fundort am nächsten liegen."

„War sie ähnlich zugerichtet wie ..."

„Sie wurde erdrosselt ... und geschlagen. Sie war kein schöner Anblick."

„Das ist furchtbar. Wo wurde sie gefunden?"

„In der Themse. Wie die anderen. Ein Patrouillenboot der

Thames Division hat sie im Uferschlamm entdeckt. Heute Morgen."

„Wo ist sie jetzt?"

„Doktor Aeglewood hat sie zu Scotland Yard bringen lassen." Er musterte Celeste, die plötzlich so anders wirkte. „Ist etwas mit Ihnen?", fragte er besorgt. „Sie sehen blass aus."

„Ich weiß nicht. Ich habe nur so eine Ahnung, dass ich weiß, wer es sein könnte."

„Wirklich? Dann lassen Sie es uns herausfinden. Nehmen wir eine Droschke."

Im Leichenkeller war es still. Normalerweise redete jemand, klapperte mit Operationsbesteck, oder sonst ein Geräusch durchbrach die unangenehme Stille.

Nicht so in der Nacht. Dann war niemand hier.

Der Geruch nach Formaldehyd, Alkohol und Tod erschien Celeste zu dieser späten Stunde besonders intensiv. Sie atmete flach, während sie darauf wartete, dass Edwards das Gaslicht aufdrehte.

In ihrem Geist formten sich Bilder, in denen sich die Leichentücher bewegten, sich die Toten erhoben, um Gerechtigkeit zu fordern. Es raschelte, Stoff auf Stoff, was ihr eine Gänsehaut bereitete. Aber es war nur Edwards, der neben sie trat, während das Licht stärker wurde und die Schatten vertrieb. Besser fühlte sich Celeste dadurch nicht.

Fünf Leichen lagen auf den Bahren. Edwards ging sie nach und nach durch und hob die Tücher an. Bei der vierten blieb er stehen. „Hier ist sie", sagte er.

Celeste trat von der anderen Seite an die Bahre und richtete den Blick auf das Gesicht der Toten. Sie hatte Augen und Mund geschlossen und wirkte fast friedlich. Ihre Haut erinnerte Celeste an Elfenbein. Im harten Kontrast dazu stand der dünne, dunkelrote Strich, der ihren Hals zeichnete.

Celeste sah ihre Befürchtung bestätigt. „Ich kenne sie. Das ist

Margareth. Ihr bin ich zu Aunt Lilly's Café gefolgt. Sie hat dort als ... Freudenmädchen gearbeitet."

„Margareth und ... weiter?"

„Bilsher, wenn ich mich nicht irre."

„Und woher kennen Sie sie?"

Sie würde Dorotheas Namen nicht ins Spiel bringen. „Ich kenne Sie nicht. Ich habe kein Wort mit ihr gesprochen. Aber ich habe gehört, wie sie sich mit jemandem unterhalten hat."

„Mit wem?"

„Ich kenne ihn nicht." Würde Edwards ihr die Lüge abkaufen?

„Ihn oder sie. Dorothea Ellingsford."

Celeste starrte ihn an. „Wie?"

„Miss Summersteen, bitte, halten Sie mich nicht für einen Idioten. Ich habe Fulston über die Familie Ellingsford nachforschen lassen. Ich weiß, dass sie ein Jahr in Amerika war, zur Kur bei ihrer Tante, und erst vor wenigen Tagen zurückgekehrt ist. Das ist kein Geheimnis. Aber warum sie von einer Pinkerton Detektivin begleitet wird, die sich in meine Ermittlungen einmischt, ist schon eher rätselhaft. Ich nehme an, es handelt sich um ein dunkles Familiengeheimnis, das unbedingt gewahrt werden muss." Er lächelte. „Miss Summersteen. Jetzt machen Sie nicht so ein Gesicht."

„Sie haben mir Ihr Wort gegeben, die Familie in Ruhe zu lassen."

„Oh, ein Wort ist ein Wort. Und wenn es die Sache nicht unbedingt erfordert, werde ich es auch halten." Er umrundete die Bahre, stellte sich neben Celeste und sah ihr in die Augen. „Ich muss zugeben, bisher sind Sie mir sehr nützlich, aber", er lächelte angestrengt, „zitieren Sie mich nicht."

Sie wusste nicht, was sie sagen sollte, aber zum ersten Mal hatte sie das Gefühl, dass Edwards sie als Detektivin respektierte.

Edwards sah auf die tote Margareth. „Wir werden dieses Schwein finden und dann bringen wir es zur Strecke." Er fuhr sich mit der Hand über die Augen.

„Sie sehen müde aus, Inspector."
„Oh ja, das bin ich auch."
„Dann lassen Sie uns gehen. Es ist spät."

***

Es war eine halbe Stunde nach Mitternacht, als Edwards endlich nach Hause kam.

Er war erledigt. Sein Körper schien nur noch aus Blutergüssen und verschorften Wunden zu bestehen. Er war dreckig und seine Kleidung stank nach Gosse. Die Füße taten ihm weh. Hinzu kam die Demütigung durch Kippwell, die noch viel schwerer wog als all die Schläge, die er heute hatte einstecken müssen. Er konnte ihn vor sich sehen, wie er lachte, Sherry trank und sich über den groben Klotz lustig machte, der versuchte ein Scotland Yard Beamter zu sein.

Edwards presste die Lippen zusammen und schmeckte Blut. Die Wunde hatte sich wieder geöffnet. Mit hängenden Schultern schleppte er sich die Gasse entlang, an deren Ende das Haus lag, in dessen Mansardenwohnung er zu Hause war.

Als er den Eingang erreichte, löste sich ein Schatten aus dem Dunkel der Nachbarhäuser.

Edwards riss die Waffe aus der Jackentasche. Stoff riss. Das metallische Knacken, als er den Hahn spannte, sorgte dafür, dass die Gestalt die Hände hob.

„Sie wollen doch wohl keinen alten Freund erschießen", erklang eine vertraute Stimme.

„Angus! Verdammt, bist du verrückt?! Dich so anzuschleichen! Ich hätte dich fast erschossen."

Edwards steckte den Revolver zurück und sah dem jungen Mann in das sommersprossige Gesicht. „Ich warte schon seit Stunden auf Sie, Inspector. Darf ich die Hände runternehmen?" Er grinste.

Edwards schloss die Tür auf.

„Ich würde mich über eine Tasse Tee freuen."

„Komm erst mal rein." Edwards warf einen prüfenden Blick über die Schulter und schob Angus Richtung Eingang.

Angus ahnte seine Gedanken, denn er sagte: „Sie haben wohl Angst, dass wir zusammen gesehen werden." Das schien ihn zu amüsieren.

Edwards knurrte etwas Unverständliches. Erst als er die Tür schloss, sagte er: „Diese Zeitungsschmierer von der Police News haben mich aufs Korn genommen."

„Sie meinen die Vorwürfe, Sie würden die Fenians unterstützen?"

„Du hast es also auch gelesen."

„Dumme Sache, was?"

Sie stiegen die Treppe hinauf.

„Das kannst du laut sagen."

„Dieser Henessey scheint Sie nicht besonders zu mögen."

„Beruht auf Gegenseitigkeit. Aber die Runde ging an ihn."

„Ich würde mir da nicht allzu viele Sorgen machen. In ein paar Wochen kräht der Sache kein Hahn mehr hinterher."

„Ich hoffe, du hast recht."

Nachdem sie Edwards' Wohnung betreten hatten, zeigte er auf das alte Sofa. „Setz dich. Tee hab' ich keinen."

„Haben Sie denn was zu essen? Ich schieb ziemlichen Kohldampf."

Edwards klapperte in der Küche mit den Schranktüren. „Kekse, aber da waren die Mäuse dran. Wie wäre es mit einem Glas Whisky?", rief er.

„Sie wissen doch, ich trinke nie. Lassen Sie es gut sein, Inspector."

Edwards kam zurück und setzte sich Angus gegenüber.

„Wenn Sie das nächste Mal Gäste haben, sollten Sie vielleicht etwas dahaben, was Sie anbieten können."

„Normalerweise kündigen sich meine Gäste vorher an, Angus."

„Touché, Inspector."

„Also, was hast du für mich?“

„Der Mann, den Sie suchen, heißt Osbert Pudley.“

„Das weiß ich schon.“

Angus schürzte die Lippen. „Wussten Sie denn auch, dass er aus Birmingham kommt? Er ist seit einem Jahr in London und raten Sie mal, für wen er in der Zeit gearbeitet hat.“

„Ich lehne mich jetzt mal weit aus dem Fenster und sage: Madame Yin.“

„Richtig. Und nebenher hat er Leute um sich geschart und hinter Yins Rücken angefangen, sein eigenes kleines Verbrecherimperium aufzubauen.“

„Wie viele arbeiten für ihn?“

„So um die dreißig, vielleicht ein paar mehr, vielleicht ein paar weniger.“

„Ein ziemliches Rattennest. Wo versteckt sich die Bande?“

Angus hob die Schultern und ließ sie wieder fallen. „Das weiß ich nicht.“ Er beugte sich vor. „Aber ich habe jemanden getroffen, der es weiß und der auch reden will, gegen Bezahlung versteht sich. Er will sich mit Ihnen treffen.“

„Wer ist der Kerl?“

„Er heißt Ian.“

„Kann man ihm trauen?“

„Wohl kaum. Aber er hat mir gesagt, er gehörte mal zu Pudleys Bande, bis es Ärger gab und er abhauen musste.“

„Was für Ärger?“

„Hat er nicht gesagt.“ Das Sofa knarrte, als sich Angus zurücklehnte und ein Bein über das andere schlug.

„Klingt nicht sehr vertrauenserweckend, wenn du mich fragst.“

„Etwas anderes habe ich nicht für Sie, Inspector. Wenn Sie wollen, kann ich mich weiter umhören.“

Edwards zögerte nicht lange. „Ich will mich mit ihm treffen. Ich kann es mir nicht leisten, so eine Gelegenheit ungenutzt verstreichen zu lassen.“

Angus stand auf. „Dann werde ich ein Treffen vereinbaren. Ich lasse Sie wissen, wo und wann."

„Du kannst trotzdem weiter die Ohren spitzen."

„Mach ich, Inspector. Mach ich. Aber ich glaube, Sie schulden mir noch etwas." Er streckte die Hand aus.

Edwards wusste, was er wollte und bezahlte den ausgehandelten Spitzellohn.

Mit einem Lächeln und einem Griff an die Mütze bedankte sich Angus und ging.

Es wurde still in der Wohnung und eine lähmende Erschöpfung bemächtigte sich Edwards.

Er schaffte es nicht einmal mehr, sich auszuziehen. Er schlief in dem Sessel sitzend ein.

***

12. September
Das Haus der Ellingsfords

Ein Sonnenstrahl traf Celestes Gesicht, die murrend die Augen zusammenkniff und sich das Kissen aufs Gesicht drückte.

Sie hatte wie ein Stein geschlafen, aber viel zu kurz, wie ihr das dumpfe Pochen hinter der Stirn zu verstehen gab. Sie blinzelte, drehte sich noch einmal von einer Seite zur anderen und gab es dann schließlich auf, noch einmal einschlafen zu wollen. Schon waren wieder die Bilder da, von der toten Margareth, den Männern beim Hundekampf, Edwards, die Gedanken über den Mörder, die Empfindungen und das belastende Gefühl, kaum voranzukommen. Celeste schlug die Decke zurück und kletterte mühsam aus dem Bett. Ein undefinierbarer Geschmack lag ihr auf der Zunge. Sie trank einen Schluck Wasser, was es aber nicht besser machte. Aus dem Spiegel schien ihr eine andere Frau entgegenzublicken.

Sie fuhr sich durch die Haare, die ihr wie Strohhalme vom Kopf abstanden. Ihre Haut wirkte blass und unter ihren Augen zeichneten sich dunkle Ringe ab. Ein Bad würde ihr sicher guttun. Sie klingelte nach dem Hausmädchen.

Während sie wartete, setzte sich Celeste an den Schreibtisch. Sie schrieb eine kurze Notiz an Mrs. Roover, informierte sie über die Geschehnisse und ihr Vorwärtskommen. Dann las sie den Text, schüttelte den Kopf, zerknüllte das Papier und begann von Neuem. Drei Mal setzte sie an, schrieb auch von Ellingsfords Absicht, Dorothea zu vermählen, um sich vor dem Bankrott zu retten.

Nachdem sie zwei Seiten niedergeschrieben hatte, beendete sie ihren Bericht. Zufrieden war sie damit aber nicht.

Es klopfte. Es war Francine.

Nachdem sie gebadet und sich den Schmutz des East End abgewaschen hatte, hatte Francine sie frisiert und angekleidet. Es war kurz vor neun Uhr.

Im Haus ging alles seinen üblichen Gang.

Celeste ging zu Dorotheas Zimmer und klopfte an. Ein zaghaftes Herein forderte sie auf, einzutreten. Dorothea saß an ihrem Schreibtisch. Sie hatte etwas hastig unter einem Stapel Papiere versteckt. Als sie sah, dass es Celeste war, zog sie es hervor. Es war ein Buch.

„Bitte schließen Sie die Tür." Das Mädchen hatte geweint.

Celeste trat neben sie, legte ihr sanft die Fingerspitzen auf die Schultern und sah auf das Buch.

Dorothea bemerkte den Blick. „Jane Eyre", sagte sie und gab es ihr. „Er hat es mir gegeben. Rochester." Sie senkte den Kopf. „Ich hatte wirklich geglaubt, er liebt mich."

Celeste schluckte und schlug den Einband auf. Er kam ihr merkwürdig dick und schwer vor. Auf der Innenseite entdeckte sie Kratzspuren, wie von Fingernägeln oder einem Brieföffner. „Was hast du hier versteckt?"

„Gedichte. Er hat mir Gedichte geschrieben. Oh Gott, ich war so dumm."

„Darf ich sie mir ansehen?"

Das Mädchen nickte und während sich Celeste an der Verleimung zu schaffen machte, fragte sie: „Wann hast du ihn zum letzten Mal gesehen?"

Ein Zucken im Gesicht und eine tiefe Falte zwischen den Augen zeigten, wie schmerzvoll es für Dorothea war, sich daran erinnern zu müssen.

„Ich war in diesem Café."

„Mit ihm?"

„Nein." Das Mädchen errötete. „Edward kam mit einer anderen Frau herein."

„Moment", unterbrach sie Celeste: „Er nannte sich Edward Rochester?"

„Ja, ich weiß. So heißt eine der Personen in Jane Eyre."

„Ein Mann, der sich hinter einem Pseudonym versteckt. Ist dir das nicht seltsam vorgekommen?"

Dorothea blickte sie ärgerlich an. „Nein, ich fand das vielmehr sehr romantisch." Sie senkte den Blick und fuhr fort. „Er hat mich nicht einmal beachtet und als ich ihn ansprach tat er so, als kenne er mich nicht. Ich hätte ihm am liebsten die Augen ausgekratzt."

„Hast du je seinen richtigen Namen erfahren?"

„Nein, habe ich nicht."

„Und das war das letzte Mal, dass du ihn gesehen hast?"

„Ja. Kurz darauf hat mein Vater herausgefunden, dass ich Opium nehme. Er war sehr wütend, er wollte mich aus dem Haus werfen. Mutter zuliebe hat er es nicht getan. Sie hat ihn auch überzeugen können, mich zu Tante Anette zu schicken."

„Und jetzt hat er dich zurückgeholt."

„Um mich mit einem Mann zu vermählen, den ich nicht liebe."

Celeste brannte es auf den Lippen, ihr zu sagen, dass ihr Vater bankrott war, und diese Heirat nichts anderes als der Versuch war, den Namen Ellingsford vor dem Untergang zu bewahren. Sie sagte nichts. Das Mädchen hatte schon genug durchgemacht und welchen Nutzen hatte es, Dorothea gegen ihren Vater aufzubringen? Keinen, es würde nur noch mehr Wut, Trauer und Tränen geben.

Stattdessen widmete sie sich den geheimen Liebesschwüren eines verlogenen Mannes, der vorgab, sich nach seiner Liebsten zu sehnen.

Dabei erwähnte er Dorothea nicht mit Namen, er nannte sie nur seine Blume, seinen Sonnenschein oder sein liebendes Herz. Er schrieb, dass er sich nach ihr verzehrte, nach ihrer Umarmung, dem sinnlichen Kuss ihrer Lippen. Hinweise auf Orte oder Treffpunkte gab es nicht. Die Briefe waren nicht datiert, aber unterschrieben. Edward Rochester. Dieser Mann war clever gewesen und hatte keine Spuren hinterlassen.

„Wie habt ihr eure Verehrer kennengelernt?"

„Das war auf einem Blumenfest im Hyde Park. Sie haben uns umgarnt, uns Blumen geschenkt. Sie waren witzig und charmant. Wir trafen uns danach noch zum Tee und einmal zum Abendessen. Wir alle."

„Und danach?"

„Da wollte mich Rochester nur noch alleine treffen. Er sagte, die wenige Zeit, die wir gemeinsam hätten, wollte er mich für sich alleine."

Celeste rümpfte die Nase. „Wer waren die anderen? Wie lauteten ihre Namen?"

„Da gab es einen Jonathan Riggs. Der machte Janice den Hof. Der andere hieß Douglas, dann Edward und Estelle hatte einen Captain Quayle. Er war Seeoffizier."

„Quayle sagst du? Diesem Mann bin ich in Aunt Lilly's Café begegnet. Ich kam gerade dazu, als er einem jungen Mädchen Opium zu rauchen gegeben hatte."

Dorothea nickte nur und schwieg.

„Du erwähntest eben eine Janice. Meinst du, Janice Bradshaw, die Tochter des Antiquitätenhändlers?"

„Ja."

„Wie lange ist sie schon tot?“

Dorothea musste nicht lange nachdenken. „Es ist bald zwei Jahre her.“

„War das in der Zeit, als es dir schon schlecht ging?“

„Da fing es an, ja.“

„Wie ist sie gestorben?“

„Mr. Bradshaw wollte nie darüber sprechen. Ich weiß nur, dass es ein Unfall war. Sie ist gestürzt. Er hat sie noch ins Hospital gebracht, aber sie starb noch in der gleichen Nacht.“

„In welches Hospital?“

„Das weiß ich nicht. Warum fragen Sie mich das?“

Celeste richtete betroffen den Blick auf ihre Hände und suchte dann lange nach Worten. „Dafür gibt es einen Grund.“

„Was ist denn?“ Dorothea wurde unruhig.

„Du musst jetzt sehr stark sein. Du bist die letzte Überlebende von deinen Freundinnen. Margareth ...“

Das Mädchen erbleichte.

„Sie wurde ermordet.“

„Nein, nein, das ist nicht wahr.“

„Doch, es ist leider so. Ich habe sie selbst gesehen. Heute Nacht ... bei Scotland Yard.“

„Aber vielleicht irren Sie sich.“

„Ich habe sie in Highgate deutlich genug gesehen, um es zu wissen.“

„Nein, nicht. Ich will das nicht hören.“

Celeste fasste sie bei den Armen. „Du musst mir aber zuhören. Ich mache mir Sorgen um dich. Ich fürchte, du bist in Gefahr.“

„Oh Gott.“ Dorothea schlug die Hände vor den Mund. „Sie glauben, ... man will mich auch umbringen?“

„Ich denke nur, dass wir vorsichtig sein sollten, solange der Mörder noch nicht gefasst wurde. Sie nahm Dorothea in den Arm. „Ich werde nicht zulassen, dass dir etwas geschieht, hörst du?“

Dorothea wischte die Tränen fort und versuchte, tapfer zu lächeln.

„Warum tut jemand so was?“

„Ich weiß es nicht, aber ich werde es herausfinden.“

„Jetzt weiß ich, warum Sie nach Janice fragen. Sie glauben, sie war die Erste? Es war gar kein Unfall. Aber ... ich verstehe das nicht. Warum sollte Mr. Bradshaw lügen?“

„Vielleicht wusste er es nicht besser. Aber ich werde es herausfinden. Sag mir, hat Janice auch Opium genommen?“

„Ich glaube, wir alle haben das.“

„Wo wurde sie bestattet?“

„Sie liegt neben ihrer Mutter in Kensal Green.“

Celeste dachte kurz nach. „Ich würde ihr Grab gerne besuchen. Würdest du mich begleiten wollen?“

„Nein, besser nicht. Das letzte Mal, als ich auf einem Friedhof war, musste ich einer Freundin Lebewohl sagen. Es tut mir so leid für Margareth.“ Plötzlich war da eine alles verzehrende Wut, die in Dorotheas Augen brannte. „Wäre ich nur stärker, ich würde diese Männer töten für das, was sie uns angetan haben.“ Dann lächelte sie entschuldigend, bevor sie sich aus Celestes Umarmung löste, das Buch und die Briefe nahm und an eines der großen Fenster trat. Sie sah auf den Park hinaus.

„Miss Summersteen“, sagte sie nach einer Weile. „Seit ich nach London zurückgekehrt bin, glaube ich, in einem Albtraum zu leben. Alles, was ich will, ist, keine Angst mehr haben zu müssen. Kann das nicht einfach aufhören?“

„Ich tue alles dafür, das weißt du.“ Sie stand auf, stellte sich neben Dorothea ans Fenster und streckte die Hand aus: „Gib mir die Briefe.“

Das Mädchen zuckte zurück. „Warum? Was wollen Sie damit tun?“

„Sie verbrennen. Du willst, dass es aufhört? Dann fangen wir damit an.“

In dem Moment hörten sie Schritte auf dem Flur, dann klopfte es. Es war eines der Dienstmädchen. „Miss Dorothea? Doktor Cradford ist da. Er sagt, für Ihre Behandlung.“

„Bitte einen Moment noch", sagte Dorothea mit einem entschuldigenden Lächeln.

„Er kommt wohl jetzt jeden Tag?", bemerkte Celeste.

„Ja, jeden Morgen und jeden Abend."

„Ich kann ihn nicht leiden."

„Ich auch nicht und er riecht seltsam aus dem Mund."

Beide lachten. Dann nahm Celeste die Briefe an sich.

Dorothea wehrte sich nicht, sie wehrte sich auch nicht, als Celeste die Ofenklappe öffnete und die Briefe in die lodernden Flammen stopfte. „Ich bin bald zurück", sagte sie und verließ das Zimmer. Cradford, der draußen auf dem Korridor wartete, schenkte sie nur einen kalten Blick.

***

Der Friedhof von Kensal Green
Zur Mittagsstunde

Ein paar Sonnenstrahlen beschienen die alten Eichen und Trauerweiden auf dem Hauptweg in Kensal Green. Sie betrat den Friedhof durch einen griechischen Portikus mit hohen Säulen. Ein paar Tauben saßen gurrend auf Balustraden und Dächern. Der Boden war feucht vom Regen der letzten Nacht und rutschig von abgefallenem Laub. In den Ästen rauschte der Wind.

Ein Leichenwagen kam die breite Hauptallee von der anglikanischen Kapelle herunter, die Celeste in einiger Entfernung sehen konnte. Dort, in der Nähe der Kolonnaden, lag das Grab der Familie Bradshaw. Sie folgte endlosen Reihen von Gräbern und Mausoleen, der Duft von frisch aufgeworfener Erde begleitete sie. Hier wie dort standen frische Blumengebinde aus Veilchen, Rosen und Vergissmeinnicht. Gleich daneben zeigte die Zeit, dass sie sich nicht aufhalten ließ und alles vergänglich war. Hier waren die Gebinde verblüht, braun geworden und abgeknickt. Der Trauerflor an einem Kranz war nass und fleckig. Die Goldstickerei darauf hatte ihren Glanz verloren.

Sie erreichte die Kolonadengänge, die sich links und rechts der Kapelle anschlossen.

Celeste entdeckte das Grab der Familie Bradshaw, nachdem sie dem linken Gang ein Stück weit gefolgt war. Es war ein kleines Mausoleum mit spitzem Schindeldach. Über dem Eingang stand ein steinernes Stundenglas auf einem schmalen Erker. Darunter stand der Name Bradshaw. Der Eingang bestand aus zwei schwarz lackierten Gittertüren, an denen bereits der Rost fraß.

Im Inneren standen zwei Särge aus dunklem Holz. Die Beschläge an einem der beiden waren aus Messing und zeigten Engel mit ausgebreiteten Flügeln.

Celeste fasste nach dem Griff und rüttelte an der Tür. Wie sie vermutet hatte, war er verschlossen.

Was hatte sie hier erwartet? Was zu finden gehofft? Einen Hinweis auf den Mörder? Die Antwort nach dem Grund für all das?

Sie wollte schon wieder gehen, als sie jemanden bemerkte, der in ihrer Nähe stehengeblieben war.

Sie drehte sich um. Ein Mann stand dort. Die Knie und Hände waren schmutzig, das Gesicht unrasiert.

Er trug grobe Kleidung und einen Schal um den Hals. Mit den Zähnen hielt er eine Pfeife, kleine Rauchwolken nahm der Wind mit. Er stützte sich auf eine Schaufel und beobachtete Celeste. In einer Schubkarre lag noch mehr Werkzeug.

„Guten Tag“, sagte sie, nachdem der Mann nicht den Anschein machte, das Gespräch beginnen zu wollen.

Er nickte ihr zu, nahm die Pfeife aus dem Mund, schob sich die Mütze in den Nacken und machte ein vorwurfsvolles Gesicht. „Schön, dass sich endlich mal wieder jemand hier blicken lässt“, sagte er.

Celeste ging auf ihn zu und blieb auf der anderen Seite der Schubkarre vor ihm stehen. „Und Sie sind?“

„Howland Faragutt, zu Ihren Diensten." Er lüpfte seine Mütze. „Ich bin der oberste Totengräber hier."

„Was meinten Sie mit: Endlich lässt sich mal wieder jemand blicken?"

„Na, was kann ich damit schon meinen, hübsche Lady? Ist seit Ewigkeiten niemand mehr hier gewesen, um das Grab zu besuchen. Die Lady ist ja schon lange tot, aber das Mädchen, armes Ding. War noch so jung."

Celeste horchte auf. „Und Mr. Bradshaw, kommt der auch nicht mehr?"

„So'n grauer Kerl mit Bart? Am Anfang schon. Jeden Tag. Hat immer Blumen mitgebracht. Rosen, wenn ich mich recht entsinne."

„Sie haben aber ein gutes Gedächtnis."

„Ich kenne meinen Friedhof eben, meine Toten. Hab' mein ganzes Leben hier verbracht. Ich weiß, wer besucht wird, und wer nicht. Manchmal bringen die Leute mir sogar Kuchen mit oder Tee, Tee is' gut, wenn's kalt ist." Faragutt warf die Schaufel in die Schubkarre und klopfte die Pfeife an seinem Ärmel aus.

„Wann war Mr. Bradshaw das letzte Mal hier?"

„Lassen Sie mich mal nachdenken." Er sah auf ein herabfallendes Blatt und sprach erst weiter, als es den Boden berührte. „Das war im Sommer. Ach ja, an dem Tag hatten wir die gute Mrs. Dreasel begraben. War 'ne nette Frau, hat immer ihren Mann besucht und immer Zeit für ein Schwätzchen gehabt. Das war im Mai, letztes Jahr."

„Haben Sie mit ihm gesprochen?"

„Nur kurz. Der kam mit so 'ner schäbigen Kutsche angefahren, sagte, er müsse was reparieren. Normalerweise mag ich das ja nicht, hier fahren sonst nur Leichenwagen, aber ich hab' 'n Auge zugedrückt, passiert ja nicht so oft. Wenn's Kind stirbt, da zehrt man sein ganzes Leben dran, da wollte ich ihm keinen Ärger machen. Weiß genau, wovon ich spreche, ich hab' selbst vier unter die Erde gebracht."

„Das tut mir leid."

Er winkte ab. „So ist das Leben. Das gibt's nicht, ohne den Tod." Er kniff ein Auge zu. „Totengräberweisheit."

„Und danach war Mr. Bradshaw nicht mehr hier?"

Faragutt kratzte sich den Kopf. „Wenn ich's Ihnen doch sage, Lady." Er zeigte einen schmalen Weg entlang. „Ich hab' hier ein kleines Häuschen. Da stört mich niemand, wieso reden wir nicht da weiter? Meine Frau ist auch tot. Bekomme nicht oft Besuch. Manche haben Angst vor mir. Liegt sicher am Beruf." Er zuckte mit den Schultern. „Ich mach' einen wunderbaren Plum Pudding."

Celeste hatte es plötzlich sehr eilig. „Das ist ein sehr verlockendes Angebot aber vielleicht ein anderes Mal. Ich danke Ihnen. Unser Gespräch war sehr interessant."

Sie verabschiedete sich mit einem verunsicherten Lächeln, nahm am Eingang eine Kutsche und fuhr nach Whitehall zu Scotland Yard. Unterwegs war sie versucht, den Kutscher zu bitten, in die Folly Lane umzudrehen, um selbst mit Walter Bradshaw über dessen Tochter zu reden. Aber dann besann sie sich anders. Wenn er erfahren hätte, dass sie etwas anderes war, als Dorotheas Gouvernante, hätte er vielleicht gar nicht erst mit ihr gesprochen.

Das musste Edwards erledigen.

Der wachhabende Polizist erkannte sie und grüßte höflich.

„Guten Morgen, Constable Higgins", sagte sie ebenso höflich. „Ich möchte zu Inspector Edwards", sagte Celeste. „Ist er da?"

Der Polizist strahlte sie an. „Ja, er ist in seinem Büro, Ma'am. Soll ich ..."

„Danke, ich weiß, wo das ist."

Die Tür zu Edwards' Büro war nur angelehnt, dennoch klopfte sie, bevor sie eintrat.

Edwards stand vor einer Kreidetafel und einer Karte von Londons Straßen, in der kleine rote Nadeln steckten. Auf der Tafel klebten Fotografien der toten Madame Yin und Margareth

Bilsher. Darunter hing eine Liste mit den Gegenständen, die bei ihnen gefunden wurden.

Celeste warf einen flüchtigen Blick darauf. „Guten Morgen, Inspector."

„Miss Summersteen." Edwards sah zum ersten Mal erholt aus. Er trug einen frischen Anzug, das Haar war gekämmt und das Gesicht rasiert. Sein Schnurrbart glänzte.

Dafür herrschte im Büro das blanke Chaos.

„Sie haben Glück, mich anzutreffen. Ich bin noch nicht lange zurück." Er wandte sich von der Karte ab und räumte einen Stuhl für sie frei.

„Wo waren Sie denn, wenn mir die Frage gestattet ist?"

„Ich habe einen Kollegen im Krankenhaus besucht."

„Jemanden, den ich kenne?"

„Nein. Ich glaube, Sie sind Sergeant Dyers noch nicht begegnet."

„Und wie geht es Ihrem Kollegen?"

„Er sieht übel aus, aber es wird wieder. Es dauert nur noch eine Weile." Er nahm auf seinem Schreibtischstuhl Platz. „Was bringt Sie zu mir?"

„Ich wollte mich erkundigen, ob es neue Hinweise in unserem Fall gibt."

Edwards holte hörbar Luft, was ihn gleich darauf stöhnend zusammenzucken ließ.

„Ist etwas mit Ihnen?"

Er lächelte tapfer. „Nichts weiter. Ein paar Prellungen, Blutergüsse. Von gestern Abend. Nichts Besonderes, das Übliche. Um Ihre Frage zu beantworten. Nein, es gibt noch nichts Neues. Ich lasse nach dem Buchmacher suchen und Sergeant Fulston ist mit einigen Männern in den Docklands unterwegs, um die Lagerhalle, in der wir die Zellen gefunden haben, noch einmal gründlich zu untersuchen. Ich erwarte ihn nicht vor heute Abend zurück. Und wie steht es bei Ihnen?"

„Es gibt da vielleicht etwas."

„So? Sie haben meine volle Aufmerksamkeit."

„Es geht um Janice Bradshaw. Sie war mit Estelle Wiggins und Margareth Bilsher befreundet.“ Dorotheas Namen erwähnte sie nicht. „Sie ist seit zwei Jahren tot. Ein Unfall, wie es heißt.“

Edwards erinnerte sich an das Gemälde mit dem Trauerflor, welches er in Bradshaws Laden gesehen hatte. Er bat Celeste fortzufahren.

Sie erzählte alles, was sie von Dorothea und dem Totengräber erfahren hatte. Als sie schließlich endete, bemerkte sie: „Was wäre, wenn sie das erste Opfer war und ihr Vater sie in dem Glauben bestattet hat, es wäre tatsächlich ein Unfall gewesen?“

Edwards furchte die Stirn. „Ich stimme Ihrer Theorie durchaus zu, doch um Gewissheit zu erhalten, müsste sich Doktor Aeglewood die Tote ansehen. Nur das wird nicht so einfach. Dazu bräuchte ich die Einwilligung von Mr. Bradshaw.“

Celeste nickte. „Dürfte ich Ihnen dann vorschlagen, gleich mit ihm zu sprechen?“

Edwards nahm bereits sein Jackett. „Sie wollen sicher mitkommen.“

„Dieses Mal nicht. Ich fürchte, es würde Ihre Mission nur erschweren, wenn wir dort zusammen auftreten würden. Mr. Bradshaw weiß nämlich nichts von meinem ... Beruf und ich möchte, dass das so bleibt.“

„Verstehe.“ Edwards war schon halb zur Tür hinaus, als er noch einmal stehenblieb, zögerte und sich noch einmal zu Celeste umdrehte. „Sie haben eine gute Spürnase, Miss Summersteen und Sie würden einen guten Polizisten abgeben. Schade, dass Sie eine Frau sind.“

„Sie sind ein Phänomen, Inspector.“

„Bin ich das?“

„Ja, mit der einen Hand klopfen Sie mir auf die Schulter, mit der anderen schlagen Sie mir ins Gesicht.“

„Das war ein Kompliment“, sagte er pikiert, bevor er ging.

***

Folly Lane
Am späten Nachmittag

Als Edwards das Antiquitätengeschäft von Walter Bradshaw erreichte, lief er vor eine verschlossene Tür. Ein Schild hing im Fenster. *Bitte klopfen Sie laut an das große Tor zu Ihrer Linken.*

Genau das tat Edwards. Er musste sich einen Moment gedulden, ehe er Schritte hörte. Ein Riegel wurde beiseitegeschoben und einer der Torflügel öffnete sich.

Bradshaw trug eine lederne Schürze über seiner alltäglichen Kleidung. Geringelte Holzspäne hatten sich in seinem grauen Haar verfangen.

Er kniff die Augen zusammen und schien darüber nachzudenken, woher er den Mann kannte, der da vor ihm stand. Edwards half seiner Erinnerung auf die Sprünge. „Inspector Edwards von Scotland Yard. Ich war schon einmal bei Ihnen ... wegen Ihres Angestellten. Albert Lewis."

„Aber ja, natürlich. Verzeihen Sie, dass ich Sie nicht gleich erkannt habe." Er trat zur Seite. „Kommen Sie doch herein. Haben Sie den Mörder inzwischen gefasst?"

Edwards trat durch das Tor, das Bradshaw gleich wieder hinter ihm abschloss.

„Wir ermitteln noch. Deswegen bin ich aber nicht hier."

Bradshaw nickte. „Hier entlang, bitte." Sie durchquerten einen Innenhof, der von allen vier Seiten von Gebäuden eingerahmt wurde. Eine Kutsche mit der goldenen Aufschrift Bradshaw Antiquities stand im Hof. In einem Stall schnaubte ein Pferd, das neugierig den Kopf hinausstreckte.

Auf der rechten Seite stapelte sich Holz unter einem Vordach. Daneben gab es ein weiteres offenstehendes Tor. Bradshaw führte ihn dorthin. „Meine Werkstatt", erklärte er.

Dort standen halb restaurierte Kleiderschränke, Sekretäre, Chaiselongues, aus denen die Polsterung hervorquoll. In einem Regal lagen Rollen mit Bezugsstoff. Der Boden war voller

Strohreste, abgeschnittener Stoffstücke, Späne und Holzmehl. „Entschuldigen Sie die Unordnung."

Edwards lächelte schmal. „In meinem Büro sieht es auch nicht anders aus."

„Was kann ich für Sie tun, Inspector?"

„Ich bin hier, um über Ihre Tochter zu sprechen."

Sofort verwandelte sich Bradshaws Höflichkeit in ablehnende Skepsis. „Ich wüsste nicht, was es da zu sagen gibt."

„Lassen Sie uns erst über Estelle Wiggins und Margareth Bilsher reden."

„Ich wüsste auch nicht, was ich über sie sagen könnte."

„Aber Sie kannten sie?"

„Ja."

„Woher?"

„Sie waren Bekannte meiner Tochter. Warum ist das wichtig?"

„Weil beide ermordet wurden. Estelle vor einigen Tagen, Margareth gestern."

„Es betrübt mich, das zu hören. Sie waren liebe Mädchen."

„Ist Ihnen eine Madame Yin bekannt?"

Bradshaw setzte sich auf einen Hocker und schüttelte den Kopf. „Nein, wer ist das?"

„Sie besaß mehrere Bordelle und Opiumhöhlen. Sie wurde auf die gleiche Weise getötet wie die Mädchen. Wir nehmen an, dass sie sich kannten."

Bradshaw sah ihn fragend an. Der Klang in seiner Stimme wurde noch kälter und abweisender. „Ich weiß nicht, was das mit meiner Tochter zu tun haben sollte."

„Darauf komme ich jetzt. Wir hegen die Vermutung, dass Ihre Tochter vielleicht das erste Opfer des Mörders war."

„Wie kommen Sie denn auf diese abwegige Idee?" Bradshaws Gesicht färbte sich rot.

„Nun, jemand tötet die Freundinnen Ihrer Tochter, die alle vom Opium abhängig sind. Madame Yin handelte mit Opium und mit Mädchen und es war Ihr Angestellter, bei dem wir ein

Stück von Yins zerbrochenem Haarkamm gefunden haben."

Bradshaw war aufgestanden. Seine Augen füllten sich mit Tränen. „Es war ein Unfall!", sagte er kraftlos. Edwards fühlte sich nicht wohl in seiner Haut, doch er blieb beharrlich. „Ich weiß, wie schmerzlich das für Sie sein muss, doch ich muss Sie bitten, mir zu schildern, wie Ihre Tochter zu Tode kam."

Bradshaw ging durch den Raum zu einer steilen Treppe, die nach oben führte. „Sie ... sie", begann Bradshaw stockend. Er kämpfte mit sich und den Tränen. „Ich habe hier gearbeitet, wie so oft. Mein Liebling wollte mir Tee bringen. Wir haben oft zusammen Tee getrunken, als sie noch klein war. Sie kam die Treppe hinunter, da trat sie auf den Saum ihres Kleides, stolperte und stürzte." Bradshaw stützte sich am Treppengeländer ab, sein Kinn zitterte. „Sie schlug auf den Stufen auf. Es sah gar nicht so schlimm aus. Ich ... bin gleich zu ihr gelaufen, habe sie angesprochen, aber sie hat nicht reagiert. Sie hing in meinen Armen, die Augen offen, sie sah mich an, aber ... da war sie schon tot. Sie ... sie hatte sich das Genick gebrochen. Weil ... weil sie mir Tee bringen wollte."

Er schnäuzte sich in ein Taschentuch. Inzwischen rannen ihm Tränen über das Gesicht in seinen Bart. Nur mit Mühe konnte er sich fassen. „Ich hatte ihrer Mutter auf dem Sterbebett geschworen, immer auf unsere kleine Tochter aufzupassen. Und ... dazu war ich nicht fähig. Was für ein Vater bin ich?" Bradshaw sah ihn aus den Augenwinkeln an. „Wissen Sie, wie das ist, Inspector? Jemanden zu verlieren, der einem so teuer ist, dass man am liebsten verrückt werden würde ... nur um es zu ertragen?"

„Nein, Sir. Das kann ich nicht."

Bradshaw lachte freudlos. „Und Sie kommen hierher, fragen mich nach diesen Dingen und behaupten, meine Tochter hätte mit einer solchen ... Person wie dieser Madame Yin zu tun gehabt."

„Das wollte ich damit nicht sagen." Edwards spürte, wie schwach seine Verteidigung klang. Er verschränkte die Hände hinter dem Rücken. „Ich bin hergekommen, weil ich Sie um etwas bitten wollte." Eine kurze, unangenehme Pause entstand, bis Edwards mit einem Seufzer fortfuhr. „Würden Sie dem Polizeiarzt des Yard gestatten, das Grab Ihrer Tochter zu öffnen, um sich den Leichnam anzusehen? Nur, um jedweden Zweifel zu zerstreuen."

Bradshaw sah seinen Gegenüber nicht lange an, bevor er böse wurde. „Sind Sie noch recht bei Trost? Mich um so eine Ungeheuerlichkeit zu bitten? Haben Sie mir gerade nicht zugehört? Nein! Ich werde Ihnen die Erlaubnis nicht geben. Sie werden weder die Ruhe meiner Frau noch die meiner Tochter stören, indem Sie oder Ihre Polizistenfreunde durch ihr Grab trampeln. Haben Sie mich verstanden?"

Der Ton ärgerte nun wiederum Edwards, der nun ebenfalls lauter wurde. „Mir ist zu Ohren gekommen, dass Sie sich seit einiger Zeit nicht mehr um das Grab kümmern."

„Und? Das bleibt doch wohl mir überlassen, oder? Das muss Sie wohl kaum kümmern."

„Da haben Sie recht. Ich wüsste trotzdem gerne den Grund."

Bradshaw war nun ganz nah an Edwards herangetreten und maß ihn dabei mit seinen Blicken. Dann schlug er die Augen nieder und seufzte: „Gut. Ich werde es Ihnen sagen. Wenn Sie mich dann in Ruhe lassen!"

„Einverstanden."

„Ich habe es nicht mehr ertragen können, dorthin zu fahren. Zu wissen, dass sie dort liegt, vom Tod und der Vergänglichkeit gezeichnet. Das ... ist ... nur ein toter Körper. Aber das, was Janice ausmachte, ihr Lachen, ihr Wesen, ihr Herz, das ist hier." Er machte eine Geste, die den Raum und das ganze Haus umschloss. „Sie lebt in meiner Erinnerung, in jedem Atemzug, den ich tue. In jedem Stück Holz, das Sie hier sehen. Ich rede mit ihr, hier ... jeden Tag, über Alltägliches und jede Nacht sage ich ihr, dass ich sie vermisse. Auf dem Friedhof starre ich Steine an, auf denen ihr Name steht. Das ist nicht sie. Ich weiß nicht, ob Sie das verstehen können, Inspector. Aber so empfinde ich es. Hier", er tippte sich auf die Brust, „in meinem Herzen." Seine Miene wurde hart. „Wäre das dann alles? Ich wäre jetzt gerne allein."

„Natürlich. Einen guten Tag, Mr. Bradshaw."

„Guten Tag, Inspector."

***

Als Celeste ins Haus der Ellingsfords zurückkehrte, war es spät am Nachmittag. Die Mädchen wischten den Boden und polierten das Parkett mit Bohnerwachs.

Celeste ging die Treppe hinauf. Sie war in sich gekehrt und nachdenklich betrachtete sie ihre Hand, wie sie sanft über das polierte Mahagonigeländer fuhr.

„Miss Summersteen", hörte sie jemanden sagen, als sie gerade ihr Zimmer betreten wollte.

Sie drehte sich um. Es war der Butler, Mr. Peacock. „Ihre Ladyschaft wünscht Sie zu sprechen."

„Sofort? Ich würde mich zuvor noch gerne etwas zurechtmachen."

Der Butler verzog keine Miene. „Die Ladyschaft sagte ausdrücklich 'unverzüglich'. Sobald Sie zurück sind."

„Nun denn." Sie zog die Tür zu, strich sich über das Kleid, richtete sich flüchtig das Haar und lächelte.

Der Butler brachte Celeste in ein geschmackvoll eingerichtetes Zimmer. In dessen Mitte stand eine Chaiselongue und zwei Sessel um ein längliches Marmortischchen, auf dem eine Uhr tickte. Ein aufgeschlagenes Buch und eine Lesebrille lagen daneben. Der Geruch nach kaltem Tee erfüllte den Raum.

Lady Ellingsford saß in ihrem Rollstuhl vor dem Fenster und sah in den hauseigenen Park hinaus. Als sie den Butler und Celeste kommen hörte, hob sie den Kopf.

„Sie können uns alleine lassen, Henry. Danke. Miss Summersteen, leisten Sie mir doch bitte Gesellschaft." Sie deutete auf einen Stuhl, der neben ihr stand.

Celeste nahm Platz. Lady Ellingsford richtete ihren traurigen Blick auf sie. Eine warme Decke lag um ihre Beine.

„Ich sitze gerne hier und beobachte die Vögel im Garten. Früher hat Dorothea oft auf meinen Knien gesessen." Ihr trauriges Lächeln wurde wehmütig. „Sie hat dann geredet, mir so viel erzählt und ich habe ihr so gerne zugehört." Sie atmete schwer. „Jetzt spricht sie nicht mehr mit mir. Ich weiß, es geht ihr nicht gut. Irgendetwas Furchtbares belastet sie und es frisst mich auf, nicht zu wissen, was es ist. Ich habe versucht, mit ihr zu sprechen, aber sie will nicht mit mir reden." Der matte Schimmer in ihren Augen ließ ahnen, dass sie am liebsten geweint hätte, was aber die Etikette verhinderte.

Celeste saß da, schwieg und rührte sich nicht, aus Angst, Lady Ellingsford in ihren Gedanken zu stören.

„Ich weiß, dass Sie mit ihr gesprochen haben. Ihnen vertraut sie."

„Sie hat mit mir gesprochen, weil ich sie mit Dingen konfrontiert habe, die sie nicht leugnen konnte."

Lady Ellingsford nahm Celestes Hand. „Bitte. Als Dorotheas Mutter flehe ich Sie an. Sagen Sie mir, was sie Ihnen gesagt hat. Diese Ungewissheit ist eine schrecklichere Qual für mich als jede Wahrheit. Ist es wegen des Opiums? Nimmt sie es wieder?"

„Nein, Eure Ladyschaft. Das kann ich Ihnen versichern. Davon ist sie geheilt."

„Aber was ist es dann?"

„Ich kann es Ihnen nicht sagen. Ich habe Dorothea versprochen, niemandem zu erzählen, was sie mir anvertraut hat."

„Nicht einmal ihren eigenen Eltern?" Lady Ellingsford war fassungslos. „Sie hat kein Vertrauen mehr zu mir."

„Nein, das ist es nicht. Sicher nicht. Aber sie schämt sich."

„Aber weswegen denn? Ich bin doch ihre Mutter. Sagen Sie es mir. Ich flehe Sie an, nehmen Sie diese Qual von mir."

„Bitte, Lady Ellingsford, nein. Ich ..."

„Zwing sie bitte nicht dazu, Mutter." Dorothea stand plötzlich in der Tür, ohne dass die beiden Frauen sie bemerkt hatten. Sie war bleich und müde. Ihre Augen waren rotgeweint. Sie zitterte. „Miss Summersteen kann es dir nicht sagen. Sie hat mir versprochen, nichts zu sagen. Und ich ... ich kann es auch nicht." Sie kam näher, ging neben dem Rollstuhl auf die Knie und legte den Kopf in den Schoß ihrer Mutter. „Ich verspreche dir, alles wird wieder gut", flüsterte Dorothea, während Tränen auf das Kleid ihrer Mutter tropften. „Bitte sag Papa nichts. Tust du das? Bitte, ich flehe dich an."

Sie nickte. „Mein liebes Kind." Endlich konnte Lady Ellingsford weinen. Schluchzend nahm sie Dorothea in die Arme und hielt sie ganz fest.

Celeste stand auf und wollte sich leise zurückziehen, als Lady Ellingsfords Stimme sie aufhielt. „Was immer es ist, bringen Sie es für uns zu einem guten Ende. Koste es, was es wolle."

„Das habe ich vor."

Unten fiel die Haustür ins Schloss. Der Hausherr war zurückgekehrt. „Was für eine Unverschämtheit", schimpfte er. „Da wird man vor der eigenen Haustür von irgendeinem Pöbel belästigt."

Celeste stand am Geländer und sah in das Foyer hinunter. Dorothea kam zu ihr. Sie tupfte sich mit einem Taschentuch aus Spitze über die nassgeweinten Wangen.

„Was ist denn geschehen, Vater?", rief sie. Ellingsford hob den Kopf, um sie anzusehen. „Da war so ein schäbiger Halunke vor der Tür, der mir diesen Umschlag hier in die Hand gedrückt hat. Er hat behauptet, es sei wichtig."

„Ein Bote?" Celeste verspürte ein unangenehmes Kribbeln zwischen den Schulterblättern und stieg die Treppe hinab.

Ellingsford legte Zylinder, Mantel und Spazierstock ab. Er empörte sich noch immer. „Wie dieser Kretin mich angegrinst hat. Skandalös. Jetzt ist man nicht mal mehr hier vor diesem Abschaum aus dem East End sicher."

Während er sich noch aufregte, gab er Mantel und Zylinder

an das Dienstmädchen weiter. Dann öffnete er den Umschlag.

Celeste hatte inzwischen die unterste Stufe erreicht. Nun suchte sie Dorotheas Blick. Das Mädchen zitterte, in ihrem Blick spiegelte sich Ungewissheit und Angst. Ihre Mutter war neben sie gerollt. Sie nahm Dorotheas Hand und drückte sie, auch sie schien die Anspannung zu spüren, denn das absolute Schweigen im Treppenhaus war allumfassend. Man hätte eine Stecknadel fallen hören können.

Während Ellingsford las, wurde sein Blick finsterer, die Augen verengten sich, die Hände krallten sich in das Papier. Dann ließ er das Schreiben sinken.

„Ist etwas geschehen?", fragte Celeste. Der Blick, den ihr Ellingsford daraufhin zuwarf, fuhr ihr kalt bis ins Mark. „Ob etwas geschehen ist?" Sein Blick heftete sich auf Dorothea. Verachtung sprach daraus.

„Was hast du getan?"

Celeste nahm ihm den Brief ab und las. Ellingsford bekam es nicht mit. Er stieg die Treppe hinauf.

„Vater. Sie ... Sie machen mir Angst."

„Ein Flittchen", knurrte er. „Wir haben ein Flittchen großgezogen."

Tränen schossen in Dorotheas Augen.

Ihre Tochter is 'ne Hure. Ich hab' die Fotografin die's beweis'n. Wenn Se nich' woll'n, dass es ganz London erfärt, zahl'n Se tausent Fund.

Se hab'n Zeit bis Morg'n Nacht, Schlach zwölf. The old warehouse. Se wird'n erwarted.

Celeste raffte ihr Kleid und schoss hinter Ellingsford die Treppe hinauf.

„Was hast du getan? Sag es mir."

„Papa."

„Was hast du getan?!", schrie Ellingsford, dass es im ganzen Haus zu hören war.

Celeste hielt ihn an den Schultern fest. Er streifte sie ab. „Fassen Sie mich nicht an, Sie Person, Sie."

Schweiß stand ihm auf der Stirn. Wangenmuskeln zuckten im Takt der Halsschlagader, die unter der Haut pulsierte.

„Lassen Sie sie." Celeste stellte sich zwischen Ellingsford und seine Tochter.

„Gehen Sie mir aus dem Weg."

„Oh Gott, Papa. Ich hab'. Ich ..." Die weiteren Worte verschwanden in Schluchzen und Weinen.

Sie wandte sich um und rannte davon.

„Bleib hier!" In seiner Wut stieß er Celeste grob beiseite und rannte hinterher.

„Bitte. George. Nicht. Beruhige dich doch", rief seine Frau. Krank vor Angst und bleich vor Schreck. „Sie ist doch unser Kind!"

Ellingsford hörte nicht. Dorothea flüchtete sich ins Badezimmer und verriegelte die Tür.

„Mach die Tür auf!", brüllte ihr Vater. Er war außer sich.

Die Dienerschaft wagte es, die Köpfe aus den Zimmern zu strecken. „Geht wieder rein, oder ihr seid alle entlassen!"

Celeste fiel Ellingsford in den Arm. „Hören Sie auf. Sie ängstigen sie ja zu Tode."

„George!", rief nun auch seine Frau, deren Hände so zitterten, dass sie den Rollstuhl nicht vorwärts bewegen konnte.

Aus dem Badezimmer hörten sie Dorothea schluchzen, dann das Splittern von Glas.

„Mach auf!" Ellingsford ließ sich nicht beruhigen. Er rüttelte wie von Sinnen am Türknauf.

„Es tut mir leid, Papa. Bitte. Es tut mir leid. Ich werde Ihnen keinen Kummer mehr bereiten." Sie weinte, was ihn in seiner Raserei nicht berührte.

Celeste überkam eine ungute Ahnung. „Gehen Sie beiseite", befahl sie.

„Was erlauben Sie sich? Wie reden Sie denn mit mir?"

„Gehen Sie beiseite!", schrie sie ihn an. Schnell zupfte sie eine Haarklammer aus dem Haar und ging vor dem Schloss in die Knie. Das Schluchzen im Inneren wurde leiser. Die Ahnung wurde immer mehr zur Gewissheit. Das hier dauerte zu lange. Celeste sprang auf die Füße. „Brechen Sie die Tür auf, Lord!"

„Wie bitte?!"

Auf der anderen Seite der Tür fiel ein Körper zu Boden. Jeder hatte es gehört.

„Brechen Sie sie auf! Schnell!"

Ellingsford nahm zwei Schritte Anlauf und warf sich mit der Schulter gegen die Tür.

„Oh Gott, George", sagte seine Frau und schlug die Hände vor den Mund.

„Noch mal mit aller Kraft!", rief Celeste.

Immer wieder warf sich Ellingsford gegen die Tür, bis endlich das Schloss aus dem Rahmen brach.

Ihnen bot sich ein schreckliches Bild. Dorothea lag ausgestreckt auf dem Fliesenboden. Aus tiefen Wunden an den Handgelenken quoll Blut, das sich schimmernd auf den weißen Kacheln ausbreitete. Ein zerbrochener Spiegel lag neben ihr auf dem Wannenrand. Dorotheas Atem kam stoßweise und keuchend.

„Mein Kind!" Mrs. Ellingsford schossen erneut Tränen in die Augen.

Celeste ging neben Dorothea in die Knie und riss dünne Streifen aus ihrem Unterkleid. „Wir müssen die Blutung stillen. Lord. Kommen Sie. Halten Sie Dorotheas Arme hoch."

Ellingsford stand da, wie vom Donner gerührt. Die Augen geweitet. Da war nichts mehr zu sehen von Wut oder verletzter Eitelkeit.

„Lord. Bitte. Sie stirbt sonst." Endlich drangen ihre Worte zu ihm durch. Er hockte sich neben Celeste auf den Boden und fasste Dorothea bei den Händen. Blut tränkte seine blütenweißen Manschetten. „Wird sie ..."

„Nein." Celeste erstickte den aufkommenden Gedanken bereits im Keim. „Aber sie muss in ein Hospital. Lady Ellingsford, lassen Sie anspannen. Wir müssen uns beeilen."

Noch während sie sprach, machte sich Celeste daran, die Schnittwunden zu verbinden. Sie waren nicht sehr tief, trotzdem hatte Dorothea schon viel Blut verloren. Celeste arbeitete konzentriert, mechanisch, genau.

„Das wollte ich nicht", hörte sie Ellingsford flüstern. Zum ersten Mal zeigte er Gefühle. „Das wollte ich nicht. Bitte ... ich ... das wollte ich nicht."

Celeste sah ihn nicht an und wollte ihm auch keinen Trost spenden. Sie war damit beschäftigt, die immer wieder vom Blut durchtränkten Verbände zu wechseln.

Im Haus hörte man hektische Rufe. Fußgetrappel. Die Haustür wurde aufgerissen. Bei den Stallungen wieherten Pferde.

Endlich gelang es Celeste, die Blutung zu stoppen. „Jetzt schnell. Bringen wir sie nach unten."

Ellingsford nahm seine Tochter auf die Arme und brachte sie die Treppe hinunter.

Seine Frau starrte ihm für einen kurzen Moment in die Augen. Celeste erkannte darin alle Wut und Verachtung, zu der ein Mensch fähig sein konnte.

Auch die Detektivin überkam eine tiefe Wut, als ihr Blick auf das zerknüllte Erpresserschreiben fiel, das auf einer der Treppenstufen lag. Sie hob es auf und steckte es ein, dann folgte sie Dorothea und ihrem Vater in die Kutsche, die gleich darauf unter Peitschenknallen losraste.

Alle waren so in Aufregung und Panik, dass niemand die Gestalt bemerkte, die sich aus dem Schatten der Bäume löste und der Kutsche folgte.

***

Es war Abend geworden, als Edwards nach Hause kam. Fulstons Suche in den Docklands hatte keine neuen Erkenntnisse gebracht und er selbst hatte, außer einen Antiquitätenhändler zu verärgern, nichts erreicht. In dem kleinen Lebensmittelladen an der Ecke hatte er sich was zu essen gekauft.

Nun saß er in seinem Sessel und war eingeschlafen. Vor sich auf dem Tisch lagen die Überreste seines Abendessens auf einem Teller. Ein Kanten Brot, der abgeschnittene Rand einer Käseecke. Die Bierflasche daneben war noch halb voll.

Als es an seine Wohnungstür klopfte, schreckte er hoch. Sein linker Arm fühlte sich taub an. Jetzt begann es, darin zu kribbeln. Der Vatermörder seines Hemdes hatte dunkelrote Abdrücke an seinem Hals hinterlassen. Er streckte sich, rieb sich mit dem Handrücken über die Augen. Er war sich sicher, sein Traum hätte ihn geweckt.

Die Stimme einer Frau rief nach ihm. „Inspector Edwards. Sind Sie da?"

Es war also doch kein Traum gewesen. Taumelnd stand er auf, sein Blick war trüb, als er in Richtung Tür schwankte und öffnete. Celeste Summersteen stand vor ihm. Ihre Gesichtszüge waren hart und angespannt. Ihr Kleid war über und über mit geronnenem Blut bedeckt.

„Sie sehen ja schrecklich aus", sagte er und trat beiseite. „Kommen Sie rein."

Er zeigte auf das Sofa. „Setzen Sie sich doch. Wollen Sie was trinken?"

Sie nickte schwach und er holte eine Flasche Whisky und zwei Gläser aus der Küche. Er füllte beide und gab ihr eins. „Trinken Sie. Das wird Ihnen guttun."

Celeste nahm das Glas, betrachtete die goldschimmernde Flüssigkeit einen Moment lang und kippte sie dann in einem Zug hinunter. Sie hustete nicht einmal.

Edwards setzte sich neben sie und füllte ihr Glas nach. „Was ist passiert?"

„Miss Dorothea." Sie hob den Kopf, um ihn anzusehen. „Sie wollte sich das Leben nehmen."

„Oh. Ist es ihr denn ..."

„... gelungen? Nein. Gott sei Dank nicht. Sie hatte versucht, sich die Pulsadern aufzuschneiden, aber ich konnte die Blutung stoppen. Sie ist jetzt im Hospital." Celeste nahm das Whiskyglas, doch dieses Mal nippte sie nur daran. „Ihr Vater wird erpresst. Sie fordern tausend Pfund."

„Sonst geschieht ... was?"

Celeste sah betrübt auf das Glas und schwieg.

„Immer noch Geheimnisse?" Edwards machte ein missmutiges Gesicht, dann winkte er ab. „Ist schon gut. Ich kann es mir denken. Die ermordeten Mädchen. Estelle, Margareth. Sie und Miss Dorothea waren befreundet. Jetzt die Erpressung, der Selbstmordversuch. Sie haben für Yin gearbeitet, als exklusive Freudenmädchen." Edwards hob die Hand, um Celestes aufkommenden Protest gleich abzuwehren. „Lassen Sie mich ausreden. Sie haben das nicht freiwillig getan. Sie wurden von Opium abhängig gemacht, erpresst und an den Meistbietenden verkauft. Ich verstehe, warum Lord Ellingsford Sie mit einbezogen hat. Er will die ganze Sache geheim halten."

Celeste holte tief Luft, ihr Blick verriet Ärger. Sie stand auf und wollte zur Tür gehen, aber Edwards versperrte ihr den Weg. „Ich werde dem Mädchen nicht schaden und es liegt mir fern, Lord Ellingsford zu blamieren. Ich will nur den Mörder schnappen."

„Das will ich auch. Und ich würde nichts lieber tun, als es sofort zu beenden." Celeste schluckte und ließ sich erneut auf der Couch nieder. „Warum sind Sie hergekommen?", fragte Edwards.

„Sie müssen mir helfen."

„Ich?", fragte Edwards überrascht.

„Ich werde mich mit den Erpressern treffen. Aber das kann ich nicht alleine. Deswegen bin ich hier. Sie sind der einzige Mensch in London, der mir helfen kann."

Edwards nickte nachdenklich schweigend, dann fragte er: „Wann sollen Sie das Geld übergeben?"

„Mórgen um Mitternacht. The Old Warehouse."

„Ich weiß, wo das ist. Das liegt in den Docklands. Und Sie glauben, wenn Sie Ihnen das Geld geben, hören die Erpressungen auf?"

Sie schüttelte den Kopf. „Nein, das wäre naiv. Aber sie sollen mir zeigen, was sie in der Hand haben. Wenn ich dann kann, will es irgendwie an mich bringen."

Edwards kratzte sich mit der flachen Hand über das unrasierte Kinn. „Das klingt ziemlich waghalsig."

„Ich fürchte, ich habe keine Wahl."

„Haben Sie denn einen Plan?"

Sie rückte näher an den Rand der Couch heran. „Ich habe mir das so gedacht. Sie halten sich im Hintergrund und folgen den Erpressern, sobald das Treffen mit ihnen beendet ist. Sobald Sie wissen, wo ihr Versteck ist, holen Sie mich dazu."

„Ich sollte der dortigen Polizeistation Bescheid geben und um Verstärkung bitten."

„Nein. Das geht nicht. Ich muss erst wissen, was sie in der Hand haben. Es darf nichts herauskommen."

„Sie wollen also unser beider Leben in Gefahr bringen, um die Familie Ellingsford zu schützen?"

„Ich denke dabei ausschließlich an Dorothea."

Edwards raufte sich die Haare. „Sie verlangen da ganz schön viel von mir. Sie sind eine Zivilistin. Normalerweise dürfte ich Sie da gar nicht hingehen lassen."

„Sie könnten ja versuchen, mich daran zu hindern, aber ich werde trotzdem einen Weg finden."

„Ja, das befürchte ich auch. Ich glaube die Zelle, die sie halten kann, muss noch gebaut werden." Er zögerte einen Moment, dann gab er auf. „Also schön. Ich helfe Ihnen. Wir treffen ..."

Er brach mitten im Satz ab. Vor der Tür war jemand. Eine Diele knarrte. Edwards sprach weiter, sagte Belangloses über das Wetter und den Tee, den er heute in der Regent Street getrunken hatte. Währenddessen nahm er seinen Revolver, trat mit einem großen Schritt vor die Wohnungstür und riss sie auf.

Angus stand dort, grinste ihn an und wirbelte seine Kappe um den Zeigefinger seiner rechten Hand. „Leichtfüßig, Inspector. Wie eine Balletttänzerin."

Edwards packte ihn an der Schulter und zerrte ihn in die Wohnung. „Ich schwöre dir, Angus. Eines Tages verpass ich dir noch eine Kugel."

Angus hörte gar nicht hin. Kaum hatte er Celeste gesehen, knipste er sein charmantestes Lächeln an, fuhr sich durch das rotblonde Haar und warf sich ihr Gegenüber in den Sessel. Die Federn darin knackten und ächzten. „Guten Abend, schönes Kind", sagte er schmalzig.

„Schönes Kind?", fragte Celeste lauernd. „Wie alt sind Sie?"

„Alt genug, um Sie zu einem wunderbaren Essen auszuführen. Oder ins Theater. Was Sie wollen."

Edwards blieb stehen und verschränkte die Arme vor der Brust. „Hör auf, Süßholz zu raspeln, du Casanova. Das ist Miss Summersteen und sie ist mein Gast, also hör auf damit."

Angus ließ in gespielter Resignation die Schultern sinken und setzte sich ordentlich hin. Dann fiel sein Blick auf die Reste des Abendessens. „Wollen Sie das nicht mehr? Ich sterbe vor Hunger."

„Bedien dich."

„Wer ist das?", fragte Celeste flüsternd. Angus entging es trotzdem nicht. „Ich bin der mit den großen Ohren", sagte er lachend. Krümel fielen ihm aus dem Mund.

„Halt jetzt mal die Klappe, wärst du so freundlich? Das ist Angus. Er arbeitet für mich", sagte er zu Celeste, um sich dann an Angus zu wenden. „Deswegen bist du doch hier, oder?"

„Kann ich denn reden?"

„Du tust doch die ganze Zeit nichts anderes."

„Ich meine offen."

Edwards' und Celestes Blicke streiften sich, dann nickte er. „Ja, kannst du."

„Also, der Kerl, den Sie treffen wollen. Ich hab's klar gemacht. Er sagt, er weiß, wo Pudleys Versteck ist, und er würde Sie sogar hinführen."

„Hmm", machte Edwards. „Wann und wo?"

„Morgen Abend um sieben. Kennen Sie den Pub The Monk Whistles an der London Bridge?"

„Nein. Aber ich werde es schon finden. Wie heißt der Mann und wie sieht er aus?"

„Byrd heißt er. Er wird auf Sie zukommen."

„Hat er gesagt, wie er für seine Dienste entlohnt werden will?"

„Zwanzig Pfund und ein Zugticket an die Küste. Egal wohin. Nur raus aus London."

„Das ist eine ganze Menge Geld. Kann man ihm vertrauen?"

Angus machte ein unschuldiges Gesicht. „Ich habe ihn gefunden und das Treffen vereinbart. Mehr können Sie für Ihr Geld nicht erwarten, Inspector." Während er sprach, sah er Celeste an und kniff ein Auge zu. Sein unverschämtes Grinsen, schien sie zu amüsieren.

„Ich geh' dann mal wieder. Hat mich gefreut, Lady." Er stopfte sich noch schnell den letzten Kanten Käse in die Jackentasche. „Wenn Sie mal was brauchen, nur den guten Angus fragen. Der Inspector wird Ihnen sagen können, wo Sie mich finden." Er warf ihr eine Kusshand zu und dann war er auch schon weg.

Edwards stöhnte.

„Werden Sie morgen Abend trotzdem kommen?"

„Natürlich."

„Und bitte, zu niemandem ein Wort."

„Lassen Sie mich wenigstens Sergeant Fulston Bescheid geben."

„Ich ..."

„Es wäre gut, wenn jemand auf das Mädchen aufpassen würde. Diskret versteht sich. Sie können nicht überall sein, Miss Summersteen."

Es fiel ihr schwer, das zu akzeptieren, aber sie nickte. „Ich bin einverstanden. Aber Lord Ellingsford darf davon nichts erfahren."

Edwards nickte.

„Und wann treffen wir uns in meiner Angelegenheit?"

Edwards dachte kurz nach. „Ich werde Sie um zehn Uhr abholen."

„Gut, aber nicht in der Park Lane. Treffen Sie mich am Stanhope Gate. Sie wissen sicher, wo das ist."

„Ja, das weiß ich. Gut. Ich werde pünktlich sein."

Sie wollte gehen.

„Ach, Miss Summersteen."

„Ja."

„Besitzen Sie eine Waffe?"

„Ja, das tue ich."

„Gut. Bringen Sie sie mit."

***

Celeste fühlte sich erschöpft. Sie war spät in die Park Lane zurückgekehrt und an Schlaf war auch nicht mehr zu denken. Sie hatte Angst, Angst um Dorothea und vor dem, was in der nächsten Nacht geschehen würde. Wen würde sie treffen? Was konnte sie erwarten? Die Unwissenheit ließ sie noch unruhiger werden. Dadurch hatte sie am nächsten Morgen auch keinen Hunger. Ihr Magen fühlte sich an wie ein riesiger Knoten.

Im Haus herrschte eine alles belastende Stille. Worte wurden nur im Flüsterton gesprochen. Der Schock des letzten Tages saß tief. Bei Bewohnern, wie Bediensteten.

Celeste nahm ihre Reisetasche und war auf dem Weg ins Foyer, da entdeckte sie Lord Ellingsford, draußen im Garten sitzend.

Sie hatte das Gefühl, zu ihm gehen zu müssen.

Er saß auf einer steinernen Bank, trug noch immer seinen Morgenmantel und rauchte eine Zigarette.

Sein Blick war weit weg, stumpf und leer. Er sah auf, als sie vor ihm stehenblieb. „Guten Morgen“, sagte er mechanisch.

„Guten Morgen, Eure Lordschaft.“ Sie deutete auf die Bank. „Darf ich mich zu Ihnen setzen?“

Ellingsford machte wortlos ein Stück Platz und Celeste setzte sich.

„Wie geht es Ihrer Tochter?“

„Sie wird überleben.“

Celeste konnte weder am Ton noch an der Mimik erkennen, ob ihn der Umstand freute, ärgerte oder gleichgültig war. „Das sind doch gute Neuigkeiten“, sagte sie hoffnungsvoll.

Ellingsford sah sie an, als hätte sie einen Scherz gemacht. „Nichts ist gut. Es ist alles vorbei.“

„Was meinen Sie? Niemand wird je etwas davon erfahren. Ich werde mich darum kümmern. Das habe ich Ihnen versprochen.“

„Miss Summersteen, bitte seien Sie nicht naiv. Wenn es um Gerüchte geht, ist London auch nur ein Dorf. Dorothea war meine letzte Hoffnung.“

Celeste erschrak. „Sie sprechen gar nicht von dem Erpresser. Sie sprechen von der Vermählung.“

Er nickte schwach. „Der Bräutigam wird von dem Selbstmordversuch erfahren und die Hochzeit absagen. Selbstmörder gelten als verrückt, ist das in Amerika nicht so?“

„Doch schon.“

„Sehen Sie. Und welcher angesehene Mann will sich schon mit einer Verrückten abgeben?“ Er öffnete sein silbernes Zigarettenetui und bot Celeste eine Zigarette an.

Sie lehnte ab. „Die Vermählung Ihrer Tochter hätte Sie vor dem Bankrott bewahrt.“

Ellingsford warf ihr einen fassungslosen Blick zu. „Woher wissen Sie das?“

„Ich habe mit angehört, wie Ihnen der Bräutigam ein Ultimatum gesetzt hat, damit Sie Dorothea von der Hochzeit überzeugen."

Ellingsford sank in sich zusammen. „Ich bin ruiniert. Ich habe Aktien gekauft, die wertlos sind. Ich habe den guten Namen meines Vaters besudelt und als wäre das noch nicht genug, muss mir nun auch noch mein einziges Kind eine solche Schande bereiten."

Celeste wurde ärgerlich. „Wäre es nicht langsam an der Zeit, an Dorothea zu denken? Ohne Ihre Hilfe schafft sie es nicht, diese schrecklichen Dinge zu vergessen. Einmal hat sie Glück gehabt. Was, wenn sie es erneut versucht? Was, wenn sie dann Erfolg hat? Ich habe Sie gesehen, Lord Ellingsford. Gestern, so wie Sie wirklich sind. Sie lieben Ihre Tochter. Wenden Sie sich jetzt nicht ab von ihr."

„Sie machen es sich da sehr einfach, Miss Summersteen. In Amerika mag eine solche Verletzung der Ehre nichts bedeuten. Hier in England tut sie das sehr wohl."

„Es ist nur Ihr verdammter Stolz, der Sie das so sehen lässt. Außerdem gibt es einen Ausweg für Sie."

„Von was sprechen Sie?"

„Bitten Sie Ihre Schwester um einen Kredit. Ich bin mir sicher, sie wird Ihnen das nicht verwehren. Und Ihre Tochter wäre Ihnen auf ewig dankbar, wenn Sie diese Last von ihr nehmen würden."

Zuerst schien es, als wolle Ellingsford barsch ablehnen, aber dann senkte er den Kopf und machte ein nachdenkliches Gesicht. Celeste setzte nach. „Sie könnten alles retten. Ihr Ansehen, Ihre Tochter, Ihr Vermögen. Und niemand wird je etwas davon erfahren. Ich werde mich mit den Erpressern treffen."

Schon kehrte die Verzweiflung in Ellingsfords Verhalten zurück. „Ich habe die tausend Pfund nicht."

Sie öffnete die Reisetasche. „Aber ich habe sie. Ihre Schwester hat mich großzügig mit Mitteln versorgt. Ich bin bereit, mein Leben für Ihre Tochter zu riskieren. Was sind Sie bereit, zu tun?"

Sein Blick blieb starr auf die Tasche gerichtet, bis Celeste sie wieder schloss. Er sagte nichts und auch Celeste wusste nichts mehr zu sagen. So blieben sie noch eine Weile schweigend nebeneinander sitzen.

***

Es war kurz vor sieben Uhr abends, als Inspector Edwards die London Bridge erreichte. Er trat an die Uferbegrenzung. An den Stegen dümpelten ein paar Ausflugsboote. Matrosen schrubbten die Decks. Möwen umkreisten sie und schienen sich einen Spaß daraus zu machen, nach ihren Besen und Schrubbern zu schnappen.

Edwards sah die Straße entlang, dann klappte er seine Taschenuhr auf. Noch zehn Minuten bis zur vereinbarten Stunde. Er sah das Haus. The Monk Whistles. Es stand direkt über einem Kai. Eine Terrasse und ein Teil des Gebäudes wurden von schweren Eichenbalken gestützt. Darunter gab es einen Landungssteg, an dem ein blau gestrichenes Ruderboot lag. Zum Eingang kam man über eine Treppe, die über das Wasser hinaus ragte. An der Dachrinne saßen Möwen und Tauben, aufgereiht wie Perlen auf einer Schnur, die sich für die Nacht niedergelassen hatten. Edwards prägte sich alles genau ein, dann ging er hinüber.

Es waren nur wenige Gäste da. Einer lag mit dem Kopf auf dem Tisch und schlief schnarchend seinen Rausch aus. Zwei andere warfen Pfeile auf eine Dartscheibe, die so durchlöchert war, dass man die Zahlen darauf nicht mehr erkennen konnte.

Der Wirt schaute kurz auf, als Edwards eintrat und zum Tresen ging. „Ein Bier“, bestellte er, sah sich um und war sich sicher: von denen, die hier waren, war niemand sein Informant.

Er setzte sich an einen Tisch, von dem aus er die Tür im Blick behalten konnte. Über ihm stand die geschnitzte Figur eines

Mönchs mit einem großen Bierkrug in der Hand. Der Mönch hatte volle Wangen und hielt die Lippen gespitzt, ganz so als würde er pfeifen. Der Wirt hatte ihn schon lange nicht mehr abgestaubt und Spinnweben spannten sich zwischen dem Kopf und den angewinkelten Armen.

Edwards probierte das Bier. Es schmeckte warm und abgestanden. Er verzog das Gesicht und schob das Glas von sich.

Zwei Schatten streiften an einem der Fenster vorbei. Die Flamme eines Streichholzes beleuchtete für einen Moment das Gesicht eines Mannes.

Edwards spürte, wie sich seine Muskeln anspannten, wobei er den Blick auf die Tür heftete. Jemand sagte etwas und der mit der Zigarette lachte, dann waren die Schatten weitergegangen.

Edwards entspannte sich wieder. Seine Taschenuhr zeigte vier Minuten vor sieben. Auf dem Fluss tönte das Signalhorn eines Schiffes. Durch eines der Fenster konnte er das letzte Licht des Tages am Horizont schwinden sehen.

Endlich näherten sich Schritte dem Eingang. Ein Mann kam herein. Er hielt den Kopf zwischen den Schultern, als würde er Schläge fürchten. Er trug einen abgewetzten Anzug, eine rote Weste und eine Krawatte, die ihm locker um den Hals hing. Er nahm die Mütze ab, leckte sich nervös die Lippen und hob dann den Blick. Als er Edwards sah, nickte er ihm schwach zu, bevor er zur Theke ging, sich ein Bier holte und zu ihm kam. Er setzte sich. „Robert Edwards?“, fragte er, um sich noch einmal zu versichern.

„Der bin ich. Sie sind Byrd.“

Der Mann wurde nervöser, als er nickte. Er verschüttete Bier. „Haben Sie das Geld?“

„Ja.“

„Und den Fahrschein?“

„Ja, und Sie bringen mich zu Pudley.“ Edwards flüsterte den Namen nur.

Byrd schüttelte den Kopf.

„Was soll das heißen, nein? So war es abgemacht."

„Ich kann nicht. Ich hab' Schiss. Der ist mir auf die Schliche gekommen. Wenn der mich findet, bringt der mich um. Ich muss machen, dass ich aus der Stadt komme."

„Und Sie glauben, ich gebe Ihnen das Geld und den Fahrschein, ohne was dafür zurückzubekommen? Das können Sie vergessen."

„Ich sag Ihnen ja, wo's ist."

„Sie können mir viel erzählen. Ich verschwende hier nur meine Zeit." Edwards wollte aufstehen, aber Byrd hielt ihn fest. „Warten Sie", sagte er aufgeregt. „In Ordnung. Ich bring' Sie hin. Aber dann verschwinde ich."

Er schob den Stuhl zurück und stand auf. In dem Moment krachte ein Schuss durchs Fenster. Glas splitterte, eine Schießpulverwolke füllte den Pub. Byrd warf die Arme in die Luft, schrie kurz auf und fiel dann vornüber auf den Tisch. Gläser fielen herunter und Bier spritzte über den ausgetretenen Boden. Edwards hatte sich hinter dem Tisch in Deckung geworfen und schnell seine Waffe gezogen. Er sah hastig auf das zerschossene Fenster. Dort war niemand mehr, also sprang er auf, rannte nach draußen und sah sich um.

Er hörte jemanden auf der Treppe, die nach oben zur Straße führte, und lief dem Geräusch nach. Wachsam, hielt er den Revolver nach vorne gerichtet, bereit jederzeit abzudrücken.

Er sah den Schützen, als der eine Laterne passierte. Langer, zu großer Mantel, Bowler auf dem Kopf, wie er die Lower Thames Street entlang rannte und dann in eine Seitenstraße abbog. Edwards folgte ihm, verlor ihn aber immer wieder für einen kurzen Moment aus den Augen. Kutschen, Menschen und Tiere verwehrten ihm den Blick. Der Schütze rannte in eine Seitengasse, Edwards hinterher. Da fiel ein weiterer Schuss, der den Inspector nur um Haaresbreite verfehlte.

„Verdammter Mistkerl." Edwards wollte es ihm mit gleicher Münze zurückzahlen, aber der Schütze war schon weitergelaufen, bevor er auf ihn anlegen konnte. Hier hatte er dutzende Möglichkeiten, auf Nimmerwiedersehen zu verschwinden. Enge Gassen, Hinterhöfe, Hauseingänge, dunkle Durchgänge. Edwards blieb keine Wahl, er musste seine Deckung verlassen und ihm nachjagen. Seine Schuhe hämmerten auf das Kopfsteinpflaster. Sein Atem ging gehetzt. Der durchdringende, stechende Geruch von Fäkalien stieg ihm in die Nase. Pferche kamen in Sicht. Kühe standen so dicht gedrängt nebeneinander, dass sie sich nicht einmal drehen konnten. Sie rollten mit den Augen, muhten. Ein paar bluteten aus Wunden, die ihnen die anderen mit den Hörnern zugefügt hatten. Gelbe Rinnsale, kotverklebtes Stroh und zertretene Kuhfladen machten das Kopfsteinpflaster rutschig. Edwards kam auf einen Platz. Hier standen Karren und Wagen der zahlreichen Fleischereien der Stadt. Schweine quiekten in Panik, wenn man sie an den Beinen aus den Wagen zum Schlachter zerrte. Dazwischen brüllten Männer. Aus den umliegenden Gebäuden hörte Edwards das Kreischen von Bandsägen, mit denen die toten Tiere zersägt wurden. Er stürmte auf den Platz, stolperte über ein geflüchtetes Kälbchen, das ihm zwischen die Beine lief. Männer sprangen über ihn hinweg und an ihm vorbei, um es wieder einzufangen.

Als er den Kopf hob, sah er den Flüchtenden. Der graue Mantel verschwand in einem Kühlhaus. Das Tor fiel mit einem Schlag hinter ihm zu. Edwards war sofort wieder auf den Füßen und stürmte ihm nach.

Eine furchtbare Kälte erwartete ihn, nachdem er durch das Tor getreten war. Sofort hing der Atem als Wolke vor seinem Gesicht und färbte die Spitzen seines Schnurrbarts weiß. An langen Reihen von Eisenstangen, die von einer Wand zur anderen reichten, hingen die gefrorenen Hälften von Schweinen und Kühen. Außer ihm und dem Mörder schien niemand hier zu sein. Es war still. Selbst der Lärm von draußen schien in der Eiseskälte erstarrt zu sein.

Durch gläserne Oberlichter, an deren Rändern sich Eiszapfen

gebildet hatten, fiel bläulich wirkendes Licht. Frostiger Nebel hing zwischen den zerschnittenen Tieren.

Edwards spannte den Hahn seines Revolvers, duckte sich, spähte, horchte, lauerte und schlich weiter. Der Boden knirschte wie zu Eis gefrorener Schnee unter seinen Füßen.

Er unterdrückte das Zähneklappern, indem er sie fest aufeinanderpresste.

Da! Ein Geräusch. Das Klirren von Ketten. Edwards beeilte sich. Sicher gab es einen Hinterausgang. Zwischen den Hälften hindurch folgte er dem Geräusch und erreichte eine Tür. Reste von Eis hingen an dem Knauf. Jemand hatte ihn vor ihm angefasst. Er drehte ihn. Die Tür war abgeschlossen. Der Mörder war also noch hier. Als Edwards sich umdrehte, stieß er mit der Schulter gegen eine Eisenkette, die hoch zu einer Balustrade führte. Ein Stück weiter gab es eine Treppe. „Ich weiß, dass Sie hier sind!", rief er, ohne darauf zu hoffen, eine Antwort zu erhalten.

Mit seinen Blicken durchsuchte er die Halle, während er mit der schussbereiten Waffe die Treppe hinauf, auf die Balustrade stieg, die einmal rund herum um die Halle führte. Ein weiterer Steg durchschnitt die Halle in der Mitte. Überall hingen Ketten mit Haken an Umlenkrollen, die von einer dünnen Schicht aus Raureif überzogen waren.

Edwards erreichte die oberste Stufe. Hier oben gab es mehrere Räume. Büroräume mit Aktenschränken und Schreibtischen, wie er mit einem schnellen Blick feststellte. Eine der Türen stand offen. Wachsam, mit angehaltenem Atem schlich er sich heran. Er hatte den Raum gerade erreicht, als ihn ein metallisches Klirren und ein Geräusch, das wie das Rattern eines Zuges klang, herumwirbeln ließ. Eine eiserne Umlenkrolle schwang auf ihn zu. Edwards wollte noch ausweichen, aber da war es schon zu spät. Das schwere Geschoss traf ihn am Kopf. Er stürzte, sein Revolver polterte auf die Balustrade und von dort zu Boden.

***

Edwards lag da, regungslos, aber noch bei Bewusstsein. Er konnte das Blut hören, wie es in seinem Kopf rauschte und wie es warm an seiner Schläfe hinab lief.

Ein grauer Schatten fiel über ihn, der nicht mehr war als eine sich verzerrende Masse von Gliedmaßen und Bewegungen. Als der Schatten sprach, klang es wie das dumpfe Stampfen einer Untergrundbahn.

„Sie haben einen ganz schön harten Schädel", sagte die Stimme. Dann spürte er Hände, die ihn durchsuchten. Er konnte sich nicht dagegen wehren.

„Ah, Inspector Edwards." Offenbar hatte der Mann seinen Dienstausweis gefunden. „Freut mich kolossal, Ihre Bekanntschaft zu machen. Hab' Ihren Namen schon mal gehört."

„Pudley", gelang es Edwards zu murmeln.

Der Schatten zeigte Zähne, vielleicht lächelte er. Edwards' Gedanken waren träge wie zäher Teer.

„Zu schade, dass wir uns auf diesem unerfreulichen Weg kennenlernen müssen."

„Ich ... bring' Sie hinter Gitter."

Pudley klopfte ihm auf die Schulter. „Sie haben Kampfgeist, das gefällt mir, wirklich. Aber, wenn Sie so da liegen, und solche Drohungen aussprechen, es tut mir leid, dann kann ich Sie nicht ernst nehmen. Wissen Sie, Sie erinnern mich da eher an einen Käfer, der auf dem Rücken liegt und mit den Beinchen strampelt." Er nahm seine Waffe und drückte sie Edwards gegen die Stirn. Der zuckte und stöhnte. „Ich könnte Sie jetzt erschießen wie diesen Verräter Byrd, aber ... das mache ich nicht. Macht zu viel Krach. Außerdem will ich nicht, dass mir Ihr Gehirn auf den Mantel spritzt. Und wenn ich es mir recht überlege, ist es hier doch ganz nett. Schön kühl. Schön ruhig. Sie wird hier niemand stören, wenn Sie langsam erfrieren. Sie werden gar nichts spüren, Sie schlafen ein und das war's dann. Tun Sie mir den Gefallen?"

„Sie ... verdammter Scheißkerl."

„Schhht. Inspector. Schonen Sie sich, dann haben Sie vielleicht ein paar Minuten länger zu leben." Pudley erhob sich und schlang den Mantel um sich. Den Ausweis ließ er achtlos auf Edwards' Brust fallen. „Ich werde Sie jetzt alleine lassen. Ich vertrage diese Kälte nicht so gut. Die schlägt mir immer so auf die Stimme. Leben Sie wohl, Inspector."

Edwards wollte nach ihm greifen, aber er war schon weg. Alles, was er mit der Anstrengung erreichte, war sich zu übergeben.

Er hörte, wie Pudley die Stufen hinabstieg, durch die Halle ging, das Tor öffnete und wieder schloss.

Ihm gelang es, sich auf den Bauch zu rollen und den Kopf ein Stück weit anzuheben. Sein verschwommener Blick fixierte ein offenstehendes Büro. Dort musste er hin, wenn er überleben wollte. Es waren nur wenige Meter, doch im Moment erschien ihm diese Strecke wie eine Reise auf die andere Seite der Welt.

Er schleppte sich voran. Zentimeter um Zentimeter. Ihm war so kalt. Immer wieder blieb er wie betäubt liegen. Seine Füße und Beine spürte er schon nicht mehr. Als er endlich die Tür erreichte und halb im Durchgang lag, wurde die Schwärze, gegen die er bis dahin erfolgreich angekämpft hatte, übermächtig. Er brach bewusstlos zusammen.

***

Park Lane
Zehn Uhr Abends

Nebel kroch durch Londons Straßen. Er hielt alles im Griff, ließ die Menschen zu Schemen werden und verschluckte die Geräusche. Sein Geruch war der eines lebenden, stinkenden Wesens, das sich vom Abfall, vom Rauch, vom Kohlefeuer und dem fauligen Geruch der Themse ernährte.

Seine Farbe besaß ein kränkliches Grün. Nicht umsonst nannten die Londoner ihren Nebel auch Erbsensuppe.

Celeste stand ganz alleine am Stanhope Gate und wartete. Es war schon zehn Minuten nach zehn. Edwards verspätete sich, oder noch schlimmer: Er ließ sie im Stich. Aber diesen Gedanken wollte sie nicht zulassen und schob ihn weit von sich.

Sie begann, nervös auf und ab zu gehen. Dabei musste sie an Dorothea denken. Sie hatte sie im Krankenhaus besucht. Wie bleich sie ausgesehen hatte, wie erschöpft ... wie traurig. Und dann erinnerte sie sich an etwas, das Dorothea gesagt hatte. Es hatte ihr im Herzen wehgetan. Papa ... hasst mich. Warum habt ihr mich nicht sterben lassen?

Diesen qualvollen Ausdruck in Dorotheas Gesicht konnte sie nicht vergessen. Wie verzweifelt musste ein Mensch sein, um so etwas zu sagen? Ein Schauer ließ Celeste zittern, was nicht allein an der Kälte des Abends lag.

Jetzt stand sie hier, wartete mit einer Tasche voller Geld, um ein Mädchen zu retten, das sterben wollte, weil ihrem Vater die Ehre wichtiger war als das Glück seiner Tochter.

Sie konnte es nicht verstehen und sie wollte es auch nicht verstehen.

In ihr brodelte etwas, es war mehr als nur Wut, sie konnte es nicht benennen, aber es machte sie rasend und sie musste sich eingestehen, dass sie am liebsten losgerannt wäre, um den Erpressern ihre Niedertracht ins Gesicht zu schlagen.

Inzwischen war es kurz vor halb elf. Edwards würde nicht mehr kommen. Sein Ehrenwort war nichts wert.

Sie überprüfte den Sitz des Revolvers über ihrem Gesäß, den sie unter dem Mantel verbarg, und ging los. Sie war alleine. In der Stadt, die niemals zu ruhen schien, war es nun totenstill. So fühlt es sich also an, wenn man glaubt, der einzige Mensch auf der Welt zu sein.

Sie folgte dem Eisenzaun, der den Hyde Park umgab, und suchte nach einer Kutsche.

Unweit des Hyde Park Corner wurde sie fündig. Zuerst hörte sie die Stimmen zweier Männer, die sich unterhielten, bevor sie den Schein zweier Kutschenlampen bemerkte, die flackernde Quadrate aus Licht in den Nebel stanzten. Erst dann sah sie die Silhouetten der beiden Hansom-Kutschen mit ihren Pferden.

Die beiden Fahrer unterhielten sich, tranken Tee und rauchten Pfeife.

Als Celeste sich näherte und sie bemerkt wurde, nahmen die Kutscher ihre Hüte ab. „N'abend, Ma'am."

„Guten Abend. Ich muss in die Docklands", sagte sie. „East India Docks."

Die Männer schüttelten den Kopf. „Is' um die Uhrzeit zu gefährlich für 'ne Lady."

„Da sollte 'ne feine Dame wie Sie nich' hingehen. Is nur 'n gut gemeinter Rat."

„Ich muss aber dorthin." Sie griff in ihre Handtasche und nahm fünf Pfund heraus. „Ich habe es eilig."

Die Augen der Kutscher wurden groß. „Also, wenn Sie unbedingt dahin wollen", sagte der eine, „dann fahren wir Sie auch dahin", antwortete der andere.

Dann starrten sich die beiden Kutscher an. Nur einer konnte den Fahrgast bekommen. Schon ballten sie die Fäuste.

„Gentlemen. Ich habe es wirklich eilig", sagte Celeste gereizt.

„Dauert nur 'n Moment."

„Ja, nur 'n Moment", pflichtete der andere bei.

Fäuste flogen, wurden abgeblockt. Ein Hut wurde eingedellt, ein Mantel zerrissen, ein Zahn ausgeschlagen, ein Auge blau geklopft, dann stand der Sieger fest.

„Lady", sagte der Mann mit dem eingedellten Hut und öffnete ihr die Tür seiner Hansom-Cab.

Der andere Kutscher rappelte sich auf, rieb sich das geschwollene Auge und fühlte nach dem ausgeschlagenen Zahn.

„Machen Sie das immer so?", fragte Celeste.

„Manchmal", grinste ihr Kutscher. „Und ich gewinn' immer." Mit schnalzender Zunge und knallender Peitsche fuhr er los. „Aber er lernt's nich'!", rief er seinem Konkurrenten lachend zu.

Dann hatte der Nebel ihn verschluckt.

Celeste lehnte sich zurück. Von der Straße und den Häusern konnte sie kaum etwas erkennen. Ihr Kutscher aber fuhr so schnell und sicher als wäre es heller Tag.

Eine Zeit lang folgten sie der Themse. Signalhörner durchschnitten mit dumpfen Brummen Nacht und Nebel. Die Glocken der Positionsbojen läuteten.

Celeste versuchte, sich auf diese Dinge zu konzentrieren. Es lenkte sie ein wenig von ihrer Wut auf Edwards ab. Doch kaum dachte sie an ihn, war die Ablenkung vorbei. Sie hatte wirklich geglaubt, sein gegebenes Wort würde ihm etwas bedeuten. Aber da hatte sie sich getäuscht. Was, wenn sie der Sache alleine nicht gewachsen war, wenn etwas schieflief? Wenn ... ach ... alles Grübeln nützte doch nichts. Sie biss die Zähne zusammen. Es würde schon gut gehen. Es musste ... gut gehen.

Die Fahrt endete, für ihren Geschmack, viel zu schnell. Die Gegend war finster. Hier gab es nicht einmal Laternen. „Sin' Sie sicher, dass Sie hierhin woll'n?“, fragte der Kutscher besorgt. „Is' wirklich 'ne miese Gegend.“

Celeste seufzte. „Danke für Ihre Sorge. Hier ist Ihr Geld.“ Sie reichte ihm die fünf Pfund.

Der Kutscher tippte sich an den verbeulten Hut. Im Licht der Wagenlampen schien seine Miene hart und gleichgültig zu sein und doch sprach eine Wärme aus seinen Augen, die Celeste dazu brachte, ihm dankbar zuzulächeln.

„Wissen Sie, wo ich The Old Warehouse finde?“

Der Kutscher nickte und kniff dabei die Lippen zusammen, ehe er sagte: „Einfach die Straße runter.“

„Danke.“

„Wissen Sie was?“

Celeste hatte sich bereits abgewandt und drehte sich jetzt noch einmal um. Neugierig hob sie den Blick. Mit dem Daumen deutete der Kutscher hinter sich. „Dahinten is' 'n nettes kleines Gasthaus. Wann immer Sie erledigt ham, was Sie erledigen müss'n, kommen Sie dahin. Wir werd'n da auf Sie wart'n."

Celeste hatte mit so viel Freundlichkeit nicht gerechnet. „Danke", antwortete sie. „Aber ... warum ..."

„... ich das tue? Sie scheinen 'ne nette Lady zu sein, die irgendwas Dummes vorhat. Ich will's gar nich' wissen was. Is' nich' meine Sache, Ihnen das auszured'n. Aber ich würd' beruhigter schlaf'n, wenn ich Sie wieder mit zurücknehm'n könnt'. Dann weiß ich wenigstens, dass es Ihnen gut gehen tut. Außerdem ... will Penelope nich', dass Ihnen was passiert."

„Das ist sehr freundlich von Ihnen ... Moment ... wer ist Penelope?"

Er öffnete einen kleinen Kasten, der vor seinem Kutschbock angebracht war, und holte eine weiße Maus heraus, die flink über seine Hand und seinen Unterarm krabbelte, ehe er sie wieder am Schwanz einfing, sie in die Handfläche setzte und ihr ganz behutsam das weiche Fell streichelte, um ihr dann einen Hauch von Kuss auf die spitze Nase zu geben.

Celeste mochte keine Mäuse. Ihr Blick verriet es, den der Kutscher sofort bemerkte. „Oh keine Sorge. Sie is' nich' eifersüchtig. Sie mag Sie. Is' doch so, meine Kleine?" Er schien seiner Maus zu lauschen, dann nickte er eifrig. „Is' so", bestätigte er.

Celeste gelang ein gequältes Lächeln. „Verraten Sie mir auch Ihren Namen?"

„Tobias, junge Lady. Tobias Gold. Sie können mich aber Toby nennen."

„Haben Sie ... beide ... vielen Dank für Ihre Freundlichkeit, aber Sie sollten nach Hause fahren. Ich weiß nicht, wie lange es dauern wird." Ihre Uhr zeigte kurz nach elf.

„Macht nix. Wir wart'n trotzdem." Er wedelte mit dem Geld. „Das hier will gut angelegt werd'n. Wir ham noch nichts gegess'n. Und nix getrunken." Er zwinkerte ihr zu. „Wird langsam Zeit." Dann wurde er ernst und beugte sich so tief hinab, dass Celeste fürchtete, er würde vom Kutschbock kippen. „Wenn Sie bis zum Morgengrau'n nich' da sind, hol ich die Polizei."

Sie nickte ihm zu, bevor sie sich umdrehte und der Straße folgte.

Der Nebel schien hier noch dichter geworden zu sein. Sie hatte Mühe, sich zu orientieren.

Je weiter sie kam, desto heruntergekommener und verlassener wurde die Gegend. In verfallenen Gebäuden sah sie Lagerfeuer brennen. Jemand hustete. Jemand lallte. Eine Katze streunte über die Straße.

Celeste hatte Angst. Sie spürte sie, wie sie in den Fingern kribbelte, wie sie ihre Beine schwer machte, in ihrem Hals pochte und ihren Herzschlag beschleunigte.

Es war die Dunkelheit, der Nebel, die gedämpften Geräusche des Wassers, das gluckste und schmatzte, als würden die Toten das Fleisch der Lebenden fressen. Dieser Gedanke, und das Gefühl im Stich gelassen worden zu sein, ließ sie anhalten. Plötzlich war sie nicht mehr so sicher, ob sie das alles wirklich tun sollte. Aber dann dachte sie an Dorothea. Sie tat es für sie, also riss sie sich zusammen und ordnete ihre Gedanken. Sie brauchte ein Versteck für das Geld, was nicht schwer zu finden war. Hier lag genug Gerümpel und Dreck herum, in dem sie die Tasche verstecken konnte.

Dann ging sie weiter. Nach etwa hundert Schritten erreichte sie ein Gebäude. Sie war am Ziel. The Old Warehouse stand auf einem rostigen Schild über einer Laderampe. Überall wucherte Unkraut. Die Fenster waren zerschlagen, die Mauern nass und brüchig. In dem Gebäude gab es zwei Tore. Eines davon stand offen. Ein breiter Streifen Licht fiel hinaus auf die Straße und den Pier.

Celeste blieb stehen. Sie hörte etwas. Jemand war hinter sie getreten. „Ellingsford?“, fragte eine raue Männerstimme.

„Ja.“ Sie drehte sich nicht um.

Der Mann gab ihr einen Stoß. „Los. Die Stufen rauf. Durchs Tor.“

Auch das tat sie.

In der Halle brannten mehrere Laternen. Fünf Männer warteten auf sie. Einer von ihnen saß an einem provisorischen

Tisch aus Brettern, die man über zwei Mauervorsprünge gelegt hatte. Celeste erkannte ihn und es durchfuhr sie ein eiskalter Schrecken. Auch der Mann stand auf. Seine Augen blitzten zornig, aber gleichzeitig grinste er höhnisch. „Hol's der Teufel. Da sieh' mal einer an, wen der Nebel uns da mitgebracht hat." Dann lachte er hell und bösartig, wie er es schon im Pub Hanson & Fitch getan hatte, als sie nach Black Molly suchte.

Es war Jonah, der Mann, dem sie die Hakennase gebrochen und den Arm zerschnitten hatte. Er trug immer noch einen Verband.

Narbenhals war auch da. Er spielte mit einem Messer, das er gekonnt auf der Fingerspitze balancierte, ohne dabei seinen Blick von ihr zu nehmen.

Jonah gab einem der Männer einen Wink. „Durchsucht sie. Ich will kein Risiko mit der eingehen, die ist ziemlich gewieft."

Der Mann fand den Armeerevolver, den er Jonah gab. „Irgendwie hab' ich gerade 'n Déjà-vu. So haben wir doch schon mal voreinander gestanden, nich'?"

„Sie wissen, was passiert ist", sagte Celeste trotzig.

„Ja, weiß ich. Passiert mir nicht nochmal." Er kam um den Tisch herum und gab Celeste eine schallende Ohrfeige. „Für meine gebrochene Nase."

Sie verbiss sich den Schmerzensschrei und starrte ihn wütend an. „Ich habe das Geld. Wo sind die Fotografien? Oder war das gelogen? Haben Sie gar nichts?"

Jonah zeigte wieder sein hässliches Grinsen, das die Handbewegung begleitete, mit der er auf den Tisch zeigte.

Dort lag eine Zeitung, die zu einem Umschlag gefaltet worden war. Celeste trat an den Tisch, nahm den Umschlag und öffnete ihn. Ihr stockte der Atem. Darin lag eine Fotografie von Dorothea. Sie lag in einem Bett, die Beine gespreizt und vollkommen nackt. Neben ihr kniete ein Mann, ebenfalls nackt, der ihren Kopf so hielt, dass man ihr Gesicht gut sehen konnte.

„Hübsch nicht?", fragte Jonah lauernd. „Wo ist das Geld?"

Celeste ließ sich nicht auf die Provokation ein, auch wenn sie innerlich kochte. „Das ist nur eine. Wie viele gibt es davon?"

„Hmm. Noch ein paar mehr."

„Was soll das? Es hieß tausend Pfund. Ich will alles haben."

Jonah trat ganz nah neben Celeste und schnüffelte an ihrem Haar. Er spielte den Ratlosen, indem er fragend den gesunden Arm hob und wieder sinken ließ. „Da haben wir wohl ein Problem. Ich sag' dir, was wir machen. Du gibst mir das Geld, sagen wir in einer Minute, oder diese hübschen Bilder finden ihren Weg in die Öffentlichkeit." Er zwinkerte ihr zu.

Celeste zitterte vor unterdrückter Wut. Jonah nahm seine Taschenuhr mit dem verbeulten Deckel und klappte sie auf. „Deine Zeit läuft." Er sah auf das Foto. „Sieh nur, wie sie daliegt, für jedermann zu haben." Er leckte sich über die Lippen. „Hübsche Titten. Da wird's mir sofort eng in der Hose."

„Sie sind widerlich."

Er sah sie in gespielter Empörung an und lachte sie dann aus. „Du hast nicht mehr viel Zeit, Lady. Noch vierzig Sekunden."

„Genug. Sie hatten Ihren Spaß. Ich sag Ihnen, wo es ist."

„Sehr gut. Ihr Frauen könnt auch ganz vernünftig sein, man muss nur im richtigen Ton mit euch reden."

„Ich sag es Ihnen, aber hören Sie mit Ihrem jämmerlichen Geschwätz auf." Dann beschrieb sie die Stelle, an der sie die Reisetasche versteckt hatte.

Jonah gab zwei Männern einen Wink. „Na los. Worauf wartet ihr? Geht! Bewegt eure Ärsche!"

Sofort liefen zwei der Männer los, um nachzusehen. Vier blieben zurück. Jonah hatte wieder an dem Tisch Platz genommen und spielte mit Celestes Revolver. Wie gerne hätte sie ihm die Waffe aus der Hand gerissen und ihn erschossen. Sie erschrak nicht einmal über diesen Mordgedanken. Aber sie beruhigte sich, blanke Wut, brachte sie nicht weiter. Sie brauchte die anderen Fotografien. Wenn es denn andere gab. Oder bluffte Jonah, der jede ihrer Regungen mit einem Grinsen bedachte. Celeste suchte nach einem Ausweg, irgendetwas, das ihren Nachteil in einen Vorteil verwandeln konnte. Wieder kam ihr Edwards in den Sinn und wie schmählich er sie im Stich gelassen hatte. Ihr Blick streifte den Armeerevolver ihres Bruders.

„Ich weiß genau, woran du denks'." Jonahs fistelige Stimme erschreckte sie und riss sie aus ihren Gedanken.

„Du denks' darüber nach, wie du uns überraschen kanns'. Aber das kanns' de vergessen. Nochmal überrumpels' du mich nich'."

„Haltet ihr deswegen Abstand zu mir?"

Jonah antwortete nicht, stattdessen spannte er die Waffe und zielte auf Celeste. Sie hielt unwillkürlich die Luft an.

„Einmal den Finger krümmen und das war's dann mit dir, Hübsche." Dann grinste er wieder, wie ein Sadist, der einer Fliege die Flügel ausgerissen hatte, und entspannte den Revolver.

„Deine Knarren werden immer größer. Vielleicht krieg' ich mal die Gelegenheit, dir meine zu zeigen."

Die beiden Männer kehrten zurück. Einer trug die Reisetasche.

„Und?" Jonah war aufgesprungen und fuchtelte mit dem Revolver durch die Luft.

„Is' voll mit Geld. 'N Haufen. Jede Menge."

„Ja, wir sin' reich", bestätigte der andere.

„Ihr habt das Geld. Gebt mir die Fotografien." Celestes Stimme zitterte und sie hasste sich dafür. „Wir hatten eine Abmachung!"

„Abmachung?" Jonah legte übertrieben langsam einen Finger an die Lippen. „Abmachung. Was für 'ne Abmachung könnte das wohl gewesen sein?"

„Du verdammter Dreckskerl."

Jonah hob die Waffe und zielte auf Celestes Kopf.

„Weißt du, jetzt wo wir's Geld haben, kann ich ja offen zu dir sein. Wir ham Black Molly. Du hast sie getroffen, ihr Fragen gestellt. Sie hat uns alles gesagt. Und du wirst uns alles sagen, was du weißt. Du bist sicher so'n Spitzel für die Copper. Aber das finden wir schon raus. Der Boss will dich kennenlernen. Packt sie!"

***

„Sie hätten tot sein müssen", sagte der Arzt zu ihm. „Sie haben unbeschreibliches Glück gehabt."

Edwards schlug die Augen auf und blinzelte. Alles um ihn herum war verschwommen.

„Was ... ist passiert?" Er erschrak vor seiner eigenen Stimme, die sonst so kraftvoll klang. Nun war sie nicht mehr als ein schwaches, fremdes Wimmern.

„Ein paar Männer vom Schlachthof haben Sie gefunden und hergebracht." Der Doktor legte ihm mitfühlend die Hand auf die Schulter. „Sie haben viel Blut verloren und waren kurz davor, zu erfrieren."

Edwards hörte nicht hin. Stattdessen kniff er die Augen zu, öffnete sie und blinzelte. Das rechte Auge wurde besser, auf dem linken sah er immer noch unscharf.

Seine Kiefer schmerzten, als würde jemand glühende Nägel hindurch, direkt in sein Gehirn treiben. Das machte ihm das Denken schwer. Er konnte sich noch an die Kühlhalle erinnern. Das Schaukeln der Schweinehälften, das bläuliche Licht aus den Fenstern im Dach. Einen Schatten im langen Mantel, der irgendwas zu ihm gesagt hatte. Aber was? Es fiel ihm nicht mehr ein. Er gab es auf, darüber nachzudenken. Damit wurden die Kopfschmerzen nur schlimmer. Plötzlich, es traf ihn wie ein Schlag, musste er an Celeste denken und das Versprechen, das er ihr gegeben hatte, fiel ihm wieder ein. Er warf die Decke beiseite und kletterte mühsam aus dem Bett.

„Wo wollen Sie denn hin?", fragte der Doktor empört.

„Lassen Sie mich." Edwards schob die helfende Hand beiseite, die ihm unter den Arm fasste, und blieb dann auf wackeligen Beinen stehen. Er sah aus dem Fenster. Es war dunkel und so nebelig, dass die Laterne auf der anderen Straßenseite nicht mehr war als ein schwaches Funkeln.

„Wie spät ist es?", fragte er.

„Kurz nach Mitternacht", antwortete der Arzt, nachdem er auf seine Taschenuhr geblickt hatte. „Gehen Sie ins Bett zurück.

Sie sind nicht in der Verfassung, um irgendwo hinzugehen."

„Ich muss." Edwards quälte sich in seinen blutbesudelten Anzug. Sein Adams Revolver war fort. Die Taschen im Jackett waren umgekrempelt worden. Seinen Dienstausweis, Uhr und Geld hatte man ihm gestohlen. Er besaß keinen Penny mehr. Er taumelte auf den Flur hinaus, stieß eine Schwester beiseite, lallte eine Entschuldigung und schleppte sich weiter. Der Doktor lief ihm nach. „Jetzt seien Sie doch vernünftig. Sie brauchen Ruhe." Er hielt Edwards fest und riss ihn damit fast von den Beinen. Edwards klammerte sich an ihn. „Ich kann nicht. Da gibt es jemanden, der sich auf mich verlässt. Ich habe mein Wort gegeben."

„Das wird doch sicher Zeit bis morgen haben."

„Nein", widersprach Edwards entschieden, „das hat es nicht. Lassen Sie mich los." Der Doktor schüttelte den Kopf und nahm die Hände weg. Edwards wäre fast gestürzt.

Ihm erschien es wie eine Ewigkeit, als er endlich ins Freie kam. Die Kühle der Nacht belebte ihn. Ein Teil seiner Kraft war zurückgekehrt. Er hörte Pferde schnauben und lief darauf zu.

Da stand eine Kutsche mit zwei davor gespannten Pferden, die dem Krankenhaus gehörte.

Der Kutscher saß in einem kleinen Häuschen, hatte die Beine von sich gestreckt, trank Tee und knabberte Gebäck.

Edwards schlich sich zu der Kutsche hinüber und kletterte auf den Bock. Ihm war schwindelig und er hatte diesen Geschmack nach Galle im Mund, der ihn würgen ließ.

Er musste sich zusammenreißen, um die Zügel zu nehmen, die Bremse zu lösen und die Tiere mit einem lauten Knall der Peitsche anzutreiben.

Die Tür zum Kutscherhaus flog auf. „Verdammt! Da klaut einer meine Kutsche!"

Die Pferde wieherten. Deichsel und Rädern knarrten. „Los! Los!", schrie Edwards. Der Kutscher sprang zu ihm hoch und krallte sich an dem Sitz fest. „Komm da runter!" Die Kutsche schlingerte die Straße entlang.

„Runter!“, schrie nun auch Edwards, der dem Mann nicht wehtun wollte.

„Ich gerb’ dir das verdammte Fell! Halt an!“ Seine Finger krallten sich so fest in Edwards Bein, dass der schmerzhaft zusammenzuckte.

„Ich bin von Scotland Yard!“

„Und wenn du die Königin persönlich wärst! Du klaust mir nicht meine Kutsche! Halt an!“

Edwards riss an den Zügeln. Die Pferde bockten, wieherten, die Kutsche hüpfte über den Bordstein.

Der Mann konnte sich nur mit Mühe mit einer Hand festklammern. „Tut mir leid!“, rief ihm Edwards zu, setzte ihm den Fuß auf die Brust und stieß ihn zurück.

„Du Scheißkerl! Das wirst du noch bereuen! Dich krieg’ ich noch und dann gerbe ich dir das ...“ Den Rest seiner wütenden Schimpferei schluckten der Nebel und der Umstand, dass die Kutsche bereits um die nächste Straßenecke herum war.

Edwards versuchte angestrengt, sich zu orientieren, was in der Erbsensuppe kaum möglich war. Obwohl er London wie seine Westentasche kannte, hatte er das Gefühl, irgendwo ganz anders zu sein. Er musste zur Themse und dann nach Osten. Aber wo war der verdammte Fluss und wo war Osten? Zu seinem Glück traf er einen der Lampenanzünder, der ihm den Weg wies.

Als Edwards dann endlich das Läuten der Signalbojen hörte, wusste er, wo er war. Damit fiel die Anspannung aber nicht von ihm ab. Jede Minute, die er zu spät kommen würde, empfand er als persönliches Versagen. Was, wenn Miss Summersteen etwas zustieß, weil er nicht rechtzeitig da war? „Schneller!“ Die Peitsche knallte. Dunkelheit und dichter Nebel. Das war eine gefährliche Mischung. Die Lampen an der Kutsche reichten nicht aus, um etwas sehen zu können.

Beleuchtete Fenster flogen an ihm vorbei. Schatten, Schemen, Häuser, Lampen, Menschen, die ihm nachriefen, wurden zu einem Einerlei aus Schwarz und Grau.

Der Lärm der Hufe und Räder, dazu das Schaukeln der Kutsche. Edwards hatte schreckliche Schmerzen. Er spürte Blut an seiner Schläfe. Seine Hände verloren an Kraft und dadurch entglitt ihm die Peitsche. Er musste langsamer werden. „Brr!", rief er und zog an den Zügeln, aber die Pferde wurden immer schneller. „Halt!" Seine Stimme wurde vom Lärm geschluckt.

Edwards packte nach der Bremse und drückte sie mit aller Kraft nach vorne.

Funken schlugen aus dem Metall und sprühten in hohem Bogen. Metall schliff gegen Metall und die Kutsche kam zum Stehen. Die Pferde waren schaumbedeckt. Ihr Schnauben klang wie das tiefe Fauchen eines Blasebalgs in einer Schmiede. Stöhnend kletterte Edwards vom Kutschbock herab. Den Rest des Weges würde er zu Fuß gehen. Weit konnte es nicht mehr sein. Er taumelte gegen eine Hauswand, an der er sich abstützen musste. Sie fühlte sich nass unter seiner Hand an.

Jemand kam und fasste ihm helfend unter die Arme. „Loslassen", stöhnte er. Schon hielt er die Fäuste oben, taumelte zurück und setzte sich auf den Hosenboden.

„Langsam ... immer langsam. Ich will dir nix, Junge. Du siehst ja schlimm aus. Du gehörst ins Bett. Jetzt komm. Ich helf' dir." Diesmal nahm Edwards die ausgestreckte Hand und ließ sich aufhelfen. Dann sah er den Mann an, der so freundlich zu ihm war. Er trug einen eingedellten Bowler. Eine weiße Maus hockte auf dessen Schulter und knabberte ein Stückchen Brot.

„The Old ... Warehouse. Wie ... weit ist ... das noch?", gelang es ihm, zu lallen.

„Nay. Die Straße runter." Kaum hatte der Mann ausgesprochen, gruben sich tiefe Sorgenfalten in dessen Stirn. „Ich hab' da eben 'ne Frau kutschiert. Die wollte auch da hin. Haste was mit der zu tun?"

Edwards horchte auf. Miss Summersteen. „Wann war das?"
„Ist schon 'ne Weile her. So halb zwölf rum. Hab' sie gefragt,

was sie hier will. Hat se mir aber nich' verrat'n ... Steckt wohl in Schwierigkeit'n, hmm?"

„Das steht zu befürchten."

Der Mann schlug sich in die Faust. „Hätt' ich nur versucht, es ihr auszureden, was immer sie auch vorhatte. Dieses dumme Ding." Dann schnappte er sich die Maus und steckte sie sich unter den Hut. „Gib gut acht, Penelope. Kann was rumpelig werden."

Edwards hielt ihn fest. „Wo wollen Sie denn hin?"

„Na wohin wohl. Ihr helfen."

„Sie halten sich da raus. Das ist meine Sache."

Der Mann streifte die Hand ab. „Du kanns' dich ja nich' mal auf den Beinen halten, Junge, also sag' mir nicht, was ich tun soll. Sie is' nett, ich will nicht, dass ihr was passiert." Er stapfte voran und warf die Hände in die Luft. „Mit den Weibern hat man nichts als Ärger", grummelte er, „aber was wär'n wir schon ohne sie? Nicht mal auf dieser Welt. Stimmt's, oder hab' ich recht?", fragte er.

Edwards folgte dem Mann auf schweren Beinen. Als er ihn einholte, sagte er: „Ich bin von Scotland Yard, das ist eine polizeiliche Angelegenheit. Ihr Angebot in Ehren, aber halten Sie sich da raus."

Der Mann streckte ihm die Hand entgegen und in seiner Überraschung griff Edwards danach. „Tobias Gold. Sie können mich Toby nennen."

„Edwards ... Robert."

„Freut mich."

„Haben Sie gehört, was ich gesagt habe?"

Tobias nickte. „Sicher, aber du wirs' mich nicht umstimmen."

Edwards hatte keine Zeit, zu streiten und gab auf. „Dann halten Sie sich wenigstens zurück, wenn es gefährlich werden sollte. Tun Sie mir den Gefallen?"

„Klar."

„Haben Sie eine Waffe?"

Tobias zog einen Knüppel aus dem Mantel.

„Würden Sie mir den leihen?“, fragte Edwards.

„Dann hab’ ich ja nix mehr, um einem eins überzuziehen.“

Während sie leise miteinander redeten, tauchten plötzlich Lichter vor ihnen aus dem Nebel auf.

Vier Laternen schaukelten über die Straße hinweg, auf das Themseufer zu.

„Psst“, machte Edwards und zog Tobias in die Deckung der Kaimauer. Sie erkannten die Schemen von sechs Personen. Eine davon war eine Frau. Das konnte nur Miss Summersteen sein.

Ein Mann sagte etwas. Es klang grob und schrill, aber Edwards konnte es nicht verstehen. Er schlich sich näher. Tobias folgte ihm.

Die Schemen stiegen eine Treppe zum Fluss hinab. Auf dem Wasser schaukelte ein Boot. An Bug und Heck brannten Laternen. Rauchwölkchen stiegen aus dem Schornstein auf.

„Los, rauf da“, blaffte die Stimme. Edwards erkannte sie endlich. Es war Jonah. „Mach die Leinen los.“

Ein Moment verstrich, dann begann der Motor zu tuckern und das Boot fuhr los.

„Die hauen uns ab“, flüsterte Tobias aufgeregt.

„Ich seh’s. Kommen Sie, wir dürfen sie nicht aus den Augen verlieren. Beten Sie, dass sie nicht zum anderen Ufer fahren.“

„Wir brauchen ’n verdammtes Boot“, sagte Tobias.

„Ja ich weiß. Aber wo sollen wir das herbekommen?“

„Ich treib’ uns eins auf. Du behälts’ die Kerle im Auge. Bleib am Ufer, dass ich dich finden kann. Wenn die der Lady was antun, werd’ ich mir das nich’ verzeih’n und Penelope auch nich’.“

„Jetzt reden Sie nicht so viel.“ Edwards hatte Mühe, dem Boot mit Blicken zu folgen.

Immer weiter ging es in die Docklands hinein. Ein ums andere Mal wurde ihnen die Sicht auf Boot und Laternenschein durch vertäute Dampfer und Kähne versperrt. Dann musste Edwards sich strecken, bis es wieder in sein Blickfeld kam. Als die Themse eine Biegung machte, nahm das Boot Kurs auf die Mitte des Flusses.

Edwards konnte nicht erkennen, was es ansteuerte, außer dass es dort anlegte, die Männer ausstiegen und mit den Laternen in etwas verschwanden, das er für einen Durchgang hielt.

***

Man hatte Celeste die Augen verbunden und die Hände hinter dem Rücken gefesselt. Man zerrte grob an ihr und stieß sie vorwärts. Sie stolperte und stieß sich die Knie an den harten Kanten einer Treppenstufe. Ihr Puls raste. Sie gab sich keinen Illusionen hin, was mit ihr geschehen würde, wenn die Männer ihr Verhör beendet hätten. Man würde sie töten.

Jemand stieß ihr seine Fingerknöchel zwischen die Schulterblätter. „Los, beweg dich." Sie stieg eine Treppe hoch. Es roch nach Rost und verfaultem Holz.

„Wohin bringt ihr mich?"

„Schnauze", zischte es nah an ihrem Ohr. Demjenigen ging es nicht schnell genug. Er packte Celeste unter den Achseln und schob und stieß und zerrte sie die Stufen hinauf. Oben angekommen traten sie durch eine Tür. Celeste konnte hören, wie sie in den Angeln quietschte. Dann folgte ein Gang, der sich leicht nach links neigte, ehe sie durch eine weitere Tür traten.

Dann riss ihr jemand die Augenbinde vom Kopf. Sie sah nichts. Nach absoluter Dunkelheit war selbst das schwächste Licht blendend hell. Tatsächlich brannte aber nur eine Laterne auf einem Tisch, hinter dem jemand saß. Celeste sah sich um. Sie stand in einem Raum, der ganz aus Holz bestand. Auch hier schien sich der Boden ein wenig zur Seite zu neigen. Die Decke war niedrig. Es roch feucht und nach Schimmel.

Der Mann am Tisch beugte sich vor. Er war nicht sehr groß, hatte durchdringende, kalte, graue Augen und einen ungepflegten Schnurrbart. Eine wulstige Narbe, blutunterlaufen und schlecht genäht, lief über die linke Wange vom Ohr bis zum Kinn. Er trug einen abgewetzten Anzug mit Weste. Beides in stumpfem Schwarz. Das Haar war glatt und mit Pomade in der Mitte geteilt. Der kleine Finger der linken Hand fehlte.

Ein geschlossenes, in Leder eingebundenes Buch lag vor ihm auf dem Tisch. Chinesische Schriftzeichen zierten den Einband. Hinter ihm, in einem Regal, entdeckte Celeste eine silberne Schatulle. Hatte Edwards nicht von einer silbernen Schatulle gesprochen? Ihre Gedanken wurden abgelenkt.

Jonah trat an ihr vorbei an den Tisch, beugte sich zu dem Mann hinab, flüsterte ihm etwas zu und deutete dann auf sie.

Als Jonah seinen Bericht beendet hatte, stellte er sich hinter den Mann, der nun aufstand, wobei er seinen starren Blick keinen Moment von Celeste nahm. Dann lächelte er, dass es ihr eine Gänsehaut machte, und sagte: „Jonah. Was sind das für Manieren. Sei doch bitte so gut und hole der Lady einen Stuhl."

„Ich bleibe lieber stehen", sagte sie gefasst.

„Oh, ich bestehe darauf."

Schon brachte man einen Stuhl, an den man sie so eng fesselte, dass ihr die Schnüre in die Handgelenke schnitten.

„Nicht so fest."

„Das ist nur zu unserer Sicherheit. Sie müssen ja eine richtige Wildkatze sein, wenn ich sehe, wie Sie Jonah zugerichtet haben."

Alle anderen, außer Jonah, grinsten oder machten höhnische Grimassen. „Genug", sagte der Mann im schwarzen Anzug. „Sie scheinen mir eine Frau voller Geheimnisse zu sein." Er rieb sich die Hände. „Ich gestehe, ich habe eine Schwäche für Frauen mit Geheimnissen."

Sie würdigte seinen Kommentar mit keiner Antwort. Ihre Hände wurden taub. Die Fesseln saßen zu eng. Ihre Fingerspitzen kribbelten.

„Verzeihen Sie", sagte der Mann in gespielter Fröhlichkeit, „in der Gesellschaft dieser Halunken vergisst man leicht die guten Manieren. Osbert Pudley, der Name."

Sie hatte damit gerechnet, natürlich und trotzdem musste sie einen Moment lang erschrocken ausgesehen haben, denn er sagte: „Sie haben also schon von mir gehört."

„Ja."

„Ich fühle mich geschmeichelt. Wie ist ihr Name?" „Summersteen."

„Sie hat das Geld, Boss." Narbenhals zeigte den Inhalt der Reisetasche, die Pudley nicht einmal eines Blickes würdigte. „Natürlich haben die Ellingsfords gezahlt. Sie werden alle zahlen." Zum ersten Mal mischte sich Wut in seine schlecht gespielte Höflichkeit. „Es ist ihre Ehre ... meine Freunde. Die ist ihnen heilig. Was wären sie ohne ihre Ehre? Dann wären sie wie der Pöbel. Dann wären sie ... wie wir."

„Sie haben gekriegt, was Sie wollten. Geben Sie mir die Fotografien."

„Oh, ich fürchte, das geht leider nicht. Jonah hat mir erzählt, dass Sie sehr neugierig sind und herumschnüffeln. Das macht Sie zu einer Gefahr für mich. Und da Sie jetzt schon mal hier sind, können wir es uns auch gemütlich machen und ein wenig plaudern."

„Dieses Mädchen hat Ihnen nichts getan. Warum quälen Sie sie so?"

Pudley lächelte freudlos. „Das erzähle ich Ihnen gern. Haben Sie nur etwas Geduld. Wie heißt es richtig. Miss oder Mrs. Summersteen?"

„Miss."

„Danke, meine Liebe. Wissen Sie, wo Sie sich hier befinden, Miss Summersteen?"

„Auf einem modrigen alten Kahn."

„Richtig. Sehr gut. Sie haben aufgepasst. Aber wissen Sie auch, was das für ein Schiff war?"

„Ich habe keine Lust auf Ihr Fragespiel."

„Keine Lust? So, so?" Er holte tief Luft, entkorkte eine Flasche und schenkte zwei schmutzige Gläser voll. „Das ist Rum", erklärte er.

„Ich will nichts trinken."

„Jonah, flöß ihr etwas ein. Sie ist so schrecklich steif."

Jonah war nicht zimperlich. Er hielt Celeste die Nase zu und als sie den Mund öffnete, um nach Luft zu schnappen, schüttete Narbenhals ihr den Inhalt des Glases in den Mund. Sie hustete, spuckte den Rum auf ihr Kleid und schluckte trotzdem noch mindestens die Hälfte.

Pudley sah belustigt zu, ehe er an seinem Glas nippte und wieder auf dem Stuhl Platz nahm.

Dann begann er, zu erzählen. „Dieses Schiff war einmal die H.M.S. Dover. Einst ein stolzes Kriegsschiff, aber dann wurde sie umgebaut. Zu einem Sklavenschiff, denn nichts anderes war sie. Sie segelte einmal um die halbe Welt mit ihrer menschlichen Fracht. Dreihundert Seelen. Zusammengepfercht wie Tiere, ohne Licht, ohne frisches Wasser, mit Brot und Haferschleim notdürftig am Leben gehalten. Sie segelte nach Australien. Waren Sie schon einmal in Australien?"

„Nein."

„Das Land ist riesig und trocken und öde und so unendlich weit weg von der Heimat. Ich war auch da ... ich war einer dieser Sklaven, die das Land urbar machen sollten. Ich war zwölf Jahre alt. Zwölf ... ein Kind." Er hob das Glas und betrachtete das Licht, welches durch den Rum schimmerte.

„Entweder macht einen diese Gluthitze wahnsinnig, bevor man stirbt, oder man kämpft und tut alles, um zu überleben. Ich habe meine eigene Pisse gesoffen, um nicht zu verdursten. Sechs Jahre habe ich bekommen. Und wissen Sie warum? Nein ... woher sollten Sie? Ich habe einen feinen Herrn mit einem Pferdeapfel beworfen. Der Scherz eines dummen Jungen. Aber dieser ... edle Gentleman sorgte dafür, dass ich bestraft wurde. Und jetzt ... räche ich mich."

„Indem Sie die Mädchen töten? Reicht es nicht, dass Sie die Eltern erpressen?"

Er wusste, wovon sie sprach, sie konnte es in seinem Gesicht sehen. „Sie halten mich für die Themsebestie?“ Er lachte sie an. „Warum sollte ich so dumm sein? Kühe, die man melken kann, schlachtet man doch nicht. Sie sollten das doch wissen, deswegen sind Sie doch hier.“

Er nahm Dorotheas Fotografie zur Hand. „Nein, sie zu töten wäre doch dumm. Diese Bilder sind für mich ein Vermögen wert. Yin hat das nie erkannt, oder wollte es nicht erkennen. Sie hat immer gesagt, die Eltern zu erpressen, würde zu viel Aufmerksamkeit erregen. Sie wollte nicht riskieren, dass jemand die Polizei einschaltet.

Damit ließ sie sich ein blendendes Geschäft entgehen. Ich werde es da anders halten. Mit den Mädchen Geld verdienen, solange es geht und wenn sie verbraucht sind, noch einmal abkassieren. Aber“, er ballte die Faust, „jetzt gibt es da jemanden, der meine Unternehmungen stört. Das mag ich nicht. Dadurch habe ich Verluste, noch bevor meine Bemühungen Ertrag abwerfen. Dagegen muss ich selbstverständlich etwas unternehmen. Ich werde diesen Dreckssack also finden und töten.“

„Und Madame Yin? Hat die auch jemand anderes auf dem Gewissen.“

Er zögerte, nur einen Moment. „Auch sie habe ich nicht umgebracht, auch wenn ich zugebe, es vorgehabt zu haben. In dieser Sache hat mir der Mörder einen Gefallen getan. Yin war zu weich. Es wurde Zeit, dass sie abtrat. Gut, dass ich zur Stelle war.“

Er stand auf und trat vor sie. „Aber ich möchte eins unbedingt vermeiden. Sie sollen keinen falschen Eindruck von mir bekommen. Ich bin kein netter Mensch und Leute, die mir irgendwie gefährlich werden können ... egal auf welche Art, die beseitige ich. Ich werde Ihnen ein Beispiel geben.“

Pudley gab zweien seiner Männer ein Zeichen, die gleich darauf verschwanden. Celeste hörte, wie sie eine weinende und flehende Frau holten.

Celeste hielt den Atem an. Pudley stützte sich auf die Lehnen, an die sie gefesselt war. Seine Nasenspitze war nun ganz nah vor ihrem Gesicht. „Black Molly kennen Sie ja noch. Sie wird sich sicher freuen, ein vertrautes Gesicht zu sehen. Aber ... ich muss Sie warnen. Seit ihrer letzten Begegnung hat ihre Schönheit etwas gelitten."

Die Tür wurde aufgestoßen, Celeste wandte den Kopf und erschrak bis ins Mark. Was die Männer dort hereinschleppten, glich keinem Menschen mehr. Sie erkannte sie nur an ihrem schwarzen Kleid.

***

Hilflos hatte Edwards auf den Nebel und den Fluss gestarrt. Die Themse zu durchschwimmen war unmöglich. Die Strömung war zu stark, es gab Untiefen. Er wäre ertrunken, noch bevor er die Mitte des Flusses erreicht hätte. Selbst in guter körperlicher Verfassung wäre das unmöglich gewesen.

Wie ein Raubtier in einem Käfig lief er das Ufer auf und ab, spähte nach Tobias und dem Boot, das er ihm versprochen hatte. Er sah ihn nicht und er konnte und wollte nicht länger warten.

Der Nebel lichtete sich ein Stück weit und Edwards erhaschte den Blick auf eine Sandbank, die die Themse in der Mitte teilte. Darauf lag ein gestrandetes Schiff. Miss Summersteen musste dort sein. Es war nicht mehr als hundert Schritte entfernt. Da war sie, ganz nah und hätte doch am anderen Ende der Welt sein können.

In seiner Verzweiflung lief er die Gebäude entlang, bis er eines der Bootshäuser erreichte, die weiter östlich den Pier säumten. Er schlug eines der Fenster ein und kletterte hindurch.

Zuerst riss er Töpfe mit Lack und Werkzeug von einem Tisch, der direkt unter dem Fenster stand.

Die linke Hand blieb an etwas kleben, das lange Fäden zog, als er sie wegzog. Am anderen Ende des Tisches stand eine Laterne, die er entzündete.

Zwei halb fertige Boote lagen auf einem Schlitten, der auf Schienen aus dem Bootshaus über den Pier zum Wasser führte.

Die Aufbauten fehlten. Die Dampfmaschinen standen noch in ölige Tücher gehüllt auf hölzernen Paletten. Im Lampenschein fand er Ruder, aber ihm war klar, dass es fast unmöglich war, die Themse gegen den Strom hinauf zu rudern. Trotzdem war er wild entschlossen, es dennoch zu versuchen.

Mit Hilfe von Hammer und Meißel zerschlug er das Schloss am Tor und öffnete es. Der kalte, graue Nebel wallte ins Innere des Bootshauses. Schnell warf Edwards zwei Ruder an Bord und löste die Taue, die den Schlitten hielten, der sich sofort in Bewegung setzte. Kaum hatte das Gefährt die Torschwelle erreicht, verschwanden die Schienen in der Straße. Schlitten und Boot senkten sich unmerklich ab und wurden schneller. Jetzt wurde es für Edwards Zeit, an Bord zu klettern. Das letzte Stück war abschüssig und der halb fertige Kahn schoss mit einer gewaltigen Bugwelle ins Wasser.

Das Boot wurde sofort von der Strömung erfasst und abgetrieben. Edwards versuchte, dagegen anzurudern, kam aber nicht von der Stelle. Kalter Schweiß trat ihm auf die Stirn. Doch all seine Bemühungen waren vergebens. Er würde es nicht schaffen.

***

Die Männer warfen Black Molly auf den Boden. Ihr Kleid war zerrissen, das lockige Haar dreckig und mit Blut verkrustet. Ihr Kopf war ihr auf die Brust gesunken. Ihre Handgelenke steckten in rostigen Fesseln. Molly wimmerte leise.

Pudley trat an sie heran und packte sie brutal bei den Haaren und zerrte sie auf einen Stuhl. Sie konnte nur stöhnen, zum Schreien hatte sie keine Kraft mehr.

Von den Augenbrauen angefangen hatte man ihr bis hinunter zu den Mundwinkeln das Gesicht aufgeschlitzt. Mit jeder Bewegung quoll frisches Blut aus den Wunden.

„Was sind Sie nur für eine Bestie?“, fragte Celeste voller Abscheu und zerrte an ihren Fesseln.

Pudley zuckte nur mit den Achseln. „Ich sagte ja … ich bin kein netter Mensch. Und ich zahle immer mit gleicher Münze zurück." Er zeigte auf die Narbe in seinem Gesicht. „Wem glauben Sie, habe ich die hier zu verdanken? Hmm?" Er beugte sich zu Molly hinab und streichelte ihre Wange. Sie weinte salzige Tränen.

„Hören Sie auf. Lassen Sie sie in Frieden!" Celeste funkelte ihn wütend an.

Pudley schlug ihr ohne Vorwarnung den Handrücken ins Gesicht. „Wenn Sie mit mir reden, benutzen Sie einen anderen Ton. Ich will Respekt."

Celeste schmeckte Blut, das sie hinunterschluckte. Sie spürte die rauen Handfesseln, die sich mit jeder Bewegung tiefer in die Haut ihrer Handgelenke gruben. „Lassen Sie sie bitte gehen", versuchte sie es erneut.

Offenbar hatte sie den richtigen Ton getroffen, denn Pudley ließ Black Molly los, hob die Hände und streckte sie entschuldigend von sich. „Na sehen Sie. Was so eine kleine Lektion doch bewirkt. Finden Sie nicht auch, dass uns ein wenig mehr Höflichkeit das Leben sehr erleichtern würde?"

Während er sprach, ging er vor Molly in die Knie und sah dabei Celeste an. Sie sagte nichts, presste nur die Lippen aufeinander und versuchte, seinem wahnsinnigen Blick standzuhalten.

Er lächelte sie an, bevor er seine Aufmerksamkeit wieder ganz auf Molly richtete. „Du hättest alles haben können, mein Täubchen. Leider warst du so dumm, mich anzugreifen. Ich musste das tun, das verstehst du doch, nicht wahr?" Dann zog er ein schmutziges Taschentuch aus seiner Weste und drückte es Molly in die Hand. Dabei lächelte er, als ob sie ihm für diese Geste auf ewig dankbar sein müsste. Aber Molly hatte nicht einmal genug Kraft, um das Taschentuch festzuhalten.

„Sie hatten Ihr Vergnügen. Lassen Sie sie bitte gehen", flehte Celeste, die den Blick nicht von dem geschundenen Gesicht abwenden konnte.

„Vergnügen?", echote Pudley. „Sie verstehen nichts vom Geschäft. Das ist für mich kein Vergnügen. Es ist eine Notwendigkeit. Verstehen Sie, wenn ich zulasse, dass sich mir Huren ungestraft widersetzen ... was glauben Sie, wo das hinführen würde? Man wird mich nicht ernst nehmen. Und das Schlimmste in diesem Geschäft ist, wenn einen seine Feinde nicht ernst nehmen." In einer fließenden Bewegung zog er ein Messer aus dem Gürtel und stieß es Black Molly mit einem harten Ruck in die Kehle. Blut spritzte ihm ins lachende Gesicht. Molly keuchte, die Augen wurden groß und starr, ein Stöhnen kam ihr über die verzerrten Lippen. Selbst Pudleys Männer machten ein entsetztes Gesicht oder sprangen einen Schritt zurück. Als er dann das Messer wieder herausriss, spritzte das Blut in einer glänzenden Fontäne bis an die gegenüberliegende Wand. Mollys Kopf fiel zurück gegen die Rückenlehne des Stuhls. Ihr Körper versuchte, sich gegen das Unausweichliche zu wehren. Aber nach einem letzten Zittern, einem letzten Verkrampfen der Hände, einem letzten verzweifelten Atemzug, war es endlich vorbei. Molly war tot.

Seine Augen waren eiskalt, als Pudley das Messer säuberte, es zurück in den Gürtel schob und sich vor dem Leichnam erhob.

Celeste starrte ihn sprachlos an. Ihre Lippen bebten in dem Versuch, Worte zu finden.

„Ich hätte sie ohnehin umgebracht. Aber da Sie schon mal da sind, freue ich mich, dass ich Ihnen dieses besondere Schauspiel bieten konnte", sagte Pudley.

„Sie ... Sie haben den Tod verdient. Sie mieses ... Schwein." Ihr Blick hing an den weit aufgerissenen Augen der toten Molly.

„Grämen Sie sich nicht. Sie werden ihr folgen. Aber es wird Ihre Entscheidung sein, ob es kurz und schmerzlos ist, oder ob Sie vorher lange leiden werden."

Sie spie ihm ins Gesicht, aber er blieb gelassen. „Wie Sie wollen. Also der lange Weg." Er musterte sie. „Sie sind eine hübsche Frau. Ich denke, wir beginnen damit, dass meine Leute ihren Spaß mit Ihnen haben werden. Jonah! Die Würfel." Er lachte.

„Die höchste Zahl darf zuerst."

„Wollen Sie denn nicht, Boss?"

„Nein. Ich mach' mir nichts aus ... totem Fleisch ... besorgt es ihr ... und dann ruft mich."

Celeste funkelte die Männer an, die sich gierig die Lippen leckten. Aber in ihrem Inneren war sie starr vor Angst. Die Fesseln gaben nicht nach und die Würfel klapperten im Becher.

***

„Kanns' froh sein, dass ich dich noch gefunden hab'. Sah ja übel aus. Ich sagte doch, wart', ich komm und hol' dich. Weiß doch jeder, dass so'n Schiffchen erst kalfatert werden muss, bevor man es zu Wasser lässt."

„Ich habe keine Ahnung von Booten", gab Edwards kleinlaut zu.

„Das hab' ich gemerkt. Wieso has' du auch nicht hören können?"

Tobias saß am Ruder der Sea Lilly, Penelope flitzte von einer Schulter zur anderen, während Edwards Kohlen in das glühende Maul der Dampfmaschine schaufelte. „Woher haben Sie das Schiff? Geklaut?"

„Du frecher Lümmel. Seh' ich aus, als würd' ich was klau'n? Dieses nette kleine Bötchen gehört dem Mann meiner Schwester, dessen Bruder ... un' bei dem hatt' ich noch 'nen Gefallen gut. Der tut zwar nicht weit von hier weg wohnen, aber bis ich den wach gekriegt hab' ... weiß' du, der schläft wie'n Toter. Und dann musste ich dem Schnuckelchen noch ein bisschen Feuer unter'm Rock machen, wenn du verstehs', was ich meine." Tobias kicherte in sich hinein.

„Ja, ja ... lustig. Schht." Edwards legte einen Finger an die Lippen. „Da vorne ist es. Langsamer jetzt." Edwards schloss die Klappe des Dampfkessels und setzte sich neben Tobias auf die Ruderbank. „Ich gehe da alleine rein. Sie warten draußen."

„Du, ich hab' meinen Hals für die Königin riskiert. Da werd' ich's doch wohl mit'n paar Schurken aufnehm'n könn'n."

Edwards mustere ihn. „Sie waren Soldat?"

„Oh ja, Sir. The First Grenadier of Foot Guards, Sir." Er salutierte.

„Gut, genau wie ich. Dann wissen Sie ja, was es heißt, einen Befehl zu befolgen. Und ich gebe Ihnen den Befehl, beim Boot zu warten. Ich brauche Sie hier. Vielleicht müssen wir schnell weg."

„Das is'n guter Grund, was Penelope? Lass dich nicht umbringen, Junge."

Edwards zuckte zusammen. Jeder Knochen tat ihm weh, Fingerknöchel und Knie waren blutig geschlagen und im Kopf spielten Schwindel, Brechreiz und Schmerzen Fangen miteinander. Er fühlte sich alles andere als bereit, sich in einen Kampf zu stürzen.

Die Sea Lilly berührte die Sandbank. Es knirschte unter dem Kiel. Edwards hatte ein unterarmlanges Eisenwerkzeug gefunden, das für irgendwas an der Dampfmaschine gebraucht wurde. Tobias hatte es ihm erklärt, aber er hatte nicht zugehört.

„Komm ja nich' ohne die Lady zurück", mahnte Tobias, hob die Faust und drückte den Daumen.

Edwards eilte zum Wrack des Schiffes hinüber. Es lag ein wenig zur Seite geneigt. Die Planken des Rumpfes waren vermodert. Muschelreste und getrockneter Dreck klebten daran.

Edwards erinnerte sich an das Schiff. Vor mehr als zehn Jahren war es als Wegmarke auf der Sandbank verankert worden, um andere Schiffe vor dieser gefährlichen Stelle zu warnen.

Inzwischen war es nichts weiter als ein modriges, vergessenes Stück Holz. Der ideale Ort für ein Versteck. Während ihm diese Gedanken durch den Kopf gingen, hatte Edwards ein Loch im Rumpf erreicht, von dem er annahm, dass es jenes war, welches er vom Ufer aus gesehen hatte. Der Sand knirschte unter seinen Füßen, als er sich vorsichtig näherte. Das Werkzeug hielt er zum Schlag bereit. Es war dunkel, aber er hörte etwas. Lachen, aus mehreren Kehlen. Es klang gedämpft von irgendwo über ihm.

Wachsam tat Edwards einen Schritt in den Bauch des Schiffes. Er trat in fauliges Wasser, welches noch übler stank, als es das Wasser der Themse ohnehin schon tat. Dunkelheit umgab ihn und er wagte es, ein Streichholz zu entzünden. Ein wenig Licht in der Finsternis. Hier unten gab es nichts von Interesse, aber etwas weiter vorne sah er die Umrisse einer Treppe, die nach oben führte und auch zahlreiche Fußabdrücke im Schlick. Das Streichholz verlosch und er entzündete gleich ein weiteres, das so lange brannte, bis er die Treppe erreichte.

Die Tür am anderen Ende konnte er gut erkennen. Ein Rahmen aus gelbem Licht zeichnete die Umrisse nach. Aus dieser Richtung kam auch das Lachen.

Die Stufen knarrten so laut, dass Edwards die Luft anhielt und fürchtete, jeden Moment entdeckt zu werden. Aber nichts geschah. Er streckte die Hand nach dem Türgriff aus. Der verzweifelte Schrei einer Frau ließ ihn zusammenfahren. Edwards erstarrte nur für einen Moment, bevor er zornig wurde. Miss Summersteen, verdammt. Halten Sie durch. Ich bin gleich da.

Er öffnete die Tür und fand sich in einem schummrigen Gang wieder. An einem Eisenhaken hing eine rostige, vom Ruß ganz schwarze Laterne. Rechts gab es eine Tür, die offen stand. Zwei auf der linken Seite waren geschlossen. Das Lachen aber kam von der Tür, die geradeaus lag.

„Scheiße. Die hat mich gekratzt!", rief jemand.

Wieder Lachen. „Musst halt aufpassen, du Schwachkopf."

„Jetzt halt' sie endlich fest!"

„Die strampelt ganz schön."

„Ich hab' sie. Los, Jonah. Jetzt mach schon!"

Edwards hatte genug von dem Versteckspiel. Schnaubend fixierte er die Tür wie ein Stier ein rotes Tuch. Mit seinem ganzen Gewicht und aller Kraft warf er sich dagegen. Die morsche Tür riss aus den Angeln und fiel in den Raum. Vier Mann hockten am Boden um Celeste herum. Ein Hüne und einer mit einem blitzenden Goldzahn hielten sie an den Armen fest. Narbenhals umklammerte ihr linkes Bein. Der vierte war Jonah, der ihr mit einem Messer den Rock zerschnitt.

Ein Fünfter stand neben der Tür und sah zu. Er glotzte überrascht, als Edwards plötzlich neben ihm stand und ihm die Eisenstange in die Magengrube rammte.

Der Mann ging in die Knie.

„Lasst sie los, ihr Dreckskerle!"

„Scheiße! Copper", rief Jonah, der Edwards sofort erkannt hatte. Celeste nutzte den Moment der Verwirrung und trat ihm ins Gesicht. Jonah fiel rückwärts gegen den Tisch. Die Petroleumlampe darauf wackelte gefährlich, blieb aber stehen.

Einer der Männer, die Celeste festhielten, ließ nun von ihr ab, schnappte sich den Stuhl und schlug ihn Edwards ins Kreuz, der gegen den Türrahmen stolperte. Ihm blieb keine Zeit, den Schlag zu verkraften, denn schon stürzte sich ein Hüne mit dummem Gesicht und Fäusten wie Hämmer auf ihn. Edwards holte aus und schlug mit der Eisenstange zu. Er traf den Hünen unter dem Kinn. Zwei Vorderzähne flogen durch den Raum.

Bei dem Gefecht auf engem Raum bekam Celeste einen Tritt ab, während es ihr endlich gelang, Narbenhals zurückzustoßen, der sich immer noch an ihr Bein klammerte. Ihr Fuß traf seine Brust und er landete auf dem Hosenboden. Sie war frei, aber noch nicht in Sicherheit. Aus dem Augenwinkel sah sie Jonah, wie er nach ihrem Revolver griff, der in seinem Gürtel steckte. Sie rollte sich auf die Füße und warf sich auf ihn. Sie kratzte ihm das Gesicht blutig. Er schrie, packte ihr Handgelenk und verdrehte es. Sie biss die Zähne zusammen. Sie brauchte den Revolver. Mit der anderen Hand schnappte sie nach der schweren Waffe und bekam sie auch zu fassen. Sie schoss, aber die Kugel ging fehl. In dem Handgemenge war es der Zufall, der Jonah rettete. Mit dem Schrecken im Gesicht packte er nach dem Lauf und versuchte, ihr die Waffe zu entreißen. Celeste hielt den Knauf. Sie rangen miteinander. „Ich bring dich um", stöhnte Jonah.

„Nicht ... wenn ich dich ... zuerst töte“, zischte sie und stemmte sich mit aller Wut gegen ihn. Es gelang ihr, den Hahn neu zu spannen, und abzudrücken. Die Waffe spie Rauch, Funken und tödliches Blei.

Jonah zuckte, sein Mund war zu einem Schrei geöffnet, der ihm im Hals steckenblieb. Von seiner Brust stieg eine nach Pulver und verbranntem Stoff stinkende Wolke auf.

„Du ... du ...“, stammelte er. Seine Hand schoss an Celestes Kehle und drückte zu. Zusammen mit ihm stürzte sie gegen das Regal in der Rückwand. Es gelang ihr erneut, zu schießen. Diesmal jagte die Kugel durch Jonahs Körper in die Wand dahinter. Er geriet ins Taumeln. Dabei riss er die silberne Schatulle aus dem Regal, die klappernd zu Boden fiel. Der Deckel sprang auf. Zahlreiche Fotografien und kleine Notizbücher fielen heraus.

Narbenhals griff Edwards mit einem Messer an. Er stach zu, aber mit Glück gelang es dem Inspector, der Waffe auszuweichen und sie seinem Angreifer aus der Hand zu schlagen, den er mit einem Fußtritt durch die Tür auf den Korridor hinaus stieß.

Das Messer fiel zu Boden, Edwards bückte sich, um es aufzuheben. Da wurde er von hinten gepackt. Zwei mächtige Arme schlangen sich um seinen Brustkorb und quetschten ihm die Luft aus den Lungen. Es war der Hüne, dem er die Zähne ausgeschlagen hatte. „Ich brech’ dir alle Knochen“, spie er Edwards die Worte ins Ohr. Speichel und Blut spritzten ihm ins Gesicht.

Edwards rammte seinen Schädel nach hinten und brach dem Angreifer die Nase. Der ließ ihn sofort los.

Schwarze Punkte explodierten vor Edwards’ Augen. Eine Welle aus Schmerz raste durch seinen malträtierten Schädel und da war wieder dieses Gefühl, sich übergeben zu müssen. Er sackte zusammen. Seine Hand stieß gegen das Messer. Mehr aus einem Reflex, denn aus einer bewussten Entscheidung heraus, griff er danach und stieß es dem Hünen durch den Fuß. Die Spitze bohrte sich in die Holzplanke.

Der Mann schrie und heulte. An Kampf war nicht mehr zu denken.

Celeste stieß Jonah von sich. Er taumelte gegen den Tisch und versuchte, sich daran festzuklammern, aber seine Beine trugen ihn nicht mehr. Mit einem letzten Seufzer verdrehte er die Augen und fiel tot auf die Seite. Dabei wischte er die Lampe vom Tisch. Das Glas zersplitterte und Petroleum ergoss sich über den Dielenboden. Für einen kurzen Moment wurde es dunkel im Raum. Die Flamme schien erloschen zu sein, aber dann bekam sie neue Nahrung. Das Petroleum entzündete sich und eine Stichflamme jagte an die Decke. Schon wirbelte grauer Rauch die Decke entlang. Celestes Blick fiel auf die Fotografien. Sie erkannte Margareth, dann Dorothea, bevor sie abgelenkt wurde. Edwards keuchte vor Schmerzen.

Er kniete und versuchte sich auf allen Vieren vorwärts zu schleppen, um wieder aufzustehen. Jemand holte mit einer Eisenstange aus. Edwards sah ihn an, aber rührte sich kaum.

Celeste zögerte nicht, sie riss die Waffe hoch, schoss und traf. Der Kerl mit dem Goldzahn kippte rückwärts und starb.

Sie sah Narbenhals durch die offene Tür, wie er den Korridor entlang flüchtete. Hinter ihm war der Riese, der humpelnd folgte.

„Inspector!"

„Ja ... ja es geht mir gut." Seine Stimme verriet, dass dem nicht so war.

Die Flammen fraßen sich durch die Hälfte des Raums. Es knackte, zischte und fauchte, als würde eine gewaltige Bestie zum Leben erwachen. „Wir müssen ... raus hier," schnaufte Edwards.

„Sofort!" Celeste ließ sich auf die Knie fallen und schob die Fotografien auseinander. Da waren sie alle. Dutzende Mädchen, darunter Dorothea, Estelle, Margareth. Gedemütigt und erniedrigt in ihrer Nacktheit. Aber dann stutzte sie. Unter all den Fotografien war eine, die sie trotz der Hitze frösteln ließ. Sie nahm sie als Einzige an sich, die anderen stieß sie ins Feuer. Dorothea würde nie wieder Angst haben müssen.

In dem Moment wurde sie gepackt und Richtung Tür gezerrt. Sie wollte sich wehren, aber dann erkannte sie Edwards.

„Wir müssen jetzt weg!", schrie er ihr ins Ohr.

Dichter Rauch ließ sie Husten und stach ihr in die Augen, bis die Tränen kamen.

Edwards warf die Tür hinter sich zu. Er hielt Celeste fest im Arm und gleichzeitig stützte er sich auf sie.

„Ich weiß jetzt, wer der Mörder ist", keuchte sie atemlos.

„Wer?"

In dem Moment krachte ein Schuss. Die Kugel ging um Haaresbreite vorbei. Die beiden duckten sich.

„Sie haben mich zerstört!", schrillte eine Stimme, in die sich Wahnsinn mischte. „Dafür werden Sie bluten. Sie beide!"

Wieder ein Schuss, der pfeifend fehlging. Ein Gesicht tauchte auf. Pudley. Am anderen Ende des Korridors. Celeste erwiderte das Feuer und ... verfehlte ebenfalls. Ein grimmiges Lachen war die Antwort. „Ihr habt mich nicht zum letzten Mal gesehen! Ich werde euch das Leben zur Hölle machen!" Pudley feuerte noch einen Schuss ab, dann flüchtete er.

Edwards verzog grimmig die Lippen. Er sah furchterregend aus. Erst jetzt bemerkte Celeste das getrocknete und das frische Blut, das sich mit Rußflocken und Schweiß in seinen Haaren mischte.

„Dieser Bastard darf nicht entkommen." Edwards kam auf die Beine und zog Celeste hinter sich her.

„Das ist Pudley. Er hat Black Molly erstochen. Vor meinen Augen."

„Dafür wird er hängen."

Hinter ihnen fraßen sich die Flammen durch Türen, Wände und Decke.

Celeste und Edwards rannten die Treppe hinunter und von dort ins Freie.

Ein Motor tuckerte. Das Boot, mit dem man Celeste hergebracht hatte, legte gerade ab. Pudley, Narbenhals und der Hüne waren an Bord. Pudley starrte zu ihnen zurück. Sein Gesicht glich einer Maske aus Hass und Irrsinn. „Geben Sie mir den Revolver", befahl Edwards und nahm Celeste die Waffe aus der Hand. Er blinzelte, seine Augen waren glasig und er konnte sich kaum noch auf den Beinen halten, aber er zielte, atmete tief ein und schoss. Narbenhals, der neben Pudley saß, warf mit einem Schrei die Arme in die Luft und stürzte über Bord.

Edwards fluchte stumm. Er ließ die Waffe sinken, während sie zusahen, wie das Boot im Nebel verschwand. Aber noch wollte er nicht aufgeben. Er stützte sich auf Celeste und lief mit ihr auf die andere Seite der Sandbank. „Tobias!", rief er, „Tobias, werfen Sie die Maschine an!"

Schon hörten sie das gleichmäßige Tuckern einer Dampfmaschine. Ein Schemen schob sich durch den lichter werdenden Nebel. Dann rief ihnen jemand etwas zu. „Hey, ihr da vorn! Braucht ihr 'ne Mitfahrgelegenheit?"

Celeste sah den Steuermann erstaunt an. „Sie?"

„Wir." Tobias grinste. „Penelope hat's sich nicht nehmen lassen, mitzukommen. Schön, dass Sie wohlauf sind."

Edwards kletterte an Bord und half dann Celeste. „Geben Sie Dampf, Tobias. Dieser verfluchte Bastard entkommt uns sonst ... Miss Summersteen haben Sie noch Munition?"

„Nein." Sie sah zu dem brennenden Schiffswrack. Die Tasche mit den tausend Pfund verbrannte dort.

Die Flammen schlugen inzwischen aus dem Oberdeck. Spanten zerbrachen unter dem Ansturm des Feuers. Dampfwolken zischten aus zahlreichen Öffnungen.

Tobias lenkte das kleine Dampfschiff in die Fahrtrinne. „Schaufeln Sie nach, Inspector. Sonst ist's gleich Ende mit der Verfolgung."

„Bleiben Sie sitzen." Celeste drückte Edwards zurück auf seinen Platz. „Ruhen Sie sich aus. Ich mach das." Er protestierte nicht, als sie sich eine Schaufel schnappte und sich an die Arbeit machte.

„Ich weiß jetzt, wer der Mörder ist“, wiederholte sie in einer kurzen Pause.

„Pudley“, mutmaßte Edwards, aber sie schüttelte den Kopf und gab ihm die Fotografie, die sie vor den Flammen gerettet hatte.

Edwards sah sie sich genau an. Es war eine Fotografie von einem Picknick im Park unter einer Trauerweide. Darauf waren zwei junge Frauen und zwei gut aussehende Männer zu sehen. Er erkannte nur die blonde Frau. Es war Janice Bradshaw, deren Porträt er in Bradshaws Antiquitätenladen gesehen hatte.

„Die andere ist Dorothea“, erklärte Celeste, ohne dass er etwas sagen musste.

Edwards richtete den Blick wieder auf die Fotografie. „Und wer sind die Männer?“

Celeste stützte sich auf die Schaufel und wischte sich den Schweiß von der Stirn. „Ich nehme an, der hinter Dorothea ist Edward Rochester. Ein falscher Name. Den anderen kenne ich nicht.“

Edwards nickte stumm, aber er verstand nicht, worauf Celeste eigentlich hinaus wollte. Jeder Gedankengang war ein qualvoller Prozess für ihn, jede Anstrengung verlangte übermenschliche Überwindung. Am liebsten wäre er jetzt einfach nur zusammengebrochen und hätte die nächsten Tage in einer entspannten Ohnmacht verbracht.

Je länger er die Fotografie betrachtete, desto weniger sah er davon.

„Achten Sie auf Janice. Es ist ...“

„Da vorne sind sie!“, rief Tobias dazwischen.

„Was?“ Edwards sprang auf und hätte fast das Gleichgewicht verloren.

„Hey. Setz dich wieder. Ich kann nich' schwimmen.“

Das Boot, mit dem Pudley entkommen war, lag an einer der

Molen am Nordufer. Eine Treppe führte vom Fluss hinauf zu den Kaianlagen.

„Holen Sie ihn sich", sagte Celeste. „Ich fahre zu Dorothea ins Hospital und bleibe bei ihr."

Edwards gab ihr die Fotografie zurück. „Ich komme so schnell wie möglich nach."

„Das weiß ich." Sie lächelte dankbar.

Tobias lenkte die Sea Lilly so nah an den Anleger, dass Edwards von Bord springen konnte.

Dann tuckerte er weiter. „Können Sie mich auf schnellstem Weg in das St. Mary's bringen?", fragte Celeste.

„Sicher, verehrte Lady. Immer zu Diensten." Er tippte sich an den Bowler.

Celeste war in Sorge, die mehr und mehr zu Angst wurde. Wusste der Mörder, wo Dorothea zu finden war?

Edwards nahm mehrere Stufen auf einmal. Als er das Ende der Treppe erreichte, zog er den Kopf ein und sah sich um.

Direkt gegenüber lagen schäbige Häuser mit vom Dreck der Stadt geschwärzten Fassaden. Ein einsames Licht brannte in einem der Mansardenfenster. Neben dem Haus lag der Betrieb eines Fassbauers, der von einem Lattenzaun umgeben war, der voller Werbeplakate hing.

Dazwischen führte eine schmale Gasse zu den Hinterhöfen und auf die nächste Straße.

Edwards lief auf die Gasse zu. Dort stank es nach fauligem Fisch. Irgendwo vor ihm schrie eine Katze erschreckt auf. Er blieb abrupt stehen, denn er konnte nicht der Grund sein, warum sie sich erschreckt hatte. Da hörte er Stimmen von weiter vorne. Sie kamen aus der Straße. Sie flüsterten, klangen aber aufgeregt und atemlos.

„Du bist zu langsam, Wesley. Du hältst mich auf."

„Boss. Ich hab' mein Leben für dich riskiert. Ich brauch' einen Arzt. Bitte."

Edwards schob sich näher, bis er etwas sehen konnte. Ihm gegenüber, vor einer Hauswand, standen zwei Gestalten. Eine war groß und schwer, die andere klein und drahtig. Der Hüne und Pudley.

Pudley hob den Arm und legte sie dem anderen kameradschaftlich auf die Schulter. „Du hast recht. Ihr habt euer Bestes für mich getan." Er sah in Richtung des Flusses. „Und euer Bestes war, alles zu zerstören, was ich aufgebaut habe." Ein Messer blitzte auf und fuhr dem Großen in den Leib. Wieder und wieder und wieder. Zehnmal stach Pudley zu, selbst als der Riese schon sterbend niederstürzte, stieß er das bluttriefende Messer noch so tief in den Leib, dass die Klinge abbrach.

Edwards trat aus der Gasse. Er hielt einen Ziegelstein als provisorische Waffe in der Hand. Pudley bemerkte ihn, sie sahen sich an. Das nutzlos gewordene Messer fiel in einen Strom aus Blut, der zäh in den Rinnstein floss.

„Der Galgen wartet auf dich."

Pudley grinste diabolisch. „Da bin ich anderer Meinung. Das war nur ein kleiner Rückschlag ... nichts weiter." Mit der blutigen Hand zog er einen Revolver aus der Jacke, ohne damit auf Edwards zu zielen. „Sie werden mich nicht aufhalten."

Edwards fixierte sein Gegenüber, so wie Pudley ihn fixierte. Edwards rechnete sich seine Chancen aus. Die waren nicht gut. Ein Ziegelstein gegen einen Revolver. Aber wann, fragte er sich, hatten ihn schon jemals seine Chancen gekümmert. Er warf den Ziegelstein. Fast gleichzeitig schoss Pudley. Edwards spürte, wie ihm die Kugel den Ärmel aufriss, und hörte den Einschlag hinter sich in eine Mauer. Schon rannte er über die Straße und nutzte die Gelegenheit, denn er hatte im Gegensatz zu seinem Gegenüber getroffen. Pudley fasste sich an die Stirn. Vier Schritte nur noch. Dann ein zweiter Schuss, dessen Echo die Straße entlang hallte. Die Kugel zischte zwischen Arm und Brust hindurch und zerfetzte Edwards' Jackett, ohne ihm selbst auch nur einen Kratzer zuzufügen.

Dann hatte er Pudley erreicht und schlug zu. Alle Kraft, zu der er noch fähig war, steckte in dem Schlag. Er brach Pudley die Nase. Dessen Schrei war nur ein dumpfes Glucksen. Er kippte gegen die Wand und versuchte erneut die Waffe zu heben. Edwards schlug sie ihm aus der Hand, um gleich darauf noch einmal seine Faust in Pudleys Gesicht zu rammen. Die angestaute Wut, die Schmerzen, sie machten ihn rasend und ließen ihn jeden Schmerz für einen kurzen Augenblick vergessen.

Pudley stürzte zu Boden. Er versuchte wegzukommen, aber da erwischte ihn ein Tritt in den Magen. Ein dritter Faustschlag brach Pudley das Jochbein. Dann war es vorbei. Edwards schnaufte und ließ sich neben dem bewusstlosen Schurken zu Boden gleiten. Ein Moment Ruhe, zu Atem kommen, bevor er sich zwang aufzustehen. Er steckte Pudleys Revolver ein und brachte den Bewusstlosen auf die Polizeistation der H-Division in Whitechapel. Sie war am schnellsten zu erreichen und doch war sie zu weit weg, um Miss Summersteen noch zu Hilfe zu kommen.

***

Tobias jagte seine Kutsche durch Londons nächtliche Straßen. Celeste musste sich festklammern, so sehr schlingerte das Gefährt durch den Nebel und über das rutschige Kopfsteinpflaster.

„Na los, mein Mädchen!“, hörte sie Tobias rufen. „Schneller!“

Endlich bogen sie auf den Soho Square ein, in der das Hospital for Women lag. Der Vorplatz wurde von Laternen beleuchtet. Ein paar Tauben, die sich zur Nachtruhe in den nahen Bäumen niedergelassen hatten, flatterten erschrocken auf.

Tobias zog die Zügel an. „Ruhig! Ja ... so is’ es gut. Brav!“ Das Pferd tänzelte auf der Stelle.

Die Hansom war noch nicht ganz zum Stillstand gekommen, da hatte Celeste bereits die Tür aufgerissen und war hinausgesprungen. „Bitte warten Sie hier!“, rief sie, als sie schon auf den Eingang zulief und hineinstürmte. Der Nachtwächter blinzelte schlaftrunken und, noch bevor er richtig begriff, was gerade geschehen war, hatte Celeste bereits das Treppenhaus erreicht. Sie musste in den dritten Stock. Sie beeilte sich so sehr, dass sie außer Atem war, als sie endlich ihr Ziel erreichte.

In dem Korridor war es still. Außer ihren vorsichtigen Schritten gab es keinerlei Geräusche. Ein Umstand, der in ihrem angespannten Geist, alle möglichen Schreckensbilder entstehen ließ.

Sie kam an einer offenstehenden Tür und einem beleuchteten Zimmer vorbei. Auf dem Boden lag die Krankenschwester, die in dieser Nacht Dienst hatte. Die Haube war ihr vom Kopf gerutscht.

Celeste fiel gleich der Geruch von Chloroform auf, als sie das Zimmer betrat und nach der Schwester sah. Man hatte sie betäubt, sonst fehlte ihr nichts.

Die bange Ungewissheit, wandelte sich zur lähmenden Erkenntnis, als sie in das Krankenzimmer von Dorothea kam. Das Laken lag neben dem Bett. Auch hier: der Geruch nach Chloroform. Dorothea war fort. Eine Bewegung im Schatten ließ Celeste erschrocken nach einer Blumenvase greifen.

„Miss ... Summersteen?“ Die Stimme klang matt und schwerfällig.

„Sergeant Fulston?“ Sie kniete sich neben ihm nieder. „Was ist passiert?“

„Ich ... ich habe nicht ... aufgepasst.“

„Schon gut. Beruhigen Sie sich.“

Er griff nach ihrem Arm. „Da war dieser Arzt. Ich war hier auf dem Flur. Ich hatte ihn nicht bemerkt. Vielleicht bin ich auch ... eingeschlafen ... oh Gott.“

„Sergeant. Sie sind nicht eingeschlafen. Er hat Sie betäubt. Mit Chloroform.“

Fulston sah auf das leere Bett. „Oh nein.“ Celeste fasste ihn bei den Schultern. „Besitzen Sie eine Waffe?“

Fulston hörte ihr gar nicht zu.

Sie schüttelte ihn. „Haben Sie eine Waffe?“

„Was, ja, ja. Der Inspector wollte, dass ich mir eine besorge.“

„Geben Sie sie mir.“

„Aber das geht doch ... Der Inspector würde mich ...“

„Herr Gott, Sergeant, es geht um Leben und Tod. Geben Sie mir das verdammte Ding.“

Er zögerte nicht weiter und gab ihr den Revolver. Celeste sprang auf und war bereits zur Tür hinaus, als sie ihm zurief: „Kommen Sie so schnell wie möglich in die Folly Lane! Und bringen Sie Verstärkung mit!“

Sie fühlte sich, als läge ein Band aus Metall um ihre Brust, das sich von Augenblick zu Augenblick immer enger zog und ihr das Atmen schwer machte. Sie stürmte aus dem Hospital, zurück in die Kutsche. „Fahren Sie los! Folly Lane. Schnell!“

***

Dorothea hockte vornübergebeugt auf eiskaltem Boden. Ihr fröstelte. Es war dunkel. Irgendwo tropfte Wasser. Sie verstand nicht. Wie war sie hierhergekommen? Gerade eben hatte sie noch im Hospital gelegen. Was war das hier für ein Ort? Träumte sie? Nein, das hier war real. Furcht überkam sie, denn sie spürte eiserne Fesseln an ihren Handgelenken. Die Wunden hatten sich geöffnet und bluteten erneut. Trotzdem versuchte sie aufzustehen, aber auch das ging nicht. Ein eiserner Halsreif hielt sie so eng am Boden, dass sie nur knien konnte.

Zeit verstrich. Zeit, in der sich ihre Angst zu Panik steigerte. Sie weinte, bis sie keine Kraft mehr hatte. Es gab nur zwei Geräusche. Wasser, das in eine Pfütze tropfte, und ihr eigener, aufgeregter Herzschlag.

Irgendwann hörte sie, wie sich eine Tür öffnete. Ein wenig Licht fiel in den Raum. Dem Licht folgten Schritte, die eine Treppe hinabstiegen. Sie versuchte, etwas zu sehen, konnte aber den Kopf nicht weit genug heben.

„Guten Abend, Dorothea." Die Stimme eines Mannes, die dumpf und fremd klang.

In diesem Moment gelang es, ihre Angst zu unterdrücken und Wut gewann die Oberhand. „Sie waren es. Sie haben meine Freundinnen ermordet. Sie Feigling." Sie wusste selbst nicht, woher sie den Mut hatte, ihn anzuschreien, plötzlich war er einfach da.

Er blieb neben ihr stehen. Der Saum eines rot gefütterten Umhangs streifte ihre Schulter. „Ich leugne es nicht. Ich musste tun, was ich für richtig hielt. Aber ... vielleicht ist es dir ein Trost zu wissen, dass sie nicht lange leiden mussten."

„Sie sind ein Monster."

„Nicht mehr als alle anderen Menschen in dieser verfluchten Stadt. Und jeder trägt Schuld. Du und deine Freundinnen, ihr seid schuldig. Madame Yin. Black Molly. Alle sind schuldig." Ein Zittern, welches den wahren Wahnsinn nur erahnen ließ, mischte sich in die Stimme, die nun ganz dicht an ihrem Ohr war. „Du und deine Freundinnen habt mein Kind verdorben. Ihr wart es, die sie vor die Pforten der Hölle geführt haben, und Kreaturen wie Madame Yin haben sie hindurch gestoßen."

„Was haben wir Ihnen denn jemals getan? Ich weiß nicht einmal, wer Sie sind."

Er löste sich von ihr, stellte die Laterne auf einem Tisch ab und drehte den Docht höher.

Dann ging er in die Hocke, damit sie ihn ansehen konnte. Da hockte ein Mann im schwarzen Anzug vor ihr, der einen Umhang trug. Sein Gesicht versteckte er hinter einer roten Maske mit Teufelshörnern. Der aufgemalte Mund grinste höhnisch.

„Die Hölle hat sich meine Tochter geholt. Sie hat sich umgebracht. Erhängt. Ihre Seele ist verloren. Du weißt doch, was geschieht, wenn man sich selbst das Leben nimmt?"

Dorothea nickte schwach.

„Sag' es", befahl er scharf.

Ihr letzter Rest an Mut verschwand ebenso schnell, wie er gekommen war. Sie schwieg und senkte den Blick, was ihn wütend machte. „Sie erleidet ewig Höllenqualen. Der Himmel bleibt ihr verschlossen. Wegen euch! Ihr Huren! Ihr habt euch diesen Männern an den Hals geworfen."

„Es ... tut mir leid. So leid." Sie begann, zu weinen.

Er lachte verächtlich. „Leid? Spar dir dein verlogenes Mitgefühl. Davon wird ... Janice auch nicht wieder lebendig."

„Janice? Mr. Bradshaw?!"

„Ja. Mr. Bradshaw. Der gute Mr. Bradshaw. Immer freundlich, immer ... nett. Du wirst ihr jetzt folgen. In die Dunkelheit des ewigen Schlafs."

„Aber ... aber wir wussten es doch selbst nicht. Wir haben doch genauso gelitten. Man hat uns erpresst."

„Wärt ihr nicht gewesen, hätte Janice diesen Mann nie kennengelernt und wäre noch am Leben. Ihr habt sie verdorben." Er kam zu Dorothea und löste den Reifen um ihren Hals. „Ich möchte, dass du dir etwas ansiehst, bevor du stirbst."

Bradshaw trat an einen aufrecht stehenden Kasten, der mit einem weißen Laken verhangen war. Mit zitternden Händen fasste er nach dem Laken und zog es weg.

Da stand ein schwarzer Sarg, mit silbernen Beschlägen und einem silbernen Kreuz in der Mitte.

Am Kopfende befand sich ein Fenster.

Was sie dort sah, war so schrecklich, dass sie am liebsten nur noch geschrien hätte.

***

„So fahren Sie doch schneller, Tobias!"

„Ich mach ja schon, aber schneller geht's nicht, Lady! Mein Mädchen ist nun mal nicht mehr die Jüngste!"

Celeste verkrallte die Finger in den Sitzpolster der Kutsche. Es war nicht mehr weit. „Jetzt rechts!" Pferd und Kutsche bogen hart um eine Häuserecke. Das rechte Rad holperte über den Bordstein. Es tat einen Schlag, der Celeste von einer Seite auf die andere warf. Die Hansom drohte zu kippen, fiel dann aber wieder zurück.

„Das wär' fast schief gegangen!", rief Tobias.

„Da vorne ist es. Langsamer!"

Die Kutsche hielt an.

Walter Bradshaw Antiquities. Das Geschäft lag im Dunkeln, wie auch der Rest des Hauses.

Celeste sprang aus der Kutsche. „Warten Sie auf die Polizei, Tobias."

„Sind Sie sicher? Soll ich nicht besser mitkommen?"

„Nein, Tobias. Ich danke Ihnen, aber das ist etwas, das ich alleine erledigen muss."

„Dann passen Sie bloß auf sich auf, Lady."

„Das werde ich."

Um ihren Entschluss zu unterstreichen, hob sie den Revolver und sah dann auf Bradshaws Haus. Sie musste irgendwie hinein gelangen. Ihre Dietriche besaß sie nicht mehr aber zumindest noch ein paar Haarnadeln. Damit war es ihr schon gelungen, Türen zu öffnen, aber damals hatte sie nur geübt und es hatte Ewigkeiten gedauert. Doch hadern half nichts. Wenn sie keinen Krach machen wollte, der Bradshaw warnen würde, musste sie es auf diesem Weg versuchen. Sie ging vor der Ladentür in die Hocke und machte sich ans Werk.

Während sie arbeitete, dachte sie an Mrs. Roovers Worte: Bringen Sie ihn zur Strecke ... auf amerikanische Art. Und sie hatte geantwortet: Sie wäre kein Henker. Ein flüchtiger Blick fiel auf den Revolver, den sie neben sich gelegt hatte. Inzwischen war sie so weit zu töten, um Dorothea zu retten. Doch dazu musste sie sie erst einmal finden.

Celeste hörte ihren eigenen Herzschlag, der ihre Aufregung verriet. Schweißtropfen sammelten sich auf ihrer Oberlippe. Dann klickte es. Die Tür war offen, sie konnte ihr Glück kaum fassen, als sie den Verkaufsraum betrat. Abgesehen von dem ewigen Licht vor Janice Bradshaws Bildnis lag alles in Dunkelheit. Celeste nahm die Kerze und verharrte kurz vor dem Bild. „Dein Vater ist zum Mörder geworden", flüsterte sie, ehe sie den Vorhang hinter der Theke beiseiteschob und den anschließenden Raum betrat. Es roch stark nach Verdünnungsmitteln und Ölfarbe. Derselbe Geruch, den sie auch in Albert Lewis' Wohnung gerochen hatte. Hatte Bradshaw auch ihn getötet? Celeste war davon fast überzeugt.

Sie sah sich um. Es gab ein Fenster zu einem Innenhof, daneben eine Tür.

Auf dem Tisch lag Zeitungspapier, auf dem ein hart gewordener Pinsel klebte. Eine benutzte Teetasse stand daneben. An den Wänden standen Regale, dazwischen hingen Skizzen und Fotografien.

Auf einem der Bilder erkannte sie Walter Bradshaw mit ein paar Angestellten. Er hielt eine Frau im Arm und ein Mädchen mit hellen Haaren, vielleicht neun Jahre alt, stand vor ihm. Die Fotografie zeigte zudem einen Innenhof, den rechten Teil eines großen Tors und das untere Stück einer Fachwerkfassade.

Das war ein Innenhof. Celeste sah aus einem der Fenster. Das war hier. Sie konnte das Tor sehen. Bradshaws Kutsche stand davor. Das Pferd war noch angespannt. Sie war wie elektrisiert, als sie die Tür öffnete und hinaustrat.

***

Das blonde Haar war so lockig, wie es immer gewesen war. Eine Schleife steckte darin. Nur das Gesicht war zu einer fauligen Grimasse geworden. Die einst zarte Haut war grau und löchrig. Maden hatten sich hindurch gefressen. Die Löcher gaben den Blick frei auf die gelblich verfärbten Wangenknochen.

Die Lippen waren verfault, nur noch Fetzen hingen lose über den weißen Zähnen.

Der Leichnam schien höhnisch zu lächeln, ohne Dorothea dabei anzusehen, denn der Tod hatte den blauen Augen erst den Glanz genommen und sie dann in schwarze, endlos scheinende Höhlen verwandelt.

„Janice“, keuchte Dorothea.

„Ja, Janice“, bestätigte Bradshaw. Er trat an den Sarg heran und öffnete ihn.

Die Tote trug Janices Lieblingskleid aus sonnengelber Seide mit aufgestickten roten Rosen. Ein schmales Band lag um die Hüfte der Toten.

Dorothea sah zu, wie Bradshaw eine Schere nahm und ein Stück aus dem Kleid herausschnitt. Beinahe feierlich legte er es auf den Tisch, ehe er wieder an den Leichnam herantrat, eine Locke abschnitt und damit an den Tisch zurückkehrte. Er verknotete die Locke zu einer perfekten Schleife, die er wiederrum in das Stückchen Stoff einwickelte, welches er ebenfalls kunstvoll verknotete.

„So wird dich Janice im Jenseits finden“, erklärte er, ohne Dorothea anzusehen. „Entweder wird sie dir verzeihen, oder sie wird dich auf ewig verdammen.“

„Es ist nicht Janice! Sie tun es nicht wegen ihr! Sie tun es, weil Sie sich Ihre eigene Schuld nicht eingestehen wollen.“ Dorothea schrie ihm ihre Angst entgegen.

„Halt den Mund!“

„Warum? Weil ich die Wahrheit sage?“

Zornig schlug er ihr ins Gesicht und zuckte augenblicklich zurück. Er betrachtete seine Hand, als gehöre sie nicht zu ihm. „Das wollte ich nicht“, stammelte er. „Es war nicht meine Absicht ... dich zu schlagen. Du hast mich herausgefordert.“

Dorothea blinzelte die Tränen fort und sah ihn trotz ihrer Angst voller Verachtung an.

„Ich habe mir manches Mal gewünscht, tot zu sein, keine Angst mehr haben zu müssen. Angst, erkannt zu werden, wieder etwas tun zu müssen, was ich nicht will. Janice hat den Mut gehabt, das zu beenden. Ich hatte ihn nicht. Also, wenn Sie ..." Sie schluckte. „... wenn Sie mich töten wollen, dann tun Sie es ... jetzt, aber ersparen Sie mir Ihre Lügen."

Bradshaw nickte.

***

Celeste hatte den Innenhof überquert und war durch das Tor in den ehemaligen Stall getreten, in dem sich halb restaurierte Möbel stapelten.

Die Luft roch trocken, nach Leder und altem Holz, Werkzeug lag auf fleckigen Tischen. An der Wand stand eine Petroleumlampe, die sie nahm und entzündete. Celeste erschrak vor einem Tigerkopf, der von Staub und Spinnweben bedeckt an der Wand hing. Hobelspäne, Stroh und Stoffreste bedeckten den hart getretenen Lehmboden. Da war etwas. Celeste sah genau hin. Eine Schleifspur, die vom Tor in den hinteren Teil des Stalls führte.

Und da waren Blutstropfen. Die Ränder waren bereits angetrocknet, aber die Mitte war noch frisch.

Mit klopfendem Herzen folgte sie der Spur zu einer alten Tür.

Sie war nicht verschlossen. Direkt dahinter folgte eine steile Treppe, die in einen Gewölbekeller führte, dessen Wände und Decken aus unverputzten roten Ziegeln bestanden. Putz bröckelte. Es roch nach feuchter Erde und noch etwas anderes mischte sich darunter. Der Gestank einer Kloake.

Der Keller ging über in einen Korridor mit drei Türen.

Keine davon war verschlossen. In einem befand sich ein Lagerraum, in dem nur nutzloses Gerümpel herumstand, der zweite Raum war leer und in dem dritten stand nur ein Schrank aus dunklem Holz. Der Kloakengeruch kam von hier.

Aber von wo genau? Celeste betrat den Raum und verharrte, kaum dass sie einen Schritt hinein getan hatte. Sie hörte jemanden weinen. Dorothea. Eine Gänsehaut kroch Celeste über die Arme. Das Weinen war ganz nah und sofort fiel ihr Blick auf den Schrank, dessen Türen geschlossen waren. Zwei fein gearbeitete Figuren in Gestalt eines Satyrs saßen auf dem Schrank. Sie hielten Flöten in den kleinen Händen. Der flackernde Schein der Petroleumlampe zuckte über die grotesk grinsenden Gesichter und erweckte sie scheinbar zum Leben. Celeste trat vor sie hin.

Ein Lufthauch, der zwischen den Türritzen hindurch strömte, streifte ihre Arme.

Sie öffnete ihn. Der Schrank besaß keine Rückwand. Stattdessen gab es dahinter einen winzigen Raum mit einer weiteren Tür. Unter dem Türspalt schimmerte Licht. Celeste straffte die Schultern, atmete tief ein und stieß entschlossen auch die letzte Tür auf.

Was sie sah, ließ sie erschauern.

Dorothea hockte gefesselt auf dem Boden. Bradshaw stand hinter ihr. Er hatte ihr einen dünnen Strick um den Hals gelegt. Der Knoten in der Mitte, drückte auf Dorotheas Kehlkopf.

Noch atmete sie. Celeste riss die Waffe hoch. Sie wollte Bradshaw erschießen, aber die Gefahr, das Mädchen zu treffen, war zu groß.

Bradshaw bemerkte sie. „Miss Summersteen." Er klang überrascht und schien nach Worten zu suchen. Celeste nutzte seine Verwirrung und stieg die Stufen hinab. Sie brauchte einen besseren Winkel für einen Schuss. Jetzt bemerkte sie auch den offen an der Wand lehnenden Sarg und die verwesende Leiche darin. Sie versuchte, sich ihre Erschütterung nicht anmerken zu lassen.

„Bleiben Sie stehen", sagte Bradshaw scharf und zog die Schlinge enger. Dorothea schluckte. Schweiß glänzte auf ihrem Gesicht.

„Lassen Sie sie gehen. Es ist vorbei. Sie haben genug angerichtet."

Bradshaw lachte böse. „Sie sind Gast in meinem Haus. Und dazu nicht einmal eingeladen. Sie haben hier also nichts zu fordern. Wenn ich Sie jetzt bitten dürfte, die Waffe dort vorne auf den Tisch zu legen. Und ... langsam."

„Werden Sie mich dann auch töten, so wie Sie auch Mr. Lewis getötet haben?"

Bradshaw nickte schwach und sagte dann mit Bedauern in der Stimme: „Albert war ein guter Junge. Ich war unvorsichtig. Er hat mich erwischt, als ich sie hereintrug."

„Wen? Madame Yin?"

Er nickte.

„Es hat nicht gereicht, dass Sie ihn getötet haben. Nein, er sollte auch noch der Sündenbock für Ihre Taten sein. Deswegen der Haarkamm in seiner Tasche."

„Davon weiß ich nichts. Er muss ihn gefunden haben."

„Das ist jetzt auch nicht mehr wichtig." Celeste hatte den Tisch erreicht. Sie ließ Bradshaw nicht aus den Augen und wog ihre Chancen ab.

Die Waffe hochreißen, zielen, abdrücken, treffen. Die Bewegung eines Augenblicks. Nicht mehr. Aber Bradshaw war nicht dumm. Er hockte hinter Dorothea und sorgte dafür, dass sie ihm als lebendiges Schutzschild diente.

„Den Revolver. Dorthin." Mit einem Kopfnicken deutete er auf den Tisch.

Celeste ließ den Hahn vorsichtig einrasten und legte die Waffe auf den Tisch.

Sie musste sich etwas einfallen lassen, um ihn abzulenken, etwas Radikales. Etwas, das ihn von Dorothea fortbrachte. Ihr Blick streifte die Petroleumlampe in ihrer Hand.

„Treten Sie bitte vom Tisch zurück." In seiner Höflichkeit spielte kühle Berechnung hinein.

„All die Mädchen, die Sie getötet haben. Hatten sie nicht schon genug gelitten. Mussten Sie ihnen auch noch das Leben nehmen?"

„Es waren Huren, die mir meine Janice genommen haben."

„Nein, das haben sie nicht. Sie waren Freundinnen. Wenn Sie

jemandem einen Vorwurf machen wollen, dann den Männern, die ihre Liebe ausgenutzt haben. Darf ... darf ich Ihnen etwas zeigen?" Ihr Mund war trocken, ihr Hals kratzig vor Aufregung.

Bradshaw hob misstrauisch den Kopf. „Ist das ein Trick?"

„Nein. Kein Trick." Sie nahm die Fotografie, die Janice und Dorothea mit den beiden Männern im Park zeigte, und reichte sie Bradshaw mit ausgestrecktem Arm.

Der schnappte danach, ohne seine Wachsamkeit aufzugeben.

„Sehen Sie, wie fröhlich sie sind. Sie sind glücklich. Sie konnten nicht ahnen, welches Spiel diese Männer mit ihnen treiben würden, Mr. Bradshaw. Margareth, Estelle, Dorothea und Ihre Janice. Sie waren Opfer. Und Sie bestrafen sie für etwas, dass sie nicht getan haben. Es ist falsch."

„Meine Tochter ist tot und diese Huren leben. Ich sehe darin nichts Falsches", erwiderte Bradshaw kalt. Er machte ein bedauerndes Gesicht und ließ die Fotografie fallen. Darauf trug Janice das Rosenkleid und Bradshaw lächelte schmal. Dann sah er auf den Leichnam seiner Tochter. Erkennen lag in seinem Blick. „Es war das Kleid, nicht wahr? Deswegen sind Sie mir auf die Spur gekommen.

„Ja, das Rosenmuster hat Sie verraten."

„Es war Janices Lieblingskleid. Ihre Mutter hatte es ihr geschneidert."

Celeste deutete auf das Bild. „Wer ist der Mann da bei Ihrer Tochter?"

„Jonathan Riggs. Dieses Schwein. Es hat lange gedauert, bis ich herausfand, wer er war, und bis ich ihn gefunden habe." Bradshaw lachte bitter. „Er hat lange gelitten, bis er endlich sterben durfte, aber vorher hat er mir alles verraten. Nannte mir alle Namen. Ich tue, was ich tun muss, und ich bin noch lange nicht am Ende."

„Das ist doch Wahnsinn!"

„Ach ja?! Vielleicht ist es das. Aber Sie haben ja keine Ahnung, wie es ist, jemanden zu verlieren, der einem teurer ist als das eigene Leben."

„Oh doch, die habe ich. Ich weiß nur zu gut, wie sich das anfühlt.“ Sie zwang sich, nicht an ihren Bruder zu denken.

„Schweigen Sie!“, brüllte Bradshaw plötzlich los und zog an dem Strick. Dorothea riss die Augen auf, würgte und rang verzweifelt nach Luft.

Celeste schrie und schleuderte die Petroleumlampe in Janices offenen Sarg.

Das Glas zersplitterte. Lampenöl spritzte über den Leichnam und tränkte das sonnengelbe Kleid mit den aufgestickten Rosen. Im nächsten Moment gab es eine helle Stichflamme.

„Nein!“ Bradshaws Aufschrei klang wie das grausige Heulen eines Wolfes.

Die Flammen verwandelten das Sonnengelb in rußiges Schwarz. Die Flammen züngelten um das verwesende Fleisch, fraßen gierig daran und umhüllten das Gesicht. Das blonde Haar verbrannte.

„Nein! Nein. Janice.“ Bradshaw stürzte an den Sarg. Gleichzeitig sprang Celeste an den Tisch, um nach dem Revolver zu schnappen.

Mit bloßen Händen versuchte Bradshaw, die Flammen zu ersticken, was nicht gelingen konnte. Der Sarg glich einem Flammenmeer. Der schwarze Lack warf Blasen und platzte ab.

Die blanken Knochen schimmerten durch das versengende Fleisch. Der Leichnam zerfiel.

„Ich verfluche Sie!“ Bradshaw packte den Sarg und stürzte ihn um. Flammen, Rauch, Staub. Eine Wolke, die Celeste zurücktaumeln ließ.

Als sie wieder sehen konnte, war Bradshaw schon an der gegenüberliegenden Wand angekommen, wo er einen Bretterverschlag beiseite riss. Dahinter gab es einen Durchbruch in der Wand.

„Bleiben Sie stehen!“, rief sie.

Er duckte sich durch die Öffnung. Sie schoss. Die Kugel ging fehl.

Unschlüssig, was sie nun tun sollte, sah Celeste zu Dorothea, die ihren Blick gefasst erwiderte. „Gehen Sie“, krächzte das Mädchen, „lassen Sie ihn nicht entkommen.“

Celeste rannte los. „Ruf um Hilfe! Die Polizei ist unterwegs!“

Schon hatte sie den Durchbruch erreicht. Dahinter lag ein Kanal, der nach menschlichen Abfällen und Exkrementen stank. Ihr drehte es den Magen um.

In der Mitte floss das Wasser und trug alles mit sich, was man hineingeworfen hatte. Links und rechts gab es schmale Pfade, die daran entlangführten. In der Dunkelheit quiekten Ratten, deren kleine Augen wie Feuerknöpfe leuchteten. Celeste lief, so schnell es der rutschige Boden zuließ, den Kanal entlang. Fußspuren wiesen ihr den Weg. Sie konnte Bradshaw hören, den sie nicht weit vor sich vermutete.

Töten oder festnehmen. Diese beiden Möglichkeiten wogen sich hin und her. Seit sie in London angekommen war, hatte sie bereits getötet und jedes Mal war es ihr einfacher vorgekommen. Das erschreckte sie.

Sie rutschte aus, stieß mit dem rechten Fuß ins Wasser, fing sich und lief weiter. Sie erkannte Bradshaw, wie er nach links abbog. „Bleiben Sie stehen!“, rief sie ihm nach.

Sie erreichte einen Versorgungsschacht, mit einer breiten, offenen Treppe, die nach oben und weiter hinab in die Tiefe führte. Dort unten rauschte einer von Londons unterirdischen Flüssen. Aus vielen verschiedenen Schächten kamen die Abwässer, die wie schmale Wasserfälle in den Fluss stürzten.

Aus den Augenwinkeln bemerkte Celeste eine Bewegung, aber zu spät. Bradshaw stürzte sich aus dem Schatten heraus auf sie. Beide stürzten. Celeste verlor den Revolver, der auf dem Boden aufschlug, über die Kante rutschte und in der Tiefe verschwand.

Bradshaw packte sie am Hals. „Sie werden mir meine Rache nicht nehmen“, schrie er. Speicheltropfen spritzten Celeste ins Gesicht. Er drückte zu. Augenblicklich bekam Celeste keine Luft mehr. Sie strampelte und versuchte, Bradshaw von sich zu stoßen. Es gelang ihr nicht. Ihre Finger gruben sich in seine Arme und zerrissen ihm das Hemd.

„Sie werden mir meine Rache nicht nehmen!“ Seine Stimme kippte und wurde zu einem schrillen Heulen.

Celeste spürte jeden einzelnen Finger um ihren Hals. Eiseskälte und größte Hitze rasten in Wellen durch ihren Körper. Für einen Bruchteil wurde ihr schwarz vor Augen, dann sah sie Bradshaw wieder deutlich über sich. Sein hassverzerrtes Gesicht, die speichelbedeckten Lippen, das mordlüsterne Brennen in seinen Augen. In einer letzten Anstrengung stach sie ihm den Zeigefinger ins Auge. Er schrie auf, sein Griff lockerte sich. Celeste tat einen keuchenden Atemzug, dann presste er wieder zu. Aber Sie hatte neue Kraft für einen letzten Angriff. Sie griff in ihr Haar, zog eine der langen Haarnadeln heraus und rammte sie Bradshaw in den Hals.

Er zuckte zusammen. Eine dünne Blutfontäne spritzte aus der Wunde. Ein Keuchen, dann ein Husten, in dem er Blut spuckte. Celeste holte ein weiteres Mal aus und rammte Bradshaw die Nadel so tief in den Hals, dass sie sich verbog. Er stolperte von ihr zurück, stürzte gegen die Ziegelmauer. Beide Hände umfassten seinen Hals in dem vergeblichen Versuch, das Blut aufzuhalten. Er röchelte und strampelte mit den Beinen. Seine Absätze hinterließen schmierige Spuren im Dreck der Kanalisation. Celeste sah ihm beim Sterben zu, während sie heftig nach Luft rang.

Ihr und Bradshaws Blick begegneten sich für einen Moment. In seinen Augen erkannte sie ... Nichts. Wut, Trauer, Verzweiflung, Hass, alles war daraus verschwunden. Was blieb, war die Leere eines Mannes, der alles verloren hatte. Nun sogar sein eigenes Leben. Er verkrampfte sich noch einmal, dann sackte der Körper in sich zusammen. Bradshaw war tot.

Celeste wollte zu Dorothea zurück, aber sie konnte sich nicht bewegen. Sie blieb auf den Knien hocken. Wie lange? Das wusste sie nicht.

Sie hockte nur da, hatte die Hände in den Schoß gelegt und starrte den Toten an.

Irgendwann hörte sie jemanden ihren Namen rufen. Dann sah sie einen Lichtschein, der an den Wänden der Kanalisation entlang strich.

„Ich bin hier", gelang es ihr, zu rufen. Dann wartete sie. Die Schritte kamen schnell näher.

Zuerst tauchte ein Bobby auf, der ihr mit seiner Lampe ins Gesicht leuchtete und sie blendete.

Der Nächste war Fulston. Er half ihr, aufzustehen und stützte sie. Ihr Blick war voller Sorge und er ahnte wohl, was sie beschäftigte: „Miss Dorothea geht es gut. Sie hat mir gesagt, was Sie getan haben. Sie können stolz auf sich sein. Sie haben ihr das Leben gerettet."

„Wieso fühle ich mich dann nur traurig?"

Fulston lächelte unsicher. „Das wird die Erschöpfung sein. Kommen Sie. Ich bringe Sie nach oben."

Ein letztes Mal sah Celeste auf den Leichnam.

„Er war eine Bestie", sagte Fulston.

Einen Moment lang sagte Celeste nichts, dann schüttelte sie den Kopf und sagte: „Nein, er war nur ein verzweifelter Vater, den seine Trauer wahnsinnig gemacht hat."

***

Vier Tage später ...

Die Zeitungen waren voll mit Berichten über die Themsebestie. Sie überschlugen sich mit Spekulationen über das Motiv, die wirkliche Anzahl der Opfer und wie lange Bradshaw tatsächlich schon gemordet hatte.

In der Gruft seiner Tochter auf dem Friedhof in Kensal Green hatte man die gefolterten Überreste von Jonathan Riggs gefunden. Er war offenbar Bradshaws erstes Opfer gewesen.

Dorothea und die Familie Ellingsford fanden in den Zeitungsberichten keine Erwähnung.

Celeste betrat das Krankenzimmer, in dem Dorothea lag. Ihr Vater war dort, ebenso wie ihre Mutter.

Dorothea wirkte blass, aber auf eine gewisse Weise auch stärker und reifer.

Sie lächelte, als Celeste an ihr Bett trat, und vorsichtig ihre Hand nahm.

„Es scheint dir besserzugehen?“

„Ja, die Ärzte sagen, ich kann bald nach Hause gehen.“

„Das freut mich.“ Celeste sah zu Lord Ellingsford, der ihren Blick knapp erwiderte, und ihr dabei zunickte.

„Ich bin gekommen, um mich zu verabschieden. Es wird Zeit für mich, nach Chicago zurückzukehren.“

Dorothea sah sie erschrocken an. „Sie werden nicht bleiben?“

„So gerne ich bleiben würde. Ich kann nicht. Meine Arbeit ist in Chicago. Solange ich noch eine Arbeit habe.“

„Wie meinen Sie das?“, fragte Ellingsford.

„Nun, um Dorothea begleiten zu dürfen, habe ich mich mit Mr. Pinkerton gestritten. Er war ziemlich wütend auf mich.“

„Sie scheinen ein Talent für so etwas zu haben.“ Ellingsford lächelte, was seinen Worten die Spitze nahm.

„Das ist gut möglich.“ Celeste beugte sich vor und gab Dorothea einen Kuss auf die Wange. „Pass gut auf dich auf, meine Liebe.“ Sie wischte sich eine Träne von der Wange.

„Und Sie auf sich. Ohne Sie ...“

„Schhht. Es ist vorbei.“ Celeste stand auf, drückte noch einmal Dorotheas Hand und knickste dann vor Lady Ellingsford.

„Miss Summersteen. Sie haben meine Familie gerettet“, sagte sie, „das werde ich Ihnen nie vergessen. Danke.“

Celeste wusste nicht, was sie sagen sollte. Sie glaubte zu spüren, wie ihre Wangen rot und ihre Ohren heiß wurden.

Ellingsford hielt ihr die Tür auf. „Ich begleite Sie noch ein Stück“, sagte er.

„Auf Wiedersehen", rief ihr Dorothea nach.

Celeste lächelte tapfer, winkte ihr ein letztes Mal zu, dann war sie fort.

Sie und Lord Ellingsford stiegen das Treppenhaus hinunter. Beide wussten nichts zu sagen. Als sie auf den Platz hinaustraten und vor der Kutsche stehenblieben, die Celeste zum Bahnhof bringen würde, brach der Lord das Schweigen. „Es wird Sie sicher interessieren, dass ich die Hochzeit abgesagt habe."

Celeste zuckte zusammen. Sie konnte es nicht glauben. Mit großen Augen starrte sie Ellingsford an.

„Er ist nicht der Richtige für meine Tochter. Das habe ich jetzt erkannt."

„Aber Ihr Ansehen, Ihrer Familie. Die Schulden?"

Er verschränkte die Arme hinter dem Rücken, reckte das Kinn vor und hob den Blick zum Himmel. Was er jetzt zu sagen beabsichtigte, würde ihm unendlich schwerfallen, das konnte Celeste ihm ansehen.

„Ich ... habe meiner Schwester telegrafiert und ihr die Sachlage erklärt. Sie ist bereit, mich mit einem Kredit zu unterstützen, bis ... sich meine Situation wieder gefestigt hat."

„Das sind ja wunderbare Neuigkeiten."

„Ja." Er schien anderer Meinung zu sein, behielt sie aber für sich. „Miss Summersteen. Ich wünsche Ihnen alles Gute für Ihre Heimreise. Ich gebe zu, ich hatte meine Zweifel, was Sie betraf, aber ich wurde eines Besseren belehrt." Er nahm ihre Hand und deutete einen Handkuss an. „Auf Wiedersehen."

Die Kutsche hielt vor Paddington Station. Die Fahrkarte nach Southampton und der Schiffstransfer nach New York waren bereits gebucht.

Celeste stieg aus. Ihr Kutscher half ihr dabei. Er lüfte den eingedellten Bowler. „Da wären wir, Ma'am." Die kleine weiße Maus auf seiner Schulter richtete sich auf den Hinterbeinen auf.

„Danke, Toby. Ich werde Sie immer in guter Erinnerung

behalten. Sie und ... Penelope natürlich.“ Sie nahm ein winziges Stück Käse, das sie vom Frühstückstisch stibitzt hatte, aus ihrer Handtasche und gab sie der kleinen Maus.

„Gehen Sie nur. Ich kümmer mich um Ihr Gepäck“, sagte Tobias.

Auf den Bahnsteigen wimmelte es von Menschen. Reisende und ihre Kofferträger. Zugbedienstete in blauen Uniformen. Pfeifen schrillten, Züge setzten sich quietschend und schnaufend in Bewegung. Funken sprühten von den Schienen. Die Waggons knarrten, ruckten und schlugen mit den Dämpfern zusammen.

Celeste hatte sich auf eine Bank gesetzt und wartete. Über ihr tickte eine große Uhr. Ihr Zug stand noch außerhalb des Bahnhofs und fasste Wasser und Kohlen nach.

Jemand setzte sich neben sie.

„Inspector Edwards“, sagte sie überrascht. Er trug einen Verband um den Kopf. Sein Gesicht war geschwollen und voller Prellungen. Im Gegensatz dazu stand, dass er sich frisch rasiert hatte und einen neuen Anzug trug.

„Ich wollte Ihnen persönlich auf Wiedersehen sagen, nachdem ich es nicht mehr zu Bradshaw geschafft hatte.“

„Wie geht es Ihrem Kopf?“

„Besser. Danke.“

Ein Junge in kurzen Hosen und mit einem Hund an der Leine lief lachend an ihrer Bank vorbei. Eine Gouvernante kam ihm schimpfend hinterher.

„Ich wollte mich auch bei Ihnen bedanken. Ohne Sie läge Miss Dorothea jetzt in der Leichenhalle des Yard. Sie haben den Fall gelöst.“

Sie seufzte bitter. „Das steht in den Zeitungen aber ganz anders.“

„Aber so wollten Sie es doch. Alles sollte geheim bleiben und das haben Sie geschafft. Miss Dorothea wird mit keiner Silbe erwähnt.“

„Ich will mich ja auch gar nicht beschweren. Es ist nur so ... ach ... nicht so wichtig.“

„Nein ... sagen Sie.“

„Dieser Fall sollte meine Zukunft ändern. Und jetzt ist es so, als hätte ich gar nichts getan. Wenn ich Glück habe, darf ich wieder Briefe schreiben und Akten sortieren. Oder Mr. Pinkerton entlässt mich gleich."

Edwards räusperte sich. „Er würde eine hervorragende Detektivin entlassen. Wieso sollte er so etwas Dummes tun?"

Celeste bedankte sich mit einem Nicken für das Kompliment. „Sagen wir, wir hatten ein paar Meinungsverschiedenheiten, bevor ich diesen Auftrag bekommen habe."

„Sie werden das schon schaffen."

Sie nickte, mehr aus Höflichkeit, denn aus Überzeugung. „Und was werden Sie jetzt tun?", fragte Celeste.

„Nun", er holte tief Luft, „da steht noch eine persönliche Sache mit Inspector Kippwell aus, der ich mich widmen will. Oh ... das hätte ich ja fast vergessen." Er zog ein gefaltetes Blatt aus teurem Papier aus der Tasche. „Man hat mir eine Belobigung zugesprochen. Die Queen hat sie persönlich unterzeichnet."

„Glückwunsch. Das freut mich für Sie." Der Klang ihrer Stimme verriet das Gegenteil.

„Ich habe sie Ihnen mitgebracht." Er faltete das Dokument auf und zeigte es Celeste. Da war Inspector Robert Edwards ausgestrichen und durch Celeste Summersteen ersetzt worden. „Wie ich schon sagte. Sie haben den Fall gelöst, also gehört Ihnen auch diese Belobigung. Wenn es auch nur von mir kommt. Ich möchte, dass Sie sie haben."

„Ich weiß nicht, was ich sagen soll."

Edwards lachte kurz. „Das geschieht Ihnen sicher nicht oft."

Sie nahm das Schreiben, in dem Edwards für seinen hingebungsvollen Einsatz im Dienst geehrt wurde.

„Nehmen Sie es als Zeichen meiner Achtung."

„Ich ... ich danke Ihnen."

Ihr Zug fuhr ein. Schnaufend hüllte er den Bahnsteig in weißen Nebel. Die Pfeife schrillte, die Bremsen kreischten. „Es wird Zeit für mich", sagte Celeste.

Edwards stand mit ihr zusammen auf und reichte ihr die Hand. „Ich wünsche Ihnen alles Gute."

„Danke, Inspector." Sie zwinkerte ihm zu. „Vielleicht komme ich ja eines Tages zurück nach London."

„Ja, wer weiß. Sie wissen, wo Sie mich finden können."

Celeste stieg in den Erste-Klasse-Waggon und suchte ihr Abteil. Edwards wartete auf sie, bis sie ihren Platz gefunden hatte.

Sie öffnete das Fenster. „Würden Sie ein Auge auf Miss Dorothea haben?"

„Ja, so oft ich kann."

„Und grüßen Sie Sergeant Fulston von mir."

„Das werde ich."

Celestes Aufmerksamkeit wurde abgelenkt. Sie sah einen Bobby, der im Laufschritt über den Bahnsteig kam, und sich dabei immer wieder suchend umsah.

„Ich glaube, Sie werden gesucht, Inspector."

„Ach ja?" Er griff nach dem Fensterrahmen und zog sich daran hoch. Sein Blick folgte ihrem ausgestreckten Finger.

„Das ist Constable Fraser. Was macht der denn hier? Constable! Hier!", rief er. „Suchen Sie mich?!"

Endlich bemerkte ihn der Polizist und drängte sich durch die Menge zu ihm durch und stand stramm. „Sir. Eine dringende Nachricht für Sie." Constable Fraser reichte ihm ein Stück Papier, das Edwards nahm und durchlas. Mit einem Ausdruck von Wut und Entsetzen sah er zu Celeste. „Osbert Pudley ist aus dem Gefängnis Old Baileys geflohen. Er hat einen der Wärter getötet und ... er hat ... mir eine Nachricht hinterlassen." Edwards zeigte Celeste das Papier.

Sie las es laut vor. *„Edwards, ich werde zurückkehren und dann wird London in Blut ertrinken."*

Der Zug rollte an.

Ende

Lesen Sie weiter!

Mehr Spannung aus dem

Pro-Talk Verlag ...

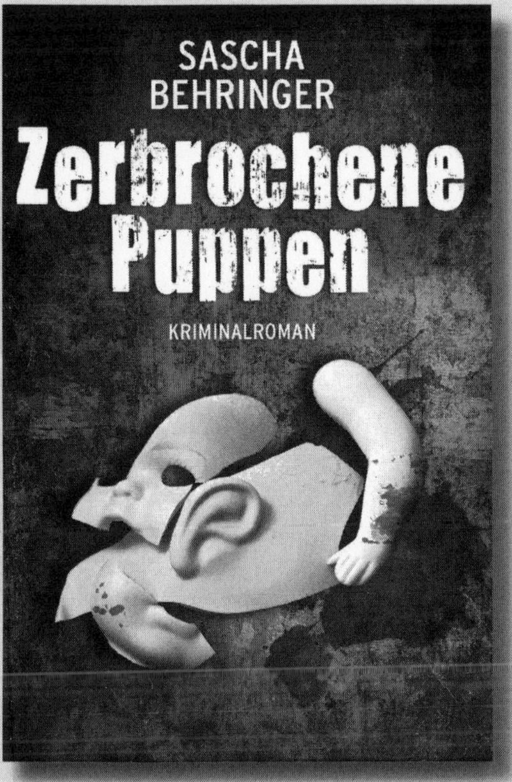

ISBN: 978-3-939990-30-7

Bahnhofstr. 29
53639 Königswinter
www.pro-talk-verlag.de
Umschlag: Katrin Kawinkel, katika-media.de
Titelfoto: www.fotolia.com/rabbit75_fot
Satz: Katrin Kawinkel, katika-media.de
Schrift: Gentinum Basic
Druck und Bindung: MCP, Polen

ISBN: 978-3-939990-34-5